Jane Kirkpatrick

DER TRECK DER FRAUEN

Jane Kirkpatrick

Der Treck der Frauen

FRANCKE
Verlag der Francke-Buchhandlung GmbH

Bibliografische Information Der Deutschen Bibliothek
Die Deutsche Bibliothek verzeichnet diese Publikation in der Deutschen Nationalbibliografie; detaillierte bibliografische Daten sind im Internet über http://dnb.ddb.de abrufbar.

ISBN 3-86122-661-8

Originaltitel: All Together in One Place

Published by WaterBrook Press, Colorado Springs, USA

35037 Marburg an der Lahn
Deutsch von Eva Weyandt
Umschlaggestaltung: Henri Oetjen, DesignStudio Lemgo
Satz: Verlag der Francke-Buchhandlung GmbH
Druck: Ebner & Spiegel, Ulm

Francke-Lesereise

„Der Herr erhält mir mein Erbteil.
Das Los ist mir gefallen auf liebliches Land.“
Psalm 16,5-6

„Sie waren alle an einem Ort beieinander.“
Apostelgeschichte 2,1

„Du (Gott), das große Heimweh,
das wir niemals abschütteln konnten.“
Rainer Maria Rilke

„Ein Zwischenfall hat einen besonders großen Eindruck auf alle gemacht; der Anblick von elf Wagen, die zurückgekommen sind, und nicht ein einziger Mann war in dem ganzen Zug übrig geblieben; alle waren gestorben und unterwegs begraben worden, und die Frauen kehrten allein zurück.“
Ezra Meeker, Tagebuch des Oregon Trecks, 1852

1

April 1852

Mazy Bacon genoss ihr Leben. Doch ohne Vorwarnung würde diese Phase der Ruhe zu Ende sein.

Die warme Sonne schien ihr auf den Nacken, als sie sich über die Sämlinge beugte, die sie während des Winters in Walnussschalen und Kürbishälften gezogen hatte. Ein deutsches Lied vor sich hinsummend, das ihre Mutter ihr beigebracht hatte, feierte sie das Überleben der Pflanzen und den Duft süßer Erde unter ihren Füßen. Pig, ihr Hund, lag neben ihr, den schwarzen Kopf auf die Pfoten gelegt. Mit seinen braunen Augen beobachtete er, wie die Rotkehlchen in der frisch umgegrabenen Gartenerde nach Würmern suchten. Mazy genoss ihr Leben. Alles roch nach Verheißung.

Der Wind zerrte an den roten Pumphosen, die ihre Mutter ihr im vergangenen Jahr zu Weihnachten geschenkt hatte.

„Rot? Mutter!", hatte sie sich beim Auspacken beschwert. „Kaum jemand trägt noch so etwas, geschweige denn in Radieschenrot."

„Du brauchtest mal etwas Modernes", hatte ihre Mutter erwidert. „Ein wenig Pepp dann und wann kann nicht schaden. Du bist jung. Du kannst so etwas tragen."

Heute war Mazy zum ersten Mal froh über die weite Hose, die sich über ihren Hüften bauschte und fest an ihren stämmigen Knöcheln anlag. Die Jacke hatte sie nicht dazu angezogen, sondern stattdessen eine cremefarbene Bluse gewählt. Ihre muskulösen Arme, ohne Schutz der Sonne ausgeliefert, zeigten bereits die ersten Sommersprossen. Und ihre Haare, erdfarben und unbändig wie der Wind, waren nicht wie üblich zu einem Zopf geflochten.

Mit ihrem Holzspaten grub sie den Boden um. Mazy dachte an die dicken Schlangen, die sich träge in der Sommersonne bewegten, und war froh, dass sie vermutlich noch auf den Kalksteinfelsen schliefen und ihr keinen Schrecken einjagen würden. Sie mochte keine Überraschungen. Sie kniete nieder, setzte die Pflanzen ein und drückte die Erde um ihre kostbaren Liebesäpfel fest. Tomaten wurden so jetzt von einigen genannt. Früher als die anderen Pflanzen würden sie dick und rund sein.

Als Mazy fertig war, erhob sie sich und klopfte sich die Erde von den Knien. Seit sie mit zwölf Jahren ihren ein Meter neunzig großen Vater eingeholt hatte, betrachtete sie sich als groß. Mit siebzehn, als sie Jeremy Bacon heiratete, einen Mann, der doppelt so alt war wie sie und genau ihre Größe hatte, saß dieses Bild, zu groß geraten zu sein, in ihr so fest, wie ein Wagenrad im Frühlingsschlamm Wisconsins feststeckte.

Jeremy, mit dem sie jetzt zwei Jahre verheiratet war, behauptete, sie sei wie eine schöne Tanne, aus einem guten Material geformt. Mazy liebte ihn dafür. Auch wegen seines betörenden Lächelns und seiner Feinfühligkeit, mit der er sie wie zartes Porzellan behandelte. Er war für zwei Wochen weggefahren und müsste bald zurückkommen. Hoffentlich noch heute. Heute war ihr zweiter Hochzeitstag.

Mazy sehnte sich nach der zarten Berührung seines weichen Fingers, wenn er sie an der Schläfe streichelte, der Liebkosung seiner bartlosen Wange. Sie seufzte. Sie hatte ein wundervolles Geschenk für ihn – ein neu gepflanzter Garten, der reiche Ernte versprach. Sein Geschenk an sie würde der Ayrshire-Bulle sein, der „Zuchtbulle“ Marvel, wie Jeremy ihn nannte, und bedeutete damit eine Erweiterung ihrer Herde und ihres Heimes.

„Ich bin reich gesegnet, Pig“, seufzte Mazy.

Der große Hund machte ein Auge auf und wedelte mit dem Schwanz, dann gähnte er. Pig war ein Neufundländer mit einem riesengroßen Kopf. Seine kleinen Ohren hatten ihm diesen Namen eingetragen, als Jeremy den Fellball seiner Frau eines Tages nach Hause gebracht hatte. Mazy gefiel das Wort „Pig“. Nicht das Bild eines rauborstigen Schweins, aber der Klang des Wortes: Es war ein kurzes und luftiges Wort, das ihr leicht von der Zunge ging. „Pig“, sagte sie laut, „man hätte Luftblasen ‚Pigs‘ nennen sollen. Wir würden dann sagen: ‚Sieh nur, das Baby macht Pigs!

Pig, Pig, Pig'." Mazy lachte und der Hund legte den Kopf zur Seite, als er seinen Namen immer wieder hörte.

Mazy streckte sich, die Finger an die Hüften gelegt. Ihre bloßen Zehen gruben sich in die warme Erde ein. Eine leichte Brise trocknete die Schweißtropfen an ihren Schläfen. Sie hob ihre Haube an, die ihr lose im Nacken hing, um sich Kühlung zu verschaffen. Die Amseln zwitscherten laut, während sie zu Boden stießen.

„Das Los ist mir gefallen auf liebliches Land", sagte sie laut. „Der Herr erhält mir mein Erbteil." Diesen Psalm hatte sie an dem Tag gelesen, als sie an diesem Ort nicht weit vom Mississippi in der Nähe von Cassville in Wisconsin angekommen war. An diesem Morgen war sie erneut darauf gestoßen. Ein Erbteil war eine abgesteckte Fläche mit Grenzen, die Sicherheit eines Ortes, der durch die Zäune des Glaubens gesichert war.

„Erst nachdem Jeremy die Vogelscheuchen aufgestellt hat, werde ich ihn bitten, einen Zaun um den Garten zu ziehen", sagte Mazy zu Pig. Sie klatschte in die Hände, um die Vögel zu verscheuchen, die ihren frisch gesäten Samen stehlen wollten. Pig fuhr zusammen und stürzte sich auf die Eindringlinge, die sich eilig in die Luft erhoben und davonstoben. „Gute Arbeit, Pig!", rief sie, während sie dem Hund nachsah.

Ein ungewohntes Geräusch ließ sie zusammenfahren. Sie drehte sich zu dem Pfad um. War das die Stimme einer Frau? Ein Ruf oder ein Grunzen? Sie konnte niemanden sehen und niemand rief sie beim Namen. Sie bekam eine Gänsehaut. In ihrer roten Pumphose fühlte sie sich groß und jeder Gefahr ausgeliefert.

„Jeremy?"

Eine Brise ging durch die Kiefern hindurch, gab keine Antwort.

Plötzlich brach etwas durch die Bäume, laut und ungebärdig. Sie erhaschte einen Blick auf etwas Weißes und Braunes im Schatten der Birken, Pappeln und Kiefern. Ihre Augen folgten dem Geräusch, das schließlich im dichten Wald verklang. Sie gab sich die größte Mühe, zu erkennen, was das Geräusch verursacht hatte. Sie sah nichts.

„Jeremy? Bist du das?" Mit der Hand schirmte sie die Augen

gegen die Sonne ab. Ihr Herz klopfte zum Zerspringen. Schweiß lief ihr über die Brust, ihre Hände wurden feucht. Ihr Körper reagierte auf die Gefahr, bevor ihr Verstand sie erfassen konnte.

Ein Geräusch hinter ihr passte nicht zu dem Geklapper im Holz. Sie drehte sich um. Spinnen der Angst krochen ihr über das Rückgrat, als ihr klar wurde, was die Geräusche verursachte.

Jeremy Bacon verfluchte die Zweige, die ihm ins Gesicht schlugen. Wie hatte ihm das Tier nur entwischen können? Aber der Zuchtbulle war mit seiner Weide noch nicht vertraut, er würde also nicht von allein nach Hause kommen. Er würde im Wald herumirren und für immer verloren sein. Seine ganze Investition wäre verschleudert, wenn er die Kühe nicht einfangen würde. Mit einem Riesenlärm waren sie durchgegangen. Die Hanfseile flatterten hinter ihnen her und drohten sich in den Zweigen und im Gebüsch zu verfangen.

Wenn nur Mazy mitgekommen wäre! Sie hätte jetzt helfen können. Stattdessen stand er allein da mit all den verängstigten Tieren. Er musste sie zurück auf die Weide bringen.

Sein Blick fiel plötzlich auf einen roten Fleck in der Nähe der Wiese, und er blieb stehen. Was tat Mazy da in dieser verflixten Hose? Er rief nach ihr, aber sie hörte ihn nicht. Da sah er, was passierte. Sein Herz begann zu rasen.

Der Bulle schüttelte seinen breiten mahagonifarbenen Kopf. Seine Hörner ragten in die Höhe wie zwei Pfeile. Seine Nüstern und sein Maul sprühten Speichel und Schaum in die Luft. Die gepflügte Erde flog über seinen Rücken, während er auf dem Boden scharrte, den sie gerade bepflanzt hatte. Sein Blick bohrte sich in Mazys.

Mazys Hände und Füße wurden schwer, sie konnte sich nicht rühren. Eine Kälte, ähnlich der damals im Fluss, machte sich in ihr breit. Ihr Verstand schrie ihr zu, davonzurennen.

Stattdessen wich sie zurück, so vorsichtig, wie sich ein Reiher in die Luft erhebt. Sie hielt den Blick jetzt auf die Erde gesenkt, ihren geliebten Boden, in dem zart und zerbrechlich die Sämlinge steckten. Der Bulle schnaubte und machte einen Satz. Mazy sank wie tot zu Boden.

Hatte sie das irgendwo gelesen? Hatte Jeremy ihr das einmal geraten? War es ein Rat von einem verletzten Patienten, den ihr Vater einmal behandelt hatte? Sie wusste es nicht. Mit dem Gesicht voran fiel sie in die Stecklinge, ihre Wange streifte über die Erde in dem Augenblick, als der Bulle vorstürmte.

Seine Hörner gruben sich neben sie in den Boden, Erdklumpen landeten auf ihrem Rücken, prasselten wie Schneebälle auf ihre Oberschenkel, ihre Haube, ihren Kopf. Speichel troff ihm aus dem Maul, spritzte auf ihren Arm. Sie konnte ihn dicht neben sich erkennen, wutschnaubend und vor Erregung zitternd, und sie fragte sich, ob das das Letzte sei, was sie in diesem Leben sehen würde. Ihre Augenlider schlossen sich wie von selbst.

Sie hörte und roch und fühlte alles ganz deutlich. Der zornige Bulle ließ den Boden unter ihr erbeben. Er atmete mühsam und rau. Dann brüllte er. Mazy wusste, wenn sie die Augen öffnete, würde sie seine breite, nasse Nase nur wenige Zentimeter von ihrem Kopf entfernt sehen. Noch mehr Erde wurde aufgestoben, sein Schweißgeruch kam ihr in die Nase, und sie hörte, wie ihre dünne Bluse an der Seite aufriss vom Scharren seiner Hufe.

Hilf mir, hilf mir, hilf mir. Gib, dass ich ruhig bleiben kann, ihn nicht noch wütender mache. Und dann ging ihr Geist auf Reisen, suchte nach schönen Orten, dachte an Dinge, die sie liebte: ihren Herrn, ihren Mann, ihre Mutter, das Land. Sie wanderte in Gedanken hoch über den Wald bis zu den entlegensten Ecken des Bacon-Besitzes zu dem Land, das an die Steilküste angrenzte, durch die ein Fluss seinen Weg gegraben hatte. Im heißen Sommer Wisconsins wand er sich durch die Wiese, und im Winter fror er zu. Die Wiese war von einem Kiefernwald umgeben, dessen Bäume so hoch in den Himmel ragten, dass unter ihnen auf dem Waldboden nichts mehr wuchs: Schutz für das Rotwild, ein hoher Sitz für Adler. Die Wiese lieferte Heu, die Winternahrung für das Vieh der Bacons. Am Rand der einhundertsechzig Morgen erhob sich das Holzhaus, das Jeremys Onkel gebaut und nach seinem Tod zusammen mit der Farm seinem Neffen hinterlassen hatte.

Mazy liebte diesen Ort. Sie genoss das Landleben, den wundervollen Ausblick. Sie hoffte, ihr Leben hier zu verbringen, hier zu arbeiten, zu pflügen, zu pflanzen und in ihrem Heim und der Liebe ihres Mannes Sicherheit zu finden.

Das Schnauben des Bullen riss sie aus ihren Gedanken.

Als Nächstes würde er sie aufspießen, sie mit seinen gebogenen Hörnern durchbohren, sie in die Luft werfen und dann schließlich über sie hinwegtrampeln. Sie würde durch die Hufe den Tod finden. Ihr Ableben würde ihrem Mann wehtun, ihre Mutter trauern lassen. Das waren die beiden Menschen, die sie in diesem Leben am meisten liebte. Jeremy würde sich die Schuld geben; das tat ihr Leid, denn eigentlich hatte sie Schuld. Sie hätte diese Hose nicht tragen sollen, sie hätte ihn begleiten sollen, sie hätte, sie hätte.

Der Bulle drehte sich. Sie merkte das an dem Sprühen des Speichels von seinen Nüstern. Er scharrte und brüllte. Sie roch Schmutz und Dung. Dann übermannte ihn die Wut, und seine Hörner bohrten sich in ihre Seite, hoben sie an, schoben sie und rollten sie herum. Sie lag jetzt auf dem Rücken. Das blaue Band ihrer Haube verfing sich an ihrem Hals. Ihre Arme waren wie die Arme einer Puppe, steif und ausgeliefert. Eine Stelle an ihrer Seite brannte wie der Stich mit einem Feuerhaken.

Sie hörte ein Knacken in dem Augenblick, als der Stier vorsprang. Der Knochen ihres Armes brach, während ihr Ellbogen tief in die Erde sank. Ein Schrei stieg in ihr hoch, doch sie hielt ihn zurück und blieb stumm wie ein neu gepflanzter Samen; verblüfft, aber dem Leben ergeben. Das Blut rauschte ihr in den Ohren wie das Rauschen des Windes, ihr Herz klopfte. Ihr Verstand zwang die Geräusche zur Stille.

In diesem Augenblick bellte Pig. Ein Klappern aus dem Wald riss sie in die Gegenwart zurück. Sie hörte das Splittern von Holz und etwas, das wie die Stimme einer Frau klang und dann Schüsse. Eine Kugel landete unmittelbar neben ihr in der Erde. Ein

Heulen, der Bulle schnaubte und Pig bellte. Er stand jetzt zwischen ihr und dem Bullen. Erde rieselte auf sie herab wie die Tropfen eines sanften Regens. Sie hörte einen weiteren Schuss und erkannte ihn als einen Schuss aus Jeremys Revolver. Sie hörte den Bullen brüllen, aber jetzt weiter von ihr entfernt, näher an der Koppel. In diesem Augenblick wusste sie, dass sie, Mazy Bacon, am Leben bleiben würde.

Sie hörte, wie ihr Mann dem Hund Befehle zurief, dann ihr. „Mazy! Rühr dich nicht, kein Geräusch! Wir werden ihn einfangen, halt durch."

Pig bellte in der Ferne. Mazy riskierte es, die Augen zu öffnen. Weiße, duftige Wolken zogen über sie hinweg. Sie legte ihre linke Hand auf den Bauch und stopfte ein Stück der Hose in die blutende Wunde. Ihr Arm pochte und brannte. Als sie versuchte, ihn zu bewegen, hatte sie das Gefühl, tausend Bienenstiche auf einmal zu bekommen. Sie keuchte. Der Bulle brüllte in der Ferne.

Jetzt versank alles wie im Nebel. Sie konnte nicht mehr klar sehen. Jemand rannte auf sie zu. Erleichterung und Schmerz berührten ihren Magen. Ein Dankgebet stieg in ihr auf.

„Es tut mir so Leid, so schrecklich Leid", sagte Jeremy. Er nahm sie bei den Schultern und zog sie an sich. Sie schrie auf, als er sie wiegte. Seine Hand hielt ihren Kopf, während sie sich übergab. „Oh Mazy! Der Bulle ... er hat sich losgerissen. Die Kühe haben sich in den Seilen verfangen und wir –"

„Kühe?"

„Mazy, Mazy." Er fuhr ihr mit seinen weichen Fingern über die Stirn und drückte ihr Gesicht an sich. Sein Hemd roch nach Schweiß, Furcht und Erleichterung. Der Hund kam angesprungen und versuchte, sie zu lecken. „Nein, Pig", verbot er. Vorsichtig fuhr er mit den Fingern über ihre Seite. „Du bist verletzt. Hast einen üblen Kratzer abbekommen. Und der Arm ..." Er nahm ihren Arm. Sie schrie vor Schmerzen auf. „Wir wollen sehen, dass wir dich hineinschaffen", sagte er. „Du beginnst zu zittern."

Er kauerte sich hin, als wollte er sie hochheben. Der Schmerz der Bewegung und der Gedanke, dass er versuchen wollte, sie zu tragen, und die Erleichterung, die sie darüber empfand, noch am Leben zu sein, und der Hund, der ihre Zehen leckte, alle diese Emotionen zwangen einen unterdrückten Laut von ihren Lippen. Sie empfand Freude, wenn auch durchzogen von bohrendem Schmerz.

„Ich bin zu groß", wandte sie ein. „Versuch nicht, mich zu tragen. Hilf mir aufzustehen." Sie hörte Schritte näher kommen. Der Bulle brüllte. Sie verspannte sich.

„Er ist auf der Koppel", beruhigte ihr Mann sie. „Es ist alles in Ordnung."

„Wer ist da?" Spitze Schuhe blieben neben dem Hund stehen. „Mutter?"

„Wenn ich in Eile bin, watschele ich wie eine Ente", keuchte Elizabeth Mueller atemlos.

„Hier, ich stütze sie auf dieser Seite, Jeremy. Ich werde ihren Arm halten. Ist er gebrochen? Wir haben uns solche Sorgen gemacht, Schatz", sagte sie und gab ihrer Tochter einen Kuss auf die Stirn. An Jeremy gewandt sagte sie: „Hast du auch die Kühe?"

„Kühe?" Nicht nur ein Bulle? Was ihre Mutter sagte, machte keinen Sinn.

Mazys Zähne klapperten. Sie humpelte auf Jeremy und Elizabeth gestützt zum Haus, während sich ihre Sinne wieder vernebelten.

Sie richteten ihren Arm. Das Reiben von Knochen auf Knochen bereitete ihr Übelkeit. Der Arm wurde geschient und durch eine Schlinge fest an ihre Brust gebunden. Mazys geschwollene Finger lagen auf einem Paar von Jeremys grauen gestrickten Socken, etwas Weichem, um ihnen Halt zu geben. Sie verabreichten ihr dunkles Laudanum. Es machte sie schläfrig.

„Kannst du eine Breipackung aus frischen Königskerzenblättern um meinen Arm machen? Das lässt die Schwellung zurückgehen", fragte Mazy mit schwerer Zunge, als sie erwachte.

„Morgen", erklärte ihre Mutter ihr. Beruhigend strich sie ihrer Tochter über die Hand. „Wir werden eine Paste aus Gelbwurz und Wasser zubereiten, um die Heilung zu fördern. Genau wie dein Papa es gemacht hätte.“

Jeremy richtete die Schlinge neu. „Wir haben jetzt einen guten Milchvorrat“, erklärte er. Er tätschelte ihren Arm. „Das hilft den Knochen zu heilen.“

„Ich mag keine Milch“, maulte Mazy.

„Ist aber wichtig für die Knochen. Trink sie als Medizin.“

„Ein wenig Kamillentee hilft dir zu schlafen“, fügte ihre Mutter hinzu. Sie zupfte die kleinen Halme und Schmutzklumpen aus Mazys Haaren. „In deinen Locken hängt ein richtiger kleiner Wald. Auch deine Nase scheint einen Kratzer abbekommen zu haben. Aber sie sieht nicht gebrochen aus. Zum Glück, Kind.“

„Glück ist nicht das Wort, das ich gewählt hätte“, wandte Mazy ein. Jeder Teil ihres Körpers tat ihr weh. Sie schlief immer wieder ein.

„Schock“, hörte Mazy ihre Mutter später sagen, als sie erwachte. Im Raum brannten Kerzen. Gedämpftes Licht von einem an der Wand befestigten Halter erhellte den Raum. „Der Schock kommt erst später. Die Leute erleben die Situation noch einmal neu und sterben am Überleben. Das hat ihr Papa immer gesagt.“ Elizabeth Muellers Gestalt verdeckte Jeremy, bis sie zur Seite trat, und Mazy ihren Mann am Tisch sitzen sah.

Mit ihren achtundvierzig Jahren war Elizabeth Mueller kaum zehn Jahre älter als Jeremy Bacon, und manchmal fragte sich Mazy, ob er mit seiner Schwiegermutter nicht mehr Gemeinsamkeiten hatte als mit seiner Frau. Sie beobachtete beide jetzt vom Bett aus. Das gedämpfte Licht fiel auf ihre Gesichter. Jeremy beschäftigte sich mit einer Art Zeichnung, die vor ihm lag. Elizabeth Mueller beugte sich darüber, sprach mit leiser Stimme und kehrte dann zu dem Schaukelstuhl aus Hickoryholz zurück, der ächzte, als sie sich hineinsinken ließ. Mazy schwitzte und fragte sich, ob sie wohl Fieber bekommen hatte.

„Nach all den Jahren seiner Tätigkeit als Arzt hat ihr Papa viel Leid gesehen“, erklärte ihre Mutter.

„Wir müssen alle irgendwann sterben“, sagte Jeremy.

„Einige Leute sind jedoch niemals darauf vorbereitet. Wenn sie sehen, wie nah sie dem Tode gekommen sind, dann fangen sie an zu zittern."

Mazy hustete.

Jeremy und ihre Mutter drehten sich um. „Hungrig?", fragte ihre Mutter.

„Ich hole die Brühe", erbot sich Jeremy und erhob sich. Er füllte eine Holzschale aus dem Kessel über der Feuerstelle und kniete neben Mazy nieder. Mit einem Löffel flößte er ihr dünne Rindfleischbrühe mit Kartoffeln ein. Sie lag auf der Decke aus Gänsedaunen im Wohnzimmer, ließ sich von ihm pflegen und genoss die Wärme des Feuers.

„Die Kühe waren ... nun, sie gehörten eigentlich nicht zum Plan, weißt du", begann Jeremy erklärend.

„Ich habe mich schon gefragt, ob ich da etwas nicht mitbekommen habe", erwiderte Mazy. „Vermutlich haben sie das Geräusch im Wald verursacht, das ich zuerst gehört habe. Den Bullen hinter mir habe ich erst bemerkt, als es bereits zu spät war. Wenn nur Pig in der Nähe gewesen wäre. Oder wenn ich früher gemerkt hätte, was los war."

„Allerdings", sagte Jeremy. Mit einem Halstuch tupfte er ihr einen Tropfen Suppe vom Kinn.

„Also, die Kühe. Wie kamen sie nach Grant County?"

Er wandte den Blick von ihr ab und spielte mit dem Gürtel seiner Wollhose. „Zum Glück für uns, würde ich sagen."

„Wieder dieses interessante Wort", erwiderte Mazy.

„Sieh mal, die eigentlichen Käufer sind nicht gekommen. Jemand sagte, sie hätten alles verkauft. Sind vermutlich nach Westen aufgebrochen." Er blinzelte und räusperte sich. „Ich hielt es für eine gute Idee, sie alle zu nehmen. Das sind reinrassige Kühe. Eines Tages wollte ich sowieso welche haben, aber eigentlich erst später." Er hielt inne und hustete. „Natürlich hätte ich mir lieber ihre Abstammung angesehen."

„Und wie hast du sie bezahlt?"

Bevor er antwortete, warf er Mazys Mutter einen Blick zu.

Elizabeth hielt den Blick auf die cremefarbene Bluse gesenkt, die sie gerade flickte. „Hast du ihre geraden Rücken gesehen?", fragte er wieder an Mazy gewandt. „Schöne Euter. Das wird bestimmt eine gute Herde. Gute Farbe, an ihrem Hinterteil wie weiße Pilze."

„Die Farbe meinte ich nicht", erwiderte Mazy.

Jeremy kratzte mit dem Löffel die Holzschale aus und stellte die Schale auf den Tisch. Er setzte sich neben sie auf den Boden und sah sie an. Langsam wickelte er sich eine ihrer Haarsträhnen um den Finger und senkte die Stimme zu einem Flüstern. „Du wirkst jetzt ausgeruhter."

„Eine kostbare Herde mit einem übergeschnappten Bullen an ihrer Spitze", bemerkte sie.

„Er war nur aufgeregt." Er zog den Finger aus ihrem Haar und strich eine Falte in der Schlinge glatt. „All das Neue. Eine lange Reise. Das sind starke Tiere, Mazy. Jetzt sind sie wieder ruhig. Alle."

„Und schlafen friedlich, ja?"

„Ziemlich." Er atmete tief durch und erhob sich. „Kein schöner Hochzeitstag für dich, nicht? Die Verwüstung deines Gartens tut mir Leid."

„Wir haben gerettet, was wir konnten", bemerkte ihre Mutter. Sie sah von ihrer auf dem Schoß ausgebreiteten Näharbeit auf. Mazy staunte über das feine Gehör ihrer Mutter. Sie konnte selbst Gespräche mithören, die eigentlich nicht für sie bestimmt waren. „Ich fürchte, die Liebesäpfel sehen am schlimmsten aus. Ich weiß nicht, ob man sie noch essen kann. Ich habe gerettet, was zu retten war, für denn Fall, dass es friert."

„Sagst du mir nicht immer, ich solle mich auf Abenteuer einlassen, Mutter? Mit diesen Tomaten habe ich etwas Neues gepflanzt. So werden sie übrigens genannt."

„Mein Rat traf immer auf taube Ohren", hielt ihre Mutter dagegen. Dann lächelte sie. „Natürlich mit Ausnahme dieser Pumphose."

„Möglicherweise ein Zeichen, dass du dieses Jahr keinen Garten haben wirst", sagte Jeremy.

„Nach all der Arbeit im Winter soll ich gezwungen sein, mich auf den Erfolg unserer Nachbarn zu verlassen? Hungern? Nein. Ein Garten ist das Zeichen dafür, dass das Leben weitergeht, Jeremy, dass Menschen zu Hause und glücklich dort sind. Dieses Jahr werde ich das ganz besonders feiern. Ich werde neu pflanzen, sobald ich dazu in der Lage bin."

„Beinahe hätte ich dich verloren", stöhnte Jeremy. Er schob die Mullschlinge zurück und küsste ihre geschwollenen Finger, die auf seinen Socken ruhten.

„Das Schlimmste", sagte Mazy und griff nach der Hand ihres Mannes, „war die Sorge um dich. Ich habe mich gefragt, wo du steckst und ob es dir gut geht."

Er hustete. „Es war klug, dich einfach fallen zu lassen. Woher wusstest du das?"

„Irgendein Instinkt hat mich dazu gebracht."

„Und wenigstens dieses Mal hast du nicht widersprochen", erwiderte er.

Es war gegen Mitternacht, als Jeremy neben ihr ins Bett schlüpfte.

„Soll ich auf dem Boden schlafen, damit ich dich nicht störe?", fragte er.

„Ich möchte dich am Jahrestag unseres Ehegelübdes neben mir haben", erwiderte Mazy. „Aber rutsch dicht an die Wand. Und denk an meinen Arm."

Ganz vorsichtig legte er sich neben sie, schlüpfte unter die Decke und legte seinen Arm über ihren Kopf. Mit den Fingern streichelte er ihre Stirn. Er roch nach Schweiß und Tabak.

„Maze", begann er flüsternd. „Ich will dir etwas sagen."

Was war das für ein Tonfall in seiner Stimme? Vorsicht?

„Wegen der Kühe?", fragte sie.

„Ja. Und ..."

Nein, noch etwas anderes, etwas Kaltes, ein drohender Faden, der sich von seinen Worten zu ihrem Herzen wand.

„Du hattest sie bestellt, die Kühe. Stimmt das?"

Sie spürte, wie er sich entspannte.

„Du hast es also gewusst.“ Er schniefte, griff unter das Kissen, um sich ein Taschentuch zu holen, und putzte sich die Nase. Er legte seine Hand auf ihre Hüfte, die Finger um das feuchte Tuch geschlossen.

„Ich wollte es nicht vor Mama sagen.“ Sie flüsterte, und es tat ihr nicht Leid, dass es wie ein Zischen klang. „Ich denke, unsere Angelegenheiten sollten auch nur uns etwas angehen und nicht zu ihren werden.“ Sie blickte hinüber und sah, dass ihre Mutter noch immer im Schaukelstuhl schlief. „Ich war erstaunt, dass du Mama mitgebracht hast. Sie geht doch gar nicht so gern auf Reisen.“

Er antwortete nicht, und sie wartete so lange, dass sie schon dachte, er sei eingeschlafen, aber seine Atmung wurde nicht langsamer.

„Deine Mutter wünschte sich eine Veränderung“, erklärte er.

Wieder dieser Tonfall, mit einer verräterischen Vorsicht unter der Oberfläche.

„Cassville ist tatsächlich eine Veränderung gegenüber Milwaukee, das stimmt.“

„Und jetzt kann sie ihren Enkeln später eine Geschichte erzählen“, meinte Jeremy.

„Wie ihre Mutter den gefährlichen Bullen mit Namen Marvel überlebt hat und wie ihre Großmutter die Kühe gejagt hat?“

„So ungefähr.“ Er spielte mit ihren Haaren, wickelte sich eine Strähne um den Finger. „Sie wollte nicht zurückbleiben“, sagte er, „wenn wir ...“ Er murmelte etwas, das wie „neues Heim“ klang.

„Sie hat ein neues Heim gefunden?“ Mazy wandte sich in der Dunkelheit zu ihm um.

Er hustete und räusperte sich, putzte sich die Nase. „Unser neues Heim, Maze“, sagte er. „Sie möchte unser neues Heim sehen.“

Mazy blieb reglos liegen, starrte an die Lehmdecke. Seine Worte verwirrten sie. Sie klammerte sich fest an das Bekannte. „Aber sie hat uns hier doch schon besucht.“

Ihr Mann atmete tief durch. Noch bevor er zu sprechen ansetzte, hatte sie das Gefühl, einen Schlag in den Magen bekommen zu haben, als ob alle Luft entwichen sei. Ihr Herz klopfte ihr laut in den Ohren.

„Ich schätze, es ist an der Zeit, es dir zu sagen“, erklärte er. „Ich habe die Farm verkauft.“

Jedes einzelne Haar schmerzte. Ihre Kehle brannte. Ihre Seele schrie auf, als sei sie erneut von den Hörnern des Bullen durchbohrt worden.

„Ein neues Heim?“ Ihre Stimme klang schwach, ganz weit entfernt. Sie versuchte, sich auf den Ellbogen aufzustützen, schaffte es jedoch nicht und legte sich wieder zurück. Etwas Schweres lastete auf ihrer Seele, hielt sie davon ab, erneut durchzuatmen. „Und das hast du nicht mit mir besprochen?“

„Du magst keine Veränderung, kannst nicht gut damit umgehen“, erwiderte er. Seine Worte klangen einstudiert. „Ich wollte dich nicht beunruhigen, bis alles klar war. Und jetzt ist es so weit.“ Jeremys Worte kamen nun schneller. „Ich war nie der geborene Farmer, das weißt du. Wenn mein Onkel uns die Farm nicht hinterlassen hätte, wäre ich nie hierher gekommen. Der Mist verursacht mir Ausschlag an den Händen, und der Schmutz“, er rieb sich die Nase, „verschlimmert meinen Kopf. Aber die Ayrshires – sie sind eine Herausforderung.“

„Kühe machen auch viel Mist und Dreck.“

„Für die Schmutzarbeit kann ich Leute einstellen. Ich kümmere mich um das Zuchtprogramm, sorge dafür, dass Menschen und Tiere zusammenpassen, baue die Herde auf. Dazu bin ich geschaffen.“

„Bisher bist du doch ganz gut zurecht gekommen“, wandte sie ein. „Du warst ziellos wie ein Strohhalm, bis dein Onkel dir diese Farm hinterlassen hat. Du hast dich treiben lassen als Hafenarbeiter, hattest keinen Penny gespart oder dir eine Zukunft geschaffen. Das hast du gesagt, als wir uns kennen lernten, erinnerst du dich?“

„Ich habe es versucht. Fast zwei Jahre lang.“

„Liebst du die Erde nicht? Empfindest du keine Loyalität deinem Heim gegenüber?“

„Erde ist Erde“, erwiderte er.

Tränen stiegen ihr hoch, schnürten ihr die Kehle zusammen. Jeremy hatte diese Farm gehasst, und sie hatte es nicht bemerkt? Wie konnte das sein?

„Wir führen ein gutes Leben“, wandte Mazy ein. Ihr Herz klopfte, sogar in ihren geschwollenen Fingern. „Können wir das, was du willst, denn nicht hier haben? Ich liebe diese Farm, Jeremy. Die Klippen, die Adler ...“ Sie hörte das Jammern in ihrer Stimme, die unterdrückten Tränen. „Ich werde die Kühe melken.“ Ihre Stimme brach, doch sie sprach trotzdem weiter. „Wir können die Herde hier aufbauen. Ich werde die Schmutzarbeit übernehmen, Jeremy, du –“

„Was denkst du denn, woher ich das Geld für die Zuchttiere habe? Denkst du, es sei auf deinen Liebesäpfeln gewachsen?“

„Ich dachte, das Holz, ich ... weiß nicht. Ich glaube nicht, dass ich woanders leben kann. Ich möchte nirgendwo anders leben als hier.“

„Hier.“ Er spuckte das Wort beinahe aus. „Hier würde es Jahre dauern. Dennistons ‚Big Brick‘, das Hotel, steht leer und hält wie eine Seuche die Leute fern. Cassville stagniert, Maze, ist fertig, beinahe am Ende. Die Preise sind so am Boden, dass viele nicht einmal verkaufen können, egal wie hart Dewey sich bemüht, sie oben zu halten. Wir können froh sein, von hier wegzukommen.“

„Aber die Fähre, das Eisenerz, die Knopffabrik – das sind doch Gründe, hier herzukommen, zu bleiben.“

Er schüttelte den Kopf. „Das wird niemanden anlocken, weder Leute, die in Milchwirtschaft investieren, noch Leute, die sie brauchen.“

Sie sank in die Daunen, blieb liegen, enttäuscht, niedergeschlagen vom Verlust.

Er atmete tief durch. „Du brauchst gar nicht einer Meinung mit mir zu sein, Mazy. Es ist bereits alles abgemacht. Meine Pflicht ist es, für uns zu sorgen. Und das tue ich auf meine Weise.“

„Dann bleibe ich hier“, sagte sie nach einer Weile.

„Du hörst mir nicht zu. Ich habe die Farm verkauft. Andere

Leute werden hier leben. Es ist abgemacht, und ich werde gehen."

Er hatte nicht wir gesagt, nur ich.

„Wohin denn? Zurück nach Milwaukee? Oder nach Chicago, wo Menschen leben, die mit ... gelben Jacken Müll einsammeln? Warum hast du dann die Kühe gekauft? Und warum wusste meine Mutter Bescheid, bevor du es mir gesagt hast?"

„Ich wollte ja, dass du mitkommst, erinnerst du dich?", sagte er. Er setzte sich im Bett auf, die Arme vor der Brust verschränkt. Er hatte den Kopf gereckt und das Kinn vorgeschoben. „Du hättest dich nicht verletzt zu fühlen brauchen, wenn du mitgekommen wärst."

„Du bist gekränkt", antwortete sie.

„Ist es denn nicht eine Kränkung für einen Mann, wenn er für seine Frau sorgt, sein Geld in eine gemeinsame Zukunft investiert und es nicht verspielt und vertrinkt? Wirklich eine tolle Kränkung. Ich kenne ein Dutzend Frauen, die diese Gelegenheit mit beiden Händen ergreifen würden. Und sie würden nicht eine Sekunde lang darüber diskutieren. Ein Dutzend, die zu einem guten Leben in den Westen aufbrechen würden."

„Mein Leben ist gut. Oder war es zumindest." Sie fühlte sich schläfrig, ihre Denkfähigkeit war durchgemischt wie das Futter des Hundes. Ihre Seite schmerzte. „Du hast die Klippen verkauft. Die Wiese. Meinen Garten, mein Leben." Sie hielt inne. Ihre Worte klangen gedämpft von unterdrückten Tränen. „Was der Bulle heute getan hat, war dagegen gar nichts."

„Wenn du bei uns gewesen wärst ... drei Leute hätten die Tiere besser beaufsichtigen können. Du hättest den Wagen fahren können, aber so musste ich das tun. Ich hätte die Tiere zusammenhalten können. Der Bulle wäre nie durchgegangen."

„Du hast auch einen Wagen gekauft?"

Er schwieg einen Augenblick und sagte dann: „Wenn wir durch Iowa ziehen, werde ich einen robusteren Wagen brauchen. Nachdem ich bei Kanesville den Missouri überquert habe, werde ich mich vielleicht einem Treck anschließen, vielleicht aber auch allein nach Westen ziehen."

Pig lag auf dem Boden und jaulte im Schlaf, zitterte und beruhigte sich dann wieder.

Nach Westen. Diese Farm verlassen.

„Du hast mich den Garten anlegen lassen", sagte Mazy an die Decke starrend, „obwohl du wusstest, dass ich nicht hier sein werde, um zu ernten? Du hast da an diesem Tisch gesessen und dir Ayrshires angesehen, einen Bullen ausgesucht und hast keinen Ton gesagt von deinem Plan, mit ihm in den Westen zu ziehen?"

Er legte sich wieder neben sie, behielt seine Arme aber vor der Brust verschränkt. „Ich wollte dich nicht aufregen."

Zorn überfiel sie. „Und dir ist nie in den Sinn gekommen, ich könnte wütend sein, weil du mich nicht in die Entscheidung mit einbezogen hast? Du hast nie gedacht, ich würde gern selbst über meine Zukunft entscheiden?"

„Ich habe das nicht sagen wollen, Maze, aber in vieler Hinsicht bist du noch ein Kind." Er hielt inne und wickelte sich eine ihrer Locken um den Finger. Sie konnte sein träges Grinsen beinahe bildhaft vor sich sehen, das versuchte, sich über ihre Leere zu legen. „Wie du da in dieser Pumphose herumgelaufen bist."

„Und jetzt interessiert dich auf einmal, was ich anhabe?" Sie riss an der Decke, entwand sie ihm, schlug nach seiner Hand in ihren Haaren. „Nichts, was ich tue, passt dir."

„Es hätte auch jemand anderes durch die Bäume kommen können", belehrte er sie. „Da, wo wir hingehen, solltest du deine Knöchel besser nicht zeigen, Maze. Wenn du mit mir kommst ..."

„Und wenn ich nun mit Mama zurückgehe und in Milwaukee bleibe? Was dann?"

„Deine Mutter wird mitkommen, darum brauche ich dich. Du musst einen Wagen fahren. Pack zusammen, fahr und keine Diskussion."

„Meine Mutter wird ...?" Sie starrte die Frau im Schaukelstuhl an, die über den Betrug ihres Mannes Bescheid gewusst hatte.

„Es war gedankenlos zu sagen, ich würde dich nur brauchen, damit du den Wagen fährst."

„Es muss das Laudanum sein." Sie strich sich mit der Hand

über die Haare. „Warum will Mutter ihr Heim verlassen? Sie ist –"

„Sie sucht das Abenteuer. Das hat sie mir gesagt." Er tupfte Mazys Augen mit seinem Taschentuch ab und erschütterte so ihre Ablehnung, zog sie auf seine Seite. „Wir werden einen anderen Ort für uns finden, mit Grenzen, in denen Berge, Flüsse, Wälder und Wiesen liegen. Du wirst schon sehen."

Schatten vom Feuer tanzten an der Decke. Ihre Mutter schnarchte. Ihre zerknitterte Nachthaube umrahmte das runde Gesicht. Mit geöffnetem Mund ruhte ihr Kopf an der Lehne des Schaukelstuhls.

„Und wenn ich nicht mitkomme?"

„Ich bin sechsunddreißig Jahre alt, Maze. Wenn ich es jetzt nicht tue, dann werde ich mein Leben lang zornig auf mich sein, weil ich diese Gelegenheit vertan habe."

„Und mir bleibt nichts anderes übrig", sagte sie, „als das Absurdeste zu tun, was ich mir vorstellen kann. Entweder ich sehe meinem Mann hinterher, der in die Ferne zieht, vielleicht sogar zusammen mit meiner Mutter, oder ich wage mich hinaus auf eine Wolke des Unbekannten und hoffe, dass ich nicht hindurchfalle."

„Deine Mutter wird doch bei dir sein."

Sie schluckte ihr Schluchzen hinunter und drehte den Kopf. Jeremy wollte sie an sich ziehen, aber sie entwand sich ihm. „Ich verstehe nicht, warum sich alles verändern muss", sagte sie. „Ich verstehe es nicht!"

Der Hund erhob sich und kam an ihre Seite des Bettes. Er stupste sie mit der Schnauze an.

„Wirst du mitkommen, Maze?"

Sie konnte sich nicht überwinden zu antworten – ihre Gedanken waren zu schwer, zu erdrückend.

Schweigend blieben sie nebeneinander liegen.

„Jetzt weiß ich, wie sich ein Biber fühlt", sagte Mazy, als die Nacht dem Morgen wich. „In einer Falle gefangen. Er hat nicht Angst vor dem Sterben. Angst hat er vor der Veränderung, die eintreten wird, ohne dass er die Wahl hat. Und ihn quält das Wissen, dass er sein Heim nie wiedersehen wird."

Seine Lippen streiften über ihre Stirn. Sie versteifte sich und wandte sich ab.

2

„Du wirst dich besser fühlen, wenn dir nicht mehr alles wehtut", sagte Elizabeth am Morgen zu ihrem einzigen Kind. Sie tätschelte Mazys noch immer geschwollene Finger. „Sie sehen aus wie kleine dicke Würstchen. Vielleicht sitzt der Verband zu fest."

„Ich habe zu große Schmerzen, um zu denken", erwiderte Mazy. Sie saß auf der Bettkante. Ihr war schwindelig.

Der Hund kam herübergeschlichen, knurrte und schmatzte, als er nach Mazys gesunder Hand stieß.

„Er klingt wie ein Schwein", bemerkte Elizabeth. „Hast du ihm deshalb diesen Namen gegeben?" Sie beugte sich vor und streichelte den Kopf des Hundes.

„Mir gefällt eben der Klang des Wortes."

„Worte, Worte. So viel Lesen und Schreiben, dass du gar keine Zeit für Enkel hast." Elizabeth lachte.

Mazy nicht.

Elizabeth runzelte die Stirn. Sie machte sich Vorwürfe, dass sie mit ihrer Tochter scherzte, obwohl diese viel lieber mit ihr über ernste Dinge gesprochen hätte.

„Ich weiß, dass du traurig bist", sagte Elizabeth, während sie sich an dem Verband zu schaffen machte. „Aber Veränderung gehört zum Leben dazu. Du kannst sie nicht aufhalten, wie sehr du dich auch bemühst. Ich erinnere mich noch, wie dein Papa mich aus Virginia geholt hat, damit ich sein großes Haus in Milwaukee übernehme." Elizabeth erhob sich, hielt ein in der Sonne getrocknetes Laken mit dem Kinn fest und begann es zu falten. „Die Hektik dieser Stadt, all die Gerüche von Leuten, die kochten und werkelten, weckten mich auf." Sie drückte das Flanelltuch an die Brust und schwelgte in der Erinnerung. „Du meine Güte, ich hätte diese Augenblicke nie erlebt, wenn ich geblieben wäre, wo ich war. Schlimmer noch, dein Papa hätte sich bestimmt in eine andere Frau verliebt und sie geheiratet. Du wärst vielleicht als

Kind eines Metzgers auf die Welt gekommen und nicht als Tochter eines liebevollen Arztes."

Sie blickte ihre Tochter an und sagte leise: „Du kannst das, was Jeremy getan hat, entweder als Chance betrachten oder deine Nase rümpfen, als wäre er ein Stinktier. Irgendwann wird es dir über sein, die Nase zu rümpfen, aber du hast die Wahl, Mazy."

Die Wahl, welche Wahl hatte sie denn? Eine Anstellung als Gesellschafterin anzunehmen oder Muschelschalen für die Knopffabrik zu sammeln, um ihren Lebensunterhalt zu bestreiten? Durch das Fenster beobachtete sie, wie ihre Mutter die Lumpen von den Tomaten entfernte, die die Pflanzen vor möglichem Nachtfrost schützen sollten. Elizabeth sang trotz des verwüsteten Gartens, sang angesichts der bevorstehenden Veränderung. Mazy legte sich wieder aufs Bett. Was würden die Leute denken, wenn sie ihren Mann und ihre Mutter gehen ließ und ihnen in ihrer Pumphose nachwinken würde? War sie stark genug, zurückzubleiben? Und was dann? Ihr Blick fiel auf den ausgehöhlten Flaschenkürbis, den sie mit einem Muster aus Beerensaft verziert hatte und der nun an einem Hanfseil über dem Eichenspiegel hing. Die ganze Arbeit mit dem Pflanzen.

Sie wollte Rache, das wollte sie. Eine Strafe dafür, dass er ihr all die Monate nichts von seinen Gedanken erzählt hatte, dass er sie von der wichtigsten Entscheidung in ihrer Ehe ausgeschlossen hatte. Alle diese Abende, an denen sie sein ausgeprägtes Profil im Kerzenlicht betrachtet hatte und dachte, er würde sie verstehen, wenn sie ihm erzählte, was sie pflanzen wollte, dass bestimmte Blumen die Erdhörnchen abhalten würden und dass sie Tomaten trocknen und im Winter später in Eintöpfen verarbeiten würde. Aber alle diese zärtlichen Augenblicke waren Betrug gewesen. Ein großer Vertrauensbruch.

Wann immer er den Blick gehoben, seine runde Nickelbrille zurechtgerückt und sie mit seinen feuchten Lippen angelächelt hatte, wenn sie von dem Flug des Adlers sprach oder von der Stelle, wo die wilden Stiefmütterchen wuchsen, hatte er nicht an das gedacht, von dem sie sprach oder was sie sich erhoffte, sondern an einen weit entfernten Ort. Sie hätte von Pumphosen oder Zehen sprechen können, es hätte nichts ausgemacht. Er hatte nicht so viel Vertrauen zu ihr gehabt, von seiner Sehnsucht zu erzählen, sie an seinem Traum teilhaben zu lassen.

Sie würde diesen Spiegel mitnehmen, beschloss sie, und die Bank und den Tisch und den Schaukelstuhl, der so schwer war wie ein Pferd. Sie würde alles mitnehmen, sich mit vertrauten Dingen umgeben.

Jeremy betrachtete die Möbelstücke, die Mazy mitnehmen wollte. Den runden Eichentisch, die Salzkiste, ihre Holzschüsseln, die Teigschüssel mit den Mehlrückständen, die dauerhaft in das Eichenholz geknetet worden waren.

„Der Spiegel bleibt. Auch die Kommode, der Schrank für die Hauben, der Tisch und die Stühle – ich werde neue machen. Ich will nicht die Maultiere umbringen, nur weil sie Möbelstücke schleppen müssen, die ersetzbar sind. Und Möbel aus Eiche nehmen wir schon gar nicht mit. Viel zu schwer. Such nur das Wesentliche aus", entgegnete er ihr.

Sie standen wie zwei Hunde voreinander, die sich um ein Revier stritten. „Wir sollten das mit dem *Wesentlichen* am besten sofort klären", widersprach Mazy. „Falls ich mitkomme, werde ich Dinge mitnehmen, die mir etwas bedeuten, auch wenn sie dir nichts bedeuten." Die Festigkeit in ihrer Stimme erstaunte sie. „Stimmst du mir nicht zu, Mutter? Großmutters Stühle sollten doch mitkommen, nicht?"

„Oh, das macht ihr beide am besten unter euch aus." Elizabeth wandte sich wieder dem zu sortierenden Leinen zu. „Wir werden uns bestimmt gut niederlassen."

„Vögel in Käfigen lassen sich nur selten nieder, vor allem nicht, wenn sie keine Sitzstange haben", erwiderte Mazy. Ihre Seite tat weh, und sie ließ sich auf den Stuhl ihrer Großmutter sinken. „Ich nehme den Haubenschrank und die Kommode mit, selbst wenn wir sie an der Seite festbinden müssen." Sie legte ihren gesunden Arm über die Brust. „Das Porzellan kommt mit und auch der Esszimmertisch. Wenn es sein muss, kannst du ihn ja auseinander nehmen und mit den Brettern den Boden des Wagens verstärken. Auf keinen Fall will ich ohne vertraute Dinge in ein fremdes Land kommen."

„Du bist so hübsch, wenn du Befehle erteilst", sagte Jeremy. Er wollte sie an sich ziehen und seine Hände gruben sich in ihre braune Haarpracht.

„Niemand versteht mich", beschwerte sie sich. Sie spürte, wie sie errötete.

Er küsste sie und trat schnell aus ihrer Reichweite. „Du kannst den Schaukelstuhl nicht mitnehmen. Auch die Stühle, den Tisch und die Kommode nicht. Aber das Bett, das schon." Er grinste. „Nur das Wesentliche."

„Wir riskieren unser Leben, um dorthin zu kommen. In den Westen", sagte Mazy voller Abscheu.

Sie und ihre Mutter gingen durch die Überreste ihres Gartens. Die Kühe muhten von der Weide. Der Schmerz in Mazys Arm und Seite zwang sie, stehen zu bleiben.

„Du übertreibst mal wieder, Madison. Und ich dachte, das würde sich im Laufe der Zeit verlieren."

„Horace Greeley sagt, wegen des Indianeraufstandes und aller Gefahren sei es ein Verbrechen, wenn ein Mann mit Frau und Kindern durch die Prärie zieht."

„Die Fox- und Sauk-Indianer verhalten sich ruhig, wie ich höre", erwiderte Elizabeth. „Außerdem weiß jeder, was man tun kann oder besser lassen sollte. Die meisten heuern nicht einmal einen Führer an, weil die Wege so gut gekennzeichnet sind. Es ist ein gutes Jahr für Familien, dorthin zu ziehen. Es ist ein gutes Jahr für ein Abenteuer. Das wird nicht mehr Mühe machen, als von Milwaukee hierher zu kommen."

„Und steckt diese Reise nicht voller Überraschungen?"

Elizabeth entdeckte die Kränkung in den grünen Augen ihrer Tochter. „Wir können das genauso gut jetzt klären wie später."

Mazys Herz klopfte zum Zerspringen. Manchmal erreichte sie mit ihrem Spott Dinge, die sie gar nicht wirklich erreichen wollte. Sie stach mit Worten zu, vermied es aber, zu nahe zu kommen. Ein ernstes Gespräch mit ihrer Mutter war nicht das, wonach ihr der Sinn stand.

„Als Jeremy nach Milwaukee kam, erzählte er mir, dass er vorhabe, in den Westen zu ziehen“, erklärte ihre Mutter. Sie führte sie zu einem Baumstumpf und half ihr, sich hinzusetzen. „Ich habe gelacht. Es schien ihm überhaupt nicht ähnlich zu sehen, ein Mann, der seine Hände immerzu mit Öl einreibt, damit sie weich wie ein Babypopo bleiben. Aber er meinte es ernst. Als ich darüber nachdachte, wurde ich selbstsüchtig. Ich würde meine Enkelkinder vielleicht nie sehen – falls du jemals Kinder bekommst. Und so fand ich einen Weg mitzukommen.“ Sie nahm Mazys gesunde Hand in ihre.

Mazy spürte die Schwielen an den Fingern ihrer Mutter, ihren festen Griff.

„Und so sagte ich, ich würde mitkommen, wenn du auch mitgehst. Jeremy lachte und sagte, es wäre leichter, ein Wiesel im Schlaf zu erwischen, als so schnell mein Haus zu verkaufen.“ Elizabeth beugte sich zu Mazy herüber. Der Duft von Lavendel streifte ihre Nase. „Nun, als ich verlauten ließ, ich wolle mein Haus verkaufen, tauchte urplötzlich ein Käufer auf.

‚Ich wünschte, Maze wäre auch so kurz entschlossen‘, sagte Jeremy zu mir, als ich ihm erzählte, ich hätte das Haus verkauft, was übrigens ein paar Überraschungen mit sich brachte, nachdem alles geregelt war.“ Sie ging nicht weiter darauf ein. „Aber ich sagte ihm, du wärst nach deinem Papa geschlagen – gelehrt und loyal. Er meinte, deine loyale Seite würde er brauchen, da er dir noch nichts erzählt hätte.“ Tränen traten in Elizabeths blaue Augen. „Dass er das nicht mit dir besprochen hatte, hat mich traurig gemacht. Aber dann habe ich nachgedacht, nun, ich kann es nicht ändern. Aber niemals hätte ich so etwas für mich behalten.“

Mazy seufzte. „Ich hätte es nicht ertragen, wenn du es getan hättest.“

„Oh Schatz, weißt du denn nicht? Wenn ein Körper etwas nicht ertragen kann, dann verliert er das Bewusstsein.“ Sie lachte, und ihr breites, fleischiges Gesicht wurde rot, ihre blauen Augen schimmerten. „Ich habe nach dem Guten darin gesucht, als ich davon erfuhr." Elizabeth leckte sich die Lippen. „Abgesehen von den Feiertagen und einem kurzen Besuch hier im vergangenen Jahr haben wir keine Zeit miteinander verbringen können. Das wird sich jetzt ändern."

Mazy nickte und berührte mit dem Finger die runzelige Wange ihrer Mutter. Sie war erstaunt über die weiche Haut. „Ich habe nur ... Angst", gestand Mazy.

„Ich weiß." Sie tätschelte Mazys Hand. „Meine Mama sagte immer, Angst sei nur die Mahnung daran, sich gut anzuziehen, wenn man in neue Lebensumstände kommt."

„Aber", erwiderte Mazy, „Grandma hatte noch nichts von Pumphosen gehört."

Die Nachbarn der Bacons planten ein Fest für sie in der kleinen Holzkirche in Cassville, um die Veränderungen zu feiern, auf die die Bacons sich einließen.

„Es wäre Balsam für meine Seele, wenn wir heute einen Prediger hätten", sagte Mazy, als sie in die Stadt fuhren, „aber es ist noch zu früh im Jahr."

Sie hoffte, bei dieser Zusammenkunft Nahrung zu bekommen, etwas, mit dem sie die Leere in sich füllen, die Unsicherheit beruhigen könnte.

Jeremy Bacon stand in der Mitte einer Gruppe von Männern im Schatten der Pappeln, die sich über das Holzgebäude erhoben. Tabakrauch hüllte das Gesicht von Hathaway Wilson ein, der an seiner Pfeife zog und dann mit ihr in der Hand gestikulierte. Alle sahen zu ihm hin. Seine rechte Hand steckte in seiner Weste, als würde er sein Herz festhalten. Jeremy war größer als Hathaway, selbst ohne Hut, den er am Sattelgriff hängen gelassen hatte.

Mazy konnte ihre Worte nicht verstehen, doch die Gruppe brach in Gelächter aus, dann waren leisere Geräusche zu vernehmen. Die Männer nickten eifrig mit den Köpfen und schlugen sich gegenseitig auf den Rücken. Bei vielen Männern sah man an der Sonnenbräune, dass sie Hüte trugen – die Stirn war heller als die Wangen. Bewundernde Blicke wurden ihrem Mann zugeworfen, vielleicht sogar sehnsüchtige Blicke. Ihr schien es unverständlich, dass so viele Männer den Wunsch hatten, ihre Familien in eine gefährliche und ungewisse Zukunft zu führen und sie dafür bewunderten. Das zeigte ihr nur wieder einmal, wie unterschiedlich Männer und Frauen waren.

„Diese Sache mit dem Westen ist verrückt, jawohl, verrückt", sagte Adora Wilson. Die gut aussehende Frau mit den breiten Schultern und der schmalen Taille stand jetzt neben Mazy. Sie trug eine rosa Haube mit einem steifen Rand, der ihr Gesicht, das gerade die ersten Fältchen zeigte, vor der Sonne schützte. „Man könnte sie für Lausbuben halten, die gerade ein neues Fischloch entdeckt haben und nicht sicher sind, ob sie die Neuigkeit mitteilen oder lieber für sich behalten sollen. Und mein eigener Mann gehört auch dazu." Sie richtete ihre Haube und nahm sie dann ab. „Ich weiß nicht, wie du das machst, Mazy. Ich könnte es einfach nicht." Die letzten Worte kamen wie Hammerschläge.

„Hathaway denkt bestimmt nicht daran, ebenfalls zu gehen."

„Oh, das Thema wurde schon angeschnitten, aber ich habe meinen Fuß darauf gestellt. Auch Charles hat protestiert." Adora deutete mit dem Kopf zu ihrem Sohn hinüber, einem gut aussehenden jungen Mann, der gegen einen Baumstamm gelehnt seine Fingernägel mit einem Messer säuberte. Er trug ein weißes, kragenloses Hemd und eine geknöpfte Hose. An dem Rand des einen Ohres war trotz des Schattens seines grauen Hutes eine kleine Einkerbung zu erkennen. Mazy mochte es nicht, wenn er sie im Geschäft der Wilsons bediente: Charles kam immer um die Theke herum und stellte sich neben sie. Er berührte sie gern mit den Fingern, wenn sie ihm einen Tuchballen reichte. „Aber das West-Fieber hat schon seine Spuren hinterlassen ...", fuhr Adora fort. „Tipton hat sich in diesen Tyrell Jenkins verliebt."

Mazys Blick wanderte zu dem Mann mit den langen Unterarmen und den kurzen, aber stämmigen Beinen. Er hatte einen fabelhaften Ruf. Man erzählte sich, er sei ein fähiger Schmied, und sie hatte gehört, er würde in seinem Hinterzimmer verwaiste Kätzchen mit einem Handschuh füttern.

„Ich denke, ein Hufschmied wäre bei einem Treck nach Westen recht willkommen“, warf Mazys Mutter ein, die sich zu den beiden stellte und während des Sprechens die Fliegen vom Tisch wedelte. Elizabeth hatte Adora im vergangenen Jahr kennen gelernt, wobei sie sich nur kurz unterhalten hatten, aber Mazys Mutter kannte keine Fremden. Sie konnte mit jedem so reden, als wäre er schon lebenslang mit ihr befreundet. „Man könnte sich Schlimmeres für seine Tochter wünschen.“

„Aber Tipton ist erst fünfzehn“, wandte Adora ein und hob ihr Kinn. „Und sehr eigensinnig.“

„Ich überlege, woher sie das wohl hat“, erwiderte Elizabeth.

Adora runzelte die Stirn. „Sie verdreht vielen Männern den Kopf, aber nicht wegen ihrer Klugheit, fürchte ich. Sie bestürmt ihren Vater wegen einer Heirat und will dann in den Westen. Mit Tyrell. Bisher ist er hart geblieben, was auch gut ist. Wir haben damals sieben Jahre mit der Heirat gewartet.“ Sie richtete sich auf und spielte mit den Rüschen über ihrem üppigen Busen. „Bis das Geschäft richtig lief. Ich sehe keinen Grund, warum sie nicht warten sollten, bis Tyrell sich niedergelassen hat. Dann kann er doch zurückkommen und sie holen. Hathaway hat ihm gesagt, dass es genauso gut Trecks in den Osten wie in den Westen gibt.“ Sie fächelte sich mit den Händen Luft zu, dann senkte sie ihre Stimme zu einem Flüstern. „Ich denke, sie ist viel besser dran, wenn Tyrell von der Bildfläche verschwunden ist.“ Sie beugte sich vor. „Arme Leute haben einfach armselige Verhaltensweisen. Haben Sie Gewürze in diesen Kuchen getan, Elizabeth? Elizabeth ist doch richtig, nicht? Ich habe eigentlich keinen guten Geruchssinn, aber manchmal denke ich, ich kann Gewürze riechen.“

Elizabeth gab ihr mit einem Nicken Antwort auf ihre Frage. „Es schadet nicht, unseren Nachkommen Gutes zu wünschen, denke ich“, meinte Elizabeth. „Das Beste, was eine Mutter tun kann.“

Damit verschwand Mazys Mutter, um die Tassen auf den Tisch

zu stellen. Sie unterhielt sich mit Kay Krall und Janie Switzler, zwei Frauen, die auf ihre im Gras spielenden Kleinkinder aufpassten. Mazy hörte die jungen Frauen lachen und bemerkte, dass ihre Mutter mit einstimmte.

Ihre Mutter passte wie ein handgearbeiteter Schuh in diese Gemeinschaft, als hätte sie schon immer in Cassville gelebt. Mazy schätzte, dass es an Elizabeths provinzieller Erziehung lag. Ein Dutzend Cousins und Cousinen wohnten ganz in ihrer Nähe, und so wurde für sie fast jeder zum Familienmitglied. Dies war eine Eigenschaft, die Mazy sich selber auch wünschte.

„Bricht Tyrell bald auf?“, fragte Mazy Adora.

„Nicht bald genug.“ Sie spielte mit dem Verschluss ihrer Tasche. „Die Wahrheit ist, ich befürchte, dass Tipton einfach davonlaufen könnte. Ich weiß, ich werde sie an dem Tag, an dem er aufbricht, genau beobachten und auch die folgenden zwei Wochen. Er hätte sich schon früher einem Treck anschließen können. Ich wünschte, er hätte es getan. Tipton hält ihn hier, umgarnt ihn mit ihrem Flirten. Sieh sie dir nur an“, seufzte Adora. Aber Mazy hörte auch den Stolz in ihrer Stimme.

Tipton Wilson lachte. Die hohen Wangen des Mädchens überzogen sich mit einem Hauch von Rosa. Mazy schätzte, dass sie sich in die Wangen gekniffen hatte, um diese Farbe hervorzuzaubern, als sie ihren Sonnenschirm öffnete. Das Mädchen war zierlich und blond, ganz in Blau gekleidet – sogar die Ohrringe waren blau. Sie war die einzige Tochter der Wilsons. Das Mädchen stand nicht nur zwischen ihrem Vater und Tyrell, sie bildete den Mittelpunkt des Kreises. Sie strahlte ihren Auserwählten an, indem sie ihre weißen Zähne zeigte, als stände sie Modell für ein Porträt. Tipton klimperte mit ihren langen Wimpern und legte ihren behandschuhten Finger an die Wange. Sie sprach, und die Männer lachten. Tyrell Jenkins Wangen wurden an den Stellen rot, wo sein rhabarberfarbener Bart freie Haut sehen ließ.

„Ein Mann wird ganz schön Mühe mit ihr haben“, seufzte Adora.

„Die Süßspeisen werden verderben“, unterbrach Mazys Mutter. „Und mein Magen knurrt.“

Die Frauen winkten ihre Männer herbei, und alle strömten zu den Tischen. Tipton und Tyrell liefen ins Gespräch vertieft nebeneinander her.

Mazy bemerkte, wie Tiptons Bruder zurückblieb, fest mit dem Arm an den Baum gelehnt. Die seltsame Einkerbung in seinem Ohr hob sich gegen das Licht ab. Er warf etwas Glänzendes in die Luft, Münzen, wie es schien. Doch sein funkelnder Blick hing an Tipton, bis er bemerkte, dass Mazy ihn beobachtete. Ein halbherziges Lächeln stahl sich auf seine gekräuselten Lippen. Daraufhin setzte er sich in Bewegung, um sich den anderen anzuschließen.

Hathaway sprach das Dankgebet für den braunen Pudding, den Cobbler, die Kekse und Kuchen. Elizabeth hatte Mazys Lieblingsrosinenkuchen gebacken. Die prallen Früchte hatte sie in Quellwasser eingeweicht in einem Tonkrug extra aus Milwaukee mitgebracht. Das Gespräch plätscherte dahin, während die Leute sich über die Köstlichkeiten hermachten, nach den lästigen Fliegen schlugen und sanft die Kinder ermahnten. Die Kinder tollten unter den Fliederbüschen herum, die Bänder der Kleider der Mädchen hingen unordentlich herab, und die Knie der Jungen waren voller Grasflecken. Ein halbes Dutzend Hunde lag unter den Wagen. Pig hechelte im Schatten eines Wagens, während das Essen und die guten Wünsche mit Sonnentee heruntergespült wurden. Mazy dachte, wie schön dieser Ort sei, wie nett die Menschen, und kämpfte gegen ihre Tränen an.

Nachdem alle satt geworden waren, verabschiedeten sie sich voneinander, umarmten sich, schlugen sich auf den Rücken. Die Frauen gaben ihr mit einem Gefühl der Erleichterung, wie Mazy dachte, viele gute Wünsche mit auf den Weg, Erleichterung deswegen, weil sie es war, die fortging, und nicht eine von ihnen. Sie sah sich um. Dies waren gute Menschen, aber in den vergangenen beiden Jahren hatte sie sich mit keinem von ihnen näher angefreundet. Vielleicht war das jetzt ein Segen.

„Ich habe eine Entscheidung zu treffen", verkündete Jeremy.

Die drei fuhren durch den Wald nach Hause. Die Hufe der Maultiere klapperten wie die Uhr eines Großvaters auf dem festgetretenen Weg. Das Knarren des Leders und das Zischen der Maultierschwänze verschafften Jeremy einen Augenblick Zeit zum Überlegen, wie er Mazy diese Sache ein wenig schonender beibringen könnte als seine letzte Ankündigung. Er putzte sich mit dem Taschentuch, auf das Mazy ein *J* gestickt hatte, die Nase, steckte es wieder unter seinen Hutrand und räusperte sich.

„Muss ich mich auf eine Überraschung gefasst machen?", fragte Mazy.

„Ich spreche lieber vorher darüber. Tyrell Jenkins möchte ebenfalls in den Westen ziehen", verkündete Jeremy.

„Noch ein Mann mit einer wilden Idee."

„Hathaway hat Angst, seine Tochter könnte hinter ihm herrennen, wenn er aufbricht", erklärte Jeremy. „Sie hat gedroht, dass –"

„Und vermutlich werden sich seine Worte als wahr erweisen."

„Vermutlich." Er sprach weiter. „Da dein Arm noch längst nicht wieder gesund ist, könnten wir jemanden gebrauchen, der den Wagen deiner Mutter fährt. Und die Fertigkeiten eines Schmieds könnten ebenfalls von Wert sein."

„Dann können wir das Mädchen auch gleich mitnehmen", meinte Mazy.

„Genau das denke ich auch", erwiderte Jeremy. Für jemanden, der so jung und unerfahren war, konnte Mazy ihn mit ihren schnellen Schlussfolgerungen überraschen. Wenn sie wollte, erkannte sie, wonach andere Menschen sich sehnten. Für ihn war es daher unverständlich, dass sie seinen Wunsch, zu gehen, etwas Neues auszuprobieren, nicht gespürt hatte.

„Du willst also, dass wir dieses Mädchen unter unsere Fittiche nehmen?", fragte Elizabeth. „Das wird nicht leicht sein."

„Sie könnte dir helfen, Mazy, vor allem, da du deinen Arm noch nicht gebrauchen kannst", erklärte Jeremy. „Hath ist bereit, für ihre Reise zu bezahlen, womit wir Tyrells Lohn als Wagenfahrer sichergestellt hätten. Aber das würde bedeuten, dass noch jemand dabei ist, der eigentlich nicht zu uns gehört."

„Vielleicht sollten wir mit dem Aufbruch warten, bis ich wieder gesund bin. Wir könnten es dann ganz allein schaffen."

„Nein", widersprach Jeremy. „Jetzt ist die perfekte Zeit. Gute Weiden, bevor die großen Herden durchkommen. Wir werden die Berge lange hinter uns gelassen haben, bis der Winter einsetzt. Nein, April ist die beste Zeit, dann müssten wir im Oktober ankommen. Tyrells starke Arme und seine Fähigkeiten sind ein Geschenk, falls wir beschließen, es anzunehmen."

„Das wahre Geschenk ist, dass du mich tatsächlich fragst", erwiderte Mazy, „bevor du eine Zusage machst. Oder hast du das bereits?"

„Nein, noch nicht."

Eine Amsel zwitscherte in einer Eiche, als sie an einem wie ein Vogel geformten Grashügel vorbeifuhren. „Ein altes Indianergrab, Mutter", erklärte Mazy und deutete auf den Hügel. „Dort im Wald gibt es einige davon."

„Ich habe Hathaway gesagt, ich müsste mit dir darüber sprechen", erwiderte Jeremy.

„Das hat dich doch bestimmt große Überwindung gekostet", erwiderte Mazy spitz.

„Hath sagte, eine Frau dazu zu bringen, den Weg zu gehen, den man will, sei schwieriger, als Katzen zusammenzutreiben, das wüsste er."

„Ach tatsächlich?"

„Ich wollte dich damit nicht verletzen, Maze." Er nahm ihre Hand und legte sie über seine Finger, in denen die Zügel lagen. Er spürte ihre kühlen Finger. „Ich wollte, dass wir die Reise zusammen machen. Ich wusste nur nicht, wie ich ... wie ich das Thema anschneiden sollte, ohne dass du dich aufregst. Und außerdem warst du so borniert, wie deine Mutter sagen würde."

„Würde ich das sagen?", fragte Elizabeth.

„Das hat mir bestätigt, dass es richtig war, zu warten und zunächst alles ganz allein zu regeln."

Mazy wollte ihre Hand wegziehen. Er hielt sie fest.

„Ich will doch nur ein Wort mitzureden haben in meinem Leben", beharrte Mazy.

„Das möchte ich auch. Wirklich. Dass wir Dinge gemeinsam entscheiden. Wenn es geht."

„Ich verstehe nur noch immer nicht, warum wir überhaupt gehen müssen, warum du eine solche Veränderung brauchst."

„So ist das Leben eben. Man muss sich daran gewöhnen."

Das Maultier drehte den Kopf, um nach einer Fliege zu schnappen. „Adora weiß nichts von Hathaways Plan?", fragte Mazy.

„Hathaway wird heute Abend seinen Preis bezahlen müssen, wenn er ihr gesteht, was er mir ... uns angeboten hat. Wenn Tipton siebzehn ist, gibt er seine Einwilligung zur Heirat, aber bis dahin sind wir gebeten, sie in unsere Familie aufzunehmen, sie als unsere Tochter zu betrachten."

„Sie ist nur wenig jünger als du", bemerkte Elizabeth.

„Sie könnte dir eine Freundin sein, Maze", sagte Jeremy. „Mir scheint, du hast nicht viele."

„Mit gutem Grund, wenn ich sie jetzt so unerwartet zurücklassen muss." Sie seufzte. „Also gut, sprechen wir mit Tipton und hören, was sie meint."

Jeremy ließ seinen angehaltenen Atem entweichen. „Danke, Maze. Ich habe Hathaway gesagt, wenn er nichts von mir hört, soll er morgen zu uns herauskommen. Ich denke, das wird gut werden. Ich fühle es in den Knochen."

„Ich bin diejenige, die ihre Knochen spürt", erwiderte Mazy und hob ihre Schlinge. „Und gut ist nicht das Wort, das ich wählen würde."

Die Leute, die die Bacon-Farm gekauft hatten, trafen früh am folgenden Tag ein, noch vor Tyrell, Tipton und ihrer Familie. Mazy hielt sich von der Frau, einer Mrs. Malarky, fern. Ihre Mutter konnte besser mit Menschen umgehen als sie. Sie zeigte der Frau das Haus und die Möbelstücke, die sie zurücklassen würden, während Jeremy und der neue Besitzer mit den Maultieren über die Bacon-Farm ritten.

Mazy beobachtete die beiden Jungen der Malarkys, etwa drei und fünf Jahre alt. Sie stolperten wie kleine Hündchen aus dem Wagen und erkundeten ihre Umgebung. Natürlich machten sie sofort Jagd auf die Hühner. Pig hatte sie und ihren Hund, einen gelben Hirtenhund mit einem langen Schwanz, sofort angebellt. Die Hunde markierten ihr Territorium und beschnüffelten sich dann gegenseitig. Sie kamen zu dem Schluss, dass beide bleiben könnten.

„Und dies ist Mazys Garten, oder was davon noch übrig ist", erzählte ihre Mutter Mrs. Malarky. Die beiden kamen zu Mazy, die ziellos Unkraut auszupfte.

„Schön gepflügt", bemerkte Mrs. Malarky. „Ein wenig durcheinander vielleicht, aber es ist ja noch früh genug, um die Sämlinge in den Boden zu bringen."

„Der Bulle", erklärte Mazy. Sie erhob sich und klopfte die Erde von ihrer Schürze. „Er hat viel kaputt getrampelt. Ich denke, die Bohnen sind noch in Ordnung. Sie haben nicht viel abbekommen. Aber die Tomaten, ich bezweifle, ob sie es schaffen werden. Ich habe sie ins Haus gebracht. Eine oder zwei Pflanzen könnten sich erholen und dann wieder hinausgesetzt werden."

„Es muss doch schwer sein, all dies zu verlassen."

„Das ist es."

Schweigend standen sie nebeneinander und ließen ihren Blick über die Landschaft gleiten. „Haben Sie Flaschenkürbissamen?", fragte Mrs. Malarky. „Warum soll ich meinen Samen behalten, wenn Sie Ihren bereits gepflanzt haben. Ich habe auch einige Pappelstecklinge. Und bestimmt nehmen Sie auch einen Fliedersteckling mit, nicht?"

„Den Samen würde ich gern mitnehmen", erwiderte Mazy. „Und jetzt, da Sie davon sprechen, denke ich, ich werde auch einen Eimer mit Wisconsin-Erde mitnehmen."

„Das ist ganz wichtig", meinte ihre Mutter, und Mazy lachte.

Das Wilson-Mädchen ließ keinen Zweifel daran, wem ihr Herz gehörte. Sie machte ihrem Angebeteten schöne Augen. Jeremy hatte gesagt, sie könnte beim Kochen helfen. Elizabeth lächelte in sich hinein. Männer. Irgendetwas an dem Mädchen sagte ihr, dass sie sich vielleicht für das Kochen interessierte, in Ordnung, aber bestimmt nicht über einem offenen Feuer.

Ihre schlanke, behandschuhte Hand ruhte auf dem muskulösen Unterarm von Tyrell Jenkins, während die beiden zum Haus schlenderten, aus dem schon fast alle Habseligkeiten der Bacons entfernt worden waren und das sich nun langsam mit den Besitztümern der Malarkys füllte. Letztere hatten beschlossen, mit ihren Kindern zum Ententeich zu wandern, als die Besucher eintrafen.

Adora und Hathaway gingen hinter ihrer Tochter her. Adora sah aus wie ein Boot, das über seichtes Wasser gezogen wurde. Sie lächelte nicht beim Näherkommen, ihr Kinn war vorgeschoben. Sogar Charles hatte sich ihnen für dieses Familiengespräch angeschlossen. Er trug eine cremefarbene Reithose, und auf seinem Gesicht lag das für ihn typische halbherzige Grinsen.

„Ich werde euch bestimmt keine Last sein", begann Tipton, als sie in dem großen Zimmer auf den Stühlen der Malarkys und den Stühlen, die Mazy zurücklassen musste, Platz nahmen. „Papa hat mir die Regeln klargemacht, und ich werde mich selbstverständlich daran halten." Sie lächelte und zeigte dabei ihre weißen Zähnen. Es sah aus, als würde sie ein Stück Fleisch abbeißen, ohne dass es ihre Lippen berührte. Hoch aufgerichtet und mit geradem Rücken saß sie auf ihrem Stuhl.

„Selbst wenn dir nicht gefällt, was du tun sollst", sagte Hathaway, „wirst du es tun."

„Oh Papa, habe ich das nicht immer getan?"

Adora tupfte sich die Nase mit einem weißen Spitzentaschentuch ab. Ihre grauen Augen waren geschwollen und ihr Gesicht vom Weinen gerötet.

„Wir werden gut für sie sorgen, Adora", versprach Mazy, „obwohl das natürlich niemand so gut kann wie eine Mutter."

„Sie wird dir eine Hilfe sein", sagt Hath, „mit deinem verletzten Arm." Adora drückte das Taschentuch gegen die Nase. „Ich werde meinen Kummer überwinden. Hath meinte, ich würde auch ohne mein Baby zurechtkommen."

„Du hast ja noch mich, Mutter“, sagte Charles von seinem Platz neben der Tür.

„Oh ja, sicher.“

Mazy tätschelte Adoras geballte Faust. „Wir werden Ihre Hilfe zu schätzen wissen, Mr. Jenkins“, sagte sie an Tyrell gewandt.

„Um die Räder braucht man sich keine Gedanken zu machen, wenn ein Schmied mit einem unterwegs ist.“ Elizabeth grinste. „Sie könnten das auf Ihre Visitenkarte schreiben.“

Tyrell errötete. „Wenn ich so etwas hätte.“ Er drehte seinen Hut in den Händen. Elizabeth schätzte ihn auf Mitte zwanzig, aber er könnte auch gut noch etwas älter sein. Seine freundlichen Augen schienen viel Erfahrung zu haben. Er war ein sympathischer junger Mann, der Weisheit ausstrahlte, Mitgefühl und Fürsorge. Sie beobachtete, wie er seinen Hut auf sein Knie legte und mit seiner großen Hand Tiptons umschloss, während das Mädchen mit den rötlichen Haaren an seinem Handgelenk spielte.

„Du wirst uns schreiben“, sagte Adora zu ihrer Tochter. Sie sah Mazy an. „Bitte sorge du dafür. Man sagt, die Post würde bei den Forts zurückbleiben, und Reiter, die nach Osten kommen, bringen sie mit. Es wäre so hilfreich zu erfahren, was los ist ... Ich könnte es einfach nicht ertragen, wenn etwas ... und ich wüsste nichts davon.“

„Ihr fahrt also durch Iowa“, fragte Hathaway. „Und dann südlich über Land? Ihr nehmt nicht den St. Louis?“

„Nur durch flaches Land geradewegs bis zum Fluss und dann mit der Fähre“, erklärte Jeremy ihm.

„Und woher weißt du das?“, fragte Mazy.

„Ich habe davon gelesen. Von den Neunundvierzigern, die vom Fort zurückgekommen sind. Ich weiß, was ich tue, Maze“, erwiderte Jeremy.

„Mama sorgt sich zu sehr“, meinte Tipton. „Sag es ihr, Papa. Sie braucht sich keine Sorgen zu machen.“

„Vielleicht nicht, aber vorsichtig sollte man schon sein. Bei allem“, erklärte ihr Vater bedeutungsvoll.

„Ihr Baby wird also in Oregon verheiratet werden“, meinte

Elizabeth. Adora seufzte. Hathaway legte den Arm um seine Frau und tätschelte ihr die Schulter. Elizabeth hatte den Eindruck, dass sie sich dabei versteifte.

„An dem Tag, an dem ich siebzehn werde. Wir werden eine Daguerreotypie machen lassen und dir schicken, Mama. Ach, das ist ein solches Abenteuer, nicht, Tyrellie?“ Sie spielte erneut mit den Haaren an seinem Handgelenk, und der stattliche Mann begutachtete vor Verlegenheit einen Kratzer im Leder seiner Stiefel.

Mazy und Jeremy lagen auf der schmalen, mit Maishülsen ausgestopften Matratze, die auf die Ladefläche des Wagens gezwängt worden war. Diese Nacht war nur ein Versuch, um zu sehen, ob sie hatten, was sie brauchten, bevor sie am Morgen endgültig aufbrachen. Mazy blickte zum Kopfteil des alten Bettes ihrer Großmutter hinüber, aber es hielt nicht die Seitenteile. Sie lagen auf dem Boden des Wagens. Der Raum unter der Plane des Wagens engte sie ein wie ein Korsett, so voll gestopft wie er war mit Regalen, Fässern und Koffern. Und doch fühlte sie sich innerlich ganz leer.

Draußen zirpten die Grillen, und Mazy fragte sich, ob es da, wo sie hingingen, wohl auch Grillen geben würde. Oder Muscheln für ihre Knöpfe? Enten mit einem Dutzend Namen? Morchelpilze – würden sie dort wachsen? Oder hundert andere Dinge der Natur, die sie ernährten und ihre Seele erfreuten. *Das Los ist mir gefallen auf liebliches Land; mir ist ein schönes Erbteil geworden.* Sie würde sich diesen Satz aufsagen zusammen mit dem Hilferuf: „Hilf mir, hilf mir, hilf mir.“ Mehr konnte sie nicht tun.

Sie lauschte auf Tyrells Schnarchen von seiner Schlafdecke draußen auf dem Boden. Tipton und Mazys Mutter teilten sich eine Strohmatratze in Elizabeths Wagen. Mazy kroch aus dem Wagen und sprang leise auf den taufeuchten Boden. Im ersten Morgengrauen ging sie zum Garten, um einen letzten sehnsuchtsvollen Blick darauf zu werfen.

Mazy beobachtete die Silhouette von Rotwild in der Ferne. Der

Morgennebel legte sich vom Fluss her über den Wald. Sie fuhr sich mit dem Schal über das Gesicht und spürte die kühle Morgenluft an ihrem geschwollenen Arm. Sie sehnte sich danach, davonzulaufen, sich in einer Kalksteinhöhle zu verbergen, bis alles vorbei wäre. Aber Jeremy war ihr Mann. Vor Gott hatte sie geschworen, bis zum Tod bei ihm zu bleiben. Kein Ort der Welt war es wert, seine Ehe aufzugeben.

Sie hörte Jeremy hinter sich, der leise nieste.

„Mit dieser verflixten Nase kann ich dich nicht überraschen", sagte er. Sie spürte, wie er nach einem Taschentuch suchte, um sich erneut die Nase zu putzen. „Ich weiß deine Herzensänderung zu schätzen, Maze." Er legte den Arm um sie und wiegte sie sanft, wie ihre Mutter sie als Baby gewiegt hatte. „Vielleicht wirst du mir eines Tages vergeben für das, was ich getan habe", meinte er vorsichtig. „Bei dem Wilson-Mädchen habe ich es besser gemacht, nicht?"

„Das hast du. Obwohl ich fürchte, dass wir uns noch vor Ende der Reise fragen werden, was uns geritten hat, als wir uns bereit erklärten, sie mitzunehmen."

„Sie wird schon zurechtkommen. Das ist doch, was sie wollte."

„Männer können so begriffsstutzig sein wie ein Baumstamm", erklärte Mazy.

„Ach, tatsächlich?" Er drehte sie zu sich um und ließ seine Hände auf ihren Hüften liegen. Was er ihr ins Ohr flüsterte, ließ ihren Ärger abklingen. „Du bist eine gute Frau, Maze", sagte er, „und tust, was richtig ist. Es ist die Aufgabe eines Mannes, für seine Familie zu sorgen. Und genau das tue ich." Er beugte sich vor, um sie zu küssen.

Mazy entwand sich ihm. Die Verwirrung in seinen Augen bemerkte sie durchaus. „Ich werde mein Gelübde halten, Jeremy", sagte sie. „Ich werde mit dir durch dick und dünn gehen. Darum komme ich mit. Aber ich habe vor, zurückzukommen. Wisconsin ist meine Heimat, und ich kann mir nicht vorstellen, dass ein anderes Land dem gleichkommt."

„Der Westen mit seinen Bergen und Tälern und der herrlichen

Aussicht wird dir bestimmt gefallen. Er wird dich verführen, so wie ich das jetzt gern würde", sagte er und zog sie an sich, „bevor die Kühe gemolken werden müssen."

Sie schlug nach seinen Händen. „Mutter wird uns hören."

Sie wandte sich um und stapfte zum Wagen zurück.

„Ich mag keinen Abschied", sagte Mazy.

„Manchmal, wenn wir klug sind, können wir den Abschied in ein Hallo verwandeln", erwiderte Elizabeth. „Das liegt dicht beieinander." Elizabeth zwängte sich zwischen Tipton und Tyrell hindurch und ließ sich auf der Bank nieder. Sie lächelte und winkte ihre Tochter zu sich auf den ersten Wagen, als sie sich zum Aufbruch bereitmachten.

Mazy sah noch einmal zurück. Sie sah Mrs. Malarky, rund wie ein Kürbis, aus der Tür winken, zwei Jungen wie kurze Halme an jeder Seite. In der Ferne ging Mr. Malarky bereits hinter einem Maultier her und pflügte den Boden. Sie spürte, wie ihr das Blut ins Gesicht stieg. Sie empfand einen so tiefen Neid, dass es wehtat. So sog sie diesen letzten Blick auf ihre Farm ein und schwor sich, jedes Detail, jede Nuance, jeden Geruch, jede Berührung und jeden Geschmack des Ortes in Erinnerung zu behalten, an dem sie so viel Zufriedenheit, Unabhängigkeit und Frieden empfunden hatte.

„Was ist das? Du nimmst Unkraut mit?", fragte Jeremy und blickte auf den Eimer mit Erde an dem Schutzbrett zu ihren Füßen. Das Brett sollte sie vor dem Dreck schützen, den die Maultiere aufwarfen.

„Wisconsin-Erde und eine Tomatenpflanze", erklärte sie kampfbereit. „Ich habe vor, sie in unserem neuen Heim in die Erde zu setzen. Wer weiß, vielleicht werde ich sogar hierher zurückkommen und es hier tun."

Jeremy schwieg und schlug mit den Zügeln.

Pig vor ihnen jagte Hasen nach, kam aber von Zeit zu Zeit immer wieder zurück, und Mazy sah seinen himmelwärts gerichteten schwarzen Schwanz. Kleine weiße Blumen hatten ihren Kopf durch den Waldboden gesteckt auf der Suche nach Licht. Das Land war zu neuem Leben erwacht, üppig und grün. Die Luft war mild, nur eine leichte Brise strich durch die Blätter der Bäume. Es würde nicht mehr lange dauern, bis sich die Morcheln neben blauen Kolumbinen im Schatten von Ulmen zeigen würden. Der Frühling war dieses Jahr sehr früh. Mazy biss sich auf die Lippen. Ihr Garten hätte bestimmt eine große Ernte gebracht.

3

Was sollte dieser Lärm? Es klang, als würden die Hühner mit den Hunden Murmeln spielen. Tipton zog sich die Decke über den Kopf. Hatte sie sich ihren Schlaf nicht verdient? Hatte sie nicht alles getan, worum die Bacons sie gebeten hatten, und noch mehr? Sie hatte die Kühe gemolken, bis ihre Hände schmerzten. Und nach dem Hagelsturm war sie stundenlang in feuchten Kleidern herumgelaufen, weil Mr. Bacon sich geweigert hatte, anzuhalten und zu warten, bis die Sachen getrocknet waren. Hatte sie sich etwa beschwert? Niemals.

Sie hatte sich von einigen ihrer Sachen getrennt, um die Ladung zu erleichtern, während sich Mrs. Bacon an diesen Eimer mit Cassville-Erde klammerte! Das schien ihr nicht fair. Mr. Bacon war ein strenger und ehrgeiziger Mann, auch wenn er seiner Frau half, den Kessel über das Feuer zu hängen, ohne dass sie ihn darum bitten musste.

In diesen vergangenen sechs Wochen hatte sie kaum ein Wort mit ihr gesprochen. Sie war sicher, sie hatte auch ihre Augen nicht so oft verdreht wie Mrs. Bacon über ihre Mutter, vor allem wenn die ältere Frau fünfzehn Mal am Tag ihr „schmerzendes Hinterteil" erwähnte. Tipton hatte mitgezählt!

Sechs Wochen waren sie nun schon unterwegs, holperten und hüpften über die zerfurchten Straßen Iowas, bis Tiptons Hals mehr schmerzte als Mrs. Muellers Hinterteil. Iowa war nichts als Schlamm, eingerahmt vom Schatten hoch aufragender Bäume, die die Sonne aussperrten. Tipton fror ständig. Manchmal hatte es sogar geschneit. Geschneit! Nur die Gegenwart Tyrells gab ihr Wärme; das und die Erinnerung an die gestohlenen Augenblicke, in denen er sie geküsst hatte, während Mrs. Mueller irgendetwas im Wagen suchte. An einem Abend hatte sie sich sogar zu seiner Schlafdecke geschlichen, wo er sie kurz in die Arme nahm, bevor er sie flüsternd wieder zurückschickte. Die Tatsache, dass es gestohlene Momente waren, machte sie umso süßer.

Unter großer Anstrengung hatten sie den Desmoines River erreicht und überquert, in Rekordzeit, wie Tyrell ihr gesagt hatte. Trotzdem gab es kaum einen Tag, ohne dass irgendetwas passierte, worüber Mr. Bacon sich beklagen musste. Sei es, dass sie nicht schnell oder weit genug vorankamen oder dem „Wesentlichen" nicht genug Beachtung schenkten.

„Wir müssen am fünfzehnten Mai in Kanesville sein", sagte Mr. Bacon und tippte sich mit dem Finger gegen die Schläfe, wie es seine Angewohnheit war. An den Verzögerungen trug niemand Schuld, was Mr. Bacon auch nicht behauptete. Ein gebrochener Bolzen? Ein Maultier, das lahmte? Schuld daran waren die „nutzlosen Dinge, die mitgeschleppt wurden".

Sie erstanden widerspenstige Ochsen von einem Siedler. Tipton hatte gehört, wie Mrs. Mueller sich beklagte, sie hätten dafür Bargeld auslegen müssen. Tyrell sagte ihr, sie hätten gleich von Anfang an Ochsen nehmen sollen. Aber Mr. Bacon hatte das Sagen und hörte nicht gern auf andere.

Tyrell war so unbekümmert wie ein wirklicher Gentleman. Er überließ Mr. Bacon immer das letzte Wort. Tipton hoffte nur, dass dies bei ihrem zukünftigen Mann kein Zeichen von Schwäche wäre. Sie wünschte, er hätte sich eingemischt, als die Frauen um Zeit baten, um ihre Kleider zum Trocknen über einen Busch zu hängen oder um Beeren als Ergänzung zu den Biskuits mit Mehlsoße zu suchen.

„Wir ziehen weiter", erklärte Tyrell ihr später. „Es hat keinen Zweck, sich zu beschweren. Man muss sich klar machen, was wichtig ist, und dann den Mut haben, danach zu handeln." Er nahm ihre Hand und strich beim Reden über ihre Fingerspitzen. Sie sah ihm gern beim Reden zu.

Was nach Tiptons Meinung wichtig war, war Zeit mit Tyrell.

Sie hatte davon geträumt, diese Reise mit ihm gemeinsam zu machen. Abgesehen vom ersten Tag hatte es bisher aber wenig gegeben, von dem man hätte träumen können. Es gab nur lange Stunden des Reitens, dann des Laufens und manchmal einfach des Wartens, während Tyrell das Eisen beschlug, um die Räder zu reparieren. Sie räumten umgestürzte Bäume aus dem Weg, überquerten schnell fließende Flüsse. Ihre Tage waren ausgefüllt mit dem Dröhnen von Mr. Bacons Anweisungen und der Weigerung von Mrs. Bacon, sich auf das „Wesentliche" zu konzentrieren. Tipton hatte das Wort selbst noch im Schlaf gehört.

Gestern Abend schließlich waren sie in das Tal gekommen, in dem Kanesville lag. Einige nannten es auch Council Bluffs. Abgerundete Berge zu allen Seiten markierten dieses Tor zum Missouri. Überall flackerten Lagerfeuer auf. Tipton tat es Leid, dass sie zu müde und zerschlagen war, um die Gegend zu erkunden. Wie alle anderen legte sie sich früh schlafen.

Am nächsten Morgen riss das Gackern und Bellen und das Lachen von Kindern sie aus ihrem traumlosen Schlaf.

Sie umklammerte ihr Nachthemd, als sie über Mrs. Mueller hinwegkletterte. Die ältere Frau rührte sich nicht. Ihr Schnarchen entlockte Tipton ein Naserümpfen, die Geräusche des alten Schlafes. Bei dem Gedanken an Nähe, an Intimität schauderte sie.

Die Stimmen draußen wurden lauter. Tipton schlug die Wagenklappe zurück und fuhr zusammen, als die dunkelblauen Augen eines Kindes sie anstarrten. Beide schrien gleichzeitig los. Tipton fuhr zusammen, und der kleine Junge sprang von der Leiter hinunter, stolperte über einen anderen Jungen, und beide fielen hin. Dann stoben sie Erde aufspritzend davon. Einer war dünn wie der Griff einer Haarbürste, der andere so rund wie ein Brötchen.

Kinder! Tipton wollte losschimpfen, doch was sie draußen sah, ließ sie innehalten.

Zelte und Wagen und überall Leute. Viele hatten neben ihren Wagen Lagerfeuer gemacht hatten und kochten. Frauen in weißen Schürzen beugten sich tief über ihre Feuer, rafften ihre Röcke vor den Flammen. Hunde lungerten herum, einige schnüffelten in der Nähe der gackernden, in Käfigen eingesperrten Hühner herum. Kühe und Ochsen brüllten in der Ferne. Der Junge, der in ihren Wagen gespäht hatte, drehte sich um, hob seine Mütze auf und schlüpfte dann unter ein angebundenes Pferd, das ganz bestimmt noch nicht da gewesen war, als Tipton Tyrell eine gute Nacht gewünscht hatte.

Ihr Blick wanderte zu Tyrells Schlafdecke an seinem Stammplatz neben ihrem Wagen. Er war nicht da.

„Sieht so aus, als hätten wir Gesellschaft bekommen", gähnte Mrs. Mueller hinter ihr. „Fast wie eine Stadt. Überall Menschen. Ich dachte, du wolltest einmal ausschlafen?"

„Es gibt so viel zu sehen", erwiderte Tipton. Sie zwang ihre Stimme zu einem oberflächlichen Tonfall. Tyrells fehlende Schlafdecke machte ihr Sorgen.

„Ich habe gehört, eine große Gruppe sei in der Nacht von Wisconsin gekommen." Mrs. Mueller streckte sich. „Hast du sie gehört?"

„Nein, nichts."

„Bei der Flussüberquerung wird es Verzögerungen geben", erklärte Mrs. Mueller und knackte mit den Knöcheln. „Eintausend Wagen vor uns."

„Wirklich? Eintausend?"

„Wir hätten letzte Woche hier sein sollen, wie Jeremy sagt."

„Seine kostbaren Ayrshires müssen ihr Gras nun teilen, schätze ich", sagte Tipton und goss lauwarmes Wasser in eine Schüssel. „Um sie sorgt er sich mehr als um uns."

Mrs. Mueller antwortete nicht.

Tipton spritzte sich Wasser ins Gesicht. Schweigend bürstete sie ihr Haar und flocht es zu einem langen Zopf, den sie auf dem Kopf feststeckte. Sie starrte in die dunkelblauen Augen, die ihr aus einem Stück zerbrochenen Spiegels entgegenblickten. Ihre Mutter sagte, sie hätten die Farbe des Michigansees an einem kalten Oktobertag. Sie kniff sich in die Wangen und strich sich mit einem angefeuchteten Finger die Augenbrauen glatt. Ihre Gedanken kehrten zu Tyrells fehlender Schlafdecke zurück. Wohin konnte er gegangen sein? Mit zitternden Fingern versuchte sie, ihren Reifrock zu befestigen.

„Wieso diese Eile, Mädchen?", fragte Mrs. Mueller mit zur Seite gelegtem Kopf.

Tipton schwieg und gab sich Mühe, sich ihre Sorge nicht anmerken zu lassen.

„Wo jetzt noch mehr Frauen hier in der Nähe sind, müssen wir um ein paar mehr Röcke herumlaufen, wenn wir das Örtchen aufsuchen müssen", fuhr Elizabeth fort.

Tiptons Wangen brannten vor Verlegenheit. Warum musste sie von etwas so Privatem sprechen, als wäre es nichts weiter als Geschirrspülen?

„Jetzt sag mir nicht, das Gerede von der Damentoilette hätte dein hübsches Gesicht zum Erröten gebracht", plapperte Mrs. Mueller weiter. „Du lernst am besten, ein wenig lockerer zu werden – he, ich habe doch nur einen Scherz gemacht", erklärte sie, „sonst werden deine Gedärme bald voll sein wie eine Kanone."

Tipton steckte den Kopf durch ein blaues geknöpftes Kleid. Wenn sie in Mrs. Muellers Alter wäre, würde sie niemals mit anderen über ihre Gedärme sprechen, niemals. Sie zog sich das Kleid über den Kopf, richtete die Taille und setzte sich, um ihre Strümpfe und Schuhe anzuziehen. Den Kopf hielt sie gesenkt. Schließlich setzte sie noch einen Hut mit Satinbändern auf und rieb sich die Hände mit Glycerin ein, um die ausgetrocknete Haut weicher zu machen.

„Mir gefällt nicht, dass Jeremy ganz allein fahren will", erklärte Mrs. Mueller. „Wenn du mich fragst", redete sie weiter und löste ihren langen Zopf, fuhr sich mit den Fingern durch die Haare, um ihn zu entwirren, „auf einer solchen Reise sollten mindestens fünf Frauen dabei sein. Sechs wären noch besser. Bisher gab es Bäume für unser Örtchen, aber wenn wir in die Prärie kommen, wird man froh wie ein Schwein im Himmel sein, die Röcke einer Frau als Abschirmung zu haben, wenn man sich hinhockt."

„Eine Dame ... hockt sich nicht hin", korrigierte Tipton. „Sie *erleichtert* sich, und genau das werde ich jetzt tun." Sie spürte, wie sie rot wurde. „Ich meine, mich erleichtern. Von diesem Gespräch."

Tipton stieg rückwärts die Stufen hinunter. Mit einer Hand umfasste sie ihren Reifrock, mit der anderen hielt sie sich an der

Plane fest. Beim Gehen noch hörte sie Mrs. Muellers heiteres Lachen.

Es war eine Sache, bei der Körperhygiene keine Privatsphäre zu haben, aber etwas ganz anderes war es, auch noch offen darüber zu reden. Tipton atmete tief ein, wie Tyrell ihr geraten hatte, wenn sie aufgeregt oder verlegen war.

Sie sah nach oben. Puffige Wolken zogen über den blauen Himmel. Tipton blieb einen Augenblick stehen und nahm das Licht über dem verhangenen Fluss in sich auf. Der in den Sonnenstrahlen tanzende Staub sah aus, als wäre er mit Goldfäden durchsetzt. Sie beschloss, ein weiteres Gespräch mit ihrer Bettgenossin riskierend, wieder in den Wagen zu steigen, um ihren Sonnenschirm zu holen. Sie hatte den rosa Seidenschirm unter ihre Matratze gelegt. Mrs. Mueller sah sie nicht einmal. Sie stand mit dem Rücken zur Öffnung und rieb sich mit der Hand ihre Hüfte.

Draußen ließ Tipton ihren Blick über die Wagen und die Männer gleiten, die in kleinen Gruppen zusammenstanden, und lauschte auf das Summen der Gespräche, unterbrochen von schallendem Gelächter, dem Klappern von Eisen gegen einen Kessel, dem Geschnatter der Kinder beim Spielen. Sie nahm den Duft von gebackenen Keksen wahr, spürte, wie der Schlamm durch ihre Schuhe drang. Sie beschloss, Tyrell zu suchen, bis sie ihn gefunden hatte. Ihr Atem kam stoßweise.

Sie fragte sich, warum Tyrell nicht daran gedacht hatte, ihr an diesem Morgen Bescheid zu sagen. Vielleicht wollte er einmal ohne sie sein. Vielleicht hatte er bei den anderen Leuten jetzt nettere Gefährten gefunden, die älter und klüger waren.

Sie spürte den bekannten Druck auf der Brust, das Gefühl, keine Luft zu bekommen. Dann begannen ihre Finger, taub zu werden. Wo war er? Warum konnte sie ihn nicht entdecken? Vielleicht hatten er und Mr. Bacon einen Streit gehabt. Ein erschreckender Gedanke kam ihr. Falls Tyrell den Treck verließ, würde sie mit ihm davonlaufen. Freiwillig würde er sie nicht mitnehmen, das wusste sie; er hatte ihren Eltern sein Wort gegeben. Aber auf keinen Fall würde sie bei den Bacons zurückbleiben. Sie würde fliehen, um ihm auf eigene Faust zu folgen. Sie schluckte. Ihre Kehle war ausgedörrt. Sie konnte nicht einmal ihren eigenen Speichel schlucken.

„Hast du gut geschlafen?“

Mrs. Bacons Worte ließen sie zusammenfahren. Trotz ihrer Größe lief sie leise wie ein Vogel. Tiptons Augen flackerten. Der Druck dehnte sich auf ihre Schläfen aus. Nein, es durfte nicht passieren, nicht jetzt, nicht vor all diesen Leuten, nicht wo Tyrell nicht in der Nähe war, um ihr zu helfen.

„Komm, iss ein wenig Maisbrot mit süßer Sahne. Ich habe es heute Morgen frisch zubereitet.“ Mrs. Bacon legte ihren gesunden Arm um das Mädchen und schob es zum Feuer der Bacons. Tipton konnte sich nicht dagegen wehren. Mrs. Bacons Schürze roch nach Kohl und etwas Saurem, das Tipton nicht einordnen konnte. Trotzdem fühlte sich der Arm der Frau so tröstend an wie eine Decke. „Komm, setz dich und leiste mir ein wenig Gesellschaft“, forderte Mrs. Bacon sie auf. Es klang wie ein Seufzer.

Einsam, das ist sie. Einsam konnte man sich fühlen, wenn man mit einem Mann wie Mr. Bacon verheiratet war; auch dass sie bereits so alt war und noch keine Kinder hatte. Mrs. Bacon musste doch bereits fast neunzehn sein.

Tipton ließ sich von ihr auf den Melkhocker neben dem Feuer drücken.

„Haben Sie denn noch nicht genug von mir?“, fragte Tipton. Ihre Stimme klang selbst in ihren Ohren brüchig. Ihre Finger fühlten sich taub an. Sie senkte den Kopf, bis er ihre Knie berührte. Manchmal half das. Sie tat so, als würde sie auf das Feuer starren, ihre feuchten Schuhe betrachten.

„Es liegt noch ein zu langer Weg vor uns, um einander über zu haben“, erwiderte Mrs. Bacon. Ihre Stimme war immer so sanft, wenn sie nicht gerade mit ihrem Mann sprach. „Ich habe einen schönen Bericht für deine Mama geschrieben.“ Mazy rieb sich den bandagierten Arm, den sie jetzt ohne Schlinge hielt.

Tipton atmete tief ein und hielt die Luft an. Manchmal verschwand das Prickeln in ihrem Arm, wenn sie das tat.

„Haben Sie Tyrellie gesehen, Mrs. Bacon?“ Sie ließ die Luft entweichen.

„Ich wette, seine Mutter hat ihm seinen Namen gegeben, damit niemand ein *ie* anhängen kann. Mütter tun das, weißt du“, erklärte Mrs. Bacon. „Sie wollen nicht, dass jemand ihren zwei Meter großen Jungen eines Tages ‚Mikie‘ nennt, darum nennen sie ihn zum Beispiel Jeremy oder Isaac oder Tyrell. Und dann kommt so ein süßes Ding daher und ändert den Namen in Tyrellie.“ Sie verdrehte die Augen.

„Das geht nur ihn und mich etwas an.“ Tiptons Stimme wurde kräftiger, und das Prickeln in ihrer Hand ließ nach. Sie richtete sich auf.

Mrs. Bacon biss ein Stück von dem Maisbrot ab und kaute. Sie zuckte zusammen, als sie versuchte, die Krümel mit ihrer kranken Hand aufzufangen.

„Haben Sie ihn gesehen, Mrs. Bacon?“ Tiptons Blick glitt über den Platz.

„Denkst du nicht, dass ‚Mazy‘ nach all dieser Zeit in Ordnung wäre?“

„Es sieht ihm gar nicht ähnlich, sich von den Wagen zu entfernen, bevor wir uns guten Morgen gesagt haben.“

„Es sind jetzt viele Leute hier, Tipton.“ Mrs. Bacons Stimme wurde ganz sanft. „Die Leute müssen ihre Wagen reparieren, ihre Pferde beschlagen. Das ist Tyrells Aufgabe. Das ist, was ein Schmied tut, warum seine Arbeit so geschätzt wird. Nicht sich um dich zu kümmern.“ Sie sagte das sehr freundlich, aber trotzdem taten die Worte weh. „Deine Mama und dein Papa haben diese Aufgabe uns übertragen, zumindest für eine Weile.“

„Was Sie nicht sagen, Madam“, beharrte Tipton und schob ihr Kinn vor. Ein Singvogel begann zu zwitschern. Der Duft von gebratenem Speck wehte von einem Feuer auf der anderen Seite des Kreises zu ihnen herüber.

Pig lag im Schatten des Wagens auf der Seite und stieß ein scharfes, schnelles Bellen aus, erwachte und kam zu den Frauen herübergetrottet. Mrs. Bacon fütterte ihn mit Brot aus ihrer Hand. Der

Hund sabberte. „Du fettes kleines Schwein“, sagte sie und streichelte zärtlich den Kopf des Hundes. Tipton wandte den Blick ab.

„Was ist los mit dir? Machst du dir Sorgen? Du wirkst immer so selbstsicher. Als wir losfuhren, hast du keinen einzigen Blick zurückgeworfen. Ich habe dich darum beneidet, dass du nicht eine einzige Träne vergossen hast. Da passt es gar nicht, dass du Tyrell so sehr brauchst.“

„Auch das geht Sie nichts an“, erwiderte Tipton. Sie nahm ihren Sonnenschirm und stieß ihn vor sich in den Boden.

„Sieh nur, das ist genau, was ich meine. Du weist mich zurecht, bist aber so ... beinahe verloren, als könntest du nicht dein eigener Pfosten sein – du musst dich auf ihn stützen. Das kann einen Mann ermüden.“

„Unsere Liebe ist ein Pfosten. Wir sind darum zusammengebunden. Wir haben nicht die Absicht, dieses Band zu lockern, nachdem wir unser Gelübde abgelegt haben, weder Tyrellie noch ich, nicht wie es bei einigen Ehepaaren der Fall ist.“ Tipton erhob sich. „Wir haben gleiche Ansichten. Wir wissen, dass Zusammensein nicht bedeutet, sich aufeinander zu stützen. Es ist, als würde man Leerstellen auffüllen. Es ist ... als würde man lose Enden zusammenbinden, und das haben wir getan.“ Sie betrachtete die Frau, die noch immer kaute, noch immer vor sich hinstarrte. „Vielleicht ist es das, worum Sie mich beneiden, Madam.“

„Passt nur auf, dass ihr euch nicht so miteinander verbindet, dass ihr euch gegenseitig aufhängt“, erwiderte Mrs. Bacon ihr.

Tipton strich die Falten von ihrem blauen Rock glatt und öffnete den Sonnenschirm. „Ich wurde nicht im Wald geboren, um mich von einer Eule erschrecken zu lassen“, erwiderte sie, drehte sich um und stolzierte davon.

Tyrell war ihrer nicht überdrüssig. Sie gehörten zusammen. Diese sechs Wochen hatten es bewiesen. Er war freundlich, gut und sanft. So zeigte er seine Liebe, indem er nicht nach zwei Jahren Trennung kam, um Tipton zu holen, wie ihre Mutter es gewollt hatte.

Allein der Gedanke, zwei oder drei Jahre ohne Tyrell zu sein, raubte ihr den Atem.

Sie nahm die Geräusche und Gerüche um sich herum in sich auf. Der Geruch nach Pferden und Männern, der Duft nach Kochen und Rauch wurde von ihrem Sonnenschirm durcheinander gewirbelt. Sie spazierte an mit Seilen eingefassten Koppeln vorbei; in dem einen stand Marvel, in dem anderen drängten sich die Ayrshire-Kühe Jennifer und Mavis. Leute liefen herum, mehr Männer, Frauen und Kinder als sie damals in Cassville in Monaten gesehen hatte. Sogar dunkelhäutige Menschen und schlanke, biegsame Mädchen mit Haarspangen aus Elfenbein. Sie trugen Seidenkleider, wie es schien. Sie entdeckte die Jungen, die in ihren Wagen gespäht hatten. Sie rollten mit Stöcken Reifen vor sich her. Zufällig hörte sie einen von ihnen sagen: „Denkst du, sie ist blind?"

„Warum sollte sie sonst diesen Stock bei sich haben?"

„Um damit zu schlagen, sie ist so unfreundlich." Die Jungen lachten.

Ein Mädchen mit kurzen Zöpfen, die wie Daumen abstanden, rannte zwischen ihnen hindurch mit einem Stock, an dem eine Socke befestigt war. Der Wind blähte die Socke auf.

Tipton entdeckte ein Dutzend Hunde, einige waren festgebunden und bellten, andere lagen herum oder markierten ihr Revier. Sie hatte sich an den Hund der Bacons gewöhnt. Er war groß und hatte ein tiefes Bellen, aber wenn er eine Person kannte, wurde er ganz sanft. Andere Hunde waren Furcht erregender, und sie machte einen weiten Bogen um zwei, die sich unter einem Wagen um einen Knochen stritten.

So vieles war Angst machend. Sie versuchte, nicht daran zu denken. Aber da war der Fluss, der Missouri. Breit und mit vom Regen hohem Wasserstand. Das war wirklich ein Problem. Die Leute sagten, Blitze könnten in der Prärie Feuer entfachen, die von Wagen und Menschen nur verkohlte Überreste zurückließen. Darüber konnte sie sich Sorgen machen und auch über die Sioux, die Nachzügler entführten und töteten, und die Pawnees, die einen einfach nur belästigten. Sie hatte von Botschaften gehört, die

Reisende auf menschliche Schädel gekratzt hatten. Sie sollten vor Krankheit warnen. Alles war beunruhigend, wenn sie ehrlich war. Alles. Allein beim Gedanken daran wurde ihr Mund trocken.

„Du musst deine Gedanken ordnen“, hatte Tyrell ihr gesagt. „Du kannst ihnen sagen ‚verschwindet sofort‘, dann geschieht das auch. Das ist etwas, was wir unter Kontrolle haben – unsere Gedanken, unser Handeln. Nicht das der anderen.“ Er half ihr, ihre Gedanken und ihr Handeln zu kontrollieren, wenn er da war, er erinnerte sie daran, tief durchzuatmen. Sie konnte alle Ängste verdrängen, wenn Tyrell neben ihr stand.

Er hatte gesagt, er würde sie nie verlassen. Das klang beinahe wie Worte aus der Bibel, die Mrs. Mueller laut vorlas, bevor sie zu Bett gingen. Wegen dieses wundervollen Versprechens wuchs jetzt ihre Zuversicht. Tyrell hatte ihr dieses Versprechen gegeben, und sie empfand ein wenig Genugtuung in dem Wissen, dass Mrs. Bacon, Mazy, eine weisere, ältere Frau, sie darum beneidete.

Tipton war in ihre Gedankenwelt versunken und bemerkte das Paar nicht, bis sie in sie hineinlief.

Der Mann entschuldigte sich, nicht aufgepasst zu haben, dann stellte er sich als Bryce Cullver und seine Frau Suzanne vor. Suzanne trug eine Haube, die ihr Gesicht abschirmte. In der Hand hielt sie keinen Sonnenschirm, sondern einen Stock. „Sie hat einen rosa Sonnenschirm, der genauso hübsch ist wie das Mädchen“, erklärte der Mann. Offensichtlich beschrieb er Tiptons Aussehen seiner Frau, die sich bei ihm eingehakt hatte. „Sie hat blaue Augen, dunkel wie die Dämmerung. Sie würde wirklich ein gutes Foto abgeben“, fuhr Bryce Cullver fort und tätschelte seiner Frau die Hand.

Tipton sah, wie die Frau ungeschickt an seinem Ärmel zupfte, als wolle sie weitergehen. Sie schwang den Stock, und Tipton sprang zurück.

„Suzanne“, ermahnte der Mann. Er schüttelte den Kopf und tippte sich mit entschuldigendem Blick an den Hut, bevor sie weitergingen.

Tipton sah ihnen nach, doch dann wurde sie abgelenkt von einem großen, gut gekleideten Mann, der sich in aufmerksamem

Gespräch zu einer Frau in Pumphosen herunterbeugte. Er sah aus wie ein Spieler, und Tipton war klug genug, sich von ihm fern zu halten.

Und endlich erblickte sie Tyrell. Nicht in dem Wagenkreis, sondern bei den mit Seilen abgetrennten Koppeln. Seine rötlichen Locken sahen beinahe aus wie ein Sonnenaufgang. Sie lächelte und atmete tief und befreit auf.

Er beugte sich über den Huf eines Pferdes, der auf seiner Lederschürze lag. Das Tier lehnte sich mit seinem ganzen Gewicht gegen ihn, obwohl es noch mit drei Beinen auf der Erde stand. Kein Wunder, dass Tyrells Rücken oft schmerzte, wo er sich ständig bücken musste und die Pferde sich immer gegen ihn lehnten. Tipton hörte das vertraute Reiben der Feile, mit dem Tyrell den Huf des Pferdes bearbeitete. Die Späne vom Huf lagen vor ihm auf dem Boden und gaben einen barbarischen Gestank ab.

Eine Frau – eine hübsche Frau – hielt das Pferd am Halfter.

Tipton spürte, wie ihre Brust eng wurde.

Das Gesicht der Frau leuchtete beim Reden auf. Kleine weiße Strähnen liefen von ihren haselnussbraunen Augen nach oben in ihr helles Haar und wurden in einem Knoten im Nacken gebändigt. Sie trug ein verblasstes Kattunkleid und an den Füßen etwas, das aussah wie Männerstiefel. Nach der Farbe ihres Gesichts zu urteilen, trug sie nur selten eine Haube, wie auch jetzt nicht. Mit ihren in Lederhandschuhen steckenden Fingern strich sie sich eine Locke aus dem Gesicht und klemmte sie hinter das Ohr. Sie nickte zu etwas, das Tyrell sagte. Er lachte.

Tipton umklammerte ihren Sonnenschirm so fest, dass ihre Finger schmerzten.

Ruth Martin spürte mehr, als dass sie sah, wie Sonnenschirm und Mädchen näher kamen. Je näher sie mit ihren weiten Röcken schwebte, desto gerader wurde ihr Rücken. Ruth hatte das Aufblitzen im Gesicht des Mädchens gesehen, und sie schätzte, es war Zorn, der jedoch schnell einem strahlenden Lächeln wich.

„Sie müssen Tipton sein“, begrüßte Ruth sie mit schmeichelnder Stimme. Sie räusperte sich. „Entschuldigen Sie, dieser Staub macht mich verrückt. Immerzu muss ich husten."

„Ich glaube nicht, dass wir uns kennen."

„Ich bin Ruth Martin." Sie streckte Tipton ihre freie Hand hin, wie ein Mann es tun würde. Das Mädchen starrte sie an, dann berührte sie sie leicht mit den Fingerspitzen. „Ich würde diese ‚strahlend blauen Augen' und jemand, der angezogen ist wie eine ‚Porzellanpuppe' überall erkennen. Ihr Verlobter hat nur wenig gesagt, aber meistens hat er von Ihnen gesprochen."

Das Gesicht des Mädchens entspannte ein wenig, aber Ruth erkannte die Sorge darin, die Angst, die in das zarte Gesicht gemeißelt war.

„Ich dachte, du würdest vielleicht gern ein Bild für sie malen", erklärte Tyrell, während er weiterarbeitete.

„Von Ihnen, Madam?"

„Von mir? Oh nein", wehrte Ruth ab. „Vielleicht möchten Sie meinen Koda zeichnen." Ruth deutete mit dem Kopf auf ihr Pferd. „Er ist mein Lieblingspferd und kommt langsam in die Jahre. Er beherrscht ein paar Tricks, die ich ihm beigebracht habe. Er zählt und holt Taschentücher aus meinem Ärmel, wenn mir lieber wäre, er würde es nicht tun." Sie tätschelte dem Pferd die Nüstern, und das Tier zog die Lippen zurück, als würde es lachen. „Ich hätte gern ein Andenken an ihn. Arbeiten Sie mit Kohle?"

Tyrell brummte, als das Tier sein Gewicht verlagerte.

„Tut mir Leid", entschuldigte sich Ruth bei Tyrell. „Ich passe nicht auf. Koda hat die lästige Angewohnheit, sich anzulehnen." Sie zog sanft am Halfter, sprach auf das Tier ein, fuhr mit den Fingern über die Nüstern, und das Pferd verlagerte sein Gewicht. „Ich hätte schon viel früher nach seinen Hufen sehen lassen sollen."

„Das ist wohl wahr", erwiderte Tyrell. „Wenn Sie auch selber eine Begabung dafür haben, wie ich sehe."

„Meistens klappt das ganz gut."

„Auf dieser Reise brauchen Sie sich um die Hufe nicht mehr zu kümmern", erklärte er. Mit dem Arm wischte er sich den Schweiß von der Stirn und blickte lächelnd zu ihr auf. Er hat ein offenes, einladendes Gesicht, dachte Ruth. Freundlich.

„Welchem Treck Sie sich auch immer anschließen, Mr. Jenkins, es wird einen fairen Wettkampf um Ihre Fähigkeiten geben."

„Sie könnten selbst Ihre Fähigkeiten beim Hufschneiden zur Verfügung stellen", sagte er. „Sie haben das gut gemacht."

„Oh, ich bezweifle –"

„Sie und Ihr Mann gehen also auch nach Westen?", unterbrach Tipton sie. Das Mädchen klimperte mit den Wimpern und öffnete den Sonnenschirm. Bei der Bewegung zuckten Kodas Ohren, aber Ruth hatte ihn gut trainiert; das Pferd wich nicht zurück.

„Ich fahre meinen eigenen Wagen", erklärte Ruth.

Tyrell nahm das Vorderbein des Pferdes von seinem Oberschenkel und erhob sich. Er streckte sich. „Keinen Mann, Bruder oder Begleiter?" Er legte die Reibe in einen Holzeimer und marschierte zu den Hinterbeinen des Pferdes. „Könnte riskant sein."

„Ich habe einen Bruder", erwiderte Ruth. Sie hörte selber die Verärgerung in ihrer Stimme und bemühte sich, das mit den nächsten Worten auszugleichen. „Obwohl Jed, Betha und ihre Kinder vermutlich mehr Fürsorge brauchen als ich."

„Sie fahren nicht in ihrem Wagen mit?", fragte Tipton.

„Ich habe einen eigenen. Mir macht es Spaß, die Ochsen zu lenken. Jed fährt seinen Wagen. Seine Frau Betha hat die Hände voll zu tun mit ihren vier Kindern. Sie müssen hier irgendwo herumspringen." Sie sah sich um. „Der Pferdeschwanz dort, das ist Sarah. Ein Junge ist ein wenig pummelig, das ist Ned; der andere, Jason, ist eine Bohnenstange. Die Jüngste ist Jessie. Mein Bruder ist Anwalt, oder war es zumindest in St. Louis. Ich helfe ihnen ein wenig bei den Kindern, aber er überlässt mir die ‚Verantwortung für meine Sachen', wie er kurz vor unserer Abreise gesagt hat. Das passt mir ganz gut."

„Und wenn etwas passiert, wer fährt dann Ihren Wagen?", fragte Tipton.

„Ich glaube, was passieren soll, wird passieren. Einen Mann an der Seite zu haben, wird kein Unglück abhalten." Das wusste sie aus Erfahrung.

„Ich dachte, Frauen dürften gar nicht mitfahren, wenn ihnen nicht die Hilfe eines Mannes zugewiesen wird", bemerkte Tipton. „Sie würden doch nicht wollen, dass Ihre Wagen zurückfallen, vor allem da Kinder dabei sind. Mister Bacon würde eine solche Vorstellung im höchsten Maß missbilligen."

„Warum denken die Leute immer, schlimme Dinge würden nur allein stehenden Frauen zustoßen? Falls Jed etwas passierte, würde Betha doch auch für ihn übernehmen müssen. Ich sehe den Sinn in einem solchen Denken nicht."

Tyrell nahm seine Zange zur Hand.

Ruth hatte sich die Worte schon im Voraus zurechtgelegt, da sie wusste, dass dieses Thema mehr als einmal aufkommen würde. Sie wollte selbstsicher und zuversichtlich klingen, ohne die Männer herauszufordern. Das mochten sie nicht, wie sie herausgefunden hatte.

Ruth fuhr fort: „In Fort Laramie kann ich mir ja einen Begleiter nehmen, wenn es nötig ist. Zwischen hier und dort ist der Weg unproblematisch. Ich denke nicht, dass es Probleme geben wird. Wenn ich unbedingt jemanden in Hosen brauche, der neben mir hergeht, während ich den Wagen lenke, suche ich mir ein Kind. Einen Fünfzehnjährigen vielleicht, der nicht anderweitig gebunden ist. Eigentlich seltsam, dass ein Kind für verlässlicher gehalten wird als eine Frau, die bereits den ganzen Weg von Missouri allein zurückgelegt hat."

Tyrell sah Ruth so lange an, dass sie sich unbehaglich fühlte. Sie wandte sich ihrem Pferd zu und streichelte ihm die Nüstern. „Wir kommen schon zurecht, nicht, Koda? Du, ich, Jumper und die anderen." Das Pferd verlagerte erneut sein Gewicht. „Ruhig jetzt", warnte Ruth.

„Pass auf, dass du dich nicht schmutzig machst, Tip", sagte Tyrell und schob das Mädchen mit der Hand zurück. „Du siehst so hübsch aus. Warte doch beim Wagen. Ich komme später zu dir."

Er tätschelte den Kopf des Mädchens. Aus den Augenwinkeln

heraus bemerkte Ruth den Zorn in Tiptons Augen, bevor sie sich umdrehte, ihren Sonnenschirm schwang und sich schnell entfernte.

Tipton konnte sich nicht erinnern, sich jemals so gefühlt zu haben, wie ein Drachenschwanz – auf- und ab- und herumgewirbelt. Eine Last war ihr von der Seele gefallen, als sie erfuhr, dass Tyrell an sie dachte und mit einer anderen Frau über sie gesprochen hatte – über ihr Malen und dass sie aussähe wie eine „Porzellanpuppe". Doch dann war sie abgestürzt wie ein Drachen in einem ersterbenden Wind, als er sie wie ein Kind fortgeschickt hatte.

Sie hatte bemerkt, wie Tyrell diese Martin angesehen hatte. Bewunderung. Das hatte sie in seinen Augen gesehen. Bewunderung für Ruth Martin, während seine Verlobte wie ein Hund den Kopf getätschelt bekam.

Ihre Kehle schnürte sich zu, als sie sich ihren Sonnenschirm schwenkend entfernte. Sie hörte die Leute nicht, die neben ihrem Wagen standen, sie vernahm nur ein Gewirr von Worten, Harmonikamusik in der Ferne. Und wenn Tyrell nun die Bacons verließ, wenn er beschloss, sich einer anderen Gruppe anzuschließen? Er brauchte Mr. Bacons Geld nicht, wenn das, was die Martin gesagt hatte, stimmte, dass Schmiede immer gebraucht würden. Und natürlich stimmte das. Tiptons Sorge trieb sie weiter. *Und wenn wir unser Ziel erreichen und er sich nicht in der Nähe der Bacons niederlassen möchte?* Auch daran hatte sie noch nicht gedacht. Er würde ein Dutzend Angebote bekommen, und wer würde nicht Mr. Bacon verlassen wollen, wenn sich ihm die Gelegenheit bot?

Sie schüttelte den Kopf, setzte ein Lächeln auf und ging zurück zum Wagen, um ihre Stifte zu holen. Lass dir deine Angst nie anmerken, hatte ihre Mutter immer gesagt. Sie würde so tun, als sei alles in Ordnung. So würde sie diesen bewundernden Blick bekommen, den Tyrell so leichtfertig verschenkt hatte.

Den ganzen Tag über hatte sie Bauchschmerzen, bis Mrs. Mueller darauf bestand, in die Stadt zu gehen und Nadeln und Sonnenhüte aus Palmblättern zu kaufen, außerdem Saleratus, damit der Keksteig hochging. Mrs. Mueller tauschte Pflanzenstecklinge ein, und sie hörten die Gerüchte über die Missouri-Überquerung. Dann schickte Mrs. Bacon sie zurück, um Streichhölzer in einer mit Korken verschlossenen Flasche zu kaufen und noch einen Schleifstein für die Messer. Mrs. Mueller plauderte unentwegt. „Redselig", so würde Tipton Mrs. Mueller beschreiben, und nur widerstrebend gestand sie sich ein, dass die Gesellschaft der älteren Frau ihre Gedanken von Tyrell und Ruth Martin abgelenkt hatte.

Abends fand eine Zusammenkunft aller in der Nähe kampierenden Reisenden statt, bei der jeder seine Ansichten zu der bevorstehenden Reise kundtun konnte. Anschließend sollte getanzt werden.

„Nicht nötig", erklärte Mr. Bacon beim Essen, an dem Tyrell nicht teilnahm.

„Die Zusammenkunft oder der Tanz?", fragte Mrs. Bacon ihn.

„Nur die Zusammenkunft", erwiderte Mrs. Mueller. „Das Tanzen ist nötig, da bin ich sicher." Mr. Bacon blickte finster drein.

Sie gingen alle zu der Zusammenkunft. Auf der anderen Seite des Kreises sahen sie, wie eine kugelrunde Frau mit einer schneeweißen Schürze einen kleinen Bereich kehrte und dann eine Decke zum Sitzen auf den Boden legte. Ihre Röcke bauschten sich um sie. *Das muss Betha sein*, dachte Tipton, als sie die Frau sah, und dann Ruth Martin und einen älteren, schlanken Mann mit einem Monokel und einer Pfeife im Mund. Ruth trug eine Reitpeitsche an der Seite. Die hatte Tipton vorher gar nicht bemerkt. Vier Kinder standen wie die Orgelpfeifen um sie herum. Der Junge, der in ihren Wagen gespäht hatte, gehörte dazu. Die Jungen versteckten sich hinter dem Mann und packten ihre Schwestern aus der Deckung heraus an den Ohren, zogen sie an den Haaren und kreischten los, bevor sie losrannten, um sich hinter ihrer Mutter zu verstecken. Diese lächelte, spuckte auf ihr Taschentuch und putzte dem einen Jungen den Dreck aus dem Gesicht.

Ruth beugte sich zur Jüngsten hinüber, ein Mädchen mit tiefen Grübchen. Sie kicherte und ließ sich auf Ruths Schoß fallen. Als

Ruth einen der Jungen zu sich zog, zeigte sie ihre dunklen, derben Schuhe unter ihren Röcken.

„Ihr Papa muss taub und stumm sein“, bemerkte Mrs. Mueller und deutete mit dem Kopf in ihre Richtung.

„Die Barnards?“, fragte Tipton. „Das sind Jed und Betha aus St. Louis und seine Schwester Ruth Martin. Sie ist eine Pferdefrau. Jed war früher Anwalt.“

Mrs. Mueller blickte sie an. „Wenn du nicht die Lokalzeitung bist.“

„Tyrellie hat uns einander vorgestellt. Er hat ihr heute Nachmittag von unserer bevorstehenden Hochzeit erzählt.“ Tipton ergriff das Band an ihrem Hals und spielte mit den Fingern darin. Keiner sollte etwas von den Würmern merken, die in ihrem Magen wühlten. „Sie hat mich gebeten, ihr Pferd zu zeichnen.“

„Ich wusste gar nicht, dass du Porträts malen kannst.“

„Sie wissen vieles nicht von mir“, erwiderte Tipton.

„Das ist nur die Hälfte der Geschichte“, gab Mrs. Mueller zurück. Sie stocherte sich mit einem dünnen Stöckchen in den Zähnen herum. „Die andere Hälfte ist, dass ich eigentlich nicht unbedingt mehr über dich erfahren möchte.“

Tipton grunzte. Die Frau konnte so unhöflich sein.

„Und, wirst du es machen?“

„Was?“

„Das Pferd der Frau zeichnen?“

„Vielleicht.“

„Dann gerätst du wenigstens nicht in Schwierigkeiten“, meinte Mrs. Mueller.

„Als ob das der Fall wäre.“

„Bisher ist alles wirklich gut gegangen“, sagte Mrs. Bacon und ließ sich neben ihr nieder, „sehr zu meinem Erstaunen.“ Mrs. Mueller hatte ihre Röcke gerafft und beugte sich über ihre gekreuzten Beine, um einen Grashalm abzupflücken, auf dem sie dann zwischen den Handflächen blies. „Mutter! Das ist ein schreckliches Geräusch. Du bist schlimmer als die Kinder!“

„Das habe ich früher als Kind immer gemacht. Ein ganz schönes Gequäke, nicht? Besser als eine Pfeife, wenn man keine hat."

Tipton wandte sich ab. Wenigstens konnte sie sehen, dass die Martin nicht mit Tyrell zusammen war, wo immer er auch steckte. Sie beobachtete, wie Ruth die Zöpfe ihrer Nichte glatt strich. Das Kind flüsterte etwas, und Ruth erhob sich und entfernte sich mit ihr an der Hand vom Kreis.

Rauch von den Kochfeuern stieg zum Himmel auf, der noch mehr Regen verhieß. Die Tiere stampften in der Ferne, schlugen mit ihren Schwänzen nach den Fliegen. Jemand hatte in einer Pappel ein Windspiel aufgehängt, und sein Klimpern gab ein so beruhigendes Geräusch ab wie Glühwürmchen im Juni. Tipton hörte etwas, das wie eine Gitarre klang, und ein heiseres Trommeln, dann Stimmen und Gelächter. Dort würde getanzt werden, und Tyrell könnte sie im Arm halten. Sie schluckte. Tipton musste alle anderen Gedanken beiseite schieben, die bedrohlichen und erdrückenden.

Keiner von ihnen hatte zu viel von ihr verlangt, wirklich nicht. Es war ein kleiner Preis für die Freiheit, mit Tyrell zusammen zu sein, wann immer es ging. Dafür betrachteten die Leute sie als Paar. Es war beinahe so, als wären sie bereits verheiratet.

„Man braucht jeden Tag ein wenig Spaß, sage ich", verkündete Mrs. Mueller in ihre Gedankengänge hinein. „Du bist so schrecklich ernst."

„Das ist hier auch eine ernste Angelegenheit", erwiderte Mr. Bacon. Er ließ sich neben seiner Schwiegermutter nieder.

Tipton hatte das Gefühl, dass sich die Atmosphäre in seiner Gegenwart veränderte. Er streckte seine langen Beine vor sich aus. Seine Hände lagen auf beiden Knien. Sie hatte den Eindruck, dass Mrs. Bacon in seiner Nähe ein wenig gerader saß. Mrs. Mueller hörte auf, auf dem Gras zu blasen, und spielte nur noch damit.

„Du hast heute Morgen verschlafen", sagte Mrs. Bacon. „Die Kuh war ziemlich betrübt."

„Niemand hat mich geweckt! Mrs. Mueller, Sie haben gesagt –"

„Sie macht nur Spaß", beruhigte Mrs. Mueller sie und tätschelte Tiptons Hand. „Du machst deine Sache gut, Kind, richtig gut."

„Ich bin kein Kind." Tipton zog ihre Hand zurück und straffte die Schultern.

„Mir scheint, du solltest es noch eine Weile sein." Mrs. Mueller blies erneut auf dem Grashalm.

Tipton wollte sich erheben und von dieser Gruppe weggehen, in der sie sich so unverstanden fühlte.

Ihr Herz tat einen Sprung, als Tyrell durch die Menschen auf sie zukam. Sie stand auf und hob die Hand, um zu winken. Wo hatte er gesteckt? Zeigten sich Schuldgefühle auf seinem Gesicht?

Ein stämmiger Mann machte einem Geiger ein Zeichen, er solle aufhören, sein Instrument zu stimmen, dann klatschte er in die Hände, um Aufmerksamkeit zu erbitten, und stellte sich in die Mitte in die Nähe des Feuers. Die Gesichter im Kreis verblassten langsam in der Dämmerung. Die Gespräche verstummten. Tyrell stand auf der anderen Seite des Kreises.

„Ich schätze, wir sollten jetzt zur Sache kommen", begann der Mann. „Wir sind hier, um über einige Regeln zu reden und um zu besprechen, ob wir uns zusammentun sollten. Darum –"

„Da sind sie!" Die Stimme einer Frau unterbrach ihn. Sie übertönte die Menge. Köpfe drehten sich um.

Tipton versteifte sich. Ihre Atmung wurde flach, und ihre Finger begannen zu prickeln.

4

„Adora? Adora Wilson? Bist du das wirklich?"

„Ich bin es, Mazy Bacon. Leibhaftig." Adora stürzte durch den Kreis wie eine Mutterkuh, die ihr verlorenes Kalb entdeckt hat. Sie riss Tipton an sich und legte ihre Arme um sie, wiegte sie, ließ sie los und schnappte nach Luft. Dann hielt sie das Mädchen auf Armeslänge von sich entfernt, um ihr Kind zu betrachten. „Oh, mein Baby sieht so müde aus!"

Tiptons Arme hingen schlaff an ihrer Seite herab.

„Mama ...?" Tiptons Worte kamen undeutlich, wie durch einen Nebel der Verwirrung. „Warum ...? Bist du allein gekommen?"

„Natürlich nicht, Kind." Die Frau deutete hinter sich, wo sich der staubig aussehende Hathaway Wilson durch die Menschenmenge zwängte, die die Hälse reckte und aufgeregt murmelte. Sein Sohn Charles folgte ihm. Die Männer wirkten mit ihren schmutzverschmierten Gesichtern müde und erschöpft.

Jeremy erhob sich und schüttelte Hathaway die Hand. Charles nickte er zu.

„Wollt ihr mich wieder zurückbringen? Doch wohl nicht, oder?", kam Tiptons ängstliche Frage.

Der Mann, der das Treffen einberufen hatte, klatschte wie ein verärgerter Lehrer, der seine Schüler zur Ordnung ruft, in die Hände. „Ihr könnt euch doch später unterhalten, nicht? Wir haben hier etwas zu besprechen. Ihr benehmt euch wie die Wilden."

„Wir sind keine Rowdys", verteidigte sich Hathaway. „Wir sind nur etwas später angekommen." Er setzte sich auf die andere Seite von seiner Tochter auf den Boden. Tipton sank wie eine Feder auf die Decke, eingezwängt zwischen ihren Eltern. Tausend Fragen gingen durch ihren Kopf.

Ein Stück Zuhause an einem ungewöhnlichen Ort. Alle diese Menschen, Geräusche und Gerüche und jetzt das Auftauchen der Wilsons brachten Mazy ganz durcheinander. Sie hatte nur eine Ahnung davon, wie Tipton sich fühlen musste.

Trotzdem, falls die Wilsons ihre Meinung geändert hatten und vorhatten, ihre Tochter mit zurückzunehmen, würde Tyrell sich ihnen bestimmt anschließen. Dann hätten die Bacons keinen Begleiter mehr, keinen Mann, der den zweiten Wagen fuhr. Vielleicht wäre das für Jeremy das Zeichen, ebenfalls umzukehren. Zumindest würden sie ein paar Tage verlieren auf der Suche nach einem Ersatz für Tyrell, falls es ihnen überhaupt gelang, und in der Zwischenzeit könnte Mazy noch einmal verstärkt ihre Sache vertreten. Die Heimat lockte sie mit aller Macht.

„Ja, also. Alles klar?", begann der selbst ernannte Führer erneut. „Wir sind –"

„Denken Sie nicht, wir sollten mit einem Augenblick der Dankbarkeit beginnen? Wir alle sind bis hierher gekommen." Die Leute drehten sich um, weil sie sehen wollten, woher die Stimme der Frau kam, die freundlich und klar klang. Mazy konnte sie ausmachen und sah, dass sie zu ihrem schwarzen Wollkleid einen dunklen, haubenartigen Hut trug, der fest an ihren Ohren anlag und unter dem Kinn gebunden war.

„Dann los", seufzte der Sprecher.

„Meine Absicht war nur, daran zu erinnern", erwiderte die Frau. Sie stand steif wie ein Elfenbeinkamm, ihr Haar war so fest zu einem Knoten zurückgesteckt, dass ihre Augen im Feuerschein beinahe mandelförmig aussahen. Mazy bemerkte ihre dicke Knubbelnase, ihre schmalen Lippen und den engen Kragen, der von einer Kameenadel gehalten wurde. Ein Kreuz an einer Kette hing um ihren Hals und blitzte im Feuerschein. „Bestimmt ist doch ein Mann Gottes unter uns?"

„Ja. Haben wir einen Prediger?" Die Köpfe drehten sich um. In den mehr als eintausend hier zusammengekommenen Wagen würden Dutzende sein, das hatte Jeremy Mazy geantwortet, als sie ihn danach gefragt hatte. Aber offensichtlich gab es in dieser kleinen Runde von Wagen an diesem Feuer keinen Geistlichen. Mazy fragte sich, wie es kam, dass sie zu einer Gruppe gestoßen waren, in der nicht einmal ein Mann Gottes ihr Unternehmen segnen könnte.

Musik schwebte über die Versammelten hinweg. Viele hinter ihnen tanzten bereits. Sie konnte die Rufe und die Geige von den näher am Fluss Lagernden hören.

Der Mann sprach weiter. „Würden Sie uns denn dann ...?"

„Schwester Esther. Und nein, das steht mir nicht an."

Der Mann drehte sich. „Ja, gut." Er sagte es beinahe jammernd, als wäre er verärgert über ein Problem, das ihm ohne eine Lösungsmöglichkeit vorgelegt worden war. „Da kein Prediger da ist, werde ich das übernehmen. Wir wollen uns neigen." Mazy hörte, wie die Hüte abgenommen wurden, und schloss die Augen. „Herr, wir sind froh, dass du zu diesem Treffen gekommen bist. Hilf uns, aufmerksam zu sein und nicht eigensinnig auseinander zu gehen, wie ich das ... wir das manchmal sind." Er hustete. Man merkte, dass er es nicht gewohnt war, in der Öffentlichkeit zu beten. Mazy würdigte sein Bemühen. Bevor diese Reise zu Ende war, würden sie bestimmt alle neue Gebete sprechen.

Sein „Amen. Mein Name ist Schmidtke" klang wie ein Wort. Die Augen hoben sich, und er blickte über die Gruppe hinweg. „Antone Schmidtke. Komme aus New York. Ich habe drei Wagen, einhundert Stück Vieh, vier Ochsengespanne, einige Pferde und Maultiere, einen Jungen, Matt, und einen Begleiter, Joe Pepin. Gute Männer, das sind sie. Schwenkt eure Hüte, Jungs. Ja, da. Ich habe mein Leben lang auf einer Farm gearbeitet. Ich hoffe, das auch im Westen zu tun. Wir sind zivilisierte Menschen, die Schmidtkes. Wir wissen, dass die Menschen Regeln brauchen, um ein solches Abenteuer bestehen zu können. Ich werde sie fair durchsetzen. Ich werde euch ein guter Führer sein. Mein Begleiter hat diesen Weg schon einmal zurückgelegt, er hat also Erfahrung."

„Sie haben Ihre Frau vergessen", rief jemand von der anderen Seite des Feuers. „Sie haben doch eine, oder?"

„Was? Habe ich?" Ein paar Männer lachten. „Wo bist du, Lura?" Sein Blick blieb an einer kleinen, aufrecht sitzenden Frau hängen, die Garn im Arm hielt und eifrig mit den Stricknadeln klapperte. Ein schlankes, ihr sehr ähnlich sehendes Mädchen saß neben ihr. „Wink mal", forderte er sie auf. Sie tat es. Ein schüchternes Lächeln zeigte sich im Gesicht der Frau, bevor sie den Blick wieder senkte. Das Feuer flackerte und zeigte ihr Mieder, an dem Stricknadeln und Nähnadeln steckten. Sie trug Perlenkämme in den Haaren und kaute an einer Tonpfeife.

„Hat auch seine Tochter vergessen“, flüsterte Mazy ihrer Mutter zu.

Ruth Martin kehrte zurück und zog ihre Nichte auf den Schoß. „Sie haben auch eine Tochter. Wie heißt sie?“

„Ich habe mein Mädchen vergessen? Mariah, so heißt sie“, erwiderte Antone und rieb sich mit Daumen und Zeigefinger das Kinn. Sein Blick glitt über die Menge hinweg, blieb aber nirgendwo haften. „Wenn wir jetzt von der Aufzählung der Nachfahren zum Geschäft kommen könnten ... Wir brauchen ja nicht die ganze Nacht zu palavern.“

„Mir scheint, als wärst du der Einzige, der palavert“, rief jemand – Mazy konnte ihn nicht erkennen – und die Gruppe brach in Gelächter aus. Die Dunkelheit bot ihnen Schutz, darum brauchten die Leute ihre Beobachtungen oder Einwände nicht für sich zu behalten, wenn sie nicht dicht am Feuer standen und erkannt werden konnten.

Antone Schmidtke öffnete einen Knopf seines hohen Kragens. Er war beleibt, und seine grüngestreifte Weste ließ ihn so breit aussehen wie eine Wassermelone. „Ja, ja“, rief er verärgert. „Gibt es sonst noch jemanden, der denkt, er könnte diese Gruppe von Rüpeln nach Westen führen?“

Mazy spürte, wie Jeremy sich erhob, und ihr Mund blieb vor Überraschung offen stehen.

„Jeremy Bacon. Grant County, Wisconsin.“ Er wischte sich mit seinem allgegenwärtigen Taschentuch die Nase ab. „Mit allem nötigen Respekt, Mr. Schmidtke –“

„Antone. Der Vorname reicht.“

„Dann ist es für den Sheriff schwieriger, dich zu fangen“, rief jemand, und die Leute lachten. Mazy bemerkte, dass Ruth Martin nicht mit einstimmte.

„Falls wir überhaupt einen Führer brauchen“, fuhr Jeremy fort,

„sollte es jemand sein, der diese Aufgabe nur ungern übernimmt, der die Leute so weit wie möglich in Ruhe lässt."

Mazy blickte zu ihrem Mann auf und fragte sich, was er tatsächlich dachte. Erst vor wenigen Stunden hatten sie miteinander gestritten. Er hatte darauf bestanden, sie könnten allein fahren, nur die beiden Wagen. Und jetzt beschrieb er, was für eine Art von Führer ihre Gruppe haben sollte?

„Eine ansehnliche Anzahl von uns hatte keinen Führer, und doch sind wir hier." Er hob die Arme und ließ sie über die Versammelten schweifen. „Mir erscheint es töricht, unseren Zeitplan jemandem zu überlassen, der nicht die Eigenarten der einzelnen Familien kennt. Ich auf jeden Fall sehe keinen Vorteil darin. Wir brauchen Leute, die bereit sind, aufeinander zu hören. Die um Hilfe bitten und sie vom Rest der Gruppe bekommen."

Mazys Mund stand noch immer offen. Schnell klappte sie ihn wieder zu. Sie tauschte einen Blick mit Ruth Martin, die sie von der anderen Seite des Kreises aus anstarrte.

„Ich schätze, fünfzehn bis zwanzig Wagen sind hier vertreten", fuhr Jeremy fort. „Also ich, ich habe Grand und MacDonalds Handbuch, das jeder, der lesen kann, bei mir einsehen kann. Wir sollten in lockerer Formation in dieselbe Richtung fahren, auf der Nordplatteroute bleiben. Ich kann mir nicht vorstellen, dass noch mehr nötig ist."

„Dieses Buch ist längst überholt", entgegnete Antone. Er kratzte sich die Wange. „Seit 46 ist viel passiert. Ich sage Ihnen, wir alle werden in Situationen kommen, wo eine starke Hand so willkommen ist wie Wasser. Wenn Sie das erste Mal Rast machen und ich fahre an Ihnen vorbei und nehme Ihr Gras, dann werden Sie sagen, ich hätte auf den alten Antone hören sollen." Die Leute lachten. „Und da ist noch immer die Gefahr durch die Indianer. Einsame Wagen, die stehen bleiben, um Blumen zu pflücken, vermitteln diesen Leuten den Eindruck, als wären wir alle bekloppt. Wir dürfen nicht riskieren, die Indianer zu verärgern, ja, das stimmt." Mazy beobachtete, wie viele nickten und mit ihren Nachbarn flüsterten. „Es muss wenigstens so aussehen, als würden wir uns verteidigen, ja? Das Vieh über die Flüsse zu schaffen, es einzukreisen, all das geht besser in der Gemeinschaft. Wir brauchen nicht endlose Regeln."

„Wir müssen uns über den Sabbat klar werden." Das war Schwester Esther. Mazy fragte sich, mit wem die Frau unterwegs war. Niemand war vorgetreten und hatte sich als ihre Verwandtschaft zu erkennen gegeben, obwohl zwei Männer an ihrer Seite saßen. Hinter ihr standen einige junge Frauen, deren Gesichter von breiten Strohhüten verdeckt waren, die aussahen wie in der Mitte spitz zusammenlaufende Pilze.

„Auch das sollte jeder für sich entscheiden", wandte Jeremy ein. „Jeder muss wissen, ob er anhalten oder weiterfahren will. Wir brauchen nicht für alles Regeln."

„Aber falls Antones Vieh weiterläuft und ich zurückbleibe, dann werden seine Kühe die besten Weiden bekommen." Dies kam von einem Mann mit einem Gesicht wie ein Frettchen, der in den Feuerschein getreten war.

„Dann müssen Sie am nächsten Tag eben ein wenig schneller sein. Überholen Sie ihn, dann haben Sie die bessere Weide. Denken Sie doch nach, Mann", fuhr Jeremy ihn an.

„Mir scheint, es wäre besser, einige Regeln aufzustellen, über die wir abstimmen können. Matt Schmidtke", stellte sich der neuste Redner vor und stellte sich neben seinen Vater. Er schien gerade im Stimmbruch zu sein. „Es ist unamerikanisch, abzustimmen und nicht zu wissen, wofür." In seinen Haaren zeigte sich eine weiße Strähne, obwohl er nicht älter als fünfzehn sein konnte. Mazy schätzte, dass er genauso alt war wie Tipton. Sie fragte sich, ob Tipton ihn wohl bemerkte. Mazy beugte sich vor, um sie anzusehen. Aber das Mädchen starrte noch immer vor sich hin.

„Was sagt die Schrift dazu?" Das war wieder Schwester Esther.

„Haben Frauen ein Mitspracherecht? Ich meine, wenn das so ist, dann sitzen wir die ganze Nacht hier." Die Stimme eines weiteren Mannes.

„Wir sitzen schon so lange hier, dass wir von Moskitos aufgefressen und von der Tanzmusik gelockt werden, obwohl die Männer den größten Teil des Redens übernehmen." Diese Stimme kannte Mazy sehr gut – es war die ihrer Mutter.

„Ich denke, wir sollten abstimmen, ob wir einen Führer haben wollen oder nicht. Bryce Cullver", stellte sich der Mann vor. Er trug eine kleine Nickelbrille. Eine braune Haarsträhne fiel ihm über ein Glas. „Dann sollte unser gewählter Führer entscheiden über Frauen, Hunde und den Sabbat-Aufenthalt und solche Dinge."

„Ich werde meine Rechte nicht abgeben, bis ich weiß, wer zur Wahl steht. Ich werde niemandem folgen, den ich nicht kenne", sagte der Mann mit dem Frettchengesicht. Seine Arme hatte er vor der Brust verschränkt.

„Wer ist dafür, dass wir abstimmen?"

„Sie sehen, Sie haben einen Kessel Würmer freigelassen, Antone", sagte Jeremy und setzte sich wieder. Ein paar applaudierten. Er schüttelte den Kopf, hielt inne und erhob sich wieder. „Also gut. Ich stelle mich zur Wahl. Ich bin für minimale Regeln, unabhängiges Denken und Entscheidungsfindung auf Basis des Wesentlichen. Wir bleiben nur so lange zusammen, wie wir uns einig sind. Entsteht Uneinigkeit, zieht jeder allein weiter, schließt sich anderen an, so wie er es möchte." Er setzte sich wieder, und Hathaway klopfte ihm auf den Rücken.

„Wie ist es, können Frauen abstimmen?", beharrte der Frettchenmann.

„Wer will uns aufhalten?", fragte Ruth.

„Ich enthalte mich der Stimme", sagte Jeremy. „Wir sind alle viel zu unabhängig, um eine Art Kongress hier draußen zu bilden."

„Ich enthalte mich ebenfalls", sagte Antone. Er hob beide Hände in die Luft, als wolle er sagen: Seht ihr? Was habe ich euch gesagt? „Wenn wir nicht einmal entscheiden können, wer abstimmen darf, wie sollen wir dann herausfinden, wie wir gemeinsam einen Berg erklimmen sollen?"

„Ich schlage vor, wir greifen die Sache später noch einmal auf, nachdem die Leute einige Zeit zusammen verbracht haben. Wenn wir erst den Missouri überqueren, wissen wir vielleicht besser, wer ein qualifizierter Führer ist oder ob wir überhaupt einen brauchen."

„Und wessen weiser Rat ist das?", fragte Jed Barnard, der ehemalige Anwalt. Köpfe drehten sich um.

„Mazy Bacon, Frau von Jeremy", erklärte Mazy. Sie schluckte und vermied es bewusst, ihren Mann anzusehen, aber sie spürte, dass er sich umdrehte und sie anstarrte.

„Alle, die für diesen guten Vorschlag sind, sagen ja", fuhr Jed fort. Die laute Antwort erinnerte Mazy an einen Donner.

„Gut. Jetzt wollen wir tanzen", rief eine jüngere Stimme. Die Männer nahmen Bretter von den Wagen und legten sie in der Mitte auf den Boden. Mehrere andere verschwanden, gingen zu anderen Feuern. Die Schmidtkes verzogen sich zu ihren Wagen.

„Du hättest warten können", sagte Jeremy vorwurfsvoll. Seine Stimme war steifer als ein neuer Lederriemen, und er sprach leise. „Alles hätte heute Abend entschieden werden können, wenn du deinen Rat für dich behalten hättest."

„Die Leute brauchen Zeit, um über solche Dinge nachzudenken, Jeremy. Und die haben sie jetzt."

„Die Tatsache, dass du keine Entscheidung treffen kannst, bis eine Sache totgeredet ist, bedeutet nicht, dass andere das auch nicht können oder tun sollten."

Seine Worte taten weh. „Wenn man einer Sache ein wenig Zeit lässt, zeigt sich häufig eine richtige und passende Antwort", entgegnete sie.

„Oder überhaupt keine", meinte er. „Es liegt in der Natur des Menschen, dass man Dinge allein machen möchte. Darum geht es doch bei dieser Reise in den Westen. Autonomie. Das ist das Wesentliche."

„Tatsächlich?", fragte sie. „Und ich dachte, eine Ehe sei eine Zweisamkeit." Sie erhob sich, wandte ihm den Rücken zu und beobachtete, wie die Tanzenden sich auf der Tanzfläche trafen. Sie hörte, wie er sich die Nase putzte, sich erhob und davonstapfte.

„Ich entschuldige mich, wenn es den Anschein hatte, als hätte ich Kritik geübt an deiner Fürsorge für unsere Tipton", sagte Adora, die von hinten auf Mazy zukam. Mazy fragte sich, wie viel von dem Gespräch sie wohl mitbekommen hatte. „Ich dachte, sie hätte mehr Fleisch auf den Knochen gehabt. Aber sie sagt, ihre Muskeln seien fest wie ein Eisenpferd."

„Was hat euch dazu gebracht, hierher zu kommen?"

„Ich habe Hathaway gesagt", Adora tippte mit dem Zeigefinger gegen die Brust ihres Mannes, „ich könnte es einfach nicht ertragen. Ich konnte es nicht. Jede Nacht habe ich nur geweint. Morgens wachte ich dann zerschlagener auf, als ich zu Bett gegangen war."

Tyrell durchquerte den sich auflösenden Kreis und blieb vor Tipton, die von ihren Eltern eingerahmt war, stehen. Seine Hände umklammerten seine Hosenträger; sein Blick hielt Tipton umfangen.

Adora sagte an Tipton gewandt: „Dein Daddy sagte, wenn ich so sehr um dich trauern würde, dann sollten wir am besten auch in den Westen ziehen."

„Den ganzen Weg? Bis nach Oregon?"

„Ich denke, unsere Pläne sehen eher Kalifornien vor", klärte Charles seine Schwester auf. Er überragte das Mädchen, und die Locken auf seinem Kopf gaben ihm ein römisches Aussehen, trotz seines zurückgeschobenen Hutes, der seine glatte Stirn freiließ. Mazy hörte eine gewisse Schärfe aus Charles Worten heraus. „Dort sind die Aussichten besser, sagt Papa." Er spielte mit seinen Münzen, und ihr Klimpern traf Mazys Ohr wie ein ärgerliches Pfeifen.

„Ich dachte, Tyrell wäre bestimmt traurig, wenn wir dich mit nach Hause nehmen würden. Dann würden wir nur eine traurige Frau gegen eine andere austauschen", erklärte Hathaway. Seine Augen blickten ernst, und ihnen fehlte das für ihn so typische Funkeln.

Mazy fragte sich, was ihrer Entscheidung, Cassville zu verlassen, wohl alles vorausgegangen war. Die Wilsons mussten wenige Tage nach der Abreise der Bacons ihre Sachen gepackt und ihnen nachgekommen sein, denn sonst hätten sie es nicht so schnell bis nach Kanesville geschafft.

„Habt ihr das Geschäft verkauft?“, fragte Tipton.

„Oh ja“, kam Charles seinem Vater zuvor. „Nichts ist zu gut für dich, kleine Tipton.“

„Sind die Männer in unserem Leben nicht einfach wundervoll?“ Adora legte einen Arm um ihre Tochter, während sie zu ihrem Mann aufschaute.

„Dann gehen wir also alle ... in den Westen?“

„So sieht es aus, Baby“, antwortete Adora mit hoher Stimme. „Freust du dich nicht schrecklich?“

Es drückte auf ihre Brust, zog und zerrte, bis sie glaubte, unter dem Gewicht zusammenzubrechen. Tipton schlug um sich, keuchte, schnappte nach Luft. Sie hörte Schluchzen und Mrs. Muellers Stimme, die ihren Namen rief und sie fragte, wer wohl weinte, doch dann wurde ihr klar, dass sie es selbst war.

„Ein schlimmer Traum“, beruhigte Mrs. Mueller sie. „Nur ein Traum, Kind.“ Sie entwirrte das leichte Laken, das sie um das dünne Hemd des Mädchens gewickelt und leicht über sie beide gelegt hatte. „Mazy hat in ihren Träumen immer geweint.“

„Ich träume nicht, Mrs. Mueller“, sagte Tipton und zog sich von der Frau zurück. „Draußen in der frischen Luft würde ich besser schlafen als hier in dem engen Wagen.“ Sie konnte sich nicht vorstellen, wie sie diese erdrückende Enge aushalten sollte, wenn sie erst in die heiße Prärie kämen. „Männer tun wirklich gut daran, unter den Sternen zu schlafen. Wir könnten die Decken doch nach draußen legen und –“

„Hier drin ist es trockener. Außerdem braucht Tyrell seine Ruhe“, meinte Mrs. Mueller.

„An Tyrellie habe ich gar nicht gedacht“, erwiderte Tipton. „Ich hatte unser Wohlergehen im Sinn, Ihres und meines. Ein Zelt ist ein Muss, denke ich.“ Sie stopfte ihr Federkissen unter ihren Kopf. Ihr Körper war schweißnass.

„Ich habe einen Vorschlag zum Wohlergehen“, sagte Mrs.

Mueller. „Würdest du mich bitte beim Vornamen nennen? Es ist so unpersönlich, das Bett mit jemandem zu teilen, der nicht einmal meinen Namen sagen kann.“

Tipton spürte, wie sie errötete. Stille senkte sich über sie.

„Möchtest du über den Traum sprechen, Kind?“

„Ich habe es Ihnen doch gesagt. Es war das Laken, das ist alles. Ich ... ich mag nicht eingeengt werden. Jetzt ist alles in Ordnung. Ich schlafe bestimmt weiter.“

„Du könntest ja auch in den Wagen deiner Eltern wechseln“, schlug Mrs. Mueller vor.

Tipton schwieg.

„Ich denke, das wirst du auch, nachdem wir den Fluss überquert haben. Bestimmt werden danach andere Arrangements getroffen.“ Die Frau lachte. „Sieh es doch einmal so – du wirst die Kuh nicht mehr melken müssen.“

Danach wurde es still im Wagen, und Elizabeths Atem veränderte sich. Tipton dachte, dass sie vermutlich eingeschlafen war. Sie konnte das Tropfen der Regentropfen auf der Wagenplane hören. „Diese Martin hat auch früher schon Kühe gemolken, hat sie mir erzählt“, bemerkte Elizabeth. „Sie ist wirklich eine interessante Frau. Sie sagt nicht viel über sich, aber sie hat es faustdick hinter den Ohren. Sie bringt einen dazu, über sich zu reden, und man vergisst, dass sie irgendetwas über sich gesagt hat. Sie kann auch sehr gut mit der Peitsche umgehen, wie ich höre. Sie hat sich eine schöne Pferdeherde geschaffen. Ich frage mich, wie sie das gemacht hat.“

Tipton drehte sich um. Wenn sie nicht antwortete, würde Mrs. Mueller schließlich Ruhe geben und wieder einschlafen, was auch tatsächlich der Fall war.

Tipton war durcheinander. Sie hatte sich gefasst gegeben, hatte sich nicht anmerken lassen, wie sehr die Ankunft ihrer Eltern sie aus der Fassung gebracht hatte. Es tat gut, sich von ihnen umarmen zu lassen, und doch fühlte sie sich wieder bemuttert und ausgeliefert. Und Charles. Warum war er mitgekommen und stellte sein finsteres Gesicht zur Schau? Natürlich nur, um sie zu quälen.

Sie konnte niemandem sagen, was sie empfand. Nicht einmal Tyrell, der sich an diesem Abend früh verabschiedet hatte und mit seiner Schlafdecke zu dem eingezäunten Bereich verschwunden war, in dem die Begleiter schliefen. Sie sehnte sich nach einem stillen Plätzchen, wo sie sich mit ihm unterhalten konnte, auch wenn sie wusste, dass es klüger war, für sich zu behalten, was sie beunruhigte oder traurig machte. Es war nicht gut, einen Menschen zu dicht an einen heranzulassen. Die Leute nutzten das aus. Das hatte Tipton schon früh herausgefunden.

Was sie für Tyrell empfand, hatte sie zuerst erstaunt. Allein seine Gegenwart hatte ihr weiche Knie verursacht, aber sie hatte den Blick gesenkt gehalten. Sie dachte an seine Arme so dick wie Dockpfähle, an seine Brust, die sich erweiterte, wenn er am heißen Feuer der Schmiede arbeitete, und an seine Beine, die so kräftig waren, dass die Leute sagten, er könnte ein Maultier hinter sich lassen. Und doch war er freundlich und still und hielt sich Kätzchen auf einem alten Kissen in einer Ecke, wo er die reparierten Geschirre aufhängte. Das war es, was sie zuerst an ihm angezogen hatte, die miauenden Kätzchen in seinem Laden.

Er war noch nicht lange in Cassville. Er hatte vorgehabt, einfach nur hindurchzureiten und weiter nach Norden zu ziehen, zur Prärie du Chien. Aber dann war er doch geblieben. Bei ihm fühlte sie sich sicher, in seinen Armen und an seiner breiten Brust. Und diese Kraft übertrug er auf sie. Hier war der einzige Ort, wo sie sich kräftig und sicher fühlte. Tyrell brachte das Beste in ihr zum Vorschein.

Als er sagte, er würde nach Westen ziehen, war sie beinahe in Ohnmacht gefallen. Sie hatte tief durchgeatmet, um Luft zu bekommen. Ihre Nasenspitze hatte geprickelt, und zum ersten Mal war ihre Hand taub geworden. Sie hatte sich von ihm abgewandt und kleine Pünktchen vor ihren Augen tanzen sehen, aber sie war nicht in Ohnmacht gefallen. Er war hinter sie getreten, hatte ihren Kopf vorgeneigt und ihr den Hals gerieben und beruhigend auf sie eingeredet. Sie hatte seine Worte und das Miauen der Katzen gehört. Niemand hatte diese Vertraulichkeit gesehen, und selbst wenn, wäre es ihr auch egal gewesen.

Als ihre Atmung leichter wurde, hatte er sie sanft an seine Brust gezogen. Und er hatte sich ihr erklärt. Bei dieser Gelegenheit war ihr Plan entstanden. Sie würde mit ihm gehen, was immer es bedeutete, wie hoch auch die Kosten waren. Er war der Mittelpunkt ihres Lebens.

Als Mazy am folgenden Morgen erwachte, war ihr übel. Vielleicht lag das am Wasser in Kanesville. Es schmeckte stark, nicht wie das Quellwasser, das sie während der Reise bis hierher in Fässern dabeigehabt hatten. Sie stieg aus dem Bett und ging zu dem Eimer mit dem Maisbrot. Sie klopfte die Asche von dem Maisbrot ab und biss ein kleines Stück ab, um gegen die Übelkeit anzugehen. Noch nie war ihr so übel gewesen. Die vielen Menschen und all das Fremde, vermutlich lag es daran. Und am Heimweh. Sie nahm Bleistift und Papier und ihre kleine Bibel und verließ den Wagen. In der Dunkelheit war es noch recht kühl.

Sie schrieb oft morgens, schrieb sich die Gefühle von der Seele, die sie nicht verstehen konnte. Manchmal beschrieb sie das, was sie gesehen oder gehört hatte, einen Satz oder zwei; ihre Ängste, die Leere und die Sehnsucht; und sie beschrieb, wie sie Kraft schöpfte aus der Bibel. Was immer es war, die Tatsache, dass sie es niederschreiben konnte, half ihr, gab ihr Sicherheit. Ihre Übelkeit hatte sie in letzter Zeit vom Schreiben abgehalten. Vielleicht würde das Maisbrot helfen.

Beim Vorbeigehen sah sie nach der Tomatenpflanze und drückte ihre Finger in die Erde. Bei dem Baumstamm am Feuer zog sie den Schal fester um sich und atmete den Morgen ein. Sie sah auf. Der Himmel war wieder verhangen. Es sah nach Regen aus. Sie begann zu schreiben. *Habe gestern Leute aus Missouri kennen gelernt, Suzanne Cullver und Bryce. Die Frau kann nicht sehen. Pig mochte sie, hat ihre Finger geleckt.* Mazy empfand einen Stich von Eifersucht, als sie daran dachte, wie der Hund von ihr weggelaufen war und die Hand der Frau, die tastend vorgestreckt war, angestupst hatte. Die Frau war erschrocken zusammengefahren und beklagte missbilligend, dass die Leute nicht auf ihre frei herumlaufenden Tiere aufpassten. Mazy war errötet und hatte den Hund gerufen. Nur widerstrebend war er zu ihr zurückgekommen. Offensichtlich merkte er nicht, dass die Frau seine Anwesenheit nicht mochte.

„Es tut mir Leid", entschuldigte sich Mazy, und ihr wurde klar, dass sie diese Worte in letzter Zeit häufig äußerte.

Sie schrieb von diesem Zwischenfall, von ihrem ständigen Drang, sich zu entschuldigen, als ein sanftes Licht ihre Aufmerksamkeit erregte. Ein Schatten bewegte sich hinter der Plane in einem Wagen. Noch ein Frühaufsteher. Das Licht wurde von einer Gestalt getragen, die aus dem Wagen kletterte, dann zögerte. Sie kam direkt zu Mazys Feuer und entpuppte sich als Schwester Esther. In ihrer anderen Hand trug sie ein kleines Schreibpult aus Eichenholz, das man sich auf den Schoß stellen konnte.

„Vermutlich möchten Sie ungestört sein", erklärte die Frau beim Näherkommen. „Diese großartige Reise in einem Tagebuch festzuhalten, ist eine gute Sache. Andere werden lesen, wie wir die Vereinigten Staaten nach Westen gebracht haben."

„So großartig ist das nicht", erwiderte Mazy und faltete ihr Papier zusammen. „Nur meine Gedanken und Eindrücke. Und wie viele Meilen wir zurücklegen. Ich entnehme sie dem Meilenzähler." Sie deutete auf das Gerät am Rad, das die Umdrehungen zählte.

„Ich habe nicht gehört, dass Sie hier draußen sind, sonst hätte ich einen anderen Weg gewählt", erklärte die Frau. „Es ist nicht meine Absicht, Sie zu stören."

„Die Nacht schluckt alle Geräusche."

„Allerdings. Sie sind die Frau, die vorgeschlagen hat, mit der Abstimmung zu warten, nicht?"

Mazy hoffte, dass die Röte ihres Gesichts nicht zu sehen war. „Es ist immer gut, sich Zeit zum Nachdenken zu nehmen."

„Wollen Sie die Wahl eines Führers vermeiden oder allein reisen?"

„Ich denke, ein Führer ist gut, vor allem, um bei Konflikten zu schlichten", erwiderte Mazy.

Die Frau nickte. Sie stellte die Laterne und ihren Schreibpult ab. „Ein Grund, warum die Israeliten einen Richter gefordert haben – denn sie schafften es nicht, ihre Konflikte selbst zu lösen."

„Ich frage mich, was geschehen wäre, wenn Gott das nicht zugelassen hätte", überlegte Mazy. „Wenn die Israeliten gezwungen gewesen wären, Kompromisse zu schließen, sich nicht von einem Richter abhängig gemacht hätten, sondern gemeinsam auf eine Lösung der anstehenden Probleme hingearbeitet hätten. Vielleicht könnten auch wir das jetzt besser."

„So habe ich das noch gar nicht gesehen", erwiderte Esther.

„Ich muss sagen, ich würde schon gern bei den Entscheidungen ein Wörtchen mitreden", meinte Mazy nach einer Weile.

„Das gehört zum Wesen des Menschen", erwiderte die Frau. Sie klopfte mit den Händen ihren dunklen Rock ab und blickte auf Mazy herab. „Das ist es, was ich meinen Schutzbefohlenen unter anderem beibringen möchte." Sie deutete mit dem Kopf zum Wagen. „Wie wichtig es ist, in Harmonie auf engstem Raum miteinander zu leben. Es ist wichtig, dass sie rein bleiben und sich ihre hohen Moralvorstellungen erhalten, um sich an Orten, wo so viele Menschen zusammenleben wie hier, vor Krankheiten zu schützen."

„Mit wem reisen Sie?"

„Ich bin bei der Caroline Fry Marriage Association beschäftigt. Wir bringen junge Frauen nach Westen. Sie werden dort heiraten. Zwei meiner Brüder begleiten mich. Sie fahren den Wagen. Wir überbringen die jungen Frauen ihren Männern in Kalifornien."

„Und danach?"

„Kommen wir wieder zurück und holen weitere."

„Sie kommen zurück? Und Leute machen das?"

„Viele Neunundvierziger sind zurückgekommen. Einige innerhalb von nur zwei Monaten – wie sie behaupten –, getrieben von Gier und dem Bedürfnis, von ihrer Beute zu erzählen. Aber meine Brüder und ich werden auf geordnete und geplante Weise zurückkommen."

„Es ist doch ... so gefährlich, allein zurückzureisen."

„Allerdings. Die Zeitungen schreiben von den Gefahren der

Rückkehr. Aber Tatsache ist, dass viele es tun. Woher sonst hätten wir diese Handbücher, von denen Ihr Mann gesprochen hat?" Sie hob den Blick zum Himmel. „Andere erleben eine Veränderung des Herzens – eine Bekehrung."

„Ich schätze, das sind Menschen, die eigentlich gar nicht gehen wollten", meinte Mazy. Sie klopfte mit dem Stift auf ihren Wollrock.

Schwester Esther blickte Mazy an. „Vielleicht hat etwas sie dazu gebracht, ihre Meinung zu ändern." Die dunklen Augen der Frau durchbohrten sie wie die eines Adlers. Mazy hatte das Gefühl, als sei sie in sie eingedrungen. Doch die Frau spürte das anscheinend, denn sie wandte sich ab und tat so, als suche sie einen Platz zum Hinsetzen. Schließlich stieß sie mit dem Fuß an das Ende des Holzscheits im Feuer.

„Ich wollte nicht mitfahren", erklärte Mazy. Der Gedanke an eine Rückkehr beschäftigte sie noch immer. „Und es ist keine Herzensänderung, die mich überlegen lässt, wieder nach Hause zu fahren."

„Und dafür beten Sie?" Schwester Esther deutete auf die Bibel auf dem Baumstamm neben Mazy.

„Ja, dass mein Mann umkehren *möchte*, noch bevor wir weiterfahren", erwiderte Mazy vorsichtig. Sie war es nicht gewohnt, mit einem Fremden über ihre geheimsten Gefühle zu sprechen. „Dort erwartet uns nichts als ... Unsicherheit. Wir besaßen eine wundervolle Farm in Wisconsin, am Mississippi. Felsen über einem stillen Tal. Ein Teich, der Enten anlockte, Tausende im Herbst. Überall Wildblumen, Morcheln. Guter, nahrhafter Boden. Es gab keinen schöneren Ort. Ich hätte dort gern für immer gelebt."

„Wir sind noch nicht angekommen", antwortete Schwester Esther ihr. „Und nicht da, von wo wir aufgebrochen sind, darum ist alles fremd. Aber wir sind nicht allein. In den Psalmen heißt es, dass nichts uns trennen kann von der Liebe Gottes."

„Ich kenne diesen Vers." Mazy griff nach einem Stock und stach ins Feuer. „Ich kann nur nicht glauben, dass Gott wirklich wollte, dass ich mein Zuhause verlasse. Und das macht mir zu schaffen."

„Er zeigt uns nicht alles, was er für uns bereithält", erwiderte Schwester Esther. An einem Vorderzahn fehlte ein Stück, darum lispelte sie beim Sprechen ein wenig. „Aber er ist bei uns." Sie legte die Hand auf ihr Herz. „Dessen bin ich sicher."

„Einmal bin ich aufgewacht und musste an das Sprichwort denken: ‚Weisheit trägt das Gesicht eines Hundes, Sicherheit das einer Katze.' Seltsam, nicht? Ich meine, ich mag Hunde, ihre Akzeptanz, egal was geschieht. Katzen sind so ..."

„Ich finde sie selbstzentriert", beendete Esther den Satz. „Aber Unerschütterlichkeit ist ansprechend."

„Doch nicht immer ein Zeichen von Weisheit", meinte Mazy.

„Vielleicht. Ich sage meinen kleinen Himmlischen, dass wir niemals weit von zu Hause entfernt sind, solange wir Gott in unserem Herzen haben."

„Himmlische? Sie nennen sie Himmlische?"

„So nennen ihre Familien diejenigen, die ihr Heim verlassen, um als irdische Engel auf diesen Kontinent zu kommen. Als Retterinnen sozusagen. Ich vermute, meine zukünftigen Bräute vermissen auch ihr Heim, obwohl sie freiwillig mitgekommen sind. Sie haben einen Teil ihres Geldes bereits an ihre Familien zurückgeschickt. Es ist also eine Sache der Ehre, dass sie ihre Ehemänner glücklich machen. Sie suchen ein neues Leben, und gleichzeitig helfen sie damit denen, die in der Heimat zurückgeblieben sind."

„Das hat was von Sklaverei, finde ich."

„Ganz bestimmt nicht!"

„Verstehen sie denn überhaupt, worauf sie sich einlassen, wenn sie erst einmal ihr Eheversprechen abgegeben haben?"

„Die Männer, die sie heiraten, sind ihrer würdig. Eine Detektei hilft uns, das zu überprüfen." Sie senkte die Stimme, verwandelte sich in eine Lehrerin. „Das ist ihrer Tradition ähnlich, wo die Kinder bereits bei der Geburt verlobt werden. Diese jungen Frauen verfügen nur über eine kleine Mitgift und ihre Chance, in der Heimat eine gute Partie zu machen, ist gering. Wenn man glaubt, zeigt sich immer ein Weg, auch wenn er oft sehr schmal ist."

„Ihre Worte erinnern mich an einen Garten, alles säuberlich

angeordnet“, meinte Mazy, „aber der Samen kann doch verderben.“ Sie dachte an Tipton, deren Schicksal sich durch die Ankunft ihrer Eltern gewendet hatte und deren Leben nun völlig unklar vor ihr lag. „Manchmal frage ich mich, welches Mitspracherecht eine Frau für ihre Zukunft wirklich hat.“

„Oh, man hat doch immer noch seine Ansichten“, erwiderte Schwester Esther. Sie ließ sich nun endlich nieder. „Das nenne ich Weisheit. Darauf haben wir Einfluss.“

Tipton lag steif wie eine Bettlatte im Wagen und starrte an den Eisenbügel, über den die Plane gespannt war. Kalifornien! Sie brachten sie nach Kalifornien, alle, auch Charles, während die Bacons und Tyrell nach Norden gingen. Wie konnten ihre Eltern so schnell die Entscheidung treffen, ihr zu folgen? Schneller als ein Hase, der sich beim Anblick des Schattens eines Adlers eingräbt. „Um die Mode von Sacramento zu sehen“, hatte ihre Mutter gesagt. „Um etwas Neues auszuprobieren, bevor meine Knie nachgeben“, hatte ihr Vater ihr erklärt. „Mein Cousin liegt mir schon seit 49 in den Ohren. Ich habe beschlossen, auf ihn zu hören. Es wird gut für uns sein.“ Neue Kleider, neue Ideen. In Kalifornien! Tränen stiegen ihr in die Augen. Sie wischte sie fort und hielt mitten in der Bewegung inne: Münzen klimperten vor dem Wagen. Charles und das Klimpern der Münzen eines ruhelosen Mannes.

5

Der Streit, geflüstert, damit andere nichts mitbekämen, führte Elizabeth näher an den Wagen heran – eine Mutter, die sowohl neugierig war, sich aber auch Sorgen machte.

„Er hat einen Vertrag mit mir", erklärte Jeremy Mazy. „Mit Hathaways Ankunft hat sich nichts geändert, außer dass das Mädchen ihrer Familie helfen wird und nicht mehr uns."

„Und damit geht das Geld für die Beaufsichtigung des Mädchens hin, das wir, wie du gesagt hast, so dringend brauchen. Um Tyrell zu bezahlen."

„Dein Arm verheilt. Du hast immer gesagt, dass du gern beschäftigt bist. Es sei verrückt, sie überhaupt mitzunehmen, waren deine Worte, wenn ich mich recht entsinne."

„Nicht mein Arm beunruhigt mich. Mavis und Jennifer zu melken, wird gut für ihn sein, wird ihn gelenkig halten, denke ich. Das, was später passiert, macht mir Sorgen. Die Ankunft der Wilsons und die möglichen Komplikationen, die das mit sich bringt, außerdem die Verzögerung bei der Überquerung. Das sind alles Zeichen, Jeremy. Zeichen." Sie ließ die Hände sinken und setzte sich. „Es war falsch, herzukommen. Wir sollten das nicht tun."

„Deine Sorgen stehen auf wackligen Beinen", widersprach Jeremy.

„Wir sollten umkehren. Ich fühle es in meinen Knochen. Etwas ist falsch und dies könnte unsere letzte Chance zur Umkehr sein."

„Du musst loslassen, Mazy, und einfach akzeptieren. Wir können nicht mehr nach Grant County zurückkehren, es gibt nichts, wohin wir zurückkehren könnten. Selbst wenn wir es wollten, siehst du das denn nicht? Dies hier, das Hier und Jetzt ist unsere Gelegenheit."

„Aber wenn Tyrell fort ist –"

„Er ist nicht fort, noch nicht, vielleicht wird er auch nicht gehen. Ich möchte nicht darüber sprechen. Nicht mehr, Mazy. Nicht mehr!"

„Wir werden ohne einen Fahrer für Mutters Wagen nicht mitfahren dürfen."

Er hob die Hand, als wolle er ihren Redefluss stoppen, wie man ein Pferd mit der erhobenen Hand zum Stehen bringt. Elizabeth schnappte nach Luft, weil sie fürchtete, er könnte Mazy schlagen. Sie überlegte, ob sie eingreifen sollte, als Jeremy die Hand sinken ließ und vor seiner Frau niederkniete. „Dann fahren wir eben allein, Maze. Ich habe gehört, dass viele Leute es allein oder zu zweit gut geschafft haben."

War das Pein in der Stimme des Mannes, ein solcher Trieb, in den Westen zu ziehen? Hatte Mazy das auch gehört? Elizabeth wartete auf die Antwort ihrer Tochter. Die Stille war ohrenbetäubend. Beinahe hätte sie den Wagen geöffnet, den Kopf unter der Plane hindurchgesteckt und die beiden unterbrochen, als wäre sie gerade gekommen.

„Allein zu gehen, ist dumm, Jeremy. Ich möchte nicht allein reisen. Ich werde –"

„Was? Gehen?" Er erhob sich schnaubend. „Droh mir nicht, Mazy. Das steht dir nicht."

„Wir haben nichts, was uns am Ende erwartet. Nichts. Der Neuanfang wird sich immer weiter in die Länge ziehen."

„Dreihundertzwanzig Acres erwarten uns. Ein neues Leben erwartet uns. Lass los, Maze. Geh weiter."

Stille folgte, dann Geräusche. Sie schienen sich fürs Bett fertig zu machen. Elizabeth beschloss, diese Höhle der Uneinigkeit nicht zu betreten, und kehrte stattdessen zu ihrem Wagen zurück.

Als Elizabeth sich am nächsten Morgen an diesen Streit erinnerte, fragte sie sich, ob Jeremy das Geld, das er für Tiptons Unterhalt bekommen hatte, wohl zurückgeben musste, falls Tipton jetzt mit ihrer Familie weiterreiste. Er würde sich nicht so leicht davon trennen. In Bezug auf Geld konnte er ziemlich knauserig sein.

Sie rieb sich die rechte Hüfte und hob ihr Bein, um das Knacksen zu hören, mit dem die Hüfte wieder einrastete, seit sie sie sich in dem Jahr nach ihrer Hochzeit beim Eislaufen gebrochen hatte. Das Wilson-Mädchen schlief noch neben ihr. Armes Ding. Ihr freier und ausgelassener Umgang mit dem Schmied kam schneller zu einem Ende, als sie gedacht hatte. Das schien nicht fair zu sein, obwohl das Mädchen erst fünfzehn war. Sie war ihnen eine gute Hilfe gewesen. Vielleicht ließ ihre Mutter sie ja in dem Wagen bleiben. Obwohl nicht damit zu rechnen war. Adora hatte eine sehr fürsorgliche Ader und würde ihre Tochter unter ihren Fittichen haben wollen, daran bestand kein Zweifel. Warum sonst wäre sie so weit gereist?

Ein Windstoß riss an der Plane, dann fielen sanfte Regentropfen. Der Wagen stand unter einer Pappel, und Elizabeth hoffte, dass nasse Blätter und nicht ein neuer Sturm das Geräusch verursachten. Die Dämmerung drang durch die dünneren Stellen der Plane, die sich über ihr wölbte. Sie roch Schimmel an der Stelle, wo sich das Wasser während eines Hagelsturmes vor einigen Tagen gesammelt hatte. Der strenge Geruch störte sie. Sie rieb sich die Nase und wünschte, sie wäre weniger empfindlich, sondern eher dankbar dafür, dass sie überhaupt riechen konnte. Sie hätte alles für ein Zitronenstück gegeben, um die Plane damit einzureiben, den Schimmel zu vertreiben und die Plane dann in der Sonne zum Trocknen auszubreiten – falls die Sonne sich noch einmal zeigte. Sie warteten darauf, dass sie bei der Flussüberquerung an die Reihe kämen.

Tipton stöhnte. Elizabeth würde die Gesellschaft des Mädchens vermissen, wenn Adora sie wieder zu sich nahm, auch wenn sie nur wenig von dem preisgab, was sie beschäftigte.

Ein Ruf in der Ferne, die Unruhe der Männer draußen, die ihre Hüte gegen die Oberschenkel schlugen und ihre Wagen zum Fluss lenkten, sagten ihr, dass es an der Zeit war, aufzustehen. Die Herden von Menschen und Vieh über den Missouri zu bringen, würde ein Abenteuer werden, vor allem wo der Missouri so schmutzig war und so viel Wasser führte. Jeremy sagte, ihm gefiele nicht, dass er den Mormonen Geld zahlen solle für das Übersetzen. Nun, sie würde ihr eigenes Geld für die Fähre ausgeben, wenn es sein müsste – falls sie eine so große finden würde.

Dieser Gedanke ließ ihren Magen schmerzen. Sie musste aufstoßen. Dass ihr verstorbener Mann eine solche Verfügung getroffen hatte, wurmte sie noch immer. Was hatte er sich nur dabei gedacht, ihr Haus auf Jeremys Namen zu überschreiben? Und weder ihm noch ihr davon zu erzählen – wenn sie ihrem Schwiegersohn Glauben schenken konnte. Was sie betraf, so war es immer noch ihr Geld. Sie betrachtete es fast als Schnitzeljagd, überlegte, wo er das Geld in ihren beiden Wagen versteckt haben könnte. Wenigstens hatte Jeremy nicht bestritten, dass sie einen Wagen brauchte. Und er sagte, er würde den Rest des Geldes für das Haus für sie „verwahren".

Heute würde sie im Mehlfass nachsehen. Vielleicht lag ihr Geld ja tief verborgen unter dem Korn. Und nach der Flussüberquerung wollte sie sehen, wie viel von ihrem Geld noch übrig war.

Das Mädchen neben ihr machte leise Schmatzgeräusche, und Elizabeth lächelte. Das erinnerte sie an Mazy, die auch im Schlaf Geräusche gemacht hatte. Mazy war pflegeleicht gewesen. Sie hatte schon im ersten Monat die ganze Nacht durchgeschlafen. Oft hatte Elizabeth in die Wiege gesehen, um sicher zu sein, dass sie noch atmete. Sie hatte so still gelegen. Ihre Geburt und ihr Leben waren ein Rätsel. Dann, im zweiten oder dritten Monat, hatte das Kind angefangen, Geräusche zu machen, wie um die Ängste ihrer Mutter zu zerstreuen. Sie hatte im Schlaf leise geschmatzt oder gefiept, und Elizabeth konnte neben ihrem Mann liegen bleiben und wusste, dass das Kind lebte. Mazy schien schon früh dazu bestimmt zu sein, für andere zu sorgen.

Mazy wusste nicht mehr, wann sie angefangen hatte, mehr mit dem Hund, der Kuh und sogar mit dem Bullen zu sprechen als mit ihrem Mann. Pig hatte sie schon immer an ihren Gedanken teilhaben lassen, aber Gespräche mit den Kühen waren neu. Sie sagte nette Worte zu Mavis und Jennifer, wie sie sie genannt hatte. Ihr Kopf lag an der Flanke der Kuh, Mavis Schwanz schlug hin und her und erwischte Mazys Zopf. Unruhig trat die Kuh von einem Bein aufs andere.

„Oh Mavis, beruhige dich doch, beruhige dich. Du brauchst doch ohne Musik nicht zu tanzen."

Die Kuh drehte den Kopf, starrte sie an und hörte sogar mit dem Wiederkäuen auf.

„Ich wünschte, wir hätten ein Kalb, das du lecken könntest, während ich dich melke. Das würde dich beruhigen. Oder vielleicht sollte ich dich von der Seite melken." Mazy fragte sich, wie die Kuh wohl auf eine solche Veränderung reagieren würde. „Wenigstens wäre dann das Risiko kleiner, deinen Huf in den Mund zu bekommen, nicht, Mavis, mein Mädchen?"

Die Kuh entspannte sich. Mazy plapperte weiter und summte dann ein Wiegenlied. Der Holzeimer füllte sich, und die Zitze der Kuh wurde weicher in ihrer Hand. Der Schaum sammelte sich an der Seite des Eimers und verschwand schließlich in einem See von Weiß. Der Geruch machte ihr normalerweise nichts aus. Doch an diesem Morgen musste sie schlucken, und sie fragte sich, ob sie wohl ihr Frühstück bei sich behalten könnte. Sie keuchte wie ein Hund, wie ihre Mutter ihr beigebracht hatte, damit die Galle nicht hochstieg. Dann schob sie ihre Schulter über den Eimer, damit Mavis dungverschmierter Schwanz nicht darin landete und ihre Morgenarbeit verdarb.

Pig lag ganz in der Nähe. Jedes Mal, wenn Mazy sprach, zog er eine Augenbraue in die Höhe. Er war immer ein guter Zuhörer gewesen, lief Mazy nach oder lag so dicht bei ihr, dass sie nicht selten über ihn stolperte. Manchmal entschuldigte sie sich oder fragte ihn, ob er gestreichelt werden wollte, obwohl er ihr keine Antwort geben konnte. Ein- oder zweimal hatte Jeremy sogar von seiner Zeitung aufgesehen, seine Brille gerichtet und gesagt: „Was ist? Ich habe dich nicht verstanden", und dann hinzugefügt: „Oh", bevor er sich wieder auf seine Zeitung konzentrierte, nachdem ihm klar geworden war, dass sie mit dem Hund gesprochen hatte.

Was den Bullen betraf, so schien er ebenfalls ruhiger geworden zu sein, obwohl Mazy nach wie vor einen großen Bogen um ihn machte. Jeremy hielt ihn von den anderen abgesondert, da er nicht wollte, dass er von den Hörnern der anderen Tiere verletzt wurde.

Gestern hatten sie, Tyrell und Elizabeth den Wagen angespannt und waren zu einem grünen Hügel gefahren. Sie hatten mehrere Bündel Gras geschnitten, geschnürt und für das Vieh mitgebracht. Die feinen Grashalme hingen noch immer an ihrem Kleid und lagen auch auf dem Wagenboden, obwohl sie inzwischen gefegt hatte.

Die Augen des Bullen folgten ihr, als sie jetzt zurückging. Sein Kopf hing herab, als würde er eine schwere Last auf dem Rücken tragen. Das muss die Angst sein, dachte Mazy, das Neue, das ihn bei ihrer ersten Begegnung hatte verrückt spielen lassen. Sie war ihm gar nicht so unähnlich. Die Unsicherheit weckte in ihr den Drang, um sich zu schlagen.

„Du hast bestimmt Angst“, sagte sie zu ihm. „Die Menschen tun seltsame Dinge, wenn sie Angst haben, und vermutlich ist das bei Rindern ähnlich.“

„Sie sehen nicht so aus wie jemand, der Angst kennt, auch nicht wie eine Milchmagd, obwohl der Schal Ihnen steht.“

Die Worte des Mannes ließen Mazy zusammenfahren. „Pig, du hast mich nicht gewarnt.“ Sie wandte sich um und blickte in das offene, gebräunte Gesicht eines Mannes, den Jeremy ihr während des Tanzes gezeigt hatte. Er sagte, es sei das Gesicht eines Mannes mit einem „weißen Kragen“. Er zog seinen Hut. Sein Haar war in der Mitte gescheitelt und legte sich in Wellen. Mazy musste den Kopf heben, um ihm in die Augen zu sehen.

„Ich bin nun schon seit einiger Zeit Milchmagd“, erklärte sie.

„Und die Furcht?“

„Die ist neu, würde ich sagen.“ Sie staunte über ihren seltsamen Mut, mit einem fremden Mann zu reden. Aber sie mochte seine ruhigen Augen, die Offenheit, die sie in ihnen erkannte. Vermutlich hatte er seine Rasiertasse benutzt, denn er hatte keinen Bart.

„Ich bin Seth Forrester. Und Sie sind ...?“

„Mazy Bacon. Mrs. Mazy Bacon.“

„Ach ja, die weise Ratgeberin des gestrigen Treffens.“

Mazy errötete. „Es war nur ein Angebot, ein Ausweg.“

„Trotzdem bewundernswert. Mir hat es wenig Spaß gemacht,

langwierig über die Fähigkeiten eines Führers zu diskutieren, während sich die Fiedel warm spielte. Ich denke, Sie haben Recht. Führungseigenschaften zeigen sich mehr in der Tat als in Worten. Vielleicht werden wir es bald erkennen. Sie haben vor, in Kalifornien zu siedeln?"

„Mein Mann möchte gern eine Milchwirtschaft beginnen, aber ich denke, er hat sich auf Oregon festgelegt", erklärte sie.

„Und wie steht es mit Ihnen? Was möchten Sie?"

Die Frage klang so ehrlich, so wie ihr Vater mit ihr gesprochen hätte, ihr geholfen hätte, sich in ein Thema zu vertiefen, sie gedrängt hätte, das Risiko einzugehen und tiefer zu forschen, während er ihr aufmerksam zuhörte.

„Eigentlich nach Hause", platzte es aus ihr heraus, bevor sie darüber nachgedacht hatte. Sie wandte den Blick ab, atmete tief durch. „Ich habe gedacht, wir könnten in Kalifornien ganz gut zurechtkommen. Wir könnten den Mienenarbeitern Milch und Milchprodukte liefern, obwohl ich keine Ahnung habe, wie das Land dort aussieht, wie es für Kühe oder Familien sein wird. Ayrshires sollen ausgezeichnete Graser sein. Sie können überleben, wo andere Züchtungen es nicht schaffen. Wir haben natürlich mehr über das Gebiet von Oregon gelesen."

„Man sagt, hinter Fort Laramie stehe ein Schild, das nach Norden deutet. Darauf steht ‚Nach Oregon diesen Weg'. So gelangen diejenigen, die lesen können, dorthin, und der Rest geht nach Kalifornien." Er lächelte, und seine dichten Augenbrauen in der Farbe von Kleehonig hoben sich über seinen ockerfarbenen Augen.

„Sie werden sich auf ihren Kompass verlassen müssen, die Kalifornier, nicht?", erwiderte Mazy. „Und Sie gehen auch nach Kalifornien?"

„Mein Beruf gedeiht in Gegenden, wo die Menschen bereit sind, Risiken einzugehen. Das Gebiet ist dabei egal, obwohl ich gerne lese."

„Und Ihr Beruf ist ...?"

Ein Hauch von Enttäuschung zeigte sich kurz auf seinem Gesicht. „Ich vermute, Sie wissen es, Mrs. Bacon, wie die meisten Menschen."

Mazy senkte den Blick, nicht weil sie mit einem Spieler und einem Mann sprach, der nicht ihr Ehemann war, sondern weil er sie bei einer Unaufrichtigkeit ertappt hatte.

„Allerdings", sagte sie mit gesenktem Kopf. „Und es macht mich ein wenig traurig, dass so viele Menschen Risiken eingehen. Und jetzt gehöre ich dazu." Sie band Mavis los und schlug der Kuh auf den knochigen Rücken. Sie wäre froh, wenn Mavis ein Kalb erwarten würde, dann brauchte sie eine Weile nicht gemolken zu werden. „Ich gehe jetzt besser zurück. Vielleicht setzen wir heute über", erklärte sie und deutete mit dem Kopf zum Fluss hinüber.

„Vielleicht." Seth nahm ihr den Eimer ab, und sie überließ ihn ihm. Sie sah erneut auf, als er seinen schwarzen Hut aufsetzte.

„Ein Hut aus Biberfell, nicht?"

Er nickte. „Muss die Fänge der Besten haben", sagte er. „Die Leute spielen gern Poker mit einem, den sie für einen würdigen Gegner halten. Sie fühlen sich gut, wenn sie mich übertrumpfen ... zuerst. Ich enttäusche sie nur ungern."

„Das kann ich mir vorstellen."

Pig erhob sich und trottete hinter ihnen her. Auf dem Weg zum Wagen plauderten sie weiter, sie erzählte von Wisconsin, er von Virginia, wo er geboren worden war. Es war eine nette Unterhaltung zwischen Freunden, schöner als mit dem Hund zu reden. Beim Wagen reichte Seth ihr den Eimer. „Vielleicht unterhalten wir uns mal wieder, Mrs. Bacon. Es war mir ein Vergnügen. Pig", sagte er und tippte vor dem Hund an seinen Hut.

„Mir auch", erwiderte sie, als er die Finger an den Rand seines Hutes legte und davonging.

Mazy schöpfte den Rahm von der Milch ab und goss ihn ins Butterfass. Dann begann sie zu drehen. Wenn ihr genesender Arm bis zum Ellbogen schmerzte und ihre Seite zu pochen begann, nahm sie die andere Hand.

Seth Forrester war ein angenehmer Mensch, dachte sie. So ähnlich war Jeremy gewesen, als ihr Vater ihn mit nach Hause gebracht hatte, damit er sich bei ihnen von einer Verletzung erholte, die er im Hafen erlitten hatte. Sie hatten sich stundenlang unterhalten, während sie ihn pflegte, seine Verbände wechselte, ihm Essen brachte und ihn fütterte, bis seine Messerwunde und seine gebrochenen Rippen so weit verheilt waren, dass er wieder gehen konnte. Jeremys Abwesenheit danach hatte einen nagenden Schmerz bei ihr hinterlassen.

Wie eine Gebetserhörung war er zurückgekommen, und ihr Vater hatte ihm erlaubt, um sie zu werben, obwohl sie erst sechzehn war. Sie waren Arm in Arm spazieren gegangen, und Jeremy hatte ihr von seinen Reisen erzählt und wie er damals im Jahr 48 von Neuengland eingewandert war. „Ich gehörte zur größten Einwanderungswelle in das Gebiet", erzählte er ihr. „Jede Nationalität und Sprache, die man sich vorstellen konnte, kam im Jahr 48 nach Wisconsin. Das trug dazu bei, das Land zu einem Staat zu machen." Mazy hörte den Stolz in seiner Stimme. „Ich möchte mein Geld sparen und dann nach Osten aufs St. John's College in Maryland gehen, das auch George Washingtons Neffen besucht haben. Vielleicht Anwalt werden. Einen wichtigen Beruf ergreifen."

„Wie mein Vater", hatte sie gesagt.

Bei diesen Worten hatte er geschnaubt, wie sie sich erinnerte. Nein, vielleicht eher gehustet. „Chirurgen sind gut angesehen, Madison, aber Ärzte können ihre Lizenz innerhalb von einem Monat bekommen. Es dauert nicht lange, zu lernen, einen Menschen zur Ader zu lassen. Ärzte scheinen für alles ein Heilmittel zu haben." Er hatte ihr Kinn gehoben, ihr in die Augen gesehen. „Dein Vater ist eine Ausnahme. Ein guter Mann. Hätte Chirurg werden können, wenn er gewollt hätte, wenn er gern schnell und sicher geschnitten hätte."

Das Gespräch hatte sie beunruhigt, aber sie wusste nicht, aus welchem Grund.

Kurz darauf hatte Jeremy ihr einen Heiratsantrag gemacht, und sie hatte die Unsicherheit beiseite geschoben. Kurz vor der Hochzeit hatte ihr Vater eine Lähmung bekommen, und alles änderte sich. Ihr Vater verfiel vor ihren Augen, wurde dünn und ausgezehrt, sodass seine Knochen zu sehen waren.

Nur mit Mühe konnte er noch reden, aber meistens buchstabierte er die Worte, indem er die Buchstaben auf einem Alphabetbrett zeigte, das Jeremy für ihn angefertigt hatte. Als er immer schwächer wurde, wollte er seinen Anwalt sehen, und sein Wunsch war, dass Jeremy und Mazy heirateten.

Die Trauung fand am 5. April 1850 statt. Nur wenige Freunde waren eingeladen. Es gab Essen und Musik. Ihr Vater gab ihnen seinen Segen. An dem Tag, an dem sie ihn begruben, drei Wochen später, erfuhr Jeremy vom Tod seines Onkels und dass eine Farm in Grant County nun ihm gehörte.

Mazy hatte zunächst gedacht, sie würden das Land verkaufen und in den Osten gehen.

„Wir werden dort leben", bestimmte er stattdessen. Er hatte ihr keinen Grund genannt, nur dass die Verbesserung der Farm eine gute Investition sei und er nicht mehr im Hafen arbeiten wolle. Sie hatten sich von ihrer Mutter verabschiedet, waren mehrere Tage lang nach Westen durch das auf- und abschwellende Land gereist und waren schließlich im Juni eingetroffen. Ein Fluss durchschnitt das Land zum Mississippi. Muscheln lagen am Ufer. Mazy hatte den Platz getauft, indem sie im Fluss geschwommen war.

Und jetzt war sie hier, von ihrem Mann zu einem weiteren Umzug gezwungen.

„Ich nehme an, das sollte mich nicht erstaunen", sagte sie zu Pig, der ihre herabhängende Hand mit dem Kopf anstupste, während sie das Butterfass drehte. Sie streichelte das seidenweiche Fell und kraulte den Hund an den Ohren. „So scheint er Entscheidungen zu treffen – ganz allein, ohne mich." Sie konnte nur reagieren. Sie dachte an das Gespräch mit Seth Forrester und empfand eine Sehnsucht nach einem Mann, der sie respektieren und seine Wünsche mit ihr teilen würde.

„So darf es nicht bleiben", sagte sie zu dem Hund. Irgendetwas musste sich ändern – und zwar bald. Sie rief nach Tipton, damit sie das Butterfass weiterdrehte, spülte ihre Hände im Waschbecken ab und machte sich auf die Suche nach ihrem Mann.

„Na komm schon, Mann!", rief der Fährmann. Ruth Martin ließ die Peitsche knallen und das schwere Ochsengespann setzte sich ruckartig in Bewegung. Die Räder ächzten, und die Fähre senkte sich von dem Gewicht ins Wasser. Nachdem sie von drei Seiten vom Fluss umgeben war, der so dunkel war wie Bostoner gebackene Bohnen, verlor Ruth vorübergehend die Orientierung. Es war ein so seltsames Gefühl, dass sie die Augen schloss und den Kopf schüttelte. Dann richtete sie den Blick fest auf einen Punkt an Land zwischen den großen Ohren der Ochsen.

Leichter Regen begann vom Himmel zu fallen, der so grau war wie ihr Wallach. *Na prima. Genau das, was wir brauchen. Regen auf das schmutzige Wasser.* Nun, für eine Herausforderung war sie immer zu haben gewesen. Sie atmete tief durch und umklammerte ihre Peitsche.

Ihr Haar hatte sie hochgesteckt und sich den Hut ihres Mannes fest über die Ohren gezogen. Die Berührung brachte die Erinnerung zurück und damit den bohrenden Schmerz. Sie schüttelte den Kopf, konnte das Gefühl aber nicht loswerden.

„Hast du Angst?", fragte Betha von ihrem Platz über ihr.

Ruth verneinte. Anscheinend hatte sie dabei die Stirn gerunzelt, denn Betha meinte: „Stimmt ja – ich soll dir keine Fragen stellen."

„Das scheint niemanden zu interessieren", erwiderte Ruth mit sanfter, leiser Stimme. Sie trug blaue Männerhosen und Stiefel, dazu ein Hemd ihres Bruders und ein Halstuch, das sie sich über die Nase ziehen konnte, um sich vor dem Staub zu schützen. Sie stand vornübergebeugt und wirkte somit breiter und stämmiger. Nur ungern täuschte sie andere, andererseits schien es ihr auch nicht angebracht zu sein, bei der Flussüberquerung ein Kleid zu tragen.

Hinter ihnen fuhr Jeds Wagen auf die Fähre. Ruth spürte, wie das Wasser die Fähre hob. Sie setzte sich nun stromabwärts in Bewegung.

Ihre Nichten quietschten im Wagen. „Hinsetzen!“, befahl Betha, und an Ruth gewandt meinte sie: „Ich denke, es macht ihnen Spaß, obwohl ich nicht verstehen kann, warum!“ Ihre Worte gingen in einen Aufschrei über, als die Fähre von einer Welle hochgehoben wurde, kurz verweilte und sich schließlich wieder ins Wasser senkte. Wasser umspülte die breiten Hufe der Ochsen.

Wasser schwappte gegen die Seite des flachen Bootes und spritzte über die Seite. Ruth schluckte. Sie wurde nicht so leicht seekrank, aber das schnell fließende Wasser mit den Wirbeln in der Strömung wirkte bedrohlich.

„Wir sind fast bei der ersten Insel, Kinder. Haltet durch! Könnt ihr euren Dad da hinten sehen?“

„Er ist da, Mama“, rief Jessie. „Hat weiße Augen!“

„Das wette ich! Wenn er das überlebt, werde ich ihn umbringen“, drohte Betha, „aber sagt es ihm nicht.“ Ruth hörte die Mädchen kichern.

Beau, der rechte Ochse, war größer und unsicherer. Er brüllte und hob die Nasenkette, indem er seinen dicken Kopf zurückwarf. Diese Bewegung ließ den Wagen gegen den Bremskeil zurückrollen, und Jessie fiel hin. Ruth hörte Jed von hinten rufen: „Brr! Halt!“, gefolgt von den Anweisungen des Fährmannes.

„Halten Sie sie voneinander fern! Halten Sie sie voneinander fern! Sie müssen sie unter Kontrolle bekommen!“

„Als ob wir die Kontrolle hätten“, sagte Ruth zu Betha, bevor sie sich ermahnte, den Mund zu halten.

Sie erreichten die Insel ein paar Meter entfernt von der Stelle, an der sie anlegen wollten. Eine weitere Fähre wartete auf der hinteren Seite, um sie über die zweite Gabel zu bringen, falls die Wagen nicht zu tief in den durchweichten Inselboden einsanken. Ruth spürte den Ruck des Bugs, als er auf Land traf. Das niedrige Tor senkte sich. Sechs oder sieben Reiter riefen ihnen Befehle zu.

„Kommen Sie, kommen Sie, los!“

Ruth ließ ihre Peitsche über den Köpfen der Ochsen knallen,

und die schweren Tiere setzten sich in Bewegung. An ihren Nacken waren die Schwielen zu erkennen, die das endlose Reiben des Eichenholzjochs verursacht hatte.

„Geht es euch Kindern gut?“, fragte Betha.

„Nur ein bisschen schwummerig, Mommy“, antwortete die siebenjährige Sarah. Ihre Augen waren so groß wie Kuhfladen.

Ruth tippte sich mit ihrer behandschuhten Hand an den Hut, als sie an dem Fährmann vorbeikamen, der mit dem Entladen viel zu beschäftigt war, um das glatte Gesicht des Ochsenlenkers zu bemerken.

Sie redete beruhigend auf die Ochsen ein, als sie über das kritische Stück Land der Insel rollten. Die Fähre würde zurückfahren und an ihrem Ausgangspunkt mit einem Kabel befestigt, um eine neue Ladung aufzunehmen. Es war ein langwieriger und schwieriger Prozess.

Wenn das vorbei wäre, würde sie sich freuen. Dann würde sie nur noch darauf warten müssen, dass ihre Pferde herübergebracht würden. Viel lieber wäre sie bei ihnen gewesen, aber sie musste ja ihren Wagen fahren. Die Pferde hatten alle ein Brandzeichen und würden zum Schluss voneinander getrennt werden. Sie konnten gut von anderen mit herübergebracht werden. Aber in Bezug auf ihren Wagen war sie auf sich allein gestellt.

Ruth wollte auf keinen Fall stecken bleiben, wollte keinen Fehler hier oder beim zweiten Beladen der Fähre machen.

Als das Hinterrad beinahe bis zur Radnabe einsank, stöhnte Ruth auf. Sie feuerte das Gespann an, schlug ihnen mit der Hand auf den Rücken, ließ die Peitsche über ihren Ohren knallen, während sie darüber nachdachte, dass sie vielleicht die Räder abnehmen und Männer würde bezahlen müssen, damit sie sie an Seilen zur Anlegestelle der zweiten Fähre zögen. Vielleicht hätte sie diesen römisch aussehenden Mann mit dem vernarbten Ohr, mit dem sie getanzt hatte, um Hilfe bitten sollen. Vielleicht hätte sie den Fluss an einer Stelle überqueren sollen, wo die Ochsen schwimmen konnten, anstatt sich auf diese neumodischen Fähren zu verlassen. Sie schüttelte den Kopf, um wieder klar denken zu können. Warum kamen ihr immer mitten in einer Sache Zweifel? Es war ihr Fluch – einer unter vielen.

„Stecken wir fest, Tante?"

Ruth schnappte nach Luft und folgte dem Pfad zu der zweiten Fähre. „Wir werden es schaffen", beruhigte Ruth sie.

Die Kinder hüpften fröhlich auf dem Wagen. Während Ruth auf die, wie ihr schien, noch weniger stabile Fähre zurollte, die sie übersetzen sollte, stellte sie den Überschwang der Kinder infrage. Was vor ihnen lag, hatte mehr mit Glauben zu tun als mit Gewissheit. Die Strömung war hier gefährlich schnell.

Tipton stand neben dem Wagen der Bacons und drehte das Butterfass. Sie war dankbar, etwas zu tun zu haben. Mit einem unguten Gefühl in der Magengegend war sie aufgewacht, und erst als sie die singende Stimme ihrer Mutter hörte, die vor dem Wagen mit Elizabeth plauderte, erinnerte sie sich an all das, was passiert war und wie sich ihr Leben abrupt verändert hatte.

Beim Frühstück hatte ihr Vater ihr erzählt, wie sie die Sache mit ihrer Reise in den Westen angestellt hatten. „Ich denke, wenn es nötig sein sollte, können wir nächstes Jahr noch immer zurückkehren."

„Zurück zu gar nichts", bemerkte Charles trocken. Er zupfte an seinem Kinn, zog sich ein paar Haare aus, die vielleicht rasiert werden müssten.

„Also Charles, für dich wird gesorgt werden", sagte ihre Mutter. „Tipton, Liebes, sag mir, wie hast du deine Zeit verbracht? Du siehst so schlank aus wie ein Gänsehals. Du bist doch nicht krank gewesen, oder?"

Charles funkelte sie an.

„Werde ich –?"

„Mit uns nach Kalifornien kommen? Das will ich doch meinen", erwiderte Adora.

„Im Wagen der Bacons bleiben, das wollte ich sagen. Mrs. Bacon braucht mich."

„Nun, nach der Überquerung werden wir ein paar Veränderungen vornehmen. Dein Vater und Charles werden im Zelt schlafen, du und ich, wir werden uns eine Matratze teilen.“

„Wir können nicht im Wagen schlafen?“

„Charles hat seine Fotoausrüstung mitgebracht, Liebes. Es –“

„Ich musste doch auch etwas mitnehmen“, bemerkte Charles. Sobald sie Charles allein antraf, würde sie ein paar passende Worte mit ihm reden. Ihr Verhältnis war schon immer angespannt gewesen; und jetzt war er gegen seinen Willen hier. Von ihm hatte sie nichts als beißende Bemerkungen zu erwarten und vielleicht noch ganz andere Dinge.

„Sie nimmt halt sehr viel Platz ein“, erklärte Adora. „Maultiere sind natürlich stark und wir haben ein zusätzliches Zelt. Was zählt, ist, dass wir jetzt wieder zusammen sind.“ Sie barg den Kopf in den Haaren ihrer Tochter.

Später, bevor Tyrell bei den Vorbereitungen zur Flussüberquerung helfen musste, versuchte er sie zu besänftigen, als sie gemeinsam zum Wagen der Bacons gingen. „Du musst dir keine Sorgen machen“, sagte er. „Deine Familie ist nur gekommen, um nach dir zu sehen, nicht um uns von einer Heirat abzuhalten.“

„Aber ich war gern bei den Bacons.“

„Wir bekommen nicht immer das, was wir uns wünschen. Manchmal gewöhnen wir uns auch an das, was wir neu bekommen.“

„Hat dir unsere gemeinsame Zeit nicht gefallen, als niemand in der Nähe war, der auf uns aufpasste?“

„Wenn ich mit dir zusammen bin, ist es immer schön“, erwiderte Tyrell. „Wir können doch trotzdem zusammen sein.“

„Mutter wird auf uns aufpassen wie auf Kinder.“ Sie wandte sich um und entdeckte Charles, der sie anstarrte. „Charles hätte den Laden gehabt, den er hätte weiterführen können. Jetzt hat er nichts außer Unsicherheit.“

„Alles außer der Ewigkeit ist unsicher. Charles könnte sich selbst etwas aufbauen. Er hätte ja auch in der Stadt bleiben können. Ich kenne viele junge Männer, die mit siebzehn schon ohne ihre Eltern gelebt haben. Charles ist bereits, wie alt, zweiundzwanzig, dreiundzwanzig?“

„Fünfundzwanzig", erwiderte sie. „Einzelkind, bis er zehn war."
„Dein Papa braucht ihn. Gebraucht zu werden, ist eine gute Sache, das wird er noch herausfinden."
Sie trat nach einem Stein, der im Weg lag. Dann blieb sie stehen und drehte sich zu Tyrell um. „Und wenn meine Eltern nun in Bezug auf ihre Erlaubnis, dass wir heiraten können, ihre Meinung geändert haben? Vielleicht ist ihre eigentliche Absicht, wieder umzukehren. Sie haben nicht ausdrücklich gesagt, dass sie nicht umkehren wollen."
„Vielleicht, vielleicht." Er fuhr ihr mit der Hand über die Wange. „Vielleicht wollten sie nur sichergehen, dass die Menschen, die sie lieben, alle zusammen sind. Vielleicht waren sie deswegen bereit, alles aufzugeben. Du steigst auf Berge, die du dir selbst geschaffen hast, Tipton."
„Was wirst du tun, wenn wir an die Weggabelung nach Kalifornien kommen? Mit den Bacons ziehen, wie du es vertraglich versprochen hast, oder mit uns nach Kalifornien?"
„Ich halte mein Wort, Tipton."
Er sagte nicht, wem gegenüber.
Tipton spürte, wie ihre Finger zu kribbeln begannen. Tyrell beugte sich vor und küsste sie auf die Wange. „Wir sehen uns später. Ich muss jetzt arbeiten."
Als er außer Sicht war, war ihr Arm taub.
Jetzt drehte sie das Butterfass der Bacons. Sie drehte die Trommel und verwandelte Sahne in Butter und fragte sich, wann er wohl zurückkommen würde. Der Rhythmus des Drehens beruhigte sie.
Matt Schmidtke unterbrach sie in ihrer Tätigkeit. Er kam angeritten und blieb unter der Pappel stehen. Tipton beobachtete den Jungen mit dieser seltsamen weißen Strähne im Haar auf seinem großen Pferd. Er beugte sich vor und tippte sich an den Hut.
„Ich schätze, du hast schon gehört, dass diese Wagengruppe nicht vor Donnerstag den Fluss überqueren wird. Jemand hat versucht, es auf eigene Faust zu probieren. Der Versuch ist fehlgeschlagen. Einige Tiere auf der Fähre sind wild geworden. Jetzt hängt ein

Wagen halb auf der Fähre und halb herunter, und die Tiere drehen durch. Ein ziemliches Chaos. Aber so bleiben euch Mädchen noch ein paar Tage, um Butter zu machen, zu waschen und solche Dinge, wenn sich das Wetter hält."

„Und was werdet ihr Jungs machen?"

„Ich passe auf das Vieh auf, das ist meine Aufgabe." Er berührte mit den Fingern seinen Hut und verschwand.

Er blieb bei dem Wagen der Wilsons stehen, und Tipton sah, wie ihre Mutter den Kopf unter der Plane hervorstreckte. Adora nickte und warf ihren langen Zopf über die Schulter. Als sie Tipton entdeckte, rief sie: „Ich komme zu dir, Schatz."

„Lass dir ruhig Zeit, Mutter", seufzte Tipton. Ihr Blick suchte noch immer Tyrell.

Mazy fand Jeremy nicht weit vom Fluss entfernt. Er reinigte sein Pennsylvania-Gewehr. Von seinem Platz aus hatte er einen guten Blick auf den Missouri, auf das Wasser, die Wagen, auf die am Himmel dahineilenden Wolken und den Sand. Sie hatte gedacht, er wäre bei den anderen, würde helfen, die Wagen auf die Fähre zu schieben und anhand seiner Eindrücke dann einschätzen können, wie viele Tage es noch dauern würde, bis sie den Fluss überqueren könnten. Aber er hatte sich eine einsame Stelle gesucht, und sie nahm das als die Vorsehung Gottes.

„Du willst doch nicht schon wieder auf mich einreden, oder?", fragte er. Sein blau gestreiftes Hemd war verschmutzt, ebenso seine Hose.

„Ich bin gekommen, um dich zu fragen, ob du noch Sachen hast, die gewaschen werden müssen", erwiderte Mazy.

„Tatsächlich?" Er blickte sie an, und sie senkte den Blick.

„Nein, nicht richtig." Sie atmete tief durch und setzte sich neben ihn auf den Baumstamm. Sie raffte ihre weiten Röcke und stopfte sie zwischen die Beine. Pig schnüffelte herum nach Eichhörnchen, die sich wohlweislich von ihm fern hielten. „Ich bin gekommen, um mit dir zu reden, Jeremy."

„In letzter Zeit bedeutet das streiten."

Sie nickte zustimmend. „Was zwischen uns passiert ist ... wir sind so weit voneinander entfernt, das gefällt mir nicht." Er wandte sich zu ihr um, arbeitete aber unverdrossen weiter. „Es ist größtenteils mein Fehler", gestand sie. „Ich habe mich ... betrogen gefühlt."

„Wir haben schon darüber gesprochen", erwiderte Jeremy. Seine Stimme klang warnend.

„Ich weiß, aber wir sind zu keinem Ergebnis gekommen. Zumindest nicht für mich. Ich habe so viel zurückgelassen."

„Alles Wichtige hast du mitgenommen. Alles, was man braucht."

„Das ist nicht dasselbe. Ich muss betrauern, was nicht mehr ist, bevor ich akzeptieren kann, was ist. Was nicht mehr ist, ist für mich das, was wir gehabt haben. Wir haben keine Farm mehr, keine Möbel. Aber vor allem haben wir einander nicht mehr. Ich vermisse die ... Freundschaft und den Trost mehr als die Klippen, mehr als alles andere. Und ich frage mich, ob du das auch vermisst?"

Er polierte sein Gewehr weiter. Seine Finger beschrieben jetzt einen Kreis. Sie konnte das Öl des Tuches riechen.

„Du brauchst keine Angst zu haben, das eine oder andere zu sagen. Ich muss es nur wissen, damit ich entscheiden kann, wie das werden soll."

„Wir sind bisher nicht viel weitergekommen", erwiderte er.

„Ich weiß." Sie wartete, überlegte und merkte den pochenden Schmerz in ihrer Kehle, während der Wind von den Klippen über sie dahinging. Ein Falke mit einem roten Schwanz schrie in der Ferne.

Jeremy legte das Gewehr aus der Hand, stellte es mit dem Kolben nach oben gegen den Baumstumpf. Er nahm ihre Hand und küsste die Handfläche. „Ich vermisse dich", sagte er. „Ich würde fast alles geben, um die Dornen zwischen uns zu verbrennen, aber ich werde meine Meinung nicht ändern. Ich möchte auch nicht mehr darüber sprechen, falls du das vorhast."

„Ich bin zu einem Entschluss gekommen", sagte sie. „Falls ich jemals wieder an einem schönen Ort leben sollte, möchte ich dort mit dir leben, und das ist mir wichtiger als Seen, Bäume oder

Berge. Ich möchte Freunde dort haben. Du bist mein bester Freund, Jeremy, warst es immer."

„Du wirst weitermachen können, ohne ... immer den Hammer über meinem Kopf zu schwingen?"

„Ich denke, ich bin jetzt bereit. Ich werde vielleicht nicht immer bei allen Entscheidungen, die wir unterwegs treffen müssen, mit dir einer Meinung sein, aber ich habe mich dem wichtigsten Menschen in meinem Leben verschrieben, und das bist du. Wir wollen ... gut miteinander auskommen. Ich hätte zurückbleiben können und habe es nicht getan. Vielleicht hätte ich eine Arbeit als Gesellschafterin bekommen oder so etwas." Er zog eine Augenbraue in die Höhe. „Ich hätte gekonnt. Und ich könnte auch jetzt umkehren, aber ich werde es nicht tun. Ich habe mich als ... Opfer gefühlt, bis mir klar wurde, dass allein du wichtig bist und das Zusammensein mit dir."

Der Hund hörte auf zu schnüffeln und wandte sich den Rufen auf dem Fluss zu. Seine Ohren zuckten, und er bellte einmal, leise und kurz.

„Ich möchte das auch." Er legte den Lappen aus der Hand und zog sie an sich, küsste ihren Scheitel und streichelte ihre Schulter. Sie beobachteten die Szene vor ihnen, beobachteten das Leben im Strudel, die auf Rädern getragenen Hoffnungen, die so leicht zerschlagen werden konnten. „Ein bisschen weniger Feindseligkeit und etwas mehr Gelassenheit. Das würde mir gefallen."

Sie saßen lange dort, blickten hinaus auf den Fluss und die Insel, wo die zweite Fähre ablegte. Pig bellte hin und wieder tief.

„Seit ich hier sitze, sind nicht viele Wagen übergesetzt worden", bemerkte Jeremy. Sein Blick folgte dem des Hundes.

„Vielleicht ist es zu einem Stau gekommen."

Pig bellte, dieses Mal eindringlicher, mit reglos aufgerichtetem Schwanz.

„Das werden sie schon hinkriegen", sagte Jeremy und drehte ihr Kinn zu sich. Ganz sanft küsste er sie, eine warme und willkommene Berührung. Mehr als der Kuss eines Freundes.

Pig rannte plötzlich an Mazy vorbei und warf sie um. „He, pass auf!“, rief sie, nachdem sie sich mit der Hand abgefangen hatte. Pig bellte warnend, und seine schwarzen Tatzen gruben sich in den von den Hufen hart getrampelten Boden. Er rannte auf den Fluss zu.

„Was ist denn in ihn gefahren?“, fragte Jeremy und half Mazy auf. „Vielleicht hat er die Spur eines Hasen aufgenommen oder so etwas.“

„Er ist so zielbewusst“, bemerkte Mazy. Sie beobachtete, wie der Hund sich in das wirbelnde Wasser stürzte. Die braune Brühe warf ihn hin und her wie einen Pappelzweig. „Oh Jeremy, er wird ertrinken!“

„Unwahrscheinlich. Dieser Hund ist stark wie ein Ochse. Allerdings ist die Strömung ziemlich schnell. Er wird am niedrigen Ende der Insel ankommen.“

Der dunkle Kopf des Hundes hüpfte wie ein Knoten, bevor er sich auf das Land mitten im Fluss zubewegte. Dort angekommen, rannte er zu der ersten Fähre, zwischen den Beinen von Ochsen und Pferden und Wagenrädern hindurch, bevor er in den Weiden verschwand.

6

Jeremy schirmte die Augen ab. „Ich verstehe nicht, was er hat." Er griff mit der einen Hand nach Mazy, in die andere nahm er sein Gewehr. „Verrückter Hund. Ich hoffe, er erschreckt jetzt nicht das Gespann eines anderen." Er schüttelte den Kopf. „Macht mehr Ärger, als er wert ist."

„Sag so etwas nicht, nicht einmal im Spaß", rügte Mazy ihn. Am Ufer waren Leute zusammengelaufen, sie gestikulierten und reckten die Hälse. Irgendetwas war zwischen den Bäumen in der Ferne passiert.

„Bei einigen Wagengruppen gibt es in Bezug auf Hunde eine Regel. Sie müssen ruhig gehalten werden, damit die Indianer nicht auf sie aufmerksam werden oder sie das Vieh durcheinander bringen." Jeremy putzte sich die Nase.

„Ich habe einen Windhund und einen von diesen Boxern gesehen. Wir würden doch jeden Treck verlassen, bei dem eine solche Regel herrscht", meinte Mazy. „Nicht?"

„Schneller als ein Frettchen", bestätigte Jeremy. Er hielt jetzt ihren Ellbogen, um sie zu stützen, als sie sich zu den Leuten am Ufer gesellten. „Wenn wir dann schließlich ganz allein weiterfahren, nur unser Wagen und Pig, dann könnte ich dem Hund die Schuld dafür geben."

Mazy blickte zu ihm auf und wünschte, sie könnte besser erkennen, wann er einen Scherz machte und wann nicht.

Suzanne lebte in Ungewissheit. Wenn jemand ihren Ellbogen berührte, zuckte sie zusammen. Wenn sie ein Zischen hörte, fragte sie sich: Ein kratzendes Tier oder ein atmender Mensch? Der Wind oder das Wasser? Ein Dutzend Fragen für jeden Geruch, jede Berührung, jeden Geschmack und jedes Geräusch. Das erschöpfte sie, und doch brauchte sie die Geräusche, um zu wissen, wo sie war. Jetzt saß sie auf dem harten Wagensitz. Ihr Sohn Clayton stand neben ihr, die weichen Arme um ihren Hals geschlungen.

Sie konnte seine Windel riechen. Sie musste gewechselt werden. Bryce stand auf der Fähre. Sie konnte ihn mit dem Fährmann reden hören, hörte das Wasser gegen die Baumstämme schwappen, die sie weiter und weiter in die Unsicherheit hineintrugen, weiter in ihre Dunkelheit hinein. Sie hatte keinen „Wächter", wie Cicero sie nannte, keine Augen, die sie führten.

Das Krachen riss sie aus ihren Gedanken, dann die Rufe. „Haltet sie! Haltet sie zurück, Mann! Passt auf den Bremsklotz auf!"

Das war nicht Bryces Stimme. Sie bekam eine Gänsehaut, als würde sie während eines Gewitters auf einem Feld stehen. Die Stimme ihres Mannes, laut an die Ochsen gewandt, hörte sie als Nächstes, dann spürte sie die Vibration des Wagens, der hin- und herrollte. Sie umklammerte das Brett, presste Clayton an sich, seine knubbeligen Knie drückten sich mit jeder Bewegung, die er machte, in ihre Seite.

„Bryce? Was ist los?" Sie wollte sich erheben.

„Oh Herr!", hörte sie ihn sagen, in der Nähe des Gespannes. „Brr, Breeze! Ruhig, ganz ruhig. Meine Frau, Clayton! Jemand muss sie dort herunterholen!"

Sie spürte die Vibration, die Neigung, das Gieren. Jemand riss ihr Clayton aus dem Arm. Sie hörte das Kind jammern, roch Tabak an demjenigen, der ihn packte, spürte, wie sich das Gewicht der Räder und des Wagens verlagerte. Starke Hände griffen nach ihr. Ihr Kleid zerriss, dann hörte sie das Splittern von Holz, merkte, wie der Wagen sich aufbäumte, hörte Rufe und Schreie, das Brüllen der Tiere. Ihr Körper rutschte; sie roch Feuchtigkeit und hörte, wie der Wind sich in der Plane verfing. Ihre Hände waren nass und schlüpfrig und boten ihr keinen Halt. Schließlich zog das faulige, kalte Wasser sie immer weiter in die Tiefe.

Mazy und Jeremy zählten. Ihr Wagen sollte am kommenden Sonntagmorgen, dem 23. Mai, als elfter auf die Fähre rollen. Eine provisorische Reling war von dem mormonischen Betreiber an der einen Seite der Fähre zum Schutz befestigt worden. Als die Ladung am Tag zuvor außer Kontrolle geraten war, war ein nicht unerheblicher Schaden entstanden. Der Wagen der Cullvers wäre beinahe ins Wasser gestürzt. Dieser Unglücksfall war für die zusätzliche Verzögerung verantwortlich.

Beim Anblick des gesplitterten Holzes erschauderte Mazy. Der Fährmann beobachtete sie und sprach sie an. „Die Ochsen haben sich erschreckt und sind durchgegangen“, erklärte er. „Und das ist der Hund? Ist das Ihrer?“

„Ja.“ Pig saß hechelnd neben ihr und starrte hinaus auf das Wasser. Als sie sprach, wandte er sich um und sah zu ihr auf. Mazy kraulte ihn an den Ohren.

„Der ist von so weit hergekommen. Denken Sie, er hat diese Frau gehört? Ich dachte, die ganze Fähre würde untergehen. Ihr Mann hatte sie schon fast gepackt, aber der Wagen rollte vor und ließ sie wie einen Stein untergehen. Wer hätte gedacht, dass dieser Hund hier sie hätte herausholen können?“

„Ertrinkende ziehen häufig ihre Retter mit hinunter, habe ich gehört.“

„Panik“, erklärte der Fährmann nickend, „tötet genauso wie das Ertrinken.“

„Pig ist ein starker Schwimmer“, sagte Mazy.

„Ich beneide keinen, der mit diesem Mann und seiner Frau reist“, fuhr der Fährmann fort. „Das sind Greenhorns. Die Ochsen erst zwei Jahre alt. Eine solche Reise sollte man nicht mit Tieren machen, die jünger als fünf Jahre sind. Zu unruhig.“ Er schlug nach einer Bremse, die sich auf seinen Oberschenkel gesetzt hatte. „Ich schätze, sie haben das Geld, um ihre Sachen zu ersetzen, aber eine gute Hand im Umgang mit Ochsen ist mehr wert.“ Er hielt das Ruder der Fähre fest, als ein Windstoß kam, richtete es neu aus und sagte dann: „Die arme Frau. Dazu wohl das Kind. Ein schlechtes Zeichen, wenn Sie mich fragen.“

„Unsinn“, widersprach Mazy ihm. Sie zog an der kurzen Jacke, die sie über ihrer Hose trug. Der Wind riss an ihren weiten Hosenbeinen. Sie hatte Bilder von Persern gesehen, die auch solche Hosen trugen. „Das ist der reine Aberglaube. Die Frau hat genug Sorgen, ohne dass man ihr einredet, sie sei auch noch verflucht.“

Mazy sah sich um. Jeremy stand neben dem Wagen. Sein Blick hing am Ufer, wo ihre Ochsen warteten. Seit dem Unfall wurden die meisten jetzt abgespannt und mussten schwimmen. Die Fähren wurden nur noch für die Wagen genommen. Das verzögerte die Sache noch zusätzlich, aber das Unfall- und Verletzungsrisiko war damit kleiner. Der Cullver-Zwischenfall hatte einigen Leuten klargemacht, dass Geschwindigkeit weniger wichtig war als das Überleben.

Der Fährmann brummte. „Frauen in Hosen sind auch kein gutes Vorzeichen für eine Flussüberquerung".

„Diese Hose würde mir helfen, über Wasser zu bleiben, sollte ich hineinfallen", lachte Mazy. „Sie sollten mal darüber nachdenken, wo Sie doch so viel auf dem Wasser sind."

Er brummte erneut. „Kein Wunder, dass der Hund getan hat, was er getan hat. Er hat zu viel Zeit mit einer verwirrten Frau verbracht."

Mazy winkte ihrer Mutter auf dem Kutschbock ihres Wagens zu, der hinter ihrem stand. Sie sieht aus wie ein Kind, dachte Mazy. Mit vor Aufregung funkelnden Augen gestikulierte sie, sah hierhin und dorthin und rief Tyrell etwas zu, um seine Aufmerksamkeit auf irgendeinen Vogel zu lenken. Sie wirkte jünger, ihre Augen weniger müde als sonst. Mazy hatte das bisher noch nicht bemerkt, aber ihre Mutter schien inspiriert von der Aufregung.

Das Flusswasser spritzte hoch auf das Deck. Mazy sprang zurück, doch das Wasser hatte ihre Stiefel bereits durchnässt und den Saum ihrer Hosenbeine dunkel gefärbt. Das war ihre einzige Hose. Sie hatte nur wenig andere Frauen in einem solchen praktischen Kleidungsstück gesehen. Jeremy allerdings fand diese Kleidung unpassend für eine Frau.

Die Fähre hüpfte, und noch mehr Wasser spritzte auf. Sie beugte sich zu Pig hinunter und kraulte ihm den Hals. Der Hund lehnte sich an ihr Bein.

Das Land war erreicht. Sobald das Vieh ankam, spannten sie ihre Ochsen wieder vor den Wagen. Das Wasser rann ihnen noch von den breiten Rücken. Die Tiere zogen den Wagen zur anderen

Seite und auf die zweite Fähre. Erneut spannten sie die Tiere aus. Jeremy kam gut mit dem An- und Ausspannen zurecht. Er überprüfte die Ladung ihrer Wagen und beriet sich mit Tyrell wegen Elizabeths Wagen. Sowohl der Bulle als auch die Kühe schwammen zusammen mit den Ochsen und dem Vieh der Schmidtkes durch das Wasser. Auf der anderen Seite angekommen, fuhren Jeremy und Tyrell mit zurück, um das Vieh für die nächsten Wagen ins Wasser zu treiben. Sie halfen anderen, wie andere ihnen geholfen hatten.

Es war schon beinahe dunkel, als der letzte Wagen ihrer kleinen Gruppe auf der Westseite des Missouri von der Fähre rollte. Die Männer spannten in der Dunkelheit die Ochsen an und führten den Wagen in den Kreis, dann spannten sie die Tiere wieder aus.

Mazy war erschöpft vom Tag. Sie hatte sich Sorgen gemacht. Im Handbuch wurde die Flussüberquerung als großes Abenteuer beschrieben, das fröhlich endete, nicht als anstrengendes Unterfangen. Bestimmt hatte jemand wie ihre Mutter das geschrieben. Sie bemerkte, wie ihre Mutter ins Mehlfass griff und wollte sie fragen, ob sie ein Porzellanteil in Sicherheit bringen wollte, als sie sah, wie sich Pigs Ohren aufmerksam aufstellten.

Pig trottete zu einer Frau hin, die fest am Arm ihres Mannes hing. Ein Kleinkind lief ihnen voraus und hob Steine vom Weg auf. Suzanne Cullvers dichtes, strohblondes Haar war mit einem einfachen weinroten Band zusammengebunden. Sie trug ein braunes Umschlagtuch mit Knöpfen über dem Oberteil und einen weiten Rock ohne Schürze. Sie konnte nicht älter sein als Mitte zwanzig, schätzte Mazy. Eine auffallende Schönheit. Eine runde Brille verdeckte ihre Augen. Die Gläser waren so dunkel, dass Mazy dahinter nichts erkennen konnte.

„Ich möchte Ihnen danken", begann Bryce Cullver, „für das schnelle Eingreifen Ihres Hundes ... dass er Suzanne das Leben gerettet hat. Alles ging so schnell ... Ich weiß nicht, woher er kam, aber ich bin sehr dankbar dafür." Er hatte eine tiefe, klangvolle Stimme, aber er sprach vorsichtig. „Suzanne Jane würde gern ... Sie würde Ihnen auch gern danken." Er streichelte ihre Finger. „Vorsicht, Clayton."

„Sprich für dich", erwiderte die Frau und entzog ihm ihren Arm.

„Suzanne, bitte, das sind nette Menschen. Ihr Hund –"

„Hat sich eingemischt", beendete sie den Satz für ihn. Sie hatte schlanke Finger, doch ihre Nägel waren abgekaut. Sie wanderten unruhig zum Hals, dann legte sie sie an ihre Kehle oberhalb ihres weißen Kragens, als wollte sie sich selbst erwürgen. „Es hätte viele Fragen gelöst, wenn ich geblieben wäre, wo ich war, wenn die Elemente mich genommen hätten, wie sie es wollten. Ertrinken oder nicht, das Schicksal hat die Fähre auseinander brechen lassen. Aber nein, er musste kommen und mich herausholen."

„Ich bin sicher, sie wird ihre Meinung noch ändern ... dankbar sein für das Eingreifen Ihres Hundes. Es ... es ist ein schwieriges Jahr für uns gewesen." Bryce zuckte die Achseln und hob resigniert die Hände. Das Kind kam auf Pig zu.

„Glaube nicht, ich wüsste nicht, dass du mit deinem Gesicht und deinen Augen ihnen sagst, sie sollten Geduld mit mir haben, mir den Kopf tätscheln", wandte Suzanne ein. Ihre Stimme klang wie eine Kreissäge, die nicht geschärft zu werden brauchte. „Ich brauche kein Mitleid. Hatte für mein Leben genug davon, was lang genug gewesen wäre, wenn Ihr Hund nicht eingegriffen hätte. Lass uns gehen, Bryce. Pass auf Clayton auf."

Trotz ihrer zornigen Worte blieb ihr Gesicht ausdruckslos. Sie streckte die Hände aus, trat vor und stolperte. Verhalten fluchte sie. Mazy nahm an, dass sie noch nicht lange blind war. Sie setzte noch immer die Instrumente der Sehenden ein, die bei ihr nicht mehr funktionierten. Suzanne trat gegen einen im Weg liegenden Baumstamm und wäre gefallen, wenn nicht Pig gewesen wäre, der bellte und sich vor ihr niederließ.

„Du schon wieder", schimpfte Suzanne.

„Das ist nicht die Schuld des Hundes, Suzanne."

„Nein, meine eigene. Das hat mich ja hierher gebracht. Ist es das nicht, was du dir immer wieder sagst? Können wir jetzt gehen, Bryce? Ich habe Kopfschmerzen." Sie drückte die Hände so fest gegen ihre Schläfen, dass alle Farbe aus den Fingernägeln wich.

„Ich habe eine gute Salbe, die Ihnen helfen kann", bot Mazy an.

„Besser nicht", lehnte Bryce ab. Er schüttelte den Kopf und senkte die Stimme. „Sie ist ... wir haben Angst, dass sie vielleicht –"

„Erzähle es ruhig allen, warum auch nicht. Alle sollen es erfahren. Dann können sie sich wundern, wie eine dumme blinde Frau auf dieser verflixten Reise ein Baby bekommen und großziehen will."

„Dann vielleicht Minze", sagte Mazy nach einer Weile. „In einem heißen Tee. Das ist gut gegen Kopfschmerzen."

„Ich verachte freundliche Menschen", sagte Suzanne und wandte sich zu Mazys Stimme um.

„Das tut mir Leid", sagte Mazy. „Ich hole eben die Blätter aus meiner Kräuterschachtel. Wann soll Ihr Baby kommen?" Mazy holte die Minze aus dem Schrank im Wagen. „Es war gedankenlos von mir, das nicht zu bemerken. Ihr Clayton scheint ein prächtiger Junge zu sein. Wie alt ist er?"

„Bryce kümmert sich um ihn", erklärte Suzanne. „Ich möchte jetzt wirklich gehen. Wir haben unsere Pflicht getan."

Die nächste große Flussüberquerung würde nach dem Handbuch der Platte River sein, aber der war noch viele Meilen entfernt. Tagelang würden sie an seinem Ufer entlang in Richtung Norden ziehen. Im Tal machte er eine Biegung nach Westen. Mazy hielt den Reiseführer in ihrer Hand, als sie auf einem Baumstamm saß und auf den Beginn der Versammlung wartete.

„Das werden wir jetzt nicht brauchen", sagte Antone Schmidtke, als sich die Gruppe um das Feuer sammelte. „Meine Karte ist die neuste Ausgabe." Er deutete auf ihren Reiseführer. „Nach unserer Abstimmung können Sie sich die Karte ansehen. Ich hoffe, Sie werden sich uns anschließen, Mrs. Bacon", sagte er und tippte sich an den Hut. „Wir sind eine richtige Stadt, wenn wir morgen aufbrechen. Wir würden Sie gern dabeihaben. Den Hund auch."

Sogar in Kanesville hatten die Frauen die Abendzusammenkünfte erbaulich gefunden, wie ihre Mutter sagte. „Ein Ort, um Beeren oder Kekse zu teilen oder Informationen auszutauschen", sagte sie. An diesem Abend hörte Mazy, wie die Frauen über Rezepte sprachen und wie man Abwechslung in den Maiskuchen oder den Malzkaffee bringen konnte. Die Männer freuten sich, dass sie die Überfahrt hinter sich hatten und nun endlich auf dem Weg waren. Sie fand, dass diese abendlichen Zusammenkünfte wichtig waren, um zu erfahren, wer welches Werkzeug besaß, welche Vorräte später angeboten werden könnten. Aber die Gespräche ermüdeten sie, all diese vielen Menschen.

Die Abstimmung fand bei Einbruch der Dämmerung statt, nur unter Männern. Antone Schmidtke wurde zum Führer ernannt. Die Zeit, die sie abgewartet hatten, hatte keinen außer Mazy zu einer Meinungsänderung veranlasst. Jeremy hatte sich zurückgehalten und schien den Vorgängen gegenüber eher gleichgültig zu sein. Ein unangenehmes Gefühl, wie eine Spinne, die ihr unter den Kragen kroch, ließ in Mazy die Frage aufkommen, ob sie wohl später darüber diskutieren würden, sich allein auf den Weg zu machen.

„Du hast deine Unabhängigkeit verloren und neu gewonnen. Wir Cassviller sollten zusammenhalten“, sagte Hathaway Wilson zu Jeremy, nachdem die Gruppe sich zerstreute.

„Wie viele andere schließen sich dem Schmidtke-Treck an?“, fragte Mazy.

Hathaway fuhr sich mit den Fingern durch seinen dunklen Bart. „Die Barnards, einige Leute aus Missouri, einige andere, deren Namen ich nicht mehr weiß. Oh, und diese Martin.“ Hathaway schüttelte den Kopf. „Das ist wirklich eine entschlossene Person. Die blinde Frau und ihr Mann, sie werden vermutlich dort hingehen, wo euer Hund hingeht.“ Hathaway lachte. „Schwester Esther und ihre Mädchen wollten auch mitkommen, obwohl sie vielleicht ihre Meinung ändert, falls wir beschließen, auch am Sabbat weiterzufahren.“

„Und werden wir das?“

„Das hängt von den Umständen ab. Antone sagt, wenn alles glatt läuft, dann können wir ausruhen. Wenn es jedoch Probleme gibt, dann kann es sein, dass wir auch sonntags fahren müssen.“

„Ich würde sagen, ein Ruhetag könnte uns die Kraft geben, uns den jeweiligen Problemen zu stellen“, meinte Mazy. „Und das ist auch ein gutes Beispiel für die Kinder.“

„Was ist mit dir, Jeremy?“, fragte Hathaway. „Immer noch unentschlossen?“

„Du fährst nach Kalifornien, wir nicht“, erwiderte Jeremy.

Zum ersten Mal wusste Mazy jetzt mit Sicherheit, dass ihr Mann sich für Oregon entschieden hatte. Sie spürte Zorn in sich aufsteigen, dass sie das so beiläufig erfahren musste.

„Aber bis wir nach Süden weiterfahren, ist es sinnvoll, zusammenzubleiben“, sagte Hathaway. Er klopfte seine Tonpfeife gegen seinen Stiefel. „Du hast das Ganze erst in Gang gesetzt – diese Reise in den Westen der Leute aus Wisconsin. Tipton braucht zwar nicht mehr im Wagen deiner Mutter zu bleiben, doch ich denke, sie mag ihre Gesellschaft.“

„Tyrells Vertrag besagt, dass er meine Wagen führt, egal wohin sie fahren.“

„Zweifle nicht daran, dass er sein Wort halten wird“, erwiderte Hathaway. „Auch wenn das einen Aufschrei bei Tipton auslösen wird.“ Hathaway räusperte sich. „Ich hatte gehofft ... natürlich habe ich nichts gesagt, aber ich hoffte, du würdest in Laramie vielleicht einen anderen Mann einstellen können. Und Tyrell freigeben.“ Er zupfte an seinem Bart über der Oberlippe. „Ich hoffe, die Tatsache, dass ich nun nicht mehr für Tiptons Unterhalt zahle, erschwert die Sache nicht.“

„Ich bin ziemlich sicher, dass wir auch ohne das Geld als Aufpasser für Tipton überleben können.“

„So nennst du das?“, fragte Hathaway. „Ich denke, das stimmt auch. Man muss noch immer auf sie aufpassen, aber ihrer Mama gefällt diese Aufgabe.“

Hathaway warf Steine ins Feuer. „Denk darüber nach, Tyrell freizugeben, ja? Das könnte mein Leben sehr ... erleichtern.“ Er schlug Jeremy auf die Schulter, wie Männer das gern taten, wenn sie auseinander gingen. Müde, dachte Mazy. Er ist müde und geschlagen.

Jeremy half Mazy in den Wagen und zündete eine Kerze an. Er

nahm seine Brille ab, spritzte sich Wasser aus der Schale ins Gesicht, tupfte sein langes Gesicht trocken, bevor er sich auf einen Plankenstuhl setzte. Ohne etwas zu sagen, streckte er ihr seinen Fuß hin, sie drehte sich um, packte den Fuß zwischen den Knien und zog ihm den Stiefel aus. Sein anderer Fuß war gegen ihre geblümte Rückseite gestützt.

„Es ist der Tag des Herrn", sagte Mazy. „Wir haben ihn nicht besonders beachtet." Sie ächzte vor Anstrengung, stellte seinen Stiefel ab und wartete darauf, dass er den anderen Fuß hob. „Deine Füße sind kalt." Sie stellte den zweiten Stiefel unter das schmale Bett. „Wofür bist du dankbar?", fragte Mazy. Sie wusch sich ihre Hände in der Porzellanschüssel.

„Eine sichere Antwort wäre, dass ich eine Frau mit warmen Füßen und starken Händen habe."

„Nicht richtig."

Jeremy seufzte. „Ich bin dankbar, dass du beschlossen hast, mit mir zu kommen. Und du?" Er legte die Arme hinter den Kopf und betrachtete sie. Wassertropfen glitzerten in seinen Haaren. Kleine rote Abdrücke auf seiner Nase zeigten ihr, dass die Brille nicht richtig saß. Sein Kinn war stachelig.

„Ich bin dankbar, dass wir noch vor Neujahr am Ende dieser Reise und in unserem neuen Heim angekommen sein werden. Vor allem in diesem Jahr." Sie nahm seine Brille und putzte sie mit dem Rand ihrer Hose.

Er zog eine Augenbraue in die Höhe. „Weil?"

„Weil es so aussieht, als würde ein neuer Bacon zu unserer Familie dazustoßen."

Es erinnerte sie an Indianerland, dieses Land neben dem Platte River. Ruth hatte in Kentucky schon viele Indianer gesehen. Sie waren früher sehr kriegerisch und gesetzlos, hatte ihr Vater gesagt. So hatte er sie und ihre Schwestern gezwungen, mit einem langen Kentucky-Gewehr Schießübungen zu machen. Auf die Schießübungen folgte Anschleichen und Kriechen auf dem Bauch zum Kartoffelkeller, den er auf ihrer einsamen Farm in die feuchte Erde gegraben hatte. Ruth dachte an die Schlangen in Kentucky, die viel gefährlicher waren als die Indianer, die sie ein- oder zweimal durch die Türritze gesehen hatte. Die Pawnee hatten nur einmal einen Korb Äpfel mitgenommen und an den Tabakblättern gezogen, die zum Trocknen aufgehängt worden waren.

Keiner der Gegenstände war ein Menschenleben wert, obwohl ihr Vater sagte, für seinen Besitz lohne es sich, zu töten.

Gerechtigkeit war ein Wort, das ihr Vater häufig im Munde geführt hatte. Sie fragte sich, wie seine Gerechtigkeit an diesem Ort wohl aussehen würde, wo die Wagen den einen gehörten und von den anderen gefahren wurden; wo sie ohne Erlaubnis durch nicht verzeichnetes Land fuhren; wo Entscheidungen nicht anhand von Gesetzen und auch nicht von den Klügsten getroffen wurden, sondern von denen, die die anderen durch ihre Macht oder sprachliche Gewandtheit von der Richtigkeit ihrer Meinung überzeugen konnten. Darin wäre ihr Vater gut gewesen. Er hatte mit Worten überzeugt. Sie hatte er nicht überzeugt, und das war ihr Verhängnis.

Ruth schlug mit der Hand einem Ochsen auf die Schulter. Es war gut, unterwegs zu sein, ein Ziel vor Augen zu haben, anstatt einfach nur davonzulaufen. Neue Eindrücke, Geräusche und Gerüche, das war es, was sie brauchte, um die Vergangenheit zu ersetzen. Sie hatte nichts gegen einen Himmel von der Farbe gehärteten Zinns wie einige andere oder den leichten Nieselregen, der den Staub in Schach hielt. Diese Tage waren wie eine Decke um sie herum, tröstend und nah.

Zane hatte diese trübsinnigen Tage ebenfalls gemocht. Das war eine ihrer vielen Gemeinsamkeiten. Sie nahm an, dass sie das schließlich auch in die Irre geführt hatte, der Glaube, dass nur Menschen, die füreinander bestimmt waren, so viele fein abgestimmte Einzelheiten gemeinsam genießen konnten.

Sie schüttelte den Kopf. Das Band, das ihren Hut hielt, drückte gegen ihre Kehle. Er war ein guter Mann – oder etwa nicht? Sie würde nicht weiterdenken.

Ruth ging neben dem letzten Wagen her. Auf jeder Seite und

vorne rollten Wagen, versuchten sich vor dem Präriestaub zu schützen, indem sie Abstand von den anderen Wagen hielten. Sie zog sich ihr Halstuch über die Nase, um den Staub aus der Luft zu filtern. Ruth durfte nicht abwechselnd vorne gehen wie die anderen, eine Entscheidung, die von den Männern getroffen worden war – und nur von den Männern.

„Eine Frau, die ohne Begleiter fährt, sollte die anderen nicht in Gefahr bringen", hatte ein Mann gesagt.

„Wenn Sie einen Radschaden haben, wird das uns andere aufhalten, da Sie keinen Mann dabeihaben, der Ihnen sofort helfen könnte", hatte Antone ihr erklärt.

Sogar Jed hatte die Schultern gezuckt, wie um zu sagen: „Was kann ich tun?"

Nun, was könnte oder sollte er tun? Nichts, beschloss sie. Sie würde von jetzt an für sich bleiben. Sie würde für sich kochen und sich nicht von Betha mitversorgen lassen. Sie würde sich selbst um das Vieh und das Geschirr kümmern und ja, auch um die Reparaturen. Sie würde allein sein. Sie brauchte niemanden. Das hatte sie bereits gelernt, indem sie alles fortgegeben hatte, was sie geliebt hatte. Sie konnte sich sogar verteidigen, wenn nötig, obwohl sie bezweifelte, dass die Angriffe von den Indianern kommen würden. Auch das hatte sie gelernt.

Erleichterung machte sich in Tipton breit. Diese Martin sollte hinten fahren. Jeden Tag würde sie den Staub der anderen schlucken. Die Männer versicherten der Frau, sie würden nicht zulassen, dass ihr etwas zustieß, aber sie wollten Ruth nicht in der Mitte haben, wo ein gebrochenes Rad oder eine defekte Sprungfeder oder ein lahmendes Tier sie aufhalten würde, während sie versuchte, jemanden für die Reparatur zu finden.

„Wir müssen Laramie bis zum 15. Juni erreicht haben. Wir können uns keine Verzögerungen leisten."

Das sagten sie immer. „Wir können uns keine Verzögerungen leisten", als ob Geschwindigkeit eine Handelsware wäre, etwas, das man im Laden ihres Vaters in Cassville kaufen könnte.

Ruth Martin blieb ganz hinten, isoliert. Auf diese Weise würde ihr strahlendes Lächeln durch den Staub getrübt, der ihr zwischen den Zähnen hängen blieb. Damit war ein mögliches Problem ausgeschaltet, und Tipton konnte sich um das größere kümmern: Sie musste ihren Vater davon überzeugen, nach Oregon zu gehen, da Tyrell ebenfalls dorthin ging, oder Tyrell überzeugen, in den Süden zu gehen – ohne die Bacons.

Die Männer waren zu dem Schluss gekommen, Ruth könnte ihr Vieh mit ihrem eigenen zusammentun. „Das ist gut und richtig", verteidigte ihr Bruder sie. „Sie ist so weit gekommen. Ich werde behaupten, es wäre meins, wenn es nötig sein sollte, bis wir nach Oregon kommen. Natürlich gehören die Pferde ihr. Wenn wir Verluste haben, wenn die Pferde durchgehen, dann kann sie ihr Vieh nicht zusammentreiben. Bei so etwas müssen wir einander helfen. Das würden wir für jeden tun."

Ruth nahm nur ungern Hilfe von anderen an. Aber Jed hatte Recht. Sie würde die Tiere nicht allein zusammentreiben und dazu noch den Wagen lenken können, und sie brauchte den Wagen für den Weizen. Die Pferde konnten nicht ohne Weizen sein. Maultiere schon, gute Pferde nicht.

Während sie den Staub aller anderen Wagen schluckte, hielt sie sich immer in der Nähe der Pferde. Pferde gaben zurück, was sie bekamen. Pferde und Kinder waren gerecht.

„Wenigstens musst du jetzt nichts mehr vortäuschen", sagte Betha zu ihr. „Ich brauche nicht immer zu erzählen, in Laramie würde ein Begleiter auf dich warten."

„Richtig", erwiderte Ruth.

In dem Wagen unmittelbar vor ihr saßen die zukünftigen Ehefrauen von der Ehevermittlung. Dieser Wagen schluckte auch den Staub der anderen. Bei dem letzten Treffen hatte Schwester Esther eine Diskussion entfacht über den Sabbat, der nicht eingehalten wurde.

„Wer sich gegen die Tradition stellt, wird bezahlen", sagte Jed ihr.

„Tradition! Sie nennen eine Gruppe von vollkommen fremden

Leuten, die entscheiden, was getan wird, Tradition? Wir sind doch keine Stadt. Nicht einmal eine Gruppe. Woher nehmen Sie Ihre Autorität?"

„So ist es nun einmal", erwiderte Jed, „und je eher alle die Tatsachen akzeptieren, desto eher können wir Probleme lösen."

Ruth knallte mit der Peitsche über den Köpfen der Ochsen – zweifarbige Tiere, beide sehr stark – und zwang sich, an positive Dinge zu denken.

Eine zarte Frau mit mandelförmigen Augen starrte sie von dem Wagen vor ihr aus an. Sie kniete. Ihr Gesichtsausdruck veränderte sich nicht, obwohl sie hin- und hergeworfen wurde, ihre Knie bewegten sich kaum. Sie wirkte nicht wie eine glückliche zukünftige Braut.

„Spricht diese Puppe mit Menschen?", fragte Jessie. Das Kind ging neben Ruth her.

„Das ist ein Mädchen, eigentlich sogar eine Frau", korrigierte Ruth sie.

„Sieht aus wie eine Puppe. Wie eine von Lisbeths."

„Wer ist denn Lisbeth? Eine von deinen neuen Freundinnen?"

„Sie ist groß, aber sie hat ein kleines Mädchen mit Namen Mazy. Und sie mag noch immer Puppen, wie die in dem Wagen. Sie sagt, die Puppe in diesem Wagen spricht mit den Bienen, aber sie hätte noch nie mit Menschen gesprochen."

Das Mädchen sah tatsächlich aus wie eine Porzellanpuppe. Perfekte olivfarbene Haut, hohe Wangenknochen und dunkle Augen. Ihr Haar war kurz bis in den Nacken geschnitten. Neben ihr lag ein spitzer Strohhut.

„Bienen?", fragte Ruth.

„Hat sie etwas gesagt?", fragte Jessie.

„Ich weiß es nicht. Du musst aufpassen, und wenn wir anhalten, kannst du sie ja fragen, wenn sie es zulässt."

Wenn die Bienenhalterin nicht viel sprach, so würde das nur ihre geheimnisvolle Aura unterstreichen, dachte Ruth. Ihr Schweigen machte sie ihr bereits sympathisch. Normalerweise ärgerte sich Ruth über das Frauengerede. Sie hatte Betha und diese Wilson über „Asiaten“ und „Wilde“ schwatzen hören. Eine Zeitverschwendung, über Themen zu reden, von denen sie nichts verstanden. Sie sprachen von Klapperschlangen und den Gerüchten von Cholera und Musketenunfällen, aber was Ruth am meisten aufbrachte, war das Gerede über Indianer.

„Haben Sie schon jemals einen Indianer gesehen?“, fragte Ruth Adora einmal, als die Frau im Reden innehielt, um Luft zu holen.

„Das habe ich tatsächlich.“

Mehrere andere hatten dies nicht, und die Frau verbreitete Gerüchte und nährte damit Ängste, die sie den ganzen Weg nach Cow Town mitnahmen. Verärgert ging Ruth davon. Sogar Jessie bekam Angst, als sie in der Ferne eine Staubwolke entdeckten.

„Indianer?“, fragte Jessie mit weit aufgerissenen Augen.

„Nein. Der Wind. Etwas, das du jeden Tag auf unterschiedliche Weise siehst.“

„Nur neue Dinge machen Angst, nicht, Tante?“

Ruth dachte über diese Frage nach, während sie beobachtete, wie das Kind seine kleine Schürze über dem braunen Kleid glatt strich und es über die Hüften zog. Diese Geste hatte sie häufig bei Betha gesehen. Etwas daran tat ihr weh.

„Manchmal kann uns sogar das, an das wir gewöhnt sind, Angst machen, denke ich, wenn es sich verändert und nicht mehr das ist, was es früher war.“

„Wie?“, fragte Jessie.

Ruth fuhr dem Mädchen mit ihrer behandschuhten Hand über die tanzenden Locken. „Angst sagt uns nur, dass etwas anders ist. Um damit umzugehen, müssen wir anwenden, was wir wissen, unser Bestes in dieser neuen Situation geben.“

„Falls diese Staubwolke ein Indianer war, dann muss Papa ihn vielleicht erschießen?“

„Nicht du auch noch, Jessie“, stöhnte Ruth.

„Und wenn sie kommen, auf uns schießen und Mami mitnehmen und –“

„Es ist ein Staubteufel, nur der Wind, der den Staub so aufwirbelt. Pass auf, dass deine Fantasie nicht mit dir durchgeht.“

„Was ist Fantasie?“

„Etwas, das du in deinen Gedanken hast, mit dem du spielst. Ähnlich wie ein Traum.“

Jessie ging schweigend weiter. „Aber ich bin doch wach, Tante. Ich schlafe nicht.“

„Um seltsame Gedanken zu haben, braucht man nicht zu schlafen, Jessie.“

„Lisbeth sagt, ich solle immerzu träumen, damit ich weiß, was ich erreichen will, wenn ich groß bin.“

„Das ist eher hoffen, etwas, auf das man sich freut, an das man sich klammert, wenn man ... durcheinander ist, wenn man unsicher ist. Dann hast du etwas, das dich daran erinnert, wohin du unterwegs bist.“

„Ja“, erwiderte Jessie, als hätte sie alles verstanden.

Ruth knallte mit der Peitsche über dem Kopf der Ochsen, damit sie nicht so nach links zogen. „Mami sagte, sie würden Essen von uns stehlen, die Indianer. Sie würden auch deine Pferde nehmen, sagte sie.“

„Wenn du hungrig bist und jemand hält ein Picknick in deinem Garten, würdest du dann nicht gern daran teilnehmen?“

„Wir sind in ihrem Garten?“ Ihre braunen Augen starrten Ruth erstaunt an. Ehrfurcht zeigte sich auf ihrem Gesicht angesichts dieser neuen Erkenntnis.

„So würde ich es ausdrücken.“

„Warte, bis ich das Jason erzähle. Er weiß nicht, dass sie nur zu einem Picknick kommen. Ich erzähle es auch Lisbeth. Ich werde es ihnen sofort erzählen.“

„Jason ist weit vorn. Mehrere Wagen. Wirst du dich nicht verirren?“

„Ich bin schnell.“ Sie wollte nach vorne losrennen.

„Einen Augenblick“, rief Ruth. Der Rock des Mädchens und seine Schürze bauschten sich um sie wie eine auf dem Kopf stehende Tulpe, als sie ungeduldig auf und ab hüpfte. Ihre Zehen hinterließen kleine Eindrücke in dem weichen Staub.

Ruth sah hinter sich, um festzustellen, wie dicht das Vieh und die Pferde ihnen folgten. Sie hatte von Unfällen gehört, wo Kinder von Planwagen überrollt worden waren, und sie würde es nicht überleben, wenn Jessie etwas Schreckliches zustoßen würde. Nicht Jessie. Ein verlorenes Kind reichte.

„Ich denke, die Bacons würden dich aus dem Vertrag entlassen, wenn sie in Laramie einen anderen Mann finden, der deinen Platz einnimmt", sagte Tipton. Sie klimperte mit den Wimpern. Flehend blickte sie den im Schatten des Wagens gehenden Tyrell an.

„Das ist nicht der Punkt, Tip", antwortete Tyrell. „Ich habe unterschrieben, den Bacons zu helfen. Sie brauchen mich noch."

„Vielleicht sollten wir mit meinem Vater sprechen, dass meine Familie dann doch mit ihnen fährt. Ich werde ihnen sagen, dass ich dem Wagen der Bacons folgen würde, auch wenn sie nicht einverstanden wären. Eine solche Drohung habe ich schon einmal ausgesprochen, und sie haben mich mitkommen lassen."

„Aber das hat sie auch hierher geführt, Tip."

Ihr Sonnenschirm schirmte ihre Augen ab, als sie zu ihm aufsah. „Was bedeutet, sie wissen, dass ich meine Drohung wahr mache."

„Ich würde das nicht zulassen. Das ist viel zu gefährlich. Die Bacons würden dich zurückschicken, und ich würde das gut verstehen. Nein, besser wir akzeptieren unsere Enttäuschung und stellen uns den Tatsachen. Wir werden in Kontakt bleiben. Und wenn du siebzehn wirst, dann werde ich wissen, wohin in Kalifornien ich kommen muss, um dich als Braut zu holen."

„Wirst du das denn? Oder wirst du dir vielleicht eine andere Frau suchen, die dein Leben in Oregon teilt? Jemand wie Ruth Martin zum Beispiel." Sie drehte den Sonnenschirm, sodass die Fransen beinahe horizontal flogen.

„Tipton", sagte er.

„Du sagst es nie", beharrte sie. „Du sagst mir nie, was du für diese Frau empfindest."

„Da gibt es nichts zu sagen. Du hast keinen Grund, wegen ihr oder irgendeiner anderen Frau eifersüchtig zu sein."

„Es gibt andere?"

Tyrell schüttelte den Kopf.

„Du sagst mir nie, dass ich dir die Liebste bin."

„Ich habe es so oft gesagt, dass es allmählich hohl klingt. Entweder du glaubst mir, oder du tust es nicht, Tip. Das hat nichts mit mir zu tun. Es hat mit dir zu tun, dass du glaubst, ich könnte für dich sorgen, dass du es wert bist, dass ich dich lieb habe. Einige Dinge muss man einfach glauben. Ich kann dir keine Gewissheit einimpfen."

„Du könntest es schon, wenn du wolltest, aber du willst es nicht."

„Der Zweifel ist ein Schlangengift, Tip. Das hat in unserem Verhältnis keinen Platz."

Sie merkte an seinem Tonfall, dass er ärgerlich war, darum stapfte sie davon. Sie rieb sich ihren Arm. Sie hoffte, er würde sie zurückholen. Aber das tat er nicht.

Als sie allein war, schnappte sie nach Luft, atmete schnell. Der Hügel, den sie zu ersteigen beschloss, war höher als er von den Wagen aus aussah. Ihre Hand prickelte. Alles drehte sich um sie. Ihr war schwindelig.

Sie ging noch schneller, ihre Röcke flogen ihr um die Beine. Sie konnte sehen, wie die Wagen in Richtung Westen fuhren. Weit hinter ihnen kam das Vieh. Es lief langsam, graste. Sie hatte den Eindruck, dass es auf diese Weise immer weiter zurückblieb, aber bisher hatte es die Wagen immer noch bis zum Einbruch der Dunkelheit eingeholt.

7

Sie kamen gut voran, überquerten den Platte nicht weniger als dreimal. Er wand und schlängelte sich durch die Landschaft. An flachen Stellen war eine Überquerung möglich, an Stellen, wo der Boden fest zu sein schien, es aber dann doch nicht war. Doch trotz aller Mühen: Diese Weiten des Westens unter weißen Wolken, die sich wie frische Federn am Himmel bauschten, brachten Elisabeths Augen zum Leuchten.

Doch sie ärgerte sich über Antone, der jedem erzählte, man könnte dem Staub entgehen, wenn man vorne fuhr, unmittelbar hinter ihm, der doch zuletzt gekommen war; der jeden an die Aufbruchzeit erinnerte, egal, ob sie am Tag zuvor zwanzig Meilen geschafft hatten oder nur zehn. Eine Stunde nach Sonnenaufgang sollten die Tiere angespannt, der Kaffee hinuntergeschüttet und die Feuer gelöscht sein. Besonders Dr. Masters musste immer zur Eile angetrieben werden. Damit zeigte er nicht seine beste Seite. Ein Arzt sollte doch auf Kleinigkeiten achten, in gewisser Weise ein Vorbild sein, fand Elisabeth. Er war ihrem Mann überhaupt nicht ähnlich.

Elizabeth bückte sich und griff zwischen ihren Beinen hindurch nach ihrem Rocksaum. Sie zog ihn hoch und stopfte ihn vorn in ihren Gürtel. Dann band sie die Zügel los und schwang sich auf ihr Maultier. Adora und Schwester Esther würden das bestimmt missbilligen, wenn sie sie jetzt sehen würden. Die Damen sollten ruhig nach Luft schnappen, wenn sie wollten. Leute, die früher eine Farm hatten oder nicht den Luxus einer Kutsche genießen konnten, verstanden sie – im Damensitz konnte man einfach kein Maultier reiten.

Alle sprachen davon, Oregon oder Kalifornien zu erreichen, ein Land, in dem sie noch nie gewesen waren, und achteten gar nicht auf die Gegend, durch die sie zogen. Sie schlug mit den Zügeln leicht gegen den Hals des Maultiers. Sie wollte nicht warten, bis sie ihr Ziel erreichten, um sich am Leben zu freuen. Das war zu lang. Sie wollte jeden Tag genießen.

Es war wie der schwarze Topf, in dem sie den Eintopf kochte: Sie konnte darin Wildfleisch und Bohnen für ein Dutzend Leute kochen, aber wenn sie nicht immer noch einen Vorrat an Kartoffeln, Zwiebeln und Rindfleisch zurückbehielt, würde sie irgendwann nichts mehr haben. Nein, wenn immer genug Eintopf da sein sollte, dass sie davon abgeben konnte, musste sie dazugeben. So war es auch mit der Freude: besser als eine Dosis Laudanum, aber ohne die Nebenwirkungen.

Sie wäre lieber auf der Südseite des Platte gereist, um Mullalys Grashaus zu sehen, das, wie die Leute erzählten, als Wegstation diente. Eines Tages würde sie auch gern ein solches Haus führen. Es würde ihr die Gelegenheit geben, die unterschiedlichsten Menschen kennen zu lernen, die mit den Postkutschen bei ihr vorbeikommen würden. Die Angewohnheit ihres Mannes, gelegentlich Menschen mit nach Hause zu bringen, um sie gesund zu pflegen, hatte ihr Bedürfnis nach Neuem und Andersartigem erfüllt. Nach seinem Tod, Mazys Hochzeit und Wegzug hatte sie das vermisst. Die Reise in den Westen brachte wieder Farbe in ihr Leben.

Immer mehr Leute würden in den Westen ziehen. Das Land dort war verheißungsvoll und lockte die Menschen. Suchende und davonlaufende Menschen kamen, und alle brachten ihre Geschichte mit. Vermutlich war es das, was sie am meisten vermisst hatte, als sie nach dem Tod ihres Mannes allein in ihrem Haus gelebt hatte. Niemand brachte mehr eine Geschichte mit nach Hause, und niemand hörte ihr zu.

„Pig! Hör auf zu bellen“, rief Mazy dem Hund zu. Sein großer Kopf wandte sich ihr zu und machte schlabbernde Geräusche. „Mutter hat Recht. Du klingst fast wie ein Schwein. Mutter?“ Wo war sie jetzt nur wieder hin verschwunden? Pig bellte, gleichmäßig und hoch. Mazy folgte ihm und fand sich schließlich ganz in der Nähe des Wagens der Cullvers wieder.

„Es tut mir Leid“, entschuldigte sich Mazy. „Der Hund ...“

„Wir freuen uns", begrüßte Bryce sie. Suzanne saß auf dem Wagen, Clayton hüpfte auf ihrem Schoß. Bryce wischte sich den Schweiß von seinem schmutzigen Gesicht und beschäftigte sich mit den Ochsen. Seine buschigen Augenbrauen hatten die Farbe von Cashewkernen. Clayton hatte seine blauen Augen geerbt. „Wir freuen uns über Ihren Besuch. Suzanne, hier ist Mrs. Bacon."

„Ich habe den Hund gehört", erwiderte Suzanne. „Sind Sie gekommen, um zu sehen, wie eine blinde Frau ein Baby großzieht, ja?"

„Suzanne!" Er hob entschuldigend die Hände.

„Um ehrlich zu sein", erwiderte Mazy, „ich habe wach gelegen und mich gefragt, wie Sie das schaffen. Ich kann sehen, und allein bei dem Gedanken daran, wie ich das wohl mal schaffen werde, bekomme ich weiche Knie."

„Sie sind ...?", fragte Bryce.

Mazy nickte, dann erinnerte sie sich an Suzannes Behinderung. „Ich habe es bisher nur wenigen Leuten erzählt."

„Mrs. Bacon ist ..."

„Na, ist das nicht nett, jemanden zu haben, mit dem man Babygeschichten austauschen kann." Suzanne spuckte die Worte förmlich aus. Sie prasselten wie Hagelkörner zur Erde. „Wir sind alle eine große glückliche Familie und reden über Windeln und verschmierte Kinderpopos."

„Es tut mir Leid, wenn das ein ungünstiger Zeitpunkt ist. Ich wollte Sie nicht stören", entschuldigte sich Mazy, „aber mein Hund mag Sie. Und nun, da ich schon mal hier bin, könnte ich doch einige von Claytons Windeln mitnehmen, wenn Ihnen das recht ist. Ich wasche sie, wenn wir anhalten."

Suzanne wandte brummend den Kopf ab.

„Sie sind sehr freundlich. Wenn es Ihnen wirklich nichts ausmacht", sagte Bryce. „Ich vermute, sein Windelberg wächst, weil ich einfach nicht nachkomme."

„Oh Bryce, bitte", wandte Suzanne ein. „Gibt es denn nichts, über das du nicht sprichst?"

Bevor er antworten konnte, sprang Pig auf den Wagen und stupste

Suzanne an, die nach ihm schlug. Er ließ sich außerhalb ihrer Reichweite nieder und hechelte.

„Das hat er noch nie gemacht, nicht einmal bei meiner Mutter."

„Wir werden ihn herunterholen."

„Komm, Pig." Mazy schlug auf ihren Oberschenkel. Der Hund jaulte, rührte sich aber nicht. Mazy stieg auf den Wagen, um ihn zu holen. Dabei bemerkte sie eine Nähmaschine im Wagen. Es war eine Howell, ein Luxus, den sich nur wenige leisten konnten.

„Oh, Sie nähen?", fragte Mazy.

„Blind", erwiderte Suzanne. Sie stieß nach Pig. „Etwa so gut, wie Sie Hunde erziehen."

Elizabeth ritt über einen Hügel und stieß auf ein dreieckiges Zelt in der Farbe von verblichenem Senf in dem sich wiegenden Präriegras. Es wirkte verlassen, darum stieg sie ab. Sie ging herum und traf auf einen einsamen Mann. Ein *Indianer!* Er wandte sich zu ihr um, und im Sonnenschein funkelte das Messer in seiner Hand.

„Ziemlich lächerlich, dir zu schreiben", fand Jeremy. Er sah seiner Frau über die Schulter. „Wohl kaum notwendig."

Mazy hielt den Umschlag in der Hand, den ein Reisender, der auf dem Weg nach Westen schneller vorankam als die Bacons, ihnen gebracht hatte. Vermutlich sollte sie ihn erst in Fort Laramie bekommen. Doch der Reiter hatte den Mitreisenden im Treck der Schmidtkes mehrere Briefe zukommen lassen.

„Er schreibt, seine Frau hätte den Brief begonnen, um mir zu erzählen, wie der Flieder blüht, wie alles im Garten wächst. Wie nett", sagte Mazy. Die Schrift verlief diagonal, doch beendet wurde er in einer anderen Schrift.

„Das hätte sie für sich behalten sollen. Es ist vorbei. Zu Ende." Jeremy sah nach dem Wassereimer an der Seite ihres Wagens. „Das Salzfass ist beinahe leer. Wir können gar nicht schnell genug nach Laramie kommen", bemerkte er.

„Ich nehme an, das ist seine Art, sie zu betrauern. Er findet einen angefangenen Brief von ihr und möchte ihn fertig schreiben. Ich hätte vermutlich genauso gehandelt, die letzte Absicht eines geliebten Menschen ausgeführt."

„Dann schickt man ihn ab und fügt nicht noch eigene Neuigkeiten hinzu. Er hätte ja schreiben können, dass die Frau gestorben ist. Oder dass er jetzt allein ist, mit den Kindern und dem Land, dass er traurig ist."

„Bestimmt ist es schwer für ihn, die Farm ohne sie zu bewirtschaften, allein weiterzumachen. Vielleicht sollten wir –"

„Fang nicht schon wieder an, Maze. Es ist kein Zeichen für irgendetwas."

„Das habe ich doch gar nicht gesagt."

„Du hast es aber gedacht. Ich konnte das in deinen Augen sehen."

„Jetzt liest du sogar schon in den Augen", sagte sie, „neben deinen Büchern über Ayrshires und Oregon?"

Pawnee, schätzte Elizabeth. In ihrem dunklen Kleid wirkte sie auf ihn anscheinend harmlos, denn er brummte nur vor sich hin. Vor ihm lag ein erlegtes Büffelkalb, das er gerade ausnahm. Zwei rostfarbene Vögel machten sich über einen Haufen Eingeweide her, die rosa wie eine reife Wassermelone daneben lagen. Sie rollte ihre Ärmel hoch und bedeutete ihm in Zeichensprache, was sie vorhatte. Er wandte sich wieder seiner Arbeit zu.

Mit seinen blutverschmierten Fingern steckte sich der Indianer seine langen schwarzen Haarsträhnen hinter die Ohren. Eine sanfte Brise wehte ihm ins Gesicht. Er trug einen Lendenschurz; seine Brust glänzte vor Schweiß.

Elizabeth bemerkte ein Obsidianmesser neben ihm im Gras. Sie nahm es zur Hand und begann ebenfalls zu schneiden, trennte das Fell vom Hals und den Schenkeln ab. Er blickte nur einmal kurz auf das Messer in ihrer Hand, dann wandte er sich wieder seiner Arbeit zu. Weiße Fettschwaden hingen an dem Fell, das sie abtrennten. Mehrmals legten sie die Messer aus der Hand und zogen mit vereinten Kräften an dem Fell, um es von den Muskeln zu lösen. Das Fleisch war noch warm.

Elizabeth plauderte über das Kalb, wie groß es sei im Vergleich zu einem Reh. In einer Pause brummte der Mann.

„Hören Sie uns über die Prärie rollen?“, fuhr Elizabeth fort. „Ich wette schon. Vermutlich riechen Sie uns auch.“ Sie schnüffelte und runzelte die Stirn. „Noch immer dasselbe alte Kleid, in dem ich aufgebrochen bin.“

Eine Weile arbeiteten sie schweigend weiter. Schweiß tropfte von ihrer Stirn. Als das braune, gelockte Fell des Büffels neben dem Kadaver lag, kam eine Frau aus dem Zelt.

„Sind Sie die ganze Zeit da drin gewesen?“, fragte Elizabeth und erhob sich. Das Gesicht der Frau wirkte verkniffen und abweisend. Als sie Elizabeth einen Schluck Wasser anbot, bemerkte sie kleine Krusten auf ihrem Handrücken und weitere an ihrem Hals. Im Zelt schrie ein Baby.

„Weißt du, wann meine Mutter wegging oder wohin sie wollte?“, fragte Mazy die erschöpft wirkende Tipton, die gerade ihre Stifte wegpackte.

„Wir reden nicht viel miteinander. Seit der Ankunft meiner Eltern *denken* wir noch weniger. Wessen Windeln haben Sie da?“ Tipton zog die Nase kraus.

„Ich helfe Mrs. Cullver. Das Hinterteil ihres armen Kindes muss rot wie ein Radieschen aussehen. Ich dachte, Mutter hätte vielleicht eine Idee, wie man das, was getrocknet ist, abschälen kann.“

„Ich habe auch Tyrellie nicht oft gesehen“, fuhr Tipton fort. „Haben Sie darüber nachgedacht, in Laramie einen anderen Begleitmann einzustellen?“

„Hat Tyrell denn nicht vor, mit uns zu fahren?“

„Ja. Ich meine, nein. Oh, Sie wissen schon, was ich meine.“

„Ich weiß, du hast Angst, dass er es doch tut, und du weißt nicht genau, wie du das verhindern kannst, richtig?“

Tipton nickte, und Tränen sammelten sich in ihren Augen.

Elizabeth fuhr sich über den Mund nach dem süßen Wasser und trat auf die Einladung der Frau hin in das Zelt ein. Ein Stapel

Felle lag auf dem Boden. Die Frau bot ihr mit ihren fleckigen Fingern kleine, runde Wurzeln an.

„Danke“, sagte Elizabeth. Sie kaute die weiße Wurzel. Der Geschmack war zwar sehr eigenwillig, aber sie mochte ihn.

Die Frau machte Handzeichen, und Elizabeth hob die Enden ihrer Schürze und warf die Wurzeln hinein. Sie sah sich in dem sauberen und einfachen Vorratsraum des Zeltes um. Der Geruch nach gekochtem Salbei drang aus einem Tontopf neben einer Bettstatt zu ihr herüber. Draußen wurde Fleisch gebraten, und kurz darauf brachte der Mann ihr ein Stück herein. Das Fleisch war so zart, dass sie kaum zu kauen brauchte.

„Sie kochen also auch?“, sagte Elizabeth zu dem Mann, der einfach nur dastand und sie anstarrte, so wie sie es selbst auch tat, wenn sie zum Beispiel am Heiligabend ein neues Gericht ausprobierte. Sie wartete dann auf zustimmendes oder ablehnendes Nicken. „Es gibt nicht viele Männer, die bereit sind, an einem Kochfeuer zu arbeiten“, meinte sie. Sie hob das Stück Fleisch mit ihren fettigen Händen hoch und lächelte ihn an. „Einfach köstlich.“ Er nickte einmal, reichte seiner Frau ein Stück und ging.

Elizabeth betrachtete sie. Sie war eine zarte Person mit einem herzförmigen Gesicht und trug mit aus gesäuberten und getrockneten Därmen gefertigten Bändern zusammengehaltene Felle und um den Hals eine Kette aus gelblichen Elchzähnen. In der Ecke entdeckte sie ein Baby, das mit seinen Füßen spielte. Die Frau nahm es von einem Bett aus grünem Moos und drückte es an ihre Brust. Das Kind schien etwa zehn Monate alt zu sein. Die Frau sah nicht so aus, als könnte sie auch nur eine Unze entbehren, um es zu ernähren. Der Mann kehrte mit einem Stück Fett zurück, das er von dem Fell des Kalbes abgeschnitten hatte. Das Baby strampelte aufgeregt, lächelte und griff danach. Als es das Stück in den Händen hielt, lachte es, dann begann es daran zu saugen. Das schneeweiße Fett reichte ihm.

„Das war wirklich eine gute Mahlzeit“, sagte Elizabeth und wischte sich die Hände zuerst an dem Lehmboden, dann an ihren Hüften ab. Sie war nicht sicher, wie man sich verhielt, wenn man mit einem Pawnee aß, aber Dank war sicher überall angebracht.

Was als Nächstes geschah, erstaunte sie. Die Frau setzte das Kind ab, griff an ihren Hals und nahm die Zahnkette ab. Sie reichte sie Elizabeth und bedeutete ihr, sie anzulegen.

Elizabeth wollte protestieren, aber irgendetwas in ihr sagte nein. Dieses Geschenk anzunehmen, war sicher ein Geschenk in sich. Die Frau kniete neben ihr und legte sie ihr an. Sie roch nach Holzrauch und etwas Süßem.

„Es ist wie ein Juwel", sagte Elisabeth und deutete auf die Elfenbeinzähne. „Ich wünschte, ich könnte Ihnen auch etwas schenken." Sie erhob sich und rieb ihre Hüfte. Dabei spürte sie die unter ihrem Rock befestigte Tasche. „Oh", sagte sie. Sie legte die Schürze ab, dann hakte sie den Rock auf, griff hinein und holte die Stofftasche hervor.

„*Godeys Lady 's Magazine* ist wohl nicht ganz so passend", meinte sie, „Sie tragen Fell und sonst nichts." Aber dann holte sie ein Paar Silberohrringe aus der Tasche hervor und reichte sie der Frau. „Mein Schwiegersohn würde sagen, die würden sowieso nur dringend benötigten Platz wegnehmen", sagte Elizabeth ihr. „Bitte, legen Sie sie an."

Elizabeth hielt die Ohrringe in den Fingern und hörte das leise Klimpern der Silberglocken, als sie die Frau aufforderte, sie zu nehmen.

„Es wird Zeit, dass ich mich davon trenne", meinte Elizabeth. „Ich habe sie gekauft, um mir nach dem Tod meines Mannes eine Freude zu machen. Ich dachte, sie würden mich trösten, aber das haben sie nicht. Nur die Zeit und neue Erlebnisse vermögen das, würde ich sagen. Dieser Nachmittag hier war schön."

Silver Bells, wie Elizabeth die Frau in Gedanken jetzt nannte, nahm das Geschenk an. Die Frauen berührten ihre Geschenke. Elizabeth nahm ihre Wurzeln, und beide traten aus dem Zelt. Der Mann war noch immer über das Tier gebeugt, schnitt das Fleisch in Streifen, um es dann auf Stöcke aufzuspießen und am Feuer zu trocknen.

Unter dem endlos blauen Himmel begleitete Silver Bells sie ein Stück, während Elizabeths Maultier hinter ihnen her trabte. Der rasselnde Atem der Frau durchschnitt die Stille der Prärie. Das Baby war in ein Tuch gewickelt, das die Frau auf dem Rücken trug. „Das Kind ist beinahe groß genug, um Sie zu tragen", bemerkte Elizabeth. „Wie lange sind Sie schon krank?" Silver Bells lächelte nur, dann sprang sie zu einer schlanken Pflanze hin und berührte sie. Sie deutete auf Elizabeths Schürze voller Wurzeln. „Ich werde danach Ausschau halten", erklärte Elizabeth. „Danke, dass Sie mir Zutaten für meinen Eintopf verschafft haben."

„Die Landschaft", sagte Adora Wilson zu Mazy, als sie an diesem Morgen nebeneinanderher gingen, „raubt einem wirklich den Atem. Sieh dir nur diesen spitzen Felsen an."

„Er sieht aus wie ein Kamin", erwiderte Mazy. Sie schirmte ihre Augen gegen die Sonne ab. Der Felsen erhob sich mächtig auf der anderen Seite des Platte, aber die Leute auf der nördlichen Council Bluffs Road konnten ihn noch erkennen. „Die Wolken sehen aus wie fette, an einem Bindfaden aufgereihte Eiernudeln, findest du nicht?"

„Der Fluss wirkt so beruhigend, so wahrhaftig."

„Wie er sich durch die Landschaft windet und doch seine Richtung beibehält, ist schon faszinierend. Er fließt zurück nach Hause."

„Hathaway sagt, nach der Weggabelung fließen die Flüsse alle zum Pazifik. Stell dir das vor! Wie das wohl funktioniert, dass das Wasser seinen Kurs ändert, einfach so?"

„Wenn man den Berg überquert hat, ändert sich alles, schätze ich", bemerkte Mazy. „Habt ihr darüber nachgedacht, doch nach Oregon zu gehen?"

„Tipton lässt uns keine Ruhe. Uns bleibt gar nichts anderes übrig, als darüber nachzudenken. Hathaway scheint sicher, dass wir weiter südlich besser dran wären. Einer seiner Cousins ist 49 mit diesem schrecklichen Pionierzug dorthin gegangen. Er hat überlebt und die Geschichte erzählt. Man würde doch meinen, die

Leute wollten nicht darüber reden, die mit diesem Führer losgezogen sind, der dann an Cholera gestorben ist, bevor sie Independence auch nur verlassen hatten! Das wäre doch für jeden ein Zeichen, zu Hause zu bleiben, sage ich dir, nachdem man so viel Schwierigkeiten auf dem Weg hatte."

„Wo wohnt er?"

„In der Nähe von Sacramento." Sie öffnete und schloss ihre Handtasche, ein mit schwarzen Perlen bestícktes Täschchen, das kleiner war als Mazys Handfläche. Eine Angewohnheit, dachte Mazy. Das Schloss klickte wie Stricknadeln. „Sie schreiben sich", fuhr Adora fort. „Wir haben ihm einen Brief geschickt, damit er weiß, dass wir kommen. Hathaway scheut sich, früher als nötig mit Tipton darüber zu reden. Außerdem zeigt Charles wenig Interesse an Oregon. Noch weniger daran, irgendetwas zu tun, das Tipton möchte." Sie seufzte. „Ich weiß nicht, wie andere Leute das machen, wie sie Kinder großziehen, die sich gegenseitig mögen und nicht ständig nur miteinander im Streit liegen."

„Könnte ein Argument für Einzelkinder sein", meinte Mazy.

„Oh, allein die Geburt ist schon ein gutes Argument dafür. Aber wir achten trotzdem nicht darauf. Das wirst du auch nicht."

Irgendwie hatte sich die Nachricht, dass Mazy sich „nicht wohl fühlte", schnell verbreitet. Vielleicht hatte Tipton an einem Morgen mitbekommen, dass ihr übel war, oder ihre Mutter hatte etwas durchsickern lassen. Vermutlich war es eher wie eine Sturzflut gewesen. Suzanne hätte bestimmt niemandem davon erzählt.

Mazy wischte sich mit ihrem Taschentuch den Schweiß ab. „Ich fühle mich so verschwitzt", klagte sie.

„Sieht nicht nach Regen aus", meinte Adora und sah zum Himmel auf. Die Krähen kreisten krächzend über ihnen. Eine Wiesenlerche zwitscherte und landete auf dem niedergerollten Gras, das die Wagen hinterlassen hatten.

„Ich habe den Eindruck, dass sich ein Schauer hier nie ankündigt, und dann sind wir auf einmal durchnässt. Die Moskitos sind schlimmer, als ich je erlebt habe. Ich wünschte, Mutter hätte ein Mittel dagegen."

„Deine Mutter.“ Adora schnalzte mit der Zunge. „Ich kann kaum glauben, dass sie das Zelt dieses Indianers betreten hat. Was ist mit Krankheit und diesen Dingen? Sie kann froh sein, lebendig wieder herausgekommen zu sein.“

„Sie war eingeladen“, wandte Mazy ein.

„Trotzdem, ich habe gehört, die Wohnstätten der Indianer – anders kann man sie wohl kaum bezeichnen – sollen sehr schmutzig sein.“

„Mutter hat das Zelt als recht angenehm beschrieben –“

„Schwester Esther hat Recht“, fuhr Adora fort. Sie schlug nach den Bremsen und drehte den Kopf zu Mazy um. „Krankheit ist ein Werkzeug der Korrektur bei den Menschen mit niedrigen Wertmaßstäben. Deine Mutter hat uns alle in Gefahr gebracht –“

„Aber die Wurzeln waren doch eine gute Ergänzung deines Eintopfs.“

„Sie hat die Nahrungsmittel dieser Frau in den Eintopf getan?“ Adora schnappte nach Luft.

„Nur Wurzeln“, erwiderte Mazy.

„Nun, ich denke, in Zukunft sollten wir nicht zulassen, dass die Leute sich so weit von den Wagen entfernen“, meinte Adora. „Die Indianer hätten sie und auch uns töten können. Sie ist so stolz auf ihre Geschichten, aber was sie tut, ist gefährlich.“

„Meine Mutter kann kaum etwas erschrecken“, bemerkte Mazy. „Sie sagt, sie ist zu alt, um zu kämpfen, und zu dick, um davonzulaufen, darum verlässt sie sich einfach auf ihr gutes Wesen.“

„Ich würde sagen, deine Mutter hat für eine Frau ihres Alters zu viel Abenteuersinn.“

„Ich frage mich, wie das wohl gemessen wird“, sagte Mazy und ging ein wenig schneller.

„Ich schlage vor, du übergibst mir das Patent, Mei-Ling. Ich meine, Deborah“, sagte Schwester Esther. Sie standen vor dem Wagen, wo die kleine Frau sich in der Dämmerung um die Bienenkästen kümmerte.

„Das ist in meinem Ärmel gut aufgehoben, Missy“, erwiderte

das Mädchen. „Ich passe gut darauf auf." Sie zeigte Schwester Esther, wie sie das Pergament gefaltet und in der Tasche im Innern ihres Ärmels verstaut hatte.

Esther kräuselte die Lippen und betastete das Kreuz um ihren Hals. „Nun gut", sagte sie. „Sei sehr vorsichtig. Wir möchten doch nicht, dass deine Mitgift verloren geht oder beschädigt wird. Dann hättest du gar nichts mehr zu geben."

Tipton sprach über Fort Laramie, von den Lehmhäusern, in denen es frischen Käse gab, und die Gelegenheit, ein Festmahl in den „Esshäusern" einzunehmen, die von den Marketendern sowohl für die Soldaten als auch für die Überland-Reisenden gut versorgt wurden.

„Ich wünsche mir ein Bad in heißem Wasser", erzählte Tipton Tyrell. „Und ich möchte unter einem Dach tanzen zur Musik von richtigen Musikern und nicht nur der Fiedel von Mr. Cullver, der sich für einen Musiker hält." Sie stellte sich vor, wie es sein würde, nicht mehr so große Entfernungen zu Fuß zurückzulegen oder einem Wagen aus dem Weg zu gehen oder sich über einen Wagenbruch beklagen zu müssen. Die Leute im Fort würden ihr zunicken und zulächeln, wenn sie ihr begegneten. Sie konnte diese finsteren Blicke aus den überhitzten Gesichtern kaum mehr ertragen.

„Ich freue mich darauf, in einer richtigen Schmiede einige Reparaturen vornehmen zu können."

„Kein Mensch beklagt sich über deine Reparaturen, Tyrellie. Ich denke, die Leute freuen sich wirklich darüber, einen Schmied dabeizuhaben." Sie knackte eine Walnuss und holte den Kern für ihn heraus, da seine Hände schmutzig waren. Sie blickte in sein bärtiges Gesicht, steckte ihm den Walnusskern in den Mund, und seine trockenen Lippen umfingen ihre Finger.

„Dann werden sie sich doppelt freuen, wenn ich richtiges Werkzeug zur Verfügung habe, um meine Arbeit zu tun."

„Es wäre schrecklich, ohne jemanden wie dich in diesem Treck zu fahren", fuhr sie fort. Sie zupfte ihm Nusskrümel aus dem Bart.

„Ich frage mich, ob Papa das Ganze wirklich durchdacht hat. Dass er nach Kalifornien will."

„Tip ..."

„Oh, sag nichts. Ich brauche nur endlich eine Kupferwanne, in der ich ein Bad nehmen kann. Mama meint, das wird etwas kosten, aber nach allem, was wir durchgemacht haben, ist es mir das wert."

„Die Leute, die den South Platte überqueren, haben erst richtig Grund, sich zu beklagen. Dagegen machen wir hier nur ein Picknick."

„Nach Mr. Bacons Reiseführer können sie doch in Ash Hollow Rast machen. Man sagt, es sei wunderschön dort, mit üppigem Gras, Schatten spendenden Bäumen und klarem Wasser. Und es gibt richtiges Brennholz von Bäumen, nicht nur diese verflixten Büffelfladen, auf die wir hier angewiesen sind."

„Besser Büffelfladen als ein kaltes Abendessen", erklärte Tyrell ihr.

„Oh Tyrellie. Du siehst immer Dinge, die noch schlimmer sind."

„Wie die Hühner, die keine Eier legen? Das ist wirklich schlimm."

Sie stieß ihn gegen die Schulter. „Das ist ein Wortspiel."

„Aber ein schlechtes." Das Knirschen der Räder, die über Steine rollten, und das Geklimper der Geschirre, der Ketten, füllte die Stille aus.

„Ich stelle mir gern das Fort vor", fuhr Tipton fort. „Alles wird ordentlich und sauber sein. Männer in Uniformen mit polierten Schnallen und Stiefeln."

„Sie können mich überhaupt nicht reizen", meinte Tyrell.

„Nun, das will ich doch hoffen", erwiderte Tipton. „Sag, kann eigentlich ein Major oder jemand wie er die Aufgaben eines Beamten übernehmen? Bei Gerichtsdingen zum Beispiel?"

„Denkst du an einen Rechtsstreit?"

Sie legte den Kopf an seine Schulter. „Eheschließungen sind doch offizielle Amtshandlungen, kein Rechtsstreit."

„Tip, ich glaube nicht, dass dein Vater –"

„Du sagst mir doch immer, ich sollte an angenehme Dinge denken."

Geduld, schrieb Mazy in ihrer kleinen Schrift. *Gott ist ein liebevoller Vater, der wartet. Er wartet auf seine Kinder. Gott wartet darauf, dass wir zuhören. Er wartet auf mich. Ich danke dir für deine Geduld, und ich will sie in meinem Leben auch suchen. Amen.* Sie dachte nach und fügte schließlich noch hinzu: *Gib mir nur nicht zu viele Gelegenheiten zum Üben, bitte. Amen.*

Sie hatte sich vorgenommen, jeden Tag über eine Eigenschaft des Wesens Gottes zu schreiben, dafür zu danken. Über den Wesenszug nachzudenken und darüber, was er für die Menschen bedeutete. Um Vergebung zu bitten dafür, dass diese Eigenschaft in ihrem Leben nicht zu finden war. Den ganzen folgenden Tag über versuchte sie, diese Eigenschaft sichtbar werden zu lassen, pflegte sie, wie sie ihre Pflanzen pflegte, pflügte den Boden, drückte sie fest, wenn nötig, suchte die Blüte, die sie bringen würde.

Geduld. Diese Reise würde zeigen, dass ihr diese Eigenschaft fehlte. Die herrliche Aussicht konnte sie nicht für die überall vorhandenen Insekten entschädigen, die erdrückende Hitze, den Staub, der sich auf jeden Bissen legte. Die frei laufenden Ferkel des Doktors quiekten und durchwühlten alles, was ihnen vor die Nase kam, und egal wie viel Schinken der Nachbar ihnen auch versprach, die Störungen waren sehr ärgerlich. Auf die Blätter ihrer Tomatenpflanze hatte sich eine weiße Staubschicht gelegt, die einem Schimmel ähnelte. Winzige Teilchen von Pflanzen, die sie nicht benennen konnte, setzten sich an ihre nackten Zehen und konnten nur mit Geduld entfernt werden, trotz Pigs Bemühungen, sie abzulecken. Sogar Jeremys ständiges Nörgeln wegen ihrer Hose stellte ihre Geduld auf die Probe. Sie bewies damit ihre Unabhängigkeit, wenn auch nur in einem kleinen Bereich.

„Was macht das denn für einen Unterschied, wenn ich mich anders anziehe?“, fragte sie, nachdem sie die Kühe gemolken, den Ochsen gefüttert, das Geschirr sauber gewaschen und verstaut hatte, sich mit ihren Füßen beschäftigte und versuchte, diese klebrigen Pflanzenteile zu entfernen.

„Genau. Ich weiß, du warst schon immer abenteuerlustig“, sagte Elizabeth. Sie saß bei ihr und nähte einen Muschelknopf an einen von Mazys Wickelröcken.

„Das lenkt nur die Aufmerksamkeit auf dich“, erwiderte er. „Es ist geschmacklos.“

„Und die Tatsache, dass du drei Tiere einer ungewöhnlichen Rasse mit seltsamer Markierung und Hörnern hast, die sich nach oben und nicht nach außen wölben, das zieht keine Aufmerksamkeit auf sich?“

„Man biegt die Hörner, damit sie so wachsen. Wusstest du das? Das werden wir auch tun müssen.“

„Wechsle nicht das Thema“, beharrte Mazy.

„Du reitest nicht, du gehst. In Röcken gehst du genauso gut wie in Hosen, und sie definieren deine Würde.“

„Ich sehe keine Männer in Röcken“, wandte Elizabeth ein.

„Schotten tragen tatsächlich Röcke, zu den feierlichsten Anlässen.“

„Kilts“, korrigierte Mazy. „Soll ich lieber so was anstatt der Pumphose tragen?“

Er blickte sie über seine Brillengläser hinweg an.

Mazy seufzte. „Sobald wir das Fort erreichen, lege ich sie weg.“ Dort würde sie tatsächlich zu viel Aufsehen erregen. Und wenn sie wegen des Babys zunahm, würden die Wickelröcke sowieso viel praktischer sein, weil sie mitwuchsen. Aber warum konnte Jeremy in der Zwischenzeit keine Ruhe geben?

Geduld heißt verständnisvoll zu sein, bereit mit anzusehen, wie andere versuchen, einen in die eine oder andere Richtung zu drängen. Ruhige Duldung.

Sie hatte abends geschrieben, nachdem alle zu Bett gegangen waren, denn der Morgen verlief heute sehr hektisch. Alle packten ihre Sachen zusammen und sahen zu, dass die Wagen nach Antone Schmidtkes Zeitplan abreisefertig waren. In dieser Gruppe mitzufahren bedeutete, dass man sich tagaus, tagein an die Zeitplanung hielt und an die Ereignisse anpasste, die durch Abstimmung festgelegt wurden.

„Ich hasse Veränderung“, beklagte sie sich, „aber diese staubige Routine gefällt mir auch nicht.“

„Du magst es nur nicht, dass andere Menschen für dich bestimmen", entgegnete Jeremy.

„Veränderung widersteht der menschlichen Natur", wandte ihre Mutter ein. Sie biss das Ende des Fadens ab, faltete das Kleidungsstück, streckte sich und gähnte.

„Du scheinst nichts dagegen zu haben, Mutter."

„Ich habe vor langer Zeit gelernt, dass der beste Weg aus dem Schlammloch heraus ist, zuerst zuzugeben, dass man drinsitzt, und dann zu überlegen, wie dringend man hinausmöchte und was man tun muss, um das zu erreichen. Man kann eine Sache immer mit klaren Augen und mutig angehen, egal vor welchen Schwierigkeiten man steht."

Mit klaren Augen? Wie sollte Mazy das tun? Die Anstrengung, von Ort zu Ort zu ziehen, niemals Vertrautes zu sehen zu bekommen, ermüdete sie. Sie konnte es kaum erwarten, sich ein Nest zu bauen. Ohne Sicherheit konnte sie nicht glücklich oder zufrieden sein.

Selbst ihr Körper kam ihr fremd vor. Sie trug einen anderen Menschen in sich. Das Dickerwerden, die Übelkeit – alles arbeitete gegen sie, eine Frau, die das Bekannte mochte. Selbst ihre Hühner protestierten gegen die Veränderung – seit sie von zu Hause aufgebrochen waren, hatten sie praktisch keine Eier mehr gelegt.

„Kommst du schlafen, Mazy? Die Kerze brennt herunter."

„Ich schreibe gerade noch zu Ende", erklärte sie Jeremy.

Ohne einen Ort zu sein, an den man gehört, ist, als würde man die Seele verhungern lassen, schrieb Mazy. Sie fragte sich, wie Mr. Malarky und seine Jungen mit dem Verlust fertig wurden. Wenigstens hatte sie ihren Mann, ihre Mutter und dieses Baby. Sie fuhr mit der Hand über ihren Bauch und schrieb: *Heute haben wir achtzehn Meilen geschafft. Ich habe vier Gräber gesehen. Manchmal können wir die weißen Punkte der Wagen auf der Südseite des Platte erkennen, während wir auf der Nordseite reisen. So viele Menschen lassen das Bekannte hinter sich. Nur noch wenige Tage bis Laramie. Ich kann es kaum erwarten, Zeichen von Zivilisation zu sehen, die rot-weiß-blaue Flagge wehen zu sehen, beim Essen an einem richtigen Tisch zu sitzen, die Gerüche eines gefüllten Lagerhauses einzuatmen. Das Warten fällt mir schwer, ich bin zu ungeduldig. Herr, gib mir das Verständnis für diese Zeit der Veränderung in meinem Leben.* Sie schrieb fertig, betrat das neben dem Wagen aufgestellte Zelt, löschte den Docht der Kerze mit den Fingern und legte sich zu Bett.

Jessie hatte nicht viel gegessen, obwohl Betha Maisbrei und Eier gekocht und sie mit getrocknetem roten Paprika bestreut hatte. Nach ihrer Essenspause hatte Jed sich auf den Magen geklopft, während seine dicke kleine Frau auf seinen Bart gedeutet hatte, in dem noch Brotkrümel hingen.

„Du bist wirklich eine hervorragende Köchin, Betha", lobte er. „Meinst du nicht, Ruthie?"

„Allerdings", bestätigte Ruth. „Und ich bin froh, dass du den Tisch deckst, nicht ich."

„Du hast alle Hände voll damit zu tun, die Pferde zu füttern, und du kommst auch abends nur selten zu uns. Zumindest könnte ich doch deine Sachen mitwaschen."

„Ich komme ganz gut zurecht. Ich kann zu Koda gehen und mit ihm reden, die anderen Pferde im Auge zu behalten. Das ist gar nicht so schlimm. Meine Wäsche mache ich an Tagen wie heute, wo wir rasten."

„Jessie macht dir auch keine Mühe?" Betha blickte besorgt unter ihrer mit Rüschen besetzten Haube hervor. „Wir können sie bei uns behalten, weißt du."

„Sie macht keine Mühe", bestätigte Ruth.

Jed hustete. „Also gut. Sieht so aus, als würde es ein schöner Tag. Keine einzige Wolke am Himmel. Ein Hügel und ein Tal oder zwei, ein Fluss, der noch zu überqueren ist, und dann sehen wir Fort Laramie nicht weit entfernt vor uns liegen. Meine Damen, ich glaube, wir kommen gut voran."

„Ich bin froh, dass wir einen Tag ausruhen können", bemerkte Ruth. Gerade hatten sie ein sehr schwieriges Wegstück hinter sich gebracht, auf dem jeder gebraucht wurde, um dafür zu sorgen, dass die Wagen auf der steilen und unebenen Prärie nicht umkippten. Ihre Mühe war mit einem kleinen Wäldchen und einem Fluss belohnt worden, der in dem Reiseführer nicht erwähnt worden war. Hier würden sie einen Tag bleiben, das Vieh ausruhen und gutes Gras fressen lassen. Die Frauen hatten Zeit, die Windeln zu trocknen und ihre Wäsche zu waschen, einen Kuchen zu backen und in Ruhe zu kochen.

„Ich wünschte, Jessie würde ein wenig mehr essen", klagte Betha. „Findest du nicht, dass sie schlecht aussieht?"

„Sie ist doch noch ein Kind, Mutter", zerstreute Jed ihre Ängste. Er erhob sich. „Vermutlich rennt sie zu viel. Hin und her, besucht jeden Wagen. Sie braucht nicht viel Essen. Komm her, Jessie, mein Mädchen. Mal sehen, ob du Fieber bekommst." Er zog das Mädchen an sich, und als sich Jeds glatte Finger um Jessies Handgelenk legten, dachte Ruth, dass der Arm des Kindes so dünn sei wie ein Hühnerbein. Jed legte seine Hand an Jessies Gesicht und runzelte die Stirn.

„Hat sie Fieber?", fragte Ruth ihn. Sie stellte ihre Zinntasse mit Kaffee ab und erhob sich, um selbst die Hand auf die Stirn des Mädchens zu legen.

„Sie scheint ein wenig heiß zu sein."

„Warum holen wir nicht den Arzt?", fragte Betha. „Wie heißt er noch ... Masters, in diesem Wagen mit dem hellgrünen Wassereimer. Mit den Schweinen. Ned, sieh zu, ob du ihn finden kannst."

„Muss ich?", beklagte sich der Junge. Er und Jason hielten Murmeln in der Hand. Er schaute finster unter seinem dichten, schwarzen Haar.

„Deine Schwester ist krank", wies Jed ihn zurecht. „Sie braucht einen Doktor."

„Du schenkst diesen Quacksalbern viel mehr Vertrauen als ich", meinte Ruth.

Ned blinzelte Jessie an. „Sie tut nur so, damit sie sich nicht waschen muss."

„So reagieren wir nicht auf die Bitte unserer Mutter, nicht, Ned? Du –"

„Ich werde gehen“, erbot sich Ruth. Sorge machte sich in ihr breit.

Was Tipton sich wünschte, war Zeit mit Tyrell. Er bearbeitete die Radkränze und überprüfte die Ochsenhufe und hatte kaum einen Augenblick Zeit an diesem Tag, an dem alle eigentlich ausruhen sollten.

„Du hast doch bestimmt auch eigene Interessen“, sagte er ihr, als sie zu schmollen begann über seine Hingabe an seine Arbeit.

„Ich habe das Malen“, erwiderte sie.

„Dann beschäftigst du dich am besten damit“, riet er ihr. „Du vergeudest viel Energie mit dem Versuch, mich von meiner Arbeit abzubringen. Du kannst die Menschen nicht ändern, Tip. Nur dich selbst.“

„Meine Eltern verändern mich aber ganz bestimmt“, widersprach sie. Sie schnippte einen gelben Schnipsel fort, der ihren bloßen Arm zu verbrennen drohte.

„Sie wollen nur das Beste für dich.“

„Wir sollten heiraten“, sagte sie. „Das wäre das Beste für mich.“

„Du würdest trotzdem schmollen, wenn ich arbeite. Und ich würde dir trotzdem sagen, du sollst dich mit etwas Sinnvollem beschäftigen. Zum Beispiel könntest du heute deiner Mama helfen.“

Was Tipton sich wünschte, war Gewissheit, dass ihr Vater, wenn sie an die Wegkreuzung nach Süden kämen, eine Meinungsänderung vornehmen würde. Sie wollte heiraten, damit sie nicht mehr das tun müsste, was ihre Eltern sagten. Sie wollte ein eigenes Kind, damit sie immer jemanden hätte, der sie liebte, komme, was da wolle.

Die Luft hier war zu still, und sie konnte kaum atmen. Sie musste etwas unternehmen, dafür sorgen, dass etwas geschah. Sie spürte, wie sie anfing, nach Luft zu schnappen.

„Du musst eine eigenständige Persönlichkeit werden, Tip“, sagte Tyrell und tätschelte ihr die Hand, die sie gegen den Ellbogen rieb.

„Wie diese Ruth Martin, vermutlich“, erwiderte sie. „Was?“

Tyrell sah an ihr vorbei, sein Blick war in die Ferne gerichtet.

Tipton wandte sich um.

Ruth Martin kam auf sie zu. Die Frau fing Tyrells Blick auf, dann ging sie wortlos weiter.

8

Mazy hatte sich schon immer zu verwundeten Wesen hingezogen gefühlt, als wäre sie mit genügend Salbe geboren worden, durch die sie Heilung verteilen könnte. Auf Suzanne hätte sie ihre Aufmerksamkeit gelenkt, ob Pig sie nun wahrgenommen hätte oder nicht. Vielleicht war es eine Gabe, die sie mitbekommen hatte, damit sie ihre eigenen Verletzungen durch den Trost heilen konnte, den sie anderen spendete. Schwester Esther sagte, jeder hätte seine Gaben.

„Das Talent der Ermahnung gehört dabei zu den größten", erklärte die finster blickende Frau, als sie gemeinsam die gewaschene Wäsche auf die Leine hängten, die sie zwischen ihre Wagen gespannt hatten.

„Das könnte Ihre Gabe sein", meinte Mazy. „Aber ich bezweifle, dass es meine ist." Sie schlug das nasse Hemd ihres Mannes aus und legte es über die Leine. „Männerkleidung kann man fertig kaufen. Wir Frauen müssen uns unsere Kleider selbst nähen."

„Ein Vorteil des Krieges", verkündete Schwester Esther, „die Männerkleidung." Sie arbeiteten Seite an Seite weiter. „Man weiß nie ganz sicher", sagte sie, „bis wir vor der Herausforderung stehen, es herauszufinden, wo unsere Gaben liegen. Eine große Aufgabe im Leben."

Mazy stand bereits vor ihrer größten Herausforderung. Sie war entwurzelt und hatte ihr Heim zurücklassen müssen. Sie hatte sich für ihren Mann entschieden und das Unbekannte, das er ihr bot.

„Ihren Frauen, wie bekommt ihnen die Reise?", fragte Mazy.

„Sie fügen sich", erwiderte Schwester Esther. „Sie sind gute Wäscherinnen, obwohl sie nicht an diese Leinen heranreichen. Sie sind alle recht klein, und Deborahs Füße sind eine Katastrophe. Sie sind winzig. Ihre Kleider legen sie auf die Büsche. Sonnengetrocknet." Sie lispelte stark.

Mazy blickte zu den „Himmlischen" hinüber. Eine aus der Gruppe in den schmal geschnittenen Kleidern stopfte Socken. Das Garn lag auf ihrem Schoß. Sie wirkte blass, Schweißtropfen standen ihr auf der Stirn. Die anderen drei legten ihre dunklen Kleider über die blühenden Büsche. Mazy hörte ein leises Summen und runzelte die Stirn.

„Bienen", erklärte Esther. „Deborah stellt die sechs Kästen abends hinaus. Jede zweite Woche. Da wir heute rasten, dürfen sie ausfliegen, um Nektar zu sammeln, damit sie Honig für ihre Königin geben. Sie haben es bemerkt?" Mazy nickte. „Die Bienen gehören zu ihrer Mitgift." Sie beugte sich dichter zu Mazy herüber. „Sie bringt auch Pläne mit, nach denen man den Honig einsammeln kann, ohne die Waben zu zerstören."

„Ich dachte nicht, dass das möglich ist", erwiderte Mazy. Sie schlug den braunen Rock ihrer Mutter aus und legte ihn über die Leine.

„Das wird es, wenn diese Kolonien und die Zeichnung überleben. Die Pläne sind ein Vermögen wert – und ihre Zukunft."

„Mögen die Mädchen uns nicht? Wir bekommen sie kaum zu Gesicht, genauso wenig wie Ihre Brüder."

„Sie fühlen sich wegen ihres Englischs gehemmt", erklärte Esther. „Meine Brüder und ich geben ihnen Sprachunterricht. Ein paar der Kinder kommen dazu. Sie lernen. Meine Brüder sind gute Männer." Sie griff nach einem Stock, um die Leine zu stützen, die unter den schweren Kleidungsstücken durchhing. „Dieser Mann mit dem weißen Kragen ist auch einmal vorbeigekommen." Ihre Lippen kräuselten sich, als wären sie mit einem Faden zusammengezogen worden. „Er hat ein gutes Ohr für Sprache und sagte einige ihrer Sätze nach. Das hat ihnen gefallen. Eine seiner Begabungen. Ich vermute, er hatte nicht die Absicht, dass Gott ihn auf diese Weise gebraucht, aber Gottes Wirken ist geheimnisvoll."

„Ich sehe ihn nie", sagte Mazy.

„Gott ist im Alltag zu sehen, von denen, die ihn suchen, Kind."

Mazy lächelte. „Nein, ich meine Mr. Forrester."

„Ja. Er blieb zurück, um zu ‚arbeiten', sagte er, in Kanesville, und ist dann allein weitergeritten. Bei Fort Kearney wollte er wieder über den Fluss. Für ihn und seine Maultiere kommen wir zu langsam voran, vermute ich, und in unserer kleinen Gruppe gibt es zu wenig Kleingeld für die ... Arbeit dieses Mannes." Nach einer Pause fuhr sie fort: „Ich sollte nicht richten. Er ist ein herzlicher, aber auch ein verwundeter Mensch. Einer, der es wert wäre, ihn mit Geduld zu gewinnen, bevor der Teufel seine Begabungen nimmt und ihm weltliche Reichtümer schenkt."

Elizabeth wusste, dass Wäsche wichtig war, aber das, was sie vorhatte, war auch wichtig. Und wenn sie es nicht jetzt tat, wären sie zu weit entfernt, um zurückzureiten. Sie prägte sich ihre Position zu den Wagen ein, bevor sie über einen Hügel ritt. Einige Habichte schrien über ihr am Himmel und stießen herab. Ihre Finger glitten über die Zähne, die an der Kette um ihren Hals hingen. Es erstaunte sie, wie schnell sie sich allein fühlte. Sie würde fast den ganzen Tag brauchen. Aber die Sonne ging so spät unter, dass sie selbst um zehn Uhr abends noch immer den Fluss erkennen konnte. Sie wollte die indianische Frau Silver Bells wiederfinden, ihr eine Salbe für ihre Geschwüre geben, außerdem Laudanum, und es vielleicht gegen Fleisch oder Mokassins für Mazys wunde Füße eintauschen. Die Jäger des Trecks waren nicht besonders erfolgreich gewesen. Sogar Charles hatte ein Reh verfehlt, obwohl er behauptete, sehr gut schießen zu können.

Sie hatte die Medizin genommen, ein wenig getrocknetes Rindfleisch, eine Hand voll Haselnüsse und einen Wasserkrug. Mehr würde sie vermutlich nicht brauchen. Später, als sie einen Hügel erklomm und ins Tal starrte, dachte sie, wie wenig sie vorgesorgt hatte.

Mazy sagte später, das Verschwinden ihrer Mutter wäre der Beginn großer Veränderungen gewesen. Bis dahin war die Reise ermüdend, staubig und heiß, beschwerlich, aber ohne Angst gewesen. Sie hatte Wellen der Enttäuschung, beunruhigende Wurzellosigkeit und Unsicherheit erlebt, aber nicht dieses herzzerreißende Elend.

Elizabeths Abwesenheit beim Mittagessen hatte Mazy noch nicht beunruhigt, bis Adora begann, ihre Missbilligung zu zeigen. „Sie sollte hier bei uns anderen sein, Wäsche machen, und, um ehrlich zu sein, sich um dich kümmern, da dein Arm noch nicht wieder ganz hergestellt ist und du dich so elend fühlst."

„Mama reitet gern ein wenig aus", mehr sagte Mazy nicht, während sie Pig am Hals kraulte und sich den Schweiß von der Stirn wischte. Einerseits stimmte sie Adora zu, andererseits wollte sie das sorglose Verhalten ihrer Mutter verteidigen, auch wenn sie es nicht verstand.

Als sie später am Tag herumfragte und sich ein paar Minuten mit einigen Frauen von einem benachbarten Treck unterhielt, fand sie heraus, dass einige gesehen hatten, wie eine Frau mit einem blauen Fellhut auf einem schwarzen Maultier über den grasbewachsenen Hügel davongeritten war. Zumindest hatte sie Ink genommen, das Maultier mit dem sicheren Tritt. Das war gut.

Während des Tages beschlossen die Frauen, einen großen Eintopf mit Kartoffeln und Rindfleisch zu kochen. Mazy tat die restlichen Wurzeln dazu, die Elizabeth ausgegraben hatte. Alles wurde mit Buchweizen angedickt und wurde über Wildreis gegeben. Zwei Frauen erklärten sich bereit, Brot in holländischen Öfen zu backen, so viel, dass sie für die nächsten Stationen genug hatten.

„Es wäre gut, wenn man sich die Arbeit häufiger teilen würde", meinte Lura Schmidtke. Mazy fragte sich, ob sie noch immer ein Korsett unter dem Wollkleid trug. „Es ist so schön, miteinander zu plaudern und zu planen."

Mazy nickte nicht zustimmend wie die anderen. Waren jetzt sogar die Familienmahlzeiten als Zufluchtsort bedroht?

Mit Tiptons Hilfe nahm Mazy den Wassereimer, und sie brachten ihn in die Sinkgrube, die Jeremy neben dem Platte gegraben hatte. Gemeinsam schöpften sie warmes Wasser aus dem Loch. Das Mädchen schien abgenommen zu haben, fand Mazy. Ihre Wangenknochen stachen hervor. Der Körper von kleinen Frauen hat wenig Raum für Veränderung. In dieser Beziehung war sie im Vorteil.

Tipton blieb schweigsam, was Mazy ganz gelegen kam.

Mazy starrte auf das Wasser. Es war klar, da es in letzter Zeit nicht geregnet hatte. Sie fragte sich, ob sie nicht lieber das Wasser aus dem Fluss trinken sollten, statt des Wassers aus den Sinklöchern, obwohl Jeremy sagte, dass das kein Problem sei. Sie legte ihre nassen Finger an den Hals und betrachtete das Spiegelbild einer müden Frau. Anspannung und Erschöpfung zeigten sich auf ihrem Gesicht.

Lura und ihre Tochter Mariah, eine Nudel von einem Mädchen, kamen auf sie zu.

„Wir machen unseren Kreis", erklärte Lura. „Kommen Sie mit?"

„Ich bringe den Eimer zurück und komme", erbot sich Tipton. Sie deutete auf den sich bildenden Kreis und zog ihre Nase kraus.

„Ich weiß, was du meinst", erwiderte Mazy. „Aber es ist doch eine natürliche Sache."

„Um ehrlich zu sein, ein netter Hain wäre ein willkommener Anblick", sagte Adora. Sie stellte beim Näherkommen den Wassereimer ab. „Aber eine Frau braucht das nun mal."

Mazy und die anderen standen nicht weit von der Sinkgrube entfernt und hofften, eine Brise vom Fluss mitzubekommen. Zwei andere Frauen von Wagen, die denselben grasbewachsenen Ort zur Rast gewählt hatten, gesellten sich zu ihnen. Die kleine Gruppe bildete einen Kreis, stellte sich mit dem Rücken zueinander auf, und alle Frauen hielten mit den Fingerspitzen die Röcke hoch. Mazy ließ sich von dem leisen Geplauder über Rezepte und Heilmittel, Familie und Schicksal trösten.

„Wenn meine Mutter hier wäre, hätte sie bestimmt eine Geschichte auf Lager, die uns alle zum Lachen bringen würde", meinte Mazy, und alle murmelten zustimmend.

„Machst du dir keine Sorgen?", fragte Adora sensationslüstern.

„Nicht wirklich", log Mazy.

Nachdem Mariah fertig war, nahm sie ihren Platz in dem Kreis der dunklen Kleider mit den weißen Schürzen ein, während eine andere Frau sich auf das flach getretene Gras im Innern des Kreises hockte. „Bist du sicher, dass sie noch unterwegs ist?"

„Wie sieht sie denn aus?“, fragte eine von den Neuankömmlingen.

„Breit, dunkles Haar, das langsam grau wird“, beschrieb Adora sie.

„Mit ausgeprägtem Kinn“, fügte Mazy hinzu. „Die Leute behaupten, ich hätte ihre Nase geerbt.“ Der Wind trocknete ihr verschwitztes Gesicht, und sie fühlte sich etwas erfrischt.

„Beim Reiten zieht sie die Röcke hoch. Stellen Sie sich das vor“, ergänzte Adora.

„Doch nicht etwa die Frau mit der Hose, von der wir gehört haben?“ Das kam ebenfalls von einem Neuankömmling.

Mazy lachte. „Das bin ich, vermute ich, aber ich musste sie aufgeben und diesen Rock tragen, da es mir nicht so gut geht.“

„Als ich meinen Ben erwartete“, begann eine andere, eine Frau mit einem Kentucky-Akzent, „passte ich in nichts hinein. Sogar mein Rock war zu eng. Ich sah einfach aus wie ein Kürbis. Das Baby war so groß, dass es hätte abstimmen können.“ Sie rief dem Kind, das durch das Gras lief, etwas zu und bedeutete ihm, in der Nähe zu bleiben. „Wann soll Ihr Baby kommen?“

„Im neuen Jahr“, erwiderte Mazy. „Wenn wir in unserer neuen Heimat angekommen sind.“ Die Äußerung schien richtig zu sein, voller Gewissheit.

Das Gespräch plätscherte so sanft dahin wie ein Frühlingsregen, bis jede Frau einmal hinter den Röcken verschwunden war. Mazy fragte sich, was wohl mit Suzanne war, und nahm sich vor, einmal nach ihr zu sehen, um zu erfahren, wie sie mit ihren natürlichen Bedürfnissen zurechtkam. Als alle fertig waren, gingen sie zurück. Sie ließen sich Zeit, an die Arbeit zurückzukehren.

Mariah mit den langen Zöpfen bückte sich, um blaue Blumen zu pflücken. Sie steckte sich eine Blüte ins Haar hinter ihr Ohr und tanzte ein wenig im Kreis. Sarah mit den steifen Zöpfen und Jessie mit den Grübchen schlossen sich ihr an. Die Frauen applaudierten; die Mädchen verbeugten sich tief, bevor sie an ihre Alltagsarbeit zurückkehrten.

Bei Einbruch der Dämmerung wurde der Eintopf aufgewärmt

und noch einmal verlängert. Jede Familie aß, so viel sie wollte. Mazys Mutter war noch immer nicht aufgetaucht.

Dies war der Zeitpunkt, wo überlegt wurde, einen Suchtrupp zusammenzustellen.

Antone sprach sich dagegen aus. „Wir könnten uns in der Dunkelheit verlieren und stürzen. Außerdem sind da noch die Schlangen“, wandte er ein. „Wir warten bis zum Morgen, ja. So sollten wir die Sache angehen. Vielleicht ist sie bis dahin ja zurück. Sie zieht gern herum?“

„Allerdings“, meldete sich Adora Wilson zu Wort. „Ziemlich unverantwortlich.“ Mazy starrte sie an. „Nun, das ist sie, für ihr Alter.“

„Damit wäre das entschieden“, verkündete Antone.

Lura, Antones Frau, kaute an ihrer Pfeife und zuckte die Achseln über die Entscheidung ihres Mannes. Ihre gut aussehenden Kinder sahen zur Seite, als seien sie an die nicht verhandelbaren Entscheidungen ihres Vaters gewöhnt.

„Er hat Recht, Maze“, sagte Jeremy, als er den Eimer Milch zur Hand nahm, um die Sahne abzuschöpfen. „Normalerweise laufen Kinder weg. Wenn sie geblieben wäre, um zu helfen, wäre das nicht passiert.“

„Ich werde nach ihr suchen“, verkündete Mazy, die irgendetwas unternehmen musste.

„Deine Mutter ist doch bei Verstand. Vielleicht hat sie beschlossen, über Nacht wegzubleiben, als sie sich so weit von den Wagen entfernte“, meinte Jeremy.

„Aber sie könnte verletzt sein, allein irgendwo dort draußen liegen. Du würdest doch auch nach mir suchen, oder nicht? Mich nicht einfach allein dort draußen herumirren lassen.“

„Du wärst nicht so töricht“, erwiderte Jeremy. Mazy holte Luft, um zu protestieren, aber seine erhobenen Hände brachten sie zum Schweigen. „Mach, was du willst. Das hast du ja immer getan“, gab er nach.

„Ich wäre nicht hier, wenn ich getan hätte, was ich wollte“, widersprach sie und wandte sich dem Vieh zu.

Die Grillen zirpten lauter als die Frösche. Ein Kojote schrie. Mazy ließ die Schultern sinken und schüttelte den Kopf. Wann hatte dieses Verhalten ihrer Mutter begonnen? Hatte sie bereits vor dieser Reise Wege beschritten, die normalerweise nur die Tapferen oder Törichten einschlagen? Jahrelang hatte sie nichts weiter gesehen als das Haus und die Kranken und Bedürftigen, die ihr Vater nach Hause gebracht hatte.

„Seien Sie vorsichtig. Es wird dunkel", warnte Ruth Martin aus der Dunkelheit heraus.

„Oh! Sie haben mich erschreckt!", erwiderte Mazy. „Ich suche meine Mutter."

„Die Dame mit den Puppen?"

„Ich bin sicher, sie hat keine mitgebracht."

„So nennt Jessie sie."

„Es tut mir Leid. Ich habe nicht einmal nach ihr gefragt", entschuldigte sich Mazy. „Geht es Jessie besser? Konnte Dr. Masters helfen?"

Ruth schnaubte. „Masters ist ein Quacksalber. Er sagte, er könnte sie zur Ader lassen oder ihr Kalomel oder Laudanum geben. Wie die meisten hat er seine Zulassung vermutlich innerhalb von einer Woche bekommen." Mazy sah, wie sich Abscheu auf ihrem Gesicht zeigte. „Das Fieber des Kindes scheint zu kommen und zu gehen, wie es will. Jemand meinte, es könnte das Bergfieber sein, aber ich glaube das nicht. Vielleicht ist es die Umstellung. Zu Hause hat Betha die Kinder jeden Tag gebadet, so seltsam das einigen vorkommen mag."

„Nach einem Bad fühle ich mich immer besser", gestand Mazy.

„Ich glaube, das hat sie gesund gehalten. Ich hoffe, es ist nur ein Fieber, das wieder verschwindet, wenn wir in höher gelegene Regionen kommen. Ich habe den Eindruck, dass es ihr besser gehen würde, wenn wir uns die Zeit nehmen würden, Wasser heiß zu machen und sie regelmäßig zu waschen."

Das war die längste Rede, die Mazy je von Ruth gehört hatte.

Als hätte auch sie ihre ungewohnte Offenheit bemerkt, wechselte Ruth schnell das Thema durch eine Frage. „Ist Ihre Mutter schon einmal so lange weg gewesen?"

Mazy nickte. „Nicht die ganze Nacht. Ich glaube auch nicht, dass sie mich bewusst beunruhigen würde. Sie weiß, dass ich mir Sorgen mache. Der Mond geht auf; wenigstens habe ich jetzt ein wenig Licht."

„Ich bewundere Ihren Mut", sagte Ruth. „Aber Ihre Suche jetzt wird ziemlich nutzlos sein." Ihren Worten fehlte die Schärfe, die bei ihrer Bemerkung über den Arzt darin gelegen hatte. „Ich denke, die Männer haben Recht, sosehr mir das auch widerstrebt. Wir könnten jedoch ein Feuer machen, es hoch lodern lassen. Es könnte ihr den Weg weisen. Wenn sie bis morgen früh immer noch nicht da ist, werde ich Sie auf Ihrer Suche begleiten. Wenn Sie möchten."

Mazy seufzte und ergab sich in den Plan.

Sie machten ein Feuer. Mazy kraulte Pigs Ohren, während sie immer wieder Büffelfladen nachlegte. Mehrere andere kamen vorbei, um gute Nacht zu sagen. Sogar Charles kam; den Hut auf dem Kopf zurückgeschoben, stellte er einen Fuß auf den Baumstamm, auf dem sie saßen. Er sprach vorwiegend mit Ruth über Pferde und erbot sich, Ruths Wagen am Morgen zu lenken, wenn sie beschloss, bei der Suche nach Mazys Mutter zu helfen.

„Aber er hat nicht angeboten, bei der Suche zu helfen", sagte Ruth, nachdem er gegangen war.

„Er muss etwas für sich selbst darin finden", sagte Mazy. „Zumindest ist das mein Eindruck von Charles."

Als der Mond hoch am Himmel stand, brachte Jeremy ihre Decke nach draußen und legte sie Mazy um die Schultern. Er setzte sich eine Weile neben sie, den Arm um sie gelegt.

„Deine Mutter ist mit einem guten Maultier unterwegs. Ink ist nicht ohne sie zurückgekommen."

„Vielleicht sind beide tot, sind den Indianern in die Quere gekommen."

„Durch einen Sturz vom Wagen oder durch Schießpulver sind mehr Menschen gestorben als durch die Hand der Indianer dort draußen", entgegnete Ruth.

„Meine Mutter ist Indianern begegnet", erwiderte Mazy.

„Vielleicht ist sie zurückgeritten. Und dieses Mal hat sie Ärger bekommen."

„Du denkst nicht logisch", ermahnte Jeremy sie. „Du bist müde."

„Und warum sollte ich auch nicht müde sein?", fragte sie.

Er küsste die weiche Stelle an ihrem Hals, und sie gab beinahe nach, gestattete sich kurz, sich von ihm trösten zu lassen. Sein Bart kitzelte, und sie fuhr sich über das Gesicht. Er erhob sich, putzte sich die Nase, drückte ihre Schulter mit seinen Nägeln und ging zurück zum Wagen.

„Sie sind schon eine Weile zusammen", bemerkte Ruth, nachdem er sich entfernt hatte. Sie hielt das Zaumzeug in der Hand und trug eine salbenartige Substanz auf das Mundstück auf. Der Geruch kitzelte Mazy in der Nase.

„Etwas über zwei Jahre", erwiderte Mazy. „Ich kannte ihn allerdings länger. Ich habe ihn damals gesund gepflegt. Oder vielmehr mein Vater. Papa war Arzt. Meine Mutter hatte die Pflege übernommen."

Ruth hielt inne. „Ich wollte Sie nicht beleidigen", meinte sie, „mit dem, was ich eben über Ärzte gesagt habe."

„Das habe ich auch nicht so empfunden."

„Falls Ihre Mutter tatsächlich gestürzt ist, dann wird sie auch wissen, was sie machen muss."

„Seit wir diese Reise angetreten haben, ist sie sehr viel unberechenbarer geworden, als ich sie kenne."

„Ich schätze, im Unbekannten sind wir alle ein wenig anders", meinte Ruth.

„Sie hat meinem Vater jeden Tag geholfen, und als Kind hat sie auf den Tabakfeldern gearbeitet, hat sie mir erzählt. Und sie hat als Köchin in einem Südstaatenhaus gearbeitet."

„Vielleicht ist diese Reise für sie eine ... angenehme Angelegenheit."

„Sie gehört zu den wenigen, die das so sehen kann. Es ist nicht besonders schön, wenn das Kind sich um die Eltern Sorgen machen muss." Mazy warf ein zerbrochenes Stück getrockneten Büffelfladen in die Flammen. „Irgendwie hat das Verhältnis sich umgekehrt, würde ich sagen."

„Ihre Mutter ist ein sehr unabhängiger Mensch", bemerkte Ruth. „Manchmal wird das mit ichbezogen verwechselt."

Ruth legte das Zaumzeug zur Seite und wandte sich nun den Zügeln zu. Ein Kojote schrie in der Ferne, mehrere andere antworteten ihm. Pig knurrte leise, rührte sich aber nicht von seinem Platz zu Mazys Füßen. Die Luft kühlte ein wenig ab, und Mazy zog die Decke fester um sich, starrte hinaus ins Mondlicht, das sich in den Hörnern des Viehs spiegelte wie weiße Striche auf einer dunklen Tafel.

„Wenn Sie Wasser heiß machen möchten", bot Ruth an, „gieße ich es Ihnen über das Haar. Mir geht es danach immer besser."

„Ich möchte Ihnen keine Mühe machen."

„Das ist es nicht. Auf diese Weise vergeht die Zeit schneller."

Das warme Wasser auf dem Kopf tat Mazy gut. Ruth hatte starke Hände und rieb noch eine süß duftende Lotion zusammen mit dem Henna in Mazys Haare. Später erhob sich Mazy, beugte sich zum Feuer hinüber, damit Hitze und Wind ihr Haar trockneten.

„Kann ich das auch für Sie machen?"

„Ich habe meine Haare erst heute Morgen gewaschen, danke", erwiderte Ruth.

„Ich bin dankbar, dass Sie mir Gesellschaft leisten", sagte Mazy und war erstaunt darüber, dass sie diese Worte über die Lippen gebracht hatte. „Ich denke, ich hole jetzt mein Buch und schreibe ein wenig. Vielleicht kann ich ja schlafen. Sie sollten das auch tun."

„Ich habe nie viel vom Schreiben gehalten", erklärte Ruth. Sie trank von einer heißen Flüssigkeit. „Ich spreche gern mit den Pferden. Ich habe ihnen vieles beigebracht, das Lesen aber bisher noch nicht."

Kurz darauf ging Mazy zu ihrem Wagen zurück. Ihr Mann schlief bereits. Sie holte ihr Buch und setzte sich wieder ans Feuer. Der Geruch des Öls, das Ruth in das Leder gerieben hatte, hing noch in der Luft. Im Laufe der Nacht, während der Mond am Himmel aufstieg und langsam wieder unterging, sprachen die beiden Frauen über ihre Hoffnungen, ihre Sorgen, boten einander Trost und genossen ihre Gesellschaft. So verging die Nacht.

„Möchtest du eigentlich eine große Familie haben?", fragte Tipton. Tyrell legte den Ochsen die schweren Streben auf den Nacken, während die Dämmerung noch immer gegen die Dunkelheit ankämpfte. Tipton stand neben ihm und genoss die kostbaren Augenblicke seiner Zeit. „Ein Dutzend oder mehr?"

„Nicht so viele", wehrte er ab. „Eines oder zwei reichen."

„Jungen oder Mädchen?"

„Das haben wir nicht in der Hand."

„Ein Mann wünscht sich immer einen Sohn, der seinen Namen weiterträgt. Das hat Charles mir gesagt. Vermutlich um mich an meinen Platz zu verweisen."

„Vielleicht ist er ein wenig unsicher, wo sein Platz ist in den Augen eures Vaters", vermutete Tyrell.

„Warum? Er ist doch der Älteste. Der Junge. Er wird erben, was immer mein Vater besitzt. Für Charles wird gesorgt. Und er weiß, wie er für sich sorgen kann."

„So wie du", meinte Tyrell. „Es ist die Aufgabe eines Vaters, bis seine Tochter heiratet. Dann übernimmt der Mann diese Verantwortung." Er hielt inne und hob ihr Kinn an. „Ich habe keine Angst vor dieser Aufgabe." Er strich ihr mit dem Finger über die Nase, dann küsste er sie.

„Nicht?" Sie legte die Finger auf seinen Arm und spürte durch den Hemdsärmel hindurch seine Muskeln.

„Aber du musst mehr essen, Tip. Ein starker Windhauch kann dich umpusten." Tyrell berührte ihre Hand, als würde er ein kleines Kind tätscheln, bevor er es wieder auf den Boden stellt, und wandte sich wieder dem Joch zu.

Tipton schob schmollend die Unterlippe vor. Sie empfand eine Verzweiflung in sich, klammerte sich an Hinweise dafür, dass sie und Tyrell zusammenbleiben würden, egal wohin ihre Familie zog. Das nahm einen so großen Teil ihrer Gedanken ein, dass ihr zum

Essen keine Zeit blieb. Sie nibbelte nur an ihrem Brot und rührte die Bohnen überhaupt nicht an, weil sie das Gefühl hatte, dass sie ihren Bauch aufblähten. Ihr Haar war spröde, und wenn sie es glatt aus dem Gesicht strich und abends die Kämme aus den Haaren nahm, blieben kleine Büschel darin hängen. Mrs. Mueller meinte, das käme von der „schlechten Ernährung", aber das war ihr egal.

Bei Tagesanbruch sattelten Ruth und Mazy zwei von Ruths Maultieren und wollten sich auf die Suche nach Elizabeth und Ink machen. Antone sagte, die Wagen müssten weiterfahren. „Wir haben jetzt einen Tag lang gerastet und müssen weiter, ja. Sogar Ihr Mann ist dieser Meinung."

„Deine Mutter wird vermutlich bald eintreffen", beruhigte Jeremy Mazy.

„Die Frauen sollten nicht allein reiten", beharrte Antone. „Wir suchen kein kleines Kind, sondern eine erwachsene Frau. Nur Männer sollten sich auf die Suche nach ihr machen, für den Fall, dass sie in Schwierigkeiten ist."

„Und wir sollen was tun? Herumsitzen und warten?", fragte Ruth.

Jeremy wollte gerade zustimmen, doch er schluckte seine Worte hinunter, als er das entschlossen vorgeschobene Kinn und Mazys bohrenden Blick bemerkte.

„Also gut", gab Antone nach. „Also gut. Wir warten und brechen ein wenig später auf."

„Ich werde Sie ein Stück begleiten", bot Charles an. „Unterwegs ein wenig jagen. Wir kehren gegen Mittag zurück."

„Ich komme auch mit. Einverstanden, Mazy?", fragte Jeremy. Mazy nickte. „Bleibt in meiner Nähe", wies Jeremy sie an, und dieses Mal protestierte Mazy nicht.

Sie verteilten sich und ritten über den ersten Hügel. Das rosa Licht der Morgendämmerung fiel auf das Gras und eine Felsformation in der Ferne. Mazy versuchte, nicht an das Schlimmste zu denken, dass sie ihre Mutter mit dem Gesicht nach unten im Gras liegend vorfinden könnte; sie verletzt zu finden, vielleicht von einem Schlangenbiss, unfähig, sich zu rühren, vielleicht sogar gefangen genommen, das Opfer irgendeines Streites zwischen zwei verfeindeten Indianerstämmen. Vielleicht war sie ja auch krank geworden. Elizabeth hatte erzählt, dass die Indianerin auf der Haut einen Ausschlag gehabt hatte, der wie Masern aussah. Vielleicht hatte sich ihre Mutter mit dieser Krankheit angesteckt.

„Denk nicht darüber nach", rief Jeremy, der auf einem der Maultiere näher an sie heranritt. Mazy zog fragend die Augenbrauen in die Höhe. „Du beißt dir auf die Lippen. Daran sehe ich es", erklärte er.

„Du hörst mir nicht zu, aber du liest in meinem Gesicht", erwiderte Mazy und lächelte einen Augenblick lang.

Pig rannte ihnen voraus. Purpurfarbene Hügel waren in der Ferne zu erkennen. Eine Herde Rotwild, die Charles verfolgte, wirbelte Staub auf. Die Reiter konnten kein Anzeichen von Mazys Mutter erkennen. Die Zeit lief ihnen davon, und Mazy wusste, dass Jeremy bald von Umkehr sprechen würde, als Pigs kurze Ohren sich plötzlich aufstellten, und er warnend zu knurren begann.

„Was ist los, Pig?"

Der Hund stand wie angewurzelt und starrte in eine Richtung. Mazy spähte in die Ferne. Kurz darauf entdeckte sie einen Reiter, vielleicht zwei, die über einen Hügel ritten. Ihr Herz klopfte. Irgendetwas war seltsam. Es war kein zweiter Reiter zu sehen, aber irgendetwas war an dem Pferd festgebunden und wurde hinterhergezogen. Mazys Hand fuhr an den Mund.

„Lass uns das langsam angehen", warnte Jeremy, der neben sie ritt. „Auf keinen Fall dürfen wir etwas signalisieren, das wir gar nicht vorhaben."

„Warum haben wir angehalten?", fragte Tipton, als Tyrell den Führungsochsen zum Stehen brachte. Das Knirschen und Klappern der Räder stoppte. Die Wagen – außer denen der Suchenden – waren spät und langsam aufgebrochen. Sie hatten erst fünf Meilen zurückgelegt.

„Die Cullvers haben gestoppt", erklärte Tyrell ihr, als er die Wagen nebeneinander zum Stehen brachte. Die Ochsen schlugen mit den Schwänzen nach den Fliegen. Blass und vornübergebeugt kauerte Bryce Cullver neben seinem Ochsen und hielt sich den Bauch.

„Haben Sie irgendetwas Falsches gegessen, Mann?“, fragte Tyrell.

Bryce schüttelte den Kopf. Sein Fellhut rutschte ihm über die Augen, und sein Gesicht wirkte fahl. Seine Haut verströmte einen sauren, unangenehmen Geruch.

„Ich ... Sie müssen an mir vorbei. Ich fühle ... ich muss mal ein paar Schritte gehen. Suzanne Jane“, rief er über die Schulter zurück. „Du musst auf Clayton aufpassen.“ Tipton erschrak, als sie den schmerzgepeinigten Ausdruck auf seinem Gesicht bemerkte. Bryce wartete die Antwort seiner Frau nicht ab, sondern erhob sich vornübergebeugt und rannte, seinen Bauch haltend, ins hohe Gras in der Nähe des Platte, wo er auf die Knie sank.

„Ich werde nach Mrs. Cullver und dem Kind sehen“, sagte Tyrell zu Tipton. „Du läufst vor und holst Dr. Masters. Jemand soll Antone Bescheid sagen, dass er anhält.“

„Ich werde nach Mrs. Cullver sehen“, widersprach Tipton. „Das brauchst du nicht zu tun.“

„Tip.“ Tyrell war bereits auf den Wagen geklettert. „Danach muss ich mich um Bryce kümmern. Ihm geht es nicht gut. Geh jetzt. Tu, was ich dir gesagt habe.“

Tipton verschränkte die Arme vor der Brust und starrte vor sich hin. Als Tyrell nicht zu betteln begann und stattdessen den Kopf durch die Plane steckte, besann sich Tipton. Sie packte ihre Röcke und rannte los.

„Du meine Güte“, hörte sie ihn hinter sich sagen. „Noch zwei weitere Kranke hier drin.“

Irgendetwas an der gebeugten Haltung des Reiters kam Mazy bekannt vor, als sie ihn herannahen sah.

„Das ist Mutter“, sagte Mazy. Sie hob den Arm über den Kopf und schob dabei ihre Haube aus dem Gesicht. Pig begann zu bellen und rannte auf den Reiter zu. Das, was sich neben dem

Maultier bewegte, brach aus, schnellte dann wieder zurück zum Widerrist des Tieres, so wie ein Jojo an einem Seil.

Mazys Herz klopfte zum Zerspringen, als sie ihr Maultier in Bewegung setzte.

„Warte", sagte Jeremy.

Mazy sah den Reiter winken; aber sie konnte nicht erkennen, was neben dem Maultier mitgezerrt wurde.

Jeremy gab Charles mit einem Schuss seiner Pistole ein Signal, und Ruth und Charles kamen zu ihnen. Pig und Mazy erreichten sie als Erste, Ruth folgte ihnen.

„Ein Begrüßungskomitee", freute sich Elizabeth. „Wie nett!" Sie saß hoch aufgerichtet auf Ink und schien wohlauf zu sein.

„Mutter! Wie konntest du?"

„Das war leicht", erwiderte sie. „Nun, nicht gar so leicht. Ich hatte nicht genug zu essen mit, um die ganze Nacht fortzubleiben. Aber andererseits hatte ich auch nicht geplant, auf den Felsen zu schlafen. Die Zeit ist nur einfach so schnell vergangen. Fast so schnell wie die Antilopen gelaufen sind, als sie meinen Geruch wahrgenommen hatten. Ihr hättet sie sehen sollen! Es waren bestimmt zweihundert. Aber ich habe eine gefangen. Ich ging direkt zu ihr hin, als sie im Gras lag. Sie zitterte, als ich sie berührte. Jetzt denkt sie, ich sei ihre Mutter!"

„Wir dachten, du hättest dich verirrt", bemerkte Jeremy spitz.

„Ich wusste, wo ich war. Habe diesen Felsen immer im Blick behalten und dachte, ich könnte abends wieder bei euch sein."

„Aber warum, Mutter?", fragte Mazy. „Warum verbringst du eine Nacht draußen und bringst was mit zurück? Eine Antilope?"

Elisabeth wirkte verletzt wie ein Kind, das seine kostbare Zeichnung gezeigt hatte und keiner bewunderte sie. „Kinder brauchen ein Spielzeug", sagte Elizabeth. „Etwas, mit dem man sie überraschen kann. Das Tier ist für die kleine Jessie." Elizabeth nickte Ruth zu. „Es wird ihr gut tun, für das Tier zu sorgen."

„Ein Haustier. Wegen eines Tieres hältst du uns alle auf", stöhnte Jeremy. Pig beschnüffelte die Antilope, umkreiste sie.

„Ich denke nicht, dass ich irgendjemanden aufgehalten habe", widersprach Elizabeth. „Ihr habt doch alle gewaschen und gearbeitet. Beruhigt euch. Ich bin zu Silver Bells geritten, um ihr Medizin zu bringen und Mokassins für die Füße deiner Frau zu besorgen."

„Du hättest jemandem Bescheid geben können, bevor du losgeritten bist", wandte Jeremy ein.

„Die Leute sagen nicht immer, was sie vorhaben, ist es nicht so?", fragte Elizabeth.

Mazy spürte, wie sie errötete. „Ich bin die ganze Nacht aufgeblieben und habe mir Sorgen um dich gemacht. Ich habe mir das Schlimmste ausgemalt. Und jetzt sind wir schon Stunden unterwegs, und es wird auch noch eine Weile dauern, bis wir zurück sind."

Elizabeth wandte sich zu ihr um. „Schade, dass du dir solche Sorgen gemacht hast, aber ich habe dich nicht darum gebeten."

„Wir sind verantwortlich für unser Handeln, wenn andere davon betroffen sind", beharrte sie. „Du kannst nicht einfach mit einer Antilope ankommen und erwarten, dass alle dir zujubeln."

„Sie hat Recht", meinte Ruth.

„Siehst du", sagte Mazy.

„Ich meine, Elizabeth hat Recht. Es war unsere Entscheidung, aufzubleiben und auszureiten."

„Ich wollte euch nicht beunruhigen, das war ganz bestimmt nicht meine Absicht."

„Du bist nicht mehr allein, Mutter. Du gehörst zu uns – es ist ein mühsamer Seiltanz, den wir vollführen, mit einem Dutzend Partnern. Und was du tust, hat Auswirkungen auf die anderen." Mazys Gesicht war heiß, und sie fragte sich, ob ihr der Mangel an Reue ihrer Mutter peinlich war oder ihre eigene Torheit, dass sie sich Sorgen gemacht hatte. Sie hatte sich von ihrer Angst mitreißen lassen. „Ich wäre dir dankbar, wenn du uns vor deiner nächsten Eskapade Bescheid sagen würdest", sagte Mazy. Sie richtete ihre Haube und zerrte an den Bändern unter ihrem Kinn.

„Ist in Ordnung", gab Elizabeth nach. „Aber das verdirbt die Überraschung."

In diesem Augenblick riss die kleine Antilope an ihrem Arm und zog Elizabeth von ihrem Maultier. Die Frau landete auf ihrem Hinterteil, das Seil noch immer in der Hand. Das kleine Tier, kaum größer als Pig, stieß sie an, unternahm aber keinen Versuch davonzulaufen. „Seht ihr, wie lustig das sein wird?", fragte sie und lächelte.

Der Begleiter der Schmidtkes, Joe Pepin, ritt den Rückkehrenden entgegen. Die Antilope, die hinter Elizabeth herlief, bedachte er mit einem skeptischen Blick. „Mehrere Krankheitsfälle", berichtete er, und sein Adamsapfel hüpfte auf und nieder. „Ein Todesfall. Antone sagt, wir rasten. Ich bin froh, dass Sie wieder da sind, Mrs. Mueller." Er legte die Finger an seinen Hut.

„Wer ist tot?", fragte Mazy.

Ruth trat Koda in die Flanken, preschte an ihnen vorbei und wartete die Antwort gar nicht erst ab. Eigentlich wollte sie gar nicht wissen, wer gestorben war.

Ruth ritt zum Wagen ihres Bruders. Das Vieh graste, und sie sah, dass es an dieser Stelle kein gutes Weideland gab. Anzeichen von Menschen, die bereits hier durchgezogen waren, waren überall zu sehen: Kalte Kochstellen, menschliche Exkremente nicht weit vom Wasser entfernt, leere Büchsen, in denen Alaun und Salz gewesen waren. *Wir sind wirklich eine schmutzige Bande*, dachte Ruth.

„Wie geht es Jessie?", fragte sie, als sie von Koda heruntersprang und ihn am Wagen anband.

„Gut", erwiderte Betha. „Ihr geht es gut." Betha spielte mit ihren Fingern. „Eine von den Asiatinnen hat sich eine Krankheit geholt. Und du könntest nach deinem Bruder fragen."

Erleichterung, Schuldgefühle und schließlich Besorgnis wallten in Ruth auf. „Hat er sich angesteckt?"

Betha nickte. Ihre Lippen zitterten. Sie zog ein Taschentuch aus ihrem Ärmel und betupfte ihre Augen. „Es hat gerade angefangen. Er stöhnt arg. Ich habe ihm etwas Laudanum gegeben. Vielleicht hat das ja bei Jessie geholfen. Jemand in einem neuen Wagen hat es mir überlassen. Sie sagte, ich brauchte Bismut. Ist das nicht gegen Cholera? Das ist doch bestimmt nicht die Cholera. Oder doch, Ruthie?“ Sie sprach das Wort flüsternd aus. „Wir haben doch keine Asiaten hier. Oh“, sagte sie und sah auf. Die Hand hatte sie auf den Mund gedrückt. „Die ‚Himmlischen‘.“ Das letzte Wort klang wie ein Jammern.

„Es wird alles gut werden.“ Ruth tätschelte die runden Schultern der Frau. Sie sah sich um, erwartete noch immer, die Kinder zu sehen.

Alles an Betha war weiß und duftend, fand Ruth.

„Denkst du wirklich?“ Betha blickte Ruth mit runden Augen an.

„Wir müssen nur die Nerven behalten“, beruhigte Ruth sie. „Los, gehen wir und pflegen meinen großen Bruder.“

Bryce Cullver war kurz nach Mittag gestorben. Man wickelte ihn in eine Decke und grub ein flaches Grab am Straßenrand nach einem kurzen Trauergottesdienst bei Sonnenuntergang. Schwester Esthers Brüder betonten Bryces Freundlichkeit. Gebete wurden gesprochen. Dann fuhren sie mit den Wagen über das Grab, damit die Kojoten nicht anfingen zu graben – und viele andere, die vielleicht dachten, ein Schatz sei mit diesem freundlichen Mann begraben worden. Danach gingen die Leute wieder in ihre Wagen. Die Frauen vermieden es, sich anzusehen.

Dr. Masters hielt es für das Bergfieber.

„Heute Morgen ging es ihm noch gut“, erzählte Betha Mazy. „Er hat gelacht und seine Frau, kurz bevor sie aufgebrochen sind, im Arm gehalten. Ich habe sie gesehen.“

Nur wenige Stunden später lag er tot in seinem Grab.

Jed starb an diesem Abend, gefolgt von einem von Schwester Esthers Brüdern. Die Asiatin mit Namen Cynthia starb ebenfalls. Antone verkündete, sie würden am Morgen kurz nach den Beisetzungen weiterfahren. Dann kam die Nachricht, sie würden noch warten müssen, da auch andere krank geworden waren und behandelt werden mussten. Schließlich kam Matt, Antone und Luras Sohn, angeritten und teilte ihnen mit, sie sollten sich bei Tagesanbruch aufbruchbereit machen.

„Er denkt, irgendetwas hier am Platz könnte der Grund dafür sein“, sagte Tipton zu Elizabeth. Das Mädchen stand neben dem Wagen, um sich die Antilope anzusehen. Sie streichelte die weiche schwarze Nase und starrte in die großen dunklen Augen mit den langen Wimpern. Sie rieb sich den Arm.

„Ihre Augen sind so groß und tief wie deine“, bemerkte Elizabeth. „Isst du auch genug, Mädchen? Ich habe noch etwas Maisbrot. Mazy hat eine Marmelade gekocht. Riecht gut.“

Tipton schnaubte. „Ich habe durchaus keine Ähnlichkeit mit einer Antilope, Mrs. Mueller.“

„Du wärst erstaunt, wie viele verschiedene Tiere menschliche Züge haben. Und bitte, kannst du mich nicht Elizabeth nennen?“ Tipton nickte. „Gut. Hältst du den für mich? Meine Hüfte tut heute ziemlich weh und mein Backenzahn auch.“

Sie reichte dem Mädchen einen leeren Eimer von der Seite des Wagens und füllte ihn mit dem Schöpfeimer aus dem Fass. Als er schwerer wurde, stellte Tipton ihn ab.

„Denken Sie, dass all diese Vorkommnisse normal sind?“, fragte Tipton.

Ihr Tonfall veranlasste Elizabeth, sich ihr zuzuwenden. Sie ermahnte das Mädchen nicht, denn sie hörte die Furcht, sah ihren verkniffenen Gesichtsausdruck.

„Wir wissen nicht, was es ist. Wenn wir jetzt die Nerven verlieren, können wir es nicht bekämpfen. Also beruhige dich und bete.“

„Suzanne hat noch Fieber, aber Clayton geht es besser“, berichtete Mazy. „Vermutlich, weil du ihnen heute Morgen so schnell geholfen hast, Tipton.“

„Ich habe gar nichts getan. Tyrell war das. Ich hoffe, er wird nicht auch krank. Er war so lange bei ihnen.“

„Ich habe die asiatische Cholera damals im Jahr 32 nur mit Mühe überlebt“, erzählte Elizabeth. Sie erschauderte. „Das hier ist dem ziemlich ähnlich. Die Krankheit greift schnell um sich. Normalerweise bekommen es Emigranten, die von einem Schiff kommen, oder Menschen in einer schmutzigen Umgebung, die verseuchtes Wasser trinken. Nicht wie hier, wo offene Flächen und frische Luft sind, saubere Flüsse."

„Aber all diese Gräber, an denen wir vorbeigefahren sind ..."

„Ich weiß nicht, was es ausgelöst hat, aber wir müssen die Ausscheidungen kontrollieren. Oh, ich weiß, du hasst dieses Thema. Wir müssen auch darauf achten, dass die Leute nicht von innen heraus austrocknen. Willst du das für mich zu den Cullvers bringen?" Elisabeth deutete mit dem Kinn auf den Eimer, doch dann nahm sie ihn auf und sagte: „Ich denke, ich koche das Wasser zuerst ab. Das tötet diese schwimmenden Tierchen darin."

„Cholera." Tipton flüsterte. „Können wir etwas dagegen tun?"

„Ich versuche, das Elend der Frau zu lindern. Witwenschaft ist etwas für verwelkende Blumen."

„Unser Mann wird Ihren Wagen fahren", teilte Mazy Suzanne mit. Mazy stand im Innern des Wagens und wartete darauf, dass ihre Mutter Wasser brachte. Seltsam, wie schnell sich ihr selbstgerechter Zorn verflüchtigt hatte – wie dumm war es, sich angesichts dieser Tragödie über ihr Antilopenabenteuer zu ärgern. Sie betupfte Suzannes Stirn mit einem kühlen Lappen. Elizabeth kam mit dem Eimer in den Wagen.

„Ich muss schon wieder", sagte Suzanne. Ihre Stimme klang kratzig und heiser. Sie stützte sich auf die Ellbogen. Ihr strohfarbenes Haar klebte ihr in nassen Kringeln am Kopf. Selbst in dem trüben Licht konnte Mazy die gezackten Narben an ihren beschädigten Augen erkennen. Sie hatte ihre dunkle Brille nicht auf.

„Der Eimer steht dort", sagte Mazy, „links von Ihnen, neben Ihrem Fuß. Stehen Sie auf. So ist gut. Jetzt bücken Sie sich, wenn Sie können, ich schiebe ihn unter Sie. Mutter, halte ihr doch bitte die Röcke hoch."

Der Geruch von Krankheit lag in der Luft. Ein leises Stöhnen ertönte von der Matratze hinter Mazy. „Alles wird gut, Clayton. Mami wird wieder gesund."

„Lügen Sie das Kind nicht an", fuhr Suzanne sie an. „Mir geht es nicht gut, und es wird mir auch nie wieder gut gehen." Sie spuckte die Worte förmlich aus. „Sie werden ihn doch nehmen, wenn ich sterbe, nicht?“

„Ruhig jetzt. Hier, mein Kleiner“, sagte Elizabeth. Sie nahm Clayton auf den Arm und wiegte ihn.

„Reden Sie nicht so, Suzanne“, tadelte Mazy. „Die Krankheit schreitet nicht mehr so rapide fort. Sie haben den Eintopf bei sich behalten.“

„Aber falls ich das nicht überlebe, nehmen Sie ihn. Bitte“, bat Suzanne. Ihre Finger bohrten sich in Mazys kranken Arm, als würde sie sich an eine Klippe klammern.

„Wenn es nötig wird, werde ich es tun“, versprach Mazy, und sie spürte, wie Suzannes Griff sich lockerte. „Aber Sie braucht er am meisten. Ein Kind braucht seine Mutter am meisten.“

Mazy nahm ein weiches Tuch und versorgte vorsichtig Suzannes Hinterteil. Sie spürte, wie die Frau zitterte, und hielt sie am Ellbogen fest, um sie zu stützen. Sie merkte, dass das Zittern von den Tränen kam, von den Tränen, die aus ihren vernarbten, blinden Augen tropften.

„Ich kann mir nicht einmal den Hintern abwischen“, jammerte Suzanne flüsternd. „Wissen Sie, wie nutzlos ich bin? Wie verachtenswert als Frau? Ich hätte im Fluss sterben sollen.“ Tränen liefen ihr über das Gesicht. Sie wischte sie ärgerlich weg. Ihre weißen Wangen färbten sich rosa. „Es ist schlimm, so schrecklich schlimm, dass die letzte Begegnung zwischen Bryce und mir am Tag seines Todes so verworren war, mit Krankheit, mit Bedürftigkeit. Es ist so, so –“

„Wichtig“, ergänzte Mazy und fuhr Suzanne mit den Fingerspitzen über die Wangen. „Bedürftig zu sein, gehört zum Leben dazu, genau wie die Liebe. Es ist alles wichtig.“

9

Irgendetwas kam unter ihnen in Bewegung. Sie teilten die Trauer, aber auch Erleichterung, eine Distanz, die die Kranken von den noch Gesunden trennte. Es hing in der milden Luft, die die frisch gewaschenen Schürzen über den Röcken der Frauen erfasste, die sich vor den Gräbern verneigten. Jede Veränderung, Not und Enttäuschung, die sie bisher erlebt hatten, verblasste im grellen Licht des Verlustes. Die Lebenden drohten auseinander gerissen zu werden, gespannt und zerrüttet wie alte Seide.

Ruth hielt Betha im Arm, ihre starken Hände lagen auf den Schultern ihrer Schwägerin. Jed war tot. Sarah lehnte sich gegen ihre Mutter, stumm, während ihre Brüder mit steinernem Gesicht daneben standen und vor sich hin starrten. Nur Jessie sprach, wenn auch so leise, dass es Ruth das Herz brach. „Warum hat Papa nicht aufgepasst? Wann kommt er wieder zu sich, Mama?" Sie zupfte ihre Mutter an der Schürze. „Kommt er nicht mit uns?"

Betha starrte vor sich hin, antwortete nicht.

„Ruhig, Kind", sagte Ruth und zog das Mädchen an sich, während sie darauf warteten, dass Schwester Esther den Segen über Jed und einen ihrer eigenen Brüder sprach.

Ruth kannte nicht einmal den Namen des Bruders. Sie nahm sich vor, nach ihm zu fragen, als würde das Wissen dieses Details seine einst lebendige Gegenwart in ihren Gedanken festhalten, den Schwestern helfen, ihre Trauer zu teilen.

Die Wagen rollten von der morgendlichen Begräbnisstätte davon, wirbelten Staub hinter sich auf. Die Lücken, die die Toten hinterließen, wurden von notwendigen Veränderungen geschlossen, wie ein ungeborenes Baby alle Organe einer Frau an Stellen zwang, wo sie sonst nie hinwandern würden.

„Hat Papa Schmerzen?", fragte Jessie.

„Nicht mehr", erwiderte Betha. Jessie lief jetzt an ihrer Seite neben den Ochsen her, Ned auf der anderen Seite. „Alles hört auf zu funktionieren, wenn man stirbt. Man hat keinen Hunger mehr, wird nicht mehr müde, und man hat auch keine Schmerzen mehr. Du bist einfach ... tot."

„Träumt er?"

„Nein. Er träumt nicht. Es ist nicht wie schlafen." Das Mädchen drückte sich gegen Betha.

„Weil ich krank war?"

„Nein, du bist nicht daran schuld, nein, nein." Betha kniete neben Jessie nieder. „Und wir werden auf dich aufpassen." Sie zog sie an sich, blickte zu Ruth auf. „Die, die dich lieben, werden auf dich aufpassen."

Betha hätte gern ein Kreuz auf Jeds Grab hinterlassen; Suzanne sagte, ihr sei nicht daran gelegen, Bryces Grab zu markieren; aber Schwester Esther war dagegen. Sie sagte, die Gräber zu verstecken, sei der bessere Weg, die Toten zu ehren. Und so blieben sie namenlos. Aber das machte Ruth zu schaffen. Sie merkte sich die Landschaft, das Geräusch des Flusses, der über Steine hinwegfloss, und beschloss, eines Tages zurückzukommen.

„Es ist alles noch so offen", sagte Betha. „Als wir an all den anderen Gräbern vorbeigekommen sind, war mir das gar nicht klar. Wie schwer es ist, ihn ... einfach dazulassen."

Ruth tätschelte ihr die Schulter. „Es wird besser werden, je weiter wir kommen", tröstete sie. „Glaub mir, es ist immer besser, entfernt zu sein."

Tyrell hatte Suzannes Ochsen angespannt, während Elizabeth sich um den Jungen kümmerte, mit Suzanne plauderte und der blinden Frau alles erzählte, was es zu sehen gab. Clayton zeigte jetzt keine Anzeichen von Krankheit mehr. Suzanne jedoch war noch immer sehr blass und schwach und brauchte Hilfe beim Gehen. Seltsam, wie die Krankheit einige befiel und andere verschonte.

Langsam rollten sie westwärts. Das Geplauder der „Puppendame" wurde durch die Morgenluft getragen. Hatte sie erst gestern die Antilope gefunden? Nein, am Tag zuvor.

Elizabeths Tochter fehlte ein solcher Wagemut, aber sie hatte ein ebenso weites Herz. Trotz ihres noch immer nicht verheilten

Armes erbot sich Mazy, den Wagen ihrer Mutter zu fahren, sodass Tyrell den Wagen der Cullvers übernehmen konnte.

„Nur bis Laramie, ja“, stimmte Antone zu. „Dort müssen wir andere Arrangements treffen.“ Charles ließ sich herab, Jeds Wagen zu übernehmen – gegen eine Gebühr, die Ruth zahlte. Er hatte eine ansehnliche Summe von ihr gefordert. Gefühle spielten bei dem Handel keine Rolle.

„Nur ein schlechter Geschäftsmann verschenkt, was er hat“, behauptete Charles. Er stand da und schlug mit den Lederhandschuhen gegen seine weichen Hände, ein irritierendes Geräusch vor dem Hintergrund schluchzender Frauen. Ruth konnte nur mit Mühe den Blick von dem fehlenden Stück an seinem Ohr abwenden.

„Und Sie sind kein schlechter Geschäftsmann“, sagte sie.

„Ja, ich bin gut“, erwiderte Charles, und ein Grinsen stahl sich auf seine eingemeißelten Gesichtszüge. Abgesehen von der Narbe am Ohr war sein Gesicht perfekt geschnitten, eine männliche Ausgabe des Gesichts seiner Schwester. „Wenn Sie wollen, können Sie ja die Wahrheit meiner Worte auf die Probe stellen.“

Ruth starrte ihn an. „Ich bin schon von Besseren als Ihnen herausgefordert worden“, erwiderte sie, „und ich denke, ich habe keine Zeit zu vergeuden mit halbfertigen Männern.“

Er errötete, zog dabei in irritierender Langsamkeit seine Handschuhe an, tippte sich an den Hut und trat zu Bethas Wagen.

Vielleicht war Ruth zu weit gegangen. Einige Männer ließen sich nur ungern von Frauen in ihre Schranken weisen. Leider hatte sie die Angewohnheit, ihre innere Unabhängigkeit mit Provokation zu vermischen, wenn Männer ihre Überlegenheit herauskehren wollten.

„Um ehrlich zu sein, ich bin nicht der Meinung, dass Charles den Wagen dieser Frau fahren sollte“, sagte Adora zu ihrem Mann, als sie mittags anhielten.

„Er fährt ihn nicht“, korrigierte Hathaway. „Er läuft daneben her.“

„Du weißt, was ich meine. Die Krankheit dort und alles Ungewisse. Und jetzt müssen Tipton und ich fahren. Das finde ich nicht richtig."

„Es tut Tipton gut, eine Aufgabe zu haben", widersprach er. „Maultiere sind leicht zu handhaben. Ich werde Antone fragen, ob sein Junge ein wenig helfen kann. Lass Charles ruhig. Es ist gut für ihn, einmal etwas für andere zu tun." Er schüttelte den Kopf.

„Geht es dir gut?" Adora betrachtete das blasse Gesicht ihres Mannes.

„Prima. Nur ein wenig müde."

Tipton biss sich auf die Unterlippe. Ihre Hände taten weh, weil sie die Zügel so fest in der Hand hielt. Tyrell hatte gesagt, sie könnte das schaffen, aber warum musste sie das? Vier Maultiere. Wie konnte jemand mit vier so großen Tieren umgehen? Und wenn sie durchgingen? Wenn sie sich weigerten zu laufen? Der Staub machte ihr zu schaffen. Sie konnte nicht einmal tief durchatmen. Tyrell hätte ihren Wagen fahren sollen, nicht den von Suzanne. Charles hätte seiner Familie helfen sollen, nicht dieser Martin.

„Denk an die guten Dinge", hatte Tyrell gesagt. „Du wirst das gut schaffen."

Die guten Dinge. Charles hatte eine Beschäftigung, weit von ihr entfernt. Entfernung von ihm war gut. Diese Lektion hatte er ihr beigebracht, als sie kaum älter war als die kleine Jessie heute. Damals spielte sie noch mit Puppen, und ihre Mutter hatte ihr gesagt, ältere Brüder seien freundlich und würden sie beschützen. Wie blind war ihre Mutter gewesen, blinder als Suzanne.

Die Farbe seines dunklen Charakters hatte sich an diesem Tag vor langer Zeit gezeigt.

„Du hast dir ein Versteck gemacht, nicht, Tip?", hatte Charles gesagt, als sie in das Blätterhaus gekrochen war, das sie in einer Vertiefung des Waldbodens in Wisconsin gebaut hatte. Tipton war sechs Jahre alt, und sie hatte nur ihre einzige Freundin Corinda jemals mit hierher gebracht.

Und jetzt war Charles hier. Der schlacksige Körper des Sechzehnjährigen roch nach Tabak, und seine Stiefel zertrampelten ihr Versteck. Bei der Erinnerung daran erschauderte Tipton. *Denk an schöne Dinge.* Aber angenehme Gedanken verflüchtigen sich wie Schmetterlinge. Schreckliche und unangenehme kommen wie schnelle Pferde angeritten.

Charles war ihr damals gefolgt, hatte entdeckt, was sie so gern geheim gehalten hätte. Ihre Bücher und Zeichenstifte, die Papa ihr von Chicago mitgebracht hatte, lagen wie Stöcke verteilt auf dem Boden. Ihre Puppe konnte sie nicht entdecken. „Was hast du mit ihr gemacht?"

„Dein kostbares Geschenk von Mama und Papa? Du kannst Pop eine andere entlocken. Dir schenkt er doch alles."

Seine Augen waren glasig gewesen, und er hatte nach Alkohol gerochen. Ihr Magen hob sich, als er sich aufsetzte. Ein Frettchen, schnell und sicher. Er packte sie am Haar und zog sie lachend herein.

„Ich will zu Mama! Lass mich los!"

„Was ist los, Tip? Hast du Angst, für das zu kämpfen, was du möchtest?"

Ihr Herz klopfte; sie roch seinen Schweiß, ihren eigenen. Er stieß sie zurück, mit aller Kraft, und ihr Kopf schlug auf dem Waldboden auf. Sie roch Kiefernnadeln, und ein schrecklicher Schmerz durchzuckte sie. Er drückte sein Knie auf ihre Brust, beugte sich über sie, sodass sie keine Luft bekam. Sie keuchte, ihr Arm lag verkrümmt unter ihr. Sie wollte ihm sagen, er solle aufhören, aber er lachte nur.

Sie dachte nach, und nur um zu überleben, bedeutete sie ihm, näher zu kommen, als wolle sie sprechen.

„Hast du etwas zu sagen?", grinste er. „Kannst du nicht sprechen?" Er beugte den Kopf über sie.

Sein erster Fehler.

Sie biss zu, ganz fest, es schmeckte salzig. Er zuckte zurück, sein zweiter Fehler.

Ihre Zähne hielten ihn fest. Sie spürte etwas reißen, das abgerissene Fleisch seines Ohres in ihrem Mund, dazu die Wärme seines Blutes.

Er schrie und packte sein Ohr. Zum ersten Mal zeigte sich Erstaunen in seinen Augen. Blut sprudelte zwischen seinen Fingern hindurch. Keuchend kroch sie rückwärts, ihr Mund klebrig vom Blut, warf sie sich durch die Seite ihrer Festung und schnappte nach Luft. Sie rieb ihren Arm, ihr Herz klopfte zum Zerspringen. Sie spuckte das Ohrstück aus. Schluchzend rannte sie los, stolperte und immer wieder schlugen ihr Äste ins Gesicht, verfingen sich in ihrem Kleid und ihren Haaren.

„Das wirst du büßen", schrie er ihr nach.

Sie drehte sich um. Zwei Dinge bereiteten ihr Übelkeit: sein blutüberströmtes Gesicht; und ihre ehemalige Freundin Corinda, die die Puppe im Arm hielt, die Tipton so liebte.

„Du packst die Zügel zu fest", sagte Adora. „Tipton?" Sie schüttelte sie. Tipton atmete ruhiger. Hier war sie in Sicherheit.

Charles hatte seinem Vater erzählt, sein Ohr hätte sich an einem Nagel im Lagerraum verfangen, während er Ware auf das oberste Regal legen wollte.

„Gute Lektion für dich. Lose Nägel muss man festklopfen", hatte ihr Vater gesagt.

„Eine gelernte Lektion", erwiderte Charles und spielte mit den Münzen in seiner Handfläche. Er funkelte seine Schwester an.

„Vertrauen wird nicht nur durch Betrug beendet", erwiderte Tyrell ihr, als sie sich ihm anvertraut hatte. „Deine Freundin hat dich betrogen. Charles hat dich auch betrogen. Aber du darfst jetzt nicht überall und bei jedem Betrug vermuten, denn sonst wirst du ihn vermutlich finden."

Betha muss versuchen, sich im Schatten ein wenig abzukühlen, dachte Ruth, während sie ihre Schwägerin beobachtete, die neben dem Wagen herlief. Bethas Gesicht war hochrot, die Augen glasig. Ihre Gedanken kreisten nur um Jed. „Ein Wunder von einem Mann", wiederholte Betha immer wieder. „Er hat für Heim und Möbel gesorgt, sogar das Familienleinen ausgesucht. Jed hat alles gemacht, Ruthie."

Betha dagegen hatte für ihn gesorgt, gekocht und sauber gemacht, sie hatte ihm Kinder geschenkt und seine Abrutscher in den Alkohol aufgefangen, indem sie für wenig Geld für andere die Wäsche machte. Diese zusätzliche Arbeit hatte sie vor ihm geheim gehalten, um „seinen Stolz nicht zu verletzen", wie sie Ruth anvertraute. Es war seltsam, wozu eine Partnerschaft einen Menschen treiben konnte. Und jetzt befand Betha sich auf einer Reise, die sie nie selbst gewählt hätte, und der Anker ihres Lebens gab ihr in unbekannten Wassern keinen Halt mehr.

„Was soll ich jetzt nur tun, Ruthie?", fragte sie. „Was würde Jed wollen?"

„Weitermachen. Das würde er wollen."

„Denkst du? Ich glaube, Jed wollte nur wegen dir in den Westen."

Ruth schluckte. „Tatsächlich?"

Sie liefen eine Weile schweigend neben dem Wagen her. Ruth vergewisserte sich immer wieder, dass ihre Ochsen hinter ihr herkamen. Sie zogen an markierten Gräbern vorbei und sogar an einem verlassenen Wagen. Vögel flatterten durch die zerrissene Plane hinein und hinaus wie durch den geöffneten Mund eines Toten. Eine Lerche zwitscherte und landete auf dem gebrochenen Rad.

„Was für eine Geschichte könnte dieser Wagen erzählen", sagte Betha laut.

„Was?", fragte Ruth.

Betha deutete mit dem Kopf zu dem Wagen hinüber. Ein Stück Plane schwang im Wind. „Ich habe mich nur gefragt, was dort passiert ist, dass die Menschen ihre Sachen zurückgelassen haben. Denkst du, es war wie bei uns?" Ihre Augen schwammen in Tränen. „Vielleicht markiert es ein Grab."

Sie fuhr sich über die Augen. „Ich wünschte, wir hätten Jeds Grab markiert. Ich hätte dort bleiben, ihm Blumen bringen können. Oh, werden denn diese Tränen nie versiegen?" Sie betupfte sich mit dem Taschentuch die Augen. „Ich denke, ich lege mich ein wenig hin. Ich kann einfach nicht mehr richtig denken."

„Im Wagen wird es nicht sehr bequem sein", wandte Ruth ein. „Die Straße ist hier sehr holprig."

„Allerdings“, seufzte Betha.

Zu Mittag machten sie nur eine kurze Rast. Als sie wieder unterwegs waren, kam Joe Pepin zurück und teilte ihnen mit, der Fluss voraus, der in den Platte fließe, sehe frisch und klar aus, dort gäbe es auch gutes Gras. Er erzählte, ein Pferd sei verendet und läge verwesend und mit gelben Geschwüren übersät am Wegrand.

Andere Wagen fuhren an ihnen vorbei. Die Leute sahen stur geradeaus. Ein Reiter kam von Westen auf sie zu. Er legte die Hände an seinen Sattelknauf, sprach mit Antone, schaute auf die neuen Witwen, schüttelte den Kopf und ritt mit seinem Maultier weiter nach Osten.

Die untergehende Sonne blendete sie mit ihrer Helligkeit. Nachdem sie die Wagen bei Einbruch der Dämmerung im Kreis zusammengestellt hatten, saß Elizabeth auf dem Boden, rieb ihre nackten Füße und zog sich die klebrigen Pflanzenteile aus den Ballen.

„Ich und der Hund“, sagte sie, denn auch Pig säuberte seine Pfoten.

Mazy forderte Jeremy auf, sich ihr anzuschließen, als sie zu Ruth und Betha ging, um ihnen ein Stück von ihrem holländischen Ofenbrot zu bringen.

Betha lehnte das Essen ab.

„Sie müssen doch bei Kräften bleiben“, sagte Mazy. „Und wenn nur für die Kinder.“

„Dann eben für die Kinder“, seufzte Betha und biss mit ihren kleinen Vorderzähnen in die braune Kruste.

„Sie haben so viele gute Erinnerungen“, versuchte Mazy zu trösten.

„Allerdings.“ Tränen traten Betha in die Augen.

„Ich kenne nicht einmal den Namen von Schwester Esthers Bruder. Und wie ich höre, fühlt sich auch ihr anderer Bruder nicht wohl.“ Mazy ließ ihr Brot sinken. Auch sie hatte keinen Hunger. Sie rieb sich die Schläfen.

„Harold“, sagte Betha. „Ich glaube, er hieß Harold. Er und Jed haben beide den Tabak geliebt.“ Sie beugte sich vor und flüsterte: „Genau wie ihr Bruder Ferrel, aber niemand soll darüber reden.“

„Ich bin erstaunt, dass Schwester Esthers Bruder geraucht hat", bemerkte Jeremy.

„Er hat auch getrunken", erzählte Betha. Sie wandte sich zu den Kindern um. „Vermutlich haben Jed und er sich deshalb angefreundet."

„Wir hätten auf Papa warten sollen", sagte Jessie. Sie kam auf den Hund zu. „Es wird ihm nicht gefallen, dass wir ihn an der Straße zurückgelassen haben."

„Er wird nicht wieder aufstehen, Dummerchen", erklärte Ned ihr. Er warf einen Stein und traf einen Topf.

„Wird er doch!"

„Nein, wird er nicht. Er ist tot."

Jessie begann zu weinen. „Ned, bitte", mahnte Ruth. „Sie ist noch klein. Sie versteht es nicht."

„Du stellst dich immer auf ihre Seite", schmollte Ned. „Nicht wahr, Mama? Hast du das nicht auch zu Papa gesagt?"

„Ich habe Durst", quengelte Jason. „Ich hole mir jetzt Wasser aus dem Platte, Mama, genau wie Papa immer."

„Ohne dass ich es abkoche? Bitte nicht, Jason." An Mazy gewandt, sagte Betha: „Ich weiß, es ist eigentlich egal, ob wir das Ungeziefer mit hinunterschlucken, aber der Gedanke, dass lebende Tiere mir durch die Kehle rinnen ..." Sie erschauderte.

Mazy nickte. „Ich hasse dieses lauwarme Wasser auch. Es schmeckt irgendwie seltsam."

„Nicht die Temperatur zählt", erklärte Jeremy ihr. „Man kann genauso gut aus den Sinklöchern trinken, die wir neben dem Platte graben."

„Ich stimme Betha zu", sagte Mazy. „Wenn wir durch das Abkochen vermeiden können, dass lebende Tiere durch unsere Zähne schwimmen, will ich das tun."

„Ich habe bereits aus dem Fluss getrunken", sagte Jeremy. „Hat mir nicht geschadet. Viele andere haben das auch getan. Der Fluss ist so klar wie die Luft. Ich glaube nicht, dass wir uns darüber Sorgen machen müssen."

„Vermutlich haben wir eine Krankheit mitgebracht“, sagte Schwester Esther.

Es war Nacht. Der Mond war aufgegangen, nur ein kleiner Silberstreifen war am schwarzen Nachthimmel zu sehen. Mit ihrem Schreibpult war Schwester Esther zu Mazys Lagerfeuer gekommen und hatte es abgestellt, als Mazy gerade das Wort *Erhalter* und die dazugehörigen Gedanken in ihr Buch schrieb.

> *Einer, der sich um Dinge kümmert, wie ein Imker. Gott denkt und handelt wie ein Erhalter. Er hat die Biene befähigt, an weit entfernten und verwüsteten Orten ein Heim zu finden. Er sorgt für die kleinsten Wesen des Universums. Darum danke ich dir, dass du mich deiner Erhaltung für wert achtest. Vergib mir, wenn ich es versäume, mich auch um das Geringste in deiner Welt zu kümmern.*

„Es tut mir Leid“, sagte Mazy und schloss das Buch. „Was haben Sie gesagt?“

„Jemand hat sie mitgebracht, hierher gebracht, die Krankheit.“ Die Schwester lief unruhig herum, ein Verhalten, das ungewöhnlich für die sonst immer so beherrschte und gefühlsarme Frau war. Sie lispelte wirklich stark und ihre *S* durchschnitten die Luft wie ein Blitz.

„Dieses Kind, Jessie, sie ist als Erste krank geworden. Vielleicht sind sie es, diese Leute aus St. Louis“, sagte Schwester Esther und rieb ihr Kreuz um den Hals.

„Sie ist genesen.“

„Ihr Vater ist gestorben.“ Esther konnte einfach nicht still stehen. „Wir hatten keine Krankheitsfälle, bis wir die Leute südlich vom Platte getroffen haben, die übergesetzt haben. Vielleicht haben sie es mitgebracht.“

„Sie sind traurig, Schwester, über den Verlust Ihres Bruders.“

„Ein Opfer einer schmutzigen und jämmerlichen Gemeinheit.“

„Wir wissen es nicht“, sagte Mazy. Sie erhob sich und legte der älteren Frau die Hand auf den Arm. „Und es hat keinen Zweck,

Schuldzuweisungen zu geben und Fehler zu suchen.“ Sie griff in einen Korb, der an der Seitenplanke befestigt war, und holte einen Teller aus einer fleckigen Hülle heraus. „Kommen Sie, setzen Sie sich zu mir“, forderte Mazy sie auf und klopfte auf den Boden neben sich. „Essen Sie ein wenig Hühnchen mit mir. Konzentrieren Sie sich auf Ihren Bruder, der noch am Leben ist, auf Ihre Schutzbefohlenen, die Sie brauchen.“

Schwester Esther starrte sie an. „Er ist stumm wie ein Weiser“, erwiderte sie, „mein Bruder.“

„Er vermisst ihn. Ihre Mädchen vermutlich auch.“

„Die Mädchen.“ Schwester Esther sagte das erschreckend emotionslos, und Mazy bemerkte, dass ihre Augen keine Spur von Tränen zeigten. Sie waren nicht gerötet wie Bethas oder Suzannes. Vermutlich stand sie noch unter Schock, war noch wie betäubt. „Die Schuld muss zugewiesen werden“, sagte Esther. „Krankheit ist Gottes Weg der Korrektur.“

Mazy schluckte. Nur ungern widersprach sie älteren Leuten. Sie betrachtete sie als weiser, erfahrener als sie selbst. „Im Haus meines Vaters habe ich viele Kranke gesehen, und sie hatten ihre Krankheit nicht verdient. Es waren gute Männer und Frauen und sogar Kinder. Ich glaube nicht, dass Gott Krankheit und Tod auf diese Weise benutzt, als Strafe. Er gibt allem einen guten Ausgang. Wie das Stechen zum Beispiel in Verbindung steht mit Honig. So habe ich meinen Jeremy kennen gelernt.“

„Diese Cholera, falls sie es ist, trifft die Menschen mit schlechten Angewohnheiten. Arme Menschen haben armselige Lebensweisen.“

„Aber Ihr Bruder –“

„Er muss etwas vor mir verborgen haben“, sagte sie mit Gewissheit. „Eine Seite von ihm, die ich nicht kannte.“ Ihre Augen wurden glasig. Mazy spürte, wie ihr Gesicht von der Wärme des Feuers warm wurde. *Gewissheit trägt das Gesicht einer Katze*, dachte sie, *Weisheit das eines Hundes.*

„Ich habe Sie gestört“, entschuldigte sich Schwester Esther. Sie nahm ihren Pult und kehrte in den Wagen zurück.

Gegen Mittag am folgenden Tag zeigten weitere Mitglieder der Gruppe Krankheitssymptome. Sie hatten Schüttelfrost, beklagten sich über Durchfall und bekamen eine ungesunde Hautfarbe. Die Kranken lagen gesondert, versorgten sich selbst oder wurden von ihren Lieben versorgt. Das Krankenlager bot einen starken Kontrast zu der endlosen Weite am Fluss mit seinem frischen Wasser, dem weiten Land voller Verheißung.

Antone berief eine Zusammenkunft ein. Sie konnte nicht stattfinden, da auch er krank wurde, zusammen mit Hathaway Wilson und Schwester Esthers zweitem Bruder. Die Emigranten halfen einander und zogen weiter. Adora lenkte jetzt den Wagen der Wilsons; eines der Mädchen mit Namen Naomi fuhr den des zweiten Bruders.

An diesem Abend musste sich Jeremy erbrechen, fiel beinahe auf die Knie.

„Lass mich dir helfen", sagte Mazy. Sie stellte die Rührtrommel auf den Boden, ließ den Becher mit der Sahne fallen, die sie für einen Kuchen verwenden wollte. „Tyrell!", rief sie. „Mutter! Holt den Arzt!"

Dr. Masters wirkte ausgezehrt und erschöpft. Er rieb sich die Nase, wo seine Brille saß, und schlug Bismut vor oder Bleiazetat. Er schüttelte den Kopf und ging.

„Natürlich hat er nichts von allem dabei", schimpfte Elizabeth, als sie Jeremy in den Schatten des Zeltes legte und die Klappe zurückschlug, damit frische Luft hereinkam. „Unseres ist auch fast aufgebraucht. Er sagt, er könnte ihn noch zur Ader lassen."

„Nicht das, Mutter."

„Natürlich nicht. Barbaren sind sie, außer deinem Vater."

„Jemand hat den Gedanken geäußert, es könne an dem Eintopf gelegen haben, den alle gegessen haben", berichtete Mazy. Sie legte ein kühles nasses Tuch auf Jeremys Stirn und strich ihm eine Haarsträhne zurück.

„Ich habe selbst davon gegessen. Und du auch", hielt Elizabeth dagegen. „Das kann es nicht sein." Sie räusperte sich und sprach leise. „Es ist die Cholera, da bin ich mir sicher. Versuch ihm Flüssigkeit einzuflößen. Wir werden unseren Vorrat an Laudanum in Laramie auffüllen – mehr können wir nicht tun."

„Ich denke, wir sollten hier bleiben. Das Weiterziehen ist schwer für die Leute, die in den Wagen liegen und durchgeschüttelt werden. Dieses kleine Mädchen, Jessie, sie hat sich erholt, als wir einen Tag gerastet haben. An dem Tag, als du die Antilope mitgebracht hast. Da hatte sie Ruhe."

Jeremy stöhnte. „Fahrt weiter", krächzte er.

„Du hast so viel erbrochen, dass du nichts mehr bei dir behalten hast", sagte Mazy. „Du brauchst Tee. Unterwegs kann ich ihn nicht warm halten. Ich kann nicht Mutters Wagen fahren und mich um dich kümmern."

„Ich fahre meinen Wagen selbst", erwiderte Elizabeth. „Du kümmerst dich um euren."

„Das tue ich doch", antwortete Mazy mit erhobener Stimme. „Wir bleiben. So können wir Jeremy besser pflegen. Andere wollen vielleicht auch gern bleiben. Lura Schmidtke hat alle Hände voll zu tun mit Antone, und Mariah geht es auch nicht gut. Ich habe gehört, eines der asiatischen Mädchen sei auch krank geworden. Wir können hier kochen, Jeremy baden, ihm besseres Essen geben. Er sieht so ... blau aus", sagte Mazy. Tränen brannten ihr in den Augen. Sie schluckte und kämpfte sie zurück. „Die einzigen Männer aus Wisconsin, die noch gesund sind, sind Charles und Tyrell. Sie werden vor Erschöpfung sterben, wenn wir nicht rasten. Er sieht so blau aus."

Hatte sie das nicht gerade schon einmal gesagt? Ja, das hatte sie. Wenn sie Angst hatte, wiederholte sie sich immer. Sie wiederholte Gedanken, als könnten sie so ihre Wurzeln tiefer in die Erde treiben. „Wir werden für alle, die krank sind, beten. Das müssen wir tun."

Elizabeth starrte sie an.

„Antone kann nichts vorschreiben. Ich bleibe hier", bestimmte Mazy. „Das Wasser ist gut. Das Gras auch. Wir werden eine anständige Menge Milch bekommen. Das wird helfen. Wir werden bleiben und beten."

Am nächsten Morgen ging es nur wenigen besser, aber niemand war gestorben. Tipton bürstete sich immerzu die Haare, ein Luxus. Ihre Eltern hatten ebenfalls beschlossen zu bleiben. Ihre Mutter fühlte sich schwach, obwohl sie keine Symptome der Krankheit zeigte. Hathaway hatte Fieber bekommen. Tipton hatte nach ihrem Vater gesehen, aber sein Schüttelfrost war so stark, dass es ihr Angst machte. So suchte sie Zuflucht bei Tyrell.

„Papa ist schrecklich krank", sagte sie. Tyrell bückte sich unter den Wagen der Cullvers und sah nach der Achse. Als er fertig war, erhob er sich, legte einen Arm um Tipton und zog sie an sich. Er sprach kein Wort, hielt sie nur einfach im Arm.

„Hilf deiner Mama, Tip. Das wird auch dir helfen. Beschäftige dich, das ist gut, um die Sorgen zu verdrängen." Er strich ihr das Haar aus dem Gesicht, steckte eine lose Strähne in ein Band, das die Haare im Nacken zusammenhielt. Sie sank an seine Brust, atmete seinen Geruch ein und nahm seinen Trost in sich auf.

„Ich muss jetzt die anderen Wagen überprüfen", sagte er. „Sei vorsichtig. Ich möchte nicht, dass du dich verletzt." Er schob sie aus dem Weg. „Du sollst dich nie verletzen."

„Mrs. Cullver?", rief Tyrell gerade so laut, dass die Insassen des Wagens ihn hören konnten. „Die Leute machen einen Tag Pause. Ich denke, das wäre auch für Sie sinnvoll, wenn Sie keine Einwände haben."

„Und wenn ich Einwände hätte?"

„Dann würde ich sehen, ob die Bacons heute ebenfalls weiterfahren wollen, da ich ja sozusagen noch immer unter ihrer Plane fahre."

„Mr. Bacon ist auch krank geworden", erklärte Tipton. „Ich denke, es wäre das Beste, zu rasten."

„Sind Sie bereit, mich zurückzufahren, Mr. Jenkins?", fragte Suzanne. Sie hatte ihren Kopf durch die Öffnung der Plane gesteckt und ihr Kinn gehoben, sodass ihre blicklosen Augen zum Himmel gerichtet waren. Tipton fiel auf, dass sie niemals in die Richtung der Leute sah, die mit ihr sprachen. „Ich würde Sie gut bezahlen. Es ist klar, dass ich das Ding nicht selbst fahren kann."

Sie kletterte über den Sitz und tastete sich an der Seite entlang, hielt inne und saugte an ihrer Hand, als hätte sie sich einen Splitter in den Finger gerissen.

Tyrell reichte ihr die Hand und sagte: „Strecken Sie die rechte Hand aus. Ich helfe Ihnen herunter."

Sie hatte lange Finger und trug einen dicken Ring mit einem blauen Stein in einer verschnörkelten Fassung, die fast bis zu ihrem Knöchel reichte. Suzanne legte ihre Hand in Tyrells, und er schloss seine Hand um ihre, um ihr Halt zu geben.

Tipton glaubte, ihr Herz würde brechen, als Tyrell die Witwe berührte.

Seltsam, dass sie Suzanne bereits als die Witwe betrachtete. Der Status der Frau hatte sich von einem Augenblick zum anderen von „diese blinde Frau" zu „die Witwe" verwandelt. Der vorstehende Bauch Suzannes, das Zeichen ihrer Schwangerschaft, brachte Tipton dazu, sich abzuwenden. Wie würde es sein für ihr Baby, ohne Vater geboren zu werden und eine blinde Mutter zu haben?

Suzanne erhob sich, klopfte sich die Schürze ab und tastete sich am Wagen entlang zu dem Seil, das sie sich um die Taille band. Tyrell ließ die Ochsen angespannt, brachte sie aber ins Innere des Halbkreises der Wagen. Er wies beide Frauen an, aus dem Weg zu bleiben. „Ich habe das Seil um Clayton gebunden, Missus", sagte er. Er zupfte daran, damit sie die Verbindung zu ihrem Sohn spürte.

„Puppy", quietschte Clayton, als Pig herüberkam und Suzanne anstieß und sie zum Stehen brachte.

„Es sieht so aus, als wolle er nicht, dass Sie ins Feuer laufen", bemerkte Tipton.

Suzanne wandte sich Tiptons Stimme zu.

„Der Hund bleibt stehen, kurz bevor Sie irgendwo hintreten, wo Sie nicht hintreten sollten. Seltsam, wenn Sie mich fragen", sagte Tipton.

„Es hat aber niemand gefragt", fuhr Suzanne sie an. Sie wandte sich um. Dabei spannte sich das Seil und zog an Clayton. Das Kleinkind saß jetzt, das Seil um den Bauch gebunden, auf dem

Boden und patschte im Schmutz. Sein Gesicht war entsprechend verschmiert.

„Da wir hier bleiben, werde ich wohl mal losziehen und sehen, ob ich nicht irgendetwas jagen kann“, sagte Tyrell. „Gutes Fleisch wird eine gute Verteidigung sein gegen ... was immer es ist. Wenn wir näher zum Fort kommen, werden wir nicht mehr jagen können.“

„Du willst für sie auf die Jagd gehen?“, fragte Tipton.

Suzanne schnaubte. „Mir ist das vollkommen egal. Ich vermute, es ist für jeden, der es braucht, Mädchen. Mr. Jenkins ist so.“

Tipton war froh, dass die Witwe nicht sehen konnte, wie Tyrell errötete. „Du könntest auch etwas Fleisch auf den Knochen gebrauchen, Tip.“ Er zwinkerte, legte die Finger an den Hut und sagte: „Meine Damen, wir sehen uns später“ und verschwand.

„Tipton!“, jammerte ihre Mutter. „Komm sofort her.“

„Tut mir Leid. Ich kann nicht bleiben und Ihnen helfen“, entschuldigte sich Tipton.

„Ich brauche niemanden, der mir hilft.“

„Irgendwann könnten Sie sich über Hilfe freuen“, erwiderte Tipton und eilte davon.

Wie lange brauchte man, um ein Tier zu erlegen, es auszunehmen und zurückzukommen? Tipton und Tyrell hatten am vergangenen Abend eine kleine Herde ganz in der Nähe entdeckt. Vermutlich waren sie in der Nacht dageblieben und nicht viel weitergezogen. Tyrell sagte, Rotwild würde nur selten in der Nacht weiterziehen. Er hätte doch eigentlich vor Mittag wieder da sein müssen. Charles war auch fast den ganzen Tag verschwunden. Die beiden wären nie zusammen auf die Jagd gegangen, das glaubte Tipton nicht, aber sie waren um etwa dieselbe Zeit aufgebrochen.

„Worum ging es bei dem Streit denn eigentlich?“, fragte Elizabeth, die neben ihr herlief. „Zwischen Charles und deinem Tyrell?“

„Welcher Streit?“ fragte Tipton.

„Du musst es doch gehört haben, Worte, so hitzig, dass sie die

Toten hätten auferwecken können. Oh, so etwas sage ich besser nicht."

„Ich habe noch nie erlebt, dass Tyrell die Stimme erhoben hat."

„Mir schien, in dem Streit ging es über irgendetwas aus dem Wagen der Cullvers, das an den klebrigen Fingern deines Bruders hängen geblieben war." Elizabeth schnalzte mit der Zunge. „Alle sind so schrecklich traurig, und er macht sich das zu Nutze. Du hast ihn nicht richtig erzogen, Kind."

„Eine Schlange kann man nicht erziehen", erwiderte Tipton. Sie und Elizabeth näherten sich dem Wagen der Wilsons.

„Deinem Vater geht es schlechter", teilte Adora ihnen mit.

Tiptons Mutter zupfte an ihrem Taschentuch, während sie immer wieder versuchte, ihrem Mann Wasser oder Tee einzuflößen. Elizabeth trat an ihr vorbei in den Wagen. Hathaway zitterte und bebte, seine Augen wanderten ruhelos hin und her. „Charles hätte hierbleiben sollen, um zu helfen", meinte Tipton, während sie versuchte, ihren Vater dazu zu bringen, etwas Flüssigkeit zu sich zu nehmen.

Was Mazy plante, zählte nicht. All das grüne Gras, alle Gebete, die Verheißung dieses hübschen Ortes – sie verzögerten nicht die Verluste.

Hathaway Wilson, der robuste Kaufmann aus Cassville in Wisconsin, Adoras treuer Mann und Charles und Tiptons geliebter Vater starb gegen Mittag.

Seinem Tod folgte der von Tyrell.

10

Mazys Arm lag um Tipton, als sie ihren Verlobten endlich erblickte.

Gemeinsam sahen sie, wie Charles herangeritten kam. Er führte ein Maultier am Zügel. Tipton starrte auf die ihr vertraute Kleidung, blinzelte, überlegte, was daran nicht richtig war. Die Sonnenstrahlen wurden von Charles' Steigeisen reflektiert. Diggers, wie Tyrell sie nannte, ein alter Ausdruck, der, wie er meinte, noch treffender war als Steigeisen. Dann fuhr ihre Hand an den Mund, presste das Fleisch gegen die Zähne, bis der Schmerz in ihrem Kopf explodierte.

Mazy versuchte, sie zurückzuhalten, während Matt Schmidtke und Joe Pepin Tyrells Leichnam ins Gras legten. Sein Gesicht war eine unkenntliche Masse von schwarzem Pulver und Fleisch.

„Hat einen Schuss abgekriegt", sagte Charles, als würde er über eine plötzliche Wetteränderung reden. Er saß auf seinem Pferd und hielt die Zügel locker in seinen in Handschuhen steckenden Händen, die lässig auf dem Sattelgriff ruhten. Sein Pferd hob ein Hinterbein und kratzte sich, trat zurück, und Charles beruhigte es ohne Mühe. „Er hat in den Lauf geblasen, bevor er neu lud. Die Ladung explodierte in seinem Mund. Dumm", berichtete Charles.

„Das tun wir doch alle", verteidigte Joe Pepin ihn. „Das habe ich selbst oft gemacht."

„Trotzdem dumm. Wie geht es Vater?", fragte Charles daraufhin.

„Dein Pa ist heute Morgen nach Hause gegangen", teilte Joe Pepin ihm mit. Sein Adamsapfel hüpfte beim Reden. „Tut mir Leid, Junge."

Charles Gesichtsausdruck veränderte sich nicht, aber seine Worte wurden undeutlich. „Dein Fehler", schnaubte er voller Verachtung.

„Meiner?", fragte Joe, die buschigen Augenbrauen fragend in die Höhe gezogen.

„Vater wäre noch am Leben. Aber nein, du musstest ja deinen Kopf durchsetzen, musstest mit Tyrell gehen. Siehst du jetzt, wohin es dich gebracht hat? Du hast auch ihn umgebracht."

Tipton warf sich über Tyrell, versuchte, ihn an ihre Brust zu ziehen, wiegte ihn und stöhnte. Es war ein gehetztes, abwesendes Jammern. Sie streichelte den Geliebten und schluchzte.

„Er hat immer auf Tipton aufgepasst", fuhr Charles fort. „Wer wird das jetzt machen?"

Tipton wandte sich ihrem Bruder zu, betrachtete die angespannten Schultern, das helle Rot seiner gesprenkelten Haut, das Pochen seiner Vene an seinem kurzen, gebräunten Nacken.

„Mutter hat darauf bestanden, dass Vater dir nachfährt, damit sie nicht ohne ihre Tipton leben muss." Er spuckte ihren Namen richtiggehend aus.

Was würde Tyrell tun, was würde Tyrell sagen, um ihr pochendes Herz zu beruhigen? Tipton wusste es nicht und konnte auch nicht weiter darüber nachdenken.

„Tipton dies und Tipton jenes."

„Charles. Hören Sie auf", ermahnte Mazy.

Er fuhr mit seiner Tirade fort. Spucke sammelte sich an seinen Mundwinkeln. Tipton sah, wie sich seine Lippen bewegten. Seine Augen funkelten dunkel. Die Worte liefen zusammen wie dicke Watte, die in ihre Ohren gepresst wurde. „Nein", flüsterte sie und blickte auf in Mazys Augen. „Nein." Mazy beugte sich über sie und löste Tiptons verkrampfte Finger von dem leblosen Körper ihres Verlobten.

„Tyrell auch!", rief Charles laut. „Er ist nach Westen gegangen, um dir zu gefallen, um für dich ein Leben zu schaffen, beide, Papa und Tyrell. Immer haben sie für Tipton gesorgt, und das hat beide umgebracht."

„Charles", sagte Mazy. Sie hatte die Arme um die zitternde Tipton gelegt. „Es reicht."

Mit dem Handrücken wischte sich Charles die Mundwinkel ab. Tipton wünschte, er würde aufhören, die schmerzlichen Worte laut auszusprechen, die sie sich jetzt selbst sagte. „Eines Tages wirst du dafür bezahlen. Ganz bestimmt“, rief er.

„Das tue ich bereits“, flüsterte sie.

Mazy führte das Mädchen zum Wagen der Wilsons. Tipton bewegte sich wie in Trance. Ihre Füße waren bleischwer. Sie hielt den Atem an, wie Tyrell ihr einmal geraten hatte. Trotzdem, ihre Finger krümmten sich wie die einer alten Frau, Daumen und Zeigefinger standen ab, die anderen waren gebeugt und starr. Ihr Atem kam in kurzen Stößen, und sie spürte, wie sich die Taubheit von ihrer Schulter in den Arm ausbreitete.

„Ich habe seine Steigbügel“, sagte Charles. „Ich nehme sie für mich, weil ich ihn zurückgebracht habe.“

„Charles“, mahnte Mazy. „Bitte. Das ist alles, was sie von ihm hat.“

„Nicht mehr viel von ihm übrig“, bemerkte Charles. „Wie ich bereits sagte, es war dumm, in mehr als einer Hinsicht.“

Tipton bewegte sich wie in einem Albtraum. Sie sah jetzt Elizabeth mit ausgestreckten Armen auf sich zukommen. Sie blickte sich nach ihrer Mutter um, ihrem Vater, dann fiel es ihr ein. Silberne Punkte tanzten ihr vor den Augen, als Charles sein Pferd herumriss und davontrottete. Tipton fühlte sich schwerelos, als könnte der Wind sie davontragen. Sie betete, er möge es tun, er möge sie hochheben und davontragen.

Hilf mir, hilf mir, hilf mir.

Mazy fing sie auf.

„Was ist los?“, fragte Jeremy. „Warum fahren wir nicht weiter?“

Mazy wischte ihm die Stirn, den Nacken und die Brust mit einem kühlen Tuch ab. Er zitterte, seine Zähne klapperten, obwohl sein Körper schweißüberströmt war.

„Wir haben beschlossen anzuhalten. Hathaway Wilson ist gestorben. Antone Schmidtke auch und Mariah, ihre Tochter, ist sehr krank.“ Sie tauchte das Tuch ins Wasser, drückte das Wasser heraus und kühlte ihre Hände ein wenig, bevor sie sich ihrem Mann wieder zuwandte. „Tyrell ist tot“, berichtete sie. „Gestorben.“

„Er war krank? Das habe ich gar nicht ...“

Mazy schüttelte den Kopf. „Nicht an dieser Krankheit, was immer es sein mag. Ein Unfall.“ Nicht einmal während sie ihm davon berichtete, machte das Sinn – Tyrell war ein so vorsichtiger Mann.

„Handbuch ...“

„Ich weiß. Durch Unfälle kommen mehr Menschen ums Leben als durch Krankheit. Tipton ist außer sich. Adora ist ihr keine Hilfe, da auch Hathaway tot ist. Oh Jeremy, du musst einfach wieder gesund werden.“ Sie hörte die Verzweiflung in ihrer Stimme, schwor sich, das zu ändern. Sie atmete tief durch, um sich zu beruhigen. „Darum bleiben wir für ein oder zwei Tage hier. Ich weiß nicht, was jetzt geschehen wird. Ich nehme an, ein anderer wird Antones Platz einnehmen.“

„Vielleicht ... mir wird es wieder besser gehen.“ Er verzog das Gesicht.

„Dieses Mal werde ich keine Einwände erheben, das ist sicher.“

„Der Zeitpunkt ist ... sehr wichtig“, keuchte Jeremy. Er zitterte und schnappte nach Luft.

Sie flößte ihm Suppe ein. In dem trüben Licht, das durch die Plane hereindrang, wirkte seine Haut blau. Sie spürte, wie sich ihre Kehle zusammenschnürte, als sie ihm half, den Kopf auf die gerollte Decke zu legen, die sie unter seinen Nacken schob. Er wirkte älter, als sie ihn in Erinnerung hatte, und seine Haut hatte dieselbe Farbe wie die Haut ihres Vaters – kurz vor seinem Tod.

Dann begann sie zu reden, schnell und immer wieder dasselbe. Sie beschrieb Alltägliches. Sie erzählte von Schwester Esther und den Bienen und der Angewohnheit der Antilope, Töpfe und Pfannen umzurennen, wenn sie Elizabeth folgte. Sie sprach von der Tomatenpflanze und dem Geständnis ihrer Mutter, sie hätte dann und wann Mehl darüber gestäubt, wenn sie einen Kuchen backte, nur damit Mazy sich wunderte. Damit sie etwas hätte, über das sie nachdenken könnte und das sie von ihrer Traurigkeit ablenken würde.

„Eine Kuh, Mavis“, berichtete Mazy, „ich glaube, sie ist trächtig. Sie wird einen Monat oder zwei nach der Geburt des Babys kalben. Ist das nicht schön? Ich freue mich darauf. Möchtest du noch mehr Suppe? Oh Jeremy, was kann ich denn tun?“ Sie sprach so schnell, als könnte ihr Redefluss das Unvermeidliche verhindern, von dem sie wusste, dass es passieren würde.

„Wann soll ich sie denn wieder bespringen lassen, Jeremy? Wie viele Tage nach dem Kalben?“

Er antwortete mit schwerer Zunge, und da merkte sie, dass auch er um das Unausweichliche wusste. „Du musst sie“, erklärte er, „fünfundsiebzig bis einhundert Tage ... nach dem Kalben wieder neu bespringen lassen. Dann wird sie“ – er hielt inne, um tief durchzuatmen – „die meiste Milch geben. Am fünfundachtzigsten Tag, dann sind genau zwölf Monate ... zwischen den Kälbern. Du musst dir Aufzeichnungen machen, Mazy. Kannst das nicht behalten. Verdopple die Herde ... verkaufe die ... Milch.“

„Der fünfundachtzigste Tag. Das merke ich mir“, sagte sie und spürte, wie ihr Tränen in die Augen stiegen.

Der Herr erhält mir mein Erbteil, der Herr erhält mir mein Erbteil.

Sie fragte sich, was sie ihm sagen sollte, es war so wenig Zeit. Sie konnte die Worte nicht aussprechen, wollte nicht sagen, dass dies vielleicht ihr letztes Gespräch überhaupt sein würde.

„Fahr weiter“, trug Jeremy ihr auf. Er hatte die wenige Suppe, die sie ihm eingeflößt hatte, wieder erbrochen. Sein Körper war schweißüberströmt, die Bettlaken durchnässt. „Donation Land Claim. Du. Deine Mutter ... bleibt. Nur drei Jahre. Da ist Geld.“

„Sprich jetzt nicht davon.“

„Geld. Im Wagen. Falscher Boden. Eintausend Dollar.“

„Wo kommt das her? Jeremy?“

„Fahr weiter, Mazy. Kehr nicht um.“

„Aber ist es von dem Verkauf der Farm? Wo?“

Er schüttelte den Kopf, konnte nur mühsam weitersprechen. „Fahr nur weiter. Versprich es mir.“

Sie wollte nicht, dass ihr letztes Gespräch etwas so Gewöhnliches wie Geld, Kalben und Kühe zum Inhalt hatte; sie wollte kein Versprechen abgeben, das sie nicht halten konnte.

Sie tauchte das Tuch ins Wasser und legte es auf seine Stirn. Ohne seine Brille wirkte er nackt, verletzlich und klein. Sie musste Gott Zeit geben, sein Wunder der Heilung zu tun. Sie betete. Sie glaubte. Sie wollte nichts weiter, als dass ihr Mann wieder gesund würde und seine Arme um sie legte.

Schatten tanzten an der Plane, die sie einhüllte wie eine Höhle. Das Kerzenwachs roch streng. Jeremys Atem kam rasselnd.

Und auf einmal wollte sie es wissen, musste sie eine Antwort finden auf eine Frage, die sie quälte.

„Wärst du auch ohne mich gegangen, Jeremy? Wenn ich nicht bereit gewesen wäre, die Farm zu verlassen, den Fluss, wärst du auch ohne mich gegangen?"

„Ich ziehe weiter ... ohne dich, Mazy", antwortete er.

„Aber hättest du es getan? Wenn ich fest geblieben wäre. Ich muss es wissen, muss wissen, ob ich das hätte verhindern können, wenn ich mich geweigert hätte, darauf bestanden hätte, dass wir zu Hause bleiben."

„Ich gehe jetzt heim." Er hob die Hand an ihren Kopf, so sanft wie ein Schmetterling.

„Bitte, Jeremy, sag es mir."

„Ich wäre gegangen", erwiderte er daraufhin. „Es lag mir im Blut, kein Bedauern, die Heimat zu verlassen; nur dass ich bereit war ... dich deswegen zu verlassen, dass ich dich nicht ... genug geliebt habe, um zu bleiben. Dafür bitte ich dich ... um Vergebung. Ich denke, Gott hat sie mir gewährt."

Er nahm ihre Hand an die Lippen und sah sie an. Sie lächelte. Seine Augen blickten sie an, als wollte er in ihren versinken. „Du bist ein ... großes Mädchen, Mazy", keuchte er. „Du schaffst das." Er atmete noch ein-, zweimal zögernd, bevor sein mühsames Atmen erstarb.

Kalt wie ein Eiszapfen, dachte Ruth, als sich die Leere des Todes über sie legte, schwer wie der Schneefall in den Staaten. Diese

Zeit des Trauerns brachte alles zurück, den vergangenen Winter, als sie die Beine nicht bewegen konnte, ohne dass sie wehtaten, als sie sich durch den nassen und schweren Schnee gekämpft hatte, um die Pferde zu füttern. Sie durfte nicht nachgeben; die Tiere wären krank geworden oder eingegangen, ihr eigener Wunsch aussichtslos geworden.

Diese Zeit jetzt war noch weit schlimmer. Ihr Bruder war tot, ihr sanfter, fürsorglicher Bruder. Und jetzt starben auch noch andere, Menschen, die sie gerade erst kennen gelernt hatte, mit denen sie verbunden war, wie die Speichen eines Rades mit der Nabe verbunden sind. Was Ruth anbieten konnte, war Ablenkung. Das würde ein wenig gegen den Schmerz helfen.

Morgen würden die Begräbnisse stattfinden. So viele, Antone, Tyrell, Hathaway und Jeremy. Auch Schwester Esthers zweiter Bruder war gestorben, Ferrel hieß er. Auf dem Gesicht der Schwester lag der Ausdruck einer frustrierten Katze, die sich auf etwas stürzen wollte.

Ruth würde auf einer Zusammenkunft bestehen, Erleichterung bieten durch die Präsentation eines Planes. Sie sollten weiterziehen. Solange sie weiterzögen, würden sie dem Griff der Trauer entkommen können. Dessen war sie so sicher, wie sie wusste, dass es im Platte River Treibsand gab.

Sie hatte mit Matt und diesem Pepin darüber gesprochen, das Vieh vorneweg zu treiben, damit sie Fort Laramie schneller erreichten. Einige ihrer Pferde könnten auch mitgehen. Sie würde Säcke voller Korn aus ihrem Wagen mitschicken. Sie könnten Jeds und Bethas Vieh auch mitschicken und es später wieder übernehmen. Vielleicht könnte der Bulle der Bacons ebenfalls mitziehen, dann hätten sie weniger Probleme mit ihm. Sie würden die Wagen miteinander verbinden müssen.

Ruth kam an Suzannes Wagen vorbei und war erstaunt, den Hund der Bacons dort anzutreffen, nachdem Jeremy gerade erst verstorben war. Sie sah nach Betha, strich das Haar aus den verquollenen Augen ihres Neffen und ließ zu, dass das Kind sich an sie klammerte. Sie suchte nach Sarah, die so wenig verlangte, und nahm auch sie in den Arm. Jessie hatte sie gebeten, bei ihr übernachten zu dürfen, und sie hatte zugestimmt.

Sie mochte es, die Decke um das Kind festzustecken, nachdem es im Bett lag. Sie hatte das Kind bis zum Kinn zugedeckt. Jessie schob die Decke zurück. „Zu heiß", sagte sie, dann schloss sie die Augen.

Auf ihrer Matratze liegend lauschte Ruth den Grillen und schlug nach den surrenden Moskitos. Aus den umliegenden Wagen hörte sie die Geräusche der Traurigkeit. Jessie schlief neben ihr. Sie würde sich auf den Atem des Kindes konzentrieren. Eine kleine Insel der Freude in diesem Meer von Trauer.

Mazy hatte schon miterlebt, wie Menschen gestorben waren. Sie dachte an die Patienten ihres Vaters. Aber diese Menschen hatten ihr nicht nahe gestanden. Sie hatte ihr Leben nie mit dem ihren in Verbindung gebracht. Nie hatte sie nach ihrem Tod die andere Seite der Liebe erlebt – großen Verlust, das Gefühl, betrogen worden zu sein, sogar dunklen Zorn.

Sie waren nun erst zwei Monate unterwegs. In dieser Zeit hatte ihre Welt sich dramatisch verändert, ohne dass sie die Möglichkeit hatte, diese Veränderung wieder rückgängig zu machen.

„Schön, dich auf zu sehen, Kind", sagte Elizabeth zu ihr.

Mazy starrte sie an, wägte die Worte ab. Sie erinnerte sich kaum an die Nacht.

„Luras Junge, Matt, und ihr Begleiter, Joe Pepin, helfen den Leuten beim Anspannen. Charles könnte ebenfalls mithelfen, aber ich habe da meine Zweifel. Wir werden den Trauergottesdienst für Antone, Hathaway, Jeremy und diesen Ferrel halten. Und dann machen wir uns auf den Weg."

„Wir fahren weiter?"

„Du wirst den Wagen allein lenken müssen, Mazy. Madison? Denkst du, du schaffst das?"

„Aber es gibt keinen Grund, weiterzufahren", wandte Mazy ein. Sie hörte ihre Stimme wie von weit her.

„Keinen Grund, es nicht zu tun. Wir haben beinahe die Hälfte geschafft." Elizabeths Stimme wurde weich. „Es ist noch nicht einmal der 15. Juni. Wir kommen gut voran."

Mazys Gedanken wanderten zu den kalten Stellen, die der Tod zurückließ. „Wie hat er das tun können? Wie konnte das passieren?"

„Jeremy konnte nichts dafür, dass er krank geworden ist."

„Ich habe Versprechen abgegeben und gebetet, Mutter. Wie konnte er nur?"

„Madison, wir werden diese guten Männer beerdigen, und dann fahren wir weiter nach Laramie. Es hat keinen Sinn, irgendjemandem die Schuld geben zu wollen. Weißt du denn nicht mehr, irgendwo steht, wenn wir unsere Versprechen halten, wird Gott vielleicht auch etwas tun, das er nicht im Sinn gehabt hat."

Sie sah ihre Mutter an, betrachtete die weichen Wellen ihres von grauen Strähnen durchzogenen Haares, ihre blauen Augen. „Gott liebt Gehorsam. Ich habe gehorcht. Ich bin mitgekommen, wie Jeremy es gewollt hat. Er hat es mir gesagt, Mutter. Er wäre auch ohne mich gefahren. Ich hätte unsere Ehe zerstört, wenn ich zu Hause geblieben wäre." Tränen traten ihr in die Augen, und sie wischte sie fort. „Aber vielleicht wäre er doch nicht gefahren, vielleicht hätte ich ihn retten können, vor diesem ... entsetzlichen Tod. Oder wenn ich geblieben wäre, wäre er vielleicht schneller vorangekommen und hätte diese Krankheit gar nicht bekommen."

Elizabeth nahm die Haarbürste und begann das dunkelbraune Haar ihrer Tochter zu bürsten. „Du quälst dich selbst, Madison. Das ist nicht nötig." Sie legte die Kämme beiseite und zog die Bürste durch die natürlichen Wellen, die sich mit dem Bürsten streckten. „Gott hat uns keine Reise ohne Zwischenfälle versprochen, Schatz", sagte Elizabeth. „Nur, dass er bei uns sein würde, dass er uns niemals verlassen würde. Und so ist er vermutlich auch jetzt da und macht Pläne. Er kennt unser Schicksal."

„Ich hatte alles, was ich mir wünschte, und habe es verlassen. Für dieses, dieses gottverlassene Land ohne einen Baum, außer an den Flüssen."

„Wir können eben nicht sehen, was vor uns liegt, Madison, und ganz bestimmt dürfen wir nicht zulassen, dass die Vergangenheit unsere Gegenwart bestimmt. Wir müssen sie als das ansehen, was sie ist, und das Angenehme suchen, wo immer wir sind. Vielleicht fällt es dir im Augenblick schwer, das zu glauben, aber du wirst es überstehen, ganz bestimmt." Sie drehte das Haar zu einer Rolle zusammen, die sich von Mazys Nacken aus um ihren Kopf legte. „Komm jetzt, wasch dir das Gesicht und zieh einen frischen Rock an. Es sei denn, du möchtest deine Hose tragen."

Elizabeth nahm einige lose Haarsträhnen und steckte sie in die Rolle. Mazy spürte Tränen in sich aufsteigen. Sie lehnte den Kopf gegen die Röcke ihrer Mutter und ließ ihren Tränen freien Lauf.

Suzanne öffnete die Augen und rechnete damit, Licht zu sehen. Sie wurde enttäuscht, wieder einmal. Wie viele Jahre würde sie noch blind sein, bis sie die Augen öffnete und nicht diese Sekunde der Hoffnung erlebte, nicht nur die Wärme des Lichts spüren, sondern auch seine Helligkeit sehen zu können, bevor die Dunkelheit wieder über sie kam wie eine Schlammlawine. Vielleicht für immer. Wenigstens bemerkte sie jetzt die Wärme. Und sie sah Farben.

Es hatte eine Weile gedauert, bis sie diese Punkte in rot, gelb, weiß und blau entdeckt hatte. Sie konnte sich erinnern, dass sie als Kind – als Kind in Michigan, das sehen konnte – Farben und Farbschattierungen unter ihren Augenlidern wahrgenommen hatte, wenn sie die Augen schloss und die Finger dagegen drückte. Der Druck gegen ihre Augen brachte die Farbe hervor, das hatte Franklin ihr erklärt, ihr kluger älterer Bruder.

„Wie die Aurora borealis, Coot", neckte er sie.

„Schweine brüllen nicht", hatte sie geantwortet und die Finger von den Augen genommen. Sie wandte sich zu den Ställen, in denen ihr Vater die Schweine hielt. Sie konnte sie genau erkennen, die großen Ferkel schnaubten. „Ich kann sie auf jeden Fall nicht brüllen hören."

Franklin lachte und zerzauste ihr die Haare.

„Aurora borealis." Er sprach das Wort ganz deutlich aus. „Das ist der Name für die hüpfenden Lichter, die du einmal am Horizont gesehen hast. Weißt du noch? Ich glaube, so etwas siehst du auch, wenn du gegen deine Augen drückst."

Sie erinnerte sich tatsächlich an die Nordlichter zu Hause. Zu Hause, auf der oberen Halbinsel von Michigan. Sie hatte sie an einem Nachthimmel gesehen, der so schwarz war wie ihre Welt jetzt, flackernd funkelten sie grün und gelb am weiten Horizont.

„Wie sind sie dahin gekommen?", fragte sie Franklin.

„Das ist ihr Platz", erklärte er, und es war die beste Antwort, die sie je gehört hatte. „Genau wie auch wir einen Platz im Leben haben."

Jahre später, nach dem Unfall, als die Verbände abgenommen wurden und sie die Augen in der Hoffnung geöffnet hatte, wieder sehen zu können, erinnerte sie sich an Franklins Worte. Sie war wie eine Sternschnuppe zur Erde abgestürzt. Es gab nichts als Dunkelheit. Dorthin war sie gestellt worden.

Das brauchte ihr nicht zu gefallen.

Wochen später bemerkte sie die Farben. Ein kleiner Trost, dachte sie, Tropfen von Gelb und Rot, wo sie einst die ganze Farbpalette eines Malers gesehen hatte.

Früher hatte sie den blonden Kopf ihres Kindes in einem Becken planschen sehen, lächelnd und mit strahlenden Augen; früher hatte sie durch die Linse einer Kamera geblickt, hatte das Bild eines Hochzeitspaares auf dem Kopf stehend gesehen und gewusst, dass es perfekt auf den Glasplatten erscheinen würde. Früher hatte sie komplizierte Kleider auf ihrer Nähmaschine genäht, die der Frau eines Senators würdig gewesen wären. Bryce hatte ihr diese Maschine nach ihrer Hochzeit gekauft, eine Extravaganz, über die ihre Kusinen gestaunt hatten.

Aber dieses Ding nützte ihr nun herzlich wenig. Sie ärgerte sich darüber, dass Bryce vor dieser Reise darauf bestanden hatte, die Maschine mitzunehmen.

„Was denkst du denn? Meinst du, ich könnte den Faden in die Nadel einfädeln?", hatte sie ihn gefragt.

„Deine Finger ... das könnte ich doch für dich tun, wenn du mich lassen würdest."

„Und was dann? Soll ich das Rad drehen und mir die Hand an den Stoff annähen? Genau das würde passieren, und ich wäre dann noch mehr verkrüppelt als jetzt. Ich kann nicht mehr nähen, Bryce. Ich kann gar nichts Wichtiges mehr tun, verstehst du denn nicht? Lass diese Maschine hier. Lass mich hier! Nimm Clayton und geh!“

Aber er hatte die Maschine trotzdem mitgenommen. Und er hatte auch sie mitgenommen, an einen Ort, „wo niemand von dir erwartet, dass du tust, was du früher getan hast“, hatte er gesagt. „Wo du ... wo wir noch einmal ganz von vorn anfangen können.“

„Ich werde mich immer erinnern, was ich früher habe tun können“, hatte sie ihn angeschrien. Tränen brannten in ihren vernarbten Augen, die ins Leere starrten. „Ich werde mit mir allein sein. Mir wird nicht gestattet, das zurückzulassen.“

Und was zählte das jetzt noch? Bryce war tot, und da saß sie allein mit Clayton und einem anderen Kind, das sie erwartete, ein Kind, dessen Gesicht sie nie sehen würde. Der Duft von gebratenem Speck drang zu ihr hinüber, so stark, dass er den Schimmelgeruch der Plane und den durchdringenden Gestank von Claytons Windel überlagerte.

Sie musste unbedingt seine Windel wechseln. Sie drehte ihr Gesicht auf dem Kissen, tastete nach ihrem Kind. Da drang ihr der Geruch von Bryce in die Nase und damit ein Dutzend Erinnerungen. Die Welt der Vergangenheit war verbunden mit Gerüchen und Geräuschen und war mächtiger als ein Album mit alten Fotografien.

Sie hörte das Zwitschern der Vögel, die kurz vor Tagesanbruch lebendig wurden. Sie vernahm das sanfte Stampfen des Ochsen, das schwerere Tier, das das Joch nicht mochte. Die Männer aus einem entfernt liegenden Lager riefen. Hunde bellten. Der schwarze Hund, der sie so mochte, bellte zurück. Er musste unmittelbar vor dem Wagen stehen. Warum der Hund ausgerechnet ihren Wagen erwählt hatte als Nachtlager, wusste sie nicht. Sie hatte nach ihm getreten, obwohl sie ihn vermutlich verfehlt hatte, und sie hatte ihn ausgeschimpft, aber aus irgendeinem Grund kam er immer wieder zurück.

Bryce war genauso gewesen. Nach dem Unfall hatte sie ihn von sich gestoßen, ihn in ihrer Dummheit fortgeschickt. Aber er wollte nicht gehen. Sie wäre gegangen, wenn er blind geworden wäre. Nie hätte sie sich mit einem Krüppel belastet, der von der Dunkelheit als Geisel gehalten wurde.

„Ich sehe deine Grenzen, das stimmt", hatte Bryce ihr einmal gesagt, „aber ich betrachte dich nicht als Krüppel. Du hast so viel zu bieten, Suzanne, mir, unserem Sohn, der Zukunft."

„Sind Sie auf?" Das war diese Elizabeth, die Gutmütige, die nach Lavendel und Leder roch, eine seltsam tröstliche Kombination.

„Warum sollte ich?", erwiderte Suzanne. „Es gibt nichts, wofür aufzustehen sich lohnt."

„Ihr Junge wird bestimmt schon warten. Sie könnten jetzt wirklich aufstehen. Wir müssen an den Trauergottesdiensten teilnehmen. Und dann machen wir uns auf den Weg nach Laramie. Sind Sie bereit?"

„Lassen Sie mich einfach hier. Nehmen Sie Clayton mit und überlassen Sie mich den Geiern."

„Halten Sie mich für so grausam? Vermutlich würden die armen Tiere Verdauungsstörungen bekommen." Suzanne schnaubte. „Nein, wir werden Ihren Wagen auch anspannen. Ein paar von uns werden das übernehmen, bis wir Routine bekommen. Wir werden langsam fahren, bis wir unseren Rhythmus gefunden haben. Also werden wir Sie jetzt anziehen und sehen, dass Sie etwas zu essen bekommen."

„Ich bin durchaus in der Lage, mich allein anzuziehen", erwiderte sie.

„Das dachte ich mir schon. Wenn Sie fertig sind, werden wir den Kreis bilden, damit jeder sein Geschäft machen kann, es sei denn, Sie möchten den Krug benutzen. Ich bleibe hier stehen und streichle Mazys Hund, während Sie sich fertig machen. Ich könnte natürlich auch wiederkommen und Ihnen und dem Jungen vom Wagen helfen."

„Gehen Sie einfach."

„Ich komme mit Speck zurück", zwitscherte die Frau, als sie ging.

Suzanne schlug die Laken zurück und tastete auf dem Bett nach ihrem Rock, drehte die Knöpfe nach vorn, die den Rock weiter machten, und ihr so Platz verschafften für das Baby. Dieses hier schien größer als Clayton. Sie zog sich den Rock über den Kopf, kämmte sich mit den Fingern die Haare, flocht sie zusammen und drehte sie zu einem festen Knoten im Nacken. Bryce hatte gesagt, ihr Haar sähe aus wie gesponnenen Gold.

„Wohl eher gesponnenes Stroh", murmelte sie und riss an den Strähnen. Sie zerrte, bis ihr Tränen in die Augen stiegen. „Mami? Meine Mami?", plapperte Clayton und zog sie am Haar.

„Oh!", sagte sie. Aber wie die Farbe, die erschien, wenn sie gegen die Augen drückte, forderte der Schmerz von ihr, an ihn zu denken, anstatt an all das, was fehlte.

„Du trauerst?", fragte Naomi Schwester Esther.

Die stämmigere der drei überlebenden asiatischen Frauen riss ihre mandelförmigen Augen weit auf. Sie hatte sich selbst Passionsblume genannt, aber Esther hatte jedem der Mädchen einen anderen Namen gegeben. „Missy Esther, du dir Finger an der Pfanne verbrannt?"

„Mir geht es gut, Naomi", erwiderte Esther. Sie lächelte das runde Gesicht mit der Haut von der Farbe von Hirse an. Das Mädchen schien wieder gesund zu sein, aber so hatte auch Cynthia ausgesehen, und dann war sie gestorben.

„Soll ich Fett holen?", fragte Deborah.

„Nicht nötig", erwiderte Esther. Das Mädchen zuckte zurück. „Ich wollte dich nicht verärgern." Esther seufzte. „Wasser wird ausreichen, wenn du mir einen Schöpflöffel bringst. Ich werde es trinken und auch die Verbrennung kühlen." Mit ihren langen Fingern steckte sie sich eine lose Strähne ihres ergrauten Haares unter ihre schwarze Haube, richtete ihren Knoten und faltete die Hände vor ihrer Schürze, als wolle sie eine Rede halten, doch stattdessen atmete sie nur tief durch. Sie fühlte sich so beengt, selbst das Atmen fiel ihr schwer.

„Ich helfe, Missy", erbot sich Deborah und marschierte schweren Schrittes zum Wasserfass. Sie war immer die Eifrige, die Imkerin, die wusste, wie sie sorgen konnte, aber ihre geschädigten Füße schränkten sie in ihrer Bereitwilligkeit ein. Esther beobachtete, wie das Mädchen die sechs weißen Kästen überprüfte, die an der Seite des Wagens aufgestellt waren. Die kleinen Plattformen waren heruntergelassen, damit die Bienen eine um die andere Woche ausfliegen konnten. Deborah überprüfte die kleine Lufttür mit den winzigen Löchern. Sie musste offen sein, damit die Bienen Luft bekamen. Täglich hob sie den Futterdeckel an, gab ihnen frisches Wasser und achtete darauf, dass Larven und Brut geschützt waren.

Esther war froh, dass Deborah so oft nach den Bienen sah. Man sagte, es sei ein sanfter Stamm, aber Schwester Esther wollte nicht, dass sie ausbrächen und über das wilde Land herfielen, durch das sie zogen, dass sie den Nektar von den Pflanzen sammelten und nicht zurückkämen. „Bienen kommen immer zurück zu ihrer Königin", hatte Deborah sie einmal beruhigt, aber Esther war nicht sicher, ob solche Regeln auch auf diesem Gebiet galten.

Die Bienen waren Deborahs Zukunft. Eigentlich hatte ihr zukünftiger Mann eher die Bienen gekauft als die „Beschädigte", deren Füße ihr ständige Schmerzen bereiteten. Dabei beklagte das Mädchen sich niemals. Nun, die Pläne, Langstroths Patent für den neuen Bienenstamm, das war ihr Reichtum. Harold hatte einmal gesagt, Deborah sei „eine Beigabe, um den Handel zu versüßen".

„Wir gehen zurück? Brüder alle tot?", fragte Deborah in Esthers Gedankengänge hinein.

„Nein! Ich ... vielleicht sollten wir darüber nachdenken. Aber wenn wir durch das Alkaliland nach Laramie ziehen, werden wir, wie man so schön sagt, ‚ein Drittel des Weges zum Himmel' hinter uns haben. Vielleicht auch mehr, denn ich denke, dieser Ausdruck bezieht sich auf die Leute, die nach Oregon wollen, während wir ja nach Süden ziehen. Danke, Liebes", sagte sie und nahm die Schöpfkelle.

Schwester Esther nahm einen Schluck, dann steckte sie ihren verbrannten Finger in die Holzkelle. „Könnt ihr Mädchen Harolds Wagen anspannen? Vielleicht sollten wir noch ein paar Tage hier bleiben." Sie faltete die Hände und rieb ihre Knöchel. „Ich werde nach Zilah sehen. Verlasst den Wagen nicht."

„Ja, Missy", erwiderten Deborah und Naomi einstimmig und verneigten sich.

Esther wusste, dass sie den Wagen nicht verlassen würden. Sie waren wie Kinder, abhängig, trotz der Zeit, die sie gehabt hatten, um sich mit ihrer Umgebung vertraut zu machen. Nur Harold und Ferrel hatten mit ihnen gesprochen. Jetzt waren die Brüder tot. Sie konnte die Krankheit nicht verstehen, begriff nicht, warum auch ihre Wagen betroffen waren, obwohl sie doch rein und treu gewesen waren. Wie sollte sie Cynthias Verlobtem den Tod des Mädchens erklären? Es ihren Eltern beibringen? Sie zwang sich, sich aufzurichten. Nun, es war wohl ihre Schuld, weil sie darauf bestanden hatte, dass ihre Brüder sie begleiteten.

Tipton lag in Elizabeths Wagen. Ihre Hände prickelten und fühlten sich taub an, aber sie waren jetzt nicht mehr so verkrampft, nicht mehr wie die Hände einer alten Frau. Licht fiel auf sie. Tipton drehte sich im Bett um. „Es ist an der Zeit, dass du aufstehst, Kind." Elizabeths Worte waren leise. „Ich habe gerade die Cullvers geweckt. Wir müssen alle weitermachen. Deine Mama braucht dich jetzt."

Tipton wandte sich ihr zu. „Wir können nicht hier weggehen." Tipton nuschelte, als spräche sie zu sich selbst. Das lag vermutlich am Laudanum. Oder vielleicht am Whisky, den sie gefunden hatte. Er half ihr, den Dingen die Schärfe zu nehmen. Sie wollte keine Ecken und Kanten mehr, nicht, wo Tyrell tot war.

„Wir müssen die Beisetzung abhalten und weiterziehen. Das müssen wir tun", erklärte Elizabeth ihr.

„Papa und Tyrell –"

„Wir können nichts mehr für sie tun", erwiderte Elizabeth. Sie saß auf dem Bett, und Tipton rollte sich zu ihr herum. „Was vorbei ist, ist vorbei.“

„Ich kann nicht.“

„Die Wahrheit ist, du wirst gebraucht. Um diesen Wagen zu fahren.“

„Nein, ich –“

„Den hier oder den der Cullvers. Welchen möchtest du?“

„Aber das kann nicht sein. Charles kann den hier fahren; Mama den anderen. Ich kann nicht.“ Sie spürte ihr Herz klopfen. „Lassen Sie mich. Bitte.“ Sie schnappte nach Luft.

Lavendelzweige hingen an dem Bügel des Wagens, gemischt mit getrocknetem Pfefferminz. Sie verbreiteten einen süßen Geruch. Tipton atmete ihn ein und schloss die Augen.

„Du hast vieles noch nie gemacht. Du bist noch nie fünfzehn gewesen und hast auch noch nie einen geliebten Menschen verloren.“ Sie wischte die Tränen von Tiptons Wangen. Ihre Finger waren rau von den Schwielen, aber sanft. „Du hast noch nie einen Wagen nach Westen gefahren. Alles ist neu – aber du wirst es überleben.“

„Meine ... Hände. Sehen Sie sie nur an.“ Tipton hielt die bereits verkrümmten Finger hoch. Mit der linken Hand stützte sie ihre rechte.

Elizabeth blickte sie an. „Das tust du dir selbst an“, sagte sie leise.

„Wie können Sie es wagen!“

„Du atmest nicht richtig. Das habe ich vorher schon bemerkt.“

„Ich habe meinen Vater und meinen Verlobten verloren, und meine Hände verkrampfen sich, und Sie sagen, ich würde das bewusst machen?“ Tipton setzte sich auf und funkelte sie an.

„Ich sage nicht, dass du keine Schmerzen hast, Kind. Ich sage nur, dass eine nutzlose Hand einem Zweck dient. Dein Verstand sagt, dass du Schutz vor etwas brauchst, darum werden deine Hände taub, sehen so seltsam aus wie die Wurzeln eines alten Baumes.“ Sie nahm die verkrampften Finger des Mädchens in ihre Hände. Tipton gestattete es ihr.

„Das hält dich davon ab, über etwas anderes nachzudenken. Oder etwas anderes zu tun, denke ich. Zumindest war es so. Das wird dich aber nicht davor bewahren, dass du deinen Papa vermisst und Tyrell. Das wird es nicht verhindern. Und es wird dich nicht davor bewahren, einen Wagen zu übernehmen. Wenn du es nicht tust, dann war alles, was Tyrell für uns getan hat, damit wir so weit kommen, umsonst. Das ist nicht das Vermächtnis, das er dir hinterlassen wollte."

Die Frau kam ihr zu nahe, drang zu tief.

„Du möchtest doch nicht, dass es heißt, Tipton Wilson hätte durchkommen können, hat es aber nicht geschafft. Denk darüber nach, Kind", sagte Elizabeth. „Ich muss mit Mazy sprechen." Sie tätschelte dem Mädchen die Hand, erhob sich und fügte noch hinzu: „Sie ist eine Witwe und eine werdende Mutter. Sei dankbar, dass du wenigstens kein Baby zur Welt bringen musst, ohne dass sein Papa da ist."

Nachdem sie ging, legte sich Tipton wieder hin und starrte auf die verkrampfte Hand an ihrem Handgelenk. Sie hob die Hand vor ihre Augen, bewegte sie hierhin und dorthin in einer Art Trauertanz.

Tyrells Baby auszutragen, wäre ein Grund zu leben gewesen. Jetzt hatte sie keinen mehr. Tränen stiegen ihr in die Augen. Was hast du dir dabei gedacht, Tyrell? So sinnlos zu sterben, so unerfüllt. Sie setzte sich mit klopfendem Herzen im Bett auf. Der Unfall war nicht seine Schuld gewesen, sondern ihre! Sie hatte ihn weggetrieben, weil sie sich so an ihn geklammert hatte. Er war auf die Jagd gegangen, um ihr zu entkommen! Tyrells Tod war ihre Schuld. Sie hatte ihn getötet, das war ihr so sicher, als hätte sie das Gewehr abgefeuert; und sie war auch schuld am Tod ihres Vaters.

Sie griff nach der Flasche, zog den Stopfen von dem Laudanum und führte die Flasche an den Mund. Dann legte sie den Kopf zurück und schluckte. Die warme Flüssigkeit rann ihr durch die Kehle, dann verschloss sie die Flasche wieder und ließ sich in die Kissen sinken.

Esther schob die Zeltklappe zurück und sah, dass Zilah im Bett saß.

„Mir geht es besser, Schwester“, sagte Zilah. „Ich habe Ferrels Tabak in Ruhe gelassen, nicht gekaut.“

„Was?“

Das Mädchen senkte den Blick. „Ferrel sagt, ein wenig würde mir gut tun.“

„Ich wusste gar nicht, dass er ... gekaut hat.“ Esther riss an dem Band unter ihrem Kinn und zog an der eng sitzenden Haube, sodass das äußere Band sich gegen ihre knochigen Wangen drückte. „Das ist nicht gut für dich. Jetzt weißt du es. Geht es dir so gut, dass du helfen kannst, den alten Snoz anzuspannen?“

Das Mädchen nickte. „Sein Gang beunruhigt die Bienen nicht.“

„Er ist auch mein Lieblingstier“, sagte Esther. „Die Bienen werden durch Schritte unruhig?“

Das Mädchen griff nach dem Sack mit Buchweizenkörnern und stopfte eine Hand voll in den Mund und kaute sie. Sie sah aus wie eine Maus, die knabbert. „Mei-Ling – Deborah“, korrigierte sie sich, „sie sagt, die Bienen erkennen Stimme und Schritte. Wenn sie unglücklich sind, fliegen sie davon.“ Sie kaute weiter. Ihre Lippen bildeten ein nach oben gewandtes Lächeln in ihrem ovalen Gesicht. Ihre Haut hatte die Farbe von weichem Staub und wies Narben von einer früheren Krankheit auf, lange bevor sie diese Reise in den Westen angetreten hatte. Sie war kein hübsches Mädchen, aber stämmig und kräftig, und ihr zukünftiger Mann hatte begeistert auf das Foto des Mädchens reagiert.

„Ich bin stark wie ein Ochse“, sagte Zilah und zog ihre Beine unter sich hervor. Sie rülpste von den Buchweizenkörnern und legte erschrocken die zarten Finger an die Lippen. „Tun, was wir vorher nicht getan haben. Das ist Mut. Meine Großmutter hat dies vor langer Zeit gesagt.“

„Dann sollten wir ihr am besten Glauben schenken“, sagte Esther und half dem Mädchen aus dem Zelt.

Mazy Augen schmerzten, sie konnte nicht richtig denken. Sie wollte die anderen trösten, hatte aber nichts zu geben. Zorn und Trauer ließen sie so leer zurück wie einen zerbrochenen Krug.

„Ich würde alles dafür geben, wenn du das nicht durchmachen müsstest, Liebling“, sagte Elizabeth. „Jemanden zu verlieren, den man liebt, ist der schlimmste Schmerz, den ein Mensch erleben kann, schlimmer als eine Verletzung oder als das Leiden an der Sünde.“ Sie zögerte. „Vielleicht nicht schlimmer als Sünde. Aber wir alle müssen das durchstehen. Als dein Vater starb, dachte ich, ich würde ebenfalls sterben. Doch das Herz schlägt weiter, man atmet weiter, man bekommt Hunger und braucht Schlaf, und man weiß, man ist nicht tot. Eines Tages bringt dich irgendetwas zum Lachen, und du bekommst Schuldgefühle, weil du lachen kannst. Ein Monat vergeht, dann ein Jahr, und man macht weiter mit seinem Leben, auch wenn man weiß, dass nichts mehr so wird wie früher.

Ein Morgen kommt, und beim Aufwachen ist der Himmel blau, und man riecht Blumen, von denen man vergessen hat, dass man sie mag, und der Hund stupst dich mit dem Kopf an, und man macht einen Spaziergang mit ihm zu den knospenden Eichen und Ahornbäumen. Es ist, wie wenn ein Garten nach einem langen, harten Winter wieder zu neuem Leben erwacht.“ Sie hob die Arme ihrer Tochter. „Du bist wie eine Stoffpuppe“, flüsterte sie und zog Mazy an ihre Brust.

Sie hielten sich eine Weile im Arm, dann zog Elizabeth ihr das Kleid über den Kopf und ersetzte es durch ein gewaschenes.

Mazy roch die Seife und das Flusswasser auf ihrem Kleid, als sie es über den Kopf zog, als es über ihr Gesicht strich. „Es scheint so lange her zu sein, dass wir angehalten und die Wäsche gewaschen haben und ich böse auf dich war, weil du mich verlassen hast.“

„Ich habe dich nicht verlassen“, widersprach Elizabeth. Sie steckte die Kämme wieder in Mazys Haar und hielt ihrer Tochter das Stück Spiegel vors Gesicht. „Ich denke, Jeremy würde wollen, dass du weitermachst. Für dich und für sein Baby. Bestimmt wollte er nicht, dass du hier herumsitzt und dahinvegetierst.“

„Ich weine ja schon nicht mehr“, sagte Mazy und nahm ihrer Mutter den Spiegel aus der Hand.

„Du musst gesund bleiben. Komm jetzt mit, Mazy. Mal sehen, ob wir beide die Ochsen selbst anspannen können. Gib diesem Trauerzug irgendeine Richtung.“

„Ich weiß nicht, ob ich das möchte, Mutter“, sagte Mazy, als sie sich von Elizabeth die Stufen ihres Wagens herunterhelfen ließ. Sie sah sich um, betrachtete den Fluss, das Vieh und die Pferde, die hinten zusammengepfercht standen. Ruth war bereits bei der Arbeit. Die Kühe und der Bulle kauten ihr Futter. „Was wäre falsch, wenn wir hier bleiben würden?“

„Zum einen ist das nicht unser Platz“, wandte Elizabeth ein. „Indianergebiet. Denke nicht, die Pawnees oder die Sioux würden es gern sehen, wenn wir hier bleiben würden. Dies sind nicht einmal die Staaten. Wir befinden uns in einem fremden Land. Außerdem, was sollten wir hier machen?“

„Einen Garten anlegen, Gemüse an die Leute verkaufen, die hier vorbeikommen, Leute wie wir. Wir haben doch unterwegs einiges gekauft. Wir könnten ihnen Milch, Käse und Eier anbieten. Wie die Mormonen. Fähren bedienen, Hilfe anbieten. Wir würden ein wenig Zeit schinden und dann umkehren.“

„Ich sage, wir ziehen weiter nach Oregon“, erwiderte Elizabeth, „nehmen das Land, von dem Jeremy gesprochen hat. Dreihundertzwanzig Acres. Das ist kaum zu schlagen.“

Mazy wandte sich um, betrachtete den Platte, die hügelige Landschaft und den fruchtbaren Boden. „Ich denke, es gibt bessere Möglichkeiten, als einfach weiterzufahren.“

Sie sammelten sich um die in Decken gehüllten Leichname. Antone lag in einer aus den Einlegebrettern des Tisches hergestellten Kiste. Als Überlebende ihrer ersten Nacht als Witwe lehnte sich Mazy gegen ihre Mutter. Mazy hatte darauf bestanden, dass sie Gräber gruben und sie mit Steinen und Holzkreuzen markierten. „Ich sehe keine Hinweise auf Indianer, Kojoten oder irgendetwas anderes, das Interesse daran haben könnte, alte Knochen auszugraben", sagte Mazy. „Eines Tages werde ich eine Markierung machen, eine richtige, und hierher an diesen Ort zurückkommen. Ich muss genau wissen, wo sie liegen."

Schwester Esther sprach die Worte, von Staub zu Staub und Asche zu Asche.

Sie hörten das Klappern eines Wagens. Die Gruppe drehte sich um. Dr. Masters fuhr los. Seine Schweine liefen hinter ihm her. So blieben die Frauen und ein paar Söhne übrig, um ihre Männer zur Ruhe zu legen.

„Er fährt?", jammerte Adora. Sie lehnte sich gegen Charles, der sich bei der Berührung seiner Mutter versteifte. „Jetzt?"

„Er hat sowieso nichts für uns getan", sagte Ruth. „Es ist gut, dass er verschwindet."

Nach der Trauerfeier schlug Mazy das einfache Kreuz zwischen den Steinen ein, die sie auf das Grab gelegt hatte. Sie dachte an das, was sie durchgemacht hatte, wo sie gewesen war und was die Zukunft für sie bereithielt. Und dann fasste sie einen Entschluss.

Lura Schmidtke hatte seit dem Gebet für Antone kein Wort mehr gesprochen. Mehr als zwanzig Jahre lang hatte sie sich nicht bewegt, wenn ihr Mann es ihr nicht gesagt hatte, hatte sie kein Frühstück zubereitet, ohne genau zu wissen, was er haben wollte. Sie war, wie alt? Fünfundvierzig oder sechsundvierzig? Und doch fühlte sie sich älter als ihre Großmutter, die an ihrem neunundsiebzigsten Geburtstag gestorben war.

Zwanzig Jahre lang hatte Lura die Welt nur in dem Schatten gesehen, den Antone geworfen hatte. Und nun saß sie hier. Sie wusste, sie sollte nun gehen – wie die anderen Frauen.

„Mama?", fragte Mariah. Die Stimme des Kindes klang noch ziemlich schwach. „Es ist Zeit, zu gehen."

Lura seufzte. Sie ließ sich an den Schultern hochziehen. Ihr kurzer Umhang rutschte an ihren dünnen Armen hoch. Ihre Beine schmerzten vom Sitzen. Mariah nahm den hochlehnigen Stuhl unter den Arm und stützte mit dem anderen Arm ihre Mutter, während sich ihre nackten Zehen in die lockere Erde gruben.

„Wo ist Matt?“, fragte Lura und sah sich um. Ihre Stimme klang flach wie ein verstimmtes Klavier.

„Er sieht nach dem Vieh. Vermutlich braucht Joe Pepin etwas Hilfe. Er wird wiederkommen und Pas Wagen fahren. Ich übernehme den anderen. Joe wird sich allein um das Vieh kümmern müssen. Allerdings weiß ich nicht, wie er mit so vielen Tieren fertig werden will“, sagte Mariah.

„Hält Matt das für das Beste?“

„Es muss getan werden.“

„Du bist ein gutes Mädchen“, sagte Lura und tätschelte ihrer Tochter die Hand. „Aber ich bin jetzt so müde. So schrecklich müde.“

„Pa sagte immer, laufen ist gut für den Rücken.“

„Ja, er wusste alles, was wichtig war“, sagte Lura.

„Manchmal denke ich, dass ich Pa angesteckt habe“, gestand Mariah. Sie klang nicht mehr wie eine zupackende junge Frau, die für ihre Mutter sorgt, sondern wie ein dreizehnjähriges Mädchen. „Ich habe aus dem Fluss getrunken, auf dem Bauch, genau wie Pa. Ich habe gehört, wie jemand sagte, dass die Krankheit daher kommen würde. Ich hatte sie.“

„Ich denke, mir würde es besser gehen, wenn wir einfach noch einen oder zwei Tage hier rasten würden.“ Dann fiel ihr etwas ein. „Vermutlich waren es diese Asiatinnen“, sagte Lura mit gesenkter Stimme, „nicht du. Vermutlich haben sie das eingeschleppt.“

Mazy stand neben dem Ochsen und sah, wie ihre Mutter die Antilope fütterte, eine letzte Aufgabe, sagte sie, bevor sie aufbrachen. Die kleine schwarze Nase stupste gegen die Gummiflasche, die ihre Mutter aus dem Ärmel eines Regenmantels hergestellt hatte. Fip, so hatten sie das Tier genannt, weil es so klein war. Sogar Pig war dabei, knurrte leise und wackelte die ganze Zeit mit dem Schwanz.

Alles schien entwurzelt: Die Antilope, das lachende Kind, Suzanne, die mit fest zusammengepressten Lippen daneben stand. Wozu waren die Psalmen gut, in denen es hieß, Gott würde überall führen, wenn Mazy ihn nicht spüren konnte? Wozu sollte sie Lobpreis in ihr Buch schreiben, wenn sie daneben von Gräbern berichtete und von ihrem für immer veränderten Leben? Sie war Gottes Plan gefolgt, der versprochen hatte, sie zu lieblichen Orten zu führen. Sie sah sich um. Hier gab es nichts Liebliches.

Sie war eine Nadel auf einem Kompass, hüpfte hin und her, suchte die Richtung. Sie sah die niedrigen Hügel, die Grasflächen, den Platte, breit und seicht, der nach Osten floss, woher sie gekommen waren, durch das ihr vertraute Land. Das war es, sie musste die Richtung finden. Ihre Mutter sprach sich immer eindeutig dafür aus. Nun, sie konnte auch entschlossen sein. Einige würden das eigensinnig nennen, starrsinnig. Doch ein paar Mal in ihrem Leben hatten diese Eigenschaften ihr gute Dienste erwiesen. Mazy kam zu dem Schluss, dass dies auch jetzt den Nebel ihrer Verwirrung durchdringen könnte.

Eiligen Schrittes marschierte sie zum Wagen. Zuerst würde sie sich die Aufmerksamkeit der Frauen sichern. Dann würde sie für eine Meinung werben, ihre Meinung. Sie griff nach dem schweren Kessel, der an der Rückseite des Wagens befestigt war, und begann, sich mit einem eisernen Löffel lautstark ihren Weg zu bahnen.

11

Mazy schlug mit dem Löffel gegen den Kessel und erschreckte Suzanne. Die meisten Ochsen waren bereits angespannt und scharrten bei dem unerwarteten Lärm unruhig mit den Hufen. Suzanne hörte Frauenstimmen, die mit den Tieren redeten und sie beruhigten. Die Geräusche taten ihr weh und machten sie zornig.

„Hören Sie mit dem Krach auf!", rief Suzanne von ihrem Wagen aus. „Sie werden die Tiere noch wild machen." Sie legte beide Hände über die Ohren.

„Ruhig, ruhig", sagte Naomi mit leiser Stimme. „Wie heißen sie, Missy Suzie?"

„Ich heiße Suzanne. Suzanne, nicht Suzie." Das Klappern hörte auf.

„Sie geben den Ochsen Namen?"

„Nein. Ich bin Suzanne. Nicht Suzie oder ‚Missy Sue'. Kannst du dir das merken?" Sie seufzte. „Bryce hat die Ochsen Breeze und Blow getauft – das Leitgespann."

„Was ist los?", fragte Betha.

„Es tut mir Leid", entschuldigte sich Mazy. „Aber ich wollte, dass wir uns sammeln. Nur für einen kurzen Augenblick."

„Ein Gebet für unsere Reise wäre willkommen." Schwester Esther nickte ernst.

„Kann diese Zusammenkunft nicht bis zum Abend warten?", fragte Ruth. „Besser wir machen uns auf den Weg. Wir müssen das Wetter ausnutzen und das saftige Gras, solange es noch geht. Chimney Rock." Sie deutete auf einen Ort auf der anderen Seite des Flusses. „Dort beginnt das schwierigere Gelände."

Mazy senkte die Stimme. „Wir müssen uns jetzt treffen. An einer Zusammenkunft am Abend werde ich wahrscheinlich nicht teilnehmen."

„Was hat sie gesagt?", fragte Lura Mariah.

„Sie denken daran, uns zu verlassen?"

„Ich überlege, Ruth." Mazy wandte sich ihr zu. „Ich denke darüber nach, was wichtig ist. Ich habe einen Entschluss gefasst. Einige von Ihnen kommen vielleicht auch zu einem Entschluss."

„Das ist wirklich kein guter Zeitpunkt, Kind", wandte Elizabeth ein. „Nicht für dich noch für irgendeinen von uns. Es ist nicht gut, übereilte Entscheidungen zu treffen. Wir müssen einfach weiterfahren."

„Die Dinge haben sich verändert, Mutter. Es wäre unvernünftig, wenn wir nicht die Veränderungen der Umstände in Betracht ziehen würden, wenn wir neue Informationen nicht verwerten würden, bevor wir weiterziehen. Wenn die Kühe durchgehen würden, würden wir doch anhalten, um sie wieder einzufangen. Wir würden doch nicht einfach so tun, als sei es nicht geschehen, und weiterfahren."

„Sie sind aber nicht durchgegangen", wandte Suzanne ein.

„In gewisser Weise ist es doch passiert", erwiderte Mazy. „Wir sind alle niedergetrampelt worden. Aber wir könnten uns in noch schlimmerer Verfassung befinden."

„Und was stellen Sie sich vor, Mrs. Bacon?" Charles Wilson stellte diese Frage.

Er war herangekommen, als sie noch mit dem Anspannen beschäftigt waren. Nun saß er mit Tyrells Sporen an den Füßen am erlöschenden Feuer, das vom Wind jederzeit wieder angefacht werden konnte. Mazy blickte die Frauen an.

„Was ist los, Mama?", fragte Tipton. Sie steckte den Kopf aus dem Wagen. Ihre Augen waren glasig, als würde sie noch immer schlafen.

„Mazy möchte über etwas sprechen. Ich weiß nicht. Ich denke, wir sollten jetzt aufbrechen."

Tipton seufzte. „Mir ist das recht."

Mazy fand, dass das Mädchen jetzt ausgezehrter aussah als bei ihrem Aufbruch in den Westen. Auch Adora war gealtert seit dem Tag, an dem sie freudestrahlend in Kanesville aufgetaucht war. Wie hatte sie sich damals gefreut, ihre Tochter wiederzusehen. Sie alle hatten sich verändert.

„In meinem Kopf dreht sich alles“, sagte Adora. Sie massierte ihre Schläfen.

„Ich bin sicher, Tipton kann das regeln, Mutter“, sagte Charles. Er spuckte aus.

„Ich sage, wir fahren los“, meinte Ruth Martin. „Mir scheint –“

„Ich stimme zu. Du hast nur versucht, ein wenig Zeit zu schinden, richtig Kind?“

„Wir haben noch einen weiten Weg vor uns und die Berge noch nicht einmal erreicht“, erklärte Esther. „Aber der Herr wird uns hindurchhelfen.“

„Was meinst du, Matt?“ Lura Schmidtke wandte sich an ihren Sohn, der gerade herangeritten kam.

„Ich habe einen Vorschlag zu machen“, begann Mazy. Sie setzte den Kessel ab und stellte sich auf eine Kiste, um besser gesehen zu werden. Sie wollte alle im Blick haben, ihre Gesichter und Haltungen, um einschätzen zu können, wie ihre Worte auf sie wirkten.

Sie atmete tief durch, um ihre Entschlossenheit zu stärken. In dem Wort *Entschlossenheit* lag eine Macht. Es überwand alle tiefen Seufzer der Resignation, die einen Panzer der Traurigkeit über diese Menschen und diesen Ort gelegt hatten.

„Wir sind jetzt eine ungewöhnliche Reisegruppe“, begann Mazy. „Einige von uns wollten ihr Zuhause gar nicht verlassen. Keiner von uns hat diesen Zeitpunkt gewählt, wo Krankheit oder Unfall einige von uns dahinraffte und andere am Leben ließ. Wer weiß, wer an diesem Abend krank sein wird – oder tot am Morgen? Ich sehe keinen Weg, das zu ändern. Aber es gibt einige Dinge, die wir in der Hand haben.“

„Was wollen Sie sagen?“, fragte Suzanne. Sie setzte Clayton ab, ließ aber das Seil um ihn gebunden. Er zog daran, und sie trat beim Sprechen leicht vor. „Naomi, kannst du ihn sehen? Ist er zu dicht bei den Ochsen?“

„Alles in Ordnung, Missy Sue – Suzanne. Ich passe gut auf ihn auf.“

„Diese vielen Wagen ohne Begleiter“, fuhr Mazy fort, „wenn wir einen Wagenbruch haben oder einen Ochsen verlieren, oder wenn du, Adora, ein Maultier verlierst, das wird eine Katastrophe sein. Die einzigen Männer, Matt, Joe Pepin und Charles, ihr werdet bei dem Vieh gebraucht." Sie blickte Charles an, als er gerade Rauch durch die Nase ausstieß.

„Wir werden bald Fort Laramie erreicht haben", wandte Schwester Esther ein.

„Und was wird das ändern?", fragte Mazy.

„Der Herr wird dort für uns sorgen, auf eine Weise, die wir uns nicht vorstellen können."

„Ich bin nicht bereit, meine Zukunft darauf zu setzen", erwiderte Mazy. „Nicht mehr. Wer wird uns helfen, unsere Wagen zu fahren oder das Vieh zu treiben? Die Leute dort, Trapper, Händler, Soldaten? Keiner von ihnen wird bereit sein, einen Treck von Frauen zu begleiten."

„Wir könnten uns einer der Gruppen auf der anderen Seite des Platte anschließen", schlug Betha vor. Ihre Stimme war leise, wie die eines kleinen Mädchens. „Das ginge doch, Ruthie, nicht? Ich kann das andere Ufer erkennen. Ich sehe viel Staub, also müssen dort viele Wagen sein."

Adora sagte: „Ich möchte einfach nur ausruhen."

„Es ist egal, ob wir versuchen, uns den Leuten auf der anderen Seite anzuschließen oder in Fort Laramie. Sie werden uns nur ansehen und sofort wissen, dass unsere elf Wagen ihre eigene Reise in Gefahr bringen werden."

„Ich würde gern zu Jeds Grab zurückkehren. Ich hätte es markieren sollen, wie Sie das bei Jeremys gemacht haben, Mazy. Und bei Antone und Hathaway. Ihre sind markiert", jammerte Betha.

„Darf ich sprechen?" Das war Mariah. Mazy nickte. „Könnten wir uns nicht einfach aufteilen? Uns ein oder zwei Gruppen anschließen, die uns aufnehmen?"

„So wie ich das sehe, stellt uns das vor dasselbe Problem. Wer wird uns dabeihaben wollen?", entgegnete Mazy. „Wagen ohne Begleiter."

„Sie tun so, als seien wir ... Aussätzige", wandte Ruth scharf ein.

„Wir müssen uns der Tatsache stellen“, sagte Suzanne. „Wir sind alle Krüppel, ohne Führer.“

„Ich bin kein Krüppel“, widersprach Ruth. „Wir sind fähig, wir alle. Doch durch die Todesfälle wurde uns allen eine heiße Pfanne in die Hand gedrückt. Sie wird abkühlen. Wir müssen nur nach Westen ziehen. Hört auf, darüber zu diskutieren.“

„Leute werden auf alle mögliche Art und Weise geblendet“, sagte Suzanne zu ihr.

„Ein Todesfall schafft Verwirrung“, erwiderte Ruth. „Wir sollten weiterziehen, unseren Kurs beibehalten. Ich bin auch bisher allein gefahren. Wenn ich das kann, könnt ihr anderen das auch.“

„Aber dies war der leichteste Teil“, wandte Lura ein. „Ich weiß, ich sollte nicht sprechen. Aber ich erinnere mich, wie Antone das gesagt hat. Er sagte: ‚Weißt du, wenn wir erst Laramie hinter uns haben, werden die Berge immer höher, und die Berge sind übel. Wir müssen zusammenhalten, ja, das ist die Antwort. Dann werden wir alle Hände brauchen und auch einen guten Führer. ‘“

„Dann ist das ein Ja?“, fragte Ruth.

„Nun, ja, ich denke, es ist ein Ja dazu, zusammenzubleiben“, erwiderte Lura. „Oder vielleicht ein Nein zum Weiterziehen.“

„Ich glaube, Lura hat ganz Recht mit dem, was sie über die Härten des Weiterziehens gesagt hat“, meinte Esther. „Aber was wollen Sie eigentlich vorschlagen, Mazy?“

Mazy atmete tief durch. „Ich bin entschlossen, nach Hause zurückzukehren.“

So. Sie hatte es ausgesprochen. Und die Welt war nicht stehen geblieben, nur ihre Kompassnadel.

„Ich habe nie mitkommen wollen“, fuhr Mazy fort. „Ich möchte umkehren nach Wisconsin zu dem Vertrauten, zu dem, was ich kenne. Ich möchte, dass mein Kind das kennen lernen wird, was ich zuerst kannte, den Wind von den Klippen.“

„Das hast du erst später kennen gelernt, Mazy“, erinnerte Elizabeth sie. Mazy blickte sie finster an. „Ich möchte nur, dass wir ehrlich bleiben bei diesem Gespräch. Du hast diese Klippen kennen gelernt, nachdem du ein neues Leben an der Seite deines

Mannes begonnen hast. Dieses hier ist ein neues Leben, das er sich auch für dich gewünscht hat. Und ein anderes wartet auf dich in Oregon."

„Aber es wird nicht sein Leben sein, nicht, Mutter? Und es ist nicht das, für das ich mich entschieden habe. Jeremy wird nicht da sein, um mich dahin zu bringen. Jetzt habe ich die Wahl, und ich werde diese Entscheidung für mich und mein Kind treffen. Du kannst mitkommen oder weiterziehen und hoffen, dass jemand Mitleid mit dir hat und dir weiterhilft. Ich werde auf jeden Fall nach Hause fahren."

Mazy hörte ihren Herzschlag mit der Gewissheit dessen, was sie wollte. Sie fragte sich, ob sie ganz allein würde umkehren können, falls niemand beschloss, mit ihr zu fahren. Nun, sagte sie sich, sie konnte es. Stille senkte sich auf die Gruppe.

„Ich habe nicht viel dazu zu sagen", meldete sich Suzanne zu Wort. Sie durchbrach die Stille als Erste. „Aber wenn ihr wissen wollt, wie es ist, gefangen zu sein, da, wo man nicht sein will, fragt mich. Aber ich denke, ich muss dich fragen, Naomi, da du meine Ochsen lenkst. Wo möchtest du hin? Nach Osten oder nach Westen?"

„Sie wird hingehen, wohin ich es ihr sage", antwortete Schwester Esther an ihrer statt.

Naomi streichelte weiter den großen Ochsen und beruhigte das Tier. Sie sprach leise auf Breeze ein, kraulte das Tier hinter den Ohren und mied die langen Hörner an beiden Seiten. Mazy beobachtete sie. Dieses Gespräch schien sie nicht zu interessieren, darum war Mazy erstaunt über die weise Antwort des Mädchens. „Pflanzen wachsen am besten im selben Boden. Wachsen zusammen, bieten Schutz vor dem Wind. Sie sind vom selben Ort, wachsen am besten nicht allein."

„Bäume wachsen nur selten allein", wandte Elizabeth ein.

„Was bedeutet?", fragte Suzanne.

„Was immer wir tun, wir sollten es zusammen tun", erklärte Betha.

„Alle zusammen, an einem Ort", bestätigte Mazy. „Genau."

„Aber wir haben Verpflichtungen", protestierte Schwester Esther. „In Kalifornien werden wir erwartet."

„Und wie wahrscheinlich ist es, dass Sie Ihre Schutzbefohlenen auch wirklich dort abliefern können?", fragte Mazy. „Wäre es nicht besser, wenn Sie umkehren, sich im nächsten Jahr neue Wagenlenker suchen und es noch einmal versuchen? Sie tragen die Verantwortung für drei weitere Menschen, und selbst in Begleitung von zwei Männern war es ein Risiko, die Reise anzutreten."

Schwester Esther sank auf den Stuhl, den sie noch nicht wieder in ihrem Wagen verstaut hatte. „Aber wir sind doch bereits so weit gekommen und jetzt umkehren ..."

„In der Gemeinschaft liegt Kraft, Missy Esther", sagte Deborah und tätschelte die knochige Schulter der Frau. „Die Bienen schaffen gemeinsam Platz. Kennen ihre Pflicht."

„Die Sorge für die Königin, nicht?", bemerkte Charles.

Mazy zuckte zusammen, als er in den Kreis der Frauen trat.

„Eine Gruppe von Drohnen, die nach einer Königin suchen", fuhr Charles fort. „Glücklicherweise hat Mrs. Bacon die Männer von dieser Diskussion ausgeschlossen. Aber andererseits hatte ich sowieso nicht vor, lange bei Ihnen zu bleiben."

„Charles!", ereiferte sich Adora. „Was denkst du dir? Du musst uns doch fahren, mich! Du kannst uns nicht verlassen!"

„Ich muss gar nichts, Frau. In einem hat Mrs. Bacon Recht: Es ist eine Sache der Entscheidung. Du hast deine getroffen, als du Vater dazu brachtest, Tipton zu folgen. Und siehst du, was es ihm eingebracht hat? Ich bin sicher, ihr beide werdet gut zurechtkommen, wie es immer der Fall war. Wenn ich du wäre, würde ich zurückfahren. Dort bist du bekannt, und jemand wird bestimmt Mitleid mit dir haben, bis du einen geeigneten Wohltäter für die liebe Tipton gefunden hast."

Er beendete seine Rede und stieg in den Wagen. Adora erhob sich mit offenem Mund. Als er wieder herauskam und auf sein Pferd stieg, packte sie ihn am Ärmel. Er beugte sich über sie, als wolle er Tipton im Wagen schlagen. „Was hast du in deiner Jacke?“, fragte Adora. Sie streckte die Hand aus, um seine Tasche zu berühren.

„Das geht dich nichts an“, erwiderte er, packte ihr Handgelenk und drückte es so fest zurück, dass sie ins Stolpern geriet.

„Charles!“, sagte Mazy. „Ihre eigene Mutter –“

„Kann gut allein für sich sorgen.“ Er riss an den Zügeln und das Pferd wich zurück und drehte sich. Er trat dem Tier mit den Sporen in die Seite und schoss um Haaresbreite an Adora vorbei.

„Mama?“ Tipton steckte den Kopf aus dem Wagen.

„Er verlässt uns.“ Adora kaute an ihrer Unterlippe und massierte sich die Schläfen.

„Aber Charles, wir sind doch deine Familie“, rief Tipton.

Charles zog an den Zügeln und drehte sich um. „Du hast mir nie etwas gegeben, das ich gern als meines beanspruchen würde.“

„Nur Papas gutes Geld“, erwiderte Tipton. „Das würdest du ohne Skrupel nehmen.“

Die Vene an Charles Nacken begann plötzlich zu pulsieren. Seine braunen Augen verhärteten sich zu Eis. „Ich habe jeden Penny verdient, indem ich dich ertragen musste, Schwester“, sagte er. „Ich habe meine Schuldigkeit getan.“ Er wendete, sein Pferd. „Noch eines, das du wissen solltest, bevor du zu hoch auf deinem Ross sitzt, kleine Schwester.“ Spucke sammelte sich erneut an seinem Mund. „Dein Verlobter hatte nicht die Absicht, dich zu heiraten. Das hat er mir an dem Tag gesagt, an dem er gestorben ist. Er sagte, er hätte genug von herumschnüffelnden Frauen und sei froh, dass er nach Norden, nach Oregon fahren würde, während die Wilsons nach Süden zögen.“

„Das stimmt nicht“, rief sie. „Er hätte es mir gesagt, wenn er seine Meinung geändert hätte.“

„Warum sollte er es dir sagen?“, fragte Charles. „Das brauchte er nicht. Sobald wir Casper Country erreicht hätten, wärst du außer Sicht und aus seinen Gedanken verbannt gewesen. Genau wie jetzt. Und genauso wird es auch bei mir sein.“

Er schlug mit den Zügeln und gab dem Tier einen Tritt mit Tyrells Sporen, damit es sich in Bewegung setzte.

Die Vögel zwitscherten in die Stille hinein. Tipton sah aus, als sei sie gerade aufgewacht, Haar und Kleider zerzaust, der Blick versteinert.

Trauer ist so einzigartig wie eine Schneeflocke, dachte Mazy, *und genauso kalt.*

„Ich denke, Mazy hat Recht, Ruthie." Alle wandten sich plötzlich zu Betha um. „Ich weiß, das ist schwer für dich zu hören, Liebes, aber ich möchte wirklich zu Jeds Grab umkehren. Können wir das nicht tun? Dort könnte ich besser entscheiden, was ich will. Könnte es mit ihm besprechen. Willst du ohne mich weiterfahren?"

Ruth starrte sie an.

„Nun, vermutlich nicht." Betha wandte den Blick ab. „Aber ich muss umkehren. Wirklich."

„Esther, wollen Sie das auch? Wir könnten noch einmal an Harolds Grab beten. Und an Cynthias", sagte Mazy.

Die Frau nickte. „Nur für einen kurzen Abschied."

Ruth seufzte resigniert. „Wie wäre es, wenn Matt und Joe das Vieh und die Pferde weitertrieben, einiges von meinem Korn mitnähmen? Ohne uns würden sie im Westen bessere Weideflächen finden. Ihr anderen könntet weiter nach Westen fahren, während ich mit Betha umkehre. Damit wir zu uns selber finden."

„Wir bleiben alle zusammen", sagte Adora. „Ich kann mir nicht vorstellen, ohne Sie und Mazy weiterzufahren."

„Um der Kinder willen. Ich möchte mir nur ein wenig Zeit nehmen, um am Grab zu trauern", erklärte Betha.

„Matt?", fragte Lura ihren Sohn. „Was denkst du?"

„Ich denke, dass wir das tun sollten. Ich nehme auch Ihren Bullen mit, Mrs. Bacon, wenn Sie das möchten. Wir treffen uns dann in Laramie oder ziehen weiter. Applegates Route verläuft nach Süden und dann auf dem California Pack Trail nach Oregon. Wenn wir Ihre Pferde dorthin bringen, Miss Martin, brauchen Sie sich keine Sorgen zu machen um die Überquerung des Columbia River."

„Oh, wir werden Sie bald eingeholt haben", meinte Ruth. „Soll der Bulle mitgehen, Mazy?"

Mazy wollte das eigentlich nicht; aber wenn es bedeutete, dass die anderen mit ihr umkehrten, dann wäre das den Verlust des Bullen wert. Was bedeutete er ihr auch? Sie hatte die Kühe. Und wenn sie alle zusammen umkehrten, und wenn auch nur unter dem Vorwand, einen oder zwei Tage an den Gräbern zu trauern, dann wäre es das wert. Die Umkehr war der schwierige Teil. Die Sehnsucht nach zu Hause würde sie weiter nach Osten treiben.

„Nehmen Sie den Bullen mit", bestimmte Mazy. „Wir kehren um und rasten an den Gräbern."

„Ja, rasten", wiederholte Lura. „Das klingt so gut."

„Ich gehe mit Missy Esther zurück", sagte Naomi. „Fahre Missy Sue – Suzanne."

„Und Sie ... die anderen, werden Sie mit Schwester Esther reisen?" Mazy wurde klar, dass sie keine Einzige von ihnen kannte. Naomis Namen hatte sie nur gehört, weil Suzanne ihn genannt hatte.

„Sie werden tun, was ich ihnen sage", bestimmte Schwester Esther.

Mazy glaubte nicht, dass Esther den Blick bemerkt hatte, den die asiatischen Mädchen sich zuwarfen.

„Unseren Rhythmus zu finden und auszuruhen, ist eine gute Idee", sagte Elizabeth. „Wir können üben, einander zu helfen."

Mazy konnte sich nicht erinnern, einmal größere Dankbarkeit ihrer Mutter gegenüber empfunden zu haben.

Stille senkte sich über die Gruppe, die beendet wurde, indem Mazy sagte: „Dann ist es beschlossene Sache. Wir fahren nach Osten. Alle zusammen."

„Für den Augenblick", schränkte Ruth ein. „Alle zusammen für den Augenblick."

Bevor sie aufbrachen, zeigte Matt seiner Mutter und Mariah, wie sie die schweren Joche von den Ochsen nehmen und wo sie sie zwischen den Rädern hinlegen mussten.

„Ihr müsst sie jeden Abend an denselben Platz legen, damit ihr wisst, wo ihr sie morgens finden könnt", schärfte er ihnen ein.

„Und achtet darauf, dass Boo immer links läuft. Minnie rechts. Ihr müsst Minnie zuerst anspannen, sonst denkt sie, sie würde zurückbleiben, und wird unruhig. Dasselbe gilt für dein Gespann, Mariah. Baxter links, Cow Chip rechts."

„Cow Chip. Rechts. Ja. Ich werde daran denken", wiederholte sie. Sie umarmte ihren Bruder zum Abschied.

„Wir sehen uns in ein paar Tagen", sagte er.

Lura drückte ihn fest an sich. Der Junge trat zurück und fuhr sich über die Augen. Er setzte seinen Hut wieder auf und ließ seinen Blick über den Wagenkreis und die Frauen gleiten. In diesem Augenblick sah er so aus, als wollte er einen anderen Vorschlag machen und bei ihnen bleiben. Lura sah die Verwirrung, das Mitgefühl in seinem jungen Gesicht, diese Strähne weißen Haares, das von der Sonne gelblich geworden war. Sie wollte etwas sagen, aber Mariah kam ihr zuvor.

„Reite nur los, Mattie. Wir sind auch Schmidtkes, weißt du? Wir werden weiterfahren, wohin wir gewiesen werden, und wir werden uns wieder treffen."

„So Gott will", sagte er. Dann stieg er auf, und er und Joe Pepin ritten nach Westen.

Mazy litt unter Schmerzen. Ihre Schultern, ihre Brust und Atmung drückten schwer wie ein Stein gegen ihr Herz. Ihr Arm schmerzte, weil sie ständig mit der Peitsche schlagen musste. Mit der Schulter musste sie die Ochsen zur Seite drängen, wenn sie zu weit nach rechts oder links liefen. Und immer wieder musste sie sich bücken, um die Wagenachsen und die schweren eisernen Ketten zu überprüfen, die die Tiere vor dem Wagen festhielten. Ihr war gar nicht klar gewesen, wie sorgfältig man sie im Auge behalten musste, wie sehr man aufpassen musste, dass sie in die richtige Richtung liefen. Hatte sich Jeremy je darüber beklagt? Doch sie durfte nicht zulassen, dass solche Gedanken sie beschwerten.

„Wenigstens scheint uns nachmittags nicht mehr die Sonne in die Augen", bemerkte Elizabeth. „Mir tun die Jungs Leid, die weiter in sie hineinreiten."

„Heute sind wir nicht besonders weit gekommen“, sagte Mazy. Sie sah nach dem Odometer am Rad. „Nur zehn Komma fünf Meilen, nachdem wir umgedreht hatten. Morgen werden wir weiter kommen.“

„Falls wir keinen Achsbruch haben oder einen Ochsen verlieren“, erwiderte Elizabeth. „Und unter der Voraussetzung, dass wir eine gute Weide finden.“

In dieser ersten Nacht auf dem Weg nach Osten stellten sie die Wagen zu einem Kreis zusammen, um die Ochsen, die Kühe der Bacons und die Maultiere zusammenzuhalten. Die Antilope lief herum und stieß uneingeladen mit der Nase in die Töpfe, bis Pig sie anbellte und sie eilends unter einem Wagen verschwand.

„Sie müssen sie anbinden“, rief Adora von der anderen Seite des Kreises Elizabeth zu. „Sie ist schlimmer als ein Hund.“

„Wir haben nicht genügend Hunde“, erwiderte Elizabeth. „Können gar nicht genug haben. Gut zur Bewachung, gut für den Spaß.“

„Falls die Nahrungsmittel jemals knapp werden, können wir sie ja essen“, sagte Adora. Sie bückte sich, um den Wassereimer von der Seite des Wagens zu nehmen. Elizabeth öffnete den Mund und wollte eine Antwort geben, aber in diesem Augenblick schüttete Adora sich das Wasser über das Kleid.

„Oh nein“, jammerte Adora. „Jetzt müssen wir dieses nach Alkali schmeckende Zeug trinken. Das war so gutes Wasser.“

Ihr nasses Kleid, die Erschöpfung des Tages, die Trauer über Hathaways Tod, Tiptons Distanziertheit – alles kam zusammen und floss aus ihr heraus, so wie das Wasser aus dem Eimer ihr Kleid durchnässt hatte. Sie blickte auf ihre Füße. Auch sie waren nass, ihr letztes Paar Schuhe ohne Löcher. Es war zu viel, alles zu viel. Adora legte den Kopf gegen den Wagen und weinte.

Elizabeth wartete einen Augenblick darauf, dass Tipton ihre Mutter weinen hörte und käme, um sie zu trösten. Als sie das nicht tat, band Elizabeth Fip am Rad fest und ging zu Adora hinüber. Sie strich ihr über den Rücken. „Diese ersten Tage sind schwer.“

Bei diesen Worten des Trostes wandte sich Adora um und

schluchzte, das Weinen einer verlorenen Frau, einer Frau, die sich an den Gedanken gewöhnen musste, nun Witwe zu sein.

„Es ist, als wären meine Arme abgeschnitten, eine Seite meines Herzens herausgerissen worden." Adora trocknete mit der Schürze ihre Tränen. „Ich habe heute bestimmt fünfzig Mal an ihn gedacht und überlegt, was er zum Abendessen haben möchte, ob er den Haken befestigt hat, den er brauchte, wie weit wir seiner Meinung nach gekommen sind. Immer wieder habe ich mich gebremst. Er ist tot. Hathaway ist tot." Sie betupfte ihre Augen. „Nicht, dass ich immer auf ihn gehört hätte. Nein, ganz bestimmt nicht. Aber ich musste hören, was er gesagt hat, um zu wissen, was ich wollte."

Sie schüttelte den Kopf, wischte sich die Augen. Elizabeth strich ihr über den Rücken.

„Habe ich Ihnen erzählt, dass er mir einmal vorschlug, wir sollten jemanden einstellen, der Frauenkleider herstellt, die wir dann im Geschäft verkaufen könnten, so wie wir Männerkleider verkaufen? Ich habe ihm gesagt, keine Frau würde in ein Geschäft kommen und etwas kaufen wollen, das nicht extra für sie genäht worden sei. Ein lächerlicher Gedanke. Ich habe es ihm ausgeredet. Ich habe nicht einmal an so etwas gedacht, bis er den Vorschlag gemacht hat." Sie bekam Schluckauf vom Weinen und Luftholen.

„Ich bin sicher, er wusste das von Ihnen", meinte Elizabeth. „Hat Sie deswegen geliebt."

„Das war nicht liebenswert für ihn, dessen bin ich sicher." Sie holte tief Luft und sah Elizabeth an. „Ich fühle mich wie ein Schaufelrad, das auf einen Stein gestoßen ist, und jedes Mal, wenn es sich dreht, stehen bleibt."

„Auf diese Weise kommt man schwer voran."

„Das stimmt."

„Sie kommen weiter."

„Ja, aber nicht besonders gut, um ehrlich zu sein. Hathaway wollte nicht mitkommen, wissen Sie? Er mochte seinen Laden. Er hatte Pläne für Charles dort. Charles war immer so ungeduldig, beunruhigend, um ehrlich zu sein. Charles hatte Recht, böse auf mich zu sein." Sie putzte sich erneut mit der Ecke ihrer Schürze die Nase. „Oh, dieses Ding ist ganz nass. Ich mache Sie auch ganz nass!" Sie ließ die Hände sinken und fuhr zurück, als hätte sie sich verbrannt, betrachtete den nassen Fleck auf Elizabeths Schürze. Dies löste einen neuen Tränenstrom aus. Sie presste die Hände gegen ihre Schläfen. „Ich scheine nichts tun zu können, das nicht einen anderen verletzt. Wenn wir Tipton früher in ihre Schranken gewiesen hätten, dann wäre sie vielleicht nicht so eigensinnig geworden. Vielleicht wäre sie doch nicht davongelaufen. Aber ich wusste, dass sie es vorhatte. Das war nicht nur eine Drohung. Denken Sie, dass es nur eine Drohung war?"

„Ihre Tochter hat einen sehr ausgeprägten Willen."

„Eigentlich keine schlechte Eigenschaft", verteidigte sie ihr Kind. „Das kommt aus meiner Familie. Aber wenn sie etwas weniger davon gehabt hätte, wären wir vielleicht nicht gekommen, Hathaway nicht ... und Charles auch nicht. Hätten wir das alles vermeiden können, Elizabeth? Sie kannten Hathaway ein wenig, und Sie kennen meine Tipton. Habe ich Ihnen gesagt, dass die Leute uns oft für Schwestern gehalten haben? Schwestern! Ach, dieses Kind. Was soll ich tun?"

„Ich weiß es nicht, Adora."

Elizabeth wusste, es wäre sinnlos, ihr zu sagen, was sie tun soll. Der beste Trost kam aus dem Glauben und von Freunden, aber nur wenn man bereit war, diese Liebe anzunehmen. Sobald man sich der Heilung öffnete, konnte ein Mensch graben, bis er auf das wertvolle, erhaltende Erz stieß. Alles zu seiner Zeit. Heute Abend hörte Elizabeth ihr einfach zu, hörte ihren Geschichten zu, die zeigten, wo Adora gewesen war, sagten, was aus ihr werden könnte.

Elizabeth hielt sie in den Armen, ließ sie weinen, gab ihr den Trost ihrer Gesellschaft, die Hilfe der Liebe.

12

Sie sollte etwas essen, aber sie war nicht hungrig. Mazy konnte sich nicht erinnern, ob Appetitlosigkeit ein erstes Anzeichen für Cholera war oder ob Jeremys erstes Anzeichen Erschöpfung gewesen war. Hatte er etwas getrunken, das er nicht hätte trinken sollen? Irgendetwas gegessen? War etwas in der Luft und setzte sich auf einen wie der allgegenwärtige Staub? Sie wusste nicht, wie sie sich schützen könnte. „Sarah hat heute über Bauchkrämpfe geklagt", erzählte Ruth ihr, als sie sich für die Nacht zurechtmachten. „Aber heute Abend geht es ihr schon wieder besser."

„Clayton hat sich auch erholt", berichtete Mazy. „Kinder sind anscheinend widerstandsfähiger als die Erwachsenen. Und nur wenige Frauen sind gestorben. Auf den Grabmarkierungen, die wir gesehen haben, stehen meistens Männernamen, ein paar Kinder. Ein Baby zu verlieren, wäre hier draußen noch schwerer."

„Allerdings", stimmte Ruth ihr zu. Ihr Tonfall warf eine Frage in Mazy auf, aber Ruth ging weiter, und der Augenblick des Fragens verging.

Mazy nahm einen hochlehnigen Stuhl vom Haken an der Wagenseite. Sie ließ sich darauf nieder und legte die Füße auf die Holzspeichen des Rades. Diese Position entlastete ihre Beine. Sie würde eine Weile hier sitzen bleiben, dann die Kühe melken und sich danach schlafen legen. Sie würde ohne Jeremy zu Bett gehen, wieder einmal, sie würde sich umdrehen und den kühlen, leeren Platz neben sich ertasten. Sie schüttelte den Kopf, um das Bild zu vertreiben. Ein Windhauch kühlte ihr das erhitzte Gesicht.

„Ich habe uns getrocknetes Rindfleisch und Bohnen gekocht", sagte ihre Mutter von hinten. „Du musst bei Kräften bleiben. Ich habe auch etwas Brot mitgebracht."

Mazy nahm die Holzschüssel, die sie ihr reichte. Sie war zu müde, um sich zu weigern. Sie tauchte das Brot in die Soße und saugte daran. Sie aß für das Baby, nicht weil sie selber Hunger hatte. Seit Jeremy krank geworden war, hatte sie keinen Hunger mehr verspürt. War das erst vor zwei Tagen gewesen? Wie konnte in so kurzer Zeit so viel passieren?

„Hast du Pig gesehen?", fragte Mazy und sah sich um. „Ich weiß, dass er gerade noch hier gewesen ist."

„Er ist bei Suzanne", erwiderte Elizabeth. Sie deutete mit ihrem ausgeprägten, rechteckigen Kinn zum Wagen der Cullvers. „Scheint sie zu mögen."

„Dann muss ich wohl allein reisen."

„Der Hund hat einen Blick für die Bedürftigen", erklärte Elizabeth. „Außerdem hast du jede Menge menschliche Gesellschaft, wenn du möchtest." Ihre Mutter drückte Mazys Schulter. Sie zuckte zusammen.

„Was ist los, Madison?"

„Nur wund", erklärte sie. „Mir geht es gut. Alles wird gut werden."

Mazy drehte den Kopf zu den schwieligen Fingern ihrer Mutter, die noch auf ihrer Schulter lagen. Sie taten ihrer schmerzenden Haut gut. Elizabeth streichelte das Gesicht ihrer Tochter, als wäre sie ein Baby.

„Ich bin heute so müde, dass alles andere nicht zählt", stöhnte Mazy und brach damit ihren Schwur, sich nicht zu beklagen.

„Ich schätze, das ist nicht nur die Reise", meinte Elizabeth. „Erschöpfung scheint an den Leerstellen zu schwären. Aber es geht vorüber."

Ohne von Mazy unterbrochen zu werden, plauderte ihre Mutter über die Moskitos und von was sie sich ernährten, wenn keine Menschen und kein Vieh vorbeikämen. Sie wies auf den Sonnenuntergang hin, und wie gut es doch sei, dass sie Brennstoff für das Feuer gefunden hätten, ohne weit laufen zu müssen. Mazy fragte sich, woher ihre Mutter die Begeisterung nahm, die Neugier in Bezug auf alles Unbekannte, die Lebenslust und die Dankbarkeit für die gewöhnlichen Dinge des Lebens.

„Vermisst du ihn nicht?", fragte Mazy.

Elizabeth brach mitten im Satz ab. „Natürlich vermisse ich ihn", erwiderte sie. „Die anderen auch, aber ganz bestimmt Jeremy. Immerhin war er mein Schwiegersohn."

„Du scheinst ... alles, was passiert ist, einfach akzeptiert zu haben."

„Was bleibt mir anderes übrig?"

„Du könntest seinen Tod betrauern."

Elizabeth dachte nach. „Ja", sagte sie. „Und das tue ich auch. Ich erinnere mich an seine Art, was er für dich und sein Kind wollte, und dass er mich mitkommen ließ, damit ich näher bei dir und diesem Enkelkind sein konnte. Aber ich bin eine nüchterne Seele und werde keine Gefühle vortäuschen, die ich nicht empfinde. Jeremy wurde mit Menschen nicht gut warm. Er war eher praktisch veranlagt, würde ich sagen. Ich habe mir um euch beide immer Sorgen gemacht."

„Jeremy hat mich geliebt", sagte Mazy.

„Das bestreite ich ja gar nicht. Ich habe nur immer gedacht, dass du einen Menschen brauchtest, der etwas liebevoller ist, der die Leidenschaft und Freundlichkeit hervorbringen würde, die in dir stecken, jemand, der dir das Gefühl gibt, zu Hause zu sein, egal wo du bist. Einen Freund, meine ich."

„Wir standen uns nahe, Mutter."

Elizabeth biss in ihr Brot und starrte ihre Tochter eine Zeit lang an, bevor sie weitersprach. „Es gefällt mir nicht, zu sehen, dass du zu den Leuten gehörst, die im Tod so tun, als wäre im Leben alles in Ordnung gewesen, obwohl es nicht so war. Es nimmt dem Menschen doch nichts, wenn du ehrlich mit dir selbst bist."

„Sagst du nicht immer, dass jeder Mensch auf seine Weise trauern muss?"

Elizabeth nickte. „Einige Menschen werden zornig oder verlieren den Verstand; andere gehen so tief in sich hinein, dass wir sie nie wieder erreichen können. Mach das nicht, Mazy, bitte. Ich versuche nur, die Verstorbenen in einer Ecke meines Herzens zu behalten und es ihnen dort bequem zu machen, sie dann und wann dort zu besuchen. Ich versuche, nach ihrem Tod ehrlich in Bezug auf sie zu sein, so wie ich es im Leben auch gewesen bin. Das bedeutet nicht, dass ich nicht um sie trauere. Trauer sieht nicht bei allen gleich aus."

Zwischen ihren Worten hatte Elisabeth weitergegessen, und jetzt war auch ihre Schale leer. Mazy betrachtete die Falten im Gesicht ihrer Mutter, die kleinen Krähenfüße, die von ihren Augen ausgingen, die tieferen Falten um ihren Mund. Woher kamen diese Wärme und diese Herzlichkeit? *Weisheit trägt das Gesicht eines Hundes*, dachte sie. *Von Annahme, selbstloser Großzügigkeit.* Was war geschehen, dass ihre Mutter geworden war wie die Oberfläche eines Sees an einem windstillen Sommernachmittag, dass sie diese Ruhe ausstrahlte?

„Warum nimmst du dir heute Abend nicht einfach die Zeit, um in dein Buch zu schreiben?", schlug Elizabeth vor. „Das könnte dich beruhigen."

„Ich bezweifle, dass ich das noch einmal wieder tue."

„Aber du hast doch immer mit Begeisterung Einträge gemacht", erwiderte Elizabeth erstaunt.

„Damit bin ich fertig", sagte Mazy.

„Das tut mir aber Leid", bedauerte Elizabeth. „Dass du nicht versuchst, aus deinem Glauben Kraft für deine Seele zu ziehen. Lass die Trauer dich auf eine gute Weise verändern. Es ist –"

„Wieso bellt er so?", fragte Mazy und wandte sich um. „Ich sehe ihn den halben Tag nicht, und dann macht er so einen Aufstand."

Ihr Blick wanderte zu Pig, dessen Nase zum Cullver-Wagen gerichtet war, wo Clayton saß. Das Kind weinte. Pigs Schwanz stand warnend hoch aufgerichtet.

Abseits von den Aktivitäten der Frauen striegelte Ruth Koda. Mit gleichmäßigen Handbewegungen bürstete sie ihn. Der Rhythmus war ihr vertraut und tröstend. Hier wenigstens, bei dem Geruch von Heu, Dung und Pferd, machte ihr Leben Sinn.

Alles andere machte keinen Sinn. Matt Schmidtke war jung und unerfahren, auch mit Joe Pepin an seiner Seite. Aber sie waren wenigstens ehrlich, was man von Charles nicht sagen konnte. Es würde ihm ähnlich sehen, zurückzubleiben und sich vor der Verantwortung zu drücken. Er schien Situationen gern zu seinem Vorteil zu nutzen. Sie wünschte, sie wäre bei den Pferden geblieben. Warum hatte sie Betha nicht intensiver zum Weiterfahren gedrängt? Man konnte die Vergangenheit nicht hinter sich lassen, wenn man sich immer wieder zu ihr umwandte. Darin kannte Ruth sich aus; ihr Leben war in der Tinte des Leides geschrieben.

Das hatte sie vor sechs Jahren nicht gedacht. Damals war sie glücklicher gewesen, als sie für möglich gehalten hätte, glücklicher, als sie es verdiente. Sie bürstete Koda und erinnerte sich daran, wie viel Freude ihr die Pferde damals gemacht hatten. Sie hätte wissen müssen, dass es nicht von Dauer sein würde. Das Glück war wie ein Kolibri herangeflattert, verwirrend und hell, bevor es wieder davonflog. Ihre zweijährige Verlobungszeit mit einem jungen Bankier aus Indiana sollte mit der Hochzeit im Sommer zu Ende gehen.

Sie hatten sich kennen gelernt, als Ruth als Lithografin bei der Zeitung in Columbus tätig war. Sie übertrug die Zeichnungen von Feuerwerken und Feiern und anderen Ereignissen seitenverkehrt auf Kalksteinplatten, so präzise und genau, dass sie später auf Papier gedruckt werden konnten. Es war eine Gabe, die nicht viele hatten, und sie war stolz auf ihre Leistung. Dabei würde sie sie im Westen vermutlich niemals einsetzen können. Zane könnte sie zu leicht finden, auch wenn sie jetzt ihren Nachnamen geändert hatte. Und er durfte sie nie finden.

Tipton lag auf dem Bett ihrer Mutter und starrte zur Plane über sich. Was hatte sie aufgeweckt? Sie versuchte, die Zeit zu schätzen, die sie sich bereits in diesem voll gestopften Wagen befand. Anscheinend hatte ihre Mutter alles mitgenommen, von Teppichklebeband über Garnrollen bis hin zu Krügen voller Knöpfe. Ihr Sammelsurium ließ wenig Raum übrig. Nur mit Mühe konnte man stehen. Was hatte sie aufgeweckt?

Vielleicht hatte sie Zilah draußen gehört. Es war ein Geniestreich gewesen, das Mädchen für ihren Wagen anzuheuern. Sicher, die Asiatin war krank gewesen, aber sie schien sich wieder erholt zu haben.

Jemand rief erneut, aber es schien weit entfernt zu sein. Tipton fand, dass sie einen guten Handel abgeschlossen hatte, wenn sie sich nur erinnern könnte, was sie dem Mädchen versprochen hatte, wenn es ihre Maultiere lenkte. Es hatte etwas damit zu tun, dass sie ihr einen Apfelpudding machen würde, das war es!

Tipton drehte sich um. Ihr Kopf pochte an den Schläfen, und ihr Körper juckte. Sie konnte sich riechen. Das war nicht angenehm. Die Räder waren über hunderte von Steinen hinweggerollt, und immer war ihr Kopf auf die Bretter geprallt. Jetzt tat ihr der Kopf weh, obwohl sich der Wagen nicht bewegte. Gleich würde sie aufstehen, den Nachttopf benutzen und ausleeren. Ja, gleich. Sobald der Hund aufhörte zu bellen, das würde ihr Zeichen sein. Oder sie hörte ein Kind lachen, ja, das würde das Zeichen zum Aufstehen sein – es sei denn, sie könnte Zilah dazu bringen, den Topf auszuleeren. Vielleicht könnte sie ihr dafür Walnüsse anbieten.

Beim Gedanken an Essen überlegte Tipton, wann sie das letzte Mal etwas zu sich genommen hatte. Hatte sie Appetit auf einen von Bethas Kuchen? Nein, sie hatte keinen Hunger. Das Essen würde sie nur dick machen. Sie durfte nicht dick werden, aber sie konnte sich nicht erinnern, warum nicht. Irgendetwas nagte an ihr, irgendetwas gleich unterhalb ihres Herzens.

Sie erschauderte und rollte sich herum. Ihre Hand glitt unter das Kissen, um es sich über das Gesicht zu legen, um die Sehnsucht und den Schmerz zu ersticken. Ihre Finger berührten die kühle Flasche Laudanum. Sie zog sie zurück, als hätte sie sich verbrannt. Nein, sie musste diese Medizin aufheben, wenn einer von ihnen krank würde. Sie wollte sich wieder umdrehen. Ihre Hände waren verkrampft wie die einer alten Frau. Sie starrte hinauf zu der verschimmelten Plane über sich. Ihre Atmung veränderte sich, sie bekam kaum noch Luft. Sie hörte die Kühle des Laudanums ihren Namen rufen. Und sie antwortete.

Ruth war fertig mit Koda, dann begann sie, Jumper zu striegeln. Der Wallach wieherte. „Ja, du bist mein Freund", sagte sie. „Pferde sind verlässlicher als Männer." Männer wie Z. D. Randolph hatten sie das gelehrt. Damals in Ohio war er mit eingezogenem Kopf durch die Tür gekommen, und die Glocke über der Türstrebe hatte angeschlagen. Er trug einen schwarzen Umhang, einen schwarzen Anzug und einen Stock. Der süße Duft seines Rasierwassers drang zu ihr hinüber und überlagerte den Geruch im Raum von Öl, nassem Papier und Tinte.

Sie hatte von ihrer Arbeit aufgesehen, um die Ursache für den frischen Geruch zu erkunden. Sie starrte in die braunen Augen des Mannes, den sie heiraten würde.

„Ich bin erstaunt", sagte er, „eine so große Schönheit an einem so ungewöhnlichen Ort zu finden." Ruth errötete. „Ich suche einen Lithografen, der Columbus zeichnet", erklärte er. „Ich möchte gern ein Kunstblatt zu Leuten nach St. Louis schicken. Können Sie mir da helfen?"

„Ich habe Verwandte dort", erwiderte Ruth. „Und ich bin Lithografin." Er legte den Kopf zur Seite und grinste verschmitzt, was ihn noch anziehender machte.

„Tatsächlich? Nun, also, dann wissen Sie ja genau, was ich brauche." Er deutete auf die Kalksteinplatte in ihrer Hand. In der anderen Hand hielt sie das Gravurmesser. „So hübsche Hände", sagte er, „sollten etwas anderes halten als Stein."

„Eine kluge Frau hält sich an das, was sie braucht", erwiderte Ruth.

Er zog seine dichten Augenbrauen in die Höhe. „Und wieder stehe ich tief beeindruckt vor Ihnen", sagte er und zeigte beim Lächeln sein Grübchen. Er legte seinen dunklen Hut zur Seite und streckte die Hand aus. Sie ließ den Kalkstein sinken, nahm seine Hand und schüttelte sie. Eigentlich hatte er ihr die Hand küssen wollen, doch ihr Verhalten machte ihm dies unmöglich. Er lächelte nur, drückte ihre Hand wie Männer dies tun. „Sie gefallen mir", sagte er.

Damit begann eine lange Zeit des Werbens. Sie gingen miteinander spazieren, machten Picknicks und besuchten das Theater. Er kaufte ihr kleine Geschenke und schließlich extravagantere. Zane gefiel es, wenn sie Ohrringe trug und Halsketten auf ihrer olivfarbenen Haut.

Sie bat ihn einmal, nicht so viel Geld für sie auszugeben, versuchte, ihm klar zu machen, dass ihr einfachere Dinge besser gefielen. Er hatte die Stirn gerunzelt wie ein Junge, dem aufgetragen wird, sein Spielzeug wegzuräumen.

Er erzählte ihr von seiner Familie, seinen Bankinteressen. Sie erzählte ihm von ihrer Liebe zu Pferden und wie viel Freude es ihr machte, mit einer Peitsche zu üben. Er hatte die Stirn gerunzelt, aber nur leicht. Es war ihr jedoch aufgefallen, und sie sprach nicht mehr über diese Themen.

„Das war mein Absturz, Koda", sagte Ruth. „Ich habe mich für einen anderen aufgegeben. Nie wieder", sagte sie zu dem Pferd. Beim Klang ihrer Stimme kam Koda herüber, zog an dem Tuch, das um ihre Taille gebunden war. „Abgesehen von diesem kurzen Abstecher für Betha", erklärte sie. „Und die Kinder."

Pigs Bellen brachte sie alle auf die Beine. Schwester Esther, Naomi, Deborah, Lura, Mariah und Zilah kamen in den Kreis der Wagen, nachdem sie ihre Arbeiten verrichtet hatten. Als sie das Kind schreien, den Hund bellen und Suzannes Hilfeschrei hörten, beschleunigten sie ihren Schritt.

„Clayton ist da", sagte Schwester Esther, die ihn besser als die kleineren Frauen erkennen konnte. Sie deutete mit der Hand. „Unter dem Wagen."

Sie rafften alle ihre Röcke und eilten durch das Gras mit den gelben Blumen, die wie Konfetti das Gras zierten.

„Was ist los? Clayton?", rief Suzanne, den Hals vorgestreckt wie ein Huhn, die Hände tastend. Sie griff nach dem Seil an ihrer Taille. Es gab keinen Widerstand – er hatte sich losgebunden. Sie stieg von der Wagenkiste herab und ihre Hände beschrieben einen weiten Bogen vor sich. Wo war dieser Stock, den Naomi für die Ochsen benutzte? „Clayton? Wo bist du? Was ist los?"

Mazy erhob sich bei Pigs Bellen. Trotz ihrer Müdigkeit eilte sie mit langen Schritten zu Clayton. Sie beobachtete, wie das Kind sich erhob, wie um auf die Stimme seiner Mutter zuzueilen, als

Pigs knurrendes Bellen lauter wurde, eindringlicher. Seine Nackenhaare sträubten sich. Auf einmal begriff Mazy, und sie rief, streng und scharf: „Clayton! Suzanne! Stopp! Sagen Sie ihm, er soll sich nicht bewegen!"

„Was ist los? Was sehen Sie?", fragte Suzanne.

„Eine Klapperschlange zwischen Pig und Ihrem Jungen."

Mazy hörte ihre Mutter kommen. „Hol mir eine Heugabel", wies Mazy sie an. „Bleib, wo du bist, Clayton. Wir spielen jetzt ein Spiel. Setz dich hin. Sagen Sie ihm, er soll sich setzen, Suzanne."

Elisabeth riss die Mistgabel von Bethas Wagen. Schwester Esther und die anderen gesellten sich zu ihr.

Hinter sich hörte Mazy ein leises Jammern. Sie erblickte Mariah, die mit weit aufgerissenen Augen ihre Faust auf den Mund gepresst hatte. „Töten Sie sie! Töten Sie sie!", rief sie.

„Sitz still, Clayton", befahl Mazy, „deine Mama ist da. Bleib jetzt still sitzen." Mazy richtete die Mistgabel auf die Schlange. „Sie achtet im Augenblick mehr auf den Hund als auf Clayton. Pig, komm ihr nicht zu nahe."

Sie stach auf das Reptil ein, und ihr Klappern durchschnitt die Stille. Sie stieß nach der Mistgabel, wand sich nach links, rollte sich erneut zusammen. „Sobald sie außer Bissweite ist, Mutter, schnapp dir den Jungen."

Die Schlange schwenkte den Kopf wie eine Kompassnadel. Mazy stach und stieß nach ihr, dann hörte sie das Zischen einer Peitsche neben ihrem Kopf. Die Wucht des Leders enthauptete das Tier.

Mazy wandte sich um und entdeckte Ruth einen Schritt hinter sich. Dann drehte sie sich wieder zurück und sah, wie ihre Mutter das Kind nahm und es Suzanne reichte, die es mit Küssen bedeckte. Der Körper der Schlange wand sich weiter in dem flach getretenen Gras.

„Sie weiß noch nicht, dass sie bereits tot ist", bemerkte Elizabeth.

„Wir müssen den Kopf vergraben", erklärte Ruth, „damit die Mücken nicht davon fressen. Das macht ihre Stiche schlimmer."

„Ich möchte auch nicht unbedingt darauf treten", sagte Ned, der noch immer interessiert das Geschehen verfolgte.

„Kann sie einen denn vergiften, auch wenn sie schon tot ist?“, fragte Sarah. Sie hielt Jessies Hand umklammert.

Ruth nickte. „Wir sollten das Gras abklopfen, bevor wir uns schlafen legen, und damit versuchen, so viele wie möglich zu verscheuchen.“

„Ich kann sie nicht leiden“, wiederholte Mariah. „Schlangen und Spinnen.“ Sie erschauderte. „Vor allem Spinnen.“

„So haben wir eine kleine Zutat zum Abendessen“, meinte Elizabeth.

Mazy kraulte dem Hund die Ohren. Pig bellte noch immer die sich windende Schlange an, aber nicht mehr so laut und aggressiv. „Es ist gut“, beruhigte Mazy ihn. „Gut gemacht, Pig.“

„Danke“, sagte Suzanne. Ihr Kinn lag auf dem Kopf ihres Kindes. „An wen auch immer von Ihnen. Der Hund ... Ich kann einfach nicht auf Clayton aufpassen.“ Sie schüttelte den Kopf, wischte sich die Tränen fort.

„Beruhigen Sie sich“, sagte Betha. „Kleinkinder sind immer schwer zu beaufsichtigen.“

„Seht nur, wie lang sie ist“, staunte Mariah. Mit der Mistgabel spießte Mazy die Schlange auf und brachte sie zum Feuer, während Ruth mit ihrem Absatz ein Loch grub und den Kopf der Schlange mit ihrem Stiefel hineindrückte. „Wir werden sie doch nicht wirklich essen, oder?“

„Sie ist groß genug, dass jeder einmal probieren kann“, sagte Elizabeth.

„Wie wird sie denn zubereitet?“, fragte Lura.

„Ma!“

„Wenn man eine Klapperschlange isst“, führte Elizabeth aus, „muss man richtig hungrig sein. Man sollte weder frühstücken noch zu Mittag essen, den ganzen Tag nichts zu sich nehmen. Dann kann man eine Klapperschlange zum Abendessen verspeisen.“

„Ich denke, wir können auf diese Delikatesse verzichten“, meinte Schwester Esther und beschäftigte sich mit dem schwarzen Band unter ihrem Kinn. „Da der Herr uns an diesem Tag bereits zwei Mahlzeiten gegeben hat.“

Die Frauen beschlossen, an diesem Abend in den Wagen zu schlafen und nicht die Zelte aufzubauen. Sicher waren alle so müde wie sie, dachte Mazy, und es war leichter, sich in dem engen Wagen auf die Matratzen sinken zu lassen, als die Zelte aufzustellen und sich die ganze Nacht über zu fragen, ob sie am Morgen neben einer Schlange aufwachen würde. Mazy hörte Geräusche draußen bei dem niedrig brennenden Feuer. Sie nahm an, dass Schwester Esther sich noch nicht schlafen gelegt hatte.

So müde sie auch war, Mazy konnte nicht einschlafen. In Gedanken ging sie die Ereignisse des Tages noch einmal durch. Sie musste zusehen, dass alles glatt lief, dafür sorgen, dass ihre Umkehr problemlos verlief. Sie würde einen Weg finden müssen, besser auf Clayton aufzupassen. Jemand musste ihn den ganzen Tag im Auge behalten. Dann fielen ihr die alten Schlittenglocken im Wagen ihrer Mutter ein – man könnte sie an den Schuhen des Jungen festbinden. Das würde helfen.

Bildete sie es sich nur ein, oder war Suzanne jetzt weniger abweisend? Nein, Mazy hatte sich nur einfach nicht um sie gekümmert; das hatte ihre Mutter übernommen. Sie musste das ändern. Sie musste sich eine Aufgabe für Suzanne ausdenken, irgendetwas Wichtiges, nicht nur etwas, um sie zu beschäftigen. Sie wusste wenig von Suzannes Interessen, abgesehen von der Nähmaschine, die sie gesehen hatte. Die Cullvers hatten auch Musikinstrumente dabei, aber sie hatte nur einmal erlebt, dass Bryce Geige spielte. Ein Ballen Musselin und etwas, das wie ein aufgerollter Teppich aussah, lag an den Seitenteilen des Wagens verstaut. Mazy war ein Dutzend Mal darüber gestolpert, als sie Suzanne während ihrer Krankheit gepflegt hatte. Sie fragte sich, wie es kam, dass Suzanne nicht darüber stolperte.

Schwester Esther hustete. Mazy stellte sich vor, wie sie am Feuer saß und schrieb.

Mazy warf sich erneut herum, schüttelte das Federkissen auf. Sie sollte schreiben, niederschreiben, was sie an diesem fremden Ort ohne ihren Mann erlebte, und ohne das Gefühl, dass Gott noch immer neben ihr ging. Ihr Verstand, ihr Körper, ihre Emotionen, ihr Gebetsleben, alles war durcheinander. Das Schreiben könnte ihr Worte geben, um ihre Gefühle in Schach zu halten. Das Schreiben könnte sie trösten.

Doch sie konnte sich nicht überwinden, zu schreiben, es als heilende Gabe einzusetzen. Denn das würde bedeuten, dass sie ans Beten denken müsste, und das Gebet war verloren, so verloren wie Jeremy. Was empfand sie? Sie wusste es nicht genau. Verwirrung? Nein, Betrug. Nicht von Jeremy; er war immerhin sterblich, zu einem Irrtum berechtigt. Aber Gott hatte dies zugelassen, den Tod zugelassen und die Enttäuschungen. Was erforderte solche Katastrophen? Hatte sie im Gebet versagt? Sie wusste es nicht, und jetzt konnte sie auch nicht fragen.

Sie wollte einfach erfrischt werden, neu anfangen, ohne ihren Platz zu verlieren.

Schwester Esther begann leise zu singen, das Lied, das sie an den Gräbern gesungen hatten.

„Oh Beulah Land, süßes Beulah Land!
Wie ich auf deinem höchsten Berg stehe,
blicke ich in die Ferne über das Meer,
wo Wohnungen für mich bereitet sind,
und sehe die funkelnde Küste der Herrlichkeit –
Mein Himmel, mein Heim, für alle Ewigkeit.“

Heim. Der Gedanke daran ließ Mazy keine Ruhe. Zuhause bedeutete ihr Glück, so war es immer. Tränen sammelten sich in ihren Augen. Sie blinzelte sie fort.

Ruth lag auf dem Boden neben dem Vieh. Sie starrte hinauf zu den Sternen und war so dankbar, dass Clayton nichts geschehen war. Kinder waren kostbar, wertvoll und zerbrechlich. Und wieder musste sie an ihren eigenen Verlust denken. Sie seufzte. Sie hatte Scheuklappen getragen, dieselben, die sie den Pferden umband, damit sie sich nicht ablenken ließen.

Was als fröhliches Werben begonnen hatte, war nun bald in ein

Stadium der Pausen gekommen: Pausen in ihren Gesprächen, Pausen, die sie nicht erkennen wollte. Sie hatte die Zornesausbrüche nicht wahrhaben wollen, die ihr Verlobter einem Hund gegenüber bekam, der an seinem Schuh kaute, oder einem Pferd gegenüber, das nicht schnell genug auf seine Anweisungen reagierte.

„Er ist eben ein temperamentvoller Mann", so entschuldigte sie ihn ihrem Vater gegenüber. „Er ist nur nervös wegen der Hochzeit, den Vorbereitungen", beruhigte Ruth ihn, und sie glaubte es selbst.

„Irgendetwas stimmt nicht, Ruth. Du machst dir selbst etwas vor", hatte ihr Vater gesagt. „Ja sicher, finanziell wärst du abgesichert, aber das ist nicht alles bei einer Ehe. Um ehrlich zu sein, das ist eher unwichtig. Wird er freundlich sein, gerecht und fair? Kannst du dich auf ihn verlassen? Dies sind die Fragen, die du dir stellen solltest."

Es war die erste vieler Warnungen, die sie von ihren Lieben bekam.

Zanes Familie und ihr Bruder Jed mit Frau Betha und den Kindern sollten zu ihrer Trauung kommen; die Hektik der Hochzeitsvorbereitungen würde vergehen, und dann würde alles gut werden zwischen ihr und Zane.

Ruths Familie traf ein. „Meine Eltern bedauern", erklärte Zane ihr. „Krankheit. Die Schwester meines Vaters. Sie geben uns ihren Segen."

Und so heirateten Zane und Ruth tatsächlich. Aber es wurde nicht alles gut.

Wenn die Babys kämen, dann würde es besser werden, wenn sie sich erst einmal eingerichtet hätten, redete sie sich ein.

Sie hatte sich Mühe gegeben, sich ihre Besorgnis nicht anmerken zu lassen, keinem gegenüber. Als sie sich zu beunruhigenden Gedanken steigerten und nicht mehr nur ängstliche Irritationen waren, brachte sie sie so vorsichtig vor, wie sie Fehler auf einer teuren Kalksteinplatte korrigierte. Sie arbeitete auch nicht mehr für die Zeitung. Z. D. Randolph schlug vor, sie sollte eine andere Beschäftigung für diese hübschen Hände suchen.

„Das fällt auf mich zurück, Ruth, dass du nicht zufrieden bist als meine Frau."

„Aber ich bin doch glücklich. Und ich liebe die Lithografie."

„Andere verstehen das nicht", wandte er ein. „Und wenn du den ganzen Tag mit diesen Männern zusammen bist, findest du vielleicht jemanden, den du mehr liebst." Er hatte gegrinst, und seine Unsicherheit hatte ihr geschmeichelt.

Es war egal, dass ihre Tage sich hinzogen, ohne dass sie Kontakte zu anderen hatte. Es war egal, dass Zane oft Überstunden machte und sie viel allein war. Es war egal, dass sie den Knecht und die Hausmädchen mehr zu Gesicht bekam als ihren Mann. Als sie ihm mitteilte, sie sei schwanger, änderte sich alles. Ihr galt seine ganze Aufmerksamkeit. „Das ist fantastisch", sagte er. „Und ich habe es gemacht." Er freute sich an ihr, machte ihr Komplimente, sprach von ihrer Schönheit, ihrer Anmut als werdende Mutter. Dann kamen die Babys. Zwillinge.

Ruth drehte sich um und blickte hinauf in die Sterne, blinzelte die Tränen der Erinnerung fort.

Danach hatte Ruth ihre Liebe zu Pferden entdeckt, hatte festgestellt, dass sie sichere und bereitwillige Zuhörer waren. Ihre Diskretion war absolut zuverlässig, ihre Treue ungebrochen.

Koda stampfte neben ihr. Sie hörte Jumper wiehern und war froh, dass sie die beiden bei sich behalten hatte. Pferde. Sie hatten sie nach der Geburt der Zwillinge davor bewahrt, den Verstand zu verlieren, nachdem sie zu spät wieder zu sich gekommen war und den Tod ihres kleinen Sohnes verschlafen hatte.

Das Anspannen am folgenden Morgen dauerte vier Stunden. Es war kurz vor Mittag, bis die Wagen sich endlich in Richtung Osten in Bewegung setzten. Zwei Wagengruppen nach Westen waren bereits an ihnen vorbeigekommen, während sich die Frauen mit den schweren Jochen abplagten. Sie mussten die Ochsen in die richtige Position drängen, und dann war einer wieder ausgebrochen, den sie zurück unter das Joch bringen mussten. Die Tiere stampften ungeduldig; sie schlugen mit ihren Schwänzen nach den Fliegen, während die Frauen das wie ein U geformte Joch auf sie legten.

In der Vergangenheit hatten die Frauen ihren Ehemännern und Söhnen immer geholfen. Aber die Männer hatten die Führung gehabt, hatten die Anweisungen gegeben, die Schwierigkeiten mit den Tieren oder der Ausrüstung gemeistert.

Adora empfand Zorn auf ihren Mann, weil er sie verlassen hatte. Wie konnte er einfach sterben und sie hier mit diesen Tieren zurückzulassen! Sie schob den Gedanken schnell beiseite und konzentrierte sich auf die Maultiere.

Ihr und Tiptons Wagen wurde als einziger von Maultieren gezogen. Sie waren widerstandsfähig und kamen besser voran als die Ochsen, was auch der Grund dafür war, dass sie, Hathaway und Charles, Tipton und Tyrell so schnell eingeholt hatten. Schuldgefühle durchzuckten sie. Adora legte die Arme um sich und wiegte sich mit geschlossenen Augen hin und her. Sie war kein starker Mensch. Andere hielten sie dafür, aber sie wussten nicht, dass sie eine Rolle spielte. Sie hatte immer einen führungsstarken Mann gehabt, gegen den sie ankämpfen musste; allein auf der Bühne des Lebens zu stehen, gab ihr das Gefühl, ausgeliefert zu sein.

Der Morgen war heiß und feucht, und nach der zusätzlichen Anstrengung des Anspannens lief ihr der Schweiß an der Innenseite ihres Korsetts herunter, machte ihr Oberteil feucht und auch ihre Unterhosen. Sie betupfte ihre Stirn mit der Schürze, atmete tief durch und steckte den Kopf in den Wagen ihrer Tochter.

„Tipton, du musst aufstehen und helfen. Ich schaffe das nicht allein und Zilah auch nicht."

„Ich hebe Geschirr, Missy Adora", sagte das Mädchen. Sie richtete sich auf und rückte ihren spitzen Strohhut gerade.

„Ja, du gibst dein Bestes, aber wir brauchen zusätzliche Hände, um die Maultiere ruhig zu halten. Tipton!"

„Ich komme schon, Mutter." Die Stimme ihrer Tochter klang verträumt und leise.

„Sie erlebt eine schreckliche Zeit. Zwei Menschen zu verlieren, die sie so geliebt hat", entschuldigte Adora sie, dann schnalzte sie missbilligend mit der Zunge, weil sie diesem ausländischen Kind eine so persönliche Erklärung gab. „Vielleicht könntest du den Wagen heute wieder fahren? Ich kann dich bezahlen."

„Mit Apfelpudding, wie Missy Tipton sagt, oder in Münzen?", fragte Zilah.

„Was immer du möchtest."

Suzanne drückte ihren Sohn an sich, während sie auf das Stöhnen und Keuchen Naomis lauschte, die zusammen mit Mazy versuchte, die Joche auf Breeze und Blow zu legen. Sie hörte das Klappern von Holz, das Ächzen der Räder und der Wagendeichsel, als alles zusammengezogen und von dem glatten Leder gehalten wurde.

Sie konnte alles riechen, alles hören, sich sogar vorstellen, wie es wäre, das Leder zu befestigen, die kalten, geschmiedeten Ringe, die die Ochsen an der Führungsfeder des Wagens hielten. Dies waren vertraute Dinge, Dinge, die sie mit klaren und geübten Augen gesehen hatte. Bryce war ihr Führer gewesen. Er hatte ihr das Leben beschrieben, den Wind in den Flügeln eines Habichts, den Missouri, die Form der roten Blüten. Er bezog sich auf Gegenstände und Ereignisse, Anblicke und Geräusche, die sie von früher her kannte. Das war eine seltene Gabe bei einem Menschen. Er konnte etwas Neuem und Ungewöhnlichem Tiefe und Gestalt geben für jemanden, der das noch nie gesehen hatte, diesen Ort nie besucht hatte. Das nahm ihr die Angst.

Sie hörte die Glöckchen an Claytons Füßen klingeln. Sie zog an dem Seil. Er war ganz nah bei ihr. Trotzdem kroch die Angst in ihr hoch. Schlimmer noch war das andere Gefühl, das sich in ihr breit machte, dieses Gefühl der Unfähigkeit, das Bryce zum Schweigen gebracht hatte.

„Zorn ist eigentlich nicht die wirkliche Emotion", hatte Bryce ihr gesagt, nachdem sie ihn wegen irgendetwas angeschrien hatte. „Er kommt ... er ist sekundär, denke ich. Zuerst ... da ist etwas anderes ... ein Verlust, ein Gefühl der Unfähigkeit. Ein hartes Urteil ... das wir über uns selbst fällen. Der Verlust ist zu groß, um ihn zu ertragen, darum ... überspringen wir ihn und ... gehen direkt über zum ... Zorn."

„Du bist ein solcher Philosoph", hatte sie ihn angefahren. „Ein Philosoph, der stottert."

Aber sie hatte seine Worte behalten und darüber nachgedacht. Seit dem Tag, an dem sie die Quecksilberchloridlösung in der Dunkelkammer verschüttet hatte, ausgerutscht und gestürzt war und die Flüssigkeit in ihre Augen bekommen hatte. Das hatte sie zuerst mehr erschreckt, als dass sie Schmerzen empfunden hatte. Dann kam das Brennen. Es war nützlich als Antiseptikum, hatte sie gehört, darum rechnete sie nicht damit, dass es ihr schaden könnte. Aber sie konnte nichts sehen, konnte kein Wasser finden, um ihre Augen auszuspülen. Ihr Rufen würde niemand hören. Sie und das Baby waren allein in ihrem Studio. Bryce war unterwegs, um Beerdigungsblumen zu fotografieren.

Beerdigungsblumen. Welche Ironie. Sie hatte Hunderte von ihnen für die vornehmen Leute von Cape Girardeau fotografiert und entwickelt, aber keine von der Beerdigung ihres Mannes.

Bei Bryces Beerdigung war sie von jemandem geführt worden, den sie kaum kannte. Man hatte ihr gesagt, wo sie stehen sollte, damit sie nicht in das Loch fiel, und sie hatte gelben Rittersporn auf seinen Leichnam gelegt und darauf vertraut, dass dies tatsächlich Rittersporn war.

Sie erinnerte sich, in Bryces Armen gelegen zu haben, an den Geruch seiner Seife. Sein Bart roch wie frisch gemähtes Heu im Sommer, sie erinnerte sich an seine Hände, mit denen er ihr Gesicht umfasste, und sich dann vorbeugte, um ihre Lippen zu küssen. Wann hatte er sie zuletzt geküsst? Es fiel ihr nicht mehr ein. Ein tiefes Schluchzen entrang sich ihr.

„Mama traurig?", fragte Clayton und legte seine weichen Hände an ihre Wange.

„Mir geht es gut", erwiderte sie. Sie nahm ihn in die Arme und barg ihr Gesicht in seinem süß duftenden Haar. Sie konnte ihr Kind umarmen, aber sie konnte es nicht beschützen. Sie konnte ihm nur eine halbe Familie bieten, ein halbes Leben. Er wäre besser dran bei jemand anderem, bei jemandem, der sehen konnte. Genau wie dieses Baby, das sich jetzt in ihr bewegte.

„Ich denke, wir sind fertig“, sagte Mazy. Sie steckte den Kopf zum Wagen hinein. „Es tut mir Leid, dass es so lange gedauert hat. Ihr Wagen und der der Wilsons wurden als letzte angespannt, aber jetzt fahren wir los. Naomi wird meiner Mutter folgen. Vielleicht kann Ihr Wagen später die Führung übernehmen. Wir werden uns abwechseln, genau wie vorher. Aber Ruth wird jetzt auch mit einbezogen.“

„Ruth war vorher nicht in der Reihe?“

„Weil sie eine Frau war und keinen Begleiter oder männlichen Fahrer hatte, bestand Antone darauf, dass sie hinten blieb. Jetzt sind wir Frauen auf uns angewiesen und achten aufeinander.“

„Ich habe mich noch nicht bedankt für Ihr schnelles Einschreiten bei dem Zwischenfall mit der Schlange. Ich bemühe mich, Clayton zu beschäftigen. Sie haben genug Arbeit.“

„Ich habe mir ein paar Gedanken gemacht, wie Sie unabhängiger sein könnten, wenn Sie das wünschen.“

Suzanne schwieg, obwohl sie nicht wusste, aus welchem Grund.

„Aber das kann warten“, fuhr Mazy fort, „bis wir die Gräber erreicht haben.“

Sie konnte nicht sehen, wie Mazy aussah, konnte nur ihren mühsamen Atem hören. Vor den Todesfällen hätte Suzanne nach dem Gesundheitszustand der Frau fragen können, eine Bemerkung dazu machen können, dass sie dasselbe Schicksal teilten. Aber es hatte keinen Sinn, eine Freundschaft zu schließen, zu der Geben und Nehmen gehörte. Suzanne hatte nichts zu geben. Ihr blieb nur das Nehmen. Wer würde schon mit so jemandem eine Freundschaft schließen wollen?

Tipton fragte sich, welcher Tag war. Hatte sie etwas gegessen? Wieso dieser Schmerz an ihrer Hüfte? Im Mund hatte sie einen Geschmack wie Hühnerdreck. Sie fragte sich, ob sie aufstehen sollte. In die Büsche zu verschwinden, würde Zeit kosten, Zeit, in der sie sich immer wieder an Tyrells Tod erinnerte und daran, dass sie allein war. Sie zog die Silberkämme aus ihrem verknoteten und zerzausten Haar. Sie riss ganze Haarbüschel damit aus. Es war egal. Alles war egal, und so würde es immer bleiben.

Als sie sich dem Gebiet näherten, in dem die Gräber lagen, merkte Mazy, dass alle ziemlich schweigsam wurden. Jede Frau kümmerte sich um ihre eigenen Wunden. Einige Wagen waren ihnen auf dem Weg nach Westen entgegengekommen, und manchmal kannten einige der Leute bereits den Grund für ihre Schweigsamkeit. Andere auf dem Weg nach Osten hatten ihnen mitgeteilt, dass hinter ihnen eine Gruppe Witwen mit elf Wagen kam.

Wie unangebracht, dachte Mazy, dass das Wort *Witwe* und *Gruppe* im selben Satz verwandt wurde.

Manchmal fuhren die Wagen, die ihnen entgegenkamen, an die Seite, machten ihnen Platz, damit sie vorbeifahren konnten, und Mazy merkte an den Blicken, dass sie Bescheid wussten. Reisende nach Westen senkten den Blick, wenn sie Mazy oder Elizabeth erblickten, starrten in das ausdruckslose Gesicht von Suzanne oder das noch immer tränennasse Gesicht von Betha, die mit gebeugten Schultern neben dem Wagen herlief. Ihre Haube mit den breiten Rüschen hing in der Hitze schlaff herunter. Es war, als würden diese umkehrenden Frauen diejenigen, die nach Westen unterwegs waren, als Opfer brandmarken, die Hoffnungen und Träume verfluchen, für die sie ihre Heimat verlassen hatten, das Risiko verspotten, das sie bereits auf sich genommen hatten, indem sie alles Bekannte verlassen hatten.

Mazy wollte am liebsten anhalten und sie an den Schultern packen, sie anschreien, dass eine Umkehr kein Beweis für einen Irrtum sei. Es war kein Verbrechen, aufzubrechen und dann später zu Verstand zu kommen und umzukehren. Waren nicht Hunderte von Neunundvierzigern umgekehrt? Lewis und Clark waren wieder nach Hause gekommen; sie hatten beschlossen, nicht in dem Land zu bleiben, in dem alles unbekannt war.

Nein, die Frauen hatten keinen Grund, sich dafür zu entschuldigen, auf dem Weg nach Osten unterwegs zu sein.

13

Sie hielten an, als sie die Hügel erblickten, an dessen Fuß die Gräber lagen. Den Eingang zu einer Schlucht, die ein perfektes V zwischen zwei baumlosen Hügeln bildete, wählten sie als Lagerplatz. Bevor sie die Tiere abspannten, brachten sie den Ochsen und Maultieren Wasser.

„Ich werde die Reittiere zum Fluss hinunterbringen“, erbot sich Ruth und ging los. Als sie an Bethas Wagen vorbeikam, war sie in Gedanken bei Koda. Auf einmal hörte sie Geräusche neben sich.

„Ich möchte mitkommen“, bat Jessie.

Ruth hielt inne. „Was meinst du, Betha?“

„Es wird dunkel sein, bevor du zurückkommst“, erwiderte Betha. „Ich weiß nicht.“ Bethas Kopf fuhr von links nach rechts wie der Kopf der Hühner, die ihre Körner pickten. Hatte sie das immer schon gemacht, oder war das neu?, fragte sich Ruth.

„Tante Ruth wird auf mich aufpassen.“

„Ja, das stimmt, aber ...“

„Können wir nicht alle gehen?“, fragte Ned. „Ich gehe auch gern zum Fluss.“ Er sah sich um. „Hier sieht es so aus, als sei früher ein Fluss durchgeflossen, direkt aus diesen Hügeln heraus.“

Ruth sah in die Richtung, in die der Junge deutete. „Nur eine trockene Schlucht“, bemerkte sie.

„Ich will alleine mitgehen“, beharrte Jessie. Sie schob schmollend die Unterlippe vor.

„Sie darf immer. Du hast sie auf Koda reiten lassen, als Papa starb und –“, maulte Ned.

„Na komm schon, Ned“, sagte seine Mutter und tätschelte ihm den Kopf. „Du und Jason, ihr seid jetzt die Männer in der Familie. Es wird Ruth zu viel, wenn mehr als einer mitkommt.“ Sie seufzte. „Außerdem muss ich dir die Haare schneiden. Es fängt schon an, sich am Kragen zu kräuseln.“

Jessie nahm Ruths Hand und hüpfte. Ihre braunen Locken tanzten auf ihren Schultern.

Hinter sich hörten sie Lärm. Ruth dachte, es könnte Ned sein, der aus Wut nach etwas trat, und kam zu dem Schluss, dass sie den Jungen genauso gut hätte mitnehmen können. Doch als sie sich umdrehte, entdeckte sie Fip, der von Pig und Clayton gejagt wurde. Antilope, Kind und Hund warfen den eisernen Topf um, der Bethas, Ruths und das Abendessen der Kinder enthielt.

„Fangt das Tier", rief Betha. „Los, mach mit, Ned. Hilf auch mit, Jason. Ihr Jungen wolltet doch etwas zu tun haben. Fangt diese übergroße Ziege. Wir sollten sie vielleicht zum Abendessen verspeisen."

Ruth wandte sich wieder um und verlangsamte ihren Schritt, damit Jessie mithalten konnte. „Du musst vom Ufer wegbleiben", ermahnte Ruth das Kind. „Ich möchte nicht, dass du verletzt wirst."

„Ich weiß Bescheid", erwiderte sie. „Ich weiß alles, Tante." Ruth sah in ihre klugen Augen und schluckte.

„Über Pferde und Maultiere und solche Dinge?"

„Darüber auch. Aber ich weiß auch über dich Bescheid."

Die Haut an Ruths Hals kitzelte. „Bestimmt haben dein Papa und deine Mama über mich gesprochen. Ich bin von weit her gekommen, aus Ohio."

Jessie trat nach einem Stein, ging rückwärts hüpfend vor Ruth und den Tieren her. „Ich erinnere mich an Dinge, die ich einmal gehört habe. Aber Papa sagte, ich könnte mich eigentlich nicht daran erinnern."

Ruth hörte ihr Herz klopfen.

„Manchmal träumen wir Dinge, aber sie sind nicht real, Jessie", erklärte Ruth ihr. Sie beobachtete, wie Jessie konzentriert die Augen zusammenkniff. Ihre kleine Stirn spannte sich, aber die Haut, die noch so jung und geschmeidig war, zog sich nicht zusammen, darum wirkte sie wie abwesend.

„Es war wie ein Traum, aber anders, Tante", erklärte sie nach einer Pause. „Und Papa sagte, ich könnte das nur wissen, wenn ich da gewesen wäre. Soll ich es dir erzählen?"

„Nein!" Und etwas sanfter fuhr sie fort: „Ich bin sicher, es war ein Traum, und ich möchte dem keine Bedeutung verleihen, indem ich dir zuhöre. Wir wollen uns lieber auf die Tiere konzentrieren, Jessie, und sie versorgen."

Dieses Mal kniff Jessie das Gesicht noch fester zusammen, als sie sich umdrehte und zum Fluss davonstapfte.

Elizabeth beugte sich unter den Wagen und lockte die Antilope. Sie hatte ihre Röcke hochgezogen, damit sie kriechen konnte. „Komm schon, komm doch, du kleines Vieh. Komm da raus." Sie griff nach dem an dem Halfter befestigten Seil, das Ruth gemacht hatte. Fip war schlüpfrig wie ein Aal. Ihre Finger packten das Seil. Sie hatte es beinahe, als etwas Kaltes und Nasses ihre Rückseite traf. Sie fuhr hoch und stieß sich dabei an der Unterseite des Wagens.

Betha wollte nur allein sein, den Bereich um den Wagen säubern und dann dorthin gehen, wo sie Jeds Grab vermutete. „Warum hast du mich verlassen", sagte sie zu ihm, „mit den Kindern und der ganzen Arbeit in der Fremde. Du hängst einfach deinen Hut an den Nagel! Nach allem, was ich auch für dich getan habe."

„Sprichst du mit uns, Ma?", fragte Jason, der über die Schulter zurücksah. Sein Haar klebte an seinem Kopf, er war verschwitzt und verschmiert.

Wenigstens hatte sie gute Kinder, dachte Betha. Wenigstens hatte er sie mit wunderbaren, gesunden Kindern zurückgelassen.

Elizabeth kam innerhalb von wenigen Sekunden wieder zu sich. Mazy beugte sich über sie. „Bist du in Ordnung? Ich konnte gar nichts finden, kein Riechsalz, gar nichts."

„Ich brauche etwas für die Beule an meinem Kopf", sagte Elizabeth, die jetzt auf der Erde saß. „Gegen meine Dummheit gibt es allerdings kein Mittel."

„Pig kam vorbei."

„Nun, das weiß ich. Er war die Ursache, dass ich mich so gestoßen habe. Dumm. Habe mich einfach erschreckt."

„Ned hat Fip inzwischen eingefangen, und ich habe den Kessel wieder aufgehängt, neue Kartoffeln geschnitten und Bohnen und Wasser in den Topf getan."

„Geh und leg dich hin", forderte ihre Mutter sie auf. „Ich werde das Abendessen fertig machen."

Mazy schüttelte den Kopf. „Ich werde später etwas essen, wenn mir danach ist. Oder morgen früh. Bist du ganz bestimmt in Ordnung?"

„Gib mir nur ein wenig Eintopf", sagte Elizabeth und erhob sich. „Zum Glück ist Fip nicht da drin!"

Mazy lag im Wagen und warf sich unruhig im Schlaf herum. Ein Windstoß weckte sie auf, der die Plane umklappte. Sie fragte sich, ob sie sie herunterlassen sollte, war aber zu müde, um aufzustehen. Schwester Esther und ihre Mutter unterhielten sich draußen mit gedämpften Stimmen.

„Wir haben jeden Grund, den Tag des Herrn einzuhalten", sagte Schwester Esther.

Mazy hörte, wie ein Holzlöffel gegen eine Zinntasse klirrte, und wusste, dass ihre Mutter sich einen Tee gekocht hatte und nun Honig hineinrührte. Sie konnte den süßen Geruch wahrnehmen.

Der Sabbat? Wann war das? Waren sie schon so lange unterwegs? Ja, morgen.

„Sie sollten mit Mazy darüber sprechen, denke ich", erwiderte Elizabeth.

„Und natürlich fragt man sich, warum Ihre Tochter diejenige ist, die die Regeln festlegt", bemerkte Schwester Esther.

„Nirgendwo steht geschrieben, dass das so ist. Sie können doch sagen, wenn Ihnen etwas auf der Seele brennt. Können eine Zusammenkunft einberufen wie jeder andere auch."

„Nun, ich denke, genau das werde ich tun", erwiderte Schwester Esther. „Und da wir gerade dabei sind, ich hatte Zeit, meine Gedanken zu sammeln. Ich denke, es war klug, zu den Gräbern zurückzukehren."

Mazy lächelte.

„Und nachdem wir uns so erfrischt haben, können wir wieder nach Westen weiterreisen. Am Montag."

Nein! Mazys Gedanken überschlugen sich. Sie wollte nicht nach Westen fahren. Sie würde nach Hause fahren. Daran musste Mazy die anderen erinnern. Sie musste ihnen klarmachen, wie wichtig es war, nach Hause zu fahren. Sie sollte aufstehen und es der Schwester jetzt erklären, ihr sagen, dass zu Hause Leben war. Zuhause war der Ort, an dem die Seele Nahrung fand, die zerbrochenen Teile eines Lebens Heilung erfahren. Zu Hause würde sie finden, was sie suchte, was sie gesucht hatte, als sie es verließ, um mit Jeremy zu gehen.

Mazy wollte aufstehen, doch ihr wurde schwindelig. Sie legte sich wieder hin und versuchte, ihr Gleichgewicht zu finden. Sie würde warten müssen und es morgen früh ansprechen. Sie lauschte auf die Geräusche draußen. Ruth gesellte sich zu den Frauen, die Kinder wurden still, Adora rief laut nach Tipton, damit sie etwas aß. Sie roch den Tabakrauch von Luras Pfeife. Sie würden alle ausruhen, ja. Morgen würden sie an den Gräbern beten, und dann würde sie alle davon überzeugen, nach Hause zu fahren.

Die Katastrophe schlug bei Tagesanbruch zu.

Ein Schrei weckte Mazy auf. Keuchend fuhr sie hoch. Wer hatte geschrien? Was hatte sie gehört? Der Wind heulte, und der Wagen bebte, aber keine menschlichen Geräusche drangen durch.

Sie kam zu dem Schluss, dass es ihr Traum gewesen war. Ja, sie hatte Worte in ihrem Schlaf gehört. Was war es noch? *Du hörst nicht auf mich! Du hörst nicht auf mich!* In ihrem Traum war sie zu Hause gewesen, hatte diese Worte Jeremy entgegengeschleudert. Sie ließ sich wieder in das Kissen sinken, erinnerte sich an jede Einzelheit, den Zorn in den Worten, die Frustration.

Der Wagen bebte, widerstand einem Windstoß.

Er hatte ihr im Bett den Rücken zugedreht, das Gesicht den Ritzen in ihrer Hütte zugewandt, die in ihrem Traum eng und weiß gewesen waren. Sie hatte ihn angeschrien, verzweifelt geweint, damit er sie hörte und nicht Gleichgültigkeit vortäuschte. Wenigstens hoffte sie, er würde sie nur vortäuschen, seine Apathie möge nicht wirklich sein.

Er hatte sich nicht umgedreht. Sie zwang sich zu sagen, Jeremy möge sich doch bitte umdrehen, damit sie reden könnten, damit sie ihm in die Augen sehen könnte und wüsste, dass er sie liebte, ihr zuhörte und lebte. Er hatte sich nicht bewegt.

In ihrem Traum hatte sie ihn angebrüllt: *Du hörst mir nicht zu! Du hörst mir nicht zu!* Dann war sie verschwitzt und verängstigt aufgewacht.

Ihr Herzschlag beruhigte sich. Es war ein Traum gewesen. Und was hatte sie immer in Bezug auf ihre Träume festgestellt, die so bunt und lebendig waren? Dass sie darin immer mit sich selbst sprach, egal, wer oder welche Person rief. Manchmal hatten auch Gegenstände eine Stimme, manchmal war es ein Gefühl, das auch nach dem Aufwachen blieb, wie der Rest Milch in einem ungespülten Becher.

„Ich habe bestimmt laut geschrien“, sagte sie. „Habe mich selbst aufgeweckt.“

Mazy legte sich wieder hin und zog die Decke bis zum Kinn. Worauf hatte sie nicht gehört? Auf wen hatte sie nicht gehört? Vielleicht ging es doch um Jeremy. Sie war so frustriert gewesen, hatte ihn angefleht, ihre Hoffnungen zu teilen; manchmal glaubte sie, dass er es auch getan hatte. Sie hatten Bäume gefällt, die Baumstümpfe verbrannt und Platz für ihren Garten geschaffen. Sie hatte diese Tage geliebt, an denen sie Seite an Seite gearbeitet hatten mit der Aussicht, etwas Greifbares zu schaffen.

Sie erinnerte sich an einen umgestürzten Baum in der Nähe des Gartenstücks; ein Bienenstock hatte sich darin niedergelassen. „Du musst ihn zerstören, um den Honig herauszuholen“, hatte Jeremy ihr gesagt.

„Es sollte doch einen Weg geben, den Bienen ihr Heim zu lassen“, erwiderte sie.

„Wenn du nicht bereit bist, es kaputtzumachen, dann hast du eben keinen Honig.“

„Dann werde ich warten“, hatte sie geantwortet und den Garten so angelegt, dass die Bienen daneben gedeihen konnten.

Nein, bei der Stimme ging es nicht um sie und Jeremy. Sie hatte mit so viel Verzweiflung geschrien, eine Stimme, die lange unterdrückt gewesen war, die einfach schreien musste, um sicherzustellen, dass sie auch wirklich endlich gehört wurde.

Es war ihre Stimme. Sie hörte nicht auf sich selbst!

Die Haut an ihren Knöcheln war aufgescheuert. Sie warf die Laken zurück und griff nach dem Glyzerin, um es darauf zu reiben. Auch in ihrem Gesicht hatte sie viele kleine Pickel bekommen. Ihre Mutter sagte, es sei die Schwangerschaft. Alles in ihrem Innern würde sich verändern, um Raum zu schaffen für dieses neue und sich ständig verändernde Wesen. „Darum geht es im Leben, Mädchen, um ständige Veränderung. Das fängt an mit dem ersten Samenkorn. Wir leben und atmen sie unser ganzes Leben hindurch ein."

Mazy rieb sich die Knöchel. Das Glyzerin intensivierte die Kälte des Wagens. Unterwegs war es gestern sehr heiß gewesen, aber jetzt roch die Luft nach Schnee.

Sie hörte ein Pferd wiehern, ein Maultier antworten, und erneut schlug ein Windstoß zu, dieses Mal rüttelte er am Wagen. Seine Wucht erschreckte sie. Sie klammerte sich am Seitenbrett fest und stemmte sich gegen den Windstoß. Pig bellte ganz in ihrer Nähe. Eine Pfanne wurde vom Wind durch die Luft geschleudert und krachte gegen das Rad. Sie wollte aufstehen und Pig hereinholen, nach den Klappen sehen und überprüfen, ob sie gesichert waren, als der erste Hagelschauer auf die Plane trommelte, an der Decke riss und sie innerhalb von Sekunden zerriss. Eis prasselte auf sie herab wie Steine, die von einer ganzen Schar von Rowdies geworfen wurden.

Mazy legte schützend einen Arm über ihren Kopf, den Ellbogen fest an ihr Ohr gepresst, den anderen Arm auf ihrem Bauch. In der Dunkelheit versuchte sie sich zu erinnern, ob sie irgendetwas Hartes zur Hand hatte, das sie über sich legen konnte, ein Brett von einem Tisch, eine Schublade, unter die sie kriechen könnte. Dann beschloss sie, dass der Wagen vermutlich der sicherste Platz war. Sie sollte sich darunter legen.

In aller Eile schnappte sie sich ihren Schal und kroch nach vorn.

Ein Blitz erhellte den Schutt um sie herum. Sie rief nach ihrer Mutter. Der Wind rüttelte an dem Wagen, der schaukelte, als befände er sich auf See. Schließlich wurde er hochgehoben auf zwei Räder und erst nach einer Ewigkeit, wie es schien, sank er wieder zurück. Mit einem so brutalen Windstoß, dass es ihr den Atem raubte, rollte der Wagen vor und schaukelte hin und her.

Esther hörte das Heulen des Windes, und die harten Eisklumpen prickelten auf ihrer Haut. Zuerst dachte sie, die Bienen wären irgendwie freigekommen und würden sie stechen, aber so etwas taten sie nur, wenn der Stock bedroht wurde oder sie verletzt waren. War so etwas geschehen? Sie suchte nach der Lampe. Der Graupel traf sie am Kopf. Einen Augenblick lang wurde ihr schwindelig. Etwas Klebriges wie der Propolis der Bienen sickerte neben ihren Augen hinunter.

„Missy Esther? Missy Esther?"

Esther stöhnte, als Deborahs weiche Hände sie anstießen, ihre Finger sich in ihren Arm drückten.

„Gehen unter Wagen. Sturm sehr schlimm!"

Das Mädchen zerrte an Esther, die sich langsam wie zäher Rührteig in einer Schüssel bewegte, während sie sich die Leiter herunterhelfen ließ. Kalter Regen und Hagel prasselten auf ihren Rücken herab, während sie im Schlamm knieten, sich zusammenkauerten und sich zitternd unter den Wagen legten. Das Geräusch des Windes hallte in ihren Ohren wider, brüllte wie der Sturm, den sie in ihrer Kindheit mit ihren Brüdern und Eltern in einem Kartoffelkeller erlebt hatte.

„Bewegen, Missy", sagte Deborah und drückte ihre Knie gegen Esther. „Raum schaffen für Freunde."

Esther meinte, das Muhen der Kühe der Bacons gehört zu haben, vielleicht den alten Snoz mit seinem hohen Brüllen. Sie hörte den schwarzen Hund bellen. Sie fühlte sich nicht gut. Ihr Kopf schmerzte wie eine Trommel. Deborahs Dokument! Wo war es? Sie hörte den lauten Donner. Stimmen riefen, und obwohl der

Tag anbrach, war der Himmel so schwarz und schleimig wie Seetang, der aus den Tiefen des Meeres hochgespült wird.

„Aua!“, sagte Naomi und schob Deborah näher an Esther heran. „Der Regen sticht! Am Himmel brennt Feuer.“ Weiße Eismurmeln bedeckten den Boden um sie herum.

Im Licht eines Blitzes beobachteten sie, wie der Wagen der Schmidtkes langsam umkippte.

„Schwesters Gott verlassen?“, fragte Deborah Esther.

„Er ist bereits weg“, erwiderte Naomi.

Ruth hörte Kodas verzweifeltes Wiehern, bevor ihr klar wurde, dass ihre Schlafdecke und ihre Kleidung nass waren. Der Hagel schlug gegen das Ende der Plane ihres Wagens, und die Kommode ihrer Mutter und der Koffer mit den Babysachen, die ihre Zwillinge getragen hatten, waren den Elementen ausgeliefert. Darin befand sich noch etwas anderes, etwas, das früher Zane gehört hatte. Sie hatte sich gefragt, warum sie es überhaupt mitgenommen hatte, aber heute Nacht könnte es nützlich sein.

Sie stieg auf den Wagen und öffnete den Koffer. Sie nahm die Männerhose mit der doppelreihigen Knopfleiste heraus und die schweren Lederstiefel. Ihre Finger waren kalt und die nassen Knöpfe wollten sich nicht schließen lassen. Sie beließ es bei zwei Knöpfen auf jeder Seite, stopfte sich sein Hemd in den breiten Taillenbund, zog seine Stiefel an und setzte sich den Fellhut auf den Kopf. Auch eine Gummijacke von Zane hatte sie eingepackt, damals in Ohio an dem heißen Sommerabend, als ihr alles, was wichtig war, entrissen worden war. Das Gummi mochte jetzt hart und brüchig sein, aber es würde sie vor dem Wind und Hagel schützen, bis sie Betha und die Kinder erreicht hatte.

Ruth sprang vom Wagen herab. Die Windstärke erschreckte sie. Mit ihren Stiefeln sank sie beinahe bis zum Schaft im Schlamm ein. Hatte es so stark geregnet? So schlimm, dass das Wasser unter den Wagen hindurchrauschte, als hätten sie ihr Lager in einem Fluss aufgeschlagen? Sie hielt sich fest und griff nach der Lampe, aber Wind und Regen verhinderten das Anzünden. Ruth war so darauf konzentriert, dass sie nicht mitbekam, wie sich das Stöhnen der Ochsen von unbehaglich in verängstigt verwandelte. Sie steigerten sich in eine Panik hinein.

„Tipton, wach auf. Zieh dich an." Adoras Stimme war von Angst erfüllt. „Sofort, steh bitte auf!"

„Mutter?" Die Stimme des Mädchens klang verschlafen und träumerisch.

„Hörst du das denn nicht? Es wütet ein schrecklicher Sturm. Die Ochsen, sie werden durch diesen Wagenring stürmen, und nichts wird sie aufhalten. Und bestimmt werden sich die Maultiere ihnen anschließen, es sei denn, wir gehen nach draußen und halten sie zurück."

„Es ist windig?"

„Was ist nur aus dir geworden?", brüllte Adora sie an. „Wo bist du? Wach auf!" Adora schüttelte erneut die Schultern ihrer Tochter.

„Das tut weh!" Tiptons Kopf fiel zurück, und Adora beschlich ein ungutes Gefühl. Es kroch ihr unter die Haut und machte sich in ihr breit. *Lieber Gott, was ist mit diesem Kind geschehen?* Sie zog den schlaffen Körper des Mädchens an sich und weinte.

Auch Clayton weinte. Die Eimer an der Seite des Wagens schlugen gegen die Holzbretter. Der Donner war so laut, dass seine Stimme kaum zu hören war. „Mami ist ja da", rief Suzanne ihm zu. „Ich bin da."

Donner! Sie griff nach ihrem Sohn, rieb ihm die nassen Arme und sein durchnässtes Nachthemd. Seine Windeln waren nass, von innen und von außen. „Mami ist auch nass", sagte sie. Sie tastete nach einer Decke, die vielleicht noch trocken geblieben war. Als sie eine fand, wickelte sie den Jungen darin ein und legte ihn auf das Bett. Sie erhob sich, hielt die Arme über dem Kopf und schwenkte sie wie Palmwedel. Im Augenblick hatte sie keine Angst vor Spinnen, Wespen oder anderen unerwarteten Dingen, die vielleicht von oben herabfallen könnten. Sie erschauderte, es war so kalt und so nass, dazu lauter Donner. Gab es auch Blitze?

Sie tastete mit den Fingern in der Luft, suchte Informationen. Die Plane war intakt, wenn auch nass, der Regen musste also durch die Öffnung kommen. Sie spürte, wie Clayton sich hinter ihr aus der Decke schälte. Wenn sie ihn nicht aufhielt, würde er zu dem nasseren Ende ihres Bettes kriechen. Sie zog an der Decke, fand das trockene Ende und wickelte es erneut um ihren Sohn, dann drückte sie ihn an sich.

„Nur ein schlimmer Sturm", sagte sie. Sie roch sein nasses Haar, hörte, wie der Regen auf sie herabprasselte, und irgendein anderes seltsames Geräusch von draußen.

Schwester Esther betete. Sie betete, der Sturm möge weiterziehen. Sie betete, die Wagen möchten doch aufrecht stehen bleiben. Sie betete, der Tod möge weiterziehen. Und sie betete um Mut für sich und die anderen. Sie wollte sich auf das konzentrieren, was wichtig war, aber das Heulen des Sturmes drückte gegen sie wie ein umgestürzter Baum auf ihre Brust.

Es war Schwäche, die sie ausschwitzte, Schwäche, die ihr Herz zum Klopfen brachte, Angst, die mächtiger war als ihr Glaube.

Der lebensverändernde Sturm, als sie acht Jahre alt war – das hier war dem ähnlich. Sie saßen alle im Keller ihrer Farm und warteten darauf, dass das Heulen des Sturms aufhörte. Wenn ihr Glaube groß genug gewesen wäre, wären sie dann nicht in ihren bequemen Betten liegen geblieben und hätten darauf vertraut, dass der Herr sie beschützt? Sie versuchte, diesen Gedanken ihrem Vater mitzuteilen, aber er hatte sie zum Schweigen gebracht, hatte gesagt, sie solle beten. Und das taten sie alle in dem Keller. Sie lobten und priesen Gott.

Aber Esther hatte sich in dieser Nacht ihrem Vater widersetzt. Im Stillen hatte sie zwar auch um Bewahrung gebetet, hatte Gott gebeten, der Sturm möge an ihnen vorbeigehen, ohne Schaden anzurichten.

Doch einer der großen Bäume war entwurzelt worden und auf den Keller gestürzt. Ihre Großmutter hatte sie an sich gezogen, bis der Sturm aufhörte und der Regen nicht mehr gegen die Tür prasselte. Als das Wetter sich beruhigt hatte, schoben sie die Holztür so weit auf, dass Esther sich hindurchzwängen konnte. Der umgestürzte Baum versperrte den Ausgang.

Von Kratzern übersät betrachtete Esther die Zerstörung, die der Wind angerichtet hatte. Ihr Haus war fort, das Dach der Scheune rollte sich an einem Ende zusammen und legte die Dachbalken frei, Bäume lagen umgestürzt und zeigten ihr Wurzelgewirr.

„Lauf und hol Bruder Conrad", rief ihr Vater ihr durch den Spalt zu. „Sag ihm, er soll Seil und Maultiere mitbringen, um den Baum wegzuziehen. Geh jetzt!"

Und sie war losgelaufen in den frühen Morgenstunden, war im Schlamm ausgerutscht und immer wieder weinend weitergelaufen, mehr als zwei Meilen bis zur Conrad-Farm. Sie brachte Hilfe mit und befreite ihre Familie aus dem Keller. Sie hätte froh sein können über das, was sie getan hatte. Aber ihr Ungehorsam, ihre Gebete, in denen sie nicht gelobt und gepriesen hatte, sondern um Bewahrung gefleht hatte, waren aus Selbstsucht gesprochen und nicht aus Glaube. Und sie waren schuld an den letzten Atemzügen ihrer Großmutter.

Selbst jetzt, als Erwachsene, brachte der Sturm erneut Reue mit sich. Sie war in ihrem Glauben noch immer nicht vollkommen, hatte noch immer Angst und betete noch immer aus selbstsüchtigen Gründen. Wer wusste, welche Zerstörung sie bringen könnte?

Das Vieh brüllte und wurde unruhig. Suzanne bekam eine Gänsehaut, obwohl sie die Tiere weder sehen noch berühren konnte. Aber sie hörte das Schreien, spürte, wie Hufe sich auf dem schlammigen Boden bewegten. Sie roch die Angst. Die Tiere stießen gegen die Wagendeichseln, rissen sie zur Seite. Ihr Wagen bewegte sich. Feuchtigkeit drang durch den Boden ein, zu ihren Füßen. Eine Feuchtigkeit, die nach Schlamm und Regen roch, nach Dung. Sie glaubte erneut, Licht gesehen zu haben. Ein schrecklicher Donnerschlag folgte.

Oh nein, bitte nein! Sollte sie gehen, Clayton nehmen ... wohin? Sich hinter der schweren Nähmaschine verstecken? Bryces Kamera? Wenn sie auf sie fiel, was dann? Die Gitarre, die Trommel, die Violine? Wie sollte sie sie schützen? Nein, denk nach. Du musst nachdenken. Im Wagen bleiben oder hinausklettern, sich darunter legen?

Suzanne hörte den Hund bellen. Dann spürte sie, wie er in den Wagen sprang, der sich bewegte, nicht vor oder zurück, sondern auf zwei Rädern schaukelte. „Pig, nein", sagte sie.

Der Hund rührte sich nicht, bis sie sich auf die Öffnung zubewegte, um den Wagen zu verlassen. Dann spürte sie seinen Körper an ihren Knien, sein Kopf stieß sie zurück. Sie roch sein feuchtes Fell. Er brachte sie beinahe zu Fall – mit seiner Beharrlichkeit, dass sie bleiben sollte.

Sie rief, aber er rührte sich nicht in dem engen Wagen, nahm ihr den Platz. Suzanne tastete sich zum Bett zurück, drückte Clayton an sich und wünschte, ihr Körper wäre schmaler, ihre Schwangerschaft nicht so weit fortgeschritten.

Erneut kam ein Donnerschlag und danach eine Sturmböe, die sie aufs Bett schleuderte. Sie schrie auf, spürte, wie der Körper des Hundes gegen sie rollte, als der Wagen zu vibrieren begann und wieder auf zwei Rädern wippte. Dieses Mal stürzte er um.

Suzanne fiel, konnte sich nicht halten, der Hund rutschte unter sie. Und dann klatschte sie mit dem Gesicht in den kalten, nassen Schlamm.

Ruth dachte, dass es kaum länger als acht Minuten gedauert haben könnte. In dieser Zeit waren etwa vierzig Ochsen, die Maultiere und die Kühe der Bacons in ihrer Verwirrung gegen die Wagen gestoßen, über ihre Deichseln hinweggesprungen und hatten die Seile eingerissen, die gezogen worden waren, um sie vom Essbereich fern zu halten. Sie hatten sich einen Weg gebahnt, ziellos in ihrer Angst. Wann immer ein Blitz über den Himmel zuckte, sah Ruth ihre wachsende Aufregung, während Regen und Hagel auf die Rücken der Tiere niederprasselten.

Sie war zu Betha gelaufen, fand sie sicher unter dem hintersten Wagen. Die Kinder kauerten sich zusammen. Sie rannte zurück, schwang sich auf Koda, hielt das Pferd mit den Knien in Schach, obwohl sein Leib zitterte. Jumper hielt sie an einem Seil fest und zog ihn zu sich, bis er ganz dicht neben Koda stand. Sie überlegte, ob sie singen sollte. Die Viehtreiber taten das, das wusste sie. Sie sangen, um das Vieh zu beruhigen, aber die Tiere würden sie in dem Sturm gar nicht hören. Würde sie die Tiere, wenn sie brüllte oder die Peitsche knallen ließ, in Schach halten können, wenn sie begannen, in Panik durchzugehen? Sie hatte gehört, dass es möglich war.

Sie tat es nicht. Stattdessen blieb sie am Rand stehen, als der nächste Blitz und Donnerschlag aufeinander folgten und die schweren Tiere zu rennen begannen. Ihre Wangen vibrierten, als sie vorüberdonnerten.

Es regnete in Strömen, und der Wind heulte, aber der Himmel wurde allmählich hell, und damit kehrte ein Stück Hoffnung zurück. Das Tageslicht zeigte fünf Wagen, die noch standen, wenn auch mit zerfledderten Planen, verbogenen Deichseln, verhedderten Geschirren. Einige Radkränze waren von den Rädern abgesprungen. Die anderen sechs Wagen lagen auf der Seite, einige von dem durchgehenden Vieh fortgezogen, andere ineinander verkeilt, Koffer und Fässer, Kleider und Pfannen, alles lag im Schlamm.

Elizabeth kniete weinend neben ihrem Wagen auf dem Boden.

Betha, eine Decke um die Schultern und über den Kopf gelegt, kämpfte sich zu der Frau durch, die neben ihrer Tochter kniete. Mazy lag still und mit leicht bläulichen Lippen auf dem Boden.

„Sie rührt sich nicht“, jammerte Elizabeth. Der Regen lief ihr über das Gesicht. „Ich muss sie hier wegschaffen. Es ist ja alles nass.“

Betha breitete die Decke aus, wie die Schwingen eines Adlers, über Elizabeth, Mazy und sich selbst. „Wir bringen sie in unseren Wagen. Ned und ich haben die Zeltplane über die zerrissenen Teile gezogen. In unserem Wagen ist es einigermaßen trocken.“

Gemeinsam versuchten die beiden, Mazy aufzuheben, aber ihre Haut war zu nass und schlüpfrig, ihre Kleider zu schwer, sodass sie es nicht schafften.

„Wir brauchen Hilfe“, rief Elizabeth. Zilah kam angerannt. Sie hatte gerade Schwester Esthers Kopfwunde versorgt. Naomi folgte, als Esther ihr bedeutete, dass es ihr gut ging. Gemeinsam hoben die vier Mazy auf eine Decke, die sie an den vier Enden hielten, und brachten sie zu Bethas Wagen.

„Sehen Sie nach den anderen, Betha“, sagte Elizabeth. „Erkundigen Sie sich, wie viele andere noch verletzt sind. Von Lura und Adora habe ich noch nichts gesehen.“ Sie wandte sich wieder Mazy zu, wischte ihrer Tochter mit ihrem vom Regen durchnässten Rock das Gesicht ab. „Ich bin hier, Kind. Ich bin ja hier.“

Elizabeth konnte die Schreie von anderen hören, einige gedämpft, andere deutlich. Aber sie sehnte sich nach Mazys Schrei. Sie konnte es nicht genau sagen, aber sie hatte den Eindruck gehabt, dass Blut auf der Erde gewesen war, wo Mazy gelegen hatte.

Im Wagen knöpfte sie das Kleid ihrer Tochter auf, lockerte den Kragen, zog ihr die nassen Sachen aus.

Ruth erschien beim Wagen der Barnards. Die weit aufgerissenen Augen der Kinder empfingen sie, die sich in einer Ecke zusammengekauert hatten und beobachteten, wie Elizabeth sich um Mazy kümmerte.

„Ihr reibt Mazys Beine“, trug Ruth Jessie und Sarah auf. „Dann wird euch auch warm.“

Die Mädchen kamen auf Händen und Knien angekrochen. Jede von ihnen starrte auf ein Bein und auf Mazys Knöchel, die schmal und weiß unter der Decke hervorsahen. „Das braucht euch nicht peinlich zu sein“, ermutigte Ruth sie. „Reibt.“

„Was ist mit uns?“, fragte Ned. Er und Jason hockten noch immer in der Ecke.

„Kommt mit mir“, forderte Ruth sie auf. „Ich werde sehen, ob ich mit den umgestürzten Wagen irgendeinen Schutz bauen kann. Ihr könnt ein Feuer anzünden. Wir alle werden Wärme und etwas zu essen brauchen.“

„Ist sonst noch jemand verletzt?“, fragte Elizabeth.

Ruth verließ den Wagen, und die Jungen sprangen hinter ihr nach draußen. „Schwester Esther ist jetzt beim Wagen der Cullvers. Ich habe Suzanne und Clayton noch nicht gesehen, auch die Wilsons und Schmidtkes noch nicht. Alle Ochsen sind fort. Ich nehme an, das wissen Sie. Die Maultiere auch. Ich glaube, die Asiatinnen haben keinen Kratzer abbekommen. Zähe kleine Dinger. Ich werde mich nach Tipton erkundigen", fügte sie hinzu. „Wir werden sehen, welchen Schaden der Sturm angerichtet hat. Sie kümmern sich um Mazy. Oh, sehen Sie nur, da kommt Ihr Hund."

Pig humpelte auf den Wagen der Barnards zu. An der Schulter hing ihm ein Stück Fleisch herunter. Mit hängender Zunge blieb er stehen.

„Das Innere seines Maules ist weiß", sagte Ruth und berührte das Maul des Hundes.

„Heben Sie ihn hoch, er wird Sie lassen. Mazy und er können sich gegenseitig wärmen", sagte Elizabeth. Sie schlug sich aufs Knie, um den Hund zu locken. Die Jungen zogen an dem Hund, und er ließ es geschehen. Mühsam schob er sich in den Wagen hinein, und sein nasser Körper brachte einen neuen Geruch in den engen Wagen. Elizabeth schlug auf das Bett. Erlaubnis heischend blickte sie Betha an.

Die dicke Frau zuckte die Achseln und sagte. „Das lässt sich auswaschen." Pig sprang hinauf, drehte sich einmal um die eigene Achse und ließ sich an Mazys Seite nieder.

Elizabeth schluckte ein Schluchzen herunter. Mazy hatte nicht einmal gestöhnt.

14

Mehrere Stunden lang schwebte Mazy zwischen Bewusstlosigkeit und Bewusstsein. Sie erinnerte sich an Geräusche, Gerüche und Stimmen und versuchte, sich am Gespräch zu beteiligen, doch dann verschwand sie wieder, glitt einen Abhang des Bewusstseins hinab. Sie hörte die Leute von Wasser reden, dass das, was durch die Schlucht kam, weniger wurde. Sie meinte Ruths leise Stimme gehört zu haben. Sie sagte etwas darüber, dass ihre Stiefel durchnässt seien, und ihre Mutter antwortete, sie würde in dem Koffer ihres umgestürzten Wagens nachsehen, ob sie trockene Mokassins finden würde.

Noch später hörte sie, wie Lura zu Ruth sagte: „Seien Sie vorsichtig."

Mariah hatte in den Nebel ihrer Wahrnehmung hineingesprochen, sie und Ruth wollten losreiten, um zu sehen, ob Hoffnung bestand, die Tiere wieder einzufangen.

Es war fast Mittag, als Mazy ein Geräusch machte. Sie hörte es selbst und wusste, es war kein Traum, sondern das Krächzen ihrer Stimme. Das Geräusch brachte etwas so Scharfes und Schneidendes mit, einen Schmerz, so stechend, dass sie den Rücken durchbog. Sofort wusste sie Bescheid. Das Baby! Sie hatte ihr Baby verloren!

Lag es daran, dass die Decken so fest um sie gewickelt waren? Vielleicht war es der Hund, der sich an sie drückte. Ihr Körper tat weh. Nein, der Verlust des Babys hatte diesen neuen und reißenden Schmerz verursacht.

„Was ist, Kind? Wo tut es weh?"

„Ich –" Mazy schlug um sich und stieß Pig zu Boden. Sie drehte sich, schnappte nach Luft. Dazwischen keuchte sie, aber der Schmerz bohrte sich wie ein Schüreisen durch ihre Haut. Irgendetwas Tiefes und Kostbares drückte gegen ihr Herz. „Mama?", fragte sie und spürte eine Nässe dort, wo es nicht sein sollte.

„Schsch, ruhig. Ich weiß, ich weiß", sagte Elizabeth mit erstickter Stimme. „Aber du bist noch bei uns, das ist, was zählt. Du bist noch da. Wir sind noch alle zusammen."

„Nicht mehr, Mama. Nicht mehr."

Elizabeth legte die Hand auf die Stirn ihrer Tochter, steckte die losen Haarsträhnen hinter Mazys Ohren. Mazy spürte die Tränen, die sich dort sammelten und das Prasseln des Regens und das Rauschen des Wassers übertönten. Zum ersten Mal spürte sie, dass sie wirklich alles, was sie verloren hatte, losließ.

„Es tut mir so Leid", flüsterte Mazy leise. „So schrecklich Leid."

„Still jetzt. Nichts braucht dir Leid zu tun. Ruh dich nur aus. Wenn der Regen aufhört, werden wir dir berichten, was wir haben, und eine Aufstellung von dem machen, was wir brauchen. Es ist Sabbat, und Schwester Esther sagt, das Beste wäre, Gott zu danken, und ich stimme ihr zu."

„Laudanum?", fragte Adora und steckte ihren Kopf in den Wagen der Barnards. „Hat jemand Laudanum?"

„Brauchen Sie es für sich?", fragte Elizabeth.

„Für Tipton. Sie hat große Schmerzen", erklärte Adora. „Ein Schnitt am Arm. Die Haut ist wie Pergament. Sie ist so zerbrechlich." Adora senkte den Blick und spielte mit dem Griff des Regenschirms.

„Ich brauche auch welches, um den Hund zusammenzunähen", sagte Elizabeth, „falls Sie welches auftreiben."

Das Letzte, an das Mazy sich erinnerte, bevor sie wieder in tiefen Schlaf fiel, war Bethas Schürze, weiß wie der Schnee, die sich über sie beugte. Wie schaffte sie es nur, sie so sauber und ordentlich zu behalten, wo alles um sie herum in Chaos und Dreck versank?

Es war Spätnachmittag, als Mazy erfuhr, wie es Suzanne ging. Die Witwe mit dem schönen Gesicht betrat den Wagen der Barnards. Zilah hatte Clayton im Schlepptau, die Glöckchen läuteten hinter ihr.

„Ihr Hund hat mich schon wieder gerettet", erzählte sie Mazy. „Wirklich. Er hat auch Clayton geholfen. Ich weiß nicht, was ich sagen soll.“ Dieses Mal hörte Mazy keine Klage in Suzannes Stimme. Sie war nicht zornig auf Pig – dankbar, so klang es. Vielleicht begriff sie langsam, dass sie alles war, was ihr kleiner Sohn hatte. Und dies zu akzeptieren, gab ihr Grund zu leben.

Clayton spielte mit einem burgunder und schwarz gestrichenen Holzdeckel. Er rollte ihn an den Bettdecken entlang zu Mazy, die ihn zu ihm zurückrollte. Der Junge lächelte, nahm den Deckel und gab ihn seiner Mutter.

Mazy streichelte den Hund, der so dicht neben ihr lag, wie sie es gestattete. An seiner Flanke zeigten sich dicke weiße Fäden, wo Lura ihn genäht hatte.

„Ich war nicht sicher, was ich bei dem Sturm machen sollte, ob ich den Wagen verlassen oder bleiben sollte. Ich ... er ... Ich dachte, das Vieh könnte durch den Sturm und Hagel in Panik geraten und durchgehen“, fuhr Suzanne fort.

„Sie hätten uns warnen können“, meinte Elizabeth.

Suzanne lachte. „Ich sage nichts voraus“, erwiderte sie. „Aber Pig scheint diese Fähigkeit zu besitzen. Als der Wagen umstürzte, war Ihr Hund da. Ich landete auf ihm. Meine Schulter auch, aber er hat meinen Sturz gebremst. So muss es gewesen sein. Ist er schlimm verletzt?“

„Wir haben ein gutes Stück seiner Haut wieder zusammengenäht, soweit er uns gelassen hat. Wir suchen Laudanum, aber wir haben nicht einmal so viel, dass wir Mazy helfen könnten. Haben Sie etwas?“, fragte Elizabeth.

Suzanne schüttelte den Kopf. „Bryce hat bestimmt irgendwo etwas. Wo sind Sie verletzt?“, fragte sie. Das war das erste Mal, dass sie sich nach dem Wohlergehen anderer erkundigte, abgesehen von Pig.

„Sie hat ihr Baby verloren“, erklärte Elizabeth mit tränenerstickter Stimme.

„Oh“, erwiderte Suzanne. „Oh – vielleicht wenn der Hund da gewesen wäre, hätte er Ihren Sturz abbremsen können, statt meinen. Sie hätten vielleicht –“

„Er war nicht da“, unterbrach Mazy sie.

„Und ich bin nicht einmal in der Lage, ein Kind zu beschützen. Ich verdiene kein zweites."

Elizabeth tadelte sie: „Es ist nicht gut für das Baby, so etwas zu hören."

„Es hat keinen Zweck, sich etwas vorzumachen über das Leben, in das es hineingeboren wird."

„Haben Sie denn keine Familie im Osten, wo Sie hergekommen sind?", fragte Elizabeth. Sie beobachtete, wie Zilah den gestreiften Deckel zu Clayton rollte. Er gluckste.

„Diese Bande wurden unterbrochen", erklärte Suzanne. Nur zögernd sprach sie weiter. „Bryce hatte mit seinem Vater in Missouri zusammengearbeitet. Als er beschloss, mit uns in den Westen zu gehen, sagte sein Vater, er solle nicht damit rechnen, dass er Teil unserer Zukunft sei. Er sagte, sein Sohn wäre für ihn gestorben. Ich weiß nicht, wie ich ihm mitteilen soll, dass sein Sohn tatsächlich tot ist. Oder ob ich es überhaupt tun sollte."

Wenigstens wartete diese Aufgabe nicht auf sie, dachte Mazy. Jeremy hatte keine Familie, keine, von der sie wusste. Seine Familie betrauerte ihn hier.

„Und Ihre Verwandten?", fragte Elizabeth.

Suzanne ließ sich mit ihrer Antwort Zeit. „Ich habe einen Bruder in Michigan. Er hat acht Kinder und eine überlastete Frau, die ihre Tür ganz bestimmt nicht so schnell öffnen wird, da bin ich ganz sicher. Unsere Eltern sind beide tot. Cholera. Ist das nicht eine Ironie? Die Epidemie von 1832."

Sie waren schon einige Stunden geritten, Ruth auf Koda und Mariah auf Jumper, Ruths Wallach. Tief hängende Wolken zogen über ihnen am Himmel dahin, warfen graue Schatten über den vom Regen durchnässten Boden. Der Wind hatte nachgelassen, doch er erinnerte sie immer wieder mit kleinen Windstößen an seine Macht.

Mariah grinste. Sie blickte zu Ruth hinüber und setzte sich gerade wie sie, hielt die Zügel genau wie Ruth. Sie schob ihren Hut gerade.

„Man hat den Eindruck, dass es eher Oktober ist als Juni", bemerkte Mariah.

„Wenigstens hat es zu regnen aufgehört", erwiderte Ruth. Sie zog an den Zügeln und suchte zum zehnten Mal den Horizont ab.

„Ich kann mich nicht erinnern, so viele Schluchten, Erhebungen und Hügel gesehen zu haben, als wir zum ersten Mal hier durchgekommen sind. Vermutlich habe ich nicht aufgepasst", sagte Mariah.

„Ich bin diesen Weg geritten, als ich nach Elizabeth suchte", erzählte Ruth, „aber auch mir scheint jetzt alles anders auszusehen."

„Auf unserer Farm gab es solche Stellen, wo die Kühe sich verstecken konnten und wir direkt an ihnen vorbeireiten konnten", sagte Mariah. „Wir hatten alle Mühe, sie dazu zu bringen, sich in Bewegung zu setzen."

„Da zeigt sich ein gutes Pferd. Einige von ihnen können Kühe beinahe riechen. Das brauchen wir jetzt – wenn wir mit heiler Haut aus dieser Katastrophe herauskommen wollen."

Mariah hielt den Blick auf den Boden gesenkt, als sie sprach. „Wir haben uns oft auf den alten Buck verlassen", berichtete sie. „Pas Hund. Er hat uns viel geholfen. Er ist kurz vor unserem Aufbruch in den Westen gestorben, sonst hätten wir ihn mitgebracht."

Ruths Pferd rutschte auf dem schlüpfrigen Boden und fing sich wieder. „Ich weiß, auf diesem Boden sind die Spuren gut zu sehen, aber ich bin froh, wenn er wieder ein wenig trockener ist."

Mariah nickte. Sie saß rittlings auf dem Pferd, genau wie Ruth, die Knie fest gegen den Widerrist des Pferdes gedrückt. Sie führte es durch ihre Beine, ihr Gewicht und ihre Haltung wie auch durch die Zügel. „Ich reite, seit ich alt genug bin zu laufen", erzählte sie Ruth. Sie wollte das Gespräch anscheinend in Gang halten. „Mattie hat mir geholfen."

„Du vermisst deinen Bruder bereits, nicht?"

Mariah nickte. „Fast mehr als Pa." Sie biss sich auf ihre zitternde Unterlippe.

„Ich vermisse Jed auch, obwohl mein Bruder mich manchmal verrückt gemacht hat“, erwiderte Ruth. Sie richtete sich auf, suchte die Hügel ab, über denen ein zäher Nebel hing. „Er war mir trotzdem ein Trost ...“ Ihre Worte verklangen, bevor sie das Thema wechselte. „Wenn wir eine oder zwei Kühe finden, dann finden wir auch noch mehr.“

Mariahs Haar wurde durch ein blaues Band gehalten. Ruth dachte, dass sie das Mädchen noch nie zuvor ohne ihre Zöpfe gesehen hatte, und lächelte, als sie bemerkte, dass Mariah ihr Haar hochgesteckt hatte wie sie selbst.

„Sie könnten versuchen, ihren letzten Weideplatz zu finden. Das wäre den Weg zurück“, sagte das Mädchen. Mariah deutete auf den Boden. „Sehen Sie nur“, sagte sie. Sie ritten mehrere Minuten je auf einer Seite der Spur, die von drei oder vier Ochsen zu stammen schien, als Mariah auf eine Veränderung hinwies. „Sieht so aus, als hätten sich ihnen Maultiere angeschlossen.“

„Gut. Der Wagen der Wilsons steht noch. Wenn wir ihre Maultiere finden, dann hätten wir wenigstens eine komplette Einheit. Es wäre ein Wunder, wenn wir alle Tiere wiederfinden würden.“

Von dem höher gelegenen Hügel aus konnte Ruth die Wagen erkennen, die auf der Südseite des Platte in Richtung Westen zogen. Der Fluss wälzte sich dunkel und schlammig wie Gerstenkaffee durch sein Bett, aufgepeitscht von Wind und Regen. Sie schüttelte den Kopf. Die kalte Luft drang durch ihre gelbe Jacke hindurch.

„Sieht so aus, als würden die Spuren in diese Schlucht mit den Bäumen führen“, meinte Mariah. „Ich werde die Tiere heraustreiben, wenn sie tatsächlich dort sind. Sie können denen hier folgen, in Ordnung?“

„Wir werden uns nicht trennen“, widersprach Ruth.

„Ach, Sie brauchen sich keine Sorgen zu machen“, erwiderte Mariah. „Ich bin eine gute Reiterin.“

Ruth überlegte, warum sie zögerte. „Um deine Reitkünste mache ich mir keine Gedanken“, sagte Ruth. „Oder um die Pferde. Es ist nur ... falls etwas schief geht, dies ist ein sehr unübersichtlicher Ort. Einer von uns könnte umdrehen und sich schlimmer verirren als die Ochsen. Nein, wir müssen zusammenbleiben."

Sie änderten den Kurs und ritten zusammen weiter, eine mit Bäumen bestandene Schlucht entlang zu einer Gruppe Pappeln in der Hoffnung, ihr Vieh dort zu finden.

Aber das war es nicht, was sie antrafen.

Sie hätte aufhören sollen, etwas vorzutäuschen, jemandem erzählen sollen, was mit Tipton passierte, und um Hilfe bitten sollen. Aber wen? Bestimmt würden sie die anderen von da an verurteilen, sie, Adora Wilson, weil sie nicht verhindert hatte, dass ihre Tochter so dünn wie ein Stock wurde. Bestimmt würden sie denken, wie beklagenswert ihre eigene Moral sein müsste, weil sie ihr Kind so selbstsüchtig und maßlos erzogen hatte. Zorn machte sich in ihr breit, erhitzte ihr Gesicht. *Dieses Kind! Wie konnte es mir das antun?*

Genau diese Worte hatte sie zu ihr gesagt, an dem Tag, als Tipton sie darüber informierte, dass sie in den Westen ginge, dass alles zwischen ihrem Papa und den Bacons vereinbart sei.

„Wie konntest du?", hatte Adora geschrien und die Fassung verloren.

„Weil ich es wollte und weil Tyrell mich bei sich haben möchte und weil wir eines Tages heiraten werden. Wir würden sofort heiraten, wenn –"

„Nur über meine Leiche!", hatte Adora geschrien.

Sie hätte es zulassen sollen; dann wäre sie vor dem allen verschont geblieben.

Sie fand die leere Laudanumflasche unter Tiptons Kissen. Eine zweite war im Sonnenschirm des Mädchens versteckt und noch eine zwischen der Spitze, die sie vorsichtig in die Kommode ihrer Mutter gelegt hatte. Was würden die Leute sagen, wenn sie es herausfänden? Hoffentlich würde Mazy sich erholen, ohne es zu brauchen, bis sie nach Laramie oder Kanesville kamen oder wo immer sie hinfuhren. Dort würden sie neues besorgen können.

Bei der Suche nach dem Laudanum hatte sie ihre Handtasche

nicht gefunden. Sie war nicht, wo sie sie hingelegt hatte. In dem Chaos des Sturms, Hathaways Tod und von Charles vorzeitigem Verschwinden hatte sie sie vielleicht woanders hingeräumt. Vielleicht war sie Tipton in die Hände gefallen, und sie hatte sie irgendwo in Sicherheit gebracht, vor neugierigen Augen verborgen. Diese ausländischen Mädchen sprachen vielleicht nicht viel Englisch, aber sie schätzte, dass sie durchaus wussten, wofür Geldscheine und Münzen gut waren. Zilah hatte eine Zeit lang Zugang zu ihrem Wagen gehabt. Vielleicht sollte sie die Hilfe des Mädchens ablehnen und Tipton dazu bringen, die Maultiere zu lenken.

Sie würde Tipton nach der verschwundenen Tasche fragen müssen, wenn sie wieder klar war, wenn sie ... bei sich war. Das war es, was sie versuchte. Tipton wieder in die Gegenwart zu holen, ob sie das nun einladend fand oder nicht.

Mit wem also könnte sie über diese Sache reden? Diese Betha wüsste es vielleicht. Sie war ordentlich, sauber und anscheinend recht nett. Sie hatte zwei Töchter und würde das Dilemma einer Mutter vielleicht verstehen. Vielleicht könnte sie das Thema hypothetisch anschneiden, damit Betha nicht so direkt erführe, was sie beunruhigte. Ja, das war ein guter Plan.

Adora erhaschte einen Blick von sich in dem ovalen Spiegel. Sie wirkte müde und ungepflegt. Nun, das war verständlich nach dem Sturm. Aber sie würde das korrigieren, Glyzerin auf die Falten an ihrem Hals und um die Augen geben. Sie drückte die Finger auf die neuen Falten um ihren Mund. Dieses so genannte trockene Land saugte die Feuchtigkeit aus der Haut und ertränkte einen dann plötzlich in diesem Wolkenbruch. Sie musste Puder suchen und die Falten überdecken.

„Missy Esther möchte wissen, ob Sie zum Treffen kommen?“, fragte Naomi. „Sie sagt, Sie kommen. Wir beschließen nächste Dinge.“

„Wir sollten warten, bis Ruth und Mariah zurückkehren“, erwiderte Mazy. Sie hatte Schmerzen und ihr war heiß. Es hätte keinen Zweck, herumzusitzen und zu reden, bis sie wüssten, ob sie die Tiere gefunden hatten oder nicht. Der Gedanke, die mitleidigen Blicke der anderen auf sich gerichtet zu sehen, die nutzlosen Versuche, ihr ihren neuen Verlust erträglicher zu machen, war zu viel für sie. Sie fühlte sich müde, leer und allein.

„Sie möchte vielleicht nur sehen, wie es allen geht", meinte Elizabeth.

„Uns geht es nicht gut", sagte Mazy.

„Du hast ein gutes Urteilsvermögen. Wir könnten abschätzen, was noch übrig ist." Elizabeth wandte sich an Naomi. „Sag ihr, wir werden da sein."

„Missy Mazy nicht gut?", fragte das Mädchen. Elizabeth fiel auf, dass Naomi dunklere Haut hatte als die anderen Mädchen, mit denen sie unterwegs war. Die Sonne hatte Blasen auf ihren hohen Wangenknochen hinterlassen, und sie hatte gerade, gleichmäßige Zähne.

„Nein, ihr geht es nicht gut, aber wir werden da sein. Du sagst Esther Bescheid."

Das Mädchen verließ Bethas Wagen so leise, dass Elizabeth weiter mit ihr sprach, bis Mazy ihr klar machte, dass sie gar nicht mehr da war.

„Du musst hingehen."

„Warum? Was für einen Unterschied macht es?"

„Weil du auf deinem Treffen bestanden hast zu einem Zeitpunkt, der für die anderen unpassend war, Kind. Jetzt ist ein anderer an der Reihe, und das ist fair." Ihre Stimme wurde weicher. „Ein klein wenig Gemeinschaft und Glaube wird Balsam für dich sein. Wir setzen dich auf einen Stuhl, und du kannst wenigstens zuschauen."

„Es gibt keinen Grund, bis die beiden zurückkommen. Wir wissen nicht einmal, ob wir Ochsen haben werden oder bepackt laufen müssen. Wir müssen abwarten, bis sie kommen und die Ochsen mitbringen."

„Oder diese Ayrshires", ergänzte Elizabeth.

„Diese Ayrshires", sagte Mazy. „Wegen ihnen sind wir hier."

„Weil du getan hast, was du für das Beste gehalten hast. Jetzt haben sich die Dinge verändert. Das gehört zum Leben dazu." Elizabeth hielt inne. „Nun, diese Kühe wissen, wo sie sich ihre Mägen füllen können, darum denke ich, dass sie zur Zeit der Fütterung von allein herkommen werden. Vielleicht führen sie ja auch die anderen her."

„Wenn sie noch im Land sind."

„Mazy, es ist nicht gut, immer das Schlimmste anzunehmen. Wir sind noch am Leben, und das ist doch schon was."

„Nicht alle", sagte Mazy. Sie sprach so leise, dass ihre Mutter sich über sie beugen musste. Sie wollte sie bitten, ihre Worte zu wiederholen, doch dann war ihr klar, was sie gesagt hatte.

„Ich weiß, ich weiß. Es ist ein schmerzlicher Verlust, den du erlitten hast. Aber du musst damit fertig werden. Hier drinbleiben, warten und grübeln wird keinen von ihnen zurückbringen. Du kannst ebenso gut versuchen, eine Weile auf dem Stuhl zu sitzen. Wir stellen ihn so, dass du nach draußen sehen kannst. Wenn du etwas sagen möchtest, dann kannst du das tun. Auf diese Weise bekommst du alles mit", erklärte Elizabeth und schob einen von Bethas hochlehnigen Stühlen zur Wagenöffnung. Sie nahm ein Federkissen, und als sie spürte, wie feucht es war, legte sie es zur Seite. Sie fand ein dickes Fotoalbum, legte es auf den Stuhl, wickelte eine von Bethas süß duftenden Decken darum und streckte Mazy die Hand entgegen. Sie legte den Arm um ihre Tochter, stützte sie und half ihr auf den Stuhl.

Sie hörten den Schuss aus der Ferne. Noch einen Schuss, und dann war es, als wären sie mitten in einen Krieg hineingeraten.

„Runter!", befahl Ruth und zog Mariah vom Pferd. Sie hatten die Tiere in das Gebüsch an einem Bach gelenkt, an dem Pappeln und Brombeeren gediehen. Wilde Rosen wuchsen dazwischen, und obwohl sie wunderschön und duftend waren, wären Ruth stattdessen Bäume lieber gewesen. Koda hatte bereits einen langen Kratzer abbekommen, als er in die Rosen getreten und zurückgezuckt war. Und dann hatten sie die Schüsse gehört.

„Wer ist das?", flüsterte Mariah.

„Pawnees vermutlich, nach ihrer Kleidung zu urteilen. Die anderen müssen Sioux sein. Wir bleiben besser hier und verhalten uns so still wie möglich, bis alles vorbei ist."

Und sie blieben, beobachteten das Blutvergießen, hörten die Schreie und sahen, wie die Männer wie wurzellose Bäume von ihren Pferden stürzten. Mariah hatte sich die Faust in den Mund gesteckt, während sie die Szene beobachtete, die beängstigender war als alles, was sie bisher gesehen hatte. Die Frauen drückten sich auf den Boden, lauschten den Schüssen und dem Zischen der Pfeile durch die Luft.

Ruth überlegte, ob die Frau, mit der Elizabeth sich angefreundet hatte, eine Pawnee war. Sie glaubte schon. Und obwohl die Pawnees in der Überzahl waren, schienen sie zu verlieren. Die Sioux hatten Gewehre und bessere Ponys, während die Pawnees ihren Tomahawk schwangen.

Tod. Zerstörung. Krieg. Gab es denn kein Ende des Wahnsinns, den Menschen anderen und sich selbst zufügten? Hier in diesem weiten Land von natürlicher Schönheit, wo Ruth, wie sie geglaubt hatte, allen Konflikten aus dem Weg gehen könnte, war sie wieder darauf gestoßen. Dieses Mal zwischen zwei Gruppen, die sie für Verbündete gehalten hätte, wenn nicht sogar für Freunde.

Was hofften die Indianer mit dieser Schlacht zu erreichen?

Der Lärm, die Todesschreie der Menschen, das explodierende Pulver, die donnernden und zu Boden stürzenden Pferde beängstigten sie. Sie legte den Arm um Mariah, zog sie an sich und fühlte sich schuldig, weil sie das Mädchen nicht davor beschützt hatte, eine solche Szene mit anzusehen. „Es tut mir Leid", flüsterte sie. Mariah nickte, doch dann weiteten sich ihre Augen vor Entsetzen. „Was ist los?", fragte Ruth und drehte den Kopf in die Richtung, in die das Mädchen blickte.

Lura suchte in ihrem Koffer. Sie wusste, sie hatte die Perlenkämme nach Matthews Weggang dort hineingelegt. Nein, sie hatte sie dorthin gelegt, *bevor* er mit Joe Pepin aufgebrochen war, um das Vieh nach Westen zu treiben. Sie hatte jedem von ihnen Münzen gegeben, Lebensmittel für sie eingepackt, und dabei die Kämme gesehen – das teure Geschenk, das Antone ihr gemacht hatte. Sie hatte die Kämme in die Falten ihres guten Seidenkleides in diesen Koffer gelegt. Oder hatte sie sie woanders hingeräumt und es vergessen? So etwas passierte ihr in den letzten Jahren häufiger. Aber so etwas Wichtiges hatte sie noch nie vergessen.

„Kommen Sie heraus?", rief Schwester Esther.

„Ja, ja. Ich bin schon unterwegs. Ich wollte nur noch nach etwas sehen." Lura nahm sich vor, Mariah zu fragen, sobald das Mädchen zurückkam. Sie kroch aus dem Wagen und ging zum Kochbereich, den Ruth und Betha aufgebaut hatten, bevor sie mit Mariah aufgebrochen war. „Sind das Schüsse, die ich da höre?", fragte Suzanne.

Die Gruppe wurde still. „Ich höre nichts", beruhigte Elizabeth sie.

„Oh, es ist aber da, wirklich", beharrte Suzanne. Daraufhin begann Pig zu bellen, wie um ihre Aussage zu bestätigen. „Viele Schüsse, Pferde."

„Ach was", sagte Adora, die hinter ihrem Wagen hervorkam. Sie hatte Tipton im Schlepptau und hielt einen Regenschirm über sich und ihre Tochter. „Ich höre nichts." Sie stellten sich neben Suzanne; Tipton stolperte beinahe über ihre eigenen Füße. „Sie träumen vermutlich", meinte Adora zu Suzanne.

„So etwas tue ich nicht", widersprach Suzanne, „wenn auch bei anderen hier das Syndrom zu erkennen ist."

Lura zuckte vor der Heftigkeit dieser Antwort zurück, obwohl sie sicher war, dass mit dieser Bemerkung nicht sie gemeint war. Zu ihrem eigenen Erstaunen meldete sie sich zu Wort. „Also, wir wissen einfach nicht, was andere hören können. Ich habe zum Beispiel ein schlechtes Gehör", sagte Lura. „Sicher, ich kann Geräusche hören, aber ich verwechsle sie. Einmal hat mir jemand eine Schüssel mit schwarzäugigen Erbsen gereicht und gesagt: ‚Tätscheln Sie sie'. Nun, natürlich fragte ich mich, warum jemand wollte, dass ich eine Schüssel mit Erbsen tätscheln sollte, aber ich versuchte, dem Wunsch nachzukommen. Ich tätschelte die Seiten der Schüssel wie einen Babypopo, bis derjenige mich ansah, als sei ich ein Wurm, und dieses Mal ganz deutlich sagte: ‚Ich sagte, reichen Sie sie weiter, nicht: tätscheln Sie sie. ‘ Suzanne kann also durchaus etwas hören, was wir anderen nicht hören.“

Noch nie in ihrem Leben hatte sie so viel auf einmal gesprochen. Und was? Unsinn. Antone würde sagen, es sei alles Unsinn gewesen. Er sagte das oft, wenn sie jetzt darüber nachdachte. Vielleicht hatte sie deswegen aufgehört zu reden und angefangen zu stricken. Und zu vergessen. Ihre Lippe zitterte, aber sie unterdrückte die Tränen.

Schwarze, weiße und rote Farbe zierten das Gesicht des Indianers. Seine Augen, leer und feucht, starrten zu ihnen hinauf. Dunkle Flüssigkeit sickerte aus seinem Hals. Der Körper lag verdreht auf dem Boden und war noch feucht vom Schweiß seiner Angst und des Schmerzes kurz vor seinem Tod. Um ihn herum tobte die Schlacht, aber für diesen Mann, diesen Krieger, war sie zu Ende.

Ruth legte ihren Finger an den Mund, um Mariah zu bedeuten, sie solle still sein. Wie sehr wünschte sie, das Mädchen wäre nicht hier! Ruth hielt Koda fest und strich ihm sanft über die weichen Nüstern und hoffte, dass er keinen Laut von sich geben würde. Aber er war unruhig, der Geruch von Blut, Tod und Unsicherheit machte ihn nervös, zeigte sich im Zucken seiner Ohren, im Rollen seiner Augen.

Das Pferd des Indianers hatte den Toten gefunden.

Sie werden kommen, um das Pferd zu holen, und uns sehen, dachte Ruth. Ruth bemerkte einen Reiter, der sich ihnen näherte. Pfeile zischten um ihn herum. Er duckte sich, legte den Kopf neben den Hals seines Ponys. Er kam den Hügel herunter auf Mariah und Ruth zu.

Besser hier als bei den Wagen. Was besaßen sie, das jemand haben wollte? Das Vieh war besonders wertvoll, aber das war verschwunden, auseinander gestoben, außer diesen beiden Tieren, die sie am Zügel hielten. Sie könnten von Wert sein, aber das war eher unwahrscheinlich. Pferde von außerhalb gewöhnten sich nur schwer an das Präriegras.

Aber was zählte das jetzt noch? Der Indianer war auf dem Weg zu ihrem Versteck.

Das schwarze Haar des Mannes flatterte hinter ihm her, so schnell ritt er auf das Gebüsch von Rosen und Brombeeren zu. In einer fließenden Bewegung glitt er von seinem Pony. In einer Hand hielt er ein langes Messer und mit der anderen hob er den Kopf des Toten, bereit, den Skalp mit einem schnellen Schnitt abzutrennen.

Mariah wimmerte, die Faust fest in den Mund gesteckt. Sie fiel beinahe in Ohnmacht. Ruth stellte sich vor Mariah, um sie vor dem Anblick zu schützen. In diesem Augenblick blickte der Mann auf.

„Wir sollten mit einem Gebet beginnen", verkündete Schwester Esther, lauter, als nötig war, dachte Mazy. Wer würde Einwände erheben? Es schadete nicht; aber es half auch nicht.

Die Frauen im Kreis, die locker den Arm um die Kinder gelegt hatten, neigten die Köpfe. Seit sie ihre Lieben in die Erde gelegt hatten, hatten sie nicht mehr als Gruppe gebetet.

„Himmlischer Vater, wir danken dir für deine vielen Segnungen in diesen Tagen. Wir danken dir, dass du uns gestattest, uns hier zu versammeln. Wir danken dir für alles, was du uns gegeben hat. Wir bitten dich um Bewahrung deiner Dienerinnen Ruth und Mariah. Bitte führe sie wieder zurück mit so viel von unserem Vieh, wie du es für richtig hältst. Wir bitten dich, sende deinen Geist, damit er unter uns wohne, während wir hier versammelt sind. Hilf uns, unsere eigenen kleinen Bedürfnisse beiseite zu schieben, und gestatte uns, die Pläne zu erfüllen, die du vor uns legst. Du erhältst uns unser Erbteil. Das Los ist uns gefallen auf liebliches Land, Herr, Amen."

Die Köpfe fuhren hoch, und etwas in der Bewegung, etwas an diesem Einklang, diese Einfachheit und Anmut weckte in Mazy eine so starke Sehnsucht, dass sie die Tränen wegblinzeln musste.

„Sechs Wagen sind nicht mehr zu gebrauchen", verkündete Schwester Esther. „Wie es scheint, sind die noch fahrtüchtigen

Wagen die von Betha und Ruth. Auch die der Wilsons und einer von denen der Schmidtkes können noch fahren." Sie nickte Deborah zu. „Die Bienen haben auf wundersame Weise überlebt. Im Augenblick haben wir kein Vieh, aber ich bete, dass Ruth und Mariah gesund zurückkehren."

„Das könnte auch ein Vorteil für uns sein", sagte Mazy. Sie war erstaunt über sich, dass sie sich zu Wort gemeldet hatte. „Wir könnten schneller vorankommen, weil wir weniger Wagen zu versorgen haben."

„Eigentlich hätten wir das schon tun sollen, als wir umgekehrt sind", meinte Adora. „Tipton, setz dich auf, Liebes. Du musst aufpassen. Es betrifft auch dich. Wie auch immer, unsere Wagen sind die einzigen, die von Maultieren gezogen werden, vorausgesetzt, wir bekommen die Tiere zurück."

„Welchen Unterschied macht das?", fragte Lura.

„Der Unterschied", antwortete Adora, „ist der, dass Maultiere schneller sind. Wir könnten sie also entweder anspannen oder darauf reiten, wenn unsere Wagen zerstört wären. Auf diese Weise kämen wir voran." Sie wirbelte ihren Sonnenschirm herum. Die untergehende Sonne brach durch eine tief hängende Wolke hindurch und warf einen Schatten auf den Sonnenschirm. „Das würde schwieriger für diejenigen mit Ochsen. Sie können nicht geritten werden."

„Wir ziehen alle weiter, ja, Missy Esther?"

Schwester Esther wandte sich an Deborah. „Ja, ich denke, wir halten zusammen. Das hat sich nicht geändert."

Etwas hatte sich allerdings geändert, kaum merklich, wie Mazy bemerkte, denn die Schwester erlaubte den Mädchen auf einmal, ihre Meinung zu sagen.

„Und wenn einige ... Veränderung wünschen?", fragte Zilah. Im abnehmenden Licht fielen ihre Narben nicht so auf. Ein Hautflecken erstreckte sich von ihrer Nase aus und ließ ihr Gesicht breit und flach erscheinen, die Augen weit auseinander stehend.

„Wir werden alle gezwungen sein, die Richtung zu ändern", erwiderte Schwester Esther. „Dafür hat der Sturm gesorgt."

„Und wenn einige von uns wünschen, dass die Sonne uns an einem neuen Ort findet?", beharrte Zilah und warf Naomi einen Blick zu.

Mazy spürte, wie ihr Herz zu klopfen begann. Es war, als wüsste ihr Körper vor ihrem Verstand, dass eine Entscheidung zwischen Furcht oder Flucht zu treffen war.

„Nun, das wäre verrückt", erwiderte Adora. „Wir können nicht die Richtung ändern, in der die Sonne aufgeht."

„Einige würden gerne wieder nach Westen weiterziehen", sagte Deborah. Sie senkte den Kopf. „Die Richtung der Sonne verändern."

„Nun, natürlich fahren wir nach Westen weiter", verkündete Adora. „Wir sind doch nur hergekommen, um nach den Gräbern zu sehen."

Ruth hatte viele Jahre lang nicht gebetet, nicht seit Johns Tod, nicht seit all der Qual und dem Schmerz, dem größten Betrug, den eine Frau erleiden konnte. Danach hatte sie sich bemüht, zu begreifen, was für eine Frau aus ihr geworden war: Eine Frau, die noch immer den Mann liebte, der ihrem Kind Böses getan hatte.

Sie betete jetzt, ein stummes Gebet, sie möchten unsichtbar sein, der Mann, der ihr ins Gesicht starrte, möge mit Blindheit geschlagen werden, Mariah nicht sehen, nicht ihre eigene Gestalt vor sich sehen, nicht ihre Angst riechen noch die Frucht des Sieges schmecken, indem er den Skalp des Toten mitnahm. Oder schlimmer noch, ihre Pferde oder ihnen das Leben nahm. *Mach ihn taub und blind, Herr, und wenn auch nur für den Augenblick.*

Ihre Gebete wurden nur selten erhört, und dieses eine war ein sehr selbstsüchtiges ohne Dankbarkeit, aber es war inbrünstig und würde, wie sie hoffte, erhört werden.

Die Zeit rann.

Der Krieger wandte sich verwirrt um. Er blickte Ruth geradewegs an, in ihre haselnussbraunen Augen, in ihre Seele. Er rührte sich nicht. Sie konnte kaum atmen. Aber sie wusste, sie lebte, weil sie noch immer ihren Herzschlag hören konnte; wusste, dass auch er lebte, weil sein schwerer Atem die Stille durchbrach. Er keuchte von den Anstrengungen seiner Kämpfe.

Das Pony des toten Mannes stampfte hinter ihm. Der Krieger wandte sich zu ihm um, schüttelte den Kopf, als wolle er eine lästige Fliege abwehren. Dann ließ er den Kopf des toten Mannes sinken. Er hatte seinen Skalp nicht angerührt. Stattdessen griff er nach dem Pony, schwang sich auf seinen Rücken und pfiff laut durch die Finger. Er wandte sich um, und sein eigenes Pferd folgte ihm den Hügel hinauf. Beim Davontraben warfen die Pferde mit ihren Hufen kleine Erdklumpen auf. Schließlich waren sie hinter der Bergkuppe verschwunden.

Ruths Herz jubelte, sang innerlich vor Dankbarkeit und Freude!

Mazys Worte klangen selbst in ihren Ohren niedergeschlagen. „Nach Westen? Wozu? Es ist doch nicht mehr weit bis nach Kanesville. Wenn es sein muss, können wir sogar laufen. Uns anderen anschließen, die zurückfahren."

„Lura, wie ist Ihre Meinung zu dieser Angelegenheit?" Elizabeth stellte diese Frage.

„Oh, nun, ich denke, es ist zu früh, um darüber zu entscheiden. Wir können erst eine Entscheidung treffen, wenn wir wissen, ob wir laufen müssen oder nicht. Unser Vieh ist auf dem Weg nach Westen, Mazy. Das wissen Sie doch. Ihr Bulle auch. Trotzdem ist mir nicht wohl bei dem Gedanken, nach Osten oder Westen laufen zu müssen, obgleich ich gehört habe, dass einige es getan haben."

„Sie sind doch auch gelaufen", bemerkte Ned. „Jeden Tag neben den Ochsen. Ich würde gern weiterziehen, Ma", sagte Ned. „Das ist es, was Pa gewollt hat, etwas Neues für uns in Oregon. Und Tante Ruth, sie wollte es auch. Sie würde es sagen, wenn sie jetzt hier wäre."

„Ich möchte, was die Tante möchte", verkündete Jessie.

„Natürlich. Das wissen wir, Wurm." Es war Jason; das Necken seiner Schwester war freundlich gemeint und nicht böse. Er hatte einen Faden gefunden und ihn zu einer Wiege für die Kätzchen gebunden. Jessie und Sarah sahen zu, während die Frauen berieten. Sarah wurde dessen überdrüssig, erhob sich, um nach ihrem halbfertigen Stickmustertuch zu sehen, das sie auf einer Leine zum Trocknen aufgehängt hatte.

„Es macht mir Angst, nach Westen zu gehen“, sagte Betha. Sie seufzte. „Aber es macht auch Mut. Ich bin heute eine Weile an Jeds Grab gewesen. Es war friedlich. Hier ist es das jetzt auch, mit euch allen.“

„Das ist verrückt“, meinte Suzanne, „aber –“

„Danke“, unterbrach Mazy. „Ich kann nicht zustimmen. Wir haben das doch alles schon durchgekaut. Wenn wir nach Osten fahren, wissen wir, was uns erwartet.“

„Wir wussten nicht, was uns hier passiert“, meinte Lura.

„Bestimmt gefällt euch nicht, was ich zu sagen habe“, warf Suzanne ein. „Ich werde ... bald wird es noch ein neues Gruppenmitglied geben –“

„Was bedeutet, in die Zivilisation zurückkehren zu müssen, zu Ärzten, Hebammen. Das ist, was wichtig ist“, bemerkte Mazy.

„Oh, ich bin eine gute Hebamme“, erklärte Elizabeth. „Wenn es so weit ist.“

„Mutter!“

„Ich meine, ich schaffe es nicht allein“, fuhr Suzanne fort. „Ich bin wie eine Schildkröte, die auf dem Rücken liegt, und mein Kind, mein Clayton, braucht euch alle, jede Einzelne von euch. In die Richtung, in die wir jetzt fahren, gibt es nichts für mich. Die Welt, wie ich sie dort kannte, hat aufgehört zu existieren, als wir aufgebrochen sind. Die Welt mit Bryce hat vor einer Woche ihr Ende gefunden. Es ist zu Ende. Für uns alle. Auch wenn wir umkehren, wird sie nicht wieder erstehen.“

Die Intensität ihrer Stimme, die Endgültigkeit ihres letzten Satzes zwang zum Nachdenken.

„Fangen Sie in Kanesville neu an“, riet Mazy ihr. „Dort kennt Sie niemand.“

„Aber dort gibt es keine Vision“, erwiderte Suzanne. „Hören Sie sich das an. Ich spreche von einer Vision, ausgerechnet ich, die ich nicht sehen kann.“ Sie schnaubte verächtlich.

„Tipton? Von dir haben wir noch gar nichts gehört“, sagte Mazy.

Sie wandten sich zu dem Mädchen um, das seit fast vier Tagen kaum ein Wort gesprochen hatte. Ihr Gesicht war ausgezehrt, die Wangen eingefallen, die Augen rot. Als sie ihren Namen hörte, sah sie auf.

„Was möchtest du, Liebes?“, fragte Elizabeth.

„Sterben.“ Tipton sah sich mit leerem Blick im Kreis um. „Und mir ist es egal, wo oder wie das passiert.“

15

Irgendetwas in Tiptons Stimme, etwas, das die Härte der Worte übertönte, die Resignation, klang für Mazy wie das Schreien eines verirrten Rehkitzes. Sie hörte die Erschöpfung, die vor dem Aufgeben warnte. Die Bedürftigkeit des Mädchens durchdrang Mazys eigene Schicht der Distanz und Enttäuschung, und sie wandte sich zu Tipton um, streckte ihre Hand nach ihr aus.

Tipton schwieg, aber Mazy glaubte ein Aufflackern des Erkennens in den blauen Augen zu erkennen, die so dunkel waren wie ein schneeverhangener Himmel.

„Es tut mir so Leid, Tipton“, sagte Mazy und ließ ihre Hand wieder auf ihren Schoß sinken. Das Aufflackern in Tiptons Augen verschwand, schloss sie aus. Mazy machte sich Vorwürfe. Sie hatte es schon wieder gemacht, ihr Bedauern ausgedrückt, sich entschuldigt, aber nichts getan, um das Leid zu lindern. Sie versuchte es erneut. „Kann ich etwas ...?“ Das Angebot klang seicht und unbedeutend.

Mazy seufzte. Sie war nutzlos. Dieser Versuch war nutzlos. Vielleicht hatte Tipton Recht. Sie konnten genauso gut hier bleiben, wo sie waren, und einfach sterben. Diese umgestürzten und zerbrochenen Wagen würden ihre Grabkreuze sein. Aber da war etwas in ihr, das auf dem Leben bestand, auch wenn ihr Baby an diesem Tag sein Leben verloren hatte. Nein, sie musste weitermachen.

„Ich denke, wir alle haben an das Sterben gedacht, Tipton“, sagte Mazy. „Keiner von uns scheint seine eigene Erschöpfung überwinden zu können.“

Stille senkte sich auf die Gruppe und nur die Wiesenlerchen zwitscherten unbeirrt ihr Lied.

Einen Augenblick lang befürchtete sie, alles, was diesen Witwen geblieben sei, diesen Überlebenden ohne ihr eigenes Zutun, wäre diese Last. Vielleicht würden sie die Last der Schuld tragen, weil sie einfach am Leben waren, weil der Tod sie übersprungen und nur ihre Lieben dahingerafft hatte.

Sie sah sich um. Ihr Kopf schmerzte, ihr Mut wurde wie von einer alten und zerschlissenen Decke erstickt. Sie wollte das Gewicht zur Seite schieben, der Hoffnung Raum geben in diesem Kreis, den Verlusten einen Sinn verleihen. Sie öffnete den Mund, um zu sprechen, wollte, dass Weisheit den Weg in diese Welt fände.

Ein Ruf in der Ferne unterbrach sie. Alle Köpfe fuhren herum.

„Das sind die Mädchen", sagte Lura und erhob sich.

„Sie haben den alten Snoz und Snuff gefunden", rief Schwester Esther mit ihrer lispelnden Stimme. „Ihre Ochsen auch, Betha. Und, Suzanne, ich sehe wenigstens Boo. Oh danke, Gott, danke, danke!"

„Und auch die Maultiere", sagte Elizabeth. „Tipton, sieh nur! Wie viele kannst du erkennen? Oh –", sie blinzelte und betrachtete die Reiter. „Ich sehe noch jemanden, den ich kenne", fügte sie hinzu.

Mazy war froh über den Themenwechsel, weil sie auf diese Weise vor einer Entscheidung bewahrt wurden. Sie behielt Tipton im Auge. Das Mädchen war auf Adoras Drängen hin aufgestanden, aber ihre Schultern hingen herab, ihr Mund war fest zusammengepresst. Vor dem Sturm, der Krankheit und den Todesfällen hatte Mazy dem Mädchen nur geringe Aufmerksamkeit geschenkt. Ihre Gedanken hatten sich um ihre eigenen Belange gedreht. Sie war damit beschäftigt gewesen, ihre Enttäuschung über Jeremy zu unterdrücken, dann hatte sie sich mit seinem Tod abzufinden und war schließlich mit ihren Versuchen, wieder nach Hause zu kommen, beschäftigt gewesen. War es in Mazys Traum vielleicht Tipton gewesen, die einen mitfühlenden Zuhörer gesucht hatte?

„Möchtest du hier sitzen bleiben?", fragte ihre Mutter sie.

„Ich helfe Ihnen wieder hinein", erbot sich Esther. „Sie gehen und begrüßen die Ankömmlinge, Elizabeth."

„Ist das nicht großartig?", fragte Elizabeth, während sie zusah, wie die Tiere näher kamen. „Was für ein Geschenk." Ein breites Grinsen machte sich auf ihrem Gesicht breit. Elizabeth kroch in ihren umgestürzten Wagen, kramte darin herum und kam schließlich mit der Halskette in der Hand wieder heraus. Winkend lief sie auf die Reiter zu.

„Helfen Sie mir nur herunter", bat Mazy Esther. Als die älteren Frauen gingen, sagte Mazy: „Tipton? Bitte. Ich könnte deine Gesellschaft brauchen."

Tipton zuckte die Achseln und kam angeschlurft. Sie lehnten sich gegeneinander, wie zwei alte Ofenrohre, müde und verbraucht.

„Ich wette, wir sehen genauso trostlos aus wie diese Wagen", sagte Mazy zu Tipton. „Und genauso reparaturbedürftig."

Ruth strahlte. Sie warf einen Blick auf Mariah. Wenn auch staubverschmiert und schmutzig, so saß sie doch hoch aufgerichtet in ihrem Sattel. Sie brachten Hoffnung. Hoffnung, dass die Frauen überleben würden, dass sie durchhalten könnten und vielleicht, wenn sie es zuließen, nicht allein waren. Sie hatten sich noch nicht überlegt, wie sie den Zwischenfall bei dem Kampf erklären sollten. Weder sie noch Mariah hatten bisher davon gesprochen. Es war, als wäre es nicht passiert.

Als der Krieger davongeritten war, hatten sie und Mariah auf den grasbewachsenen Abhang gestarrt, der jetzt leer war. Sie führten ihre Pferde aus dem Gebüsch, fort von dem von einem Pfeil durchbohrten Leichnam, der vor ihnen zu Boden gesunken war. Dann hatte Ruth zwei Pferde entdeckt, die schnell in die entgegengesetzte Richtung galoppierten.

„Mariah! Warte!", hatte sie geflüstert, aber zu spät.

Zuerst dachte Ruth, die beiden würden die Sioux verfolgen, aber die Pawnee hielten ihre Pferde an, als sie die Frauen entdeckten. Sie starrten sie an, sprachen miteinander und drehten sich dann um.

Mariah blickte zu Ruth hinüber. „Sollen wir gehen? Bleiben?" Ruth trug die Verantwortung, sie war die Erwachsene, sie war diejenige, die das Kind beschützen musste.

Sie spürte die Vibrationen unter den Füßen. Dreißig, vielleicht vierzig Tiere, darunter die Maultiere der Wilsons, kamen über den Hügel. Hinter ihnen ritten die beiden Pawnee. Ihre stämmigen

Ponys trieben die Herde vor sich her. Das Nachmittagslicht fiel auf etwas Glänzendes im Gesicht der Frau, das in der Sonne funkelte. Silberne Ohrringe? Hier draußen?

So glücklich sie gewesen waren, das Vieh zu sehen, ihre Freude war nichts im Vergleich zu der Begeisterung der Frauen im Lager. Die asiatischen Mädchen klatschten in die winzigen Hände und wackelten mit dem Kopf, ihre spitzen Hüte neigten sich einander zu, wie Sonnenblumen sich in der Sonne wiegen. Betha tupfte sich mit der Schürze die Augen. Die Kinder rannten ihnen entgegen. Jessie streckte die Arme aus und ließ sich von Ruth hochnehmen und vor sich in den Sattel setzen. Gemeinsam ritten sie weiter. Jessie winkte, als hätte sie selbst diese Aufgabe erfolgreich ausgeführt. *Warum nicht?*, dachte Ruth. *Wir alle dürfen feiern.* Jed hätte gefeiert. Sie schüttelte den Kopf. Sie vermisste ihn, vermisste ihn so sehr.

Während sie der kleinen Antilope zusah, die Elizabeth folgte, versuchte Ruth sich zu erinnern, wann sie jemals eine solche Freude empfunden hatte wie in diesem Augenblick, als die Menschen, die ihr wichtig waren, Grund zur Freude gefunden hatten. Vielleicht damals bei ihrer Hochzeit; damals hatten sich alle außer ihrem Vater gefreut. Aber das hier war etwas anderes. Dies war eine erfülltere Zeit, weil sie so tief unten gewesen waren und jetzt gemeinsam – zumindest für den Augenblick – neue Hoffnung schöpften.

Elizabeth hatte ihre Röcke zwischen den Beinen gerafft, um sich schneller bewegen zu können. Sie kam winkend auf sie zugerannt. Hinter ihr beobachtete Ruth eine hektische Aktivität.

Lura und Adora, Esther und Betha rollten Fässer heran, hoben Kisten, die Jungen zogen zerbrochene Wagendeichseln heran und legten sie auf die Fässer, damit sie eine Art Koppel bildeten. Die kaputten Wagen wurden mit einbezogen, um den Kreis zu vergrößern. Es sah so aus, als würde sogar Tipton mitmachen. Sie half ihrer Mutter, einen Koffer herumzuschieben. Suzanne stand mit Clayton auf dem Arm abseits neben einem Lagerfeuer: Der schwarze Hund hechelte zu ihren Füßen. Mazy hielt Sarah an der Hand.

In diese provisorische Koppel trotteten die Ochsen mit beschleunigtem Schritt, als würden sie sich freuen, wieder zu Hause zu sein.

„Nun seht euch das an!“, rief Elizabeth atemlos. Die Indianerin, mit der Elizabeth sich angefreundet hatte, lächelte von ihrem Pony zu ihr herab. Die silbernen Ohrringe funkelten. Ihr Mann hob das Kinn mit einem anerkennenden Nicken vom hinteren Ende ihrer Herde. „Ist das nicht ein Anblick? Ihr Mädchen habt eure Sache gut gemacht“, lobte Elizabeth. „Richtig gut.“

„Es fehlen nur ein paar“, erklärte Mariah. „Wer hätte das gedacht? Wir haben sogar Ihre Kühe!“

„Habt ihr sie alle an einer Stelle gefunden?“, fragte Elizabeth. Sie wollte Einzelheiten hören.

„Ja, das könnte man so sagen“, erwiderte Ruth. „Ihre Freunde haben sie gefunden. Sie hätten sie für sich behalten können, haben es aber nicht getan. Nicht einmal die Maultiere. Ich denke, alle acht sind da.“

Elizabeth schüttelte den Kopf und tätschelte den Widerrist von Silver Bells Pferd. „Wenn das nicht ein Augenblick der Freude ist“, sagte sie.

Ruth strahlte. „Das empfinde ich auch.“

Außerhalb des Kreises wurden Lagerfeuer zum Kochen entzündet. Mazy half Ruth, Korn in einen Eimer zu geben für die beiden Pferde der Pawnees. Sie taten eine zusätzliche Portion hinein. Ruth nahm die Eimer, einen in jede Hand. „Ich würde sie ja tragen“, entschuldigte sich Mazy, „aber –“

„Kein Problem.“ Sie liefen eine Weile schweigend nebeneinander her. „Sie werden wieder dahin kommen, wo Sie waren. Tut mir übrigens Leid. Wegen des Babys“, sagte Ruth. „Ihre Mutter hat es mir erzählt.“

„Ich werde nie wieder da sein, wo ich war“, erwiderte Mazy. Sie atmete tief durch. „Selbst wenn wir irgendwann nach Wisconsin kommen.“

Wisconsin? Ruth reagierte nicht, äußerlich. Innerlich krampfte sich ihr Magen zusammen. Sie musste unbedingt nach Westen, und zwar bald.

Mazys Atmung klang mühsam. Die Tiere tranken aus den Pfützen. Die Maultiere waren jetzt an den Vorderbeinen gefesselt. Ruth bückte sich, um nach dem Eisen zu sehen.

„Die Tiere hätten gestern Nacht gefesselt sein sollen – dann wären sie bei dem Gewitter nicht durchgegangen", bemerkte Mazy. „Ich war nur so müde, konnte nicht mehr klar denken. Ich hätte Adora daran erinnern sollen."

„Das war nicht Ihre Aufgabe", erwiderte Ruth. „Die Maultiere gehören den Wilsons."

„Adora hatte alle Hände voll zu tun. Und Zilah ist zu neu, um zu wissen, was richtig und falsch ist. Außerdem denke ich, wenn wir durchkommen wollen, müssen wir mehr aufeinander achten, aufpassen und besser zusammenhalten. Zumindest ich darf nicht so ... an mich selbst denken."

Ruth lachte. „So würde ich Sie nicht unbedingt beschreiben, Mazy Bacon. Selbstsüchtig?"

„Doch, das stimmt aber. Ich denke nur darüber nach, wie ich mich fühle, denke an meinen Verlust, meine ... Enttäuschungen und bemerke nicht, was die anderen an Unterstützung brauchen. Ich hätte die Wagen auch sichern können, als der Sturm aufkam. Ich habe nur nicht nachgedacht. Jetzt bin ich umso verwirrter."

„Sie hatten viel nachzudenken und haben mehr verloren als die meisten", erwiderte Ruth.

„Wie wollen Sie das vergleichen?", fragte Mazy. „Ich meine, ich weiß so wenig von dem, was die anderen zu tragen haben, aus welcher Quelle sie Kraft schöpfen. Alle Schwierigkeiten und Verluste, sie kamen ganz unerwartet. Wir denken, wir wissen, wie andere betroffen sind, weil es so gewöhnlich erscheint, wie etwas, das wir alle schon erlebt haben. Aber für einige ist etwas nur ein Schnupfen und für andere Lungenentzündung."

„Ich finde, jeder trägt die Verantwortung für sich", sagte Ruth. „Wir können uns nicht darauf verlassen, dass andere uns durchbringen." Sie standen schweigend nebeneinander und lauschten auf das Mahlen der Pferde, die sich über ihr Korn hermachten.

„Menschen versagen und enttäuschen uns“, sagte Ruth. „Es ist nicht gut, sich zu sehr auf sie zu verlassen.“

„Sie haben uns nicht enttäuscht“, erwiderte Mazy.

Mazy drehte sich um und betrachtete die Ochsen und Kühe. Sie hatten sich niedergelegt und wiederkäuten im abnehmenden Licht des Tages. Für Ruth war es ein Wunder, dass das Vieh wieder da war, ein absolutes Wunder. Was um alles in der Welt bedeutete es?

„Zurück! Zurück!“ Tiptons Worte durchschnitten die Abendluft, aber noch immer leckten die Flammen an Suzannes Röcken, fanden Nahrung in dem Petticoat und fraßen sich an der feuchten Wolle ihres Rockes weiter.

Tipton stieß sie zurück, sodass Suzanne den Flammen abgewandt zu Boden stürzte. Energisch warf Tipton Erde auf das Kleid. Mit ihren bloßen Händen schlug sie nach den Flammen.

„Was machst du?“, schrie Suzanne. „Lass mich in Ruhe!“

„Sie verbrennen! Wehren Sie sich nicht gegen mich!“

Es war so schnell passiert, dass die anderen sich kaum zu dem Aufruhr umgedreht hatten, bis die Flammen schon erstickt waren. Beißender Geruch von versengter nasser Wolle drang zu ihnen herüber.

„Ich wollte das machen“, sagte Mazy zu Suzanne, als sie ihr beim Aufstehen half, „aber ich wurde abgelenkt.“

„Was denn, mich verbrennen?“, fragte Suzanne. Doch Mazy hatte den Eindruck, dass ihre normalerweise spitze Zunge sich ein wenig abgerundet hatte.

„Nein, eine Idee ausprobieren.“ Sie und Tipton klopften Suzanne ab. Dann untersuchte Elizabeth Tiptons Hände nach Verbrennungen, während Deborah eine Schüssel Honig brachte, aus der sie etwas auf Tiptons Finger strich. „Mit Hilfe von Ruths Fähigkeiten“, erklärte Mazy und wandte sich Suzanne wieder zu. „Wir wollten ein Maultiergeschirr so umarbeiten, dass es Pig passt. Mit einer Hand könnten Sie sich daran festhalten. Ich denke, er würde Sie davor bewahren, zu dicht an Dinge heranzugehen, die Ihnen gefährlich werden können. Er würde Sie auch vor anderen Gefahren schützen. Wenn Sie ihn lassen würden. Vielleicht könnte er Ihnen sogar zeigen, wo Clayton sich aufhält."

„Er würde sich ablenken lassen", erwiderte Suzanne, „wie Sie. Durch die Kinder, Fip oder was auch immer."

„Es wäre auf jeden Fall einen Versuch wert, meinen Sie nicht? Es könnte Ihnen mehr von dieser ... Unabhängigkeit verschaffen, von der Sie immer reden."

„Wo ist Clayton?", fuhr Suzanne sie an.

„Er wird erwachsen", antwortete Mazy, und freundlich fügte sie hinzu: „Und wie steht es mit Ihnen?"

Sie waren übereingekommen, ihre Besprechung am Morgen fortzusetzen, und hatten sich mit gefüllten Mägen und hoffnungsvollen Herzen zurückgezogen, eine sichere Medizin für einen ungestörten Schlaf. Silver Bells und ihr Mann verbrachten die Nacht außerhalb des Kreises, in dem die anderen jetzt schliefen. Die meisten schliefen auf dem Boden, der durch den starken Westwind schnell getrocknet war.

Die Pawnee steckten einige Pappelzweige in den Boden, deckten ein Büffelfell darüber und hatten schon bald einen brauchbaren Windschutz. Elizabeth war begeistert von ihrer Behausung und änderte schnell den provisorischen Windschutz, den sie für sich und Mazy gemacht hatte, in eine ähnliche Konstruktion ab. Sie gab Betha und ihren Kindern ihren Wagen wieder zurück.

Sie wünschte, Mazy wäre bereit gewesen, eine weitere Nacht in Bethas Wagen auf der Matratze zu schlafen, aber Mazy hatte darauf bestanden, bei Elizabeth zu bleiben. Ihre beiden Wagen waren nicht mehr zu reparieren. Somit wurden sie, wie Mazy es ausdrückte, obdachlos.

Windstöße verfingen sich in den Wagenplanen, rissen daran und schlugen sie wie nasse Laken gegen die Verstrebungen. Elizabeth lag an einer Stelle, von wo aus sie die Sterne zwischen den Wolken hervorblinken sehen konnte, mit den Füßen voran in dem mit einer Decke überdachten Windschutz. Es war derselbe Himmel, der sich auch in Milwaukee über ihr gewölbt hatte, zu dem sie und ihr Hans hinaufgesehen hatten, wenn sie auf den Verandastufen gestanden hatten. Er hatte ihr die Namen der Sternkonstellationen genannt, sie daran erinnert, dass schon Tausende vor ihnen den Himmel studiert hatten und er sich seitdem nicht verändert hätte. Noch immer stand der Nordstern, wo er hingehörte, Nacht für Nacht, und der Rand des Wagens markierte seinen Weg.

„Nur Weniges ist so beständig wie die Sterne", hatte er zu ihr gesagt.

Sie liebte seinen leichten deutschen Akzent, der immer wieder durchkam. Er sagte, ihr Akzent würde ihm Kentucky in seine alten Ohren zurückbringen. Seine alten Ohren. Du meine Güte, er war damals jünger als sie jetzt, und sie fühlte sich so jung wie Fip. Das Leben hatte zu viel zu bieten, als dass man vom Alter sprechen könnte. Diese Reise bewies es. Täglich gab es irgendetwas zu entdecken, selbst inmitten des Leides.

Elizabeth seufzte und drehte sich um. Die Kälte drang ihr in die Hüften. Manchmal war es, als würde Hans noch leben. Nicht so sehr sein Aussehen. Das war seltsamerweise verblasst. Aber er kam zu ihr in einer Stimme, in einer Wortwahl, in einem Augenblick, in kleinen Verhaltensweisen, die sie bei Mazy bemerkte, wie zum Beispiel ihre Angewohnheit, ihr Kinn in der Hand abzustützen, während sie intensiv über irgendein Thema nachdachte, oder wie sie sich den Nacken rieb, um Zeit zu schinden. Mazy hatte auch seine schlanke Gestalt geerbt, obwohl das Mädchen sich für dick hielt.

„Ich muss einen Weg finden, dass sie sich sieht, wie andere sie sehen", sagte Elizabeth laut.

„Hmm?", fragte Mazy. Sie warf sich herum und schlief dann weiter.

„Dein Vater hätte diesen Ort geliebt", flüsterte Elizabeth. Mazy antwortete nicht. „Gut, du schläfst." Sie atmete tief die Nachtluft ein, sprach ein Gebet für ihr Kind. Sie bat Gott, Mazy möge in der Trauer um das Baby, das sie verloren hatte, Heilung finden.

Wer wusste, was die Zukunft bringen würde, welchen neuen Weg sie entdecken würden, um die kleinen Brocken des täglichen Sterbens fortzuwaschen, die mit dem Leben einhergingen?

„Ich bin wach“, sagte Mazy.

„Tatsächlich?“ Sie wandte sich zu ihrer Tochter um und streichelte ihre Locken.

„Jetzt ist nichts mehr von ihm übrig, nicht Mama? Nichts mehr. Nur tote Dinge, seine Brille, seine Kleider, ein paar Bücher, die seine Finger berührt haben. Aber kein ... Baby. Nichts, das Teil seines Lebens war, ist in mir oder sonstwo auf dieser Erde übrig geblieben. Nichts.“

„Erinnerungen, Mazy. Mehr bleibt uns nicht, wenn wir einen geliebten Menschen verlieren. Nur das Geben und Nehmen der Erinnerungen, die in unseren Herzen leben.“

„Das ist nicht fair“, sagte Mazy. „Wir hatten doch gerade erst begonnen. Unser Baby ...“

„Ich weiß. Das ist schwer. Du hast die Erinnerungen. Das wird uns auf der Rückreise wärmen.“

„Du denkst also auch, wir sollten wieder nach Hause fahren?“

„Ich meinte, auf unserer Reise zurück zu der Stelle, wo wir begonnen haben, von wo Gott uns ausgesandt hat.“ Sie sagte es leise, enttäuschte nur ungern die Sehnsucht, die sie in der Stimme ihrer Tochter hörte. „Er macht uns hier zu neuen und anderen Menschen, lässt uns wachsen, einige über das hinaus, woran wir uns nur noch erinnern. Aber er ist immer bei uns, Mazy, gibt uns das, was wir brauchen, egal, wo unsere Füße hintreten werden. So erfüllt er uns.“

„Zu Hause ist nichts mehr, das willst du mir sagen. In Wisconsin. Nur die Erinnerungen an das, was war.“

„Erinnerungen, die du mitnimmst. Du brauchst nicht zurückzugehen. Ich würde sagen, du musst dich nach etwas anderem sehnen, den neuen Weg erkennen, auf den Gott dich gestellt hat – erst dann bist du wirklich auf dem Weg nach Hause.“

Als Adora am Morgen erwachte, bemerkte sie, dass die Pawnees verschwunden waren. Einfach so. Sie wollte nicht undankbar erscheinen, aber da war immer noch die Frage, wo die Krankheit hergekommen war, die Krankheit, die ihren Hathaway und all die anderen dahingerafft hatte. Die Pawneefrau hatte seltsame Stellen an ihren Händen und im Gesicht gehabt, es sah aus wie Schorf. Und sie hatte Elizabeth die Wurzeln gegeben. Danach war die Krankheit ausgebrochen.

Es war niemals klug, sich mit anderen Rassen einzulassen. Diese kleinen Frauen bei Schwester Esther waren schon genug. Adora achtete darauf, dass sie keiner von ihnen zu nahe kam.

Adora erhob sich, streckte sich dem Morgen entgegen. Sie betrachtete ihr Korsett und legte es beiseite. Sie zog nur ihr Kleid und ihre Schürze an und spritzte sich Wasser ins Gesicht. Tipton schien besser geschlafen zu haben, trotz ihrer verbrannten Hände. Sie hatte keine Hinweise darauf gesehen, dass ihre Tochter in letzter Zeit Laudanum oder Whisky zu sich genommen hatte. Sie konnte nichts finden, nicht einmal, um Suzannes Schmerz von ihren verbrannten Beinen zu lindern, die nach der Verbrennung rot wie Bete waren. Sie hielt nichts von der Behandlung mit dem Honig, aber Tipton meinte, ihre Hände würden nicht mehr brennen.

Adora bemerkte, dass die Pawnee ihr Büffelfell zurückgelassen hatten. Sie hatten es über den Windschutz gelegt, den Elizabeth gebaut hatte. Ein haariges altes Ding. Sie steckte den Kopf aus dem Wagen und sah nach dem Vieh. Die Ochsen der Bacons waren da. Sie suchte nach ihren acht Maultieren. Doch sie konnte nur sechs zählen.

„Sie hatten kein Recht, ihnen meine Maultiere zu geben", ereiferte sich Adora. Ihre schrille Stimme weckte alle auf, die noch schliefen.

„Sie hätten doch Ihre Wagen sowieso nicht weiterfahren können. Einen haben Sie schon von Zilah lenken lassen", entgegnete Ruth. Die jüngere Frau schürte das Feuer, sodass Adora gegen ihren Rücken sprechen musste. „Und ohne die Hilfe der Indianer hätten wir keines der Tiere zurückbekommen."

„Ich hätte diese Maultiere auch selber gefunden", behauptete Adora. „Sie wären nach Hause gekommen."

Ruth schnaubte. „Nicht ohne die Herde. Zumindest weiß ich, dass nur wenige Maultiere zu einem Ort zurückkommen, an dem sie kaum gewesen sind; es sei denn mit einem Leittier, was wir nicht haben."

„Maultiere sind klüger als einige Leute hier, um ehrlich zu sein. Sie haben Ihre Kompetenzen überschritten, Ruth Martin", schimpfte Adora.

„Ich werde sie bezahlen, wenn Sie darauf bestehen. Aber vermutlich werden Sie die Tiere nicht einmal brauchen."

„Mit Geld ist nicht alles zu regeln", erwiderte Adora. Sie stieß mit ihrem Zinnbecher gegen ihren Teller und verschüttete Kaffee über ihre Schürze. „Da, sehen Sie, was Sie angerichtet haben?" Sie erhob die Stimme. „Die Tiere gehörten nicht Ihnen, Sie durften sie nicht weggeben. Sie hätten ihnen eines Ihrer schönen Pferde schenken können, wenn Sie so großzügig sein wollten. Warum haben Sie das nicht getan?"

„Weil meine Pferde hier draußen nicht viel wert sind. Sie würden ohne das Korn nicht überleben, nicht so wie die Ponys der Pawnee. Aber Maultiere schon."

„Sie hat trotzdem Recht", mischte sich Elizabeth ein. Sie saß auf einer Wagendeichsel und beobachtete, wie Clayton mit Jessie und Sarah Verstecken spielte. „Sie hätten diese Entscheidung nicht einfach treffen dürfen, ohne mit ihr zu sprechen. Sie haben Adora um die Möglichkeit beraubt, selbst großzügig zu sein und nicht streitsüchtig."

„Ich kann nicht erkennen, wieso ich streitsüchtig bin, wenn ich meine Rechte verteidige", erwiderte Adora.

„Sie wären bestimmt einverstanden gewesen, wenn Sie gefragt worden wären, nicht, Adora?"

„Nichts ist schlimmer, als wenn einem eine Entscheidung abgenommen wird", fügte Mazy hinzu.

„Unsere beiden Wagen sind noch intakt“, jammerte Adora, „und wir hatten alle unsere Maultiere wieder.“

„Einige andere Pawnees sind betteln gekommen, und einige Sioux haben Wagen angegriffen. Erinnern Sie sich, davon gehört zu haben? Wir haben eine größere Auseinandersetzung miterlebt ...“ Ruth hielt inne. „Sie hätten sich einfach nehmen können, was sie wollten, vielleicht sogar alle Maultiere. Diese beiden haben nur geholfen, und dafür hatten sie eine Belohnung verdient.“

„Sie hätten Ihnen Perlen geben können, Nippes, irgendetwas, aber nicht meine Maultiere!“

„Soll Ruthie sie wieder zurückholen?“, fragte Betha und tätschelte Adoras Hand. „Ich bin sicher, das könnte sie.“

Ruth blickte ihre Schwägerin stirnrunzelnd an.

„Was denken die anderen?“, fragte Mazy.

„Wir stimmen also ab?“, fragte Ruth scharf. Wütend stapfte sie zur Kochstelle, band ihr Halstuch ab, nahm damit den Kaffeetopf zur Hand und goss sich eine Tasse ein.

„Das ist allein meine Entscheidung“, verkündete Adora. „Es waren meine Maultiere.“

„Du könntest Recht haben, Adora“, sagte Mazy. Sie band ihr dickes Haar mit einem Stück Rohleder zusammen. „Aber jetzt ist es geschehen. Wir müssen entscheiden, was wir jetzt unternehmen, vielleicht aus dieser Sache lernen, dass wir miteinander reden, bevor wir handeln.“

„Damit wir uns von Ihnen wieder zu etwas drängen lassen?“, fragte Ruth an Mazy gewandt. „Vielleicht wären wir nicht in dieser Situation, wenn wir nicht umgekehrt wären.“

„Ich habe nicht den Eindruck, dass irgendjemand etwas getan hätte, was er nicht wollte“, verteidigte Elizabeth ihre Tochter.

„Ich wollte nur Jeds Grab markieren. Darum bin ich zurückgekommen“, erklärte Betha.

„Es waren meine Maultiere“, jammerte Adora.

„Aber sie gehörten zu dieser Gruppe“, sagte Mazy. „Und die Dinge haben sich jetzt verändert. Unsere Entscheidungen mögen vielleicht individuell gefällt worden sein, aber alle anderen sind durch sie mitbetroffen."

Esther und Betha gingen gemeinsam mit Suzanne zu der Stelle an der Straße, wo ihre Männer begraben lagen. Einhundert oder mehr Wagen waren seither über die Gräber gerollt.

„Ich lasse ihn nur ungern hier zurück", sagte Betha. „Aber es tröstet mich ein wenig, dass Ihre Brüder auch hier liegen. Und Bryce."

„Und Cynthia", erinnerte Esther sie.

„Ich würde gern etwas hier lassen, vielleicht einen Stein, in den wir ihre Namen kratzen könnten oder –"

„Ich kann die Pappeln riechen", sagte Suzanne. „Und sind das Kolumbinen?"

„Ja", erwiderte Esther. „Wir werden die Hügel, den Fluss, das Rascheln des Windes in den Bäumen und die Gerüche in der Luft in Erinnerung behalten. Und wenn wir in den Westen kommen, werden wir an einer Stelle ein Zeichen aufstellen, das uns an sie erinnert. Das wird besser sein."

„Mazy sagt, *Kolumbine* bedeutet ‚Ich werde dich nicht aufgeben'", meinte Betha. „Das ist gut. Jed soll wissen, dass er nicht aufgegeben wird." Betha seufzte. Der Wind riss an ihrer Haube. Sie schob sie mit einer Hand zurück; die andere lag noch immer an Suzannes Ellbogen. „Und Sie haben vor, nach Westen zu gehen?"

Esther nickte. „Nur wegen Ihnen und auch wegen Mazy bin ich umgekehrt. Das Mädchen schien so ... es schien ihr so wichtig, ihre Absicht durchzusetzen. Aber unsere Zukunft liegt im Westen, nicht im Osten. Ohne meine Brüder wird es anders sein, und ohne Cynthia. Aber es ist noch immer das, wozu ich meiner Meinung nach berufen bin."

„Und Sie, Suzanne?" Betha wusste nie so genau, ob die Frau schweigen würde, sie anfahren oder beleidigen, aber es war unhöflich, sie aus dem Gespräch auszuschließen.

„Ich habe nicht den Luxus einer Berufung."

„Oh, aber natürlich“, beharrte Esther. „Wir alle haben eine solche Berufung. Wir müssen nur offen sein und sie erkennen.“

„Sehen. Nun, da liegt das Problem.“

Irgendetwas machte Betha mutig. Sie hob Suzannes Hand und beugte sich zu der größeren Frau hinüber. Sie wollte sie nicht berühren, aber als sie es dann doch tat, spürte sie, wie Suzanne sich zuerst versteifte und dann nachgiebiger wurde. „Ich werde Ihnen helfen zu sehen“, sagte sie. „Wir alle werden es tun. Dazu sind Freunde doch da.“ Betha spürte, wie ihr Tränen in die Augen stiegen, und sah, wie zwei Tränen auch Suzannes Wangen hinunterliefen. Esther legte den Arm um Suzannes Schultern und die drei betrachteten gemeinsam ein leeres Stück Weg. Betha würde diesen Ort immer in Erinnerung behalten als die Stelle mit Pappeln und Kolumbinen, die Stelle, wo Jed – und Bryce und die anderen – nicht aufgeben wollten.

„Ich verstehe nicht, warum wir einen unserer noch intakten Wagen zurücklassen sollen“, beschwerte sich Adora. „Zuerst verschenken Sie meine Maultiere, und dann sagen Sie, wir sollten nur mit einem Wagen fahren.“

„Weil wir alle etwas zurücklassen“, erwiderte Ruth. „Wir haben nicht alle Tiere wiederbekommen.“

„Ich hatte alle.“

„Wenn wir zu dieser Rough and Ready Company oder der Spring Rangers Gruppe gehört hätten, wären wir bereits gezwungen gewesen, uns in Vierer- oder Fünfergruppen zusammenzutun. Sie hätten uns eine Strafe auferlegt, wenn wir uns geweigert hätten“, erklärte Betha ihr.

„Das war nicht Antones Art. Er wollte nicht so viele Regeln“, sagte Lura. Sie hatte ihre Tonpfeife gefunden und kaute daran ohne Tabak.

„Wir brauchen auch nicht viele Regeln“, stimmte Ruth ihr zu, „aber einige schon.“ Sie blickte Mazy an. „Zum Beispiel, dass die Maultiere und Pferde an den Vorderbeinen zusammengebunden werden, wenn wir lagern. Vielleicht wären uns die Tiere dann nicht durchgegangen. Mit weniger Wagen kommen wir schneller voran.“

„Einige haben weder Tiere noch Wagen, stimmt das?“, fragte Suzanne.

Mazy spürte, wie ihr Herz zu klopfen begann. Sie wusste, dass die Gruppe geneigt war, weiter nach Westen zu ziehen. Und in diesem Augenblick wurde ihr klar, dass sie zu müde, zu niedergeschlagen und zu erschöpft war für den Versuch, die Frauen zu überreden, nach Osten zu ziehen. Wenn sie nur den Mut hätte, selbst diesen Weg zu gehen.

„Zum einen sollten wir alle unsere Zusammenkünfte mit einem Gebet beginnen“, verkündete Schwester Esther, „aber wir müssen auch am Sabbat anhalten und von jeder Stunde zehn Minuten rasten, bevor wir weiterziehen, um die Tiere zu schonen.“

„Gegen Gebet und Rast habe ich nichts einzuwenden“, sagte Elizabeth.

„Auf dem Weg nach Westen“, ergänzte Ruth.

Aus den Augenwinkeln warf Elizabeth ihrer Tochter einen Blick zu. Sie rechnete mit Protest.

„Einen ganzen Tag in jeder Woche zu rasten, wo wir bereits so weit zurückliegen, erscheint mir ein wenig riskant“, meinte Ruth. „Wir sollten rasten, wenn das Gelände es erlaubt.“

„Ochsen arbeiten hart mit Ruhe. Wir auch“, bemerkte Naomi. „Mei-Ling – Deborahs Bienen fliegen aus, ohne Angst sich zu verirren.“

„Es wäre ein Zeugnis der wundervollen Vorsehung Gottes“, warf Schwester Esther ein; sie faltete ihre Hände wie einen Ball vor sich, „wenn wir sagen könnten, wir seien sicher angekommen und hätten trotzdem an jedem Sabbat gerastet.“

„Stimmen wir ab?“, fragte Lura. „Welche Entscheidung treffen wir zu diesem Punkt?“

„Ich hätte trotzdem gern eine Erklärung, warum wir nicht unsere beiden vollkommen intakten Wagen mitnehmen können“, beharrte Adora. Sie kaute auf ihrer Unterlippe, und ihre Stimme hatte sich um eine Oktave erhoben.

„Weil die Wagen, die wir mitgebracht haben, nicht widerstandsfähig sind, Mutter“, seufzte Tipton, als wären die Worte so gewichtig wie das Rad, das sie und Mariah mühsam von einem Wagen der Bacons abgezogen hatten. Wagenschmiere zeigte sich auf den Gesichtern der beiden Mädchen. Sie hatten das Rad unter die Ladefläche eines anderen Wagens gehängt, als Ersatzrad.

„Sie haben immerhin den Sturm überlebt, im Gegensatz zu vielen anderen", argumentierte Adora. „Das erscheint mir doch ziemlich widerstandsfähig."

„Nur weil sie auf der entgegengesetzten Seite standen von der Stelle, an der die Tiere durchgegangen sind", erklärte Tipton. „Sonst –"

„Gut. Prima", mischte Ruth sich ein. „Wir sollten jetzt einfach entscheiden, was wir mitnehmen und wer mit uns geht."

„Wir stimmen also nicht ab", murmelte Lura vor sich hin.

Die Auseinandersetzung im Kreis verursachte Mazy Kopfschmerzen, Schmerzen im Nacken. Jede klammerte sich an ihre Meinung, an das, was sie für richtig hielt. Sie überlegte, was sie sagen könnte, das den Kern dessen treffen würde, was sie empfand. Es waren nicht die Worte, die sie aussprachen; es war das Unausgesprochene, das die Uneinigkeit schuf. Sie wünschte, sie könnte die Bedeutung erfassen. Es vielleicht selbst verstehen.

„Ich weiß, dass du gern alles, was du mitgebracht hast, mitnehmen würdest, Adora", sagte Mazy. „Das würden wir alle gern. Der Gedanke, eine Kommode oder das Geschirr zurückzulassen, das meiner Großmutter gehört hat –"

„Oder Hathaways Bild", jammerte Adora. „Wie kann ich etwas von dem wenigen, das mir von ihm geblieben ist, zurücklassen? Sag es mir." Die letzten Worte waren wie eine Anklage, voller Niedergeschlagenheit. „Sag mir, wie ich ohne meinen Sohn leben soll, der werweißwohin verschwunden ist. Mit einem Kind, das leidet und so weit fort ist, dass ich es nie werde zurückholen können? Ich kann nicht ..." Sie ließ die Hände sinken. „Ich kann einfach nicht. Die Wagen und die Maultiere waren das Letzte, das Hathaway gekauft hat."

Sie wandte sich zur Seite, nahm ihre Schürze und hielt sie sich vor das Gesicht. Sie stand allein, mit bebenden Schultern als Ausdruck ihrer Trauer. Dieses Bild brachte den anderen Frauen ihren eigenen Kummer zurück.

Betha trat neben sie, legte den Arm um sie. Adora duldete es, sank in Bethas Arme und ließ ihren Gefühlen freien Lauf. Ein lautes Schluchzen der Machtlosigkeit, des Trauerns um das, was nicht mehr war, drängte die Gegenwart in den Hintergrund.

Wie ein Adler, der seine Jungen tröstet, kam Elizabeth zu ihr, ihr Gesicht in ihrem Rücken. „Es ist so schwer", flüsterte sie. „So schwer." Schon bald durchquerte Lura mit tränenfeuchten Augen den Kreis. Auch Tipton trat vor ihre Mutter, und die beiden hielten sich in den Armen. Mazy griff nach Suzannes Hand.

„Was ist los?", fragte Suzanne.

„Der Schmerz gewinnt die Oberhand", erwiderte Mazy. „Und es ist an der Zeit, dass wir uns ihnen anschließen."

Mazy machte den Anfang. Clayton saß jetzt auf Ruths Hüfte. Die Asiatinnen und die Kinder schlossen sich ihnen an, fassten einander an den Händen, und die Frauen stellten sich um Adora und Tipton, Betha und Elizabeth.

„Wir haben unsere Richtung verloren", sagte Mazy. „Wir waren zu sehr damit beschäftigt, weiterzukommen. Nie haben wir uns die Zeit genommen, unserem Verlust Raum zu geben."

Schwester Esther schniefte, Tränen glitzerten auf ihrer großen Nase. „Wir waren egoistisch und streitsüchtig. Wir sollten uns schämen."

Mazy legte ihre Hand auf die Schulter der Frau. „Nein, Esther." Sie sprach ohne Vorwurf, mit einer Sanftheit, die sie nur selten zeigte. „Dies ist nicht der Zeitpunkt für Schuldzuweisungen. Wir wünschen uns vielleicht, dass wir etwas anders gemacht hätten; beklagen die Fehler, aber dann müssen wir uns vergeben, das Geschehene akzeptieren und weitermachen."

Suzannes Hand lag kühl in Mazys, aber sie zog sie nicht zurück.

„Unsere Wunden sind tief, und wir haben uns ihnen jetzt zugewandt. Wir brauchen andere, die uns helfen. In unserer Gemeinschaft sollten wir weinen und uns unseren Erinnerungen hingeben können, und wir sollten uns umeinander kümmern."

Adora betupfte ihre Augen und trat in den weiteren Kreis. „Ich mache einen solchen Aufstand."

„Gott sei Dank", bemerkte Betha. „Ich habe mich danach gesehnt, mit jemandem einmal richtig weinen zu können, der mir nicht sagt, wie ich meinen Kummer überwinden kann." Ein paar der Frauen lachten leise.

„So haben wir uns noch nie an den Händen gehalten", meinte Deborah. „Das ist schön. Ich werde es den Bienen erzählen. Sie hören gern Familiengeheimnisse."

„Und das sind wir jetzt. Eine Familie. Danke dafür, Deborah. Und Adora", fügte Mazy hinzu, „dass du uns daran erinnert hast, dass wir doch so viel besitzen: Unser Leben, unsere Gemeinschaft und einen sicheren Ort."

Suzanne drückte ihre Hand. Mazy blickte jede Frau und jedes Kind im Kreis an und meinte, etwas in ihren Gesichtern erkennen zu können. Den Ausdruck des tiefen Verlustes und tiefer Erschütterung, aber auch Mitgefühl und Entschlossenheit. Sie waren mehr als eine Gruppe von Frauen, die überlebt hatten; sie waren jetzt stärker, weil sie füreinander einstanden, gemeinsam weitergingen und nicht mehr allein waren.

16

Betha stand mit geröteten Augen neben Ruth, starrte auf den Boden. Ruth hatte den Arm um ihre Schwägerin gelegt. Die Jungen legten einen alten, vergoldeten Bilderrahmen auf einen kleinen Hügel aus Steinen und Zweigen abseits der Straße. Esther fand das Foto der düster blickenden Familie eine passende Erinnerung an die Beschwernisse ihres Lebens. Der Wind fing sich in Bethas Schürze, ihre Kinder standen um sie herum.

„Jemand wird kommen und das mitnehmen", warnte Ruth. „Es ist ein guter Rahmen." Ruth spielte mit ihrer Peitsche.

„Das macht nichts", erwiderte Betha. „Jed soll wissen, dass wir ein Stück von uns hier gelassen haben."

„Jed, ja, aber andere – jemand könnte euch erkennen", wandte Ruth ein.

„Wäre das nicht wunderbar, wenn wir durch das Foto alte Freunde von zu Hause treffen würden? Ich sollte auf die Rückseite schreiben, wohin wir unterwegs sind."

„Nein!", rief Ruth. Betha starrte sie an. „Jemand könnte das später gegen dich verwenden", erklärte Ruth vage, „eine Witwe ..."

„Ich verstehe nicht –"

„Kann ich meine Windsocke hier lassen?" Jessie hielt ein schmutzverschmiertes Spielzeug hoch. Es war eine Socke an einem Stock, die sie im Wind hatte flattern lassen. „Dann kann Papa oben in den Sternen damit spielen."

Betha nickte abwesend. Sie war jetzt nicht in der Lage zu sprechen.

Es beschäftigte Ruth den ganzen Tag. Normalerweise war sie nicht so impulsiv und respektlos, und doch hatte sie nicht gezögert, Adoras Maultiere wegzugeben. Sie hatte den Eindruck gehabt, dass diese Tiere das beste Geschenk für die Indianer seien, und sie konnte sich nicht vorstellen, dass die Gruppe, die so dankbar war, die Ochsen zurückzubekommen, irgendwelche Einwände erheben würde. Trotzdem hatte Elizabeth Recht – ihre willkürliche Entscheidung beraubte die anderen der Gelegenheit, sich großzügig zu zeigen, vor allem Adora und Tipton.

Dabei war sie so froh gewesen, von dem Krieger der Sioux verschont worden zu sein, so dankbar, dass ihr stammelndes Gebet erhört worden war. Die Leute lobten sie über alle Maßen. Und sie hatte sich selbst auch so gefühlt: mächtig und freigebig.

Und dann hatte sie verschenkt, was ihr gar nicht gehörte. Jetzt hatte sie gar nicht das Gefühl, etwas Schönes und Kluges getan zu haben. Vielmehr fühlte sie sich leer und allein, als sie sich über Kodas Huf beugte und die kleinen Steine und Erdklumpen entfernte. Sie hatte einen wunderschönen Augenblick im Leben erlebt und hatte sich kurz darauf seiner selbst beraubt, indem sie etwas Dummes getan hatte. Das war die Geschichte ihres Lebens.

„Möchtest du das hier behalten?“, fragte Betha sie. Sie hielt Zanes Hose in der Hand, die sie am Tag zuvor getragen hatte. „Das könnten wir doch wirklich zurücklassen.“

Ruth erhob sich und starrte sie an. „Nein, ich werde sie statt dieses Kleides tragen.“

„Oh Ruthie. Meinst du wirklich? Die Leute werden ... mit dem Finger auf dich zeigen.“

„Welche Leute? Und warum sollte mir das etwas ausmachen?“

„Wenn du Aufmerksamkeit auf dich lenken willst, dann schaffst du das hierdurch ganz bestimmt.“ Betha reichte ihr mit spitzen Fingern die gefaltete Hose.

„Die Hose ist bequem, darum ziehe ich sie an.“

„Oh, gut, was immer du dir einredest“, erwiderte Betha.

Das Aufräumen begann. Zumindest dachte Betha dies. Das tägliche Saubermachen war für sie so nötig wie das Essen, so belebend wie das Singen. Schrubben, Wischen, Polieren machten ihr Spaß, das war ihre Berufung, so wie Jeds Berufung das Recht gewesen war. Sie konnte die Leute nicht verstehen, die das Saubermachen als eine lästige Hausarbeit betrachteten. Für sie war der Anblick von polierten Kaminlampen, gut geklopften Teppichen und der

Geruch von Seifenlauge auf dem Boden genauso belebend wie die Anbetung Gottes.

„Zwei Umzüge sind so gut wie ein Feuer", hatte ihre Mutter ihr gesagt, als sie vor jedem der sechzehn Umzüge, die sie als Familie erlebt hatten, alles, was sie für unnütz hielt, hinauswarf.

Und dann hatten sie und Betha sauber gemacht, was nicht immer leicht war in einem staubigen Wagen, in denselben zerschlissenen Kleidern, die rissen, wenn man sie beim Waschen zu stark rieb. Sie schrubbte die rauen Bretter jeder neuen Hütte, die sie als Unterkunft fanden, und suchte nach Kräutern und Gewürzen, um den Schimmel und den muffigen Geruch zu vertreiben. Jedes Mal, wenn sie solch eine verkommene Behausung in ein warmes und einladendes Heim verwandelt hatten, erlebte Betha größte Genugtuung.

Sie erwartete dasselbe Vergnügen, als sie sich an diese Aufgabe des Aufräumens machte. Aus den umgestürzten Wagen wurden noch brauchbare Planen und Musselin gerettet, Fässer, die umgefallen waren, und Kisten. Die zerbrochenen Räder der noch intakten Wagen mussten ausgetauscht werden. Auch die Deichseln wurden abmontiert und als Ersatz mitgenommen. Die schwere Arbeit laugte sie aus. Vielleicht war es genau das, was sie brauchte, wo Jed leblos kalt und ganz in ihrer Nähe lag.

„Frau, du hast dich der Ordnung verschrieben", hatte Jed einmal gesagt. Dann hatte er sie geneckt, wie süß sie aussehe mit ihren staubverschmierten Rüschen an der Haube, ihrem schweißnassen Gesicht und den vom Fußbodenschrubben geröteten Wangen. Ihre Augen funkelten vor Stolz über die geleistete Arbeit.

„Unsinn", hatte sie ihm gesagt und vom Fußboden, wo sie auf den Knien lag und schrubbte, zu ihm aufgesehen, der sie vom Lehnstuhl aus beobachtete.

„Sieh dich nur an", erwiderte er. „Du strahlst richtig."

„Ich gebe dir ein Strahlen, wenn du mir nicht Platz machst, du alter Ziegenbock", hatte sie ihm gesagt und gelacht.

Er hatte die Füße gestreckt, und sie hatte den Boden darunter gewischt. Doch als sie sich erhob, nahm er sie an der Hand und zog sie auf seinen Schoß. „Jed, bitte. Die Kinder“, mahnte sie und warf einen Blick auf Sarah und die Jungen, die sie von der hinteren Seite des Raumes beobachteten. Jessie war damals noch nicht bei ihnen.

„Welches bessere Geschenk können wir unseren Kindern machen als die Freude, zu beobachten, dass ihre Eltern sich lieben?“, fragte er und gab ihr einen herzhaften Kuss. „Ich wünschte, du würdest mich genauso lieben wie dein Saubermachen, Frau“, flüsterte er.

„Oh, das tue ich doch, Jed. Das tue ich!“ Betha hatte seinen bereits kahl werdenden Kopf geküsst und war an ihre Arbeit zurückgekehrt.

Sie erinnerte sich an diesen Tag. Sie bedauerte, sich nicht die Zeit genommen zu haben, ihn ein wenig fester an sich zu drücken, sich nicht etwas weniger ihrem Bedürfnis nach Ordnung hingegeben zu haben. Sie fragte sich, ob alles, was sie jetzt tat, einen Stich des Bedauerns mitbringen würde bei der Erinnerung an etwas, das sie versäumt hatte. Die Wahrheit war, wenn sie ihn nicht so geliebt hätte, hätte sie nie bei ihm bleiben können in der Zeit, in der er so schwermütig geworden war, noch ihm verzeihen können, dass er häufig den Nachttopf verfehlte und sich in der Ecke des Schlafzimmers erleichterte.

Der größte Teil des Tages würde für diese Arbeit draufgehen, dachte Betha. Ihr eigener Wagen würde keine Probleme machen, aber dann würde sie Suzanne helfen müssen, falls sie zustimmte. Sie schien mehr an diesem Geschirr interessiert zu sein, das Ruth und Mazy für den großen Hund herstellten, damit er sie führte, als am Aufräumen. Die Asiatinnen kümmerten sich um ihre eigenen Angelegenheiten, und wenn Betha ehrlich war, musste sie zugeben, dass diese Mädchen beinahe so ordentlich waren wie sie selbst. Ja, es war interessant zu sehen, wie dieses chaotische Durcheinander sich in Harmonie verwandelte. Bestimmt wäre sie am Ende dieses Tages erschöpft und würde zum ersten Mal seit Jeds Tod wieder Zufriedenheit empfinden.

Lura schlug vor, sie sollten Lose ziehen, wer in den guten Wagen fahren dürfte. Die Besitzer der noch gebrauchsfähigen Wagen könnten dann von den Reitern Entschädigung bekommen, einen bestimmten Anteil pro Frau, wobei die Ersatzteile angerechnet würden, die von dem Wagen der Reiter genutzt wurden. Räder waren ein wertvolles Gut, die Deichseln vielleicht noch wertvoller. Abwechselndes Wagenlenken und Kochen könnte dazu beitragen, die Belastungen auszugleichen. Wenn sie ihr Ziel erreicht hätten, könnten die Erlöse aus dem Verkauf der Wagen entsprechend aufgeteilt werden. Sie fand, Antone wäre stolz auf die Komplexität ihrer Geschäftsidee gewesen. Aber niemand griff die Idee auf.

„Wir müssen darüber entscheiden, was wichtig ist", sagte Mazy.

„Wasser", schlug Betha vor. „Ich glaube, wir müssen so viele Wasserfässer wie möglich mitnehmen. Wichtig ist, gesund und sauber zu leben."

„Ein sauberer und nüchterner Geist ist gesegnet vom Herrn", stimmte Schwester Esther zu.

„Oh, das stimmt", bestätigte Betha.

„Solange das Wasser des Platte gut ist, können einige Fässer leer bleiben, aber im Alkali-Land brauchen wir frisches Wasser, hat mein Antone gesagt. Und wir brauchen Schutz. Er bestand darauf, dass wir Zelte und Wagen als Schutz mitnehmen. Und dann müssen wir uns um unsere Nahrungsmittel Gedanken machen."

„Von dem Fett auf meinen Hüften könnte ich eine Woche leben", meinte Betha.

„Von meinem könnte eine vierköpfige Familie leben", bemerkte Elizabeth, und die Frauen lachten. Es war ein herzliches Lachen, fand Mazy, ein willkommenes Geräusch, wie ein Windspiel in einer kühlen Brise nach Tagen erdrückender Hitze.

Jemand hatte Fip ein Band mit einer kleinen Glocke um den Hals gebunden. Sie hörten das Klingeln, als Fip am Gras zupfte und dann schließlich wieder zu Elizabeth zurückkam, die neben Adora stand. Elizabeth bückte sich, um die weiche Stelle hinter den Ohren der Antilope zu kraulen.

„Werden wir diese Glocke nicht mit Claytons verwechseln?“, fragte Mariah.

„Ich glaube nicht, dass dieses Tier wichtig ist“, meinte Adora. Sie verschränkte die Arme vor der Brust, sah sich um und senkte dann den Blick.

„Es sei denn, wir sind hungrig“, meinte Ruth über die Schulter hinweg.

„Nicht mein Haustier, ganz bestimmt nicht“, widersprach Elizabeth.

„Sie haben ja Ihre Hüften, auf die Sie sich verlassen können“, wandte Tipton ein. „Wir anderen sind auf uns selbst gestellt.“

„Wie schön, dich wieder bei uns zu haben, Tipton“, sagte Elizabeth und blickte das Mädchen freundlich an. „Und nein, Claytons Glocken sind Schlittenglocken. Ich glaube nicht, dass wir das verwechseln werden.“

Adora klopfte mit den Fingern gegen ihre Oberschenkel. „Nun, Tipton, wir werden auf kleinem Raum dichter zusammenleben, als du es je zugelassen hast. Ich hoffe, du hältst das aus.“

Am Ende entschieden sie sich für vier Wagen. Ruth sagte, sie würde gern einige ihrer Sachen mitnehmen, wenn Platz da wäre. Sonst würde sie unter einem Zelt schlafen, die Ochsen und Maultiere treiben, ihre beiden Pferde versorgen und nur das behalten, was in ihre Schlafdecke passte.

Sechs Ochsen wurden für die drei Wagen gebraucht, vier Maultiere für den Wagen der Wilsons. So blieben noch zehn Ochsen, die beiden Kühe der Bacons, zwei Pferde von Ruth, die Maultiere der Bacons und Adoras zusätzliche Maultiere, die hinterherlaufen würden.

Nachdem sie über die Unterbringung entschieden hatten, wie Schwester Esther es nannte, beendeten sie die Arbeit, sodass jeder Wagen nun ein Ersatzrad und eine Ersatzdeichsel hatte. Das zusätzliche Gewicht bedeutete, dass weniger persönliche Dinge mitgenommen werden konnten.

„Das ist schlimmer als damals, als wir von zu Hause aufgebrochen sind“, sagte Mazy zu ihrer Mutter. „Ich dachte, wir hätten schon alles, was möglich war, zu Hause gelassen. Aber jetzt muss ich noch mehr aussortieren ..."

„Denk an die Freude, die wir haben werden, wenn wir die Sachen bei unserer Ankunft ersetzen."

„Bei den Preisen, die verlangt werden, wird uns das ein Vermögen kosten", erwiderte Mazy. Ein Sumpfhabicht stieß herunter. Der weiße Streifen an seinem Flügel war deutlich sichtbar. „Mit etwas Glück wird das Vieh ein wenig Fleisch ansetzen, sodass wir es verkaufen können."

Elizabeth berührte die Hand ihrer Tochter, als sie nach einigen Leinentüchern griff. Sie sahen sich an. „Der Bulle auch."

„Wenigstens hat Jeremy ein wenig Geld für uns gespart", sagte Mazy und wandte sich wieder ihrer Arbeit zu.

„Weißt du denn, wo es ist?", fragte Elizabeth. „Oder sollen wir im Mehlfass nachsehen?"

„Da ist nichts mehr drin außer ein paar Mäusekötteln. Das meiste ist verloren gegangen, als die Tiere durchgegangen sind."

„Nein. Unten im Boden. Da hat er mein Geld versteckt, denke ich."

„Du hast ihm Geld gegeben? Zur Aufbewahrung?"

„Ich habe es ihm nicht *gegeben*", stellte Elizabeth richtig. „Er hat sich geweigert, es mir nach dem Verkauf des Hauses auszuhändigen. Dein Vater hat das Haus auf Jeremys Namen eingetragen."

Mazy blickte sie an. „Das hast du mir nie erzählt."

„Es schien mir nicht wichtig, nachdem ich mich an den Gedanken gewöhnt hatte. Dein Vater wollte mich schützen, denke ich. Und nach dem Verkauf hat Jeremy das Geld verwaltet, zu meinen Gunsten. Allerdings hat er auch meinen Wagen damit gekauft. Er sagte, den Rest würde er aufbewahren. Ich empfand nicht die Notwendigkeit, es sofort zu suchen. Er würde nicht weggehen, dachte ich, und auch der Wagen nicht."

„Er hatte noch Geld vom Verkauf unseres Hauses übrig. Das hat er mir gesagt. Und den Überschuss vom Kauf des Bullen und den Kühen", bemerkte Mazy. Ihr Herzschlag beschleunigte sich, und das sagte ihr, dass sie dieser Sache ihre Aufmerksamkeit schenken sollte. „Er hat mir gesagt, er hätte es in einer Tasche unter den Wagenbrettern versteckt. Vielleicht habe ich das verwechselt", meinte Mazy.

„Ich weiß auf jeden Fall, dass er Geld hatte", sagte Elizabeth. „Und jetzt bin ich gespannt, die Bodenbretter unseres alten Wagens aufzureißen, um zu sehen, was drinsteckt."

Deborah fragte: „Wir gehen Berge?"

Es war der Abend des „Aufräumtages", wie Betha ihn genannt hatte. Kaffee wurde serviert und ein Topf mit wildem Reis, Bohnen und getrocknetem Rindfleisch. Die Abendluft hatte die Schwärme von Moskitos noch nicht angelockt. Wenn sie kämen, würden alle schnellstens Schutz suchen.

„Tipton", fragte Betha. „möchtest du ein paar Bohnen, Liebes?" Sie reichte Tipton den Teller; sie schüttelte den Kopf. „Wir wollen nichts entscheiden, ohne dass alle ihre Meinung sagen. Es wird laut ausgesprochen."

„Bevor wir irgendetwas diese Reise betreffend besprechen, sollte die erste wirklich wichtige Regel folgende sein", sagte Schwester Esther. „Bei unseren Familienzusammenkünften früher standen wir manchmal vor so komplexen Problemen, dass wir aus menschlicher Sicht zu keiner Lösung kommen konnten. Aber wenn wir unsere Köpfe neigten, tauchte oft eine Lösung vor uns auf, wie von Gott selbst gegeben, bevor wir noch zu Ende gebetet hatten. Darüber habe ich immer gestaunt. Ich sehe keinen Grund, warum wir eine solche Tradition nicht auch in dieser Familie einführen sollten. Können wir uns darauf einigen?"

Betha sah zu Ruth hinüber, und als sie nicht protestierte, sagte Betha: „Alle dafür? Gegenstimmen? Keine. Gut."

„Das war jetzt aber eine Abstimmung", sagte Jason.

Schwester Esther betete, dann sagte Ruth: „Wir sollten zunächst die Frage der Richtung klären."

„Einige wollen nicht –", begann Deborah.

„Unsere Männer wollten weiter nach Westen. Dort lagen ihre Träume und Hoffnungen", unterbrach Ruth sie. „Es ist leichter, an einem Ort zu träumen, an dem alles neu und anders ist, anstatt zu versuchen, sich wieder in die alten hoch geknöpften Schuhe zu Hause zu zwängen. Unsere Füße sind auf dieser Reise vielleicht gewachsen, und dieser alte Stiefel, so bequem er früher auch gewesen sein mochte, könnte zu klein geworden sein."

„Was wir suchen, könnte auch dort liegen, von wo aus wir aufgebrochen sind, zu Hause oder bei dem, was wir in Erinnerung behalten haben oder in dem, was wir dort zu finden glauben", sagte Mazy.

Suzanne räusperte sich. „Die Vision ... die zu mir spricht, die zu Bryce gesprochen hat: Neue Luft zu riechen, neue Bäume, neue Erde." Ihr Tonfall hatte sich verändert; sie sprach nicht mehr so beißend. Sie hielt sich an Pigs Geschirr fest. „Als der Wagen umstürzte und ich wieder einmal überlebte ... ich glaube, ich würde lieber versuchen, das Gebirge im Westen zu ersteigen, als bei den bekannten Hügeln zu verharren."

„Sie haben eine Veränderung erlebt", bemerkte Elizabeth.

„Ayee", sagte Zilah. „Nicht Gebirge ersteigen, nicht steigen."

Naomi meldete sich als Nächste zu Wort. „Glück lebt im Innern, genau wie Freude", sagte sie und tippte auf ihr Herz. „Wo Haus gebaut ist, egal."

„Wer hat denn nun Recht?", fragte Ned.

„Niemand", erwiderte Mazy. „Und alle. Es gibt keine ‚richtige' Entscheidung, eher die Frage, was gut für uns ist."

„Wir haben jetzt neue Erfahrungen", sagte Betha, „noch bevor du die Ochsen zurückgebracht hast, Ruth." Sie zählte mit den Fingern auf. „Wir haben das Schlimmste überlebt, das wir uns vorstellen konnten, haben nach dem Tod unserer Lieben weitergelebt. Wir haben angespannt und haben die Wagen morgens zum Fahren gebracht und abends angehalten, ohne eine Panne – bis zum Sturm."

„Wir haben sogar denen vergeben, die ohne uns weitergezogen sind – zumindest versuche ich, diesem Doktor und den Leuten zu vergeben, die an uns vorbeigefahren sind", bemerkte Lura. „Es war schlimm, zu sehen, dass dieser Mann uns verlassen hat, als hätten wir selbst eine ansteckende Krankheit." Sie zündete ihre Tonpfeife an und stieß kleine Rauchwolken in die Luft.

„Wir haben auch die seltsamen Blicke von denen ertragen, die wir getroffen haben und die so taten, als würden Hörner auf unseren Köpfen wachsen", erklärte Elizabeth. „Das ist eine Feder auf unseren Hauben; wir haben uns ihnen gestellt und sind trotzdem weitergefahren."

„Und wir haben den Sturm überlebt – fast alle", sagte Suzanne.

Die Frauen wurden nachdenklich. Das Schlürfen des Kaffees und das Grasen der Ochsen begleitete sie, wie eine leise gezupfte Gitarre ein Lied begleitet.

„Und jetzt müssen wir eine Entscheidung treffen", sagte Ruth.

„Ich habe Abstimmungen immer gehasst", meinte Lura.

„Weil du immer verloren hast, Ma", bemerkte Mariah. „Matt, ich und Pa haben dich immer überstimmt."

„Irgendjemand muss nachgeben", sagte Adora. „Wir können nicht alle unseren Willen durchsetzen."

„Ja, aber Sie mussten sich über den Verlust Ihrer Maultiere ereifern. Wenn es Ihre Idee gewesen wäre oder wenn Sie zugestimmt hätten, dann wäre es Ihnen besser gegangen", bemerkte Elizabeth.

„Ich hätte niemals zugestimmt. Es waren gute Maultiere, einige der Besten im Grant County. Du meine Güte, Hathaway hat –"

„Und was passiert, wenn wir nicht abstimmen?", fragte Ned. „Bleiben wir dann für immer hier?"

Eine Zeit lang sagte niemand etwas, dann ergriff Mazy das Wort. „Wir hören aufeinander, bis wir einander verstehen und sehen, ob wir das Problem gemeinsam lösen können."

„Alles würde besser laufen, wenn wir alle einer Meinung wären. Überstimmt zu werden, ist nicht schön", meinte Betha. „Ein erwachsener Mensch trifft seine Entscheidung lieber selbst."

„Sprechen wir noch immer über meine Maultiere?", fragte Adora.

„Eigentlich nicht", antwortete Elizabeth.

„Auf diese Weise zu entscheiden, wird zu lange dauern", wandte Schwester Esther ein. „Seht doch nur, wie lange wir schon diskutieren. Wir brauchen einen Führer."

Ned sagte zu seinem Bruder: „Sollen wir eine Münze werfen? Wir sind die einzigen Männer im Lager."

„Ich sage, wir fahren nach Westen", verkündete Ruth. „Man kann einfach nicht nach vorne sehen, wenn man zurückfährt. Was wir jetzt tun, der Versuch, die unterschiedlichen Meinungen gerecht auszutragen, verschafft uns die Möglichkeit, Oregon oder Kalifornien gestärkt zu erreichen."

Deborah schluckte, nachdem sie gesprochen hatte. „Es würde mir gefallen, meinem neuen Mann die Bienen zu bringen."

„Zilah?", fragte Mazy.

„Ich nicht gut in Entscheidungen", antwortete das knubbelige Mädchen. Sie senkte den Blick, als fände sie auf dem Prärieboden mehr Sicherheit als in den Gesichtern dieser Frauen. „Ich gehe, wohin ich gebracht werde."

„Dann sind wir schon zu zweit", sagte Suzanne.

Mazy wollte etwas zu dem Mädchen mit dem weichen Gesicht sagen, auch zu Suzanne, etwas, um ihnen zu helfen zu begreifen, dass die Annahme von Hilfe nicht gleichbedeutend war mit der Aufgabe ihrer Unabhängigkeit. Flüchtig kam ihr der Gedanke, dass sie vielleicht zu sich sprach.

„Mariah", fragte Mazy.

„Du meine Güte, mich hat bisher noch nie jemand gefragt", erwiderte Mariah. Sie saß hoch aufgerichtet auf dem gebrochenen Rad. „Ich, ja, ich würde gern Matt finden."

„Bevor sie zu großen Vorsprung bekommen", warf Ruth ein.

„Wir könnten es schaffen, Ma, wenn wir zusammenhalten", fuhr Mariah fort.

„Naomi?"

„Einige nicht gehen hierhin, dorthin." Sie deutete nach Osten, dann nach Westen. „Füße stecken im Sand."

„Ich dachte, du wärst zufrieden mit deinen Heiratsaussichten", erwiderte Schwester Esther. Steif wandte sie sich Naomi zu. „Die Briefe des Mannes waren sehr freundlich, sehr respektvoll. Bestimmt möchtest du doch den Vertrag nicht brechen?"

„Zilah glaubt, dass er es tun wird", meinte Deborah.

„Warum sollte er? Ich denke, du machst dir zu viele Gedanken. Ich bedauere, dass –“

„Wo stehen wir also?“, unterbrach Adora. „Darf jeder hier ein Wort mitreden?“

Alle riefen: „Ja“, „nur los“, „sagen Sie Ihre Meinung“ und forderten somit Adora zum Sprechen auf.

„Um ehrlich zu sein, ich freue mich nicht gerade darauf, den Leuten in Cassville wieder zu begegnen, die sagen werden, wie dumm es war, dass wir überhaupt erst aufgebrochen sind. Hathaway ... gestorben. Charles ... auch wenn er im Zorn gegangen ist, nun, er ist immer noch mein Sohn ...“

„Zu Hause wird es schwieriger sein, so zu tun, als sei alles in Ordnung, nicht, Mutter?“, fragte Tipton.

„Ja, das wird es“, erwiderte sie in dem für sie so typischen Tonfall.

„Also. Tipton“, sagte Suzanne.

„Mir ist es wirklich egal“, erwiderte Tipton.

„Wir müssen etwas finden, das uns wichtig ist“, bemerkte Elizabeth, „etwas, an das wir glauben. Das wird uns durchhelfen. Schwierigkeiten wird es in der einen wie in der anderen Richtung geben. Wir brauchen etwas Größeres als eine Flussüberquerung, auf das wir unseren Blick richten.“

„Ich möchte hingehen, wo Ruth hingeht“, rief Jessie. „Wirst du Koda jetzt füttern?“

„Gleich“, erwiderte Ruth und lächelte das Mädchen an.

„Sarah? Jungen?“, fragte Betha.

„Nun, Papa dachte, Oregon oder Kalifornien könnte gut für uns sein, darum würde ich gern dorthin fahren“, erwiderte Ned. Jason nickte.

„Haben wir genügend Vorräte?“, fragte Betha.

„Wenn wir teilen“, erwiderte Lura.

Suzanne sagte: „Ich glaube nicht, dass schon alle ihre Meinung gesagt haben.“

Sie überlegten und dann wandten alle ihren Blick auf Mazy.

Elizabeth streckte die Hand aus und legte sie auf Mazys. Die

Hand ihrer Mutter war im Gegensatz zu ihrer eigenen angenehm warm. „Was brauchst du, Kind, um nach Westen zu gehen? Was würde dich dazu bringen, dich dafür zu entscheiden? Und das nicht nur, weil du musst oder weil jemand dich dazu gebracht hat oder weil nicht zu gehen bedeuten würde, eine Familie auseinander zu reißen?"

Mazy hörte ihren Herzschlag. Die Blicke der anderen ängstigten sie; sie legten ein so großes Gewicht auf das, was sie sagen würde. Sie wollte tun, was alle glücklich machte, wollte ihnen so gern gefallen. Sie kannte das Gefühl. Sie war es, die ihre Wünsche aufgab, der der Mut fehlte, ihre Meinung zu vertreten.

„Ein wenig Zeit", erwiderte Mazy. „Das hat meinen Mann verrückt gemacht. Es dauerte immer sehr lange, bis ich etwas entscheiden konnte. Aber ich frage mich trotzdem, ob wir diese Diskussion morgen früh zu Ende bringen könnten?"

Die Frauen legten sich in ihre Zelte. Morgen würde früh genug sein, sich in den neuen Wagen niederzulassen, den Schätzen und Koffern, die sie zurückließen, ein letztes Lebewohl zu sagen.

Tipton zog sich ein Musselinlaken über die Schultern. Sie hatte der Seite des Wagens den Rücken zugewandt. Niemand hatte auch nur das geringste Interesse an ihr. Sie merkte das. Sie sprachen über sie hinweg, als wäre sie gar nicht da. Vielleicht war das ja auch so. Vielleicht hatte das Laudanum sie in eine Wagenachse verwandelt, etwas Stilles und Gerades, auf dem man sitzen oder stehen, das man herumzerren konnte, aber das unter Druck zerbrechen würde.

Sie hatte kein Laudanum mehr gefunden. Bestimmt hatte ihre Mutter es versteckt. Den Whisky auch. Nicht dass sie das brauchte. Sie halfen ihr aber, den Hunger zu überwinden, das war alles. Und die Leichtigkeit in ihrem Kopf? Ein Zeichen, dass sie sogar inmitten des Kreises der Frauen verschwinden konnte. Sie konnte hingehen, wo nichts sie erreichen konnte. Kein Schmerz, kein Mensch. Sie versank tief in sich. Trotzdem, irgendwo war bestimmt noch Laudanum versteckt; das gehörte einfach zur Vorausplanung.

Ihre Mutter könnte ja auch eine Ersatztochter bekommen. Mariah war fast in ihrem Alter. Ihre Mutter könnte sich um sie kümmern, wenn sie wollte. Sie wäre eine bessere Tochter für ihre Mutter, so viel klüger, so viel freundlicher. Sie würde weniger Fehler machen, andere weniger verletzen. Sie war liebenswerter, das war der Kern der Angelegenheit. Und in Kalifornien oder Oregon würde ihre Mutter viele mutterlose Töchter finden, viel Ersatz, damit alles gut lief.

Ihr Arm schmerze. Mit dem Laudanum war er weniger taub. Lura hatte eine Whiskyflasche als Medizin. Tipton hatte sie noch nicht angerührt, aber der Schmerz könnte das erforderlich machen. *Atme, halt die Luft an, wenn du Angst hast*, das hatte Tyrell ihr gesagt. Allein der Gedanke an ihn brachte sie einer Ohnmacht nahe.

„Was?“, fragte Tipton.

Jemand hatte ihren Namen gerufen. Sie setzte sich auf. „Ich habe nicht verstanden, was Sie gesagt haben.“

„Ich habe mich gefragt, ob du wohl bereit bist, bei uns zu bleiben, einfach da zu sein?“, fragte Mazy. „Nicht mit deinen Gedanken immer so abwesend zu sein.“

„Was für einen Unterschied macht das?“

„Mir ist das wichtig“, sagte Mazy. „Wir beide haben etwas verloren, Tip, etwas Wichtiges. Jetzt müssen wir einen Weg aus der Leere finden. Ich würde mich besser fühlen, wenn du, bevor du etwas Törichtes tust, zu mir kommen würdest als jemand, der auch einen Weg aus dem Verlust sucht. Mir zumindest sagen würdest ... wenn du es nicht mehr länger aushalten kannst.“

„Damit Sie es mir ausreden könnten?“

„Damit du weißt, dass es jemanden interessiert. Und weil du ein guter Mensch bist, den Tyrell sehr geliebt hat. Und weil ich glaube, dass du ein Versprechen einem anderen gegenüber leichter halten würdest als eines dir gegenüber.“ Tipton starrte sie an, erstaunt, dass sie sich nicht abwandte. „Also, was wäre nötig, dass du bleibst?“

„Jemand, der mich mag“, hörte Tipton sich sagen.

Mazy war es noch nie leicht gefallen, sich zu entscheiden. Sie versuchte, über die Entscheidungen nachzudenken, die sie für sich getroffen hatte, die sie ohne Druck oder den Gedanken an andere getroffen hatte oder um ihrem Vater oder ihrer Mutter zu gefallen. Hatte sie je etwas entschieden, nur weil sie es wollte? Es hatte nicht viele solcher Entscheidungen gegeben. Sie hatte ihre Meinung gesagt zu dem Holzhaus, zu einem Möbelstück, das sie kaufen könnten und wo es im Wohnzimmer stehen sollte. Jeremy hatte zu allem eine sehr ausgeprägte Meinung gehabt, sodass sie ihre Meinung immer nur vorsichtig geäußert hatte.

Einmal schlug Jeremy vor, die Decke von ihrem Bett sollte besser durch eine andere ersetzt und mit weniger Daunen gefüllt werden; oder er warf ihr vor, sie hätte zu viel Wasser zu dem Wildeintopf hinzugegeben, doch wenn sie weniger nahm, beklagte er sich, sie hätte zu wenig Flüssigkeit genommen oder die Kartoffeln weglassen sollen. Sie fing an, alles, was sie tat, infrage zu stellen, selbst wenn er nicht in ihrer Nähe war, vorauszuahnen, welche Einwände er erheben könnte, wenn sie dieses oder jenes tat. Wenn sie müde war oder sich so groß und klobig fühlte wie eine Kuh, handelte sie manchmal überhaupt nicht, weil sie ihrer Unfähigkeit sicher war, weil sie fest mit seiner Korrektur rechnete. Natürlich einer sanften Korrektur; er hatte sie nie geschlagen, sie nie angeschrien. Aber trotzdem waren ihre Entscheidungen ungelenk unter seinem prüfenden Blick, und so fühlte sie sich auch.

Und später dann machte sie beißende Bemerkungen, auch wenn er fröhlich und nett war. Sie wusste nicht, warum sie das tat. Sie nörgelte, weil der Zaun nicht fertig wurde oder weil seine Nase ständig lief. Sie wollte sich selbst gern als freundlich sehen, aber der Preis, den sie für die Harmonie bezahlte, waren ihre inneren Spannungen.

Mazy versuchte, sich zu erinnern, ob sie je etwas entschieden hatte, ohne Jeremys Wünschen dabei nachzugeben. Ja, sie wollte ein Gartenstück, sie hatte darauf bestanden. Und als er nach Milwaukee gereist war, um den Bullen zu kaufen, hatte sie durchgesetzt, zu Hause zu bleiben. Wenn sie so darüber nachdachte, hatte er damals ohne große Mühe zugestimmt. Vermutlich hatte er ihre beiden Entscheidungen sowieso gebilligt, denn sonst hätte er sie nicht akzeptiert.

Wenn sie ehrlich war, würde sie das irgendwann zugeben müssen. Sie war von dem reißenden Strom mitgerissen worden und hatte aufgehört, für sich selbst zu entscheiden. Sie fragte nicht, was das Richtige, das Beste war oder was Gottes Wille sein könnte. Nein, sie hatte immer versucht, Jeremys Wünsche zu erraten – oder die eines anderen – und entschied sich dann dafür. Sie wollte Harmonie. Doch etwas später dann ließ sie die Menschen dafür bezahlen, dass sie sie ihrer Wünsche beraubt hatten.

Vielleicht bestand sie darauf, nach Wisconsin zurückzukehren, weil sie immer gesagt hatte, sie wollte zurückkehren, weil sie gesagt hatte, „Jeremy würde bezahlen", dass er sie zur Abreise gezwungen hatte. Hatte die Stimme in ihrem Traum nicht gefordert, sie solle auf sich selbst hören? Sie wollte nicht umkehren, nur um einen anderen zu ärgern. Mazy schüttelte den Kopf. Sie konnte einfach keine Entscheidungen treffen.

Speck brutzelte in der Pfanne, Kaffee kochte in einem alten Topf. Alle versammelten sich um das Feuer und sprachen von dem herrlichen Morgen, der unheimlichen Musik der Kojoten, die ihnen in der Nacht aufgespielt hatte. Sie plauderten. Pig jagte die Jungen und bellte, bis Betha ihnen Einhalt gebot. Sie schüttelte den Kopf, als Sarah dem Hund ihren Zinnteller hinstellte, damit er ihn ableckte. Fips Glocke klingelte, als er das steife Gras abriss. Und dann legte sich eine Stille auf die Gruppe, und Mazy wusste, es war an der Zeit, die Frage zu beantworten, die ihr am Abend zuvor vorgelegt worden war – in gewisser Weise die Frage zu beantworten, die sie auch Tipton gestellt hatte.

„Sollen wir unsere Köpfe neigen?", fragte Mazy.

„Ich werde ein Gebet sprechen", erbot sich Mariah. Mazy legte sich zurecht, was sie sagen wollte, und hörte nicht zu. Als Elizabeth sagte, das Gebet sei so schön gewesen, baten mehrere Frauen Mariah, es zu wiederholen.

„Es ist eine Gabe, einfach zu sein.
Es ist eine Gabe, frei zu sein.
Es ist eine Gabe, dahin zu kommen,
wo wir sein sollten.
Wenn wir uns selbst finden
an dem Ort, der richtig ist,
wird es sein im Tal
der Liebe und Freude.“

Mazy atmete tief durch. Der Satz „Wenn wir uns selbst finden an dem Ort, der richtig ist“ klang noch in ihr nach. Sehnsucht machte sich in Mazy breit. Mehr als alles andere wünschte sie sich zurückzukehren zu dem, was gewesen war. Aber es war nicht mehr da. Es existierte nicht mehr.

„Ich sagte, ich würde umkehren, selbst wenn kein anderer mitkäme. Aber einen neuen Traum“, begann Mazy, „auf einem neuen Feld des Lebens zu graben, anstatt zu versuchen, das alte neu zu bestellen, ich glaube, das ist es, was wir alle uns wünschen. Ich sah das Strahlen in euren Augen gestern Abend, als wir darüber sprachen. Eine Leidenschaft strahlte aus deinem Gesicht, Mutter. Sie wusch diesen leeren Ausdruck fort, der unsere Augen verhüllt hatte wie die eines alten Hundes. Vielleicht ist es die Inspiration, auf etwas zuzugehen, etwas zu tun, das richtig scheint, ungeachtet seines Ausgangs, das den Schmerz in unserem Herzen in Schach hält.“

Wenn sie nein sagte, wenn sie nicht mit ihnen nach Westen zöge, würden sie dann alle mit ihr umkehren? Durfte sie ihnen das Neue vorenthalten? Sie mochte diese Frauen. Es waren gute Menschen. Und sie waren freundlich zu ihr gewesen.

Sie atmete tief durch. „Ich kann in Oregon oder Kalifornien einen Garten anlegen“, sagte sie. „Oder irgendwo dazwischen, denke ich. Ich wollte nicht mitkommen, nie; und am besten würde mir gefallen, wieder zu bekommen, was ich zu Hause hatte, zu tun, was ich damals mit dem Mann getan habe, den ich geliebt habe. Aber das ist vorbei. Es wird nie wieder so sein.“

Ihr Magen schmerzte, und sie wünschte, Jeremy wäre jetzt neben ihr, damit sie mit ihm über die Falltür sprechen könnte, die sie über ihre Seele gelegt hatte, damit sie ihm die Schuld geben könnte an dem, was war. Aber er war nicht da und eine Schuldzuweisung stand ihr nicht zu. Es war eine Lektion, die sie gelernt hatte. Schuldzuweisungen verhinderten nur, dass sie suchte, was sie wollte.

„Sie möchten also mit uns nach Westen gehen?“, fragte Mariah.

„Ja“, erwiderte Mazy. „Ich werde mitkommen. Es tut mir Leid, dass es nicht mit mehr Freude geschieht. Aber ich werde alles in meinen Kräften Stehende tun, damit wir alle zusammen dort ankommen. Damit wir für uns alle diesen Ort finden, der ein Tal der Liebe und Freude ist.“

17

Schwester Esther hatte darauf bestanden, dass ihre Brüder sie begleiteten, hatte ihnen keine Ruhe gelassen, bis sie nachgaben. Der Jüngere war dem Beispiel des Älteren gefolgt, sie waren ihren Wünschen nachgekommen, und jetzt waren sie tot. Sie stand allein und starrte auf die Stelle, die das Grab ihres zweiten Bruders markierte. Nach zwei Tagesmärschen waren die Frauen wieder dort angekommen, von wo aus sie aufgebrochen waren, bei dem Fluss, wo ihre Brüder, Jeremy, Antone, Hathaway und Tyrell begraben lagen.

Der kleine Clayton jagte in der Nähe von Jeremys Grab lachend der Antilope nach. Sarah und ihre Brüder folgten in dichtem Abstand. Hatten sie denn keinen Respekt vor den Toten? Neben diesen noch frischen Gräbern wirkte das Lachen unpassend. Und doch, was war respektlos daran, das Leben zu lieben? Esther beobachtete Mazy, die neben dem Steinhaufen auf dem Grab ihres Mannes stand. Mazy winkte Clayton zu, als er an Jeremys Grab vorbeilief. Der Junge kam auf sie zugelaufen, sie schwang ihn herum, dann zog sie ihn an die Brust. Es sah so aus, als weinte sie.

Esther schüttelte den Kopf, ließ die Hände sinken. Trauern konnte man auf so viele unterschiedliche Weisen. Mit langen Schritten eilte sie zu ihrem Wagen zurück. Ihre Röcke bauschten sich um ihre schmerzenden Knie. So gern hätte sie mit Gewissheit gewusst, ob schlimme Ereignisse wirklich zu Gottes Führung gehörten oder nur eine Folge des eigenen Willens waren.

Sie verschwand in ihrem Wagen, befeuchtete ein Taschentuch mit Wasser und wischte sich damit den Nacken ab. Ein wenig erfrischt trat sie hinaus in das Sonnenlicht und sah erneut nach den Gräbern. Was sie sah, tat ihr gut. Adora ging mit Tipton zu Hathaways Grab und zu Tyrells. Mariah und ihre Mutter standen ebenfalls mit geneigtem Kopf daneben. Und da war auch Zilah. Im untergehenden Sonnenlicht wirkte ihr Gesicht beinahe glatt. Sie beugte sich über die Stelle, wo Ferrel lag. Als sie davonging, zierten Wildblumen in einer zarten mintgrünen Vase das Grab. Esther erkannte sie als eines der wenigen Besitztümer des asiatischen Mädchens.

„Du hast zum ersten Mal richtig getrauert", sagte Mazy später zu Tipton. Sie standen allein bei dem Steinhaufen. Mit der Hand streichelte sie Tiptons Schultern und sprach beruhigend auf sie ein. Die beiden lehnten aneinander. „Es ist leichter zu verdrängen, ich weiß, aber es wird immer wieder zurückkommen, wenn wir uns dem nicht stellen."

„Tun Sie das?", fragte Tipton zaudernd.

„Mich den Dingen stellen? Ich habe mich nach Westen gewandt. Mein Leben hat sich verändert. Ich, die gern alles beim Alten belässt." Sie seufzte. „Wie Suzanne sagte, das Leben, wie wir es gekannt haben, ist zu Ende. Uns bleiben nur noch die Dinge, an die wir uns erinnern wollen."

„Ja", erwiderte Tipton und löste sich von ihr. „Und die schwere Aufgabe zu lernen, die Gegebenheiten zu akzeptieren."

Das Leben wurde zur Routine, die körperlichen Anstrengungen des Kühemelkens, des Anspannens der Ochsen und der Maultiere wurden so vertraut wie das Wasserholen aus einem Brunnen zu Hause. Wer was bei Dämmerung tat, welche Ochsen gegen Mittag hinter welchem Wagen liefen, wer die Pferde abends an den Vorderhufen zusammenband, alles wurde festgelegt.

Pig lief neben Suzanne her. Sie hielt das harte Leder, das wie ein nach unten offenes U von seinem Geschirr abstand. Deborah rieb Honig auf Suzannes verbrannte Beine, wenn sie anhielten. Mazy hörte sogar, wie Suzanne sich bedankte, und sah, wie sie liebevoll über den Arm des Mädchens strich. Über den Lärm der Ochsen und Maultiere hinweg vernahm sie, wie Adora ihre Stimme hob, als wolle sie ihre Tochter aufwecken, die mit glasigen Augen neben ihr herritt. Mazy versuchte, die Umgebung in Erinnerung zu behalten, und stellte sich einen grasbewachsenen Hügel in der Form eines Vogels über Jeremys Grab vor.

Die Routine kam ihrem Wunsch nach Vertrautem in einem fremden Land entgegen.

Und während die Eintönigkeit ihnen Sicherheit gab, schenkte sie ihnen auch Zeit: Zeit zum Nachdenken und zum Erinnern, zur Neubewertung und zum Staunen.

Nach Mazys Schätzungen waren sie nur noch wenige Tage von Laramie entfernt – wieder einmal –, als sie abends, früher als gewöhnlich, die Wagen für die Nacht zusammenstellten. Deborah kam mit kleinen Schritten auf den Wagen zu, neben dem Mazy herlief.

„Clover muss anhalten“, sagte sie. „Für die Bienen. Es ist Zeit.“

„Ich hatte es vergessen“, erwiderte Mazy. „Tut mir Leid.“

„Macht nichts“, erwiderte die zierliche Frau. „Zweimal jeden Mond reicht, aber sie haben ihr Lied verändert. Eine Kolonie sehr still. Die Königin tot, vielleicht. Bienen fliegen aus. Sie bringen den anderen Harmonie zurück.“

Die Frauen fuhren die Wagen zu einem Kreis zusammen. Deborah und Naomi stellten die sechs Bienenkästen ein paar Meter von den Wagen entfernt auf. Das Surren wurde lauter, sodass sogar Mazys ungeübtes Ohr die Veränderung wahrnehmen konnte.

Die beiden Frauen zogen den Draht von ihren Hüten vor ihr Gesicht. Dann schoben sie das Blech zurück, das den Insekten Luft verschaffte, sie aber sicher im Innern der Kästen hielt. Nachdem sie freigelassen waren, surrten kleine schwarze Punkte um die jadefarbenen Kleider der beiden Mädchen, dann erhoben sie sich und flogen beinahe tanzend davon.

„Was tun sie?“, fragte Betha. Sie war vorbeigekommen und blieb in sicherer Entfernung neben Schwester Esther stehen.

„Mir wurde gesagt, sie reinigen sich“, erklärte Schwester Esther.

„Sauber machen?“, fragte Betha. „Nun, das werde ich auch.“

„Vielleicht. Auf diese Weise säubern sie ihre Stöcke. Sie werden Nektar und Pflanzenpollen suchen und was sie sonst noch brauchen, um Honig zu machen. Und wenn der Abend abkühlt, kommen sie zurück. Dies ist ein Experiment. Wir nehmen Larven und Königinnen mit."

Betha fächelte sich Luft zu. „Mir scheint es ziemlich heiß zu sein. Ich hoffe, es kühlt ab, bevor es zu dunkel für sie wird. Wieso kommen sie zurück?"

Deborah kam auf die Frauen zu und übernahm die Antwort. „Die Königin bleibt. Für sie leben sie."

„Nur füttern und beschützen. Das erscheint mir ein langweiliges Leben."

„Es ist ein ... erfülltes Leben", widersprach Deborah. „Sie wissen genau, was gebraucht wird und tun dies. Das ist für mich eine Erinnerung." Deborah senkte den Kopf. „Ich tue meine Pflicht gut, und der Tag wird mit süßem Honig erfüllt sein."

Mazy freute sich auf die Zusammenkünfte am Abend, wenn die nötigen Arbeiten erledigt waren, bevor alle ihre Gedanken zur Ruhe brachten und sich für die Nacht unter ihre Zelte zurückzogen.

„Wir müssen ein wenig lachen", bemerkte Elizabeth. Sie hob ihren Rock und drehte sich im Kreis, sodass er um ihre Beine wirbelte.

„Lachen? Ich bin abends zu müde zum Essen, geschweige denn zum Lachen", stöhnte Betha.

„Aber das ist es, was uns in Gang hält", beharrte Elizabeth. „Wir müssen uns um unsere Angelegenheiten kümmern, aufeinander Acht haben, und dann müssen wir lachen."

„Wie sollen wir das deiner Meinung nach machen, Mutter?"

„Ich denke darüber nach."

In der Ferne schrie eine Eule; sie hörten das Surren der Insekten, das leise Summen der zurückkehrenden Bienen, das sich mit dem Sirren der Moskitos vermischte. Die Frauen zogen sich in die Zelte zurück. Draußen hatte es ein wenig abgekühlt. Suzanne und Clayton schliefen im Wagen, damit das Kind nicht davonlief, falls es in der Nacht aufwachte. Elizabeth zog sich das Bettlaken über den Kopf. „Vielleicht sollten wir uns einige von diesen Blechdeckeln ausleihen, durch die die Bienen im Kasten gehalten werden", sagte sie. „Vielleicht hält das die Moskitos ab."

Der Geruch der verglühenden Asche drang in der Dunkelheit zu ihnen hinüber.

„Der beste Grund zum Lachen ist, dass ich das Geld gefunden habe", sagte Mazy in die Stille hinein.

Elizabeth lachte. „Ich denke, wir können über alte Dinge lachen, wenn uns nichts Neues einfällt. Ich bin noch immer erstaunt, dass es so viel war."

„Die Malarkys schienen mir nicht so begütert zu sein, dass sie uns so viel ausbezahlen konnten."

„Und nach dem Kauf der Wagen, des Bullen und der Kühe konnte eigentlich auch nicht so viel übrig gewesen sein."

„Irgendwie erscheint mir da etwas nicht so ganz richtig", meinte Mazy.

„Jeremy wollte für dich sorgen. Vielleicht hatte er vor, dich zu überraschen, wenn wir in Oregon angekommen sind. Und mich auch."

„Er wusste genau, dass ich keine Überraschungen liebe."

Unterwegs begegneten sie einer Reihe von Wagen, die in Richtung Osten unterwegs waren. Es kamen auch Reiter. Ruth grüßte die Männer, die bepackte Maultiere am Zügel führten. Sie ritten gute Ponys, stämmige Tiere mit kurzen Beinen. Sie wären eine gute Kreuzung für ihre eigenen Pferde. Die Tiere der Männer würden ein wenig an Höhe dazubekommen und ihre Tiere etwas stämmiger werden, die Zähigkeit bekommen, die für diese Prärien nötig wären. Vielleicht würden sie heute ihre kleine Herde einholen, Matt und Joe Pepin treffen und dann mit ihnen weiterreisen. Ruth wünschte, sie hätten die Wagen sofort aufgeteilt, wären nie zurückgefahren. Dann hätte das Unwetter nicht so zugeschlagen, und sie wäre mittlerweile noch weiter von Zane entfernt. Vermutlich hätten sie Fort Laramie bereits erreicht. Aber auch das gehörte zu ihrer Geschichte: Nachträgliche Einsicht, Bedauern.

Familien in Wagen, die von Maultieren gezogen wurden, starrten sie an, als sie links an Ruth vorbeifuhren, unmittelbar am Platte River entlang. Sollten sie doch. Vermutlich waren sie befremdet von ihrer Männerhose und dem Schlapphut. Aber sie hatte auch ein paar Frauen in Pumphosenkostümen gesehen – ihre eigene Aufmachung war auch nicht schlimmer als die dieser Frauen. Kaum eine sprach mit ihr oder irgendeiner der anderen Frauen, soweit sie von ganz hinten erkennen konnte. Sie versuchten nicht, mit ihnen ins Gespräch zu kommen. Dann brauchte sie auch nicht zu befürchten, jemand könnte sich später an sie erinnern.

„Wir müssen bei einem von Bethas Ochsen helfen", sagte Mariah. Sie kam auf Jumper herangeritten. Das Mädchen auf dem Pferd hatte die Aufgabe, zwischen Ruth und den vier Wagen zu patrouillieren, Nachrichten weiterzugeben, die Joche der Ochsen und der Maultiere im Blick zu behalten. „Sein Huf ist nicht in Ordnung. Ich vermute, sein Hufeisen ist verloren gegangen."

„Wir mussten damit rechnen, dass das passieren würde", erwiderte Ruth. „Nur nicht den genauen Zeitpunkt. Die Hufe sollten mittlerweile eigentlich widerstandsfähig genug sein. Du bleibst hier. Kommst du klar?"

„Sicher. Ich und Jump schaffen das."

Ruth ritt zu Bethas Wagen, der immer als Zweiter fuhr, damit Zilah bei Bedarf Mazy und Elizabeth helfen konnte. Sie blieb neben Bethas Gespann stehen.

„Es ist Cicero", sagte Betha und rang die Hände. „Er ist der Beste, wirklich."

Ruth ließ anhalten, stieg vom Pferd und fuhr mit der Hand über das Bein des Ochsen. „Das hier?", fragte sie Betha.

Der Ochse wehrte sich gegen ihre Berührung und verlagerte sein Gewicht, lehnte sich gegen sie. Er brüllte und ließ seinen anderen Huf aus ihrer Hand gleiten. Er zuckte mit den Flanken und schlug mit dem Schwanz nach den Fliegen.

„Haben Sie so etwas schon einmal gesehen?", fragte Lura.

„Ich habe nur zugesehen, wie es gemacht wird", erwiderte Ruth. „Einmal habe ich mitgeholfen, ein Pferd auf die Seite zu legen, um es zu kastrieren, aber ich weiß nicht, ob das auch hier funktionieren wird."

„Oh, er ist bereits kastriert, meine Liebe, da bin ich sicher", meinte Lura.

„Das weiß ich", erwiderte Ruth. Sie war die Einzige aus der Gruppe, die nicht lachte. „Ich habe nicht von Kastration gesprochen, sondern davon, dass wir ihn dazu bringen müssen, sich hinzulegen."

Auch beim zweiten Versuch ließ der Ochse seinen Huf von Ruth hochheben, doch bei der Berührung der schmerzenden Stelle lehnte er sich zu ihr hinüber und ließ seinen Huf wieder zu Boden sinken. Nur um Haaresbreite verfehlte er ihre Zehen, weil sie geistesgegenwärtig zurückgesprungen war.

„Vielleicht könnten wir ihn mit einem Seil im Gleichgewicht halten", schlug Tipton vor.

Ruth wandte sich zu ihr um. „Hast du so etwas schon einmal gesehen?"

Tipton zuckte die Achseln.

Sie überlegten, einen Graben auszuheben und ihn auf den Rücken hineinzulegen.

„Das scheint mir Tierquälerei zu sein", sagte Betha.

„Vielleicht sollten wir seinen Huf einschmieren", schlug Mazy vor. Sie schlug nach den Fliegen, die ihre Haube umschwirrten.

„Das könnten wir zuerst versuchen", meinte Tipton. „Vielleicht tritt er ja in einen Eimer. Wir könnten seinen Huf provisorisch mit Büffelhaut überziehen, bis wir Laramie erreichen und uns nach einem Hufschmied umsehen können."

„Mit Teer und Talg? Das ist so schmutzig."

Ruth führte ein Seil, das sie an Bethas Wagen festgebunden hatte, über die Schulter des großen Tieres. Sie warf es über seinen Rücken, zog es wieder zurück und band es an einem Sprunggelenk fest, dann dasselbe noch einmal, um ihn dadurch aus dem Gleichgewicht zu bringen, falls er versuchte, sich anzulehnen, wenn sie sein Vorderbein anhob.

„Gießt alles bis auf einen Zentimeter in einen anderen Schmiereimer“, befahl Ruth. Das klang sehr kurz angebunden. Es war ihr egal. „Stell ihn direkt neben mich, Tipton. Du passt auf. Elizabeth, wenn ich sein Bein hochhebe, ziehen Sie an dem Seil, damit er sich nicht gegen mich lehnen kann. Sagen Sie mir, wenn Sie bereit sind.“

Tipton füllte einen Eimer bis fast an den Rand, dann stellte sie den beinahe leeren Eimer an die Stelle, die Ruth ihr zeigte. „Bereit“, sagte sie.

Der Ochse wurde als sein eigener Flaschenzug benutzt. Als Ruth das Bein hob, zog Elizabeth sanft an dem Seil und hielt es fest.

„Lassen Sie es herunter!“, wies Ruth sie an, während sie schnell den Eimer darunterschob.

Cicero hob erneut seinen schweren Huf aus dem Eimer. Mazy reichte Ruth ein großes Stück Büffelhaut, das sie aus dem Geschenk der Pawnees geschnitten hatte. Ruth legte das Stück auf den Boden, und Cicero stellte seinen eingefetteten Huf genau in die Mitte. Ruth rief: „Rohleder!“, und Naomi reichte ihr die Stricke, mit denen Ruth die Büffelhaut um seinen Huf band.

Aber irgendetwas an dem Rohleder passte Cicero nicht. Er verlagerte jetzt sein Gewicht, brüllte, wurde unruhig und brachte den Wagen in Bewegung.

„Ziehen Sie am Seil, Elizabeth!“, schrie Ruth. „Blockiert das Rad! Tretet alle zurück.“

Was als Nächstes passierte, ging ganz schnell.

Cicero riss Plato, seinen Jochpartner, mit und bereitete den vier Ochsen hinter sich mit seinen Bewegungen Unbehagen. Mazy plagte sich mit den Bremsböcken ab. Anweisungen wurden einander zugerufen. Und dann kam Pig von der Seite heran, der hinter Fip herjagte.

Die kleinen schwarzen Augen waren wie Knöpfe an Fips Kopf zu sehen, als die beiden geradewegs auf den Wagen zujagten. Sie rannten unter die Ochsen, Fip quetschte sich unter die Bäuche der Ochsen, Pig keuchte und sprang über die Wagendeichsel.

Betha, die auf den Wagen geklettert war, erhob sich und schrie: „Nein, Pig!“, als sie das Gleichgewicht verlor und über die Seite auf Lura stürzte, die zu dicht beim Fetteimer gestanden hatte; der volle Eimer ergoss sich über beide Frauen.

Frauen, Fett, Schmutz und Erde rollten gemeinsam außerhalb der Reichweite der Ochsen, während Ruth das Gespann an einer Seite hielt und Mazy an der anderen.

„Ruhig, Cicero. Ruhig jetzt", mahnte Ruth. Der Ochse brüllte, schüttelte den Kopf und seine langen Hörner. „Komm hier herüber, Betha", rief Ruth. „Dich kennt er, hilf, ihn zu beruhigen."

„Jetzt wird er sie nicht mehr erkennen", meinte Tipton.

Schwarzer Teer und Fett, dicker Talg und Schmutz bedeckten sowohl Betha als auch Lura, die sich gegenseitig aufstehen halfen. Betha lachte als Erste los und deutete mit ihrem schmutzigen Finger auf Lura.

„Sehe ich so schlimm aus wie Sie?", fragte sie.

„Viel schlimmer", erwiderte Lura. „Ich wollte immer eine kokosnussfarbene Schürze. Allerdings wollte ich nicht, dass sie an mir klebt!"

Bei Bethas Gelächter beruhigte sich Cicero. Ruth schüttelte den Kopf und lachte ebenfalls los und alle anderen stimmten in ihr Gelächter mit ein. Das Lachen begann als ein leises Rollen und wurde immer lauter, bis sogar Schwester Esthers steife Schultern bebten. Die Asiatinnen lächelten und gestikulierten aufgeregt mit den Armen. Sie senkten den Kopf unter ihren pilzförmigen Hüten. Der Wind verfing sich in Deborahs weiten Ärmeln, während sie auf die beiden Frauen deutete und lachte.

„Was ist los?", fragte Suzanne. „Was ist so lustig?"

„Das ist schwer zu beschreiben", erwiderte Mazy. „Zwei ziemlich schmutzige Frauen."

„Versucht, es zu beschreiben", forderte Suzanne sie auf. Ruth hörte ein Flehen in ihrer Stimme, den Wunsch, an ihrem Erleben teilzuhaben. Früher hatte sie dieses Interesse nie gezeigt.

Tipton beschrieb ihr die Szene.

„Pig hat die Antilope gejagt, die Cicero erschreckt hat. Er riss an dem Wagen, wodurch Betha heruntergefallen ist, in Lura hinein, und beide haben den Eimer mit Schmiere über sich verschüttet, den ich bis obenhin gefüllt hatte. Beide sitzen jetzt im Dreck und spucken die Schmiere aus."

Ein Lächeln machte sich auf Suzannes Gesicht breit. „Ich versuche, es mir vorzustellen", sagte sie.

„Wie gut, dass ich so gut gepolstert bin", sagte Betha. Sie schüttelte die Hände, als könnte sie die Schmiere abschütteln.

„Sprechen Sie von mir oder von jemand anderem?", fragte Lura, die sich mühsam hochrappelte. Ihre kleinen Locken bekamen ebenfalls einen Teil der Schmiere ab, als sie sich an der Nase kratzte. „Wie kann so wenig Schmiere so weit reichen?"

„Dieser verflixte Fip", schimpfte Betha.

„Elizabeth?", fragten die Frauen im Chorus.

„Ich weiß, ich weiß", sagte Elizabeth, die von der anderen Seite kam. „Ich habe jetzt viel sauber zu machen, vielleicht den ganzen Weg bis zum Pazifik. Aber Pig hat geholfen."

„Pig, wie konntest du!", schimpfte Mazy lachend.

„Oh, wir sollten den Ochsen die Schuld geben", meinte Elizabeth. „Unser Wagen sollte nicht den Hauptstoß tragen. Wir werden im Himmel sauber machen, wenn wir für alles Wiedergutmachung leisten müssen."

„Nun, das wird ein Spaß", erwiderte Betha.

Tränen rollten ihnen die Wangen herunter, und Mazy dachte, wie seltsam Tränen doch waren – sie sahen gleich aus, ob es nun Tränen der Trauer oder der Freude und der Erleichterung waren. „Wenigstens hat Cicero überlebt", sagte sie.

„Und Clayton ist nicht schuld an dieser Misere", sagte Suzanne. „Darüber bin ich froh."

„Nein, die Kinder tragen keine Schuld", bestätigte Mazy und wischte sich mit den Daumen die Tränen aus den Augen.

„Wo sind sie überhaupt?", fragte Betha. Alle drehten sich suchend um. In diesem Augenblick hörten sie Mariahs Schrei.

Hinter dem Wagen erblickte Sarah etwas Weißes. Der Wind hob es hoch, aber sie fing es ein und faltete es auf. Sie versuchte, die großen Buchstaben zu entziffern und wünschte, sie hätten noch immer Lese- und Schreibunterricht. Auf diesem Papier standen viele Zahlen, Linien und Rechtecke. Sie meinte, die Wörter *Propolis* und vielleicht *Rahmen* entziffern zu können. Das Papier war schwer, perfekt geeignet, es zu einem Drachen zu falten. Sie faltete es und warf es. Es stieg auf und stürzte dann wieder ab. Sie hüpfte hinter ihm her, faltete es erneut, und dieses Mal flog es richtig weit bis hinter den letzten Wagen zu dem Vieh. Es verfing sich im Gebüsch. Sie wollte gerade hinlaufen, um es zu holen, als sie Mariahs Schrei hörte. Sie lief zurück, wo größte Aufregung herrschte.

Mariah hielt Clayton in den Armen. Weinend reichte sie ihn an Mazy weiter. Er jammerte, und Mazy war dankbar dafür.

„Ich wollte es nicht", erklärte Mariah. „Ich meine, Jumper wollte es nicht. Er war auf einmal da, ich habe ihn gar nicht gesehen."

„Wo sind die anderen?", fragte Elizabeth.

„Ich weiß es nicht, habe auch Clayton nicht gesehen. Ich saß auf Jumper und trieb die Maultiere weiter. Sie wollten kreisen, wie sie das manchmal tun, und dann hörte ich dieses Geräusch. Clayton muss hinter uns gewesen sein, ist einfach hineingelaufen."

Ihre Beschreibung schien Clayton noch mehr zum Schreien zu bringen.

„Geben Sie ihn mir", forderte Suzanne. Sie war hinter ihnen hergekommen, der Hund dicht an ihrer Seite.

Mazy reichte ihr das Kind.

„Das hast du gut gemacht, Mädchen", sagte Elizabeth zu Mariah. Sie weinte nun auch. „Das Tuch, das du in den Schnitt gesteckt hast, hat die Blutung zum Stillstand gebracht. Kopfwunden bluten immer sehr stark, und er atmet."

„Könnte jemand uns bitte zu unserem Wagen führen", bat Suzanne. „Helft mir, bitte! Ich muss geführt werden."

Naomi war vor ihnen in den Wagen gestiegen. Als Suzanne mit ihrem Sohn kam, nahmen Naomis starke Hände den Jungen seiner Mutter ab. „Ich lege ihn hierher“, sagte sie und drückte den Jungen an ihre Brust, während Mazy Suzanne hineinhalf.

Sie tauchte einen weichen Lappen in ein Wasserbecken und säuberte vorsichtig das Gesicht des Jungen.

„Die Wunde ist nicht tief“, sagte sie. „Sie blutet noch, und Schmutz und Gras sind nicht so schlimm.“ Clayton begann, sich zu beruhigen und schnappte nach Luft.

„Wir müssen sie sauber halten“, sagte Mazy. „Es sieht nicht so aus, als sei das Auge verletzt. Die Wunde befindet sich unmittelbar oberhalb des Auges, Suzanne.“

„Wie sieht er aus?“, fragte Suzanne. „Beschreiben Sie ihn mir.“

Wie schwer war es, dachte Mazy, niemals sehen zu können, nur manchmal Gesichter berühren zu können, nur Geräusche im Raum zu hören, nur Düfte einatmen zu können.

Naomi zog den Lappen heraus und drückte ihn erneut auf die Wunde, als sie wieder zu bluten begann.

„Abgesehen von dem schmutzigen Gesicht sieht er ganz in Ordnung aus“, sagte Elizabeth sanft. „Und Naomi kennt sich mit Pflanzen und solchen Dingen gut aus.“

„Ich suche Mei-Ling“, sagte Naomi. „Bin gleich wieder da, Missy Sue.“ Sie wandte sich zum Gehen, doch in diesem Augenblick trat Deborah durch die Plane und reichte Naomi einen Krug. Naomi drückte die Finger hinein und strich die klare Substanz auf Claytons Wunde.

„Ich rieche Honig“, sagte Suzanne.

„Nicht Honig, Missy Sue“, versicherte Naomi ihr. „Aber ähnlich. Bienen machen zu Hause. Heilt gut. Riecht besser. Hilft auch den Knochen.“

„Und wenn er ...? Ist das ungefährlich?“

„Ganz ungefährlich, Missy Sue. Neue Dinge sind nicht immer schlecht.“

„Wir brauchen einen Plan“, verkündete Mazy beim Abendessen. Die Frauen wandten sich kauend zu ihr um.

„Wofür?“, fragte Betha. Ihr Gesicht war rosa geschrubbt – die

Buttervorräte waren aufgebraucht worden, um die Schmiere und den Talg aus ihrem und Luras Haaren zu entfernen. Lura hatte ihre Schürze weggeworfen; Betha wollte eine sorgfältige Waschaktion durchführen, wenn sie erst Fort Laramie erreicht hätten.

„Um sicherzustellen, dass Clayton jeden Tag von jemandem beaufsichtigt wird."

„Es ist meine Schuld", gestand Sarah. „Ich fing an, Buchstaben mit einem Stock in den Sand zu schreiben und habe ihn ganz vergessen."

„Es ist allein meine Schuld", sagte Mariah.

„Es hat keinen Zweck, die Schuldige suchen zu wollen", meinte Mazy. „Wir müssen uns fragen, wie wir so etwas in Zukunft verhindern können. Tipton, vielleicht könntest du –"

„Ich kann nicht gut mit Kindern umgehen", wandte Tipton ein.

„Du wolltest doch selbst welche haben", warf ihre Mutter ein. Tipton blickte sie finster an.

„Ich hätte besser auf die Maultiere aufpassen sollen", machte sich Mariah Vorwürfe.

„Das sind eben Maultiere", sagte Adora. „Sie mögen keine kleinen Geschöpfe wie Kinder und Hunde."

„Es ist allein meine Schuld", wandte Suzanne ein. „Ich kann nicht auf ihn aufpassen. Ich kann *gar nichts.*"

„Es muss einen Weg geben", erklärte Mazy mit fester Stimme. „Unsere Verluste sollten uns zusammenschweißen, nicht auseinander reißen."

Koda scheute, kurz nachdem sie sich wieder auf den Weg gemacht hatten. „Was ist das?", fragte Ruth, als sie etwas Weißes im Gebüsch flattern sah. „Hol es", forderte sie das Pferd auf. Koda schüttelte den Kopf und riss an dem Mundstück, dann reckte er seinen Hals und nahm das Papier zwischen die Lippen. „Guter Junge!", lobte Ruth und tätschelte seinen Hals, während sie sich vorbeugte und ihm das Papier aus dem Maul nahm. Sie entfaltete das Pergament und las.

Während die anderen über die faszinierenden Felsformationen

staunten, an denen sie vorbeikamen, über die Sonnenuntergänge, die gelegentlichen weißen Punkte, die zu Wagen auf der Südseite des Platte River gehörten, lebte Suzanne weiterhin in Dunkelheit. Sie konnte die Freudlosigkeit nicht abschütteln, die Claytons Unfall wieder über sie gebracht hatte. Ihre Dunkelheit war eine ständige Erinnerung an ihre Unfähigkeit.

„Ich habe eine Idee", sagte Mazy.

„Wegen Clayton?", fragte Betha.

Mazy schüttelte den Kopf. „Nein. Etwas, um unsere Tage zu erhellen, was, wie meine Mutter sagt, so wichtig ist. Eine Art Spiel."

„Oh gut", freute sich Elizabeth.

„Jeder von uns sollte sich eine Wahrheit und eine Lüge ausdenken", schlug Mazy vor. „Eine Aussage über sich, die bisher noch nicht ausgesprochen wurde. Bei unserem abendlichen Kreis wird dann eine von uns die beiden Dinge nennen, und wir anderen müssen raten, was davon die Wahrheit ist."

„Lügen erfinden?", fragte Schwester Esther steif.

„Das ist doch nur ein Spiel", wehrte Elizabeth ab.

„Die Idee gefällt mir", sagte Mariah.

„Eine Lüge. Wir sollen eine Lüge erzählen?", fragte Jason.

„Du musst etwas erzählen, das sich wahr anhört", erklärte Betha ihm. Sie erhob sich nachdenklich. „Hier ist meine Lüge. Ich habe vier Paar Schuhe zu Hause zurückgelassen, die ich nie getragen habe." Sie hielt inne. „Nein, das stimmt nicht." Sie dachte erneut nach. „Das ist etwas, wozu ich etwas Zeit brauche. Es ist schwer, etwas zu finden, was ich nicht bin."

„Etwas ... Bloßstellendes", sagte Ruth. „Das könnte es zumindest sein."

„Also gut. Wir werden morgen nach unserer abendlichen Besprechung damit beginnen."

Suzanne lauschte auf die gedämpften Stimmen der Frauen, die sich für die Nacht fertig machten. Sie kämpfte gegen die Tränen an. Sie konnte eine Wahrheit und eine Lüge weitergeben. Wahrheit – sie war unfähig, angemessen für ihr Kind zu sorgen. Lüge – jeder würde Hilfe anbieten. Wahrheit – sie würde bestimmt auch an ihrem noch ungeborenen Kind versagen. Lüge, sie könnte beide Kinder nicht weggeben.

„Es tut mir so Leid, Missy Esther, so Leid." Deborah blickte niedergeschlagen zu Boden, als Esther mit dem Pergament vor ihrem Gesicht fuchtelte.

„Man kann dir so etwas Wichtiges wirklich nicht anvertrauen. Ich werde das jetzt an mich nehmen. Das hätte ich schon früher tun sollen. Ich lege es in mein Schreibpult", sagte sie zu dem zitternden Mädchen, dessen Finger sich gegen seine blutleeren Lippen pressten.

„Sie passen besser auf, Miss", sagte Deborah.

„Wir werden es zwischen das Leinen legen und hoffen, dass die Falten geglättet werden, damit die Pläne zu lesen sind. Du verdankst Ruth deine Zukunft", sagte sie.

„Eine neue Schuld", sagte Deborah, und Tränen sammelten sich in ihren Augen.

Sie erreichten Fort Laramie am ersten Juli. Sie hatten den Platte River mit einer klapprigen öffentlichen Fähre überquert, für die unverschämte Preise verlangt wurden. Zumindest fand Schwester Esther das. Trotzdem hieß es, entweder auf der Nordseite zu bleiben, am Fort vorbeizureiten und einen Soldaten zu finden, der die Fähre bediente, oder, wie Ruth vorgeschlagen hatte, sie selbst zu lenken. Die Frauen beschlossen, auf ihre Ersparnisse zurückzugreifen. Adora und Tipton suchten eifrig ihren Wagen ab, als der verlangte Dollar eingesammelt wurde.

„Kodas Huf ist nicht in Ordnung", sagte Ruth. „Er wird ein neues Hufeisen brauchen. Kannst du ihn nehmen, Tipton?"

„Wollen Sie denn nicht mitkommen?", fragte Mariah.

„Nein!" Und etwas sanfter erklärte sie: „Jemand muss bei dem Vieh bleiben. Tipton? Du kennst dich doch mit Hufschmieden aus. Könntest du das übernehmen?"

„Ich bleibe und helfe mit den Ochsen", erbot sich Naomi. Ruth nahm ihr Angebot an.

„Wir sollten eine Liste machen mit Dingen, die wir brauchen“, schlug Betha vor. „Ich werde im Register nachsehen, wann die Jungen durchgekommen sind.“

„Und vielleicht Charles“, meinte Adora, wobei ihr Gesicht sich erhellte.

„Danke, Tipton“, sagte Ruth, als die Frauen gingen. Und Betha flüsterte sie zu: „Trag dich nicht ein. Bitte. Ich möchte Zane keine Hinweise geben.“

„Denkst du, er folgt dir, Ruthie? Es gibt keine Anzeichen dafür.“

„Glaub mir, Betha. Dessen bin ich absolut sicher.“

Die Lehmgebäude waren in einem Rechteck angeordnet, einige erhoben sich zwei Stockwerke hoch mit einem Strohdach an dem baumlosen Ufer des Laramie River. Dieser Anblick heiterte die Frauen auf. Dies war ein Ort zum Feiern – sie hatten die Hälfte der Strecke zu ihrem Ziel zurückgelegt.

„Ich hätte beinahe gesagt, dass wir auf halbem Weg nach Hause sind“, bemerkte Mazy.

„Du hast es laut ausgesprochen, Mädchen!“, rief ihre Mutter. „Und du hast Recht.“

„Wie viele sind Sie?“, fragte der Gemischtwarenhändler im Warenhaus. Sie waren zu viele für den kleinen Raum.

„Vor ein paar Wochen waren wir elf Wagen, zwölf Frauen, sieben Kinder“, erwiderte Mazy. „Jetzt sind wir noch vier Wagen, alle auf dem Nordufer und nur eine große Gruppe.“

„Und wir sind alle dreckig“, sagte Betha.

„Sprechen Sie für sich“, ermahnte Elizabeth sie.

„Ein Bad kostet fünfundzwanzig Cents. Wollen Sie das?“

„Das Bad geht auf uns“, erklärte Mazy. „Auf meine Mutter und mich. Für alle. Unser Geschenk.“

„Unsinn“, widersprach Schwester Esther. „Jeder kann doch für sich bezahlen.“

„Ganz bestimmt, aber jeder kann auch ein Geschenk annehmen“, sagte Elizabeth zu ihr. „Wollen Sie mich davon abhalten, dass ich Wiedergutmachung leiste für das, was mein Fip getan hat? Ich muss immer einen Weg finden.“

Schwester Esther kräuselte die Lippen und nickte zustimmend.
„Also gut", sagte der kleine Mann. Sein weißer Schnurrbart hing wie eine schläfrige Raupe unter seiner Nase. „Wer als Erste?"
„Wir", sagte Adora. „Wir sehen schrecklich aus, meine Tochter und ich. Sie ist krank gewesen, und unterwegs war alles so schwierig."
„Wenn jemand Ihnen Wasser bringen muss, kostet das extra", erklärte er.
„Ich werde die zusätzlichen Kosten übernehmen", sagte Adora. „Tipton, hast du meine Tasche gefunden?"
Tipton starrte sie an. „Ich habe nichts mit deiner Tasche zu tun. Ich habe sie nicht einmal gesehen."
„Hast du denn nicht danach gesucht? Wo könnte sie denn nur sein? Du bist in letzter Zeit so abwesend, du könntest sie irgendwo hingelegt haben."
„Hatten Sie die Taschen denn noch, bevor wir zu den Gräbern zurückgekehrt sind?", fragte Elizabeth."
Adora dachte nach. „Ich glaube schon. Ach du meine Güte. Ich kann mich gar nicht daran erinnern." Sie kniff die Augen zusammen. „Es gab so vieles zu bedenken. Hathaways Tod ... wenn sie bei dem Sturm verloren gegangen ist ... vielleicht in meinem anderen Wagen." Ihre Augen weiteten sich. „Tipton, bist du sicher, dass du sie nicht verlegt hast? Was sollen wir ohne Geld machen?"
„Im Augenblick können Sie nichts tun. Wir können im Wagen nachsehen –"
„Wollen die Damen nun baden oder nicht?"
„Ich kann das Wasser für Sie holen", erbot sich Deborah.
„Das ist aber nett, Liebes", sagte Adora. „Gott weiß, dass ich ein wenig Verwöhnen jetzt gebrauchen kann."
Sie bemerkte nicht, dass Tipton die Augen verdrehte.

Nach einem Bad sah die Welt wirklich besser aus, fand Elizabeth. Und in dieser Nacht würden sie in einem richtigen Bett schlafen, nach einer Mahlzeit, bei der es auch Obst und süße geschlagene Sahne gab. Das war wirklich ein aufregender Ort mit all den Leuten, die in den vergangenen Tagen angekommen waren. Sie ließen die Tiere ausruhen. Auch nach ihnen kamen immer noch Wagen herein. Im Register war Charles Name zu finden. Er hatte einen Vorsprung von gut zwei Wochen, das kleine Wiesel. Gute Nachrichten auch für Ruth. Die Jungen waren hier gewesen, hatten neue Vorräte eingekauft und waren weitergezogen. Sie hatten eine Nachricht für Ruth und Lura zurückgelassen, in der sie ihnen versicherten, sie würden sich in Oregon City treffen, falls sie sie nicht vorher einholten.

Nach einer Nacht hier wollten sie weiterziehen. Die Jungen und das Vieh hatten keinen so großen Vorsprung. Elizabeth hörte Musik, eine Fiedel und eine Harmonika. Der Gemischtwarenhändler hatte erzählt, dass heute Abend Tanz sein würde. Elizabeth wollte hingehen, nicht um zu tanzen, sondern um die Leute zu beobachten, die Blicke aufzufangen, die die Leute einander zuwarfen und die viel mehr sagten, als Worte je ausdrücken könnten. Sie würde die Tanzenden beobachten und einfach Spaß haben. Sie könnten alle ein wenig Tanz gebrauchen, um ihre Trauer zu vertreiben, sich gute Eindrücke zu schaffen, obwohl sie nicht damit rechnete, hier ein bekanntes Gesicht anzutreffen.

Tipton stand vor dem Schild mit der Aufschrift *Schmiede*. Früher am Tag hatte sie Betha geholfen, Cicero und Koda hierher zu bringen. Die eine hatte das Pferd am Halfter geführt, die andere den Ochsen sanft mit einer Rute vorangetrieben. Unterwegs hatten sie sich unterhalten.

„Den Huf haben Sie rechtzeitig behandelt", sagte der Schmied. „Sie haben ihn geschmiert, als es nötig war. Gute Arbeit, wer immer es getan hat."

„Das waren wir alle", erklärte Tipton wahrheitsgetreu.

„Das Pferd braucht ein neues Hufeisen, das stimmt", fuhr er fort. „Ich werde ein kleines V-förmiges Hufeisen anfertigen. Das ist mein Markenzeichen."

„Sieh dich nur an", schimpfte Adora Tipton aus, als sie zurückkam. „Schon wieder bis du schmutzig gleich nach deinem ersten

Bad nach Monaten. Wir haben kein Geld für ein weiteres, nicht bis wir meine Tasche gefunden haben."

„Ich wollte dem Hufschmied doch nur ein wenig helfen", erwiderte sie.

Sie war an diesem Abend zurückgegangen. Hier in der Schmiede, wenn sie dem Schmied bei der Arbeit zusah, empfand sie eine besondere Nähe zu Tyrell. So hatte sie Tyrell vor Monaten in Wisconsin kennen gelernt. Hier hätte Tyrell seinen Tag verbracht, den großen Blasebalg bedient, er hätte sich vorgebeugt und das Eisen geformt, es auf dem Amboss geformt und beschlagen. Tipton rieb sich den Arm. Sie war bereit, gleichmäßig zu atmen, ohne viel zu schnell nach Luft zu schnappen.

Sie hatte seinen Amboss, die Zangen und den Hammer behalten, außerdem einige Hufeisen. Tipton hatte sich nicht von ihnen trennen können. Alles hier war doppelt so groß wie das, was sie dabeihatte, das Feuer brannte doppelt so heiß. Das ständige Hämmern drang an ihr Ohr, das Klirren einer Zange, immer wenn der Schmied das Hufeisen anhob. Sie liebte diese Geräusche, den Geruch von heißem Metall und das Zischen des Dampfes, wenn der Schmied das geformte Eisen ins Wasser steckte, um es abzukühlen.

Zeit und Form. Auch Tyrell hatte sie geformt, obwohl er gesagt hatte, er sei es nicht gewesen, es sei Gottes Wirken gewesen und Tyrell nur ein Werkzeug. Sie fragte sich, nur einen kurzen Moment lang, was das Hämmern und Formen bei ihr bewirken würde, was am Ende aus ihr werden würde.

Elizabeth führte Suzanne zu einer überdachten Veranda vor dem größten Gebäude des Forts. Die ältere Frau bestand darauf, dass sie mit hineinkam, aber weiter als bis zur Veranda wollte Suzanne nicht.

„Ich würde lieber hier bleiben", sagte sie. „Ich kann die Musik und das Gelächter hören, ohne mich zu ärgern, dass ich nicht mitmachen kann." Sie klopfte sich auf den Bauch. „Mitmachen ist sowieso nicht so einfach. Außerdem würde Pig nur schwer im Zaum zu halten sein. Ich kann das Essen riechen, das sie dort auf einem Tisch stehen haben, und ich nehme an, dass der Tisch gerade die Höhe des Hundes hat."

„Sie werden so viel verpassen, wenn Sie nicht mit hineinkommen", bedauerte Elizabeth.

„Ich kann die Menschen nicht sehen, ich kann ihnen nicht von den Lippen ablesen, also bleibt mir allein das Zuhören. Und der Geruch der Speisen und die Vibration ihrer Füße auf dem Boden. Und ich merke, dass wir gerade in einen überdachten Bereich der Veranda gekommen sind; bestimmt steht hier eine Bank."

„Dort drüben, richtig", erwiderte Elizabeth. „Setzen Sie sich."

Sie ließ sich auf der Holzbank nieder. Suzanne suchte ihren Fächer und wedelte sich Luft zu. „Ich gehe jetzt", sagte Elizabeth. „Wenn Sie sich mir später anschließen möchten, folgen Sie einfach Ihrer Nase." Sie steckte den Kopf in den Saal und kam noch einmal zurück. „Sie haben Recht. Es steht jede Menge Essen auf den Seitentischen."

Die kühlere Abendluft umwehte Suzanne; sie spürte die Vibrationen der Füße auf dem Holzboden, hörte die Musik und das Klatschen. Sie hatte nie viel Zeit auf solche Eindrücke verwendet, bis sie ihr Augenlicht verloren hatte. Sie hatte ihre Aufmerksamkeit immer den Dingen geschenkt, die sie sehen konnte; wie es Fotografen eben tun. Man achtet auf die Feinheiten von Licht und Schatten, von Formen und Winkeln. Beim Geräusch gab es keine Winkel, Formen waren nicht in Düfte eingehüllt.

Sie lauschte und glaubte zu hören, wie jemand den Platz überquerte. Pig knurrte leise. Sie hörte das Knirschen von Leder auf den ausgetretenen Steintreppen, dann eine Stille, die nur durch Atmen unterbrochen wurde.

„Ich bin von Ehrfurcht erfüllt über Ihre Schönheit, junge Frau", ertönte die Stimme eines Mannes, tief und kontrolliert. Sie roch Rasierwasser und etwas Antiseptisches. Fest umklammerte sie den Ledergriff an Pigs Geschirr.

Der süßliche Geruch kam näher. Suzanne versteifte sich. Pig bellte einmal, dann erhob er sich und drückte sich gegen ihre Hand. *Pig mochte ihn nicht!* Kälte breitete sich in ihr aus.

18

Die Musik, das Stampfen der Füße beim Virginia Reel, das Klatschen, Rufen und Schreien lockte Tipton an, die gar nicht vorgehabt hatte, hineinzugehen. Das wäre Tyrells Andenken gegenüber respektlos gewesen und ihrem Traum gegenüber, mit ihm zusammen zu tanzen, wenn sie Fort Laramie erreichten. Sie glaubte nicht, jemals wieder tanzen zu können.

Über die Musik hinweg hörte Tipton Pig bellen, vernahm Suzannes Stimme und die eines Mannes. Tipton konnte Suzanne zwar nicht sehen, doch sie wusste, das Geräusch kam aus der Nähe des gut gekleideten Mannes auf der Veranda.

„Stimmt was nicht? Suzanne?“, fragte Tipton.

Der Mann wandte sich um. „Ich wollte sie nicht erschrecken“, sagte er. Das Licht aus den Fenstern fing sich in der Diamantnadel an seinem Schal. Er trug einen weißen Anzug, der die tiefe Bräune seines Gesichts noch hervorhob. Ein kummervoller Ausdruck lag auf seinem Gesicht.

Weiß. Weißer Hut, weiße Haare – in diesem Staub trägt er Weiß.

„Ich wollte mich nur vorstellen.“ Er trug einen kurzen Bart an seinem festen Kinn, weiß mit schwarzen Strähnen.

„Oh, Tipton. Gut. Pig, es ist gut“, sagte Suzanne.

„Pig?“, fragte der Mann.

„Tipton. Könntest du mich zurückbringen?“

„Diese Aufgabe würde ich gern übernehmen“, bot der Mann ihr an, „wenn Ihr Hund es gestattet. Um wieder gutzumachen, dass ich Sie erschreckt habe, Madam ...“

„Tipton?“ Suzanne ignorierte den Mann.

„Ich bin hier“, erwiderte das Mädchen. Sie trat auf die Veranda, legte Suzannes Arm auf ihren und sagte: „Wenn Sie uns entschuldigen würden.“

Suzannes Hand zitterte. Pig knurrte leise.

„Bitte“, sagte der Mann. Er zog seinen Hut und verbeugte sich bis zur Taille vor den beiden Damen. „Könnte ich noch einmal neu anfangen? Ich bin –"

„Sie hat kein Interesse und ich ganz bestimmt auch nicht", unterbrach Tipton ihn. Sie fasste mit der rechten Hand ihre Röcke und führte Suzanne mit der linken. „Da sind Stufen. Zwei", warnte sie Suzanne. „Wir gehen geradeaus." Tipton blickte über die Schulter hinweg. Der Mann starrte ihnen noch immer nach. „Hat er Ihnen was getan?"

„Er nahm an, ich wollte meine Brille absetzen, und hat sich nicht die Mühe gemacht zu fragen, ob das so sei", erklärte sie. „Und seine Schmeicheleien, wie ‚anbetungswürdig' ich sei. Es war ... anbiedernd. Ich hatte nicht damit gerechnet ... dass überhaupt ein Gentleman kommen könnte. ... ich ... es war beängstigend." Sie schluckte. „Ich bin nicht anziehend ... wie werde ich ...?"

„Sie sind sehr hübsch", sagte Tipton zu ihr.

„Und auch so groß wie eine Scheune", erwiderte Suzanne.

„Auch große Frauen sind hübsch", meinte Tipton. „Sehen Sie sich Mrs. Bacon an. Oh, tut mir Leid. Das geht ja nicht."

„Beschreibe sie mir, Tipton." Suzanne atmete tief durch, und Tipton spürte eine Ruhe, an der sie nur zu gern teilhatte.

„Sie ist größer als die meisten. Hat dichtes Haar, ungefähr in der Farbe von gepflügter Erde. Augen wie Smaragde, grün und richtig rund, die in Sie hineinsehen."

„Sie scheint mir nicht so durchdringend zu sein", meinte Suzanne.

„Durchdringend? Das würde ich nicht sagen. In diesen Augen kann man versinken. Ihre Mundwinkel ziehen sich hoch, sodass man denkt, sie würde lächeln, auch wenn das nicht so ist. Ihre Stirn ist hoch. Meine Mutter sagt, das sei ein Zeichen von Intelligenz."

„Hast du eine hohe Stirn?"

„Pah!", erwiderte Tipton. „Ich nicht. Auf jeden Fall hat Mrs. Bacon eine Angewohnheit. Wenn sie nachdenkt, reibt sie sich den Nacken. Sie geht auch immer sehr entschlossen, schlurft nicht so, wie es meine Mutter von mir behauptet. Sie hat eine schmale Taille. Schmaler als meine, denke ich. In ihrer Pumphose kommt ihre Figur sehr gut zur Geltung."

„Du hast wirklich einen Blick für Details, Tipton, wie Fotografen es brauchen."

Der Sonnenuntergang tauchte die Berggipfel in der Ferne in blassrosa Licht.

„Mein Baby soll Anfang August auf die Welt kommen", sagte Suzanne. Tipton schluckte. Das war etwas so Persönliches. „Ich dachte, nach dem Sturm ... aber die Schmerzen haben nicht lange angehalten. Ich weiß gar nicht, was ich ohne Bryce tun soll."

„Ich weiß auch nicht, was ich ohne Tyrell tun soll, um ehrlich zu sein."

„Du klingst jetzt genau wie deine Mama", erwiderte Suzanne.

„Hier geht es zu Ihrem Zimmer." Tipton ließ Suzannes Hand los. „Sie sagt das oft, nicht? ‚Um ehrlich zu sein', als wäre das etwas Besonderes."

„Und möchten wir nicht alle die Wahrheit sagen und als der Mensch angesehen werden, der wir sind?", fragte Suzanne. „Danke, dass du mir geholfen und nicht versucht hast, mir zu sagen, wie ich mich fühlen sollte ... eben. Ich habe es so satt, dass Leute mich wie ein Kind behandeln, das nicht weiß, was es will."

„Ist schon gut", erwiderte Tipton und zuckte die Achseln.

„Bryce sagte immer, das sei es, wonach alle Menschen sich sehnen würden, dass andere sie kennen, richtig kennen und so akzeptieren."

„Ich kann nicht sagen, dass ich mir das je gewünscht hätte", meinte Tipton.

„Ach?", wunderte sich Suzanne. „Ist das jetzt eine deiner Wahrheiten oder eine Lüge?"

Ruth bückte sich unter eine der Kühe der Bacons und überprüfte das Euter. „Gute Arbeit, Naomi. Möchtest du die andere auch übernehmen oder lieber Fip füttern?"

„Mavis melken", erwiderte sie.

„Das kann ich gut verstehen", lachte Ruth. „Elizabeths Lieblingstier macht mehr Arbeit, als es wert ist. Aber die Kinder lieben es. Ich weiß nicht, was sie tun wird, wenn es groß wird.“ Ruth lauschte auf die Glocke der Antilope und gab Korn in einen Eimer, um ihre Aufmerksamkeit auf sich zu lenken. Sie kam angerannt, und Ruth gab ihr warme Milch, ließ ihr ein wenig von ihren Fingern in ihren weichen Mund tropfen. Sie wünschte, Jessie wäre bei ihnen geblieben und nicht mit ins Fort gefahren. Sie hätte gern ein wenig Zeit mit dem Kind verbracht. Jessie hätte es bestimmt Spaß gemacht, die Indianer zu beobachten, die ganz in ihrer Nähe lagerten.

Sie war nicht sicher, wie Betha alles schaffte, die viele Arbeit und dann auch noch die kleinen Streitereien der Kinder gerecht zu schlichten.

„Funktionieren ihre Augen?“, hatte Jessie sie eines Tages gefragt und auf Suzanne gedeutet.

„Sie ist blind, Dummi“, hatte Ned geantwortet.

Jessie reichte Betha die gefürchteten Büffelfladen, die auf das Kochfeuer gelegt wurden. „Und warum öffnen und schließen sich dann ihre Augen?“

Betha blickte Ned an und antwortete Jessie: „Früher einmal konnte sie mit ihren Augen sehen, genau wie wir“, hatte Betha ihr erklärt. „Doch dann ist etwas passiert, und jetzt sieht sie durch ihre Finger und ihre Ohren und durch das, was sie riechen kann. Hier“ – Betha legte den Löffel aus der Hand und nahm Jessie die Fladen aus der Hand – „schließe deine Augen. Wir spielen ein Spiel. Was hörst du?“

„Vögel“, erwiderte Jessie.

„Sonst noch etwas?“

„Das Stampfen der Pferde. Die Kühe spucken. Wind, der durch meine Nase hinein- und hinausgeht.“

„Atmen, ja, das Geräusch deines Atems. Ist es nicht friedlich, mit den Ohren zu hören? Wann immer du Angst hast, kannst du auf deinen Atem lauschen und darauf achten, dass er ganz langsam herein- und herauskommt. Halte jetzt deine Augen geschlossen und sag mir, was du schmeckst. Vertrau mir“, hatte Betha sie aufgefordert. „Ich werde dich nicht verletzen. Mund auf." Sie legte etwas auf Jessies Zunge.

„Das kenne ich. Es ist eine Beere", antwortete sie. „Eine Heidelbeere."

„Sieh noch einmal hin", forderte Betha sie auf. „Nein, nein, nicht mit deinen Augen."

„Oh, Johannisbeere."

Jessie strahlte, als Betha ihr Recht gab. „Siehst du, wie viel man wahrnehmen kann, ohne hinzusehen. Aber man muss aufpassen, man darf seine Gedanken nicht zu weit abwandern lassen. Und man muss Menschen finden, denen man trauen kann. Das ist, was Mrs. Cullver tut, und das ist nicht immer leicht in einem fremden Land, in dem noch keiner von uns je gewesen ist. Sie muss lernen, uns auch ihren kleinen Clayton anzuvertrauen."

„Kann sie Büffelfladen sehen?", fragte Ned.

Betha lachte. „Sie verströmen zwar einen intensiven Geruch, aber ich denke, ihr Kinder werdet sie trotzdem für das Abendfeuer auflesen müssen, selbst wenn Suzanne sie entdecken könnte."

Ruth hatte dem Gespräch zuerst mit Neugier, schließlich mit Bewunderung zugehört. Ruth neigte dazu, etwas steif mit dem Kind umzugehen, und häufig gingen ihr Jessies Fragen auf die Nerven, lenkten sie sogar ab, hielten sie von ihrer Arbeit ab. Doch andererseits machte sich Ruth auch häufig Vorwürfe.

Ruth striegelte Koda, betrachtete ihre Hände. Die Nägel waren abgebrochen, und sie hatte Blasen und Schwielen. Es war beinahe so wie bei der Geburt der Zwillinge. Danach hatte sie sich ziemlich vernachlässigt. Ihr Haar war nicht aufgesteckt, wie Zane es so gern mochte; das Haus war nicht so ordentlich, wie er erwartet hatte. Er hatte keine Ahnung, wie viel Arbeit zwei Babys machten, die man füttern, baden und wickeln musste. Natürlich sagte sie es ihm auch nie, und er hatte sofort auf ein weiteres gedrängt. „So majestätisch wie eine Madonna", hatte er gesagt.

Und dann war John krank geworden, sein drei Monate alter Körper war runzlig und rot geworden. Bei der Erinnerung daran schnappte Ruth nach Luft. Das Pferd wieherte beinahe tröstend, verdrehte den Hals, um an ihrem Halstuch zu zupfen, das sie in ihren Hosenbund gesteckt hatte. „Nicht jetzt, Koda“, wehrte sie ab, und sie fragte sich, wie er merkte, wann ihre Gedanken abwanderten in diese so trostlose Zeit. Sie hatte gehofft, das Kind würde essen und trinken, auf ihrem Arm einschlafen; sie könnte das schreiende Baby, das sich von ihrer Brust abwandte, beruhigen; sie könnte ihm alles geben, was es brauchte. Niemand hatte ihr gesagt, dass es sein könnte, dass eine Mutter ihr eigenes Kind nicht beruhigen könnte.

John hatte nur noch geschrien. Der Arzt hatte nichts finden können. Ein- oder zweimal hatte sein durchdringendes Schreien in ihr den Wunsch geweckt, ihn zu schütteln, den Jungen zu erschrecken, damit er ruhig würde, und an einem schlimmen Tag hatte sie ihn ziemlich unsanft hingelegt. Erschrocken hatte sie festgestellt, dass sich ihre Fingernägel in seine Haut gegraben hatten. Angst hatte in seinen Augen gestanden, bevor sich sein Schreien weiter steigerte. Sie hatte ihn wieder in seine Wiege gelegt und aus dem Zimmer geschoben. Schluchzend hatte sie sich die Ohren zugehalten.

Sie hatte niemandem davon erzählt. Wie könnte sie?

An diesem Abend hatte Zane sie angesehen und gesagt: „Du bist krank. Steck die Kinder nicht an.“

Und während ihr eine innere Stimme sagte, dass auch Zane keine Geduld hatte, fragte sie ihn in ihrer überwältigenden Müdigkeit, ob er sich um John kümmern könnte, wenn er in der Nacht schreien würde.

„Natürlich“, hatte er geantwortet. „Es wird großartig sein, Zeit mit meinem Sohn zu verbringen.“

Ruth überprüfte die Fußringe an den Pferden. Sie ging durch die Ochsen hindurch, die friedlich wiederkäuend in der untergehenden Sonne auf dem Boden lagen. Naomi hatte ihre Schlafdecken im Gras ausgebreitet, nachdem sie den Boden nach Schlangen abgeklopft hatte. Ein Kojote heulte, und der lange und klagende Schrei erinnerte sie an den erlebten Schmerz und Verlust.

Im Kinderzimmer schrie John sich die Kehle aus dem Hals. Sie selbst war so müde, dass sie den Kopf nicht heben konnte. Das Baby steigerte sich in sein Schreien hinein, Stunde um Stunde. Sie versteckte den Kopf unter dem Kissen, wollte Zanes Stimme nicht hören, die scharf und ärgerlich klang. Sie sollte aufstehen, ihn ablösen. Das Schreien des Jungen war so furchtbar.

Und dann Stille, die unheimliche Stille. Zane hatte ihn beruhigt.

Jeder kann es besser als ich. Das waren ihre letzten Gedanken gewesen, bevor sie in einen tiefen Schlaf fiel. Sie war in einem Albtraum aufgewacht.

Am Morgen kauften die Frauen ein paar Vorräte im Fort und Süßigkeiten aus Ahornsirup für die beiden, die zurückgeblieben waren. Lura hatte noch Bohnen mitgenommen und sie gegen Mehl eingetauscht. Adora bat Mazy um eine Anleihe, um Laudanum und Whisky zu medizinischen Zwecken zu kaufen. Dann fragte sie, während ihr Blick zu Tipton wanderte, die außer Hörweite stand, ob Mazy sie aufbewahren würde, da „wir Wilsons und Schmidtkes zu viel Kleinkram dabei haben, die uns Platz wegnehmen".

Als Lura den Tabakvorrat zu dem unverschämten Preis von einem Dollar pro Pfund sah, griff sie in ihre Handtasche und suchte nach ihrer Geldbörse. „Mariah, hast du meine Perlenkämme irgendwohin gelegt? Ich werde wirklich vergesslich im Alter. Oder habe ich dir vielleicht erzählt, was ich mit ihnen gemacht habe?"

Mariah blickte sie verwirrt an.

„Ich war sicher, sie in die Kommodenschublade gelegt zu haben, bevor dein Vater ... verstorben ist." Lura schüttelte den Kopf. „Ich weiß, ich hatte sie noch, als ich den Jungen Geld gegeben habe. Das ist so traurig." Sie klopfte sich auf die Hüften, um in ihrer Rocktasche nachzusehen.

„Wollen Sie den Tabak?", fragte der Gemischtwarenhändler.

„Nein. Allein der Gedanke an diese Kämme lässt mir den Appetit auf Luxus vergehen", gestand Lura. „Es waren wirklich besondere Kämme."

„Vielleicht möchte der Herr Ihnen so klar machen, sich von diesem Dämon abzuwenden“, sagte Schwester Esther.

„Tabak? Ein Dämon? Aber das hält doch die Moskitos in Schach.“

Kurz bevor sie den Platte River wieder überquerten, um zu Ruth und Naomi zurückzukehren, gingen sie die Briefe in dem Korb am Ende des Ladentisches durch. Sie rechneten nicht wirklich damit, Post für einen von sich zu finden, aber es war üblich, dass die Emigranten sich eintrugen und nach Post sahen.

Mazy las die Adressen, las die Namen laut vor und stellte sich vor, wie die Schreiber ihre Gedanken diese vielen Meilen weit geschickt hatten in der Hoffnung, dass sie einen geliebten Menschen erreichten, um ihm zu sagen, dass sie an ihn dachten, auch wenn er nicht in der Nähe war.

Sie verschluckte sich beinahe, dann stolperte sie über die Worte: „Schwester Esther Maeves.“

„Sie haben einen Brief, Schwester Esther!“, jubelte Mariah.

„Unsinn.“ Die Frau beugte sich über den Brief, den Mazy aus dem Korb geholt hatte.

„Oh, das ist doch hoffentlich keine schlechte Nachricht, oder?“, fragte Adora.

Esther drehte den Umschlag in ihren langen, knochigen Fingern.

„Machen Sie ihn auf“, bat Mariah.

„Ist auch einer für mich da drin?“, fragte Jessie. „Ist da ein Brief für mich?“

„Still, Kind“, wies Betha sie zurecht. „Das ist für große Leute.“

Betha hatte die Feder genommen, um sich zu einzutragen, dann wurde sie durch die Entdeckung der Briefe abgelenkt. Jessie schob die Unterlippe vor, sah sich nach Clayton und Zilah um und lief zur Fähre.

Schwester Esther starrte in die erwartungsvollen Augenpaare. „Ich werde ihn später lesen“, verkündete sie.

„Schade“, sagte Lura. „Ich hatte auf etwas Aufregendes gehofft.“

„Eine Nachricht hier draußen zu bekommen, das ist schon was“, sagte Elizabeth, „egal, von wem sie ist. Ich sehe die Briefe noch einmal durch."

„Hier ist noch einer", sagte Mazy und richtete sich auf. Ihre Stimme klang fremd in ihren Ohren. „Für Jeremy. Aus Kalifornien." Sie hielt den Umschlag in der Hand. Er war dick und sah hochoffiziell aus. Ihr Herz begann zu klopfen, und ihre Finger zitterten.

Betha kaufte einen Scheffel getrockneter Äpfel für zwölfeinhalb Cents, und alle waren sich einig, dass sie ein gutes Geschäft gemacht hatte. „Schön für dich", meinte Ruth.

„Sie sind nicht hier gewachsen", erklärte Elizabeth. „Es sieht so aus, als würde hier gar nichts wachsen."

„Irgendwie müssen sie doch frisches Gemüse haben", meinte Mazy. „Siehst du das gepflügte Feld dort hinter dem Fort?" Sie wies in die angegebene Richtung.

„Dort lebt bestimmt irgendein blauäugiger Denker", erwiderte ihre Mutter. „Zum Glück scheint die Welt voll von ihnen zu sein."

„Die Soldaten wirkten irgendwie ein wenig mickrig, um ehrlich zu sein", bemerkte Adora.

„Dieser Mann, der Sie gestern Abend erschreckt hat, Suzanne, sagte, Skorbut sei ein Problem hier. Es ist schwer, Früchte oder Gemüse anzubauen. Er sagte, Kalifornien sei ein gutes Land. Er selbst kam aus Ohio Valley und suchte nach Land."

„Du bist zum Tanz zurückgekehrt, Tipton?", fragte Suzanne erstaunt.

„Nein, dieser Mann hatte ein Maultier, das neu beschlagen werden musste, und ich war, nun, ich habe den Schmied bei der Arbeit beobachtet, bevor wir aufgebrochen sind. Er wirkte sehr nett, und er hat Damen nicht belästigt", fügte sie hinzu.

„Sie haben jemanden kennen gelernt?", fragte Mazy.

„Pig hat ihn nicht gemocht", erklärte Suzanne. „Vielleicht muss Pig sein Vokabular erweitern", meinte sie und kraulte den Hund am Hals. „Vielleicht versteht er Ausdrücke wie ‚ich stehe in Ehrfurcht' oder ‚majestätische Madonna' nicht."

„Anders als auf die heilige Maria bezogen wäre dies ein Sakrileg", wandte Esther mit gekräuselten Lippen ein.

„War er schwarz gekleidet?", fragte Ruth, die sich vom Boden erhob, wo sie Kodas neues Hufeisen überprüft hatte.

„Nein, ganz in Weiß", erwiderte Tipton. „Sogar sein Umhang und sein Stock waren weiß."

Später wurde eine Diskussion geführt, die zwar nicht zu einer Abstimmung, aber zu einer Übereinkunft führte.

„Wir sind allein doch ganz gut zurechtgekommen", meinte Lura. „Und die meisten Leute, mit denen ich im Fort gesprochen habe, erzählten, ihre Gruppen seien gewachsen und dann wieder geschrumpft, wie Frauen, die ein Kind erwarten. Wir könnten uns also mit anderen zusammentun, doch dann könnte es sein, dass sie uns wieder verlassen. Mir wäre es recht, wenn wir allein weiterreisen würden. Mittlerweile haben wir uns kennen gelernt und vertrauen einander."

„Es ist nur dumm, dass wir fast nur Frauen sind", meinte Mariah. „Das verleiht uns etwas Verletzliches."

„Verletzlichkeit", sagte Adora, „wenn wir in Schwierigkeiten geraten und uns wünschten, wir hätten ein paar Männer dabei, die uns helfen würden."

„Dieser Pawnee, der die Ochsen zurückgebracht hat, war ein Mann", bemerkte Jason.

Betha fuhr ihm durch die Haare. „Allerdings. Und euch Jungen gefällt dieses Vorbild, nicht? Ich sage, wir fahren los mit dem, was wir haben. Wir bleiben auf dieser Council Bluffs Straße zum Südpass."

„Ich bin derselben Meinung", verkündete Ruth. „Wir sollten versuchen, ein wenig schneller voranzukommen. Längere Tage wären gut."

„Ich sollte hier bleiben", sagte Suzanne, „und das Baby hier bekommen, wo ein Arzt verfügbar ist. Ich würde euch nur aufhalten."

„Machen Sie dieses Angebot, um freundlich zu sein?", fragte Elizabeth. „Oder weil Sie uns los sein wollen?"

Mazy ließ ihren Blick über die Gruppe im Kreis der Wagen gleiten. Einige saßen auf Kisten, andere standen dabei, einen Kaffeebecher in der Hand. Kleine Rauchwolken von Indianerlagern in der Ferne zogen über den Himmel dahin.

Suzanne atmete tief durch. „Ich habe Angst, dass es euch Mühe macht, Clayton immer im Auge zu behalten. Ihr müsst auf uns beide aufpassen. Und dann wird noch das neue Baby dazukommen. Das ist sogar von einer Familie zu viel verlangt, geschweige denn von vollkommen Fremden."

„Vollkommen Fremde?", fragte Mazy. „Sehen Sie uns so?"

„Sie sind nicht meine Familie", erwiderte Suzanne.

„Wir sind alles, was Sie haben", gab Elizabeth zu bedenken. „Jeder Einzelne von uns hier."

„Menschen, die einander so sehen, wie sie sind, und sich trotzdem lieben können, das ist eine einer Familie recht ähnliche Gemeinschaft", wandte Schwester Esther ein.

„Gut gesprochen", erwiderte Elizabeth. „Und wenn Sie nicht vorhaben, sich von uns zu trennen, dann werden Sie mitkommen."

„Aber wir müssen uns darüber verständigen, wie Clayton zu beaufsichtigen ist", sagte Mazy. „Und wenn auch nur, damit Suzanne sich nicht so viele Sorgen macht. Und ich auch nicht."

„Zilah könnte das Kind übernehmen", erklärte Deborah. „Aber sie muss Schwester Esther helfen. Wenn Zilah ausfällt, bleiben nur noch ich und die Bienen."

„Ich würde einen Austausch vorschlagen", bot Naomi an. „Zilah für mich bis Oregon."

Oregon. Wollten die Asiatinnen nicht nach Kalifornien?, dachte Mazy. Ruth, Betha, sie und ihre Mutter wollten sich von der Donation Land Claims die 320 Acres Land zuweisen lassen, das der Staat Oregon jedem versprach, der zäh genug war, um zu bleiben. Aber darum konnten sie sich später kümmern, beschloss Mazy. Wichtig war jetzt, Suzanne zu beruhigen.

„Sieht so aus, als hätten wir einen Plan", verkündete Mazy. „Damit ist alles Wichtige geklärt."

„Die Ställe hätten Ihnen gefallen“, sagte Mariah zu Ruth, als sie wieder unterwegs waren. „Viele schöne Pferde standen darin. Konnten Sie von hier aus etwas sehen außer der Mauer des Forts?“

„Genug“, erwiderte Ruth. „Wir konnten die Artillerie hören, die heute Morgen ganz früh ihre Schießübungen durchgeführt hat. Wir haben gesehen, wie die Flagge aufgezogen wurde. Den Flaggenmast haben sie bestimmt vom Laramie Peak hierher geschafft, da es in dieser Gegend kein Holz gibt. Uns ist es gut gegangen. Naomi hat die Bienen etwa eine Stunde vor Dämmerung herausgelassen, und sie sind wie geplant zurückgekommen.“

Das Mädchen strahlte. „Jetzt ich lerne, Sahne zu machen.“

„Du hast dich doch nicht eingetragen, Betha? Im Fort?“

„Oh nein“, erwiderte Betha. „Aber Mattie. Er hat eine Nachricht hinterlassen, in der steht, er hoffe, auch dich bald zu sehen! Ein so umsichtiger Junge.“

Schnee lag auf dem Laramie Peak in der Ferne. Die Frauen zogen noch immer am Platte River entlang, die Wagen holperten, sie quietschten und ächzten. Jetzt waren sie wirklich Emigranten, gehörten zu den Besten, die nach Westen zogen und Laramie lebendig erreicht hatten. Sie konnten „ins Elefantenauge spucken“, wie Elizabeth immer sagte. Der Westen – der Elefant. Ein Traum, der andauerte, an den die Menschen sich klammerten, ein weit ausladender Traum, zu dem auch alle Abenteuer gehörten.

Sie hatten zwei gute Tage hinter sich, hatten jeweils zwanzig Meilen auf dem Odometer geschafft. Dieser Tag begann mit neuen Geräuschen und Rufen von weiter entfernteren Wagen. Es hatte einige angstvolle Minuten gedauert, bis Suzanne erklärte: „Wir haben den vierten Juli. Sie feiern den Unabhängigkeitstag außerhalb der Staaten.“

Pigs Ohren richteten sich auf, und er bellte warnend, ließ sich aber wieder beruhigen, als Suzanne ein Stück Rindfleisch für ihn aus dem Ärmel holte. Schon bald wurde das *Plopp-plopp* in der Ferne zur Routine.

Der Hund und die Frau waren eins geworden, wie es schien.

Suzanne hatte angefangen, Befehle zu üben, um den Hund dazu zu bringen, stehen zu bleiben, zu kommen, sich hinzulegen oder zu warten. Er hechelte glücklich, auch wenn er sein Geschirr nicht trug, hielt sich immer ganz nah an Suzannes Seite.

Mazy fragte sich, wie sie den Hund hergeben könnte, wenn Suzanne mit ihm in den Süden ging. Sie schüttelte den Kopf. Der Gedanke war zu schmerzlich, um ihn zu durchdenken, und zu eng, um hindurchzuziehen, ähnlich wie die roten Felswände, durch die sie tagsüber hindurchgefahren waren.

Wie nah würde Zane ihnen sein? Würde Matts Nachricht an sie ihm zeigen, dass sie da war, auch wenn sie einen falschen Nachnamen trug? Sie hätte Ruth in Zipporah umändern sollen, nicht nur „Randolph" in „Martin". *Vielleicht ist er ja noch im Fort, umwirbt Madonnas und speist mit ihnen*, dachte sie.

Wenn Matt in seiner Nachricht nur nicht die Pferde erwähnt hätte, aber Betha sagte, er hätte es getan. Ruth schüttelte den Kopf, als sie neben dem Pferd herging, um seine Hufe zu schonen. „Dein Huf! Hat er dich erkannt, Koda, als Tipton deinen Huf beschlagen ließ? Oh Koda, was sollen wir nur machen?"

Sie legte den Kopf an die Flanke des Pferdes. *Bist du da, Zane? Elegant gekleidet und voller Respekt, dass ich es bis hierher geschafft habe?* Ruth erschauderte. Er konnte ihren Namen nicht wissen. Vielleicht wartete er noch immer im Fort. Ihr Herz hämmerte gegen den Amboss ihres Geistes.

Sie standen an einem abgerundeten Felsen, der sich vom Wüstenboden erhob. In dem Führer wurde er „Unabhängigkeit" genannt. „Zu schade, dass wir nicht am vierten hier waren", sagte Jason. Er ließ seine Finger über die eingeritzten Initialen so vieler Menschen gleiten, die vor ihnen daran vorbeigekommen waren.

„Na los, mach dich mit deinem Messer an die Arbeit", forderte Betha ihn auf. „Deine Initialen werden vermutlich sowieso nicht so lange halten. Na los, ritz JB hinein."

Die Jungen vertrieben sich die Zeit, und sogar Tipton und Mariah verhielten sich wie die Kinder, die sie ja im Grunde auch noch waren. Sie hüpften herum und kletterten auf den Felsen, der aussah wie der Rücken eines riesigen schlafenden Maulwurfs. Um den Felsen zu erklimmen, brauchten sie nur zwanzig Minuten. Sarah und Jessie folgten ihnen.

Schwester Esther überlegte, ob sie den Brief lesen sollte, während sie kletterten – wartete aber noch.

Sie las ihn auch nicht, als sie sich an der großen Biegung des Platte nach Süden wandten, und auch nicht, als die Füße der Ochsen Steine lostraten, die hinunterstürzten in den Sweet Water River unter ihnen. Als sie die Rockys auf dem Weg zum Südpass erreichten, wo das Gebiet sanfter war als ihre Gedanken, hatte sie ihn noch immer nicht gelesen. Sie näherten sich dem Great Divide River, der Stelle, wo das Wasser nach Westen und Osten floss, etwa zweihundert Meilen hinter Laramie. Als sie eines Morgens aufwachten, hingen die Wolken am Himmel sehr tief und verhüllten die Schatten und Täler unter ihnen. Esther wählte diesen Augenblick, um den Brief zu lesen.

In zweitausend Metern Höhe saß sie auf einem Stein, den Schal fest um ihre knochigen Schultern gewickelt, die schwarze Haube unter dem Kinn gebunden. Der Berghang war sanft ansteigend, die Landschaft breit und sandig, mit Wüstenbeifuß bewachsen. Zuerst konnte sie kaum glauben, dass dies der Ort war, wo sich das Wasser teilte, wo sich alles veränderte. Es war nicht dramatisch genug. Der Anstieg war so sanft, dass sie es kaum bemerkte. Aber als sie oben war, konnte sie erkennen, dass das Wasser von zwei Flüssen in entgegengesetzte Richtungen floss. *Ein Paradoxon,* dachte Schwester Esther. *Hier, mitten im Nichts.*

Und das war auch der Brief. Vielleicht hatte die Höhenluft ihren Verstand vernebelt, vielleicht verstand sie nicht, was er bedeutete.

Wir bedauern, Ihnen mitteilen zu müssen, dass zwei der Verträge gekündigt wurden. Ihre Schutzbefohlenen werden die Kosten für ihre Reise nicht erstatten müssen. Jedoch bitten wir Sie um die baldige Rückzahlung der Vertragsanteile, die bereits an die Familien der Frauen weitergegeben wurden. Die Gesellschaft übernimmt keine Verantwortung für dieses unglückliche Ereignis. Bitte informieren Sie uns baldmöglichst über die Fortschritte Ihrer Bemühungen.

Mit freundlichen Grüßen verbleibe ich
Benjamin Furnas, Esquire,
Caroline Fry Marriage Association, Inc.

Baldmöglichst? Was war bald? Warum hatten sie keine Namen oder Gründe genannt? Als ob die Frauen nur als Gruppe geführt würden. Esther schüttelte den Kopf, fächelte sich mit den dünnen Seiten Luft zu. Sie hatte der Gesellschaft nicht mitgeteilt, dass eine der Frauen gestorben war. Das war ein Fehler. Und falsch war auch, dass sie den Brief erst jetzt gelesen hatte. Im Fort hätte sie schreiben, um Klärung bitten können, bevor sie Kalifornien erreichten. Zögern bewirkte doch nichts.

Sie würde beten müssen, um das hier zu verstehen, einen Weg finden müssen, um die Mädchen zu beschützen und ihren Verpflichtungen trotzdem nachzukommen.

Niemand fragte sie nach dem Inhalt des Briefes. Sie behielt ihn in der Tasche, als sie den Dry Sandy Creek überquerten. Nach den Tagen trockener Hitze quollen die Räder nun wieder ein wenig auf und saßen fester in den Radkränzen aus Eisen. Die Nässe verhinderte, dass sich die Räder ihres Wagens noch weiter zusammenzogen. Später stopften sie und Naomi den Raum zwischen dem Holz und den Eisenumrandungen mit nassen Streifen von Elizabeths Büffelfell aus, um zu verhindern, dass sich das Holz noch weiter zusammenzog. Sie wollte nicht, dass die Räder brachen, der Wagen umkippte oder irgendetwas passierte, das Deborahs Bienen schaden könnte.

Die Insekten brauchten während der Fahrt durch die trockenen Gebiete zusätzliche Pflege. Eines Tages waren sie sechsunddreißig Meilen weit gefahren und unterwegs hatte es keine Wasserlöcher gegeben. Die Bienen waren erregt gewesen, und als Deborah den Deckel hob, um ihnen Wasser zu geben, hörte sie, wie ihr Summen um eine Oktave angestiegen war.

„Das ist eine Warnung!", rief Deborah. „Sie werden stechen. Zurück, Missy Esther. Weg!"

Bei dem Versuch, den Deckel wieder herunterzulassen, hatte sie einige der Bienen getroffen. Sie stachen sie ins Gesicht, am Handgelenk und hinter dem Ohr. Die anderen wurden nun wild, da sie gefangen waren, während Deborah versuchte, den Deckel zu sichern. Sie wusste, diejenigen, die sie gestochen hatten, würden einen qualvollen Tod erleiden, wenn sie sie nicht töten könnte. Esther saß mit klopfendem Herzen an den Wagen gelehnt, während Deborah die Bienen und ihre Zukunft rettete.

Vielleicht war der Verlust der Bienen eine Strafe für ihr Zögern, dafür, dass sie die Gesellschaft nicht über Cynthias Tod informiert hatte. Aber vielleicht machte es auch nichts, wenn das, was im Brief stand, die Wahrheit war und keine Lüge.

Tipton musste immer wieder an den Schmied denken. Das Werkzeug, das er benutzte, mit dem er das heiße Eisen beschlug und aus nichts etwas Nützliches machte. War sie ein solches unnützes Teil? Gehörte sie zu den Dingen, die nicht mehr gebraucht wurden? Oder hatte Elizabeth Recht? Kamen die Schmerzen in ihrer Hand und die Tatsache, dass sie immer taub wurde, tatsächlich vom Widerstand? Vielleicht wurde sie zu etwas geformt, das sie sich noch nicht vorstellen konnte. Sie zog die Schnüre ihrer Unterhose fest und steckte die herunterhängenden Bänder in ihren Taillenbund. Sie aß kaum etwas – das war eine Übereinkunft mit sich selbst. Sie wollte nur das in den Mund stecken, was auf der Seite ihres Tellers lag. Niemand sollte bemerken, wie sich ihr Bauch vorwölbte. Doch ihre Unterhose hing ihr ganz lose an den Hüften. Wie kam es, dass sie so dick war und ihre Kleider doch immer lockerer an ihrem Körper saßen?

Sie nahmen die Sublette Abkürzung und fuhren nicht nach Süden zum Fort Bridger. Die Diskussion unter den Frauen war freundlich verlaufen, die Entscheidung war schnell getroffen worden. Schwester Esther hatte kaum etwas mitbekommen. Nachdem sie den Südpass erreicht hatten, wurde die Luft etwas kühler und die Bienen beruhigten sich. Sie hatten früh angehalten, um sie fliegen zu lassen. Aber Schwester Esther hatte das Gefühl, dass das jetzt auch egal war.

Sie beobachtete die Mädchen. Jede hatte auf dieser Reise ein einzigartiges Talent entwickelt, obwohl sie natürlich auch noch viel zu lernen hatten.

Naomi hatte starke Arme. Ihr Seidenkleid spannte nicht mehr an ihrem Körper, sondern schmiegte sich sanft an. Sie bewahrte Kräuter in ihren Tontöpfen auf und heiterte vor allem Tipton und Suzanne auf, wenn sie trübsinnig wurden. Ihre Kräuter heilten Schnitte und Kratzer, und sie hatte sogar einen der Ochsen der Barnards gerettet, indem sie ihm gesalzenes Schweinefleisch und Essig gegeben hatte, nachdem er von dem Alkaliwasser getrunken hatte. Wer hätte das gedacht?

Zilah senkte auch nicht mehr so oft beschämt den Blick wie anfangs. Sie kümmerte sich um Clayton, und da sie sich dieser Aufgabe mit großem Eifer widmete, hatte der Junge seither keine Verletzungen mehr erlitten, abgesehen von der Narbe über dem Auge bei dem Unfall mit dem Maultier. Sie spielte mit ihm, faltete kleine Kreise aus buntem Papier, die sie dann aufblies. Sie war kein hübsches Mädchen, hatte Pockennarben und grobe Gesichtszüge, nicht so feine wie Deborah, aber mit Kindern konnte sie gut umgehen.

Und Deborah, sie war so zart mit den winzigen, geschädigten Füßen. Sie war unermüdlich und sehr verantwortungsbewusst. Sie gab den Bienen alles, was sie brauchten, aber auch den Menschen. Sie hielt den Wagen in Ordnung und ahnte Schwester Esthers Wünsche voraus, oft bevor sie sie aussprach.

Aber keine der Frauen war finanziell abgesichert, abgesehen von Deborahs Bienen und dem Patent, das sie beinahe verloren hätte. Schwester Esther spürte, wie ihr Tränen in die Augen traten. Was würde aus ihnen werden, wenn sie erführen, dass sie auf sich selbst gestellt wären, ohne einen Ehemann, der für sie sorgte?

„Ich werde anfangen", sagte Lura. Sie standen im Kreis zusammen. „Hier meine Wahrheit und meine Lüge." Sie räusperte sich. „Ich kann Gitarre spielen. Das ist eine Aussage. Und ich wollte immer einen Gemischtwarenladen führen." Sie grinste. „Mariah, wenn du Bescheid weißt, sag nichts."

„Oh, die Gitarre. Ich glaube, dass Sie spielen können", meinte Adora. „Als wir Kanesville erreichten, habe ich Gitarrenklänge gehört. Es war so hübsch. Ich wusste gar nicht, dass Sie gespielt haben."

„Sie können gut spielen", stimmte Suzanne zu.

„Allerdings nicht so gut mit wertvollen Dingen umgehen", meinte Adora.

„Mutter!", schimpfte Tipton.

„Nun, immerhin hat sie ihre Perlenkämme verloren, Tipton."

„Du hast deine Tasche verloren, Mutter."

„Nun, ich würde sagen, das mit dem Laden ist die Lüge, Lura, um ehrlich zu sein."

„Das mit dem Laden stimmt", meinte Ruth. „Ihr Wagen ist gut organisiert. Schachteln auf kleinstem Raum. Ein Gemischtwarenhändler müsste solche Fähigkeiten haben. Die Waren müssten auf den Regalen gestapelt werden."

Auch die anderen sagten ihre Meinung, und Lura saugte die darin enthaltenen freundlichen Worte in sich auf und verband sie zu einem Schal neuer Informationen, um sich selbst zu trösten.

„Ich kann gar kein Instrument spielen", erklärte sie schließlich. „Keine einzige Note auf einer Gitarre oder was auch immer. Nein, ich würde gern einen Laden führen."

„Das wusste ich gar nicht, Ma."

„Dein Vater hat es für einen törichten Traum gehalten, und nach unserer Hochzeit habe ich nie mehr davon gesprochen, da er ein Farmer war, eine praktische Seele. Er hat die Bücher geführt. Er brauchte mich nicht dabei, und dann wurde ich verwirrt und fühlte mich wertlos. Aber ich könnte es jetzt wieder tun, es mir wieder vornehmen."

„Nun, das sollten Sie tun", meinte Elizabeth. „Ist das nicht lustig? Wer möchte als Nächster?"

„Ich", meldete sich Schwester Esther.

„Werden Sie uns jetzt erzählen, was in dem Brief steht?", fragte Jason. Er und sein Bruder standen außerhalb des Kreises.

„Nein, das werde ich nicht", erwiderte sie. Sie hatte lange und intensiv über diese Aufgabe nachgedacht, sie zuerst dumm gefunden, doch sie mochte die Ablenkung, die sie ihr verschaffte. „Erstens, ich habe Angst vor Bienen, Angst, gestochen zu werden wie damals in meiner Kindheit. Das ist die erste Aussage. Und zweitens, ich habe denselben Unterricht bekommen wie mein Bruder Harold, der im Osten Theologie studiert hat." Sie blickte stur geradeaus, wollte niemandes Blick auffangen.

„Aber das ist doch leicht", meldete sich Adora zu Wort. „Sie haben keine Angst vor Bienen. Den ganzen Weg bis hierher haben Sie keinen Piep gesagt. Das ist zu einfach. Die Rätsel sollen doch schwer sein, wie das von Lura."

„Mogelt sie, Mama?", fragte Sarah.

„Schsch. Pass auf", ermahnte Betha sie.

„Wenn es die Bienen sind, wenn das die Wahrheit ist, dann sind Sie eine bemerkenswerte Frau", meinte Suzanne. „Jeden Tag mit einer solchen Angst zu leben und umgeben zu sein von dem, wovor man Angst hat. Wie schaffen Sie das, und wie kommt es, dass Sie sich trotzdem noch so nützlich machen können?"

„Vielleicht genau wie Sie, Suzanne", erwiderte Schwester Esther. „Durch den Glauben und durch Erbarmen."

„Durch den Glauben", sagte Mazy. „Aber dann erscheint die zweite Aussage noch wahrer. Ich könnte mir vorstellen, dass Harold sich für den Pastorendienst hat ausbilden lassen. Er war ein sehr freundlicher Mensch."

„Ja, das war er", bestätigte Esther. „Es waren beides gute Menschen, meine Brüder." Sie seufzte, was zeigte, dass sie an etwas festhielt, das sie auslaugte.

„Dürfen Frauen denn überhaupt Theologie studieren?", fragte Tipton.

„Sie hat nicht gesagt, dass sie Theologie studiert hat, sie hat nur gesagt, dass sie denselben Unterricht bekommen hat wie ihr Bruder", korrigierte Mariah. „Das könnte es sein."

„Ich hätte gern, dass sie uns von dem Brief erzählt", warf Ned ein.

„Zu gegebener Zeit", erwiderte Esther. Sie lächelte. Dieses Ratespiel war ein Trost, von dem sie gar nicht gewusst hatte, dass sie ihn brauchte.

„Wir geben auf", verkündete Elizabeth. Die anderen stimmten ihr zu.

„Ich wünschte, ich hätte zusammen mit meinem Bruder Theologie studiert, aber auch mein Bruder hat es nicht getan. Und du hast Recht, Tipton, als Frau könnte ich es auch gar nicht. Nicht, dass ich es nicht versucht hätte. Mein Vater war Prediger, und er hat seine Söhne vor seinem Tod gedrängt, ihm nachzueifern. Schließlich waren sie bereit, mich zu begleiten, mir zu helfen, meine Aufgabe zu erledigen." Sie senkte den Blick. „Und Sie sehen ja, was passiert ist."

Deborah durchbrach die Stille mit ihrer leisen Stimme. „Dann ist das also die Lüge ... Sie haben dasselbe studiert wie Ihr Bruder?" Das linke Auge des Mädchens war von den Bienenstichen geschwollen. „Und die Wahrheit ist die Angst vor Bienen?"

„Genau."

Deborah legte die Finger an die Lippen und blinzelte.

„Und trotzdem bleiben Sie bei den Bienen und helfen", bemerkte Mazy. „Sie überwinden Ihre Ängste."

„Ich überwinde sie, ja. Wie wir alle, die wir beschlossen haben, diesen Weg zu gehen."

19

Mazy saß im Schatten eines Laubbaumes. Das grüne Blätterdach bot Ruhe, ein Buch lag geöffnet auf ihrem Schoß. Sie hatte etwas geschrieben, eine Eigenschaft des Glaubens beschrieben. Dann hörte sie ein ohrenbetäubendes Summen.

Sie waren angekommen wie Habichte, die auf Hasen herabstießen, hatten nach den weichen Stellen ihres Gesichts gestoßen. Ihr Herz klopfte, die Augen wurden groß beim Anblick des schwarzen Schwarmes am Himmel.

Bleib ganz still sitzen, rühr dich nicht, lass sie nicht wissen, dass du hier bist.

Ein riesiger Schwarm Bienen hatte sich auf dem Baum niedergelassen, auf ihren Augen, ihrem Mund und ihrer Nase. Sie konnte sich nicht rühren. Sie konnte nicht atmen! Ihre Kehle war wie zugeschnürt. Der lebensnotwendige Sauerstoff kam nicht zu ihr durch. Sie würde sterben, wenn sie sich nicht rühren konnte, ob sie sie nun zu Tode stachen oder nicht! Sie drückte sich an den festen Stamm, und die Bienen über ihr machten sie eins mit dem Baum. Sie kämpfte mit sich, da sie wusste, wenn sie sich rührte, würde sie an ihren Stichen sterben; aber bleiben, nur als kleine Erhebung an dem Stamm, das würde ebenfalls ihren Tod bedeuten.

„Wach auf, Schatz. Du hast einen schlimmen Traum", sagte ihre Mutter und schüttelte sie.

Mazy kämpfte sich durch den Schlick des Albtraums, blinzelte und erkannte, wo sie war. Auf einer staubigen Straße weit fort von zu Hause.

„Was hast du denn geträumt?"

„Von Bienen."

„Sie haben dich gestochen?" Elizabeth streichelte Mazys Wange, strich ihr die feuchten Haarsträhnen hinter die Ohren.

„Sie haben nicht gestochen", erwiderte Mazy. „Irgendwie hatte ich das Gefühl zu ersticken. Ich bekam keine Luft."

„Nur ein schlimmer Traum", beruhigte ihre Mutter sie. „Sie gehen vorbei, irgendwann."

Der Traum ließ sie den ganzen Tag über nicht los. Sie bemühte sich, die Bedeutung zu verstehen, die Tatsache, dass sie nicht gestochen worden war. Und sie fragte sich, welches Wort sie in das Buch geschrieben hatte, das sie wegen der Bienen nicht hatte lesen können.

Der Fährmann starrte sie an, schob ein Stück Tabak von einer Wange in die andere und wartete, während sich die Gruppe am Green River sammelte. Er spuckte aus. Betha zuckte zusammen. So viel Schmutz. Sie waren umgeben von Dreck.

Sie waren ein gutes Stück weit gekommen, hatten Flüsse überquert, die sich durch die Landschaft schlängelten, immer und immer wieder, als hätten sie es beim ersten Mal nicht richtig gemacht und müssten es nun ständig wiederholen. Hier am Green River wünschte Betha, Adora könnte sich endlich entschließen.

„Ich werde das nicht bezahlen", verkündete Adora und verschränkte die Arme vor der Brust. „Sechs Dollar pro Wagen ist viel zu viel! Beim Desmoines haben wir nur fünfzig Cents bezahlt."

„Entweder wir bezahlen oder wir müssen uns einen anderen Weg suchen", erklärte Elizabeth ihr. „Er hat bereits einen Dollar nachgelassen." Die hinter ihnen stehenden Wagen wurden schon ungeduldig.

Der Fährmann lächelte und zeigte seine vom Tabak fleckigen Zähne. „Ich habe jede Menge Zeit, meine Damen", sagte er, „aber Sie nicht. Der Winter steht vor der Tür."

Adora ließ die Arme sinken. „Ich habe kein Geld", sagte sie leise. „Wir haben die Tasche nicht gefunden."

„Tipton! Deine Mutter braucht dich!", rief Betha dem Mädchen zu, das in das wirbelnde Wasser starrte.

„Haben Sie sie vielleicht in Laramie gelassen?", fragte Lura. „Ich selbst verlege auch immer wieder Dinge."

„Nein, ich musste mir das Geld für das Laudanum und den Whisky schon borgen und –"

„Ich wusste gar nicht, dass du Lauda-“

„Ich konnte meine Tasche nicht finden, erinnerst du dich?“, fuhr Adora ihre Tochter an, die langsam herangeschlendert kam.

„Wann hatten Sie sie zuletzt?“, fragte Betha. „Wir wollen alles noch mal durchgehen.“

Tipton verdrehte die Augen. Adora wandte sich an Lura. „Ich glaube, als Ihr Matt und Joe losgeritten sind.“

„Wir beide haben an diesem Tag Geld verteilt“, sagte Lura. „Charles war auch dabei.“

„Ich bezweifle, dass das irgendetwas mit Charles zu tun hat“, widersprach Adora. Sie wandte sich zu Lura und funkelte sie an. „Sie wollen doch nicht ernsthaft sagen, dass mein Matt irgendetwas damit zu tun hat. Auch Joe nicht. Das sind beides gute Jungen. Zeigen Sie nicht mit dem Finger auf sie.“

Und es war wirklich ein schmutziger Finger, dachte Betha, mit dicken Trauerrändern unter den Fingernägeln. Sie betrachtete ihre eigenen Nägel. Mit dem Schmutz, den sie darunter fand, könnte sie einen Garten anpflanzen.

„Dann bleibt nur eine Erklärung für deinen verlorenen Reichtum, Mutter“, bemerkte Tipton.

Adora runzelte die Stirn und verschränkte die Arme wieder vor der Brust. „Ich denke, du hast Recht, um ehrlich zu sein.“ Sie machte einen Schritt vorwärts und bohrte ihren langen Finger in Zilahs Brust.

„Ayee, nein!“, rief Zilah verwirrt. Ihre Augen waren weit aufgerissen. Sie wich zurück und trat sich mit den bloßen Füßen auf den zerrissenen Saum ihres Kleides. Schützend zog sie Clayton an sich.

Wir müssen einen Ausweg finden, dachte Betha. Sie wusste, dass kleine Bissen Misstrauen, die nicht geklärt wurden, sie alle aushungern würden, die auf dieser Reise waren. Wo steckte nur Mazy?

„Was ist los?“, fragte Suzanne. Pig drückte sich gegen die Beine der Frau.

„Meine Mutter denkt, Zilah hätte ihr Geld genommen“, erklärte Tipton. „Das ist einfacher als zu glauben, dass ihr Sohn sie betrogen hat.“

„Und wir überqueren den Green River“, sagte Mazy, die von hinten nach vorn kam.

„Auf der Fähre?“, fragte Betha hoffnungsvoll. Sie blickte Adora an.

„Auf der Fähre nur, wenn Adora – oder sonst jemand – den Fährpreis bezahlt“, verkündete Mazy. „Adora, ich glaube nicht, dass Jeremy dir das Geld für die Beaufsichtigung Tiptons zurückgezahlt hat, darum tue ich das jetzt, indem ich zuerst einmal den Fährpreis von sechs Dollar übernehme. Einverstanden?“

„Charles würde so etwas nicht tun. Ich kenne ihn“, jammerte Adora. „Zilah hatte Zeit. Tipton hat nicht aufgepasst –“

„Adora? Nimmst du das Geld oder nicht?“, fragte Mazy.

„Was? Oh ja, ich denke schon.“

„Wir können uns später mit deiner Anschuldigung gegen Zilah befassen“, fügte Mazy hinzu. Sie nahm die Münzen aus ihrer Tasche.

„Mein Geld würde ihr in Kalifornien bestimmt einen guten Start verschaffen“, murmelte Adora, als die Wagen auf die Fähre rollten.

Mazy wusste, dass sie Adora das Geld im Grunde nicht hätte anbieten dürfen, da sie vermutete, dass das zusätzliche Geld, das Jeremy hinterlassen hatte, weder ihr noch ihrer Mutter gehörte.

Sie hatte zu viel Zeit zum Nachdenken auf dieser monotonen und staubigen Reise. Sie befanden sich in einem Überlebenskampf und mussten durchhalten. Aber ihnen fehlte eine vereinigende Macht, die sie antrieb. Mazys Mund schmeckte nach Sand. Sollte sie es erdulden oder ihn mit dem fauligen Wasser ausspülen? Sie stellte alles infrage, sogar etwas so Elementares. Nach dem Brief stellte sie auch wieder neu infrage, was sie von ihrem Mann wusste.

In dem offiziell wirkenden Brief des Rechtsanwalts stellte sich dieser als Vertreter von Jeremys Bruder und seiner Frau vor. Sie wusste gar nicht, dass Jeremy überhaupt einen Bruder hatte. Woher hätte sie das wissen sollen? Darin war von Geld die Rede, von

Geld, das Jeremy geschickt worden war, um Vieh für „ihre Operation“ zu kaufen. Marvel, der Bulle, gehörte ihr vermutlich nicht einmal, auch die Kühe nicht. Wie hatte sie so unwissend neben diesem Mann leben können, der behauptete, sie zu lieben? War sie blind in Bezug auf das, was im zwischenmenschlichen Bereich wichtig war? Konnte sie einfach besser mit Hunden umgehen? Vielleicht war das der Grund, warum sie keine Freundschaften schloss; sie missverstand die Menschen. Mazy schüttelte den Kopf. Vielleicht war Tipton doch die Klügste von ihnen allen; sie zog sich einfach in sich selbst zurück. Vielleicht fühlte sich Mazy deshalb in ihren Träumen erstickt und von Bienen geblendet.

Und dann die zweite Hälfte des Briefes – davon hatte sie ihrer Mutter noch gar nichts erzählt. Da war ein Kind, hieß es dort. Jeremys Kind, das jetzt in Oregon wohnte.

„Wenn du etwas nicht ertragen kannst, dann fällst du einfach in Ohnmacht“, hatte ihre Mutter ihr einmal gesagt. Mazy stand wieder kurz vor einer Ohnmacht.

Suzanne war neben den Wagen getreten, den ersten in der Reihe. Noch immer wirbelte Staub auf und die Halstücher, die sie sich über Mund und Nase gezogen hatten, dämpften ihre Worte. Wilde Rosen und die letzten kleinen Nelken bedeckten den Boden, als würden sie von den rötlichen Felsen ernährt. Pig lief vor Suzanne her, ihre Finger hielten sein Geschirr. Mazy trat zurück, um nach den Hühnerkäfigen zu sehen. Keine Eier. Als sie sich umwandte, waren die Ochsen stehen geblieben. Sie ging nach vorn, um sich um eine dicke Klapperschlange zu kümmern. Sie war größer als die in Wisconsin, mittlerweile wusste Mazy, dass man sie einfach vorbeilassen musste. Man brauchte nicht zu versuchen, sie zu töten, sondern ließ sie einfach in Ruhe.

„Warum die Verzögerung?“, fragte Suzanne. Pig hielt sie bei den Hühnern fest.

„Nur eine Schlange“, erklärte Mazy. „Atmen Sie tief durch. Sie verschwindet, und schon geht es weiter.“

„Ich hätte das Gefühl, nützlich zu sein, wenn ich es täte", sagte Suzanne, als sie weiterfuhren. „Hören Sie zu?"

„Wir sind alle so müde", erwiderte Mazy und wandte sich Suzanne zu.

„Zilah, Deborah, es hat ihnen doch Spaß gemacht."

„Sie müssen lauter sprechen, damit ich Sie verstehen kann. Diese Ochsen sind so laut, wenn sie mit den Schwänzen nach den Fliegen schlagen", rief Elizabeth, die von hinten herankam. „Was hat ihnen Spaß gemacht?"

„Der Englischunterricht", erwiderte Suzanne. „Ich möchte ihn unterwegs wieder aufnehmen. Das würde die Eintönigkeit dieser Reise ein wenig unterbrechen. Und außerdem bekämen ihre Verlobten Englisch sprechende Frauen."

„Wie der Unterricht, den Schwester Esther und ihre Brüder mit diesem Mann mit dem weißen Kragen durchgeführt haben", meinte Elizabeth. „Seth irgendwas. Ich erinnere mich. Was ist eigentlich aus ihm geworden?"

„Ist er nicht nach Oregon gegangen?", fragte Mazy. „Oder war es Kalifornien?"

„Der Süden, nehme ich an. Dort gibt es mehr Glücksspiele."

„Wir könnten es unterwegs machen", sagte Suzanne. „Dazu ist nur ein wenig Zeit nötig."

„Vielleicht, nachdem wir dieses nächste Gebirge überquert haben", antwortete Mazy. „Bis dahin, denke ich, werden wir alle Kräfte für diese nächste große Anstrengung aufsparen müssen."

„Eine gute Herausforderung nimmt die Müdigkeit", erklärte Suzanne. Ihr Mund verzog sich zu einem Lächeln. Die Grübchen in ihren Wangen hatte Mazy noch nie gesehen.

„Nur, wenn man sich ihr stellt", fügte Mazy hinzu.

Am Abend bettelte Jessie nach Keksen, und die Jungen stimmten in ihr Betteln mit ein, als sie auf einer großen Grasfläche lagerten. Mehrere andere Reisende hatten sich diese Fläche ebenfalls als Lagerplatz ausgesucht. „Ihr grabt ein Loch und sammelt Feuerholz unten am Flussufer, und ich werde sehen, was wir zusammenbringen können“, erklärte Betha ihnen. In ein oder zwei Tagen würden sie mit dem Aufstieg des steilen Gebirges beginnen. Sie brauchten etwas Besonderes, das ihnen Kraft gab.

„Leg deine Stickarbeit weg und hilf uns“, forderte Ned Sarah auf.

„Du musst nicht so gemein sein“, erwiderte Sarah.

Betha holte ihre Messingschachtel mit Streichhölzern hervor. Auf dem Deckel war ein Boxer abgebildet. „Nun mach schon, Sarah“, sagte sie.

Sarah legte ihre Stickarbeit aus den Händen. Betha fragte sich, ob sie wohl trauerte und ob die schmerzenden Beine, über die das Mädchen sich abends beschwerte, damit im Zusammenhang standen. Vor dem Tod ihres Vaters hatte sie sich nie darüber beklagt.

Betha machte Feuer. Während es brannte, suchte sie vorsichtig ihre letzten Eier aus dem Mehlfass zusammen. Sie schlug sie in eine Schüssel, rührte sie durch und gab dann Mazys Butter dazu. Danach fügte sie Zucker hinzu und steckte den Finger hinein. „Die Milch hat dem Teig einen starken Geschmack gegeben“, bemerkte Betha ruhig. Es sollte nicht den Anschein haben, als wolle sie sich beklagen.

„Vermutlich von dem alkalihaltigen Wasser“, erwiderte Ruth. „Vermutlich werden die Kühe nicht mehr Milch geben, bis wir ein Gebiet mit gutem Gras und viel Wasser erreichen. Am besten, wir genießen das, solange wir es noch können.“

Mehl, getrocknete Äpfel und Rosinen kamen noch in den Teig hinein. Die Pfanne wurde über das Loch gestellt, das die Jungen in der richtigen Breite gegraben hatten. Ruth stieß genau im richtigen Winkel einen Gewehrladestock in den Boden. Als sie ihn herauszog, bildete der Schaft einen natürlichen Abzug. Allein der Geruch nach Backwaren, der über sie hinwegzog, zauberte ein Lächeln auf alle Gesichter.

Wir sollten so etwas häufiger machen, ein wenig Würze in den Alltagstrott bringen, dachte Betha.

Der Wind trug den Duft nach Keksen mit sich fort.

„Ich melde mich freiwillig, alle Kekse, die zu verbrannt sind, um angeboten zu werden, zu vernichten, Ma“, erbot sich Jason. Ein Vorderzahn war ihm ausgefallen. „Und ich werde keinen Hinweis auf meine Bemühungen hinterlassen.“

Betha lachte. „Genau wie dein Vater“, sagte sie. Zum ersten Mal hatte sie an Jed gedacht, ohne dass Tränen in ihr aufstiegen.

„Ich hoffe, die Teppichnägel werden ausreichen“, sagte Mazy. Tipton schlug sie mit einem Hammer ein, der Tyrell gehört hatte. „Hier“, fuhr Mazy fort. „Adora hatte noch ein paar, auch Lura und Betha. Sonst sind keine Nägel mehr übrig.“

„Das müsste eigentlich gut gehen“, bemerkte Suzanne. Sie betastete die Messingköpfe. „Ich spüre das A“, sagte sie. „Da ist B.“

„Was macht ihr da?“, fragte Mariah, die sich aus der Gruppe von Frauen löste.

„Aus den Nägeln bilden sie Buchstaben am Wagen, damit ich sie ertaste und ihr Kinder sie erkennen könnt. Und auch Deborah, Zilah und Naomi“, erklärte Suzanne.

„Soll ich die Worte in den Sand schreiben, wenn wir gehen?“, fragte Mariah. „Wenn ich schon noch ein Kind bin.“

„Das sollte keine Beleidigung sein“, erwiderte Suzanne. „Nur eine Hilfe zum Erlernen des Alphabets. Ihr könntet aus den Buchstaben Wörter bilden, kleine Ausflüge zum Alphabetwagen machen.“

„Auf diese Weise können wir auch ein wenig plaudern“, fügte Elizabeth hinzu. „Über andere Dinge als unsere Füße und das Essen.“

„Bryce wollte immer, dass ich die Blindenschrift lerne. Ich habe ihm gesagt, ich sei zu alt, meine Finger seien nicht sensibel genug, um die kleinen Punkte auf dem Papier zu ertasten.“ Sie rieb die Fingerspitzen aneinander, und Mazy bemerkte die Schwielen. „Er sagte, wenn Barbier den französischen Soldaten beibringen konnte, diese Braillepunkte für die Kommunikation in der Nacht zu benutzen, dann sei ich ganz gewiss nicht zu alt, um ähnliche Fertigkeiten zu erlernen.“

„Ich sage doch immer, dass das ganze Leben eine Lektion ist“, bemerkte Elizabeth. „Wir befinden uns unablässig in einem Klassenzimmer."

„Pig hält mich in meinem."

Der Hund sah zu Suzanne auf, als sie sprach. Diese Geste schnitt Mazy ins Herz.

Schwester Esther strich sich ihre Röcke über den Knien glatt, stellte ihr Schreibpult darauf und öffnete ihre Bibel. Sie brauchte eine Zusicherung, dass sie nicht allein war in diesem Paradoxon von Vertrauen, Glauben und jetzt auch Betrug. Was sollte sie den Mädchen sagen, ihren Familien? Wann?

Sie setzte sich an das erlöschende Feuer. Die anderen waren noch nicht auf. Sie vermisste ihr Zusammensein mit Mazy. Vor dem Tod ihres Mannes war sie oft ans Feuer gekommen, um zu schreiben. Doch danach hatte sie damit aufgehört. Esther schlug den Propheten Jeremia auf, im Kapitel 29 den Vers 11: *„Denn ich weiß wohl, was ich für Gedanken über euch habe, spricht der Herr: Gedanken des Friedens und nicht des Leides, dass ich euch gebe das Ende, des ihr wartet."*

Sie hatte die Freude der erbrachten Leistung erwartet, die Zufriedenheit des Dienstes, indem sie vier junge Mädchen nach Kalifornien geleitete. Aber eine war jetzt tot und zwei Verträge gelöst worden. Wo war da der Frieden? Sie trieben alle auf diesem Meer der Ungewissheit durch das Land. Sie konnte nur auf die Bibel vertrauen; alles andere war verwirrend und zerbrechlich.

Würdig, das war das Wort. Tipton erinnerte sich jetzt. Es fiel ihr beim Gezwitscher eines Vogels ein, das so laut war, dass sie es über den Lärm der Wagen und das Geklirre der Geschirre hinweg hörte. Würdig. Darüber hatten sie gesprochen damals an diesem einsamen Ort, kurz bevor er gegangen und dann gestorben war.

„Das Äußerste an Kraft oder Fähigkeit geben. Das bedeutet würdig sein", hatte Tyrell ihr gesagt. „Du hast so viel bekommen, Tip. Wir alle. Alles, was wir brauchen." Ein Vogel hatte so laut gezwitschert, dass beide sich zu ihm umgedreht hatten. Er lachte. „Wie dieser Bursche. Keine Sorgen. Vorsichtig jetzt."

Er hatte an einem Rad gearbeitet, erinnerte Tipton sich. Wem hatte es gehört? Diesem Dr. Masters, ein Rad, das ihm geholfen hatte, sie im Stich zu lassen.

„Manchmal denke ich, die Leute haben Angst vor ihrem eigenen Wert", hatte Tyrell ihr gesagt. „Und darum verstecken sie sich hinter sich selbst." Er hatte zu ihr aufgesehen und gelächelt. „Du bist so, Tip. Du könntest so hell scheinen."

„Denkst du das wirklich?" Seine Worte hatten sie erfreut, ihr aber auch Angst gemacht.

„Leuchten so weit, wie du es zulässt." Er hatte weitergearbeitet. Schweiß glänzte auf seinen Armen von der Anstrengung und der Hitze des Feuers. Die Schläge seines Hammers vibrierten unter ihren Füßen. Tipton fächelte sich mit ihrem Taschentuch Luft zu, da sie sich nicht die Mühe gemacht hatte, ihren Sonnenschirm mitzunehmen. Er legte den flachen Eisenkranz auf das Holzrad und klopfte es fest.

„Wir alle sind wie die Speichen eines Rades, habe ich den Eindruck", sagte er daraufhin. Er richtete sich auf und sah ihr in die Augen. „Wir rollen dahin auf einer Bahn um eine starke und haltbare Nabe. Mit einem guten Radkranz als Verbindung, die alles an seinem Ort hält."

„Manchmal brechen die Speichen", sagte sie. „Das Rad holpert über Widerstände hinweg, bleibt an Steinen hängen. Es gibt Unfälle."

„Roll einfach weiter, Tip. Bleib in Verbindung mit der Mitte." Er gab ihr einen Kuss auf die Nase, da wo sie standen, und alle konnten es sehen. „Gott ist die Mitte", hatte er gesagt. „Wir sind alle nur die Speichen in seinem Rad."

Oh, wie sie ihn vermisste! Sie nahm die Silberkämme aus dem Haar und zupfte die brüchigen blonden Haarsträhnen heraus, die darin hängen geblieben waren. Sie marschierte zu dem Alphabetwagen, wo Suzanne und Pig standen, und fuhr sich mit dem Handrücken über die Augen.

„Tipton? Du riechst immer so gut. Such ein Wort heraus", forderte Suzanne sie auf. „Und dann bitte Mariah, es zu den anderen zu bringen."

„*Licht*", sagte Tipton. „Ich versuche, über Dinge nachzudenken, die es wert sind."

Mazy war erstaunt: So viel Verkehr! Die Leute überholten sie von hinten, Trapper auf dem Weg nach Fort Laramie; Kalifornier auf dem Rückweg in den Osten. Es wär ihr nicht so seltsam vorgekommen, wenn sie auf dem Weg zurück nach Wisconsin geblieben wären. Dann hätte sie den Brief nie bekommen. Und sie hätte nicht dieses unsichere Gefühl in Bezug auf das, was sie erwartete, hätte nicht so viel Furcht, sondern vielmehr ein prickelndes Gefühl der Vorfreude.

Mehr als einmal begegneten ihnen Händler mit Packtieren auf dem Weg nach Osten, die verkündeten, sie würden nach Kalifornien oder Salt Lake zurückkehren. Die meisten versuchten, ihnen ihre Maultiere und die zusätzlichen Ochsen abzukaufen.

„In Kalifornien sind sie nicht mehr als einen Nickel wert", erklärte ein bärtiger Mann in einem fettverschmierten Hemd. „Ich nehme auch Ihre Teppichnägel", sagte er und deutete mit seinem bärtigen Kinn auf den grün-gelben Wagen mit dem Alphabet an der Seite.

Er ritt weiter zu anderen Lagern, und am Morgen bemerkte Mazy, dass er mit einigen dünnen Maultieren weiterzog, die er gerade gekauft hatte.

„Vielleicht sollten wir das auch machen", meinte Elizabeth. „Wenn Adora die Maultiere verkaufen könnte, hätte sie ein wenig Bargeld. Vermutlich werden die Tiere es sowieso nicht schaffen."

„Wenn sie überleben, sind sie vielleicht wertvoller als alles andere", erwiderte Mazy. „Sie könnten ihr Startkapital sein. Nein, irgendetwas an seinem Angebot klang eher nach Gier und nicht nach Freundlichkeit."

„Sein Interesse an den Teppichnägeln war komisch. Das lässt mir keine Ruhe", sagte Elizabeth.

„Ich bin zu müde, um über irgendetwas nachzudenken“, erwiderte Mazy.

„Ganz eindeutig eine Lüge“, lächelte ihre Mutter.

Die interessanteste Information von den Händlern, Trappern und Reisenden nach Osten war, dass sie, wenn sie statt nach Norden, nach Oregon, nach Süden ziehen würden, Handelsposten vorfinden würden. Die Leute dort wären schneller und freundlicher, und die Gefahr, einen frühen Kälteeinbruch zu erleben, sei geringer.

„Da sind auch Gebirge, aber es ist, als hätte der Herr selbst Hilfe für Sie bereit, damit Sie genau das bekommen, was Sie brauchen, wenn Sie es brauchen“, sagte ein Mann zu ihnen. „Um nach Kalifornien zu kommen, muss man einfach der Route folgen.“

Sich einfach ergeben, dachte Mazy, während sie Mavis melkte. Sie wich dem Schwanz der Kuh aus, mit dem sie nach den Fliegen schlug. Mit dieser Vorstellung schien sie Schwierigkeiten zu haben. Wann immer sich die Gelegenheit dazu bot, zögerte sie, sagte sie sich: *Wir hätten umkehren sollen. Wir hätten umkehren sollen. Ich hätte umkehren sollen.* Und bald würde eine andere große Entscheidung anstehen.

Die Straße zu der Felsschlucht führte mehrmals über den Fluss. Dazwischen lagen Wegstücke, die übersät waren mit Fässern, Teppichen, Koffern und manchmal sogar unbrauchbaren Wagen. Oft hatten sie Tierkadaver gesehen, mitten zwischen den blauen Lupinen, alles Zeichen schwerer Entscheidungen, die Menschen vor ihnen getroffen hatten.

„Das Gute an den vielen Flussüberquerungen ist“, sagte Ruth zu Betha, „dass das Holz der Räder aufquillt und der Radkranz besser hält.“ Betha saß im Wagen und hielt sich an den Seitenteilen fest. Sie sah nichts als das wirbelnde Wasser, Zweige, die von der Strömung mitgerissen wurden und im Wasser tanzten, den Schimmer von Steinen und verborgenen Löchern unter der Wasseroberfläche.

„Sieh hinüber auf das Ufer, nicht hinunter“, riet Ruth ihr.

Betha erinnerte sich an Suzannes Unfall damals in Kanesville. Seither hatte sie Angst vor den Flussüberquerungen, selbst auf dieser kleinen Fähre beim Fort, auf der nur die Frauen, das Pferd Koda und einer ihrer treuen Ochsen übergesetzt hatten. Sie beneidete Suzanne beinahe, die niemals die Gefahren zu sehen brauchte.

„Ich denke, so ist das auf dieser Reise", sagte sie an diesem Abend zu der ganzen Gruppe, als sie ihren Kreis gebildet hatten, mit dem Rücken zueinander standen und so ungesehen und geschützt ihren Bedürfnissen nachgehen konnten. Bethas wahre Aussage war ihre Furcht vor dem Wasser gewesen; ihre Lüge, dass sie nicht gern Hühnchenfleisch aß. „Jeden Tag breche ich mit verschwitzten Händen auf, und mein Herz klopft. Und dann kommen wir auf die Straße. Ich höre die Leute reden und plaudern, und meine Beine funktionieren, und meine Füße setzen sich in Bewegung, auch wenn ich so müde aufwache, dass ich glaube, keinen einzigen Schritt mehr weitergehen zu können."

„Ist das eine Wahrheit oder eine Lüge?", fragte Lura.

„Nur eine Tatsache."

„Sie auch?", fragte Elizabeth.

„Ich wusste nicht, dass der Aufbruch so schwierig für dich ist, Mutter", sagte Mazy. Sie stand neben ihrer Mutter im Kreis. Sie hatten denselben Ausblick auf einen imposanten Berg, den sie bald würden bezwingen müssen.

„Nicht so. Ich frage mich nur, ob meine Hüfte durchhält. Ich empfinde immer einen Augenblick der Dankbarkeit, wenn ich mein eigenes Gewicht tragen kann."

„Das ist nachts bei mir so", bemerkte Deborah. „Ich liege wach, Beine zucken, dann ich schlafe ein."

„Weil du den ganzen Tag kniest", erklärte Adora ihr. „Ihr Mädchen müsst anfangen, euch wie Amerikaner zu verhalten, dürft nicht mehr den alten Angewohnheiten anhängen."

„Wir sind hier aber doch nicht mehr in den Staaten, oder?" Mariah stellte diese Frage.

„Nicht, bis wir das Gebiet um Oregon erreichen. Oder

Kalifornien“, erwiderte Schwester Esther, „obwohl Letzterer der einzige richtige Staat im Westen ist.“

„Der Morgen macht mir am meisten zu schaffen“, erklärte Lura. Sie erhob sich und streckte sich.

„Ich kann mir noch gar nicht richtig vorstellen, wo wir hinfahren, nicht einmal jetzt“, sagte Betha.

„Wissen wir das jemals?“, fragte Esther. „Selbst wenn wir glauben, unser Ziel zu kennen, ist immer noch Raum für Veränderungen. Wir werden erneut aufgerüttelt.“

Mazy hörte etwas, das sie bisher noch nie in Schwester Esthers Worten wahrgenommen hatte. Oder vernahm sie ihre eigene Unsicherheit?

„Worauf können wir uns denn dann verlassen?“, fragte Tipton.

Zuerst antwortete niemand, dann erklärte Schwester Esther: „In der Bibel wird uns aufgetragen, uns nicht zu ‚sorgen‘, keine Angst zu haben, und trotzdem haben wir Angst und sorgen uns. Aus der Angst heraus tun wir Dinge, die wir nicht tun sollten. Wir können Angst machende Dinge erdulden, wenn wir glauben können, dass Gott uns hindurchbringt.“

„Ich fürchte, mein Glaube ist nicht stark genug“, gestand Lura.

„Sich sorgen, das ist die Eigenschaft einer Mutter“, bemerkte Adora. „Was würden wir tun, wenn das nicht so wäre?“

„Wir würden lachen und Spaß haben“, erwiderte Elizabeth.

Adora zog die Nase kraus und schlug nach den Moskitos. Mazy hörte das Klatschen der Hände am Hals, den nutzlosen Versuch, die Insekten zu töten.

„Ich denke, der Glaube poliert uns“, fuhr Betha fort. „Er poliert uns auf. Wir müssen ein wenig blank gerieben werden, ein wenig Spucke und Essig gehören auf das Reinigungstuch, damit der Schmutz, den wir jeden Tag abbekommen, abgeht. Ich habe den Eindruck, das passiert, wenn ich es schaffe, einen Fluss zu überqueren, ohne mich zu übergeben. Ein wenig Politur wird aufgetragen. Sie hinterlässt eine glänzende Schicht auf all den Dellen und Kerben, die uns zu etwas ... Besonderem machen“, sagte sie.

„Vielleicht sollen wir wachsen“, meinte Suzanne, „mutiger werden.“

Elizabeth lachte. „Ich bin schon gewachsen. Alle scheinen abzunehmen, ich dagegen nehme noch zu." Sie klopfte sich auf ihren Bauch.

„Wir sind alle erschöpft", sagte Mazy mehr zu sich selbst als zu irgendjemand. „Sind schon weiter gekommen, als ich je für möglich gehalten hätte."

„Vielleicht damit wir die Grenzen von lieblicherem Land finden können", meinte Esther.

Mazy starrte sie an und fragte sich, ob Esther vielleicht irgendwie in ihr Tagebuch gesehen hatte.

„Du musst einfach ein paar Sachen hinauswerfen", riet Mazy Adora. „Lass diese Kommode mit den Schubladen hier. Ein sehr hoher und steiler Berg liegt vor uns, und du wirst womöglich noch ein Maultier verlieren, wenn deine Ladung nicht leichter wird. Dieses Maultier hier hätte nicht sterben müssen."

„Ich könnte den großen Tisch hier lassen", sagte Lura mit zitternder Stimme. Sie starrte auf das Maultier.

„Damit diese Händler oder der Fährmann später herkommen und die Sachen für sich nehmen? Ich habe die Maultiere, wir werden sie einsetzen."

„Das hält uns auf, Mutter", wandte Tipton ein.

„Lass doch diesen schweren Amboss von Tyrell hier, wenn die Last leichter werden soll."

Tipton rieb sich den Arm. „Ich denke, ich –"

„Im Augenblick müssen wir erst einmal ein totes Tier abspannen, es aus dem Weg schaffen und dann die anderen daran vorbeilenken. Das wird uns ein gutes Stück Zeit kosten, selbst wenn alle helfen."

Naomi machte sich an die Arbeit, zuerst das noch lebende Tier auszuspannen und dann das tote. Der Weg wurde hier schmaler. Denjenigen, die gezogen und geschoben hatten, tropfte der Schweiß vom Gesicht, die anderen liefen mit sorgenvollem Gesichtsausdruck an dem toten Tier vorbei.

„Vielleicht sollten wir es schlachten und das Fleisch trocknen, bevor wir weiterziehen", schlug Mazy vor. Mit ihrer Schürze wischte sie sich das Gesicht ab. Sie trug wieder ein Kleid, weil es leichter zu handhaben war, wenn sie im Innern des Kreises ihre Bedürfnisse erledigten.

„Ziemlich dünn", meinte Ruth. „Die Wölfe werden es fressen. Wir müssen weiter." Ihr Fellhut schirmte ihr Gesicht vor der heißen Sonne ab, aber sie rieb sich trotzdem die Augen. „Die Augen tun weh", sagte sie, als sie Mazys besorgten Blick bemerkte. „Immer die Sonne."

„Wir könnten auf Hilfe warten", meinte Mazy.

„Oder einfach entscheiden", erwiderte Ruth. „Wir sollten weiterfahren. Von Ihnen erwarten sie Entscheidungen, Mazy."

„Ich glaube das nicht", entgegnete sie.

„Sie tun keinem von uns einen Gefallen, wenn Sie so tun, als wären Sie nicht, was Sie eigentlich sind", sagte Ruth, als sie abstieg und an dem Maultier zog.

„Du isst nicht?", fragte Lura. „Oh, es sieht so aus, als hättest du nur die Hälfte deiner Portion aufgegessen. Magst du keine Bohnen?"

Tipton schüttelte den Kopf. „Sie machen mich ... na ja, Sie wissen schon." Tipton spürte, wie sie rot wurde. „Und ich nehme zu." Sie klopfte sich auf ihren geschwollenen Bauch. „Wir müssen die Ladung doch leichter machen, wie Mazy sagt."

Lura senkte die Stimme. „Nicht meine Bohnen, Mädchen. Ich koche sie in Essig. Du kannst dich ohne Sorge in den Kreis stellen, wenn du aus meinem Topf isst."

Tipton errötete.

„Ich habe den Eindruck, als würdest du immer dünner", fuhr Lura fort. „Dein Haar sieht ... brüchig aus. Du musst bei Kräften bleiben, wenn du überleben willst. Mein Antone sagte, essen hält Leib und Seele zusammen."

„Aber mein Bauch", erwiderte Tipton.

Lura begutachtete den Bauch des Mädchens. „Der erinnert mich an ein Kind, das ich einmal in New York gesehen habe. Verlassen von seiner Familie lebte es in einer von Ratten verseuchten Scheune und ernährte sich von Korn, bis man es gefunden hatte, beinahe verhungert. Die Knochen stachen hervor, und es hatte einen aufgeblähten Bauch. Das Einzige, was es am Leben erhielt, war der Wille zu leben und jemanden zu finden, der es wollte. Bist du sicher, dass du meine Bohnen nicht essen möchtest? Ich würde es wirklich gern sehen, wenn du sie versuchen würdest."

Bei der abendlichen Zusammenkunft an diesem Augusttag zu Beginn des Monats verkündete Mazy: „Morgen nehmen wir den Berg in Angriff. Immer einen Wagen nach dem anderen mit doppeltem Gespann. Jeder Wagen muss mit acht Tieren hinaufgezogen, abgespannt und dann mithilfe von Seilen über die andere Seite heruntergelassen werden. Dort oben werdet ihr Bäume sehen." Sie deutete zum Berg. „Sie sind am Stamm markiert. Das kommt von den Seilen, die den Wagen halten, wenn er den Berg hinunterfährt. Zumindest steht das so im Buch. Die Ochsen ziehen uns hinauf, dann helfen sie, den Wagen auf der anderen Seite langsam herunterrollen zu lassen. Sie sind sowohl Zugkraft als auch Bremse."

Die Frauen saßen vor ihr wie Schulkinder, die aufmerksam ihre Lehrerin ansahen.

„Dann müssen wir noch die anderen Tiere an der Seite herumführen. Die erste Frage ist: Sind wir bereit?"

„Schwester", flüsterte Sarah. „Wollen Sie nicht zuerst beten?"

Esther blickte Mazy an, die nickte.

Beim gemeinsamen „Amen" meldete sich Adora zu Wort. „Wir sind bereit."

„Sind wir das wirklich? Einige von uns haben noch immer zu viel Ladung dabei."

„Zeig nicht mit dem Finger auf mich, Mazy Bacon", wehrte sich Adora. „Ich habe nicht mehr als ihr anderen auch, um ehrlich zu sein."

„Um ehrlich zu sein, das hast du doch", widersprach Mazy. „Ich denke, wir alle müssen noch einmal nachsehen, was wir noch aus unseren Wagen nehmen können."

„Das macht mir Angst", sagte Ned und trat nach einem Erdklumpen.

„Ich wünschte, jemand könnte Bryces Kleider nehmen", sagte Suzanne. „Der Geruch ..." Sie schluckte.

„Ich weiß nicht, ob ich mich von noch mehr trennen kann", jammerte Tipton. „Das ist alles, was ich von Tyrell noch habe."

„Ich stimme dir zu", sagte Adora. „Gut mitgedacht, Tochter."

„Nein, das ist es nicht", widersprach Mazy. „Es tut mir Leid, aber das sagen uns all diese Betten und Fässer, die wir unterwegs auf der Straße haben liegen sehen. Wir müssen ‚Dinge' aufgeben, wenn sich unsere Hoffnungen erfüllen sollen, wenn wir wirklich an unserem Ziel ankommen wollen, alle zusammen. Wir müssen entscheiden, was wirklich wichtig ist, und dafür Raum schaffen, und nur dafür. Je mehr wir uns an unsere Sachen klammern, desto weniger Platz haben wir für das, was uns durchbringen wird."

„Bisher sind wir ganz gut zurechtgekommen", warf Schwester Esther ein. „Seit wir übereinkamen, nach Westen zu ziehen, und unsere Sachen auf vier Wagen verteilt haben, gab es keine Krankheit mehr, und wir haben nur ein paar Tiere verloren. Sind Sie wirklich der Meinung, wir sollten noch mehr hier lassen?"

„Wir haben den ersten großen Berg noch nicht bezwungen", erinnerte Mazy sie. „Das ist der Test. Vielleicht sollten wir uns gegenseitig helfen, unsere Sachen durchzusehen, das Unnötige aussortieren. Wenn jemand zum Beispiel auf meinen ... Eimer mit Erde aus Wisconsin zeigt und fragt, ob er tatsächlich gebraucht wird, könnte es mir leichter fallen, mich davon zu trennen." Mazy seufzte. „Wenn wir nur mitnehmen, was wir dringend brauchen, dann wird der Berg uns gehören, davon bin ich überzeugt."

„Das haben wir noch nie getan", sagte Lura. „Es ist der erste Berg. Früher habe ich meine ‚ersten Male' immer gefeiert, die ersten Partys."

„Wir sind richtig jungfräulich", bemerkte Elizabeth, und die Gruppe lachte, sogar Esther.

Ruth bemerkte: „Ich habe einmal eine ungewöhnliche Definition des Begriffes Jungfrau gelesen.“

„Bitte, Ruth, die Mädchen“, warnte Betha.

„Sie können das ruhig hören. Das Wort bedeutet ‚eine Frau, die allein auf sich gestellt ist, die weder der Besitz eines Mannes noch von einem Mann abhängig ist‘. Von keinem Bruder, Ehemann, Vater oder Sohn. Nur sie allein.“

„Das ist ein seltsamer Gedanke, Ruth“, meinte Esther. Sie beugte sich über das kochende Wasser, um zu sehen, ob die Libellen und das andere Ungeziefer darin tot waren, dann goss sie die Flüssigkeit in einen Becher.

„Das war die Definition zur Zeit der Griechen und Römer“, erläuterte Ruth. „Als Jungfrauen sich opferten, um verwundete Völker zu heilen. Ihr Opfer bewirkte nichts, aber dass sie die Entscheidung über ihr Leben oder ihren Tod selbst treffen konnten, das machte den Unterschied.“

„Gehörte Maria nicht zu ... ihnen?“, fragte Mariah.

„Natürlich wünschte sich Gott eine unabhängige Frau, die in der Lage war, zu entscheiden, ob sie das ihr Angebotene annahm oder nicht. Ob sie bereit war.“

„Ein interessanter Gedanke“, bemerkte Elizabeth.

„Und sie nahm es an“, warf Schwester Esther ein. „Sie traf die Entscheidung, den Messias auszutragen.“

„Ich habe nie darüber nachgedacht, dass sie in diesem Punkt entscheiden konnte“, sagte Mariah.

„Die Fähigkeit zu entscheiden, ist eine kostbare Gabe“, erklärte Suzanne.

„Auch wir haben doch immer die Wahl“, gab Mazy zu bedenken. „Egal was passiert, wir können immer entscheiden, was wichtig ist und was wir tun wollen, um etwas zu verwirklichen.“

„So wie jetzt. Wir müssen entscheiden, was wir mitnehmen und was wir zurücklassen“, erklärte Schwester Esther.

„Ich würde diese Definition ein wenig abändern“, wandte Elizabeth ein. „Maria war abhängig, nur nicht von einem Menschen.“

Mazy fand Suzanne weinend vor. Der Hund schlief zu ihren Füßen. Seine Ohren stellten sich auf, und er erhob sich, seine Augen strahlten auf, als er seine Herrin entdeckte. Sie kraulte ihn an den Ohren.

„Das muss Mazy sein", sagte Suzanne und fuhr sich über die Augen. „Pig hat ein besonderes Gespür für Sie."

„Ich bin froh, dass ich immer noch einzigartig für ihn bin", sagte Mazy. Sie barg ihr Gesicht in seinem Fell. Es roch nach Rauch und Leder. Sie setzte sich neben Suzanne. „Ich kann Ihre Sachen aussortieren, wenn Zilah es noch nicht getan hat", bot Mazy an.

„Ich schwelge nur gerade im Selbstmitleid", erklärte Suzanne. „Die Nähmaschine muss hier bleiben, das weiß ich. Das macht mir nicht einmal etwas aus, nur dass Bryce darauf bestanden hatte, sie mitzunehmen. Und die Kamera und die Musikinstrumente. Sie sind so schwer. Ich fragte mich, ob man sie vielleicht separat über den Berg bringen und später wieder in den Wagen packen könnte, aber Elizabeth sagte nein. Dies sei der erste von vielen Bergen, und wie wir uns auf diesen einen vorbereiteten, sei ein Omen für die anderen."

„Mutter sagte *Omen*?"

Suzanne lachte. „Mein Wort." Sie nahm die dunkle Brille ab, betupfte ihre Augen. Beide Augenlider waren von Narben übersät. „Es ist, als würde ich den Verlust noch einmal durchleben, nicht nur Bryces Tod, sondern auch meinen Unfall. Wann immer eine Veränderung eintritt, frage ich mich, ob ich auch genug haben werde oder ob sie mich aus Haus und Hof frisst."

„Die Trauer ist unersättlich, nicht? Ich denke, daher kommt die Leere, und wir versuchen immer weiter, sie zu füllen mit ... Essen und Schuldzuweisung, Zorn und Verzweiflung." Mazy schnippte eine getrocknete Bohne von ihrer Schürze, spielte mit ihren eingerissenen Fingernägeln. Sie tätschelte den Hund, der sich zwischen die Frauen gelegt hatte. „Wir müssen die Dinge wegwerfen, die uns in unserem Fortkommen behindern."

„Ich weiß", sagte Suzanne. „Es ist nur so schmerzlich."

„Ich wollte etwas auf Jeremys Grab pflanzen", erzählte Mazy.

„Aber es wäre nicht gewachsen.“ Suzanne griff über den Hund hinweg nach Mazys Hand und drückte sie. Mazy spürte, wie ihr Tränen in die Augen stiegen und auf das Fell des Hundes tropften. „Loslassen, um aufzufüllen. Das ist ein wichtiger Gedanke.“

Mazy erwachte von den Klängen einer Gitarre. Die Musikerin spielte sehr gut, eine traurige irische Melodie, und die Stimme zeigte die ganze Bandbreite ihres Könnens. „Er ist wie die Schwalbe, die so hoch fliegt. Er ist wie der Fluss, der niemals trocken wird. Er ist wie der Sonnenschein auf der Leeseite. Ich liebe meine Liebe, und meine Liebe ist nicht mehr.“

Mazy weckte ihre Mutter, und die beiden spähten aus dem Zelt. Das Mondlicht fiel auf eine Ansammlung von Stühlen, Kisten und Fässern, Luras Tisch, Tyrells Amboss, dazu kleine Blasebalge, sogar eine zusätzliche Wagendeichsel. Ein Sonnenschirm lag da und Tontöpfe, eine Kamera und eine Nähmaschine und die Wäschekiste, die Mazys Großmutter gehört hatte. Mazy behielt nur ein Fotoalbum, ein paar Kleidungsstücke, eine kleine Kiste mit Decken und Mrs. Malarkys Samen in ihrem verzierten Flaschenkürbis. Sie hatte auch die Erde aus Cassville ausgeschüttet.

Das Crescendo des Gitarrenspiels erinnerte an ein Orchester. Der Dirigent war wichtig. Er – oder vielleicht auch sie – half all den unabhängigen Musikern zusammenzuspielen, ihr Talent in dasselbe Lied einzubringen. Wie könnte ihr das gelingen? Respekt empfinden vor dem, was jede Einzelne von ihnen beisteuern konnte, und aus allen eine sich bewegende Komposition machen?

Mazy ließ den Blick über die versammelten Frauen gleiten. Ruth lag in ihrem Zelt auf dem Bauch, die Arme verschränkt, doch mit erhobenem Kopf, lauschte sie dem Lied; Betha und Lura steckten ihre Köpfe aus dem Wagen, eine über der anderen. Sogar Tipton kam hervor. Sie zitterte in der kühlen Gebirgsluft, doch sie wurde angezogen von den Gitarrenklängen. Adora kam hinter ihr her und legte einen Schal um die dünnen Schultern des Mädchens. Die asiatischen Frauen knieten mit geschlossenen Augen auf dem Boden. Schwester Esther stand in ihrem Nachtkleid hinter ihnen, die Nachthaube über einen langen Zopf gezogen, der auf ihrem Rücken lag. Die Musikerin spielte nun eine Melodie, die alle kannten, ‚Unten im Tal', und alle sangen mit. Nur die Kinder schliefen weiter, und so sollte es auch sein. Hier waren die Frauen, die sich auf die Bergbesteigung vorbereiteten, so Gott wollte. Frauen, gemeinsam und vollständig auf sich selbst gestellt.

20

Mazy beobachtete Suzanne, wie sie wieder in ihren Wagen stieg. Sie blieb auf halbem Weg stehen. Den Rücken durchgedrückt ließ sie sich neben den Stufen zur Erde sinken.

„Irgendetwas stimmt nicht", sagte Mazy zu ihrer Mutter. Mazy kam aus dem Zelt, lief barfuß über den feuchten Boden und rechnete an den Fingern nach. Ihre Hände wurden feucht.

„Kommt es zu früh?"

Suzanne schüttelte den Kopf und ergriff Mazys Hand. „Nein. Bitte nicht jetzt, ich will es jetzt noch nicht, bevor wir den Berg überquert haben." Sie schnappte nach Luft, hielt den Atem an, dann ließ sie die Luft in einem Stöhnen entweichen. „Ich habe Angst", gestand sie. „So große Angst."

„Wir sind alle hier, Suzanne. Und so werden wir das durchstehen."

„Aus dem Weg, Pig", befahl Elizabeth und setzte sich zu Suzanne. „Das hier wirst du schon uns überlassen müssen." Der Hund jaulte.

„Suchen Sie seine Socke", sagte Suzanne. „Er mag Bryces alte Socke."

Elizabeth lachte. „Die ist vermutlich nicht in dem Stapel mit den überflüssigen Sachen gelandet, nehme ich an."

Sein Jaulen rief Zilah herbei, die losgeschickt wurde, um Pigs Socke zu suchen. Schließlich erhoben sich auch die anderen. Ihr Atem stieg weiß in die Luft auf, als der Sternenhimmel dem Sonnenaufgang wich.

In den umliegenden Lagern wurde es lebendig. Die Wagen, die mit dem Anstieg begannen, fuhren an den Frauen vorbei. Sie hörten von dem Baby, das auf die Welt kommen wollte. Dass ein Baby geboren wurde, gab ihnen unerwarteten Auftrieb. Neue Dinge wichen den vergangenen. Das Leben ging weiter. Hier wurde als Beweis dafür ein Baby geboren.

„Wer hätte gedacht, dass wir unsere Röcke für mehr als den Kreis der Bedürfnisse benutzen würden?", fragte Betha. Sie stand vor der Zeltöffnung, um Suzannes Privatsphäre zu schützen. Pig lag vor ihr, seine breiten Pfoten über einer schmutzigen, verknoteten Socke.

„Ich hoffe, dass alles gut geht“, sagte Lura und sah hinter sich.

„*Die Güte des Herrn ist's, dass wir nicht gar aus sind, seine Barmherzigkeit hat noch kein Ende.* Klagelieder 3,22“, zitierte Esther.

„Ich hoffe, er hat viel Barmherzigkeit“, stöhnte Lura. „Wir scheinen sie zu brauchen.“

„Im nächsten Vers steht ‚und seine Treue ist groß‘. Ich denke also, wir brauchen keine Angst zu haben. Ich werde jetzt Wasser kochen. Für Tee“, verkündete Schwester Esther. Sie ging zum Feuer, schürte es neu und nahm ihren Teekessel.

„Sie weiß nicht, dass heißes Wasser erst gebraucht wird, wenn das Baby da ist“, sagte Betha, „und dann nur, um sauber zu machen.“

„Die Hitze tötet diese Schädlinge ab“, bemerkte Adora, die näher kam. „Ich werde höchst dankbar sein für Brunnenwasser, wenn wir den Westen erst erreicht haben.“

„Mit jedem Schluck irgendwelches Ungeziefer. Allein schon deswegen werde ich diese Reise in Erinnerung behalten“, fügte Betha hinzu.

„Und jetzt können wir sie auch wegen einer Geburt in Erinnerung behalten“, sagte Mazy, die aus dem Zelt kam. „Ein neuer Anfang, alles läuft gut.“

„Trotzdem gibt es noch so viele Furcht erregende Dinge“, gestand Betha. Sie schlug nach den Fliegen.

Mazy ließ ihren Blick über die Landschaft gleiten und atmete tief ein. „Ich möchte nie wieder Angst vor dem Gesicht des Morgens haben“, sagte sie, „oder ihm Gesichtszüge geben, die die Hoffnung vertreiben.“

„Mit wem reden Sie?“, fragte Ruth Mazy später am Morgen.

„Mit Jennifer.“ Mazy kraulte den breiten Knochen zwischen den Hörnern der Kuh. Die Kuh hob den Kopf und drückte gegen ihre Hand, als wollte sie Mazy dazu bringen, sie weiterzukraulen.

„Wenigstens gutmütig“, sagte Ruth. „Wir könnten die Tiere am Fuß des Berges anjochen, und wir müssen überlegen, wie wir die Bienen hinüberschaffen.“ Sie hob den Milcheimer, den Mazy von Mavis beiseite gestellt hatte. Es war nicht viel drin.

„Alles zu seiner Zeit. Ich denke, das gehörte zu den Dingen, die ich hier lernen soll, aufzuhören mit dem Versuch, alles in meinen Zeitrahmen zu zwängen, und darauf zu vertrauen, dass ich nicht allein bin. Wir werden die Wagen hinüberschaffen, die Bienen auch. Ich spüre es. Außerdem müssen wir diese Geburt feiern.“

„Ein Baby in die Welt zu setzen, ist vielleicht nicht klug“, meinte Ruth. Sie klopfte sich mit ihrem Fellhut den Staub von der Hose ab und wandte den Blick ab.

„Was nagt an Ihnen?“, fragte Mazy.

„‚Wer‘, wäre die bessere Frage“, erwiderte Ruth. „Aber ich bin nicht sicher, dass Sie das wissen möchten. Nicht wirklich.“

Mazy hörte etwas in Ruths Stimme, sah die zusammengebissenen Kiefer, die zusammengekniffenen Augen unter dem Fellhut. Sie wollte an die Freude der Geburt denken, aber Ruths Haltung, die Provokation in ihrer Bemerkung sagte Mazy, dass Ruth etwas auf dem Herzen hatte.

„Mal sehen, ob Esther ihren Teekessel parat hat, dann können Sie mir erzählen, wozu Sie bereit sind.“

Die Frauen warfen Teeblätter in ihre Blechtassen, und Esther goss heißes Wasser darüber. Dann zogen sich die beiden, die eine in Pumphosen, die andere in der Hose ihres Mannes, ein wenig von den anderen zurück.

„Ich könnte es als Wahrheit oder Lüge erzählen, niemand würde es glauben. Und es wäre noch ... schmerzlicher.“ Ruth nahm einen Schluck. „Er ist entlassen worden. Könnte uns direkt auf den Fersen sein. Mein Mann“, erklärte sie auf Mazys fragenden Blick hin. „Er hat fünf Jahre für den Tod unseres Sohnes im Gefängnis gesessen. Ich habe gegen ihn ausgesagt. Er ist hinter mir her.“ Ihre Hände zitterten. „Oh, er ist sehr charmant, immer ‚in Ehrfurcht‘ vor mir, bis zur Geburt und bis das Kind ... gestorben ist. Zane sagte, ich hätte Schuld – ich gab nicht auf, als ich es hätte tun sollen, um mein Baby zu retten. Und er hat Recht. Ich hätte sofort nach seiner Verurteilung verschwinden sollen, aber ich konnte es nicht. Ich habe es immer wieder aufgeschoben, den Aufbruch. Vielleicht als Strafe."

„Ich hatte angenommen, Ihr Interesse an Pferden hätte Sie nach Westen getrieben."

Sie nickte. „Ich wollte entkommen ... folgen ... ich bin genauso schlimm wie Suzanne", sagte Ruth kopfschüttelnd. „Ich fange Sätze an und spreche sie nicht zu Ende."

„Ich denke, Suzanne wird das überwinden. Ihre Gedanken klären sich."

Ruth atmete tief durch.

„Jessie ist meine Tochter. Das hat mich nach Westen getrieben."

Mazys Herzschlag setzte aus. Ihre Gedanken wanderten zurück; sie erinnerte sich daran, welche Liebe sie in Ruths Augen entdeckt hatte, wenn sie das Kind betrachtete, Liebe und die Sehnsucht. „Wie schwer für Sie", flüsterte Mazy. Einmal mehr durchbohrte sie der Schmerz ihres eigenen Verlustes. Sie schluckte. „Ich wusste es nicht."

„Gut. Das soll auch niemand wissen. Teilweise bin ich hier, um sie zurückzugewinnen, um ihr zu sagen, dass ich ihre Mutter bin, die sie aufgegeben hat, um sie zu retten. Ich glaube nicht mehr, dass ich das kann. Nicht jetzt, nicht nachdem ich gesehen habe, was Betha ihr bedeutet. Und dann würde sie von ihrem Vater erfahren müssen, warum ... ich sie weggegeben habe. Und dass ich ihren Bruder nicht gerettet habe ... ich weiß nicht, ob sie mir das verzeihen könnte."

Die Sonne ging über dem Lager auf, tauchte die Berge in einen rosa Schein, und ihr Licht fiel auf einen langen Wagenzug. Sie hörten die Rufe von Männern, Frauen und Tieren, die den Berg hochstiegen. Mazy spürte die Vorfreude in ihren Stimmen. Sie taten alles zusammen, Fremde halfen Fremden, verwandelten sie in verwandte Seelen.

„Meine Mutter hat immer gesagt, dass Vergebung zu Hause beginnt", sagte Mazy. „Wir suchen sie, bekommen sie und genießen sie. Sie verwandelt sich in Liebe. Und dann können wir sie weitergeben."

„Das kann nicht vergeben werden", erwiderte Ruth. „Mein Sohn starb, weil ich untätig geblieben bin. Ich hoffte, Jessie könnte mir das eines Tages vergeben. Jetzt bin ich nicht sicher, ob sie das überhaupt je erfahren soll. Ständig liege ich im Streit mit mir, ob ich bei ihr bleiben oder sie in Ruhe lassen soll."

„Ob Sie sich selbst vergeben können." Mazy hielt inne. „Wenn Sie möchten", sagte sie, selbst erstaunt über ihr Angebot, „bete ich mit Ihnen, dass Sie Klarheit bekommen."

Ruths Atem verdampfte in der Morgenluft. „Ich glaube nicht, dass je irgendjemand für mich gebetet hat", sagte sie. Ihre Kiefermuskeln lockerten sich.

„Vielleicht wissen Sie es nur nicht", wandte Mazy ein. „Über so etwas reden die Leute nicht viel. Beten Sie?"

Ruth hustete, wand sich, strich sich über das Hosenbein. „Vor ein paar Wochen, als wir das Vieh gesucht haben, nach dem Sturm, da ist etwas Seltsames passiert. Ich habe gebetet, dass Mariah und ich ... dass wir von einem der Siouxkrieger nicht gesehen werden. Und das war so seltsam, er hat uns tatsächlich nicht gesehen. Ich ... das konnte jedoch keine Gebetserhörung sein. Ich hätte doch bestimmt etwas gefühlt, eine Macht, oder nicht? Aber ich habe nur Erleichterung empfunden."

„Eine Erhörung", sagte Mazy, „Erleichterung von Gefahr, Angst, verletzten Gefühlen, Frustration, Elend und Schuld, alles zusammen." Sie fragte sich, ob sie zu sich selbst sprach. „Ich vermute, Sie könnten auch dafür Vergebung bekommen, Ruth, dass Sie den Vater Ihrer Kinder noch immer lieben."

Ruth schluckte, und Tränen sammelten sich in ihren haselnussbraunen Augen. „Ist das so offensichtlich?"

„Ich denke, wir sind dazu bestimmt", fuhr Mazy fort. Ruth blickte sie mit großen, unruhigen Augen an. „Wir fühlen uns von ... schwierigen Männern angezogen, Sie und ich. Nun, das ist eine Wahrheit, die ich lieber nicht eingestehen würde. Ich wünschte, es wäre eine Lüge. Jeremy war nicht immer sehr ... mitteilsam. Ich weiß nicht einmal, wie viel ich über ihn nicht weiß. Es ist seltsam, jemanden zu lieben, der beinahe zwei Menschen sein könnte.“ Sie seufzte und fragte sich, ob ihr Seufzen bedeutete, dass sie sich noch daran klammerte oder dass sie bereits losließ. „Ich denke, das wird sich erst ändern, wenn wir zu der Meinung kommen, dass wir jemand anderen verdient hätten, dass wir als Person wertvoll sind.“

In diesem Augenblick hörten sie das Baby schreien.

„Ich möchte einen Namen, der Freude bedeutet“, sagte Suzanne und hielt ihren Sohn in den Armen. Ihre Finger erforschten das Kind, seine Ohren und Nase. Zilah stand neben ihr, und aus einem Tontopf mit dunklen Verzierungen, die Naomi ihr reichte, nahm sie einen feuchten Lappen und rieb Suzannes Stirn mit süß duftenden Kräutern ein.

„*Sason*“, schlug Schwester Esther vor. „Das ist ein hebräisches Wort für freuen, Freude, Glück, die vom Herrn kommen.“

„*Sason*. Schön. Melodisch und stark. Mit dem Namen seines Vaters als mittleren Namen. Sason Bryce Cullver.“ Sie wiederholte den Namen für ihren Sohn. „Lass mich mal dein Gesicht sehen, Sason“, sagte sie. „Lass mich dein Gesicht sehen.“ Mazy fiel auf, dass sie ihre Brille nicht trug. „Beschreibe ihn, Tipton, würdest du das tun?“

„Dunkles Haar wie Ihres“, begann Tipton. „Und einen perfekten Mund mit nach oben gehenden Mundwinkeln. Hellblaue Augen von der Farbe eines Frühlingsmorgens. Ihre Nase. Sieht so aus, als hätte er alles, alle Finger und Zehen. Er ist so wach“, beschrieb sie ihn staunend. „Er sieht Sie an und betrachtet Ihr Gesicht, Ihre Augen. Ich dachte nicht, dass ein neugeborenes Baby schon so wach sein könnte.“

Elizabeth hatte den Jungen in eine Decke gehüllt, aber Tipton reichte ihr jetzt einen Fransenschal in der Farbe von Schnee. Sie hatte ihn aus dem einzigen Koffer genommen, der noch im Wagen ihrer Mutter stand.

„Das ist dein bester Schal", sagte Adora und stieß gegen die Hand ihrer Tochter. „Du wirst ihn brauchen, wenn wir –"

„Es ist ein Geschenk, Mutter", unterbrach Tipton sie. Sie legte den weichen Schal um das Kind, und das Baby kuschelte sich hinein. „Siehst du. Es gefällt ihm. Sehen Sie nur, wie er Sie anstarrt, Suzanne."

In diesem Augenblick griff sich Suzanne an die Augen und tastete nach ihrer Brille.

„Nein. Lassen Sie ihn seine Mutter sehen", sagte Mazy. „Sie sind wunderschön. Er weiß es." Ihr fiel etwas ein. „Wir wollen Sason zu Ehren einen Kolumbinensamen pflanzen. Ich hole meinen Samenbehälter, und wir pflanzen ihn in eine Tasse. Sie können jedes Jahr einen neuen pflanzen, egal wo Sie sind, und wenn sie blühen, können Sie an uns denken." Suzanne nickte zustimmend.

Jessie kam zu ihnen herüber, scheu hinter Betha versteckt. Sie hielt die Tasse, während Mazy Erde hineinlegte und ein Samenkorn hineindrückte.

„Du brauchst keine Scheu zu haben", sagte Betha und zog das Mädchen an sich.

„Er wird nicht zerbrechen", sagte Suzanne ihr. „Bryce hat immer gesagt, sie zerbrechen nicht, es sei denn, man sorgt nicht für sie."

Das Mädchen trat vor. „Ich habe den Samen", sagte sie und fuhr mit ihrem kleinen Finger über die Stirn des Babys. Clayton zwängte sich zwischen die Frauen und lehnte sich gegen seine Mutter.

„Das ist dein Bruder", sagte Suzanne. Sie nahm die Hand des kleinen Jungen und legte sie auf den Kopf des Babys. „Spürst du die federleichten Haare?"

„Haare?", wiederholte er.

Eine kleine Narbe kennzeichnete die Stelle, wo Jumper Claytons Kopf getroffen hatte. Für Mazy war es ein Wunder, dass er herumlief, redete und lachte. Sason war ein Wunder. Sie sah sich um. Sie alle waren ein Wunder, alle beisammen an einem Ort.

Lura backte Pfannkuchen mit Speck, und Clayton aß eine ordentliche Portion. Dann führte er Naomi und Deborah zu Suzanne, die ihr Baby stillte. Hinter ihnen lagen die entsorgten Überreste aus ihrem Leben zu Hause. Dazu gehörte auch ein ordentlicher Stapel Männerkleidung mit einem Schild: „Bitte bedienen Sie sich."

Wir brauchten diese Zeit der Ruhe, dachte Mazy. *Dieses ständige Drängen kann nicht ausgleichen, welchen Gewinn die Ruhe bringt.* Vielleicht verlieh ihnen ja auch die Tatsache, dass sie etwas zu feiern hatten, neue Energie. Sie würde versuchen, das in Erinnerung zu behalten, auf Augenblicke der Dankbarkeit und Freude zu achten und sie zu bewahren für kommende, schwierige Tage.

Deborah wandte sich an die Gruppe. „Ich erzähle Bienen von dem Baby", sagte sie. „Sie ruhen."

„Dank sei Gott", sagte Schwester Esther und hob den Blick und die Hände zum Himmel.

„Bienen gehen weg, wenn sie dich nicht mögen", erklärte Deborah ihr. „Sie –"

„Auch noch wählerisch in Bezug auf ihre Reisegefährten", neckte Mazy.

„Sind wir das nicht alle?", lachte Betha.

„Oder sollten es sein", erwiderte Adora. Sie streckte sich und ging zu dem neugeborenen Baby hinüber. Zilah hielt sich neben ihr und reichte Adora mit gesenkten Augen einen Becher mit heißem Kaffee. „Um ehrlich zu sein", sagte Adora, als sie den Becher nahm, „wir hätten uns keine bessere Gruppe aussuchen können." Sie roch an dem Kaffee. „Ich glaube, ich kann dieses Gebräu beinahe riechen", sagte sie. „Wäre das nicht wirklich ein Wunder?"

Sie begannen jetzt mit der harten Tagesarbeit. Mazy dachte an Adoras Worte, als sie und ihre Mutter das schwere Joch auf den Hals der Ochsen legten. Diese Frauen waren ein Geschenk, wie aus einem bestimmten Grund ausgewählt. Trotz ihrer Unsicherheiten und persönlichen Schwierigkeiten hatte jede von ihnen etwas zu bieten, genau das, was gebraucht wurde. Selbst sie hatte etwas zu bieten, das nichts mit Gartenarbeit zu tun hatte, mit dem Pflanzen von Kolumbinensamen oder Erbsen. Sie wollte noch genauer darüber nachdenken, die Gaben der anderen zu erkennen, die Leute zu ermutigen, ihr übliches Zögern zu überwinden, um als eine Einheit zusammenzuarbeiten.

Und sie hatte noch etwas entdeckt: Es war nicht verkehrt, gefallen zu wollen, für andere zu sorgen, wie sie es tat, bereit zu sein, Ruth oder Tipton zuzuhören. Aber es sollte ein Geschenk sein, das freiwillig gegeben, nicht aus einer Verpflichtung heraus angeboten wurde. Sie wünschte, Jeremy wäre da, damit sie mit ihm darüber sprechen könnte, damit sie ihm zeigen könnte, dass sie noch immer dazulernte, dass der Samen, der in ihre Seele gepflanzt worden war, zu keimen begonnen hatte. Die Welt braucht Menschen, die frischen Boden umpflügen und neuen Boden aufbrechen, um die Grenzen eines Feldes zu erweitern, aber die auch den umgepflügten und ausgelaugten Erdschollen Nahrung geben. Beide verheißen Platz für Samen, der mit der entsprechenden Pflege wachsen kann. Sie hatte etwas Wesentliches erkannt.

Vorbeiziehende Emigranten boten ihre Hilfe an.

„Nehmen wir ihre Hilfe in Anspruch?“, fragte Mazy. „Wir hatten Verzögerungen.“

„Wir könnten es auch allein schaffen“, meinte Ruth. „Aber ich denke, unabhängig zu sein bedeutet nicht, immer allein zu sein.“

„Sogar Sie sind bereit, die Hilfe von Männern zu akzeptieren?“, fragte Adora. „Nun, das ist wirklich ein Zeichen dafür, dass die Dinge sich verändern.“

Sie nahmen Hilfe in Anspruch. Auf ein Wort von Mazy hin begann Ruth, Luras Wagen anzuspannen. Er sollte als Erster fahren, weil er der stabilste war und ihre Ochsen besonders gleichmäßig liefen. Acht Tiere wurden angespannt, und sie reihten sich in die lose Schlange von Wagen ein, die sich auf den Berg zubewegten. Die Frauen knallten mit den Peitschen über den Köpfen der Ochsen und schoben gleichzeitig den Wagen von hinten an, wobei Letzteres nichts weiter bewirkte, als dass sie etwas zu tun hatten, während der Staub um ihre Füße wirbelte und sich in ihre schweißdurchnässte Kleidung setzte.

Hohe Kiefern mit dicken Zapfen erhoben sich zu beiden Seiten. Steine rollten unter ihnen weg; die Tiere plagten sich mit dem Gewicht des Wagens. Die Luft war heiß und schwer. Mazy sehnte sich nach einem Windstoß, um sich ein wenig Abkühlung zu verschaffen. Sie drückte die Wolljacke gegen ihren Körper; sie sollte die Feuchtigkeit aufsaugen.

Oben auf dem Grat angekommen, zuckte sogar Ruth zusammen.

„Was meinen Sie?“, fragte Mazy.

„Das wird mörderisch.“ Ruth beugte sich zu ihr herüber. „Aber das sage ich nur Ihnen gegenüber.“

„Wir werden es schaffen, meine Damen.“ Einer der Männer deutete hinunter, wo einige Wagen bereits sicher standen. Mazy schätzte, dass sein Gesicht, seit er Missouri verlassen hatte, kein Rasiermesser mehr gesehen hatte. „Sie werden erstaunt sein, was mit Tabak und Spucke bewirkt werden kann.“ Er winkte, und einige andere Männer zogen ihre Hüte ab, fuhren sich mit den Hemdsärmeln über ihre Stirn und nahmen dann die Aufgabe in Angriff, die sie für den Rest des Tages beschäftigen würde.

„Zilah, du solltest Mazy und Ruth helfen“, bestimmte Adora. „Ich habe nicht deine Kräfte, um ehrlich zu sein. Ich werde auf Clayton und Sason aufpassen, wenn er aufwacht.“

„Auch auf Miss Suzanne?“

„Natürlich.“ Sie winkte mit der Hand, bis Zilah ihr das Baby reichte, das in Tiptons weißem Schal schlief. Adora zupfte die Fransen unter seinem kleinen Kinn zurecht. Das Kind gähnte im Schlaf. „Geh nur“, trug sie Zilah auf, und die Asiatin ging, einen Blick über die Schulter zurückwerfend, davon.

Adora band den Schal über Sasons Körper zusammen, sodass sie ihn am Knoten tragen konnte. Sie ging zum letzten Wagen, legte das Baby in den Schatten, dann lehnte sie sich gegen das Rad. Spucke sammelte sich an ihren Mundwinkeln, als sie in den Schlaf sank.

Ruth blockierte die Räder und half dann, die Ochsen abzuspannen, wobei sie sorgfältig darauf achtete, nicht zu nah an den Felsrand zu treten. Mazy führte die Ochsen aus dem Weg. Sie tätschelte die treuen Tiere und redete beruhigend auf sie ein, während Naomi und Schwester Esther zum hinteren Teil des Wagens gingen und Seile spannten. Sogar Tipton fing an, parallele Reihen zu ziehen und unter dem Wagen anzubinden. Zwei Männer halfen ihnen, sie zu befestigen.

Die Wagen würden von den Seilen gehalten den Abhang hinunterrollen, wie ein Kinderspielzeug zwischen zwei Seilen hindurchgleitet. Aber dies würden richtige Wagen sein, keine Spielzeuge, und sie enthielten ihre gesamten Besitztümer. Die Männer machten dicke Knoten in die Seile, und dann banden sie diese Seile um die Bäume, die in ihrer Rinde bereits tiefe gelbliche Einkerbungen aufwiesen.

„Andere haben das auch schon geschafft“, sagte Ruth. Die Einkerbungen an den Bäumen zeigten das ganz deutlich.

„Ich wünschte, das könnte einen trösten“, meinte Tipton.

Vier Ochsen wurden angespannt, um das Seil an dem Baum auf dem Bergabhang zu sichern. Mazy sah den Abhang hinunter zu Schwester Esther, die zu beten schien. Und mit einem großen Ruck und einem Ruf von den Männern rollte der Wagen über den blanken Felsen.

Elizabeth und Betha warteten unten. Gespannt starrten sie nach oben. Sie waren auf einem schattigen Pfad, der für die Wagen zu schmal war, etwa eine Meile um den Fuß des Berges herumgelaufen. Ihre Schultern rieben sich an der Innenseite der Felswand. Hinter ihnen ritt Mariah auf Jumper und trieb die Kühe, Maultiere und Ochsen hintereinander über den Pfad.

Betha presste ihre knubbeligen Finger auf den Mund. Sie starrte noch immer wie gebannt nach oben. Der Wagen schwang nach außen und wurde dann wie eine Spinne, die an einem doppelten Faden hängt, vom Wind hochgehoben und wieder gegen die Felswand gedrückt.

„Lasst etwas Seil nach!“, rief Mazy.

Der bärtige Mann nickte grinsend und wiederholte den Ruf.

„Lasst etwas Seil nach!“ Ned und Jason gaben es weiter. Ihre Aufgabe war es, die Nachrichten weiterzugeben, wie Wassereimer in einer Reihe weitergegeben werden.

Zentimeter um Zentimeter wurde der Wagen die etwa acht Meter heruntergelassen, bis er unten auf dem harten Felsen aufkam. Die Seile hielten. Der Wagen überstand das Manöver heil.

Jubel ertönte von den Frauen und den Männern. Ein Wagen war unten: Drei waren noch zu bewältigen. Und dieses Manöver hat schon zwei Stunden gedauert.

„Heute dürft ihr ausfliegen“, sagte Deborah in leisem Englisch zu den Bienen. „Viel Aktivität im Bienenstock. Keine Angst. Königinnen schlafen und schlafen. Das Wort *sleep* wird mit Augen buchstabiert, ja?“, fragte Deborah.

„Ich schätze, ein doppeltes e sieht aus wie Augen“, erwiderte Ruth und wischte sich den Schweiß von der Stirn. „Der Alphabetwagen kommt als Nächster. Dann deiner. Sollen die Bienen im Wagen bleiben oder ...?“

Das Mädchen lächelte. „Sie sind alles, was ich habe, die Bienen“, sagte sie. „Ich trage sie. Einen Stock. Sie bitte helfen?“ Sie senkte den Blick, als wäre es ihr peinlich, eine solche Frage zu stellen.

Schwester Esther zog scharf die Luft ein. „Ich schlafe ja beinahe mit ihnen, ich könnte also einen Bienenstock tragen.“

Deborah stieg in den Wagen und reichte der Schwester einen Kasten. „Vielleicht könnte Adora einen tragen. Wo ist sie?“ Sarah kam mit Clayton an. Seine Glöckchen klingelten. Sie sahen sich um. Niemand konnte Adora entdecken.

Deborah ging mit den Bienen los. Sie ließ sich Zeit, da sie mit ihren verkrüppelten Füßen nicht so schnell laufen konnte. Unterwegs redete sie leise vor sich hin. Sie ahnte keine Schwierigkeiten voraus.

„Das Pferd hat das Baby genommen!“, rief Adora aufgeregt und rannte zum Fuß des Berges. „Ihr Pferd“, schrie sie und deutete auf Ruth.

Ruth konnte Koda sehen, der mit einem weißen Schatz, dem Schal, zwischen den Zähnen dahertrottete. Sason schlief anscheinend noch immer friedlich in seinem Tragetuch. Das Pferd legte das Baby ab und rupfte Gras. Adora wandte sich um und rannte zu dem Pferd hinüber, das prompt das Bündel wieder aufnahm und zurückwich, bis Adora stehen blieb. Dann legte Koda es wieder ab.

„Er spielt“, erklärte Ruth. „Gehen Sie zurück. Es wird ihm bald langweilig werden.“

„Aber wenn er auf das Baby tritt ...“, jammerte Adora. „Wie unverantwortlich von Ihnen, ihm beizubringen, Babys zu stehlen.“

„Erklären Sie mir, was ich nicht sehen kann“, forderte Suzanne, die ohne Pig herankam.

„Es ist alles in Ordnung“, beruhigte Ruth sie. „Koda mag den weißen Schal.“

„Wo ist Zilah?“, fragte Suzanne.

„Ich habe sie weggeschickt, um Ruth und Mazy zu helfen“, gestand Adora. „Und ich bin eingeschlafen.“

„Da wir gerade von Verantwortungslosigkeit sprechen“, fuhr Ruth sie an.

Koda wurde des Spiels tatsächlich müde, und Ruth holte das Kind. Dabei kam sie zu einem Schluss: Sie gehörte nicht dazu. Wo immer sie hinging, zog sie nur Schwierigkeiten an. Sie würde ihnen über diesen Berg helfen, sie bis zur Weggabelung begleiten und dann nach Norden gehen – hoffentlich allein. Wenn sie Glück hatte, würde Zane ihr folgen, wenigstens ein Gutes, das sie für Jessie tun konnte.

Adoras Wagen kam als Nächster an die Reihe. Dieses Mal wurden nicht die Maultiere davorgespannt, sondern die Ochsen. Das könnte die Ursache gewesen sein. Vielleicht lag es aber auch an den fremden Männern und dem unbekannten Wagen, vielleicht sollte es aber auch nur so sein, und niemand trug die Schuld daran; eine Gelegenheit, dachte Mazy später, sich statt auf Sicherheit auf Weisheit zu verlassen.

Sie hatten die Tiere gerade oben auf dem Gipfel abgespannt, als ein Bremsklotz wegrutschte oder eine Kette an der Deichsel sich lockerte oder wer weiß was passierte. Noch bevor irgendjemand ihn aufhalten konnte, bevor die Seile an die Bäume gebunden worden waren, setzte sich Adoras Wagen in Bewegung und rollte mit zunehmender Geschwindigkeit den Berg wieder hinunter.

„Aufpassen!“ und „Aus dem Weg!“ wurde gerufen, die Männer zerrten an den Seilen, versuchten, den rollenden Wagen festzuhalten. Die Seile rutschten ihnen durch die Handschuhe, dann kam der Ruf: „Lasst ihn rollen, Jungs, er ist nicht mehr aufzuhalten!“ Die Männer traten zurück, schoben sich die Hüte aus der schweißnassen Stirn und sahen Adoras grün-gelbem Wagen nach, der den Berg hinunter geradewegs auf Esthers Wagen zuraste. Und auf die vier noch verbleibenden Bienenstöcke.

Deborah hörte die Rufe und drehte sich gerade rechtzeitig um, sodass sie den Wagen ankommen sah. Mit aufgerissenen Augen beobachtete sie, wie er Esthers Gespann rammte. Die beiden Ochsen brüllten vor Schmerz auf.

„Die Bienen!“, rief Deborah. „Die Königinnen!“ Sie stellte ihren Bienenstock ab und versuchte, in ihren blauen Seidenpantoffeln zu rennen. „Warten, bitte warten“, rief sie. Schwester Esther stand jetzt allein mit den Bienen in den zitternden Händen. Sie schluckte.

„Was ist los?“, fragte Suzanne und drehte sich um. Sie hielt Sason im Arm, Clayton war neben ihr angebunden. Esther erzählte es ihr. Mit ausgetrocknetem Mund beschrieb sie den Wagen, ihre Ochsen. Suzanne konnte das aufgeregte Summen der Bienen hören, die aus dem Kasten herausdrängten, der vom Wagen gefallen war. „Ich stelle diese jetzt ab“, sagte Esther. „Stolpern Sie nicht darüber.“

Esther rief die Namen ihrer Ochsen, während Deborah einen

Kasten fand, der gegen einen anderen geschleudert worden war. Der Deckel war lose, und die Bienen drängten heraus und flogen davon. Deborah sprach mit ruhiger Stimme in ihrer Muttersprache auf sie ein, stellte einen Kasten wieder auf, wobei sie ein Dutzend Stiche an ihrem Handgelenk und im Gesicht abbekam. Sie beobachtete, wie der offene Deckel der anderen von dem Schwarm entfliehender Bienen schwarz wurde.

„Lasst den Wagen hier", sagte Deborah zu Mazy, die atemlos vom Berggipfel angerannt kam. Die Bienen flogen ihr um das Gesicht herum. „Sie fliegen fort! Heim nicht bewegen, sonst Bienen sich verirren. Kommen nicht zurück." Ihre Stimme bebte.

Deborah beruhigte Mazy, sagte ihr, sie solle keine Signale von Furcht aussenden. Es sah so aus, als wäre nur eine Kolonie freigekommen. Die anderen waren zwar aufgeregt und summten laut, schienen aber noch unversehrt zu sein. Mazy blieb ganz still stehen und schlug nicht nach den Bienen, die sie umschwärmten.

„Sie kommen zurück", sagte Deborah leise weinend. Sie nahm ihre bereits geschwollene Hand aus dem Stock und stellte den kleinen Kasten aufrecht hin. „Die Königin im Innern lebt noch. Wenn wir Kasten bewegen, sie sterben. Müssen an denselben Platz nach Hause kommen."

„Sie akzeptieren wirklich keine große Veränderung in ihrem Heim, nicht?", fragte Mazy. „Sie müssen mit mir verwandt sein." Eine schwarze Wolke von Bienen hob sich in die Luft und schwärmte davon. „Also gut", sagte Mazy. „Wir werden einen Weg finden."

Mühsam spannten sie die beiden verletzten Ochsen aus und räumten die Trümmer von Adoras Wagen aus dem Weg. Sie und Tipton hoben ihre verstreut herumliegenden Sachen wie Fotoalben, Hüte, Mehl und Schuhe auf. Ein Bild der Zerstörung. Die Überreste von Adoras Kostbarkeiten lagen auf dem Weg verstreut. Adora schluchzte, räumte zersplittertes Holz beiseite und saugte an ihren Fingern, in die sie sich Splitter getrieben hatte.

Der weiße Bienenkasten blieb an der Stelle liegen, wo er hingefallen war, wie Deborah es ihnen gesagt hatte. Sie arbeiteten darum herum.

Ruth, Naomi und sogar Tipton versorgten die Wunden der Ochsen mit Essig, den sie auf den Rissen und losen Hautstücken verteilten. Luras Nähset wurde für diese Aufgabe benötigt, und Tipton nähte die Hautstücke zusammen, soweit die Ochsen dies zuließen.

Danach wurde Bethas Alphabetwagen den Berg hinaufgeschafft. Schwester Esthers Wagen blieb als Letzter.

Deborah, deren Augen von den Stichen wieder einmal fast zugeschwollen waren, schaffte es trotzdem, auf dem Weg um den Fuß des Berges herum zur anderen Seite zu gelangen. Sie trug einen Kasten und brachte ihn heil dort an. Mariah und Naomi trugen jeweils einen anderen Stock, während Esther ihre kostbaren Ochsen führte. Dann ging Deborah zu der Stelle zurück, wo der Wagen getroffen worden war. Sie setzte sich auf den Boden neben den weißen Kasten, während andere Wagen um sie herumfuhren.

Und sie hatte Recht gehabt. Gegen Abend kehrten die Bienen zurück, landeten rückwärts, wie es bei ihnen üblich war, vor der Öffnung zu ihrem Stock. Deborah redete leise auf sie ein, bis sie sie sicher in dem kleinen rechteckigen Kasten eingeschlossen hatte. Sie hatte bis fast zur Dunkelheit gewartet, und dann waren Suzanne und Pig gekommen, um sie zurückzubegleiten. „Aber es ist dunkel“, protestierte Deborah, als sie sie entdeckte.

„Wir alle brauchen Ruhe an einem Ort, mit dem wir vertraut sind“, sagte Suzanne ihr. Sie hörte, wie das Mädchen den kostbaren Bienenkasten hochhob, und gemeinsam kehrten sie zu den Wagen zurück, die sicher auf der anderen Seite des Berges angekommen waren.

Der Wagen der Wilsons war zerstört, doch Esthers Wagen war noch zu gebrauchen, wenn auch die Ladung gelitten hatte. Einer von Schwester Esthers Ochsen war so schwer verletzt, dass er mithilfe von Ruths Pistole von seinem Elend erlöst werden musste. Dann wurde er zerlegt und das Fleisch mit denen geteilt, die ihnen bei der Bergbesteigung geholfen hatten. Ol’ Snoz überlebte.

„Wenigstens können wir heute Abend frisches Rindfleisch genießen“, sagte Adora, als sie abends am Lagerfeuer saßen.

Elizabeth stöhnte: „Ich bin so müde wie nie zuvor in meinem Leben und bin nicht einmal hungrig.“ Sie stellte ihren Teller ab.

„Sie hätten das Rindfleisch eintauschen oder verkaufen können“, sagte Lura zu Esther. „Was Sie nicht brauchen und nicht trocknen können, könnten Sie doch verkaufen, zu vernünftigen Preisen.“

„Einige Leute auf den Wagen sind sehr dünn“, erwiderte Esther. „Ein wenig Rindfleisch, bevor sie diese letzten Wochen angehen, könnte den ausgezehrten Kindern helfen, die ich gesehen habe. Nein, ich werde weggeben, was wir nicht brauchen. Ich denke, so sollte ein Christ handeln.“

„Antone sagte, die Kalifornier und die Bewohner Oregons mussten in den vergangenen zwei Jahren Hilfstrupps bis fast hierher schicken“, berichtete Lura. Sie kaute an einem Zwieback und wischte sich die Krümel von der Wange.

„Diese Händler, die wir vor einer Weile getroffen haben, erzählten ja von Wegstationen am Humboldt Sink, am Carson und auch auf der Oregon-Route“, bemerkte Ruth.

„Das lässt erahnen, was noch vor uns liegt, nicht?“, fragte Mazy. Doch dann fügte sie hinzu: „Auf der anderen Seite ist es schön zu wissen, dass jemand da draußen ist, der bereit ist, uns zu helfen, wenn wir gerettet werden müssen.“

„Antone wollte sicher gehen, dass wir genügend Vorräte dabeihaben, damit wir nicht auf Almosen angewiesen sind“, sagte Lura.

„Er hatte genügend Speck, aber nicht ausreichend Tabak dabei, nicht, Ma?“, fragte Mariah lachend.

„Ach du“, wehrte Lura ab. „Ich habe sowieso beschlossen, das Rauchen aufzugeben. Eine schlechte Angewohnheit. Bringt mich zum Husten.“

Adora blickte sie an. „Noch ein Stück Verzicht? Nun, vielleicht sollten wir alle unsere Bindungen einmal überprüfen.“ Sie blickte Tipton an.

„Wie zum Beispiel deine Vorliebe für Süßigkeiten, Mutter?“, fragte Tipton.

„Kaum zu glauben, dass ich nicht viel schmecke, wo ich Süßigkeiten aus Ahornsirup nicht widerstehen kann. Deborah hat versprochen, mich mit Süßigkeiten aus Honig bekannt zu machen, nicht, Deborah?“

„Wie holst du den Honig heraus, ohne den Stock zu zerstören?“, fragte Elizabeth an Deborah gewandt.

„Der Stock ist auf spezielle Art aufgebaut“, erklärte Esther ihnen.

„Das ist wirklich eine Kunst“, meinte Lura. „Das macht die Aufzucht von Bienen zu einer süßen und profitablen Angelegenheit.“

Adora hätte es niemals allein geschafft, dachte Mazy. Sie brauchte mehr Hilfe als die meisten, klammerte sich immer fester an das, was war. Trotzdem, bei dieser großen Bergüberquerung hatte sie erlebt, wie die meisten Frauen zusammengerückt waren, wie sie Erinnerungen und nutzloses Gepäck hinter sich gelassen hatten, um Platz zu schaffen für das Neue. Sogar Schwester Esthers Gewissheit schien aufzuweichen. Vielleicht war das nicht fair. Sie alle brauchten ihre Gewissheit der Gegenwart Gottes, auch wenn die äußeren Umstände dagegen sprachen.

Im Schein des Lagerfeuers räumten Adora und Tipton die verbliebenen Sachen in Bethas und Naomis Wagen, während Lura sich zu Mazy, Elizabeth, Suzanne und Zilah setzte.

„Ich dachte, das würde Ihnen vielleicht gefallen“, sagte Tipton vorsichtig und reichte Lura ein kleines Päckchen.

„Was ist das?“ Die Frau löste das Band. Ein fragender Ausdruck trat auf ihr Gesicht, als sie die beiden Silberkämme hochhielt. „Das sind nicht meine“, sagte sie.

Tipton zuckte die Achseln. „In meinen Haaren halten sie nicht mehr. Und ich dachte, Sie könnten ... für Ihr Kochen, Sie wissen schon ...“ Sie senkte den Blick. „Ich weiß, sie sind nicht so schön wie die, die Sie verloren haben.“

„Du meine Güte“, sagte Lura und nahm Tipton in die Arme. Die Kämme des Mädchens hielt sie fest in der Hand. Und Tipton ließ sich von ihr in den Arm nehmen.

„Mir gefällt es, so nah bei Mavis zu liegen", sagte Mariah. „Sie käut wieder, und dieses Geräusch und das Heulen der Kojoten wiegt mich in den Schlaf. Ruth mag meine Gesellschaft. Wir sehen uns morgen früh, Ma."

„Wenigstens hast du da genügend Platz, um dich auszubreiten", sagte Adora zu ihr in einem missbilligenden Tonfall, sodass Mazy sich überhaupt nicht auf die abendlichen Schlafarrangements freute.

Wie seltsam, dachte Mazy, als sie losging, um die Kühe zu melken, dass Adora bei ihr, Suzanne und somit mit Zilah zusammen schlafen sollte, der Frau, die sie einmal des Diebstahls bezichtigt hatte.

„Distanz bringt Misstrauen hervor", sagte Ruth zu ihr, als Mazy den Gedanken laut aussprach. Die beiden hatten beim Schein der Lampe gerade die Kühe fertig gemolken.

„Aber ist es nicht erstaunlich, wie sich alles ergeben hat; wir bedürftigen Menschen, was immer es ist, was wir bedürfen, sind zusammengezwungen worden. Schon seltsam, wie das geschah. Als sollte es so sein. Liebe, Verlust und Betrug, alles erleben wir, aber wir bekommen Geschenke, die uns hindurchhelfen."

„Ich frage mich nur, zu was."

„Vielleicht zu Verständnis", meinte Mazy.

„Mir wäre etwas Sichereres lieber", erwiderte Ruth.

„Verwandtschaft. Freundlichkeit. Sicherheit. Kraft. Ich schätze, sie gehören zusammen", sagte Mazy. Die Worte kamen ihr vor wie der Duft ihrer Lieblingsblumen.

„Adora", sagte Lura, „wenn einer dieser Kalifornier vorbeikommt, könnten Sie jetzt die zusätzlichen Maultiere für gutes Geld verkaufen." Es war der Abend nach dem Bergerlebnis, und Tiptons Kämme steckten in Luras dichten, ungewaschenen Haaren.

„Die Maultiere sind alles, was ich noch habe", protestierte Adora. „Ich habe alles verloren außer dem, was ich in der Ecke des Wagens eines anderen unterbringen kann. So weit ist es gekommen."

„Und mich", sagte Tipton. „Du hast noch immer mich. Falls du interessiert bist."

Adora blickte sie verwirrt an. „Warum sollte ich nicht interessiert sein?“, fragte sie.

Tipton zuckte die Achseln.

Adora stocherte eine Weile im Feuer. Die Frauen schlugen nach den Moskitos. Deborah holte ein Stück Musselin und legte es über Suzanne und Sason. Langsam machten sich die Frauen zum Schlafengehen bereit. Mazy hatte beinahe vergessen, was Tipton gesagt hatte, als Adora erneut das Wort ergriff.

„Ich habe eine Wahrheit und eine Lüge“, sagte Adora.

„Oh, gut“, erwiderte Betha. Sie warf die schmutzige Socke für Pig, der hinterherjagte und schließlich damit zum Feuer getrottet kam. „Mir gefällt dieses Spiel.“ Die anderen setzten sich aufrecht hin, um ihr zuzuhören.

„Ich bin den ganzen Weg von Wisconsin gekommen, habe alle Schwierigkeiten der Reise auf mich genommen, weil ich an meiner Tipton interessiert bin. Das ist die eine Aussage.“ Sie warf Steine ins Feuer, und die Funken stoben auseinander. Pigs Ohren richteten sich auf. „Und jetzt Nummer zwei. Ich bin meiner Tochter hierher gefolgt, weil ich nicht unbeachtet bleiben wollte.“ Niemand sprach. „Und jetzt müsst ihr raten, was stimmt nicht?“

„Und eines von beiden ist eine Lüge?“, fragte Elizabeth.

Adora dachte nach. „Nein. Eine Aussage muss ich abändern. Wartet. Ich bin *nicht* hierher gekommen, um Tipton zu folgen, so sollte die erste lauten. Oh, ich kann es nicht richtig.“

„Dann ist das eine Lüge“, sagte Mazy. „Du bist wegen deiner Tochter hierher gekommen und weil du nicht unbeachtet bleiben wolltest.“

„Ja“, flüsterte Adora. „Um ehrlich zu sein. In Cassville wäre ich es gewesen. Du warst immer der Honig, der die Bienen angezogen hat, Tipton. Durch dich hatte ich Gesprächsstoff.“ Sie streckte die Hand nach ihrer Tochter aus. „Um ehrlich zu sein, ich bin wie alle anderen auch aus selbstsüchtigen Gründen hier. Aber ich bin froh, dass ich jemanden gefunden habe, dessen Gesellschaft ich lieber mag als meine eigene. Falls das Sinn für dich macht.“ Tipton hielt die Hand ihrer Mutter. „Und ich mache mir Sorgen um dich, wie dünn du geworden bist. Ich habe Angst, dich zu verlieren."

„Jetzt bin ich an der Reihe", sagte Tipton. Sie schluckte, aber ihre Stimme blieb fest. „Ich habe Laudanum versteckt, ich habe Angst zu essen, und ich kann meine Hand taub werden lassen."

„Wie bitte?", fragte Jason und betrachtete seine Hand. „Das sind drei."

„Ich habe deine Finger gesehen", sagte Lura. „Ich glaube nicht, dass du diese Verkrampfung selbst auslösen kannst. Aber wir haben auch kein Laudanum mehr. Da bin ich ganz sicher. Und ich habe gesehen, wie meine Bohnen dich erschreckt haben."

„Es ist die Hand", sagte Ruth. „Du kannst dafür sorgen, dass sie sich verkrümmt." Tipton nickte. Sie wurde rot. „Erstaunlich, wozu unsere Seele uns bringt, nicht, Tip?"

„Noch mehr Rätsel?", fragte Suzanne, die Tiptons Nicken nicht sehen konnte.

„Elizabeth hat mir gesagt, eines Tages würde ich wissen, warum meine Hand taub wird", erzählte Tipton ihnen. „Warum mein Arm schmerzt. Das hat mich zornig gemacht. Aber es stimmt. Wenn ich richtig schnell atme, dann passiert das. Ich könnte es jetzt in diesem Augenblick auslösen."

„Nein, nicht", protestierten alle im Chor.

„Ich atme jetzt so, dass ich nicht daran denken muss, wie sehr ich mich fürchte. Vor dem Alleinsein, glaube ich, dass Tyrell weggeht, dass ich zu viel esse, dass alles so schnell geht und ich nicht mitkomme."

„Ich denke, wenn du deinen Atem anhältst, wird es aufhören", meinte Elizabeth. „Das Prickeln in deiner Hand und deiner Nase."

„Tyrell sagte, ich solle langsam und tief atmen. Und ich möchte es auch, jetzt. Hier bleiben, einen anderen Weg finden, damit meine Hand das nicht mehr tut. Was das Essen betrifft –"

„Wir werden es schaffen", unterbrach Adora und hielt die magere Hand ihrer Tochter. „Immer ein kleines bisschen. Wir werden einfach so lange zusammensitzen. Ohne unser Maultiergespann, ohne eigenen Wagen haben wir trotzdem etwas, an das wir uns klammern können, von dem wir gar nicht wussten, dass wir es besitzen."

„Ich denke, das ist ein Grund zum Feiern", verkündete Elizabeth. Sie ging zu Bethas Wagen, griff hinein und holte Suzannes Gitarre heraus. „Spielen Sie uns ein fröhliches Lied", forderte sie sie auf, „wenn Ihnen danach zu Mute ist."

Suzannes Hände kannten das Instrument. Sie stimmte eine heitere irische Melodie an.

Mazy betrachtete die Saiten. Sie waren alle separat gespannt und spielten doch zusammen, wurden von der Biegung des Holzes in Spannung gehalten.

„Ich hatte sie doch zu den Dingen gelegt, die zurückbleiben sollten", sagte Suzanne leise, als sie fertig war. „Eine Gitarre ist nicht wichtig."

„Ich habe sie wieder weggenommen", gestand Elizabeth, „denn Fröhlichkeit und Musik ist wichtig, überlebenswichtig."

21

Sie erwachten mit neuer Energie, und Mazy fand zu einer guten Tradition ihrer Vergangenheit zurück. Sie suchte ihr Tagebuch und begann erneut zu schreiben. Sie las einen Psalm, dann überlegte sie sich eine Eigenschaft des Wesens Gottes. „Vorfreude", schrieb sie. Erwartung, Vorherwissen. Als wäre etwas im Voraus geplant, vorbereitet.

Was sie auf dieser Reise in den Westen brauchten, war vorbereitet worden.

Sie mussten oft lachen, und Elizabeth hatte ihnen viele Anlässe dazu gegeben, auch wenn Mazy manchmal den Eindruck hatte, älter und reifer als ihre Mutter zu sein. Sie freute sich auf etwas Schönes. Sie erwartete etwas Angenehmes.

Sie schrieb es nieder, erstaunt darüber, welche Ruhe ihr die Worte brachten.

Betha kehrte den Boden um das Lagerfeuer. Sie nickte Mazy zu. „Schön zu sehen, dass Sie morgens wieder schreiben."

War das allen aufgefallen?

Mazy schrieb fertig, dann ging sie zu den Kühen. Ruths Unabhängigkeit, die Art, wie sie das Vieh übernahm, ohne sich auch nur einmal zu beklagen, wie brauchten sie diese Hingabe. Tag für Tag erlebten sie, wie diese Frau tat, was sie für das Beste hielt, während sie gleichzeitig ihre inneren Kämpfe ausfocht.

Mazy beugte sich zu Jennifers Euter vor. Es fühlte sich anders an. Einmal Melken noch, dann würden sie warten, bis das Kalb geboren wäre. Noch mehr Veränderungen. Während ihre Finger die Zitzen umfassten und die Milch in den Eimer spritzte, dachte Mazy an ihre Reisegefährten und wie sehr sie sich verändert hatten.

Lura hatte angeboten, Zilahs Seidenkleid umzuändern, nachdem Mazy ihrer Sorge Ausdruck verliehen hatte, das locker sitzende Kleidungsstück könnte sich in einem der Ochsenhörner verfangen, wenn sie sich herüberbeugte, um das Joch zu richten.

Suzanne gab ihr Tipps, wie sie Falten einnähen könnte, die dem Mädchen Kurven verliehen, wobei alle wussten, dass sie so schlank und gerade wie eine Bohnenstange war. Ihre gemeinsamen Bemühungen heiterten sie auf.

Sogar Tipton zeigte, nachdem sie ihren Sonnenschirm zurückgelassen, ihre Kämme Lura geschenkt und vom Laudanum Abstand genommen hatte, eine neue Einstellung, indem sie auf die jetzt sanften Neckereien ihrer Mutter, sie müsse noch immer auf Tipton „aufpassen", weil sie über Fip gestolpert war und die Antilope beinahe zerquetscht hatte, nicht reagierte.

Und auch sie selber wurde gebraucht, zu diesem Schluss kam Mazy, als sie den Eimer wegtrug. Ja, so war es. Die anderen brauchten ihren wachen Verstand, ihre Fähigkeit, unabhängige Menschen zusammenzubringen. Sie konnte Entscheidungen treffen. Darüber musste sie lächeln. Für andere konnte sie ganz gut entscheiden. Nur für sich selbst Entscheidungen zu treffen, das fiel ihr schwer.

Aber auch sie hatte sich verändert, sich zu erkennen gegeben, wie alle anderen auch. Vielleicht hatte es in ihrem Leben mit Jeremy diese Offenheit nie gegeben. Er hatte sich ihr nie geöffnet. Der Brief hatte das bestätigt, hatte ihr Dinge mitgeteilt, die sie sich nie hatte vorstellen können. Hatte sie diese Verschlossenheit gewollt? Ihr wurde klar, dass auch sie auf ihre Weise verschlossen gewesen war. War es so schmerzlich, sich selbst zu erkennen, dass sie zugelassen hatte, dass Jeremy ihre Grenzen definierte? War sie so darum bemüht gewesen war, ihm – und auch anderen Menschen – zu gefallen, dass sie nicht erkannt hatte, wer sie selber war?

Im Reisehandbuch stand, sie würden in den kommenden zwei Tagen einen weiteren schwierigen Berg erreichen. Doch am Vormittag wurde ihnen dann angeboten, gegen eine Gebühr die Straße zu benutzen, die „Ende Juli gerade fertig geworden war", sagte ein junger Mann, der sich als Buck vorstellte.

„McAuley hat sie gerodet, damit die Reisenden nicht mehr über den Berg müssen. Unterwegs können Sie sogar noch Beeren pflücken.“ Nur zu gern bezahlten sie den Straßenzoll. Durch die Bemühungen anderer wurde ihre Reise abgekürzt.

In dieser Nacht regnete es, während die Maultiere gutes Gras zupften. „Wir werden jetzt über siebzehn Meilen hinweg kein Wasser haben“, sagte Mazy. Aber während des folgenden Tages wurden sie beschenkt mit schnell fließenden Bächen, und sie erreichten schließlich Soda Springs, wo sie in der Nähe von „sprudelndem Wasser“, wie Jessie es nannte, ihr Lager aufschlugen.

Ein Mormone aus Salt Lake City kam beladen mit zwei Körben Obst und Gemüse in ihr Lager. Alle waren begeistert und deckten sich mit frischen Zwiebeln und sogar Mais ein.

„Mais“, schwelgte Mazy. „Meiner in Wisconsin wäre jetzt reif.“ Sie kochten die Kolben und taten die letzte Butter auf die Körner. Es war ein Festessen.

„Meine Mutter hat mir einmal erzählt, all die kleinen Maisfäden seien je mit einem winzigen Kern verbunden“, sagte Elizabeth. „Gott hat sie so geschaffen, dass der Faden das Licht einfängt und ins Innere der Hülse bringt. Und wo Kerne fehlen, wurde der Faden vom Wind herausgezogen, und das kleine Ding konnte nicht groß werden, konnte seine Aufgabe nicht erfüllen.“

Lura starrte ihren Maiskolben an. „Kann das stimmen? Dass Gott sich um solche Kleinigkeiten kümmert?“

„Wie viel wird er dann erst für uns geplant haben, wenn er so viele Gedanken auf jedes Maiskorn verwendet“, wandte Esther ein und leckte ihre Finger ab.

„Er hat vorausgeahnt“, sagte Mazy. „Hat jedem von uns einen Platz gegeben.“

„Hunger ist eine gute Soße“, sagte Betha. Die Butter tropfte ihr von den Händen. Sie sah sich um, dann wischte sie ihre Hand im Gras ab. „Das hat meine Mutter immer gesagt.“

„Meine hat mir immer ein kleines Gedicht aufgesagt“, erinnerte sich Lura. Ein Maiskorn fiel ihr vom Kinn herunter. *„Ich bin klein, mein Herz ist rein, soll niemand drin wohnen als Jesus allein.“*

„Was bedeutet das?“, fragte Jessie und zog die Nase kraus.
„Nun, wenn ich mich recht erinnere, soll das heißen, dass nur Jesus in meinem Herzen wohnen soll.“ Sie klopfte mit ihren fettigen Fingern auf ihr Herz.
„Niemand ist zu Hause außer Jesus?“, fragte Jessie.
„So habe ich das noch gar nicht gesehen, aber ja. Wenn wir lieben, rein sind in unseren Herzen, dann wohnt Jesus in uns.“

Am folgenden Tag kamen sie gut voran. Der manchmal ziemlich heftige Regen hielt sie ein wenig auf, aber er half auch gegen den Staub. Der Weg ging in diesen Tagen stetig bergan, aber die Ochsen fanden genug Gras und Wasser, wenn sie es brauchten.
Das ist gut, dachte Mazy. Wenn sie erst einmal die Wegkreuzung erreicht und überschritten hatten, warteten Meilen von blanker, verbrannter Erde ohne Wasser auf sie. Sie würden auch nachts fahren müssen. Sie würden die Stelle auf der Council Bluffs Road erreichen, wo jeder entscheiden musste, ob er nach Norden nach Oregon oder nach Süden nach Kalifornien fahren wollte. An dieser Stelle würden sich ihre Wege trennen. Sie hätten früher darüber reden sollen, aber Mazy schob es auf, und die anderen sprachen das Thema auch nicht an. Vielleicht dachten sie, sie würden gar nicht erst so weit kommen.
Aber Mazy wusste: Die Wüste und Sierras lagen noch vor ihnen, und sie würden all ihre Kräfte brauchen, all ihren Glauben, um diese Wegstrecken zurückzulegen und dann weiterzufahren zu dem Ort, wo sie hingehörten.

Ruth führte Koda lieber am Zügel und ritt ihn nicht, um seinen Huf zu schonen. Der Huf war in Laramie gut genagelt worden. Laramie. Sie erschauderte. War es wirklich Zane gewesen? Hatte er Koda dort erkannt? Sie wünschte, sie könnte dieses unbehagliche Gefühl abschütteln, dass jemand mit bösen Absichten auf dem Weg in den Westen hinter ihr her war.
Sie ging zu Lura, die sich lachend vorgebeugt hatte.
„Es hat einen leichten Tritt“, erklärte Tipton ihr. „Alle Maultie-

re haben das. Sie sind besser als Pferde. Das wird Ihren Beinen helfen."

„Ich habe noch nie auf einem Pferderücken gesessen", sagte Lura. „Bin nur gelaufen, in einem Wagen oder Buggy gefahren, seit ich ein kleines Mädchen war."

„Wir alle probieren jetzt Neues aus, Ma", erinnerte Mariah sie. „Komm schon, du kannst mit Ruth und mir zurückreiten."

Mit ihren Händen bildeten sie eine Steigleiter und halfen Lura auf den Rücken eines der Maultiere der Wilsons. Das Tier stampfte. Lura flog auf der anderen Seite hinunter. Sie lag zusammengekrümmt auf dem Boden, und das Tier starrte sie an.

„Hab jetzt keine Angst", riet Mariah ihr. Nur mit Mühe konnte sie ein Grinsen unterdrücken.

„Sprichst du mit mir oder mit dem Maultier?", fragte Lura und rückte ihre Haube zurecht.

„Sie haben wirklich ein zuverlässiges Maultier, Adora", sagte Ruth zu ihr.

„Ich habe Ihnen ja gesagt, es sind gute Tiere", erwiderte Adora. „Diejenigen, die Sie weggegeben haben, waren ..." Sie hielt inne. „Um ehrlich zu sein, sie sind" – sie blickte zu Tipton hinüber – „die zweitbesten, die ich habe."

Lura ritt auf dem Maultier zum Sinking Creek und überredete auch Betha, hin und wieder auf ein Maultier zu steigen, wenn Adora es gestattete. „Schonen Sie Ihre Schuhe", riet sie ihr.

„Wir sehen aus wie Kürbisse auf einer Reling", stöhnte Betha.

„Sprechen Sie für sich", riet Lura ihr. „Mein Antone wäre stolz, dass ich etwas Neues lerne. Nun, zumindest wird Mattie es sein."

Sie legten eine gute Wegstrecke zurück, und schließlich ließ Mazy den ersten Wagen anhalten.

„Warum bleiben Sie stehen?", fragte Zilah. Sie ging neben den Ochsen her, sprach beruhigend auf sie ein und sah nicht oft nach vorn, da sie daran gewöhnt war, den Blick gesenkt zu halten.

„Es ist beinahe Mittag", sagte Mazy. „Hier ist gutes Gras, und vor uns liegt die Kreuzung nach Fort Hall oder Kalifornien. Wir gehen jetzt entweder nach Süden zum Humboldt Sink, vielleicht über den Applegate Trail oder Sacramento, oder wir ziehen nach Norden und nach Oregon. Ohne eine Entscheidung können wir nicht mehr weiterfahren, und ich zumindest habe nicht vor, allein weiterzuziehen." Sie hörte Sason schreien und lächelte. „Außerdem haben wir ein Baby dabei, das versorgt werden möchte."

Ruth wollte nach Oregon. Dort waren ihre Pferde, dort befand sich das Vieh der Schmidtkes. Nach Norden, nach Fort Hall, dann am Snake River entlang nach Oregon, ins freie Land. Dreihundertzwanzig Acres. Das war es, was sie wollte. Und so weit wie möglich von Zane entfernt sein, dabei musste sie ihn unbedingt hinter sich herlocken, von den anderen ablenken.

Sie beobachtete Jessie, die die Schöpfkelle an Suzannes Lippen hielt. Das Mädchen war freundlich. Freundlich, aber noch klein und jung. Sie vermutete, dass der Weg nach Kalifornien, obwohl er durch eine große Wüste und die Sierras führte, der bessere Weg für Jessie und Betha, Sarah und die Jungen sein würde. Die Wegstationen waren gut ausgebaut, falls sie in Schwierigkeiten gerieten, und im Goldland gab es bessere Möglichkeiten, in einem Land, das bereits dem Staatenbund angehörte. Entlang der Südroute waren Posten aufgestellt, es gab von den Goldsuchern gebaute Straßen, Händler, die ihre Waren anboten. Mit drei Wagen hätten sie eine gute Chance, es nach Süden zu schaffen. Die Leute, die gelegentlich mit Zeitungen und Gemüse ins Lager gekommen waren, hatten berichtet, dass die Zivilisation sich im Süden ausbreitete.

Sie würden ohne Ruth dorthin fahren.

„Also, wie sieht es aus?", fragte Elizabeth. Sie ließ ihren Blick über die Wagen gleiten, die sie an den Straßenrand gelenkt hatten, damit die anderen an ihnen vorbeifahren konnten. Die Wegkreuzung befand sich in einem staubigen, baumlosen Gebiet, und beide Straßen führten einsam in entgegengesetzte Richtungen, wie Tanzpartner sich trennen und zu den entgegengesetzten Seiten des Saales gingen. Durch Staub und Gebüsch hindurch verschwanden die beiden Straßen an unterschiedlichen Horizonten. Hier, in der Nähe von Wasser und Gras, würden sie miteinander reden.

„Es sieht so aus, als könnten wir ein Gebet gebrauchen", meinte Tipton.

„Wer möchte eins sprechen?", fragte Lura.

„Ich", meldete sich Ned. Er spuckte in die Hand, strich sich mit der Spucke die Haare zurück, dann begann er: „Jetzt lege ich mich nieder zum Schlafen. Ich bete, dass der Herr meine Seele bewahren möge. Sollte ich sterben, bevor ich aufwache, möge der Herr meine Seele aufnehmen. Amen."

„Gut gesagt", lobte Schwester Esther und lächelte.

Mazy hatte die Frau nicht oft lächeln gesehen. „Suzanne, würden Sie uns bei der Stange halten?", fragte Mazy. „Uns wieder zum Thema zurückbringen, wenn wir abgleiten?"

„Wenn Sason mich nicht zu sehr ablenkt."

Clayton stach mit dem Finger nach seinem kleinen Bruder, aber Zilah fing seine Hand ab. Der Junge sah auf, und Zilah küsste seine knubbeligen Finger.

Duftige Wolken wie die Haare eines Engels zogen über den Himmel dahin. Es waren kaum Geräusche zu hören, obwohl Mazy glaubte, den hohen Schrei eines Habichts erkennen zu können, der sich in der Ferne in die Lüfte erhob. Sie roch trockenes, duftendes Gras. Sie richtete ihre Haube und blickte die Frauen an, die sich im Schatten der Wagen niedergelassen hatten. Ihre Mutter fächelte sich mit der Hand Luft zu.

„Mal sehen, ob wir zu einer Einigung kommen", sagte sie. „Wer nach Oregon möchte, hebe jetzt die Hand."

Ruth und Adora hoben die Hände. Auch Lura.

„Bedeutet das, dass alle anderen nach Kalifornien möchten?", fragte Ned. „Diese Abstimmerei ist Mist."

„Nur wenn sie gegen dich geht", erwiderte Betha. „Warte."

„Wer war dafür?", fragte Suzanne.

„Drei. Ruth, Lura und Adora. Oh, vier. Tipton hat gerade noch ihre Hand gehoben. Oh. Und Betha auch? Nein? Ja. So, und wer ist für Kalifornien?", fragte Mazy.

Schwester Esther hob die Hand, genau wie Deborah, wenn auch so vorsichtig, dass Mazy sie beinahe übersehen hätte. Naomi und Zilah hoben ebenfalls die Hand. Elizabeth stimmte auch für Kalifornien.

„Wirklich, Mutter?“, fragte Mazy. „Ich dachte, du wolltest das Land haben?“

„Eigentlich ist es mir egal“, erklärte Elizabeth. „Ich dachte nur, als du nicht für Oregon gestimmt hast, würde ich ...“

„Nein, jeder soll nach seinem Herzen abstimmen.“ Sie nannte Suzanne das Abstimmungsergebnis.

„Viele haben ihre Hand gar nicht gehoben, Mommy“, wandte Jessie ein. „Sie passen nicht auf, oder?“

„Nein, das tun sie nicht“, erwiderte Betha.

„Mir ist es egal“, erklärte Mariah. „Pa sagte, wir könnten auch über Kalifornien nach Oregon kommen und der Weg sei längst nicht so schwierig. Auf diese Weise würden wir den Columbia River umgehen. Mattie könnte so nach Oregon City gelangt sein.“ Sowohl Ned als auch Jason nickten zustimmend. „Suzanne?“, fragte Mazy.

„Ich ... nein.“ Suzanne schluckte. „Ich würde gern nach Kalifornien gehen, aber ich schätze, ich werde Hilfe brauchen.“

„Kann ich helfen?“ Zilahs Stimme klang so sehnsuchtsvoll, wie niemand es zuvor von ihr gehört hatte.

Schwester Esther faltete die Hände vor ihrer mit Fett und Schmutz verschmierten Schürze. „Du bist versprochen“, rief sie ihr ins Gedächtnis. Zilah ließ den Blick aus ihren mandelförmigen Augen sinken. „Die Verträge.“ Sie räusperte sich. „Da gibt es ein Problem. Natürlich kann Cynthia ihren Vertrag nicht erfüllen, und jetzt hat noch ein anderer seinen Vertrag zurückgegeben. Er möchte seine Braut nicht in Empfang nehmen. Ich habe das bewusst nicht früher erzählt. Er wird sein Geld zurückfordern. Ich weiß nicht, wer es ist, kenne auch seine Gründe nicht. Ich habe keine Möglichkeit, dies herauszufinden, bis wir Sacramento erreichen, um die Ehen zu schließen. Ich weiß, ich muss nach Kalifornien gehen. In diesem Punkt bleibt mir keine Wahl.“

Zum ersten Mal erkannte Esther, dass sie die Asiatinnen brauchte. Wenn sie ihre Meinung änderten und einen anderen Weg zögen, würde sie ihr Leben lang damit beschäftigt sein, ihre Verträge irgendwie auszulösen. Schlimmer noch, sie würde ganz allein mit Versagen und Verlust leben müssen.

„Aber das ist vielleicht gar nicht nötig", erklärte Suzanne mit freudig erregter Stimme. „Wenn Zilah mit mir gehen möchte, werde ich ihren Vertrag bezahlen, das Geld ihrer Familie schicken, und sie wird bei mir angestellt mit richtiger Bezahlung."

„Sie wurde einem Mann versprochen", hielt Schwester Esther dagegen. „Das ist die Aufgabe unserer Agentur. Vielleicht wird sie erwartet."

„Aber es werden jetzt doch nur zwei gebraucht", wandte Mazy ein, „wie Sie sagen."

„Ja, nur zwei."

„Die Bienen?", fragte Deborah mit leiser Stimme.

„Ich weiß es nicht", erklärte Schwester Esther ihr. Sie hob ergeben die Hände. „Es tut mir so Leid, aber ich weiß es einfach nicht."

„Ich gehe", sagte Zilah. „Oder ich gehe mit Missy Suzie. Ich nicht gehe zu Mann."

„Aber warum nicht?" Esther wandte sich steif der jungen Frau zu.

„Ich weiß, dies nicht Zeitpunkt", erwiderte Zilah, „aber ich habe eine Wahrheit. Ich nicht schickte mein Bild an neuen Mann, sondern das von Kusine, einer hübschen Frau."

„Du meine Güte", rief Lura. „Du bist doch hübsch. Bestimmt wird jeder Mann dein Gesicht attraktiv finden, auch wenn es nicht das Foto ist, das du geschickt hast."

Zilah legte die Finger an die Wangen. „Die Narben ...", sagte sie.

„Ach pah. Jeder Mann, für den das ein Problem ist, weiß nicht, dass er eine Überlebende bekommt. Das ist es doch, was diese Narben bedeuten. Du bist zäh, du hast eine Krankheit überlebt. Wie wir alle. Nach dieser Reise sollten wir alle Narben tragen. Wir haben das Schlimmste durchgemacht." Luras Stimme zitterte. „Ohne euch wäre ich am liebsten dort geblieben und neben meinem Antone gestorben."

Betha tätschelte ihr die Schulter. „Wir alle haben einander geholfen."

„Ich gehe mit Missy Suzie. Wenn sie mich haben will", verkündete jetzt auch Naomi. „Wenn nicht lieber Zilah."

„Ich dachte, du würdest bei uns bleiben", jammerte Adora.

„Du wolltest die Asiatinnen doch gar nicht in deiner Nähe haben, Mutter", wandte Tipton ein.

„Nun, um ehrlich zu sein, ich denke, Naomis Kochkünste verbessern meinen Geruchssinn. Vielleicht liegt es ja wirklich an all diesen Kräutern. Ich möchte einfach nicht mehr auf sie verzichten."

„Erfolg geschmeckt, nicht?", fragte Elizabeth.

„Und die Anklage?", fragte Mazy. „Dass Zilah dein Geld genommen hat? Sollten wir das jetzt auch regeln?"

Adora wand sich. „Die Wahrheit ist", sagte sie und zupfte irgendeine unsichtbare Fluse von ihrem Rocksaum, „ich denke, Tipton hat Recht. Auf der verschwundenen Tasche und dem Geld steht ganz deutlich der Name von Charles."

„Das Geld hatte Namen draufstehen?", fragte Zilah an Naomi gewandt.

„Nur so ein Ausdruck", erklärte Elizabeth ihr. „Also möchten Sie nicht, dass sich Ihr Geruchssinn verschlechtert bei der Jagd nach schlechtem Geld? Ist es so schlimm, dass Sie nach Kalifornien gehen, um es zu bekommen?"

„Was meinst du, Tipton?"

„Lass uns zunächst nach Kalifornien gehen", erwiderte Tipton. „Wir haben Zeit, die Sache mit Charles zu regeln. Die Wahrheit ist, ich möchte gern ... kräftiger sein, wenn ich ihm gegenübertrete. Damit ich nicht zittere, wenn ich ihm sage, dass er Unrecht hatte mit Tyrell. Er wusste, dass ich seiner würdig bin. Tyrell war würdig, und er wollte dasselbe für mich." Sie rieb sich den Arm und öffnete und schloss die Finger.

„Aber was unternehmen wir wegen des Geldes?", fragte Adora.

„Die Maultiere", schlug Lura vor. „Wenn sie keinen Wagen mehr ziehen müssen, werden sie am Leben bleiben. Und wenn wir sie nicht mehr reiten, werden sie einiges wert sein."

„Und ich werde die Tiere ersetzen, die ich verschenkt habe", bot Ruth an. „Wenn ich meine Pferde bekomme und verkauft habe. Das verspreche ich Ihnen, Adora. Ich hatte nicht das Recht ... es tut mir Leid."

„Nun ... das hätte ich nie erwartet. Ich akzeptiere", sagte Adora erfreut.

„Ich weiß noch nicht, was wir wegen unserer eigenen finanziellen Lage unternehmen werden", meinte Lura. „Aber ich habe noch meinen Messerschleifer. Aus London. Ich kann damit arbeiten, wenn wir eine Zeit lang bei einem von euch unterkommen können."

„Wo hast du ihn denn hingetan, Ma, dass niemand ihn gesehen und zurückgelassen hat?"

„Unter den Wagen, wo die Ersatzräder immer waren." Lura grinste. „Ich hoffe, ihr habt nichts dagegen. Eure Messer schärfe ich umsonst."

„Ich möchte, dass ein kluger Mensch neben mir wohnt", sagte Elizabeth an Lura gewandt, die errötete.

„Wo wir auch hingehen, du hast einen Platz, Zilah", sagte Suzanne.

„Deborah und ich. Wir halten Vertrag ein, Schwester", erklärte Naomi. „Suchen Weg zu helfen."

„Nun, dann stimme ich für Kalifornien", sagte Adora. „Uns bleibt ja immer noch die Möglichkeit, nach Oregon weiterzuziehen, wenn Kalifornien uns nicht gefällt. Denn jetzt können wir ja mit leichtem Gepäck reisen."

„Ruth? Was würdest du sagen, wenn wir auch nach Kalifornien gingen?", fragte Betha vorsichtig. „Ich könnte mich als Köchin und Haushälterin verdingen, bis ich genug Geld gespart hab, um ein eigenes Haus für die Kinder zu kaufen. Eine Pension zum Beispiel. Das könnte ich machen. Im Süden wäre es ein wenig leichter, denke ich."

„Auf dem Weg sind auch nicht so viele Flüsse zu überqueren", sagte Ruth. „Nicht der Columbia."

„Daran habe ich gar nicht gedacht, aber ja, vielleicht ist auch das ein Grund. Ich habe genug Flüsse überquert. Ich denke nur, ich werde immer älter, bin zu alt, um das Land zu bestellen und Pferde auszubilden. Ich weiß, das ist es, was du möchtest, und das ist auch in Ordnung. Aber ich denke, ich sollte vielleicht lieber in den Süden gehen, wenn ich auf mein Herz höre, was wir, wie Mazy sagt, tun sollten. Ich denke, Jed würde das billigen. Es wird schwer sein, allein, ohne euch beide, aber –"

„Ich habe mir schon gedacht, dass du lieber in den Süden gehen würdest", meinte Ruth. „Es wäre besser für deine ... Mädchen. Und die Jungen auch. Ich schließe mich anderen Leute an, die nach Oregon ziehen, lade meine Sachen auf Jumper und reite auf Koda, bis ich von Matt und Joe Pepin höre und meine Herde finde. Ich komme schon zurecht."

„Es erscheint mir gefährlich, wenn Sie allein unterwegs sind", wandte Mariah ein.

„Oh, das Alleinsein ist kein Problem", widersprach Ruth. „Ich bin daran gewöhnt."

„Aber das brauchen Sie nicht, so wie es sich für mich anhört", meinte Mazy.

„Gehen Sie auch nach Oregon?", fragte Ruth. „Ich würde mich über die Gesellschaft freuen."

„Ich meinte, in Bethas Worten lag eine Einladung. Dass Sie bei ihnen bleiben sollten. Dass es in Ordnung wäre, sie zu brauchen, so wie sie Sie brauchen."

Ein heißer Wind fuhr unter die Plane von Esthers Wagen. Sarah schlug nach einer Fliege, seufzte und lehnte sich gegen ihre Mutter.

Ruth dachte an die Pferde, die Härte des Alleinreisens. Sie könnte immer noch die Einsamkeit wählen. Aber die Augen derer, die im Schatten des Wagens saßen, sagten, dass Verwandtschaft und Bindung hier warteten.

„Die Einladung ist ... verlockend", erwiderte Ruth. „Aber aus guten Gründen halte ich es für besser, wenn ich einfach nach Norden reise. Es wird sicherer sein. Für alle."

„Sicherer?", fragte Adora.

„Vertrauen Sie mir."

„Können wir Ihre Meinung nicht ändern?", fragte Mazy. „Dass Sie mit uns kommen? Bisher sind wir zusammen doch ganz gut zurechtgekommen, haben einander geholfen."

„Machen Sie es mir nicht noch schwerer", sagte Ruth. „Nun da ich endlich eine Entscheidung getroffen habe."

„Von Ihnen haben wir noch gar nichts gehört, Mazy", warf Suzanne ein. „Oder sind Sie noch immer unentschlossen?"

Ruths Beharrlichkeit, nach Norden zu gehen, kam ihr vor wie ein Versagen. Mazy konnte sich vorstellen, was für jeden von ihnen das Beste war. Es war immer leichter, den Weg anderer Menschen zu sehen, auf mögliche Hindernisse hinzuweisen und die geeigneten Rastplätze für sie zu suchen. Das, was ihr in diesem Augenblick Unbehagen bereitete, war das Wissen um das, was sie selber in diesem Augenblick wollte. Die Entscheidung, was das Beste für sie war, erforderte Mut. Sie würde vielleicht lieber nach Norden gehen, aber diese Gruppe brauchte sie. Sie brauchten auch Ruth. Sie musste Ruth davon überzeugen, dass sie jetzt nicht mehr allein war. Gemeinsam waren sie stärker. Sie waren eine Gemeinschaft, alle zusammen.

Zu entscheiden, als wäre sie allein, war schwierig, genau wie damals, als sie die Pumphose zum ersten Mal getragen hatte, vielleicht sogar noch schwieriger. Sie war sich vorgekommen wie ein kleines Kind, unartig und verängstigt, aber sie hatte es getan. Es war egal, dass dieser Tag, an dem sie sie zum ersten Mal getragen hatte, mit einer Tragödie zu Ende gegangen war. Der Akt des Anziehens hatte sie belebt, ihre Sinne stimuliert und sie ein Gefühl der unabhängigen Freude erleben lassen. Die Schwierigkeiten, die danach auftraten, hatten das nicht trüben können.

„Aufgebrochene Erde reißt immer weiter auf, bis der Regen

kommt, um sie zu heilen“, sagte Mazy. „Diese Reise ist für mich mit diesem Bild vergleichbar. Wir haben viel Elend erlebt – aufgebrochene Erde. Aber die Tragödien haben uns zueinander geführt.“

„Herausforderungen, die im Glauben angenommen werden, machen Menschen zu Blutsverwandten“, nickte Schwester Esther. „Das ist meine Erfahrung.“

„Dem kann ich nur zustimmen“, sagte Mazy.

„Sie werden also mit uns nach Kalifornien kommen?“, fragte Lura. Sie sah Mazy an. „Ich werde allmählich ungeduldig.“

Mazy erwiderte: „Ich möchte ein Stück Land finden, das ich bestellen kann und auf das ich andere einladen kann. Oder von dem ich sie herunterweisen kann, wenn ich das wünsche. Ich möchte mein eigenes kleines Reich haben, mein eigenes Heim. Ich frage mich, ob das nicht auch das war, was Jeremy gesucht hat, was all unsere Männer wollten. Einen Ort, an den sie gehörten, umgeben von Menschen, die sie liebten. Ich weiß es nicht.“ Sie schüttelte den Kopf. Andere ließen ihre Blicke sinken, wirkten nachdenklich.

Die Erwähnung der Toten schien jede Frau zu veranlassen, zurückzusehen. Mazy wollte weiterkommen.

„Ich möchte Dinge anbauen, die wundervoll schmecken oder die die Luft mit ihrem Duft erfüllen. Ich wünsche mir Bienen, Schmetterlinge und Vögel in der Nähe meines Heimes, hohe Bäume mit Schatten und offene Flächen mit einem Bach oder einer Quelle. Ich möchte einen Ort haben, an den ich gehöre, und vielleicht, eines Tages, wenn ich bereit bin, werde ich einen anderen Mann dorthin einladen, aber nur, wenn ich es möchte.“ Sie schluckte. „Doch ich habe Angst, dass ich in mein altes Verhalten zurückfallen könnte, dass ich nicht wirklich umgekehrt bin, dass ich mich wieder im Schlamm festfahre.“

„Wenn Sie im Schlamm feststecken, ist das ein gutes Zeichen, dass Sie guten Boden haben“, tröstete Betha sie.

„Alles, was passiert, hat zwei Seiten, wenn wir vertrauen, dass beide Seiten da sind“, sagte Elizabeth zu ihr, „und nicht zu viel

Zeit darauf verwenden, den Schlamm zu suchen, bevor wir uns hindurchquälen."

„Ich werde neuen Mann bitten, Ihnen Bienen auszuleihen", sagte Deborah.

„Danke."

„Ich denke gerade an das Gemüse, das wir gegessen haben, das vom Süden gekommen ist", sagte Lura. „Maiskolben. In Kalifornien wird es gut wachsen, nicht, Mariah? Denkst du, wir sollten mit Mazy und Elizabeth nach Sacramento reisen?"

„Sie müssen mit uns gehen, Ma. Sie haben ja keinen Wagen."

„Daran habe ich noch gar nicht gedacht", erwiderte Elizabeth. „Wir müssen Lura bestechen, dass sie uns bleiben lässt."

Lura winkte ab, als wollte sie sagen: „Keine Sorge."

„Natürlich haben wir noch das Geld, das Jeremy hinterlassen hat. Und die Kühe", überlegte Elizabeth laut.

Mazy verzog das Gesicht. „Da ist noch eine Sache, Mutter. Eine unerledigte Angelegenheit. Mit Jeremys Bruder und Schwägerin."

„Jeremy hatte Familie? Na, das ist ja was. Wo?"

„Dem Brief nach in Kalifornien. Es ist möglich, dass sein Bruder sogar Besitzer meiner Kühe und wer weiß was sonst noch ist. Vielleicht sind wir ihm sogar den Wagen schuldig, den wir zurückgelassen haben."

„Nun", sagte Elizabeth leise pfeifend, „ich habe den Eindruck, wir haben guten Grund, nach Süden zu gehen, und wenn auch nur, um alles zu regeln."

„In diesem Brief des Rechtsanwalts war noch eine ... andere Angelegenheit erwähnt. Bisher habe ich gezögert, darüber zu sprechen, nun, ich wollte zuerst wissen, was ich selber will. Aber Folgendes ist die Wahrheit. Oder vielleicht auch eine Lüge? Jeremy hat eine Tochter, die irgendwo in Oregon lebt."

Die Gruppe starrte sie schweigend an.

„Man stelle sich vor", sagte Tipton schließlich, „eine Tochter. Mr. Bacon hat etwas Wesentliches verschwiegen."

Suzanne rutschte unbehaglich hin und her, reichte Sason an Zilah weiter. Sie griff nach Pigs Geschirr und zog sich hoch. „Es sieht also aus, als würden wir nach Kalifornien weiterreisen, nach Placerville oder Sacramento, irgendwo in den Süden. Außer Ruth – und Mazy hat noch nichts gesagt."

Mazy atmete tief durch. „Ich habe eine Todesangst, aber ich habe eine Entscheidung getroffen", sagte sie. „Ich habe mich für Kalifornien entschieden."

Elizabeth erhob sich und zog ihre Tochter in ihre Arme. „Und du hast dich nicht entschuldigt, und du hast mich nicht gefragt, was du tun sollst. Ich bin stolz auf dich, mein kleines Mädchen. Ich bin sehr stolz auf dich!"

„Und du wirst auch in Kalifornien Abenteuer finden, Mutter?"

„Die finde ich, wo immer ich bin", sagte Elizabeth. „Solange ich mit Menschen zusammen bin, die ich liebe."

Ned holte seine Blechflöte hervor und begann zu spielen. Die Frauen klatschten zur Musik in die Hände. Sogar Schwester Esther klatschte mit.

Diese Reise, dachte Mazy, hatte ihr ein Geschenk gemacht, das sie nicht bekommen hätte, wenn sie an einem Ort, wenn sie zu Hause geblieben wäre. Sie hatte überlebt; sie konnte weitermachen; sie hatte Entscheidungen für sich und für andere getroffen, wenn es nötig war, und sie konnte aus den Fehlern der Vergangenheit lernen. Sie hatte der Zukunft vertraut und brauchte sich nicht davor erschrecken zu lassen. Sie musste nicht allein reisen, keiner musste es. Gott gab und erhielt ihr ihr Erbteil. Mit seiner Hilfe könnte sie neuen Samen in die noch ungepflügte Erde stecken.

Ruth entfernte sich von der Gruppe, packte Korn in ihre Packtaschen, nachdem sie getrocknetes Rindfleisch und andere Vorräte herausgenommen hatte. Jessie kam zu ihr. „Kann ich dir helfen?", fragte sie. Ruth ließ sie das Seil werfen, mit dem sie die Satteltaschen auf Jumpers Rücken befestigte. Sie wollte nicht über ihren Aufbruch nachdenken; ihr Weggang würde ihre Familie schützen, das war alles, was zählte.

„Ich werde dich vermissen, Ruthie", sagte Betha. „Du bist eine gute Schwägerin. Du wirst uns doch mitteilen, wenn du deine

Pferde hast, und dann vielleicht auch in den Süden kommen?" Sie fuhr sich über ihre mittlerweile fleckige Schürze, Jessie an sich gedrückt. „Wenn die anderen nicht wären, würde ich keinesfalls ohne dich weiterfahren."

Sie umarmten sich, und schon bald kamen die Kinder hinzu, dann auch die anderen Frauen. Sie verabschiedeten sich und respektierten Ruths Recht der eigenen Entscheidung.

„Sind Sie sicher, dass Sie nicht wenigstens bis zur Weggabelung mit uns reiten wollen?", fragte Elizabeth, als sie sie umarmte.

Ruth schüttelte den Kopf, rückte ihren Hut gerade. „Das Beste ist, ich reite los, solange ich noch kann."

Sie winkten Ruth nach, bis sie nicht mehr länger zu sehen war. Mazy blieb besonders lange stehen. Ruth sagte, sie würde parallel zur Straße reiten, nicht dort, wo alle anderen herfuhren, nur aus Sicherheitsgründen, da sie eine allein stehende Frau sei. *Eine allein stehende Frau*, dachte Mazy. Aber es war ihre Entscheidung.

Sie beschlossen, heute nicht mehr weiterzufahren, sondern ihr Lager aufzuschlagen. Ruths Weggang und der Prozess, zu einer Entscheidung zu finden, hatte sie erschöpft. In der Nähe gab es einen kleinen Teich mit stehendem Wasser, hohes Gras versprach gutes Futter für das Vieh. In dieser Nacht, als Mazy hörte, wie Pig sich umdrehte, bevor er einschlief, fragte sie sich, wo Ruth wohl ihren Kopf hinlegen würde.

Am Morgen spannten sie beim Gezwitscher der Wiesenlerchen an. Mazy würde sich später daran erinnern: Die friedliche Atmosphäre und dann, ohne Vorwarnung, die Katastrophe. Zilah half Suzanne, bot Betha an, auch ihr zur Hand zu gehen. Cicero, Bethas Ochse, lief von den anderen Tieren fort und blieb hinter dem Teich im hohen Gras stehen.

„Ich werde ihn holen", sagte Betha, „und dann nehme ich deine Hilfe gern in Anspruch."

Schwester Esther erhob sich und schirmte ihre Augen mit der Hand ab. Sie sah Betha nach, wie sie auf ihren Ochsen zuging und mit der Hand nach den Moskitos schlug.

Plötzlich war Betha eingehüllt von einer schwarzen Wolke und dem Summen von schwirrenden Insekten. Nicht Moskitos, etwas Größeres stieg aus dem Gras auf, umflatterte ihre Röcke, ihre Schürze, ihr Oberteil, ihr Gesicht.

„Wespen!“, schrie Betha. „Bleibt weg!“

Mazy und Elizabeth eilten auf sie zu. Esther rannte zum Wagen. Sie rief Suzanne, die sich noch im Wagen befand, zu: „Die Lampe! Geben Sie mir die Petroleumlampe.“

Suzanne tastete nach der Lampe.

„Das ist sie!“, rief Esther. „Schnell! Schnell!“

Sie hörten Bethas Schreie, sahen sie um sich schlagen, während die Insekten ein Festessen abhielten und wild ihre Stachel und ihr Gift in ihre Haut trieben.

Esther riss Suzanne die Lampe mit einem solchen Ruck aus der Hand, dass Suzanne stürzte. „Gehen Sie“, forderte sie Esther auf. „Ich komme schon klar.“

Esther sah in den Wagen hinein, zögerte, glaubte etwas Nasses in der Nähe des Schreibpults zu entdecken, dann wandte sie sich um und rannte zu Betha, zog die Glashülle von der Lampe ab und goss die Flüssigkeit auf Bethas Haare, während die anderen noch immer nach den Wespen schlugen.

Aber es war zu spät. Bethas Gesicht schwoll an, ihre Atmung setzte aus. Innerhalb von wenigen Minuten starb sie in Esthers Armen.

22

Ruth hatte sich in einer Vertiefung hinter einem Gebüsch und hohem Gras ein trockenes Lager bereitet. Sie hatte unruhig geschlafen, von Schritten und den Schreien kleiner Kinder geträumt. Als sie erwachte und die Sterne erblickte, fragte sie sich, ob sie wirklich hätte gehen sollen. *Werde ich wohl jemals einer Sache ganz sicher sein?* Sie betete um Führung und schlief wieder ein. Kurz vor Sonnenaufgang fuhr sie aus dem Schlaf auf.

Ein Geräusch. Ihre Augen suchten Koda, der ganz still in der Nähe stand. Jumper schlief im Stehen. Sie flüsterte Kodas Namen, und das Pferd kam auf sie zu, stieß mit den Nüstern gegen ihre Schlafdecke, wieherte leise. Ein Wagenzug? Nein. Jemand auf einem Pferd, das hatte sie gehört, das Geräusch von Hufen auf dem Boden. Auf dem Bauch robbte sie dem Geräusch entgegen. Ihr Herz klopfte zum Zerspringen. Sie war allein, hatte niemanden, an den sie sich wenden könnte, niemanden, der ihr helfen könnte. Ihre Hand zitterte, als sie das Gebüsch auseinander schob. Ein Reiter mit einem Packtier ritt ganz in Weiß gekleidet an ihr vorbei. Sie drückte die Hand auf Kodas Nüstern, damit er nicht wieherte. Mit der Hand tastete sie nach ihrer Peitsche.

Als Mazy auf Ink davonritt, konzentrierte sie sich auf die bevorstehende Aufgabe – sie musste Ruth finden und zurückbringen. Mazy musste sie zurückbringen.

„Nicht gut, wenn du allein losreitest“, sagte ihre Mutter.

„Du kümmerst dich um die Kinder, sorgst dafür, dass Betha beerdigt wird, und dann fahrt ihr los. Beschäftigung ist gut. Wenn ich Ruth nicht bis morgen gefunden habe, komme ich zurück. Ihr müsstet dann eigentlich die Wegkreuzung erreicht haben.“

„Ich denke, wir sollten warten“, meinte Adora. „Hier trauern.“

Mazy schüttelte den Kopf. „Wir müssen weiter. Ich werde Ruth einholen, das weiß ich. Sie braucht uns und die Kinder. Sie weiß es nur nicht.“

Mazy suchte den Boden nach Spuren ab. In dem sandigen Boden müssten sie gut zu sehen sein; sie musste gut aufpassen, dass sie nicht an Ruth vorbeiritt, dass sie sich parallel nach Norden hielt und nicht nach Süden. Sie musste sie zurückbringen, hätte sich mehr Mühe geben sollen, sie von ihrem Entschluss abzubringen. *Es hätte nicht geändert, was passiert ist, aber gemeinsam können wir den Stürmen des Lebens besser trotzen.*

Ihre Augen schmerzten, weil ihr Blick so angestrengt auf dem Boden hing. Sie ritt vor und wieder zurück wie auf einer Schaukel, ein Gebet auf den Lippen. Und dann fand sie, was sie suchte: Die Spur des Hufschoners, der noch immer über Kodas Huf gestülpt war!

Ganz in Weiß. Zane hatte immer Schwarz getragen, aber sie war sicher, dass Tipton ihn beschrieben hatte, war sicher, dass er hinter ihnen herkam – oder war er vielleicht bereits an ihnen vorbeigeritten? Sie beobachtete den Reiter. Er saß nicht so gerade auf seinem Pferd. Das war nicht Zane. Vielleicht befand er sich noch immer hinter ihnen und wollte nach Kalifornien, und ihr Opfer, allein weiterzureiten, wäre nutzlos. Als der Reiter verschwand, verlangsamte sich Ruths Herzschlag, ihr Atem ging ruhiger, und sie ließ die Peitsche wieder los. Sie kroch zurück in ihre Schlafdecke und starrte hinauf in den wolkenlosen Himmel. Sie hatte solche Angst ausgestanden wegen gar nichts, wegen niemand. Zane war schuld daran. Der Mann kontrollierte ihr Leben, sogar ihren Atem – und dabei hatte sie ihn seit Jahren nicht mehr gesehen. Es war verrückt. In Gesellschaft der anderen war ihre Angst nicht so schlimm gewesen.

Als der Morgen anbrach, erhob sie sich, machte ein Feuer, um sich Kaffee zu kochen, aß einen von Bethas Zwiebäcken, kaute ein Stück von Esthers getrocknetem Rindfleisch. Sie dachte an die Frauen und Kinder und spürte Tränen in sich aufsteigen. Wenn Zane nicht wäre, könnte sie mit ihnen nach Süden ziehen, anstatt allein in den Norden zu reiten.

Koda stieß sie an. „Es ist nicht Zane, der mir zu schaffen macht, nicht? Ich bin es selbst. Ich habe Angst und denke, schwach zu sein, wenn ich mich auf Betha und die anderen stütze." Sie fuhr sich über die Augen. „Das ist Schwäche", befand sie. „Ich selbst zu sein *in Gegenwart* der anderen, das ist, was Stärke erfordert."

Sie würde ihre Familie nach Kalifornien bringen, dafür sorgen, dass sie sich niederließen, und dann nach Norden gehen und ihre Pferde holen. Ja, sie würde ihren Entschluss ändern, würde nicht zulassen, dass Zane ihre Richtung bestimmte. Dann würde sich das, was sie vom Leben bekam, vielleicht auch ändern. Mit einem weißen Taschentuch putzte sie sich die Nase. „Auf", sagte sie zu Koda, „ich habe es satt, allein zu sein."

Mazy beobachtete den herannahenden Reiter und wusste auf einmal, dass es Ruth war.

„Wohin des Wegs", fragte Mazy, als sie in Hörweite kam. Ruth blickte sie verwirrt an, und Mazy lächelte wehmütig zurück. „Ich habe traurige Neuigkeiten für Sie", sagte sie. „Aber da Sie umgekehrt sind, fällt es mir leichter, sie Ihnen mitzuteilen." Daraufhin erzählte sie von Bethas Tod und dass sie losgeritten war, um Ruth zu finden, weil sie dachten, alle würden diesen Schicksalsschlag gemeinsam besser ertragen können.

Am Abend erreichten sie die Wagen. Ihr Wiedersehen wurde getrübt durch den Schatten ihres Verlustes. Ruth drückte die Kinder an sich und tauschte Blicke mit den anderen. „Es wird alles gut werden", sagte sie. „Wir haben ja einander."

Sie fuhren weiter nach Süden. „Einige dieser kleinen Steine, die ich auf Mamas Grab gelegt habe, habe ich von zu Hause mitgebracht", sagte Ned.

„Das wird ihr gefallen", erwiderte Ruth.

Elizabeth hatte einen Kolumbinensamen gepflanzt, und Mazy erklärte erneut seine Bedeutung. „Ich werde dich niemals aufgeben."

Ruth hinterließ eine andere Markierung an der Weggabelung, die sie am folgenden Tag erreichten. Darauf schrieb sie: „An Zane Randolph. Deine Familie ist nach Oregon gefahren." Das war ihre

Lüge. Sie wusste, er konnte lesen, und hoffte, er würde Kalifornien fernbleiben.

Wie in den vergangenen Wochen gingen sie zu Fuß. Sie betrauerten Bethas Tod, erinnerten sich an die anderen geliebten Menschen, die nicht mehr unter ihnen waren, und dachten darüber nach, wie ihr Leben und der Verlust das Herz jeder von ihnen beschwert hatte.

Die Trostlosigkeit nahm aber auch ab, zumindest bei Mazy. Ein neues Ziel führte sie: Kalifornien zu erreichen, die rechtlichen Angelegenheiten zu regeln, Verträge zu schließen und einen neuen Anfang zu finden. Ein Lächeln stahl sich auf ihr Gesicht, während sie durch den Staub marschierte. Der Schmerz in ihrer Seite hatte nachgelassen. Der Gedanke an Jeremys Tod war noch da; doch die Erinnerung an seinen Betrug brachte ihr Blut in Wallung. Aber es wuchsen auch Blätter der Vergebung. Wenn sie ihm vergab, vergab sie gleichzeitig auch sich selbst; oder vielleicht, wie ihre Mutter andeutete, wenn sie freundlich zu sich wäre, dann hätte sie mehr zu verschenken.

Die Zeit heilte manche Wunden. Wer hätte gedacht, dass Mazy Bacon eines Tages nicht nur das Unbekannte akzeptieren, sondern sogar Freude, eine Hoffnung darin finden könnte?

Schwester Esther hielt das Schreibpult in der Hand. Ein schwarzer Tintenfleck prangte darauf.

„Was ist passiert?“, fragte Mazy sie. Es war Morgen, die Zeit zum Schreiben.

„Ich weiß es nicht genau. Deborah?“

Deborah kam mit ihren kleinen, schnellen Schritten herangeeilt.

„Weißt du etwas darüber?“ Esther hielt ihr das Pult vor die Nase.

„Nein“, erwiderte das Mädchen. „Ich vorher nicht gesehen.“

Ihr Protest lockte Ruth, dann Lura, Pig und Suzanne heran. Und als Suzanne fragte, beschrieb Esther den Fleck. „Er ist neu“, sagte sie und berührte die noch feuchte Stelle. Doch dann fiel es ihr ein, und sie schnappte nach Luft. „Oh, es tut mir so Leid, dass ich einen von euch beschuldigt habe“, entschuldigte sich Esther.

„Der Tag, an dem Betha gestorben ist, da griff ich zu heftig nach der Lampe in Suzannes Hand. Das Tintenfass ... ich war es selbst."

„Papier?", fragte Deborah. „Papier drin?"

„Ach, du meine Güte", rief Esther und öffnete den Deckel mit zitternden Fingern. Darin lag weißes Leinen, mit schwarzer Tinte verschmiert. Stöhnend nahm Esther das Tuch heraus. Darunter lag Deborahs Zukunft: Das Pergament war schwarz von Tinte und unleserlich!

„Vielleicht kann es noch einmal gezeichnet werden", sagte Mazy. Sie starrte auf die Ecken des Pergaments, an denen Teile von Buchstaben und Linien noch lesbar waren.

„Von wem? Wie? Oh, ich muss immer andere beschuldigen, und dabei bin ich es selbst, es ist mein Fehler, meine Schuld", jammerte Esther.

„Sie haben eine Angst überwunden", erklärte Suzanne ihr, „in der Hoffnung, eine Freundin zu retten. Unfälle passieren."

„Gut gesprochen", erwiderte Mazy und berührte ihre Hand. „Tipton zeichnet doch. Vielleicht können Sie und Deborah sich an das Muster erinnern und es Tipton erklären."

„Ich habe es auch gesehen", warf Ruth ein. „Als Sarah ihren Drachen gemacht hat."

„Sie könnten es Tipton beschreiben, Sie und Deborah? Ich wäre so dankbar."

„Besser noch", erwiderte Ruth, „ich bin Lithografin. Wir können es zusammen zeichnen."

Mehrere Tage nach der Weggabelung durchfuhren sie ein tiefes, weißes Tal ohne Wasser. Sie marschierten bis spät in die Nacht hinein. Käfer und Moskitos waren ihre ständigen Begleiter, ihre Kehlen waren ausgedörrt. Der Mond stieg am Himmel auf und warf seinen Schatten auf das spärliche Gebüsch und den Sand; kein Gras, nichts, wofür anzuhalten sich lohnte; Wasser würde es erst geben, wenn sie diese Strecke überwunden hätten.

Mazy überholte Schwester Esther und hörte sie leise beten. Mazy tätschelte ihre Schultern. Ihre Füße waren schwer, als sie neben

Suzanne und Pig herging. Sason lag ruhig in Tiptons Schal. Niemand trieb die Ochsen mit der Peitsche an. Sie taten alles, was sie konnten.

„Möchten Sie reiten, Suzanne?“, fragte Mazy sie.

„Ich überlege, ob ich mich selbst Suzie nennen sollte“, erwiderte sie und schob ihre schwarze Brille hoch. „Suzie ist nicht so formell. Etwas Neues. Danke, ich kann gut laufen.“

Tipton nahm ihr Sason ab.

„Du bist bei uns geblieben, Tip. Wir haben dich gebraucht. Ich bin dankbar dafür“, sagte Mazy.

Ol’ Snoz, Schwester Esthers Lieblingsochse, der den Unfall und die Reise bisher überlebt hatte, blieb nicht bei ihnen; er konnte vor Durst und Schwäche nicht mehr weiter.

„Lasst ihn“, sagte Esther und putzte sich schniefend die Nase. „Man kann nichts mehr für ihn tun.“ Sie sammelten sich um den auf dem Boden liegenden Ochsen und trösteten die Frau mit dem geraden Rücken. „Ich bin zu müde, um ihn zu schlachten, zu erschöpft ohne Wasser.“

„Und wir haben keine Zeit“, erinnerte Mazy sie. „Wir müssen weiter, sonst verlieren wir noch einen Ochsen oder Schlimmeres.“

Esther trauerte um den Ochsen, noch lange, nachdem sie ihn zurückgelassen hatte.

Und endlich, in der Dunkelheit, als der Mond unterging, die Sonne sich aber noch nicht zeigte, erreichten sie einen Lagerplatz mit einem einzigen Wasserloch, das dunkel und still dalag. Sie spannten die Ochsen aus, die sofort zu trinken begannen, ihre Nasen tief in das Wasser getaucht. Lura legte sich auf den Bauch und spritzte sich Wasser ins Gesicht. „Es stinkt und ist warm“, sagte sie, „aber es ist nass.“

„Schließ die Augen und halte dir die Nase zu“, riet Adora Tipton. „Dann wirst du es gar nicht schmecken.“

Tipton seufzte und tauchte einen Becher hinein. „Das Ungeziefer ...“, stöhnte sie.

„Ach, darin kann nichts überleben“, erklärte Elizabeth ihr, „das muss man nicht einmal abkochen.“

Die Frauen banden die Maultiere und Pferde an den Vorderhufen zusammen, gaben ihnen und den Milchkühen von der Brühe zu trinken.

Tipton beobachtete, wie Adora schluckte, bevor sie selbst das warme Wasser trank. Sie verzog das Gesicht. „Was tut man nicht alles, um zu überleben", sagte sie.

Daraufhin fielen alle in einen tiefen und erschöpften Schlaf.

Das Brüllen eines Ochsen in der Ferne weckte sie auf.

„Bestimmt eine andere Gruppe, die uns einholt", sagte Elizabeth mit vor Erschöpfung geröteten Augen.

Doch als sie sich erhob, konnte sie keine anderen Wagen, keine anderen Emigranten entdecken. Stattdessen eilte sie zu Schwester Esthers Zelt. „Sie werden es nicht glauben, Schwester, aber wir haben eine Auferstehung."

Schwester Esther spähte hinaus in die klare Mondnacht. Ihre Augen brannten von dem langen Tag in der Sonne. „Kann das sein?", staunte sie. „Snoz?"

„Bestimmt hat er ein altes alkalihaltiges Wasserloch gefunden, und da ist er", sagte Elizabeth.

Das Tier brüllte und schüttelte den großen Kopf, blieb aber nicht stehen, um seine erstaunte und dankbare Besitzerin zu begrüßen. Er lief an ihr vorbei zu dem Wasserloch.

„Gott loben?", sagte Deborah leise, als sie neben Esther trat.

„Ja, natürlich, tun wir das", erwiderte Schwester Esther.

Am Morgen fanden sie ein Stück weiter ein gutes Wasserloch mit ein wenig Gras. Die Spalten in der weißen, ausgebleichten Erde waren so breit, dass die Kinder sich stellenweise mit den Füßen darin verfingen und sich tiefe Kratzer zufügten, wenn sie sie wieder herauszogen.

„Ich hoffe, es war kein Fehler, diesen Weg zu nehmen", sagte Ruth zu Mazy.

„Unsere Entscheidung ist getroffen", erwiderte Mazy. „Ich glaube nicht, dass ich die Kraft habe, zu überlegen, was wir anders hätten machen können, zumindest nicht im Augenblick. Darüber kann ich erst nachdenken, wenn wir an unserem Ziel angekommen sind."

Wenige Tage später blickten sie hinab in ein breites Tal, durch das sich ein schimmerndes Band zog. Mazy erkannte es als den sich windenden Humboldt River.

„Es liegen noch einige schwierige Stellen vor uns“, erklärte sie. „Man sagt, das Wasser würde schlimmer anstatt besser und der Fluss würde schmaler. Aber dahinter befindet sich eine Wiese, und dann kommt Kalifornien und die hohen Sierras. Dort gibt es gutes Wasser, ganz zu schweigen von der Kühle der Berge.“

„Mir gefällt die Art, wie du an angenehme Dinge denkst, Kind“, sagte ihre Mutter. „Das treibt uns an.“

Mazys Lippen waren voller Blasen, teilweise aufgeplatzt, und ihre Pumphose war zerrissen, aber das war ihr egal. Sie hatte keine Angst mehr, zumindest nicht mehr vor ihrer Unentschlossenheit. Sie hatte selbst entschieden und hatte an ihrer Entscheidung festgehalten, sich nicht entschuldigt, und den anderen auch keine Schuld zugewiesen, als die Wegstrecke schwierig wurde. Sie waren hier angekommen und standen kurz vor ihrem Ziel. Sie würden ein neues Heim finden, einen neuen Ort, wo sie bleiben könnten.

Sie betrachtete jede der Frauen. Alle hatten Blasen, der Schmutz war tief in ihre Haut eingedrungen. Luras Schürze hing wie ein schlaffer brauner Lumpen von ihrem verblichenen Kleid herab. Mazy sprach ein Gebet der Erinnerung für Betha und ihre Sauberkeit.

„Wir sehen so abgerissen aus“, klagte Tipton. „Seht uns doch nur an.“

„Wie hieß das kleine Gedicht noch gleich, das du aufgesagt hast? Es handelte davon, dass es ein Geschenk ist, einfach zu sein und an dem Platz zu stehen, an dem wir sein sollten? Sarah, wie ging es noch gleich?“

„Wenn wir uns selbst finden an dem Ort, der richtig ist, wird es sein im Tal der Liebe und Freude.“

Mazy begann zu lachen über die schmutzigen Gesichter, die ausgeblichenen Kleider, die mit Blasen übersäten Füße. Dabei war jede Frau schön, leuchtete von innen heraus, und nur das allein war wichtig. „Wir haben das Tal erreicht, das stimmt. Und jede von euch strahlt so viel Liebe und Freude aus, wie ich es daheim in den Staaten nie erlebt habe. Obwohl wir einigen bestimmt wie Futter für die Bussarde vorkommen."

Elizabeth blickte zum wolkenlosen Himmel hinauf. „Siehst du welche?", fragte sie. Auch die anderen Frauen blickten hinauf. „Nein? Nun, wir haben noch mehr zu bieten. Lasst uns weitergehen, einfach und frei, wie wir sind."

Ihre Verwahrlosung war ein vorübergehender Zustand. Alles war vorübergehend, all das Elend und die Sorge, alle Not und Anstrengung. Aber auch alle guten Dinge, nahm Mazy an, die Augenblicke der Freude und Fröhlichkeit, der Liebe und des Entzückens. Auch sie blieben nicht von Dauer, aber die Zeit war besser verbracht, wenn man sie bewusst und dankbar wahrnahm.

Das Beste, was wir haben, ist die Gegenwart, das, was gerade passiert. Alle diese Frauen, die einander helfen, zu überleben und weiterzugehen. Es war beeindruckend zu sehen, wie sie in ihren dünnen Baumwollkleidern durch die Wüste zogen, wie die Israeliten auf ihrem Weg ins verheißene Land. Doch nur als sie vertrauten, als sie anhielten, entdeckten sie das Wasser des Jordan. Und selbst da hatte Mose sie dazu gebracht, sich an die Vergangenheit zu erinnern, an das, was sie erfahren hatten, damit sie die Geschichten und Erkenntnisse mitnehmen könnten und nicht unsicher weiterziehen müssten.

Was hatte sie bisher gelernt? Das Beste aus dem Augenblick zu machen in der Gesellschaft von Menschen, die ihr wichtig geworden waren, für die sie bereit war, sich zu verändern; und Gott zu danken und ihm alles anzuvertrauen.

Mazy lächelte.

„Was ist, Schatz?", fragte Elizabeth sie.

„Ich erinnere mich an die vielen Wohltaten. Dass wir hier mitten im Nichts so gute Menschen gefunden haben, Freunde, zehnmal mehr, als ich in Cassville hatte."

Immer häufiger begegneten ihnen jetzt Menschen: Händler auf Pferden, Kalifornier, die sich bei ihnen nach Verwandten aus Missouri oder Wisconsin erkundigten, aus New York oder dem Ohio-Tal. Manchmal führten sie Vorräte mit sich, getrocknetes Rindfleisch und frisches Quellwasser. Mehrere sagten, sie seien von Hilfsgruppen angestellt worden, aus Sacramento und anderen Orten, um die Emigranten abzuholen, um diejenigen mit „offenen Armen" willkommen zu heißen, die dem Elefanten ins Auge gespuckt hatten.

„Sie müssen etwas wollen", sagte Lura und kaute an ihrer leeren Pfeife herum.

„Es ist nur für die Armen", sagte ein Mann, als er vor Tipton den Hut zog.

„Was Sie nicht sind", erwiderte Tipton. Sie betrachtete ihn. Er war sauber und ordentlich gekleidet.

„Auch auf Sie passt diese Beschreibung nicht, Ma'am", erwiderte der Mann. Er wurde rot.

„Wo kommen Sie her?", fragte einer der Männer.

„Oh, von allen möglichen Orten. Vom Nordplatte", erwiderte Mariah. „Und Sie?"

„Wir wurden ausgeschickt, um Ihnen von der Größe des Beckworths zu erzählen und Ihnen zu raten, die Lassen-Abkürzung zu meiden", erklärte er. „Bleiben Sie einfach auf diesem Weg. Er führt nach Sacramento", riet er ihnen, „südlich um Ragtown herum, am Carson River entlang. Das geht ganz gut."

Er tippte sich an den Hut und ritt weiter. Sein Besuch war Thema des Abendkreises, als sie sich alle zusammenstellten, um ihre notwendigen Geschäfte zu erledigen.

„Wäre es nicht schön, wenn wir einfach eine Entscheidung treffen und dann daran festhalten könnten, ohne schwankend zu werden? Niemals den Kurs ändern müssten?", fragte Ruth.

„Wie auf einem Schiff?", fragte Mariah.

„Selbst Schiffe nehmen Kursänderungen vor, zum Beispiel bei Stürmen. Und wenn es möglich ist, umschiffen sie Dinge, über die sie keine Kontrolle haben", erklärte Schwester Esther. Sie stand in der Mitte des Kreises. Mazy beobachtete die Jungen, die in dieser Zeit auf Clayton aufpassten, während Sarah und Jessie wie kleine Statuen auf dem Boden saßen. Zum ersten Mal durften sie Sason ganz allein halten. Die Kinder waren sauberer als in den vergangenen Tagen. In dem Fluss hatten sie baden können, und auch ihre Kleidung waren gewaschen worden. Sie weinten jetzt weniger, und wenn es vorkam, wurden sie von den Frauen in den Arm genommen und getröstet. Die Frauen hatten sich gegenseitig die Haare gewaschen; das kühle Wasser auf ihren Köpfen tat ihnen gut wie Balsam auf einer Wunde.

„Wir sind auf einem Kurs unterwegs", sagte Mazy. Sie atmete tief die klare, kühle Abendluft ein. „Es ist ein guter Kurs. Und es ist aufregend zu sehen, was hinter der nächsten Biegung kommt, findet ihr nicht? Wir müssen abwägen, was diese Männer gesagt haben, bevor wir in die eine oder andere Richtung abdriften. Was zählt, ist, dass wir eine Verpflichtung eingegangen sind. Den Rest müssen wir aus Gottes Hand nehmen."

Am Morgen trafen sie drei Reiter von verschiedenen Routen, die Adoras Maultiere kaufen wollten. Sie begutachteten ebenfalls den ausgezehrten Ink.

„Wenn Sie bereit sind, mir hier draußen so viel Bargeld dafür zu bezahlen", sagte Adora, „dann kann ich in Kalifornien doch bestimmt viel mehr dafür bekommen."

„Ihre Maultiere müssen dort aber erst einmal ankommen. Sie sehen ziemlich mager aus."

„Sie sind recht zäh", erwiderte sie.

„Da wir gerade davon sprechen", sagte der Mann und kratzte sich sein bärtiges Kinn, „wir würden auch diese Teppichnägel nehmen, die da auf Ihrem Buchstabenwagen."

Das Angebot kam überraschend.

„Was wollen sie nur damit?", fragte Suzanne. „Meine Teppichnägel? Und Luras? Unseren ganzen Vorrat?"

„Er trägt Weiß“, erklärte Tipton. „Das kann ich sehen. Und er hat etwa dieselbe Größe wie dieser Mann aus Laramie.“ Die Frauen starrten in die Ferne und beobachteten den einsamen Reiter mit dem hohen Hut.

„Es wurde auch Zeit, dass ich mich ihm stelle“, sagte Ruth. „Mazy, halten Sie doch bitte Jessie und die anderen im Wagen, ja? Sie sollen ihn nicht sehen, und er soll sie nicht sehen.“

„Wen sehen, Tante?“, fragte Jessie.

„Vermutlich hat er den Salt Lake Pfad genommen, da er jetzt von Westen kommt.“

Suzanne verstand nicht ganz, was sie da hörte, und fragte nach. „Er kommt vom Westen und reitet nach Osten?“

„Na denkt nur“, sagte Elizabeth und blinzelte in die Ferne. „Wir alle wissen, wer das ist.“

„Charles?“, fragte Adora.

„Nicht ... Charles“, sagte Tipton.

„Nein“, erwiderte Elizabeth und begann, fröhlich zu winken. „Das ist dieser Spieler, der zum Lehrer wurde, Seth Forrester.“

„Hallo Seth“, sagte Mazy, als der Reiter vor ihnen stehen blieb. „Der Mann mit dem weißen Kragen. Was ist denn aus ihrem Biberfellhut geworden?“

Seth grinste sie an. „Was unter dem Hut ist, bestimmt die Qualität, nicht aus welchem Material er ist.“ Er zog seinen weißen Hut und sagte: „Es ist mir ein Vergnügen, Sie wieder zu treffen. Wo ist denn Ihr riesiger Hund?“ Sein Blick wanderte über die Frauen hinweg und blieb an Pig hängen, der neben Suzanne stand. Dann kehrte sein Blick zurück. Mazy merkte, dass er die Männer vermisste.

„Was ist passiert?“, fragte er mit leiser Stimme. Sein Blick hielt ihren fest.

„Setzen Sie sich doch zu uns, essen Sie mit uns, dann erzählen wir Ihnen alles“, forderte Elizabeth ihn auf.

Er nahm diese Einladung gerne an. Sie erzählten ihm von der Krankheit und den Todesfällen, den Beerdigungen. Sie verschwiegen nicht, dass sie nach Osten umgekehrt waren und sich schließlich doch nach Westen gewandt hatten. Ihr Bericht spiegelte ihre Gefühle wider, denn er kannte ihre Lieben. Es bereicherte das Geben, machte die Erinnerung tiefer. Und während sie erzählten, traten die Männer und Frauen, die sie verloren hatten, ihnen erneut vor Augen, Jeremy und Antone, Jed, Hathaway und Tyrell, Bryce, Harold und Ferrel. Betha und auch Cynthia. Alle kamen in ihrem Gespräch vor.

„Wir nehmen unsere Erinnerungen mit an einen neuen Ort", sagte Elizabeth.

„Sie haben viel durchgemacht", sagte Seth. Er saß auf dem Melkhocker, den Mazy ihm angeboten hatte, und spielte mit seinem Hut. „Es tut mir Leid, von Ihren Todesfällen zu hören."

„Danke", erwiderte Mazy, „aber für uns wurde gut gesorgt, über alle Maßen, um ehrlich zu sein."

„Und jetzt zu Ihnen", sagte Schwester Esther. „Erzählen Sie uns von sich. Wollten Sie nicht auf die Goldfelder Kaliforniens?"

„Allerdings. Dort war ich auch." Seth streckte seine langen Beine von sich und lehnte sich gegen das Rad des Wagens, vor dem er saß, kratzte sich den Rücken an der Nabe. „Jetzt stehe ich bei William H. Nobles von der Shasta City Grabungsgesellschaft unter Vertrag. Ich habe einen Treck begleitet, mit dem er sich getroffen hat. Er hat uns von seinem neuen Unternehmen erzählt. Aus Minnesota stammt er, ist deutscher Abstammung. Er hat eine Abkürzung zu den nördlichen Minengebieten genommen; diese Abkürzung trifft auf die Straße in den Süden, nach Sacramento. Sie können aber auch die leichtere Nordroute nehmen, über den Applegates Trail weiter nach Oregon, dabei werden Teile der Lassen-Abkürzung genutzt."

„Sie haben den Lassen gewählt?", fragte Lura.

„Es war ein Glücksspiel, aber ich bin eben ein Glücksspieler." Seth grinste. „Wir haben sie genommen, und wie das Glück es wollte, erfuhren wir später, dass wir die Ersten bei Nobles Unternehmung waren. Die Einwohner von Shasta hatten zweitausend Dollar aufgebracht, um die Straße zu verbessern, damit ein Wagentreck darauf fahren kann, und da waren wir die Ersten, die in dem Hotel gefeiert wurden."

„Was ist *gefeiert*, Tante?“, fragte Jessie.

„Ein Fest wird gefeiert“, erklärte Ruth.

„Und er hat Sie angeheuert, damit Sie andere Wagen hereinholen?“, fragte Mazy.

„Allerdings. Es ist eine gute kleine Stadt. Wälder, Kiefern, Eichen, Wiesen am Fluss. Das Land am Trinity River ist unbeschreiblich schön. Gutes Wasser. Minen. Dort wird alles gebraucht, was in einer Minenstadt nötig ist: Fortschritt und Menschen. Es gibt sogar drei, nein vier Buchläden. Und in Kürze wird auch eine Schule eröffnet.“

„Wir kennen unsere Buchstaben bereits“, verkündete Jason.

„Ich sehe, dass ihr unterwegs gearbeitet habt.“ Seth deutete auf den Wagen.

„Sie können wir ja mal fragen. Warum wollen die Leute die Nägel?“, fragte Mazy. „Einige Leute wollten sie uns abkaufen.“

„Bestehen die Buchstaben aus Teppichnägeln?“, fragte Seth. „Aus Messingnägeln?“ Er erhob sich und ging näher heran. „Das ist ja was.“

„Was ist denn?“

„Dass Sie von allem, was Sie zurückgelassen haben, ausgerechnet die hier behalten haben, ist erstaunlich.“ Er schüttelte ungläubig den Kopf.

„Warum? Was ist so ungewöhnlich?“, fragte Mazy.

„Musselin an die Wände zu hängen, ist in den Minenstädten große Mode“, erklärte Seth. „In ganz Nordkalifornien. Es bedeutet ein Stück Zivilisation. Aber es gibt keine Reißzwecken, um es aufzuhängen, keine kleinen Nägel oder so etwas, darum wird für Reißzwecken und Nägel jede Summe bezahlt. In Gold.“

„In Gold?“

„Sie haben da ein Vermögen hängen“, erklärte Seth.

„Und wir wussten es nicht einmal“, staunte Adora.

„Ich möchte gern gefeiert werden“, rief Jessie und ließ die Beine vom Rad baumeln. Sie lächelte Ruth an, die ihr zuzwinkerte.

„Ich denke, ihr habt auch guten Grund dazu“, meinte Seth.

„Sobald wir Kalifornien erreichen, werden wir wirklich etwas zu feiern haben", freute sich Adora.

„Warum warten? Sie stehen dicht davor", erwiderte Seth.

„Tatsächlich?" fragten mehrere Frauen gleichzeitig.

„Allerdings. Gestatten Sie", sagte er, „der Erste zu sein, der Sie offiziell willkommen heißt. Im Namen von William Nobles lade ich Sie herzlich ein, in Erwägung zu ziehen, Shasta City zu Ihrem Heim in Kalifornien zu machen. Ich werde Sie persönlich hinbringen, wenn Sie gestatten. Und Sie können feiern, jetzt wieder in den Staaten zu sein."

„Wie lautet die Abstimmung?", rief Jason.

„Wir sollten zuerst beten", forderte Deborah.

„Danke, Herr, für die Teppichnägel", betete Adora, die Hände zum Himmel erhoben. „Amen."

„Und für gute Maultiere und gute Menschen und dafür, dass du uns gibst, was wir brauchen, wenn wir es brauchen", ergänzte Lura.

„Ich muss meine Verträge erfüllen", erklärte Schwester Esther ihm. „In Sacramento."

„Das ist der direkte Weg nach Süden von Shasta City aus. Ich kann Ihnen helfen, in Erfahrung zu bringen, was Sie wissen müssen", bot Seth ihr an.

„Auch einige andere von uns müssen sich mit Rechtsanwälten beraten", wandte Mazy ein.

„Das wird kein Problem sein", erklärte Seth. Bei ihrem Tonfall zog er die Augenbraue in die Höhe. „Fast alles, was Sie brauchen, haben wir in Shasta City oder ist von dort aus zu erledigen."

„Abgesehen von Teppichnägeln", sagte Mazy. „Wer hätte gedacht, dass sie so wichtig sind?"

„Sie waren es nicht", meinte Schwester Esther. „Sie sind nur die geschlagene Sahne auf dem Kuchen des guten Essens, das Gott uns immer gegeben hat."

„Ich habe mich gerade gefragt", sagte Elizabeth, „ob es in diesem Shasta City große Bäume gibt." Sie breitete die Arme aus, als sei sie eine Eiche oder eine Pappel, die sich im Wind wiegt. Fip sprang auf sie zu und stieß nach ihren Röcken.

Mazy lachte. „Warum fragst du?“

„Um ein Baumhaus zu bauen“, erwiderte Elizabeth. „Denk darüber nach.“

Sie holte die Gitarre und reichte sie Suzanne. Jason holte seine Blechflöte aus der Tasche, und die beiden begannen zu spielen.

Seth verbeugte sich tief und reichte Mazy die Hand. Sie zögerte, dann nahm sie sie. Er war größer als sie, und wie immer war sie erstaunt, zu jemandem hochsehen zu müssen.

„He!“, rief Ned. „Wir haben noch nicht abgestimmt. Gehen wir nun nach Shasta City oder nicht?“

Suzanne hörte auf zu spielen. „Mazy? Es liegt an Ihnen“, sagte sie.

„Wir werden alle zusammen gehen, alle zusammen“, bestimmte Mazy. „Wir haben jedoch noch einige Fragen, Mr. Forrester. Kann man dort Vieh züchten? Wird mein Garten eine gute Ernte hervorbringen?“

„Ja zur ersten; zweifellos zur zweiten. Es ist eine gute kleine Stadt mit bereits angelegten Gärten. Ich habe selbst vor, eine Weile dort zu bleiben. Es gibt keine bessere Gelegenheit zum Glücksspiel in ganz Kalifornien.“

„Nun, hol den Eimer“, trug Mazy Ned auf, als sie Seths Hand sinken ließ, um ihn für jemand anderen zum Tanzen freizugeben.

„Wollen Sie jetzt die Kuh melken?“, fragte Ruth. „Ich glaube nicht, dass sie Milch geben kann.“

„Nein. Ich bin bereit, Mrs. Malarkys Samen einzupflanzen. Einer ist eine Pappel. Wir können den Samen auch jetzt schon in die Erde setzen und ihn dann umsetzen für dein Baumhaus, Mutter, sobald wir ein Heim finden.“

Sie beschlossen, den Rest des Tages auszuruhen, und sich am nächsten Morgen von Seth führen zu lassen. Seth nahm Sason und legte ihn in seine Armbeuge. Das Baby starrte ihn an, saugte am kleinen Finger des Mannes.

„Vorsichtig“, sagte Lura zu ihm. „Meine Mutter sagte immer, Männer, die Babys halten, sind so ansteckend wie eine Erkältung.“

Seth lachte. „Ein Mann könnte sich Schlimmeres holen."

Er gab das Baby zurück. Die Asiatinnen stellten sich um ihn herum und buchstabierten Wörter. Er lobte sie mit seiner tiefen Stimme. Er erhob sich, strich den Seidenschal glatt, der ihm über die Brust hing, und sprach mit den Jungen. Ned schlug seine Kappe gegen die Knie, um den Staub abzuklopfen, so wie Mazy es bei Seth beobachtet hatte. Jason strich ein rotes Halstuch glatt, das seinem Vater gehört hatte. Bisher hatte Mazy es noch nie bei ihm gesehen. Sie blinzelte die Tränen zurück. *Wie sehr diese Jungen ihren Vater vermissen. Und jetzt auch noch ihre Mutter.*

Seth brachte Lura zum Erröten, als er sie zum Tanzen aufforderte. Adora und Elizabeth tanzten miteinander. Ruth stand abseits, den Arm um Sarahs Schultern gelegt. Mazy fing ihren Blick auf, und die Frau lächelte sie an. Gelächter ließ beide Frauen sich umdrehen, und sie sahen, wie Mariah Jessie auf den wehrlosen Fip half, den Ned am Halfter festzuhalten versuchte. Clayton saß auf Tiptons Hüfte, streckte die Arme aus und sagte: „Jetzt ich. Ich reite jetzt. Ich!"

Jessie hielt sich nur eine Sekunde oben und rutschte zur Seite weg, während die Antilope zur anderen Seite davonlief. Sie landete lachend im Schmutz. Nach langer Zeit verhielten sich die Kinder endlich wieder einmal wie Kinder.

Mazy klatschte und klopfte mit den Zehen den Takt. Dabei beobachtete sie die Frauen, diese Frauen, die umgekehrt waren, ihre Freundinnen, die eine Feier verdient hatten.

Deborah stieg mit einem Bienenkasten aus dem Wagen. Fünf Kolonien hatten überlebt. Das war ein Wunder für sich. In einem weiteren Kasten war es still geworden, und Deborah erzählte ihr mit niedergeschlagenen Augen, dass die Königin darin gestorben war.

„Du hast so gut für sie gesorgt, Deborah. Sie hatten eine gute Pflege", lobte Mazy. „Mehr kann man nicht erwarten."

In den anderen Kästen lauerten die kleinen Insekten vor der Öffnung, die Deborah ihnen geschaffen hatte, um an die Arbeit zu gehen. Sie flogen hin und her, als wollten sie sich genau einprägen, wo sie waren, bevor sie fortflogen, um die Gegend nach Nahrung abzusuchen, die sie ihrer Königin bringen mussten. Es sah beinahe aus wie ein Tanz. Als sie sicher waren, ihren Heimweg zu kennen, verschwanden die Bienen in der Ferne.

„Noch ein Tanz?“, fragte Seth und reichte ihr seine Hand.

Mazy schüttelte den Kopf. „Aber Sie können gern Ihre Füße ausruhen“, sagte sie, „und sich neben mich setzen, während ich arbeite.“

„Arbeiten?“, wiederholte er und schob fragend das Kinn vor. „Was arbeiten Sie denn?“ Er hockte sich neben sie und beobachtete ihr Gesicht.

„Ich helfe Deborah.“

„Ich bitte nur um eines“, sagte das Mädchen. „Sie mich Mei-Ling nennen?“

„Natürlich“, erwiderte Mazy. „Ich wusste es nicht.“

„Hat der Name auch eine englische Bedeutung?“, fragte Seth.

Sie errötete. „Hübsch. Meine Mutter sagt so.“

„Wie alle Mütter, vermute ich, Mei-Ling, wie alle.“

Mei-Ling entfernte sich, und Seth wandte sich Mazy wieder zu. „Helfen Sie noch immer? Ich habe eher den Eindruck, als würden Sie sich ausruhen.“

„Ich rede mit ihren Bienen, damit sie nach Hause zurückkommen.

Nach Hause! Ihr Gesicht hellte sich auf. Das war das Wort, das Mazy in ihrem Traum nicht lesen konnte. Die Bienen hatten sie daran gehindert, das Wort zu erkennen! Sie hatten sie in ihrem Traum beinahe erstickt, weil sie nicht aufstand, weil sie nicht in ihrem eigenen Herzen zu Hause war.

Mazy lachte, erklärte es Seth aber nicht – wie könnte sie? Diese Reise war wie die Bewegung der Bienen, ein denkwürdiger Tanz, der ihre Seele darauf vorbereitete, zu Hause zu leben, nicht in der Vergangenheit oder der Zukunft, sondern hier, wo sie war.

„Wir haben ein Spiel gespielt, um uns unterwegs von unserem Elend abzulenken“, erzählte sie ihm. „Wir mussten Wahrheit und Lüge erraten. Es hat uns unterhalten. Manchmal hat es uns auch

Klarheit verschafft. Ich erzähle Ihnen etwas, und Sie müssen erraten, ob es die Wahrheit oder eine Lüge ist."

„Das klingt interessant", meinte Seth.

„Ich wünschte, ich hätte Wisconsin nie verlassen. Das ist das eine. Und ich werde immer zu Hause sein, wenn ich aufrichtig mit mir selbst bin."

Seth dachte nach. „Ich hoffe, die Lüge ist, dass Sie wünschten, nie aus Wisconsin fortgegangen zu sein, denn die andere Aussage, dass man aufrichtig sich selbst gegenüber sein muss, das ist eine Wahrheit, für die es sich lohnt, seine Heimat zu verlassen."

Mazy nickte. „Ehrlich zu sich selbst zu sein – und seinen Nächsten zu lieben wie sich selbst. Ich wusste vorher nicht, was das bedeutet." Sie fuhr sich mit den Fingern durch die Haare, rieb sich ihren Nacken. „Die Lüge ist, dass ich wünschte, ich hätte Cassville nie verlassen. Nie hätte ich gedacht, dass ich einmal eine solche Aussage machen würde, denn ich bin so ungern gegangen. Aber wenn ich es nicht getan hätte oder wenn wir tatsächlich umgekehrt wären, hätte ich dies alles ... nie kennen gelernt." Sie deutete auf die tanzenden Menschen.

„Man sagt, in Europa gibt der Geschmack des Weines seine Herkunft preis", erzählte Seth, „ein empfindlicher Gaumen kann den Ort schmecken, wo die Reben gezogen wurden. Nur ein Schluck davon ruft Erinnerungen an die Weinberge wach, dann wandert er von der Zunge zu den Geschmacksknospen und zu der Erinnerung und dem Verstand. Ich denke, die Leute sind so, einige von uns, wie Weinkenner, die dieses erste Gefühl des Ortes mitbringen, egal, wohin sie gehen."

Mazy starrte ihn an. „Wir bringen es mit aus der Erde selbst."

Sarah kam mit einem Stickmustertuch in der Hand auf sie zu. „Ich habe es fertig, Mazy. Sehen Sie?" Das Mädchen hielt es ihr hin. Mazy las den Vers aus dem zweiten Kapitel der Apostelgeschichte, den sie auf das Tuch gestickt hatte. *„Sie waren alle an einem Ort beieinander."* Blaue Kolumbinen und Vögel verzierten den Vers.

„Es ist wunderschön“, lobte Mazy. „Deine Mutter wäre stolz gewesen.“

Sarah ging, um ihren Schatz den anderen zu zeigen, und Mazy sagte: „Dieser Vers – er ist vom Pfingsttag, als die Leute aus unterschiedlichen Orten zusammengekommen waren. Sie wollten gehorsam sein, und diejenigen, die zusammen waren, haben etwas bewirkt. Sie wurden zu einer Glaubensgemeinschaft. Genau wie wir. Wir riskieren es, uns zu erkennen zu geben, und bleiben doch zusammen. Die beste Art der Freundschaft, meinen Sie nicht?“ Seth nickte. „Ich hätte das vielleicht nie kennen gelernt noch die in den Psalmen beschriebene Freude, dass der Herr mir mein Erbteil erhält und mein Los auf liebliches Land fällt. Wenn ich meine Heimat nicht verlassen hätte, hätte ich diese Verse gelesen, aber nie so geglaubt, wie ich jetzt glaube. Ich hätte sie in meinem Herzen nie lebendig werden lassen, wenn ich das Vertraute nicht verlassen hätte.“

„Das ist wahr“, sagte Seth. „Einige Leute finden ihr Leben nie. Sie sterben in der Furcht vor der Zukunft und empfinden nie die Freude dessen, was ist.“

Sie beobachteten die Frauen, die sich zur Musik drehten; auf ihren Gesichtern spiegelten sich die Herausforderungen des Lebens und der Veränderung. Pig kam heran und stieß gegen Mazys Hand. „Oh, jetzt erinnerst du dich an mich, wo Sason dir Konkurrenz macht.“ Sie barg ihr Gesicht in seinem Fell. Er knurrte und schlabberte, drückte sich gegen sie und zog mit wedelndem Schwanz an ihrer Hand. „Du bist ein guter Freund, Pig“, sagte Mazy, „und wirst es immer sein, auch wenn du weggehst und dich um eine andere kümmerst.“ Sie lächelte Seth an, der dem Hund den Hals tätschelte.

Wer wusste, was das Morgen bringen würde? Aber mehr noch, war es wichtig? Sie hatten Berge zu ersteigen, neue Orte und Menschen kennen zu lernen, den Verlust der Vergangenheit zu verarbeiten und im Inneren durch neue Hoffnungen zu ersetzen. Was zählte, war, dass sie in diesem Augenblick alle zusammen an einem Ort friedlich beieinander waren. Der Herr kannte ihr Los.

Darauf vertraute Mazy. Und sie wusste in ihrem Herzen, dass sie immer sicher zu Hause sein würde, solange ihre Seele gefüllt war.